# 元曲選外編

第二冊

中華書局

# 尉遲恭三奪槊雜劇

尚仲賢撰

## 第一折

〔疋先扮建成元吉上開〕咱兩個欲待篡位。爭奈秦王根底。有尉遲無人可敵。〔元吉道〕我有一計。將美良川圖子獻與官里。道的不是反臣那甚麼。教壞了尉遲。哥哥便能勾官里做也。〔駕云了〕〔呈圖科〕〔高祖云了大怒〕將尉遲拿下。〔末扮劉文靜將榆窠園圖子上了〕

【仙呂點絳唇】想當日霸業圖王。豈知李氏。把江山掌。雖不是外國他邦。今日做僚宰爲卿相。

【混江龍】不着此寬洪海量。剗地信讒言佞語損忠良。誰不曾忘生捨死。誰不曾展土開疆。不枉了截髮搓繩穿斷甲。征旗作帶勒金瘡。我與你不避金瓜下喪。直言在寶殿。苦諫在昭陽。

【油葫蘆】陛下想當日背暗投明歸大唐。却須是真棟樑。剗地廝廝隄防。比及武官砌壘個元戎將。文官掙揣個頭廳相。知他是幾個死。知他是幾處傷。今日太平也都指望請官賞。剗地胡羅惹斬在雲陽。

【天下樂】誰似俺出氣力功臣不氣長。想當時。反在晉陽。若不是唐元帥少年有紀綱。義伏了徐茂公。禮設了褚遂良。智降了蘇定方。

【醉扶歸】當日都是那不主事蕭丞相。更合着那沒政事漢高皇。把韓元帥葫蘆提斬在未央。今日個人都講。若有舉鼎拔山的霸王。哎漢高呀你怎敢正眼兒把韓侯望。

【後庭花】陛下則將這美良川里冤恨想。却把那榆窠園裏英雄忘。更做道世事雲千變。敬德呵則消得功名紙半張。陛下試參詳。更做道貴人多忘。咱數年間有倚仗。
【金盞兒】那敬德自歸了唐。到咱行。把六十四處煙塵蕩。殺得敵軍膽喪。馬到處不能當。苦相持一萬陣惡戰九千場。全憑着竹節鞭生併了些草頭王。
【賞花時】元帥不合短箭輕弓覷他洛陽。怎想闊劍長槍埋在淺崗。映着秋草半蒼黃。初間那唐元帥怎想。腦背後不隄防。
【幺篇】呀則見那骨剌剌征旗遮了太陽。赤力力征鼙振動上蒼。那單雄信任忑高强。他猛覷了敵軍勢況。忙撥轉紫絲韁。
【勝葫蘆】打得疋不剌剌征騘走電光。藉不得衆兒郎。過澗沿坡尋路荒。過了些亂烘烘的荊棘密稠稠榆柳。齊臻臻長成行。
【幺篇】是他氣撲撲荒攢入裏面藏。眼見的一身亡。將弓箭忙拈胡底當。呀呀寶雕弓拽滿。昧昧些金鈚連發。火火都閃在兩邊廂。
【金盞兒】元帥却是那些兒慌。那些兒忙。（帶云）忙不忙元帥也記得。把一領錦征袍扯裸得沒頭當。單雄信先地趕上手撚着六沉槍。槍尖兒看看地着脊背脊背透過胸堂。那時若不是胡敬德。陛下聖鑑誰搭救小秦王。
【醉扶歸】索甚把自己千般獎。齊王呵不如教別人道一聲强。若共胡敬德草草的鞭鬭槍。分明立了執結並文狀。則他家自賣弄伶俐半晌。把一條虎眼鞭直攛頭直上。
【尾】這廝則除了鐵天靈。銅額項。銅腦袋石鐫就的脊梁。那鞭上常有半紙血糊塗的人腦漿。則那鞭則是鐵頭中取命的閻王。若論高强。鞭着處便不死十分地也帶重傷。也是青天會對當。故教這尉遲恭磨障。磨障這

弒君殺父的劣心腸。〔下〕

## 第二折

〔末扮秦叔寶上了〕

【南呂一枝花】箭空攢白鳳翎。弓閑掛烏龍角。土培損金鎖甲。塵昧了錦征袍。空喂得那疋戰馬咆哮。劈楞鐧生疎却。那些兒俺心越焦。我往常雄糾糾的陣面上相持。惡哈哈的沙場上戰討。

【梁州】這些時但做夢早和敵軍對壘。才合眼早不剌剌地戰馬相交。則聽的韻悠悠的耳畔吹寒角。一回價不鼕鼕的催軍鼓擂。響當當的助戰鑼敲。稀撒撒地朱簾篩日。滴溜溜的綉幙番風。只疑是古剌剌雜綵旗搖。那的是急煎煎心痒難揉。往常則許咱遇水疊橋。除了咱逢山開道。嗨如今央別人跨海征遼。壯懷怎消。近新來病體兒直然覺。我自暗約也枉了醫療。被這秋氣重金瘡越發作。好教我痛苦難消。

【賀新郎】我欠起這病身軀出戶急相邀。你知我迭不的相迎。不沙賊丑生你也合早些兒通報。見齊王元吉都來到。半晌不迭手脚。我强强地曲脊低腰。怪日來喜蛛兒的溜溜在簷外垂。靈鵲兒咋咋地頭直上噪。昨夜個銀臺上剝地燈花爆。他兩個是九重天上皇太子。來探俺這半殘不病舊臣僚。

【牧羊關】這些淹潛病。都是俺業上遭。也是俺殺人多一還一報。折倒的黃甘甘的容顏。白絲絲地鬢脚。展不開猿猱臂。撐不起虎狼腰。好羞見程咬金知心友。尉遲恭老故交。

【隔尾】我從二十三上早驅軍校。經到四五千場惡戰討。怎想頭直上輪環老來到。我暗約慢慢的想度。海剖馬似三十年過去了。

【牧羊關】當日我和胡敬德兩個初相見。正在美良川廝撞着。咱兩個比併一個好弱低高。他滴溜着虎眼鞭颩。我吉丁地着劈楞鐧架却。我得空便也難相從。我見破綻也怎擔饒。我不付能卒卒地兩鐧才颩去。他搜搜地三鞭却還報了。

【隔尾】那鞭却似一條玉蟒生鱗角。便是半截烏龍去了牙爪。那鞭着遠望了吸吸地腦門上跳。那鞭休道十分的正着。則若輕輕地抹着。敢教你睡夢裏驚急列地怕道曉。

【鬭鵪鶉】那將軍剗馬騎單鞭搭。論英雄半勇躍。他立下功勞。怎肯伏低做小。倚强壓弱。不用呂望六韜。黃公三略。但征敵處操抱。相持處嗽懆。那鞭若脊梁上抹着。忽地咽喉中血到。我道來我道來他須煩煩惱惱焦焦燥燥滴滴溜溜揜那鞭着。教你悠悠地魄散魂消。你心自量度。匹頭上把他標寫在淩煙閣。論着雄心力劣牙爪。今日也合消。也合消封妻廕子。祿重官高。

【哭皇天】教我忍不住微微地笑。我迭不得把你慢慢地教。來日你若那鐵幞頭紅抹額。烏油甲皂羅袍。敢教你就鞍心里驚倒。若是來日到御園中。忽地門旗開處。脫地戰馬相交。呸齊王呵這一番要把教那鞭不比衡鋼槍擲。雙眸劍鑿。

【烏夜啼】雖是沒傷損難貼金瘡藥。敢二十年青腫難消。若不去脊梁上敢向鼻凹里落。諕的怯怯喬喬。難畫難描。我則見的留的立不住腿脡搖。忔撲撲地把不住心頭跳。不如告休和伏低弱。留得性命落得軀殼。

【尾】可知道金風未動蟬先覺。那寶劍得來你怎消。不出君王行廝般調。

侵着眉楞。際着眼角。則若是輕輕的虎眼鞭未着。穩情取你那天靈蓋半
截不見了。〔下〕

## 第三折

〔末扮敬德上〕

【雙調新水令】你今日太平也不用俺舊將軍。呀來來把這廝豁惡氣建
您娘一頓。可知道家貧顯孝子。直到國難顯用功臣。如今面南稱尊。便撇
在三限里不俫問。

【駐馬聽】想我那撞陣衝軍。百戰功名百戰身。枉與你開疆展土。也合半
由天子半由臣。俺沙場上經歲受辛勤。撇妻男數載無音信。剗地信別人
閑議論。將俺胡羅惹沒淹潤。

【步步嬌】便折末爛剉得我尸骸爲泥糞。折末金瓜打碎我天靈盡。既然
俺不怨恨。問那廝損壞忠臣佞詞因。咱那亢金上聖明君。則但般着半句
兒十分地信。

【攪箏琶】我便手段施呈盡。剗地罪過不離身。俺那沙場上武藝倂合。他
每枕頭邊關節兒更緊。他每親父子。俺雖然是舊忠臣。則是四海他人。比
他是龍子龍孫。則軍師想度。元帥尋思。休休休是他每親的到頭來也則是
親。怎辨清渾。

【沉醉東風】我也曾箭射疊着面門。刀廝劈咬着牙根。也曾殺的槍桿上
濕漉漉血未乾。馬頭前古鹿鹿人頭滾。滅了六十四處煙塵。剗地信佞語
讒言損害人。因此上別了西府秦王處分。

【川撥棹】聽元帥說原因。心頭上一千團火塊滾。氣的肚裏生嗔。愁的似

地慘天昏。恰便似心内火滚。好教人怎受忍。
【七弟兄】這的是聖恩重。臣休看我發回村。他雖是金枝玉葉齊王印。我好煞則是堦下的小作軍。也是癡呆老子今年命。
【梅花酒】你看我發回村。惱犯魔君。撞着喪門。我想那榆窠園災是狠。他不若如單雄信。則我這鞭穩打死須定無論。
【收江南】水磨鞭來日再開葷。大王怎做聖明君。信讒言佞語損忠臣。好教我氣忿。元吉打死須並無論。
【尾】來日鬧垓垓列着軍卒陣。就着哭啼啼接送齊王殯。恨不得待摘膽剜心剔髓挑筋。唱道待教這虎將難存忠信。向那龍床側近。調泛得君王一惺惺都隨順。咱則待剪草除根。直把這坑陷我的寃讎證了本。

## 第四折

〔末扮上了〕
【正宮端正好】如今罷了干戈。絕了征戰。扶持俺這唐十在文武官員。那回是真個今番演。越顯得俺經熬煉。
【滾繡毬】却受着帝王宣。要施展顯我那舊時英健。不索說在駿馬之前。我身上不曾掛鎧甲。腰間不曾帶弓箭。手中不曾將着六沉槍撚。我則是赤手空拳。我坐下剗騎着追風馬。腕上只彪着打將鞭。我與你出馬當先。
【倘秀才】這里是競性命的沙場地面。且講不得君臣體面。則怕祀風流見罪愆。我呵塔地。勒住征驄。立在這邊。
【滾繡毬】我則見御園。怎生送這戰場寬展。却煞強如那鬧烘烘地荊棘侵天。我則見嫩茸茸綠莎軟。轉轉翠袖展。撒撒地馬蹄兒輕健。你便丹青巧筆也難傳。我則見皂羅袍都略濕宮花露。深烏馬沖開綠柳烟。殺氣盤旋。

【倘秀才】那廝門旗下把我容顏望見。則諕得那廝鞍心裏身軀倒偃。則看你再敢人前說大言。這廝爲甚麼則管里廝俄延。不肯動轉。

【呆古朵】那廝管見我這單雄信屈死的冤魂現。嗏你今日合教替他生天。這的又打不得關節。立不得證見。你也難把殘生免。你則照管着天靈片。你待變鱉來難入水。化鶴來難上天。

【叨叨令】那廝槍尖兒武藝都呈遍。被我遮截架隔難施展。這廝輸贏勝敗登時現。見存亡死活分明見。嗏論到打也末哥。論到打也末哥。這番交馬應無善。

【伴讀書】則見颯颯地陰風剪。將這昏澄澄塵埃踐。不剌剌征驗似紗燈般轉。都速速把不定渾身戰。看元吉將元吉吳靈健。見元帥到跟前。

【笑和尚】您您您弟兄每廝顧戀。俺俺俺臣宰每實埋怨。休休休終久是他親眷。嗏嗏這鐵鞭。你你你合請奠。來來來俺且看俺西府秦王面。

【倘秀才】我接住槍待使些兒撚便。是誰搧住手不能動轉。把這廝不打死呵朝中又弄權。他若哀告意懸懸赦免。

【滾繡毬】我煞不待言。不近前。你也不分良善。又不是不知我拖虎而眠。這廝不納賢。不可憐。不送俺一遍。教這廝落不的個尸首元全。這廝不彫拆脊梁也難消我這恨。把這不打碎天靈沙怎報我冤。怎不教我忿氣沖天。

【快活三】謝吾皇把罪愆免。打元吉喪黃泉。我這裏曲躬躬的朝拜怎敢訛言。再把天顏現。

【鮑老兒】我吃一萬金瓜也不怨天。則稱了我平生愿。元吉那廝一靈兒正訴寃。敢論告他閻王殿。這廝那器浮詐僞。輕薄諂佞。那裏有納士招賢。那凶頑狠劣。奸滑僥倖。則待篡位奪權。

題目　　齊元吉兩爭鋒

正名　　尉遲恭三奪槊

# 諸宮調風月紫雲庭雜劇

石君寶撰

楔子

〔卜兒上一折了〕〔旦末上了〕〔正末共外云住〕〔旦云〕〔共末把盞辭科〕〔云〕伯伯好去者呵。兀的是花發多人生是別離。

【仙呂賞花時】客舍青青楊柳新。驛路茸茸芳草茵。朝雨浥輕塵。一盃酒盡。歌罷渭城春。

【幺】西出陽關無故人。則見俺在這南國梁園依舊親。舍人呵誰不知俺娘劣怯耶狠。伯伯兩陣狂風是緊。也不到得教吹散楚城雲。〔下〕

第一折

〔外末云〕〔老孤做住〕〔卜兒云〕〔正末做住〕〔卜兒叫住〕〔旦云〕娘呵。沒錢事叫喚則甚。〔下云了〕俺勾當呵。沒一日曾淨。

【仙呂點絳唇】怎想俺這月館風亭。竹溪花徑。變得這般㷍光景。我每日撇掀爲生。俺娘向諸宮調裏尋爭競。

【混江龍】他那裏問言多傷倖。絮得些家宅神長是不安寧。我勾欄裏把戲得四五迴鐵騎。到家來却有六七場刀兵。我唱的是三國志先饒十大曲。俺娘便五代史續添八陽經。你覷波比及攛斷那唱叫。先索打拍那精神。起末得便熱鬧。團掿得更滑熟。並無那唇甜句美。一剗地崎嶮艱難。衠撲得些掂人髓敲人腦剝人皮釘腿得回頭硬。〔下云了〕娘呵我看不的你這般粗枝大葉。聽不的你那裏野調山聲。〔下云了〕

【油葫蘆】我但有些臥枕着床腦袋疼。他委實却也心內驚。他急荒的請醫人診了脈却笑容生。他道是喜的女孩兒感得些風寒症。慚愧呵謝天地不是相思病。你教俺盡世兒厮守着。娘呵你這般毒害心狠劣情。但見對錦鴛鴦他水上才交頸。你早則着棒打過蓼花汀。

【天下樂】呵你肯教雙宿雙飛過一生。便則我子弟每行依平休有情。教我打迭起那暖和出落着冷。滿臉兒半指霜。通身兒一塊冰。娘呵我到處也畫堂春自生。

〔末云〕

【醉中天】我唱道那雙漸臨川令。他便腦袋不嫌聽。搖起那馮員外便望空裏助采聲。把個蘇媽媽便是上古賢人般敬。我正唱到不肯上販茶船的小卿。向那岸邊相刁蹬。俺這虔婆道兀得不好拷末娘七代先靈。

〔卜云住〕

【金盞兒】娘呵爲甚這鴇子懶飛騰。我也是惜毛翎。委實怕這秋天萬里西風冷。誰似你把個嫩懃兒丫定怎將擎。嘴尖𠾏穎子。瓜扶撮天令。娘呵委實道搊錢的天上鷂。不如你個拏雁的海東青。

〔卜云了〕

【醉扶歸】這逗鏝的是咱些權柄。呵色就事便是你得人情。那厮每拏着一分鈔便害疼。害疼咱每就呵便二十錠三十錠。呵更磕着如今等乾蟻唾相思得後生。那個不害這般千使鈔千㴸病。

〔末云住〕

【金盞兒】上俺門來的酒客每爲我這妙唱若雛鶯。引的他每豪飲似長鯨。我委實爲甚停盃聽曲教快成病。我安排桃花扇影影他每便破香棖。尚自着瓦磁爲巨器。也則是陶瀉慶新聲。敫若還更酒斟金款灩。大的好歌立玉娉婷。

〔末云〕〔卜云住〕

【後庭花】俺這老婆肚皮裏將六韜三略盛。面皮上把四時八節擎。未見錢羅呀冬雪嚴霜降。得了鈔羅應春風和氣生。俺這個很精伶。他那生時節決定。犯着甚愛錢巴鏝的星。

〔卜兒云〕

【賞花時】我知你這一片心分明衒志誠。則因咱二一意諧和便若鬭爭。俺這屋裏三句話不相應。便見世間泗洲大聖。教五岳動天岳。

【幺】也難奈何俺那六臂那吒般很柳青。我唱的那七國裏龐涓也沒這短命。則是個八怪洞裏愛錢精。我若還更九番家廝併。他比的十惡罪尚尤輕。

【賺尾】郎君每我行有十遍兩至期。除是害九伯風魔病。俺家裏七八下里窩弓陷坑。你便有七步才無錢也不許行。六藝全便休賣聽明。哎爲甚恁這五陵人把俺這等嘿交易難成。你便是四付馬上馳來也索兩平。俺這裏別是個三街市井。另置下二一連等秤。恰好的教恁一分銀買一分情。

〔下〕

第二一折

〔末云〕〔卜兒云〕〔喚旦了〕〔旦引侍婢上云住〕〔外旦云〕這妮子却整五日也却四日不來。則這五年裏呵。然這好事無間阻。幽歡却是尋常看。

【南呂一枝花】只教我立化做一塊望夫石。我便似病人沖太歲。他管也小鬼見鍾馗。俺才料風短命欠束。

【么】百里里演收拾。嗏早則不席前花影坐間移。恰便似鵬鶚分開鶯燕期。虎狠衝散鳳鸞棲。

〔孤末云了〕

【隔尾】嗨比俺娘那熬煎爭十倍。恰才這些崎嶮艱難好做一回。哎不做美的恩官干壞了他把戲。哎唱話的小一則好打恁兀那把門的老嘿。切不可放過這沒錢雁看的。

〔末云住〕〔卜兒打撞了〕

【牧羊關】嚥恁那很爹爹才趓過。呵俺這善婆婆却來這裏。㪚我能藏波你也能覓。我則是個五歲兒精伶。他是幾年的老鬼。我那動脚經過的何方去。咱那舉意他早先知。我便日赴三千處。他也坐觀十萬里。

〔卜云住〕

【紅芍藥】兀的那般惡緣惡業鎮相隨。好教人難摘難離。也是某年某月不曾離。無事無非。妳妳你是老人家須知此道理。有的事便睚不到家裏。

〔卜云住〕越道着越查聲破嗓越罵得精細。前面他老相公聽的。

【菩薩梁州】告母親咱疾疣恁孩兒也知罪。這里却是那里則管里唇三口四。唱叫揚疾。不比咱那潑街衢妓館畫樓西。這的是好人家大院深宅內。我教人道尿盆兒刷煞將摇氣。直這般顯相貌騁威勢。他見一日三萬場攛焦到不得里。咱正查着他泛子消息。

〔卜云住〕

【三煞】教我這裏恨無地縫藏身體。這番早則難云床頭揭壁衣。嚀嚀亂下風雹的又沒巴臂。更做你是開封府同知。却不取招平人無罪。却便硬監押莾迭配。你這般皂窩裏清廝怎立碑。那公廳上施爲。

【二煞】當日那良公曾施行虎豹是真鋒利。哎包龍圖呵你這般拆散鴛鴦算甚正直。我也覷不得這光景掩不迭這淚。我這壁道防送早催逼。他那壁帶鐵鎖囚人監計。俺兩處各心碎。是有遭間阻的也不似俺不吉利。兀的是甚末娘別離。

【收尾】幾曾見遞流南浦人千里。怎飲這配役陽關酒一杯。到如今說甚的。比別得。記相失。你情知。我心意。你知咱。我知你。歹處無。好處記。休想我再出入。我寸腸中。似刀刺。任您尊居。忒情理。合舍了。怕甚的。哎連子花官人愿的你一千歲。嗨怎直恁般下得。〔下云了〕咭則是你了得。吡都是你個吸人髓虔婆直壞到底。〔下〕

第三折

〔下云了〕〔正末云〕〔外末云〕〔旦上了〕吁。靈春思量殺我也。一股鸞釵半邊鏡。世間多少斷腸人。

【中呂粉蝶兒】我本是個邪祟妖魔。他那俏魂靈倒將咱着末。阿大剛來意氣相合。今日把我情腸他肺腹。都混成一個。雖隔着千里關河。不曾有半個時辰意中捱過。

【醉春風】人害兀那魔病有時潛。則這相思無處躲。直到再團圓被兒裏得些溫存。恁地後便可可。我想世上這一點情緣。百般纏繳。有幾人識破。

〔下兒云外佳〕

【迎仙客】姨姨我爲甚罷了兩雲。却也是避些風波。做這些淡生涯且熬那窮過活。這些時調不上甦兒。却則是忙着俺老婆。都則爲我不肯張羅。以此上閑放着盤千斤磨。

〔下云住〕

【紅繡鞋】我則想別後雲行地末。呵嘆人生會少離多。〔下云住〕呵兀的是俺那心愛的龐兒舊哥哥。自從這入北渡。渾一似夢南柯伯伯間別來安樂末。

〔外末云了〕

【石榴花】常記得玉鞭驕馬宴鳴珂。長安市少年他。似那鄰舟一聽惜蹉跎。聽一曲豔歌。細捲紅羅。呵我今日守空房也墮下千金貨。〔外末云〕却則是央及殺那象板銀鑼。況兼俺正廳兒雖是則些娘大。坐着俺那愛鈔的劣虔婆。

【鬭鵪鶉】從有些燕友鶯朋。似望着龍樓鳳閣。〔外末云〕咱若是跐漢呵由他。搔着那覓錢後在我。〔外云了〕俺那老婆。𥘅直見閻王也沒柰何。伯伯你是想波。若是共別人並枕同床。他便不送得我披枷帶鎖。

〔外云〕

【上小樓】外相兒行戶小可。就裏最胸襟洒落。我覷了這般世殺。不法閑病。決定風魔。既不阿。便恁末人行趄趔。〔末云了〕取將個托兒來快疾赸過。

〔外云〕

【么】你道你。少甚的。不刺你却是召甚末。俺這外路打扮。其實沒這異錦輕羅。〔正末云住〕你若打死他。路上呵。你獨自難過。却教誰摔你那虎皮馱駞。

〔末云住做艱難了〕

【十二月】〔帶云〕不爭這廝提起那打毬詐柳。寫字吟詩。彈琴擘阮。擷竹分茶。教我兜地皮痛。乍地心酸。伯伯阿教我越思量俺俺完顏小哥。他端的所爲兒有誰過。豈止這模樣兒俊俏。則那些舉止兒忒謙和。哎不色你把阿那忽那身子兒㑳撮。你賣弄你且休波。

【堯民歌】你則是風流不在着衣多。你這般浪子何須自開阿。嗏這廝白日街上打呆歌。却怎生到晚人前逞僂儸。哎哥哥。你明日吃甚末。兀自忍不到那十分餓。

【快活三】無明火怎收撮。摑打會看如何。則教我烘地了半晌口難合。不覺我這身起是多來大。

【鮑老兒】從來撒欠颩風愛恁末。敲才兀自不改動些兒個。你這般忍冷耽飢覓着我。越引起我那色膽天來大。我每日千思萬想。行眠立盹。不是存活。這般山長水遠。天遙地闊。不想你直來阿。〔云住〕送的人赤手空拳難過。都是俺舌尖上一點砂糖唾。越精細的越着他怎出俺這打多情地網天羅。且說俺這小哥哥。爲俺耽驚受怕。波迸流移。冷落了讀書院一就把功名懶墮。自儘教萱堂有夢。並不想蘭省登科。幾時得兩扶紅日上青天。空望着一片白雲隔黃河。則共我這般攜手兒相將。舉步兒同行。他想所爭滿心兒快活。

【耍孩兒】早是你不合將堂上雙親躲。你却待改換你家門小可。這李亞仙苦勸你個鄭元和。再休提那撒板鳴鑼。若還俺娘知咱這暗私奔到毒似那倒寨計。若還恁耶見你這諸宮調更狠如那唱挽歌。你頸項上新開鎖。俺娘難道那風雲氣少。恁耶却甚末兒女情多。

〔外云住〕

〔四煞〕楚蘭明道是做場養老小。俺娘則是個敲郎君置過活。他這幾年間貨僨下胡倫課。這條衝州撞府的紅塵路。是俺娘剪徑截商的白草坡。兩隻手衝勞摸。恁逢着的瓦解。俺到處是鳴珂。

〔三〕今後去了這馳漢子的小鬼頭。看怎結末那吃勲兒的老業魔。再怎施展那個打鴛鴦抖搜的精神兒大。則明日管舞旋旋空把個裙兒繫。勞穰穰乾將條柱杖兒拖。早則沒着末。致仕了弟子。罷任波虔婆。

〔二〕這一件又得歇心。此一樁又得解脫。暫不見那官身祗候閑差撥。委實倦那月斜楊柳樓心舞。風軟桃花扇底歌。欲將這把戲都參破。怎肯盡陶元陽真炁。直變做了虛損沉疴。

〔收尾〕此行折末山村野店上。藏竹籬茅舍裏躲。能夠得個桑榆景內安閑的過。也強如鑼板聲中斷送了我。〔下〕

第四折

〔卜云了〕〔孤云了〕〔樂探上云〕〔梅香將衫子鑼板上了〕

〔雙調新水令〕當日個爲多情一曲滿庭芳。曾貶得蘇東坡也趁逐波也趁波逐浪。何況這鶯花燕市客。更逢着雲雨楚山娘。我憑那想像高堂。怎强如俺滿意宿鴛鴦。

〔駐馬聽〕他爲我墮落文章。生纏得攜手同行不斷腸。直這般學成說唱。更則便受恩深處便爲鄉。則爲這情緣千尺藕絲長。悞盡禹門三月桃花浪。我若是不正當。枉了他那呆心腸一向在咱心上。

【落梅風】我恰猛可地向這亭堂中見。諕得我又待尋幔幙中藏。哎狠阿公間別來無恙。〔做意了〕可知我恰輕敲着他那還相越分外的響。相公呵這的是那打香印使來的鑼棒。

【水仙子】相公那日正暴雷急雨怒在書房。幾曾這般和氣春風滿畫堂。〔孤云〕舍人也沒那五陵豪氣三千丈。頸項上連鉄索兩托長。却雖是妾煩惱歡喜殺家堂。路岐人生死心難忘。謝相公賣發覷當。直把俺緊配還鄉。

【雁兒落】相公把孩兒囗腹內想。越教妾小鹿兒心頭撞。我如今引來這園圃中。莫不是賺到這筵席上。

【得勝令】却又休金殿鎖鴛鴦。一似書幃中折鸞凰。恁那秀才憑學藝。他却也男兒當自强。他如今難當。當日寫在招兒上。相公試參詳。這的喚功名紙半張。

【川撥棹】不索你自誇揚。我可也知道你打了個好散場。休得行唐。火速疾忙。見咱個舊日個恩官使長。與咱多多的准備重賞。

【七弟兄】他也大罔。你行。也有些情腸。你那起初時敷演時曾聽你唱。轉街衢行至短垣牆。入花園盡步蒼苔上。

【梅花酒】厭地轉過東牆。攜手兒相將。輕踏踐殘芳。直望着廳堂。將蛾眉址道登。到綉樓軟門外。你却則未得荒。張房中舊名望。到今日怎遮藏。打扮的死床相。

【收江南】嚥老官人分付取小學郎。〔孤云了〕則教你住拘欄不交你坐監房。〔末云〕在相公廳當日個你分開這沙上宿鴛鴦。怎生般對當。却教俺芰荷香裏再成雙。〔下兒云〕〔下〕

〔鷓鴣天〕玉軟香嬌意更真。花攢柳寸是消魂。半生碌碌忘丹桂。千里侵侵覓彩雲。鸞鑑破。鳳釵分。世間多少斷腸人。風流公案風流傳。一度搬着一度新。象板銀鑼可意娘。玉鞭嬌馬畫眉郎。兩情迷到志刑處。落絮隨風上下狂。

正名　靈春馬適意悮功名

韓楚蘭守志待前程

小秀才琴書青瑣幃

諸宮調風月紫雲庭

# 蘇子瞻風雪貶黃州雜劇

費唐臣撰

## 第一折

〔王安石上開〕助役青苗法令行。坐看足食更強兵。嗷嗷朝野多非己。獨仗君王自聖明。下官姓王名安石。字介甫。金陵人氏。自幼講明儒術。涉獵子史。叨舉進士。蒙聖人擡舉。官做到丞相之職。小官既蒙知遇。知無不言。言無不用。近見西北二邊用兵。財用匱乏。我有一策。要行青苗助役於民間。在朝諸官。多言不便。獨翰林學士蘇軾。十分與我不合。昨日上疏說我奸邪。蠹政害民。我欲報復。況主上素重其才。難以輕去。且本官志大言浮。離經畔道。見新法之行。往往行諸吟咏。我已着御史李定等。劾他賦詩訕謗。必致主上震怒。置之死地。亦何難哉。計謀已定。且試看如何。〔駕上引一行人云〕勤政樓頭夜未央。五更殿陛有輕霜。欲教四海隆仁化。側席從容納諫章。某宋帝是也。自我祖公公太祖皇帝。陳橋推戴。奄有四海。傳太宗真宗仁宗英宗。以至朕躬。幸喜天下治平。獨西北二邊未寧。幾欲用兵。又恐財用匱乏。饋餉不繼。昨日宰相王安石。志欲富國強兵。意與朕合。立青苗助役之法。十分有見。但百官多喜因循。以爲不便。翰林學士蘇軾。尤深詆毀。朕欲加罪。憐惜其才。近聞又生怨謗。妄斥朝廷。未知真僞。左右喚御史臺官來。朕問取則。〔左右云〕御史臺官安在。聖上宣喚。〔扮李定上云〕某御史李定是也。自出身以來。深蒙時相王荊公擡舉。見任御史之職。近因新法未行。翰林學士蘇軾與荊公言論不合。令某劾其平日所爲詩章有干政化者。具爲一疏。劾其謗訕。本已寫定了。如今聖上又來宣喚。須索走一遭去。〔做到科〕〔拜跪云〕陛下宣小臣何用。〔駕云〕近聞學士蘇軾。托詩毀謗。言官何不論劾。〔李云〕臣已具本。正欲投進。〔遞本科〕〔駕云〕你說一偏朕聽。〔李跪云〕御史臣李定等言。今有翰林學士蘇軾。章句腐儒。驟登清要。志大言浮。離經畔道。論新法而短毀時相。托吟咏而謗訕朝廷。實有無君之罪。難逭欺上之誅。且如題古檜云。根到九泉無屈處。世間惟有蟄龍知。陛下飛龍在天。軾以爲不知己。而求地下之蟄龍。非不臣而何。陛下發錢本以業貧民。軾則曰。贏得兒童語音好。一年強半在城中。陛下明法以課羣吏。軾則曰。讀書萬卷不讀律。致君堯舜終無術。陛下興水利。軾則曰。造物若知明主意。應教斥鹵變桑田。陛下議鹽鐵。軾則曰。豈是聞韶解忘味。邇來三月食無鹽。如此之類尚多。伏望聖明早加顯戮。以息怨讟。伏候指揮。〔龔怒云〕蘇軾小臣訕上。着廷尉司拿問。〔內應〕〔下〕〔張丞相上云〕下官張方平是也。舊居丞相之職。告老家居。朝廷大事。常蒙主上垂訪。近者學士蘇軾。乃一代才子。止因與王安石言論不合。被其門客李定妄引詩篇。劾他謗訕。主上震怒。送廷尉治罪。要處之死地。我想來人才難得。又使主上有殺近臣之名。只索救他一遭去。〔下〕〔駕上云〕前日着廷尉司勘問蘇軾。至今不見復旨。朕想來。本官清才重名。見重當世。其諸詩作。不過一時之興。豈有深意。待問的如何。朕自有區處。〔張丞相上云〕來到這朝門前。近臣通報咱。〔左右報云〕有張方平等宣。〔駕云〕宣來。〔張進拜云〕臣有短諫。伏取聖裁。臣見得學士蘇軾。忠信爲國。不避時相。吟詩遣興。豈在朝廷。況詩尚譎諫。言之者無罪。聞之者足戒。今言官李定。懷論己之私讎。結姦邪之黨類。風聞妄奏。不協人心。伏望聖明。收回成命。復本官之職。遂好生之德。臣不敢專擅。惟聖鑒不錯。〔駕云〕朕心正欲如此。近臣快宣的蘇軾來者。〔內應科〕〔正末上云〕小生姓蘇名軾。字子瞻。四川眉州人也。少舉進士。官授翰林學士承旨。極蒙主上眷顧。每召對便殿。或至深夜。嘗徹御前金蓮炬送歸。恩渥無比。但時相王安石。誤國害民。創立新法。四海怨望。而御史李定不持生母仇氏服。下官嘗惡其爲人。下官前日具疏。論王安石之奸。不想李定黨比王安石。劾奏下官賦詩毀謗朝廷。主上聽信。將下于大理獄。要處以死。今日聖旨又來宣喚。不知爲何。想俺初登仕版。何等志氣。今日只如此也。〔唱〕

【仙呂點絳唇】萬頃瀟湘。九天星象。長江浪。吸入詩腸。都變做豪氣三千丈。

【混江龍】想着那絲綸閣上。常則是紫薇花對紫薇郎。步九重春色。拂兩袖天香。萬里雲烟揮翰墨。一天星斗煥文章。翰林風月。京洛山川。洞庭烟雨。金谷鶯花。怎能彀一輪皂蓋飛頭上。詩吟的神嚎鬼哭。文驚的地老天荒。

〔云〕小官若無才學。怎居翰林之職。想當日夜對內殿。寵賜金蓮。際遇非淺也。〔唱〕

【油葫蘆】想月滿西樓夜未央。蒙君恩宿建章。不比長安三月荔枝香。翠鬟擁出芙蓉帳。又不是醉鞭悞入平康巷。笙歌幾處聞。淨鞭三下響。沒揣地半張鸞駕從天降。舉首彷彿見君王。

【天下樂】恰便似一朵紅雲捧玉皇。宮裏呵慌忙。回未央。則恐怕六宮中美人愁夜長。下珠簾處處涼。靸金蓮步步響。月明下吹簫引鳳凰。

〔云〕來到這朝門外。當駕官通報者。〔隨駕官報云〕宣的蘇軾來了。〔駕云〕着進來。〔末見科〕〔駕云〕蘇軾。你職居近侍。何故托詩諷怨。本當處以重罪。張丞相再三申救。朕亦惜爾之才。赦爾死罪。謫黃州團練副使。本州安置。〔末云〕謝吾皇不死之恩。陛下。臣蒙知遇。欲竭愚忠。見王安石一心變亂成法。臣上萬言書諫諍。今日反受謫貶。元的不屈死忠臣義士呵。〔唱〕

【那吒令】我立一身紀綱。守簞瓢陋巷。顯一身氣象。步金馬玉堂。上一封諫章。入天羅地網。錦繡腸。江湖量。都分付水國江鄉。

【鵲踏枝】萬言策上君王。一騎馬度衡陽。索離了三島蓬萊。直走偏九曲滄浪。學不的李太白逍遙在醉鄉。參破了韓昌黎夕貶潮陽

〔駕云〕卿既遭御史臺劾論。祖宗之法。朕不敢違。卿姑去。不久卽詔還也。〔末云〕臣今辭了天顏。這一去擯斥海島。葬江魚之腹。再不能見陛下矣。〔唱〕

【寄生草】臣則待居蠻貊。再誰想立廟堂。今日有曾參難免投梭誑。今日有周公難免流言講。有仲尼難免狐裘謗。本是箇長門獻賦漢相如。怎做的東籬賞菊陶元亮。

〔駕云〕卿雖遠行。與在京何異。況四海之內。皆歸一統。卿不必怨朕。亦國法之不得已也。〔末云〕陛下法令嚴明。臣豈敢怨。〔唱〕

【么篇】臣折麼流儋耳。臣折麼貶夜郎。一個因書賈誼長沙放。一個因詩

杜甫江邊葬。一個因文李白波心喪。臣覷屈原千載汨羅江。便是禹門三月桃花浪。

〔張丞相云〕蘇學士。今主上寬宥。謫官南行。你不必引證古人。多言反取罪責。〔末云〕丞相錯矣。丈夫生世。忍垢何爲。丞相。你聽我說。〔唱〕

【金盞兒】不荒唐。不顛狂。折末雲陽梟首高竿上。也要將碧天風月兩平章。拚着夢魂游故國。想像赴高堂。則今日傷心游海島。攜手上河梁。

〔末云〕罷罷。則今日拜辭了聖駕。別了丞相。只索長行也。〔唱〕

【賺煞】則爲不入虎狼羣。躲離鯨鯢浪。直貶過淘淘大江。不信行人不斷腸。赤緊的接天隅烟水茫茫。助淒涼。衰草斜陽。休想我築起高臺望故鄉。這裏有當途虎狼。那裏有拍天風浪。我要過水雲鄉。則是跳出是非場。〔下〕

## 第二折

〔馬正卿引童上開〕下官馬正卿是也。黃州人氏。因王安石柄國。某在朝與他言論不合。致政來家。十分自在。近聞學士蘇子瞻。上書發王安石之奸。反被言官論劾。貶他來黃州安置。有人傳說將次來到。今日下着這等大雪。途路難行。我想忠臣烈士。多遭奸回之手。況蘇學士大名。遠近欽慕。我今領着家童。担着酒果。迎接蘇學士。勸他飲一盃。稍敵寒威。這早晚敢待來也。只索等候咱。〔末引童子上云〕下官蘇軾。居翰苑數年。頗爲遭際。奈王安石虐害百姓。蒙蔽朝廷。我上萬言書諫主。反被奸黨論劾。貶我湖南行。了數日。將到黃州。今日下着這等一天風雪。瘦蹇顛仆。小童寒戰。怎生奈何。想忠臣義士。好難處世也呵。〔唱〕

【正宮端正好】道德五千言。禮樂三十卷。本待經綸就舜日堯天。只因兩角蝸蠻戰。貶得我日近長安遠。

【幺篇】瑤臺昨夜蛟龍戰。玉鱗甲飛滿山川。馮夷飲罷瓊林宴。醉把扎鮫綃剪。

〔云〕好大雪也呵。〔唱〕

【滾繡毬】潑墨雲垂四野。鑄銀河插半天。把人間番做了廣寒宮殿。有一千頃玉界瓊田。這其間騷客遷。朝士貶。五雲鄉杳然不見。止不過隔蓬萊弱水三千。不能彀風吹章表隨龍去。可做了雪擁藍關馬不前。哽咽無言。

〔童云〕老爹。下這等大雪風又緊。兀的不凍殺我也。老爹連忙走動些。〔末唱〕

【倘秀才】早是水杳山長路遠。那更雪凍風寒雲捲。〔云〕你道我行的慢呵可知可知。〔唱〕我可甚爲愛青山懶贈鞭。呵凍手聳雙肩。我只索向前。

〔童云〕老爹。人都說你好才學。却怎生遭貶。到不知老爹與上古賢人君子。那幾個相似。〔末云〕這小的雖小倒也省事。你既問我。你聽我與你說。〔唱〕

【滾繡毬】我怕不文章似韓退之。史筆如司馬遷。英俊如仲宣子建。豪邁如居易宗元。風騷如杜少陵。疎狂如李謫仙。高潔如謝安李愿。德行如閔子顏淵。爲不學乘桴浮海鴟夷子。生扭做踏雪尋梅孟浩然。困煞英賢。

〔童云〕風寒雪大。我身上衣裳單薄。凍殺我也。老爹你就不冷麼。〔末唱〕

【叨叨令】寒森森朔風失留踈刺串。舞飄飄瑞雪踢良禿欒旋。騎着疋慢騰騰瘦蹇必丟不答踐。凍的箇立欽欽穉子滴羞篤速戰。兀的不凍殺人也麼哥。兀的不凍殺人也麼哥。空教我瘦嵓嵓老夫迷留沒亂倦。

〔童哭云〕這等寒冷看看走不動幾時到的黃州也。〔末云〕童子休煩惱。咱慢慢捱將去。〔唱〕

【倘秀才】脫離了長安市廛。須捱到黃州地面。更狠似夕貶潮陽路八千。往常御往聖友前賢。到如今怎展。

〔童云〕老爹在翰林時。聲名滿天下。怎生一旦遠貶南荒。好苦也。〔末唱〕

【滾繡毬】我也曾寫珠璣一萬聯。判鶯花三百篇。掃千軍筆端鏖戰。但行處天子三宣。結平生詩酒緣。掌中天風月權。不是將帝王埋怨。爲甚把蘇軾似賈誼南遷。如今一牧童子隨驢後。可甚兩行朱衣到馬前。四野蕭然。

（馬正卿云）蘇大人。老夫等了多時也。（末相見科）（馬云）老夫馬正卿聞知學士遠來在此久等。如此大雪寒氣逼人。請飲一杯以敵嚴威。（末云）念蘇軾不才。朝廷斥逐。敢勞遠迓。多感厚意者。（唱）

【呆骨朵】見黃童白叟把香醪勸。怕不透徹了酒興詩顛。（馬云）老夫久聞大才。敢求佳作見教。（末云）大人飲酒則飲酒。再休言詩。（馬云）詩酒乃吾生分內事。大人此行。與詩酒何干。（末唱）我須不是爲酒忘家。見如今因詩受貶。酒債是尋常事。詩病是平生願。我爲甚遠流身萬里。因此上怕吟詩百篇。

（馬云）蘇大人高才重望。正宜居朝佐主。以治太平。豈宜放逐。（末唱）

【五煞】我情願閑居村落攻經典。誰想悶向秦樓列管絃。枕碧水千尋。對青山一帶。趁白雲萬頃。蓋茅屋三間。草舍蓬窗。苜蓿盤中老瓦盆邊。樂於貧賤。燈火對床眠。

（馬云）大人此行。天下共知虧枉。青天可鑒。不久還朝重用也。（末唱）

【四煞】從教頭上青天鑒。不願腰間金印懸。受他冷冷清清。多多少少。避是是非非。萬萬千千。或向林皋聲裏。舴艋舟中。霍索溪邊。一壺村酒。白眼望青天。

（馬云）往常時紫羅襴白象簡。那等尊貴。今日葛巾野服。似覺快樂也呵。（末唱）

【三煞】紫袍金帶無心戀。雨笠烟蓑有意穿。或向新婦磯頭。鷗鷺鄉中。兒女浦口。鸚鵡洲邊。漲一竿春水。帶一抹寒烟。掉一隻漁舡。黑甜一枕睡。燈火對愁眠。

（馬云）學士大人攜家遠謫。朝中舊僚友。也要常常寄音回去。（末唱）

【二煞】佳音不托雲間犬。老計惟憑陽羨田。對橘綠橙黃。山高月小。聽南枝驚鵲。衰柳鳴蟬。不愁遠害不陷危機。不納高軒。那裏人離鄉賤。甚日是歸年。

〔馬云〕大人今遠處炎方。朝廷公道何在。後世史官。必有紀錄。〔末唱〕

【煞尾】從教臣子一身貶。留得高名萬古傳。但使歌低酒淺。臥雨眠烟。席地幕天。一任長安路兒遠。〔下〕

第三折

〔馬正卿上開〕老夫馬正卿是也。自從子瞻學士貶來黃州。又早許久。我常常差人問候。他雖一時被讒。終無大害。況他受知朝廷。必有宣回之日。但本州楊太守度量狹隘。不能濟人。又兼是王安石門客。決無周給。我且看如何再作處置。〔下〕〔王安石上開〕下官王安石是也。叵耐蘇軾毀我。已令臺官彈劾。貶謫黃州安置。我心還未得遂。如今黃州楊太守。舊是我舉用的。不如寫一書與他。教他不要周濟他。窮鄉下邑。舉眼無親。不死那去。我已差人去了。試看如何。〔下〕〔淨扮楊太守上云〕無錢只圖名回家沒結果。我就不去撾妻子肯饒我。某乃楊太守是也。自幼讀了幾句兒書之乎者也。哄得一舉及第。也是祖宗積慶。又蒙王安石丞相擡舉。直做到黃州太守之職。此恩未報。近日丞相有書來。說蘇軾學士恃才欺慢。見今安置黃州。着我處置他。我想來蘇軾是一代文人。豈可輕易壞他。只是在此窮鄉僻邑。薪水不給。又是嚴冬臘月。凍餓死了。等他來謁見。只是不理他便了。今日升衙無事。左右看着。有人來報我知道。〔末引老妻幼子上云〕某蘇軾是也。自來到黃州。舉眼無親。借得兩間破房住着。衣不蓋身。食不充口。無一個人來看顧。天那。蘇軾一身受苦。也不打緊。連累妻子如此受苦。我空有凌雲志氣。治世才猷。怎生施展也呵。〔唱〕

【越調鬬鵪鶉】湖海三二年。家鄉萬里。志氣如神。形容似鬼。瘴氣纔收。蠻烟又起。空嘆息。人未歸。望不見落葉長安。西風渭水。

〔云〕自從離了京都。到得這裏。經了多少淒涼也呵。〔唱〕

【紫花兒序】見了些些鷗行鷺聚。經了些些鶴怨猿啼。盼了些些鳳舞龍飛。往常間胸藏星斗。氣吐虹霓。依舊中原一布衣。揮劍長嚱。只被金谷石崇傲殺陋巷顏回。

（云）我一會家想起來在杭州作官時。行動前簇後擁。日逐游樂。甚是受用。到今日如一場大夢也。（唱）

【小桃紅】想西湖風月繞蘇隄。尚覺王孫貴。銀燭高燒照珠翠。如今百事成非。江山不管春憔悴。想金勒馬嘶。玉樓人醉。依舊畫橋西。

（云）前日如此快樂。今日這般生受。想造物好無定也。（唱）

【天淨紗】住的是小窗茅屋疎籬。吃的是粗羹淡飯黃虀。穿的是破帽歪靴布衣。一身襤褸。便休題。臥重裀列鼎而食。

（倈云）這早晚還沒得早飯吃。兀的不餓殺我也。（末云）渾家。孩兒害飢哩。甑中還有米也沒有。（旦云）從昨日沒了米了。（末云）既沒了米。我出去對付些些錢米來。（旦云）你平生志氣昂昂。不肯屈于人。來到這裏。舉眼無親。你那裏對付去。你說錯了也。（末唱）

【鬼三台】怕不待閑爭氣。赤緊的難存濟。我則索折腰為米。更怕甚心急馬行遲。你只是婆娘家見識。陶元亮見此不見彼。公孫弘救寬不救急。便做他志若元龍。赤緊的才過子美。

【紫花兒序】本待昂昂而已。特地遠遠而來。怎教快快而回。世無君子。你家有賢妻。休提。拚著个撥盡寒爐一夜灰。但得些些糲食粗衣。免得冬煖號寒。年稔啼飢。

（云）我去再謁楊太守。求些用度去。（旦倈下）（末云）黃州楊太守。他也是讀書人。我幾遍去謁他。他只推故不放參。不知主何意思。我欲不去。出于無奈。妻子忍不過飢寒。只索再求謁一番。行了多時。早到府衙門首。立着一個祗候。不免向前央一央。呀。祗候哥哥拜揖。（祗候云）是那裏來的。（末云）大哥。你替我稟一聲。

說前翰林蘇學士來見。〔祗候進報云〕稟老爹。門外有蘇翰林拜見。〔淨云〕請進。請進。〔做見科〕〔末云〕楊大人拜揖。念蘇軾不才。遠謫此郡。窮途無倚。大人何不靑目一二。〔淨云〕我道是誰。原來是安置副使蘇軾。你毀謗朝廷。免死足矣。如何又來干謁公衙。我一廉如水。有甚麼與你。把門人也不察。好歹來報。妨我公事。左右打這廝二十板。〔左右上打祗候了〕〔祗候趕末下〕〔淨下〕〔末云〕是我的不是了也。〔唱〕

【金蕉葉】恨唾手功名未遂。被衮衮兒曹見欺。似這等十謁朱門九閉。又不是一鶚西風萬里。

〔祗候云〕爲你打了我一頓。你還纏甚麼。快走快走。〔末唱〕

【聖藥王】你教我快疾回。莫疑遲。可甚踏花歸去馬如飛。沒道理。不做美。我滿舡空載月明歸。猶自說兵機。

〔云〕哥哥再與我說一聲。〔祗候云〕你好不曉事。爲你打了我。又敢稟哩。你快走走走的遲。我一頓好打。〔末唱〕

【鬼三台】他把賢門閉。英雄棄。莫那孟嘗君是你。暢好人面逐高低。今日羞歸去呵思量可知。可知那經天緯地孔仲尼。遇着輕賢重色柳盜跖。不爭富貴驕人。小人喻利。

〔云〕這公人道把門閉了。我想這一場好羞也。家中妻子却怎了也。〔唱〕

【紫花兒序】你望死聖人賢相。思量起怪友狂朋。淒涼殺穉子山妻。胸中有物。肚裏無食。堪悲。虎病山前被犬欺。我覷楊太守這廝好管仲之器。覷我爲糞土之牆。你却是疥癬之疾。

〔云〕罷罷。我這等人豈是終身窮困。有一日天子寬恩。必然再召用也。〔唱〕

【綿搭絮】憑着我文如游夏。有一日君勝唐堯。宣的我依舊抽毫侍禁闈。似禹門平地一聲雷。把蟄龍重振起。

〔云〕我若再得還朝呵。〔唱〕

【幺篇】對盤龍飛鳳椅。賦裁冰剪霧詩。虎遁狼馳。魚躍鳶飛。那一日强如今日沛作雲霓。宴罷瑤池。出入向宮闈。拜舞向丹墀。那其間强似你。

【尾聲】無端四海蒼生輩。都不識男兒未濟。我止望周人之急緊如金。君子之交淡如水。〔下〕

楔子

〔駕上云〕自從將學士蘇軾安置黃州。不覺又過數年。當初誤聽李定等論劾。是朕一時沒主張。如今在朝官員沒一箇如他的學問。似此高才之士。豈可終身斥逐。朕已令使臣領敕宣召他回京。這一來必重用也。〔下〕〔末上云〕下官蘇軾。自從遭貶到這裏。不知受了多多少少苦楚。時時虧馬正卿周濟。誰想主上垂念舊臣。來宣喚回朝。行李收拾已定。刻日起身。左右門首看着有甚麼人來。〔左右云〕理會得。〔馬正卿楊太守領村人妓樂上云〕 老夫馬正卿是也。聞得朝廷再宣蘇學士回朝。正要送他一送。不想楊太守來邀。說數年不曾看顧。不好相見。今同我送一送。行了一會。不覺早到蘇學士寓舍。左右通報咱。〔左右云〕報的老爹得知。有馬正卿楊太守來了。〔末云〕道有請。〔相見科〕〔馬云〕聞知大人朝京。老夫同太守大人。特具一酌奉餞。〔末云〕不敢不敢。〔淨云〕下官才力短淺。數年以來。多有欠恭之罪。又奉臺閣風旨。因此相見遠闊。大人海涵。恕罪恕罪。〔做遞酒科〕〔末云〕 蘇軾今日得再入朝。如死而復生。太守大人怎想有今日也呵。〔唱〕

【賞花時】再宣入瑞靄飄飄鳷鵲樓。却離了芳草淒淒鸚鵡洲。我去咱依舊乘肥馬衣輕裘。休罪波文章太守。我早則不風雪貶黃州。〔衆並下〕

第四折

〔駕上云〕前日使人宣喚學士蘇軾。許久不見到。今日退朝。在便殿閑坐。當駕官。朝門外看者。蘇軾敢待來也。〔天使上云〕某天朝使臣是也。蒙聖人命差往黃州。宣取蘇軾學士回朝。到得那裏。聞知蘇學士多虧馬正卿看顧是他恩人。只是被楊太守窘辱他。是仇人。我今一併帶來。在朝外等宣。理當復旨。(做見科云)陛下。臣宣蘇軾到來。(駕云)教他過來。(正末披秉上云)下官蘇軾。自被讒譖。遠貶遐荒。誰想得復見天日。我想升沉榮辱好無定呵。(唱)

【雙調新水令】一身流落楚江濱。少年心等閑灰盡。愛君非愛己。憂道不憂貧。富貴浮雲。真堪笑又堪恨。

【駐馬聽】造化通神。鏡裏功名夢裏身。無常忽近。一分流水二分塵。名流蝸角幾時分。塵隨馬足何年盡。白髮鬢邊新。如其用我從先進。

(云)來到朝外。只索進見駕則。(拜科)(駕云)卿離朕數年。遠居南服。頗覺辛苦。可也想朕來不曾。你試說一徧則。(末云)陛下聽臣細訴苦楚。(唱)

【落梅花】陛下既從頭問。微臣怎敢隱。這數年間一言難盡。臣也曾望烟波渺然思至尊。恨天涯有家難奔。

(駕云)卿在黃州。有甚親識。用度如何。卿細說來。(末唱)

【水仙子】臣也曾遠無親戚近無隣。臣也曾釜有蛛絲甑有塵。臣則為歸家嬾覩妻兒問。到如今布袍上有泪痕。(駕云)聞知卿幾遍被州官窘辱。卿是達者。如何苦苦干求於人。(末云)陛下。臣非得已。實出于無奈也。(唱)臣放着急煎煎妻罵兒嗔。便做到達人知命。君子務本。也則索十謁朱門。

(駕云)卿才思淵源。詩作高古。前人詩窮而後工。卿詩作必勝於前。試賦一二篇朕聽。(末云)臣不敢承旨也。(唱)

【甜水令】折末樂府離騷。長篇短韻。陛下待重與細論文。免陛下丁寧。非臣不遜。其實難效殷勤。

(駕云)卿不肯對朕賦詩。卿在黃州。豈無吟咏。(末唱)

【折桂令】怕不待閑吟些白雪陽春。本是箇咏月嘲風。翻做了罔上欺君。〔駕云〕朕當初一時之誤。卿對此鶯花景物。正好陶情寫興也。〔末唱〕陛下教吟徹鶯花。這番敢走徧乾坤。〔駕云〕想當日卿夜對便殿。詔賜金蓮宮嬪簇捧。卿也曾賦滿庭芳詞。今日對朕再做一篇有何不可。〔末唱〕見如今御史臺威風凜凜。怎敢向翰林院文質彬彬。則一句詭殺微臣。則爲這綵女嬪妃。送了俺騷客詩人。

〔駕云〕卿在黃州。誰是恩人。誰是讎人。卿說來朕聽。〔末云〕臣在黃州。多虧致仕馬正卿周給。實被楊太守窘辱。〔駕云〕如今他二人在於何處。〔末云〕已蒙天使將帶入朝。見在朝外等宣。〔駕云〕宣過來。〔楊馬見駕拜舞科〕〔楊云〕非臣辱蘇軾。他是放臣逐客。口舌害物。臣遵國法。豈敢容他。〔駕云〕馬正卿爲國重賢。扶持公道。有恩于蘇軾。封京兆府尹。走馬到任者。〔馬謝恩了〕〔駕云〕楊太守懷奸結黨。妬賢嫉善。削去官職。本家爲民者。〔末云〕楊太守雖與臣不合。如今世情皆如此。炎涼趨避。亦時勢之自然。陛下察之。〔唱〕

【川撥棹】這世裏欠田文。都是些吃敲的石季倫。屋也似金銀。山也似珠珍。有一千箇爲富不仁。傲貧人諂富人。

〔云〕陛下。他見臣貧窮。所以不看顧。〔唱〕

【七弟兄】清濁不分。仁義不存。只理會得自推尊。飢寒壯士無人問。似昌黎重作送窮文。魯褒再作錢神論。

【梅花酒】這廝每世不聞。倚主欺賓。仗富欺貧。倚勢欺人。富而驕。貧而諂。貧無義。富無恩。富無恩豈是人。豈是人類飛禽。類飛禽頗會論。頗會論處人倫。處人倫傲飢貧。傲飢貧莫生嗔。莫生嗔閉賢門。閉賢門使牛人。

【收江南】使牛人怎做孟嘗君。似仲尼不遇嘆麒麟。對清風明月兩閒人。折末受窘也。强如騎馬傍人門。

〔駕云〕今日事定。蘇軾仍復學士。翰林供職者。〔末拜云〕感謝聖恩。但臣曠久。不能供職。不願爲官也。〔唱〕

【鴈兒落】臣寧可閑居原憲貧。不受夢筆江淹悶。樂陶陶一二杯元亮酒。黑婁婁一枕陳摶困。

【得勝令】則願做白髮老參軍。怎消得天子重儒臣。那裏顯騷客騷人俊。到不如農夫婦蠶。繞流水孤村。聽罷漁樵論。閉草戶柴門。做一箇清閑自在人。

題目　王安石執拗行新法
　　　李御史舉劾報私仇

正名　楊太守奸邪攻逐客
　　　蘇子瞻風雪貶黃州

# 李太白貶夜郎雜劇

王伯成撰

第一折

〔駕上云了〕〔高力士云了〕〔太真云了〕〔祿山上了〕〔外末宣住了〕〔正末扮上開〕小生姓李名白。字太白。曾夢跨白鶴上昇。吾非箇中人也。

【仙呂點絳唇】鶴夢翱翔。坦然獨向。蓬山上。引九曲滄浪。助我杯中況。

【混江龍】忽地眼皮開放。似一竿風外酒旗忙。不向竹溪翠影。決戀着花市清香。我舞袖拂開三島路。醉魂飛上五雲鄉。甘心致仕。自願歸休。歐陽浩氣。澆灌吟懷。不求名不求利。雖不一簞食一瓢飲。我比顏回隱跡。只爭箇無深巷。嘆人生碌碌。羨塵世蒼蒼。

〔見駕了〕〔云了〕小生却則酒肆之中。飲了幾杯。

【油葫蘆】常是不記蒙恩出建章。身踉蹌。把一領錦宮袍常惹御爐香。臣覷得綠樽一點蒲萄釀。似禹門三月桃花浪。記當日設早朝。沒揣的見帝王。覺來時都汗盡江湖量。急卒着甚的潤枯腸。

【天下樂】官裏御手親調醒酒湯。聞香。不待嘗。量這筋頭酸怎採我心上。甕。不能彀瓮裏篘斗內量。那一回浮生空自忙。

〔駕云了〕〔末云〕陛下休小覷這酒。有幾般好處。

【那吒令】這酒。曾散漫却雲烟浩蕩。這酒。曾眇小了風雷勢況。這酒。曾混沌了乾坤氣象。想爲人百歲中。得運則有十年旺。待有多少時光。

〔駕云了〕

【鵲踏枝】欲要臣不顛狂。不荒唐。咫尺舞破中原。禍起蕭牆。再整理乾坤紀綱。恁時節有箇商量。

〔駕云了〕〔末云〕陛下道微臣在長安市上。酒肆人家。土炕上便睡。沙。那的是學士每好處。〔做住了〕

【寄生草】休笑那通廳炕。闊矮牀。臣便似玉仙高臥仙人掌。錦橙嫩擘銷金帳。便似醉鞭誤入平康巷。則這一席好酒百十□。抵多少五陵豪氣三千丈。

〔駕云了〕

【幺】舒開箋無皺。磨得墨有光。就霜毫寫出凌烟像。文場中立定中軍帳。就兵牀拜起元戎將。那裏是樽前誤草嚇蠻書。便是我醉中納了風魔狀。

〔駕云了〕〔末云〕陛下問微臣直到幾時不喫酒。

【六幺序】何時靜。盡日狂。但行處酒債尋常。糶盡黃粱。典盡衣裳。知他在誰家裏也琴劍書箱。這酒似長江後浪。灑歌樓醉墨琳琅。筆尖兒鼓角聲悲壯。驅雷霆號令。煥星斗文章。

〔駕云了〕

【幺】直等蠻王。見了吾皇。恁時節酒態軒昂。詩興飄揚。割捨了金鑾殿上。微臣待醉一塲。紫綬金章。法酒肥羊。幾時填還徹這臭肉皮囊。聖朝帝主合興旺。教這廝橫枝兒燮理陰陽。肚嵬躭喫得惹來胖。沒些君臣義分。只有子母情腸。

【金盞兒】遶一百二十行。三萬六千塲。這酒似及時雨露從天降。寬洪海量勝汪洋。臣那裏燕鶯花月影。鷗鷺水雲鄉。□□□這里鳳凰歌舞地。龍虎戰爭塲。

〔駕央末寫詞了〕

【醉扶歸】見娘娘捧硯將人央。不如我看劍引杯長。生把箇菱花鏡裏粧。
做了箇水墨觀音樣。這孩兒從懷抱裏看生見長。則一句道得他小鹿兒
心頭撞。
【金盞兒】則管裏開宴出紅粧。咫尺想像賦高唐。瑞雲重遶金雞帳。麝烟
濃噴洗兒湯。不爭玉樓巢翡翠。便是錦屋閉鸞凰。如今宮牆圍野鹿。却是
金殿鎖鴛鴦。
〔正末做脫靴科云〕力士。你休小覷此物。
【後庭花】這靴曾朝踏輦路霜。暮登天子堂。軟趁殘紅片。輕沾落絮香。我
若沾危邦。這的是脫身小樣。不合將足下央。
〔末出朝科〕
【尾】那廝主置定亂宮心。醞釀着謾天謊。倚仗着強耶壯娘。全不顧白玉
階頭納表章。則信着被窩兒裏頓首誠惶。我遶着利名場佯做箇瘋狂。指
點銀瓶索酒嘗。儘教讒臣每數量。至尊把我屈央。休想楚三閭肯跳汨羅
江。〔下〕
第二折
〔駕云〕〔外末進寶了〕〔駕旦外一行了〕〔外做宣末科〕〔正末扮上了〕〔引僕童上了〕〔正末云〕嗨。對著
此景。却不快活。〔做教小童斟酒了〕〔正末云〕小童。此處無事。你自回去。如是朝治裏官人每。你道我在這
裏。〔僕童下〕〔末做住〕
【正宮端正好】滿長安。花無數。霎時間暮景桑榆。偏得你弄鄉中閉塞定
賢門路。偏俺不合磻樽中物。
【滾繡毬】這酒尋芳踏雪沽。棄琴留劍典。便大教我眼睜睜死生無路。莫

不仕途中買我胡突。對着山河壯帝居。乾坤一草廬便是我畫堂深處。那蟖蠻舡似酒面上浮蛆。不戀着九間天子長朝殿。曾如二尺黄公舊酒壚。但行處挈榼提壺。

〔力士云了〕〔籠馬上了〕〔做尋末科〕〔見住了〕〔力士云了〕〔正末云〕你道是我在此處無好處。

【倘秀才】我直喫的芳草展花裀繡褥。直喫的明月長銀臺畫燭。自有春風醉後扶。怎和那兒女輩潑無徒做伴侶。

〔力士云了〕〔末云〕你朝治裏不如我這裏。

【滾繡毬】禁庭中受用處。止不過皓齒歌細腰舞。鬧炒炒物知其數。這其間衆公卿似有如無。奏梨園樂章曲。按廣寒羽衣譜。一聲聲不叶音律。倒不如小槽邊酒滴真珠。你那裏四時開宴充肥鹿。我這裏萬里搖船捉醉魚。胸捲江湖。

〔力士教末上馬了〕〔末云〕力士。我醉也。只怕去不的。〔上馬了〕

【脫布衫】花梢鶯燕子鶯雛。韆蕩蝶翅蜂鬚。玉轡迎桃蹊杏塢。金蹬挑落花飛絮。

【醉太平】不比趁雕輪繡轂。遊月巷雲衢。又不比荔枝千里赴皇都。止不過上天街御路。全不似數聲啼鳥留人住。他則是一鞭行色催人去。我怎肯滿身花影倩人扶。一言既出。

〔正末外末了〕〔駕旦上了〕〔末騎馬上了〕

【倘秀才】恰離了光燦燦花叢錦簇。又來到鬧炒炒車塵馬足。抵多少白日明窗過隙駒。勝急價更疾如。狂風驟雨。

〔末跪馬了〕〔旦駕了〕〔駕怒了〕〔末見駕了云〕陛下。不干 足事。是陛下馬的不是。

【叨叨令】鳳城有似溪橋路。落紅亂點莎茵綠。淡烟深鎖垂楊樹。因此上玉驄錯認西湖路。委實勸不住也末哥。委實勸不住也末哥。便似跳龍門及第思鄉去。

（等云了）（末飲酒科）（駕賜衣服了）

【喜春來】又不是風流天寶新人物。則是箇落托長安舊酒徒。怎消得明聖主賜一領濺酒護身符。

【堯民歌】也不宜幞頭象笏玉帶金魚。金貂繡襖。真紫朝服。臣再洪飲天之美祿。倘或問少下青鳧。也強如鳳城春色典琴沽。白馬紅纓富之餘。披一襟瑞靄出天衢。攜兩袖天香下蓬壺。須臾須臾行過長安市上去。便是臣衣錦還鄉去。

（末帶醉出朝科云）古人尚然如此。

【四煞】想着劉伶數尺墳頭土。誰戀架上三封天子書。那酒更壓着救旱恩澤洗泓甘露。止渴青梅灌頂醍醐。怕我先嘗後買散打零兜高價寬沽。月明江浦。春醉酒□漉。

（太真祿山送末了）（出朝科）（末云了）

【三煞】娘娘甚酒中貞潔真賢婦。祿山甚才上分明大丈夫。止不過盞號温涼。布名火院。瓶置玻璃。樹長珊瑚。犀澄離水。裙織綾綃。簾捲蝦鬚。真珠琥珀。紅瑪瑙紫璘璖。

【二煞】這箇曾手扶萬丈擎天柱。這箇曾口吐千年照殿珠。只消的一管霜毫。數張白紙。寫萬古清風。不彀一醉工夫。怕我連真帶草一刻數黑論黃。寫倣描朱。從頭至尾。依本畫葫蘆。

【尾】那是安祿山義子台怒。則是楊貴妃賊兒膽底虛。似這般忒自由。沒拘束。猛軒騰。但發路。交近南蠻。至北隅。接西邊。去東魯。一年多半載。餘那裏景悽涼。地悽楚。韡袖垂肩仕女圖。似秋草人情日日踈。待寄蕭娘一紙書。地北天南雁亦無。忽地與兵起士卒。大勢長驅入帝都。一戰功成四海枯。得手如還入宮宇。一就無毒不丈夫。玉殿珠樓盡交付。抵多少燭滅烟銷帝業亏。十萬里江山共寶物。和那花朵兒渾家做不得主。〔下〕

第三折

〔一行上〕〔祿山旦云了〕〔外宣末了〕〔正末扮帶酒上了〕

【中呂粉蝶兒】只被宿酒禁持。轟騰煞浩然之氣。幾曾明白見一箇烏兔西飛。今日醉鄉中。如混沌。初分天地。恰辨得箇南北東西。被子規聲喚回春睡。

【醉春風】一壁恰烘得錦袍乾。又酒淹得衫袖濕。半醒時猶透頂門香。不喫時怎由得你。你躭閣得半世無成。非是我一心偏好。則為你滿朝皆醉。

【迎仙客】比及沾雨露。恨不得吐虹霓。滄海倒傾和月吸。向翠紅鄉圖畫裏。不設着舞筵席。枉辜負了遲日江山麗。

【醉高歌】腳列趄登鑾路花基。神恍惚步瑤階玉砌。吐了口中涎。按捺定心頭氣。勉强山呼萬歲。

〔正末失驚了〕

【石榴花】疑怪翠樓人用錦重圍。不聽得月殿樂聲齊。往常恐東風吹與外人知。怎想這裏泄漏天機。知他那堝兒醉倒唐皇帝。空有聚溫泉一派香池。又無落花輕泛波紋細。怎生悞走到武陵溪。

（外末旦做住了）（外末同旦與正末禮了）（正末云）不想如此。

【鬬鵪鶉】恰才箇倚翠偎紅。揣與箇論黃數黑。則他行怕行羞。和我也面紅面赤。誰大兩白日。細看春風玉一圍。却是甚所為。更做箇抱子攜男。莫不忒回乾就濕。

（力士云了）（一同與正末把酒了）（末笑科）

【普天樂】不須你沈郎憂。蕭郎難易。就未央宮擺布樽罍。直喫的盡醉方歸。折末藏着劍鋒。承着機密。漢國公臣臻臻地。來來喫一回呂太后筵席。穩便波鸞交鳳友。休憂波鶯兒燕子。休忙波蝶使蜂媒。

（正末云了）（外把盞了）（末云了）

【乾荷葉】來的盞不曾推。有的話且休提。准備着明日。向君王行主意的緊支持。刁蹬的廝央及。被我連珠兒飲了三兩盃。則理會酒肉擅場喫。

【上小樓】這孩兒何曾夜啼。無些驚氣。嬌的不肯離懷。懶慵挪步。怕見獨立。三衙家遶定著。親娘扒背。兀的後宮中養軍千日。

【么】穿了好的。喫了好的。盛比別人。非理分外。費衣搭食。甚時曾向人前。分明喘氣。他一身兒孝當竭力。

（云）力士。我只道官裏宣喚。誰想如此。（旦云了）

【滿庭芳】你心知腹知。宮中子母。村裏夫妻。覷得俺唐明皇顛倒如兒戲。我不來這其間敢錦被堆堆。得了兒不語一官半職。做了箇六證三媒。枉了閑吪氣。又道我虎嚇你酒食。怕誤了你愛月夜眠遲。

（正末做出殿科）（外扯住了）（外將荔枝上了）（外央正末喫科）（末取物籤科）（云）我本待籤一箇來。却籤著你兩箇。

【快活三】沾拈着不摘離。廝胡突不伶俐。盡壓著玉枝梨白蓮釀錦帳醅。
官裏更加上些忍辱波羅蜜。
【鮑老兒】若是忔摟定舌尖上度與喫。更壓著王母蟠桃會。更做果木叢最
中占了第一。量這廝有多少甜滋味。壓著商川甘蔗。鄱陽龍眼。杭地楊梅。
吳江乳橘。福州橄欖。不如魏府鵝梨。
〔覷旦科〕
【哨遍】兩葉眉兒頻顰蹙。鎖青嵐一帶驪山翠。香靄暗宮闈。則是子孫司
裏酒病花醫。則爲箇肥肌體。把錦幃繡幄。幔幙垂簾。做了張蓋世界的鴛
鴦被。這張紙於官不利。作雲屏斜掩霧帳低垂。那裏是遮藏醜事護身符。
則是張發露私情樂章集。看你執盞慇懃捧硯驅馳脫靴面皮。
〔云〕你問我那裏去。
【耍孩兒】一頭離了鶯花地。直赴俺蓬萊宴會。碧桃間拂面風吹。浩歌聲
聒耳如雷。平驅風月粧詩與。倒捲江湖此酒盃。偃仰在銀河內。折末冠簪
顛倒。衫袖淋漓。
〔云〕我知道。我知道。
【五煞】見沒處發付咱。便颭一聲宣喚你。這場誤賺神仙罪。我閑來親去
朝金闕。不記誰扶下玉梯。這喑嗜輩鬧中取靜。醉後添愁。
【四煞】你親上親。我鬼中鬼。無用如碧澄澄綠湛湛清泠水。於民只解滌
塵垢。潤國何曾洗是非。水共祿山渾相類。見了些浮花浪蕊。玉骨冰肌。
【三煞】大古裏家不和隣里人。人貧賤也親子離。不求金玉重重貴。你惟
情之外別無想。除睡人間總不知。謊得來無把臂。不曾三年乳哺。一刻合

肥。

〔外末共旦云了〕〔末做指祿山云了〕

【二煞】拈起紙筆標是實。教千年萬古傳于世。看了書中有女顏如玉。路上行人口勝碑。兒曹悔之晚矣。歸去來兮。

【尾】沒遭羅李翰林。忒昏沉楊貴妃。見如今鳳幃中摟抱着肥兒睡。更那裏別尋箇杜子美。〔下〕

## 第四折

【雙調新水令】謝你箇月中人不棄我酒中仙。向浪花中死而無怨。是清風連夜飲。幾曾漁火對愁眠。眕眼的湖水湖淵。豁達似翰林院。

【駐馬聽】想着天子三宣。翠袖雙扶不上船。不如素娥捧勸。巨甌一飲倒垂蓮。爲楊妃昧龍庭。夫乃婦之天。釣風波口似鈎和線。雖然在海角邊。舉頭日近長安遠。

〔云〕我想此處。却不強如與他每鬧鬧吵吵地。

【沉醉東風】恰離了天子金鑾殿前。又來到農家鸚鵡洲邊。自休官。從遭貶。早遞流了水地三千。待教我蓑笠綸竿守自然。我比姜太公多來近遠。

【沽美酒】他被窩兒裏獻利便。枕頭上納陳言。義子賊臣掌重權。那裏肯舉善薦賢。他當家兒自遷轉。

【太平令】大唐家朝治裏龍蛇不辨。禁幃中共猪狗同眠。河洛間途俗皆現。日月下清渾不辨。把謫仙。盛貶。一年半年。浪淘盡塵埃滿面。

〔云〕小生終日與酒爲念。

【殿前歡】酒如川。鷺鷗長聚武陵原。鴛鴦不鎖黃金殿。綠蓑衣帶雨和烟。

酒裏坐酒裏眠。紅蓼岸黃蘆堰。更壓着金馬門瓊林宴。岸邊學淵明種柳。水面學太乙浮蓮。

【甜水令】鬧鬧吵吵。歡歡喜喜。張筵開宴。送到楊柳岸古隄邊。正稚子妻兒痛哭號咷。牽衣留戀。早解纜如烟。

【折桂令】一時間趁篷箔順水推船。不比西出陽關。北侍居延。幾時得爲愛青山住東風懶着吟鞭。流落似守汨羅獨醒屈原。飄零似浮泛槎沒與張騫。納了一紙黃宣。撇下滿門良賤。對十五嬋娟。怎不凄然。他每向水底天心兩下裏團圓。

〔末虛下〕〔水府龍王一齊上坐定了〕

【夜行船】畫戟門開見隊仙。聽龍神細說根元。向人鬼中間。輪迴裏面。又轉生一遍。

【川撥棹】赴科選。跳龍門奪狀元。命掩黃泉。魚跳深淵。不見九五數飛龍在天。望海門潮信遠。

【七弟兄】偶然見面。恕生年。那裏取禹門浪急桃花片。玉溪月滿木蘭船錦溪露濕芙蓉面。

【梅花酒】他雖無帝王宣。文武雙全。將相雙權。鸞駕齊肩。比侯門深似海。我怎敢酒量大如川。憶上元。芍藥圃牡丹園。梧桐院海棠軒。歌舞地綺羅筵。衫袖濕帽簷偏。相隔着水中原。無旅店少人烟。龜大夫在旁邊。鱉相公守根前。猿先鋒可憐見。衆水族盡皆全。擺列着一圓圈。

【收江南】可甚玉簪珠履客三千。比長安市上酒家眠。兀的不氣喘月明孤枕夢難全。

【後庭花】翰林才顯耀徹。酒家邊還報徹。酬了鶯花志。補完了天地缺。尋常病無些。玉山低趄。不合保他短處劫。便將俺冤恨雪。君王行廝間迭。聽讒臣耳畔說。貶離了丹鳳闕。下江船不暫歇。采石渡逢令節。友人將筵會設。酒盃來一飲竭。正更闌人靜也。波心中猛覷絕。見冰輪皎潔潔。手張狂脚列趄。探身軀將丹桂折。

【柳葉兒】因此上醉魂如燈滅。中秋夜祿盡衣絕。再相逢水底撈明月。生冤業。死離別。今番去再那裏來也。(下)

# 老莊周一枕夢胡蝶雜劇

史九敬先撰

## 第一折

〔冲末扮蓬壺仙長上云〕莫瞞天地莫瞞心。心不瞞人禍不侵。十二時中行好事。災星變作福星臨。小聖乃蓬壺仙長是也。今有太白金星傳玉帝勅命。爲因大羅神仙陞玉京上清南華至德真君。在玉帝前見金童玉女。執幢旛寶蓋。不覺失笑。玉帝怪怒。貶大羅神仙下方莊氏門中。爲男名爲莊周。游學將至杭州。此人深愛花酒。恐他迷失正道。差小聖領着風花雪月四仙女。先到杭州城內。化仙莊一所。賣酒爲生。着四仙女化爲四箇妓者。等候莊周來時。先迷住他。待太白金星到時。自有點化處〔下〕〔生扮莊子上云〕窗前十載用[illegible]勤。多少虛名枉悞人。只爲時乖心不遂。至今無路跳龍門。小生姓莊名周。字子休。祖貫山東曹州人氏。因天下大亂。跟先祖前來四川居住。我兄弟四人。父母俱亡。頗有些家貲。三箇哥哥收掌。我在學中讀書。晚上睡不着。便思想人有生死。不能逃的。小生前歲往嶺南探親。及至回家。與小生送別的朋友。一半死了。小生嘆惜爲人在世。會幾箇士大夫之人。死而無怨。小生但會朋友。便問那裏好散心。都說杭州魚米之地。小生因此一徑的來到杭州。去城不遠。小生平日愛的是花酒。不知怎麼說若是有彈唱的送酒。小生也吃不醉。遠望見城邊酒店中坐着箇老者。試問他一聲。賣酒的有酒麼〔蓬壺上云〕是誰叫。有酒。〔生云〕好酒取二百文錢的來。〔蓬壺云〕先生一位客。緣何用二百文錢的酒。敢吃不了〔生云〕你不認的。我是四川莊子休。我若用心吃。一千錢的酒。我也喫了。〔蓬壺云〕既如此。任從尊意。先生。我這杭州城。有幾箇唱的。在這莊西邊。請他來同席。只費兩壺酒。可也不可。〔生云〕甚好。老者你就去。〔蓬壺下〕〔引四旦上〕〔見科〕〔生云〕你這四箇大姐。都是院裏的。會甚麼吹彈。〔四旦云〕所事都會。先生要甚雜劇。俺就扮來。〔生云〕好大話也。我說出來。你若不會。怎了。〔四旦云〕人會的。俺便會。人知道的。俺便知道。〔生云〕既如此。您將樂器各作四句詩。都要有出處的言語。〔一旦云〕蒼梧雲氣赤城霞。錦樂鈞天帝子家。醉裏忽逢王子晉。玉簫吹上碧桃花。〔生云〕婦人只知枕席之事。也曉的這等言語。〔又一旦云〕世人多慮我無憂。一片身心得自由。散誕清閑無箇事。臥吹鳳管月明秋。〔生云〕我學生會天下士大夫。止不過學而知之。似列位者少有。〔又一旦云〕塵世飄飄萬丈坑。暮雲樓閣古今情。誰將羌管吹殘月。白玉樓頭第一聲。〔生云〕又妙又妙。〔又一旦云〕非希非易亦非奇。音律輕歌韻正宜。說與君家如得悟。無憂無慮亦無疑。〔生云〕酒保。把前後門都關了。不要放一人進來。俺五箇人直喫的盡醉方歸。〔做彈唱送酒科〕〔生連飲科云〕我醉了。〔做睡科〕〔末扮太白金星上云〕閬苑仙家白錦袍。海山銀闕宴蟠桃。三更月底鸞聲遠。萬里風頭鶴背高。小神乃太白金星是也。奉玉帝敕旨。下方點化大羅神仙。我先差蓬壺仙領四仙女。去杭州城南聚仙莊上迷住他。我來自有話說。

〔唱〕

【仙呂點絳唇】飛下天宮。將帝宣欽奉。因他宿緣重。但得相逢。是一枕胡蝶夢。

【混江龍】世俗迎送。都是些是非人我虎狼叢。流的緊黃河九曲。坐的穩華岳三峯。依舊春風人世所。黃河一去永無蹤。生太素陰陽未判。辨清濁混沌初分。推物理三皇治世。定人倫五帝興隆。寵女色夏桀無道。自荒淫太甲居桐。廢殷祀紂辛失位。建周朝文武成功。爲宰臣職居相府。作公侯祿厚千鍾。名利似湯澆瑞雪。榮華如秉燭當風。度寒暑雁鴻南北。搬興廢烏兔西東。天地久消磨造化。黃塵老埋沒英雄。人有限。事無窮。覩一氣漸消鎔。一會家嘆干戈千載戰爭場。可憐人一枕南柯夢。恰開眼蜂衙蟻陣。轉回頭兔跡狐跡。

〔云〕早到聚仙莊也。蓬壺仙何在。〔蓬壺引四仙女跪科云〕上仙有何法旨。〔末云〕大羅仙在那裏。〔蓬壺云〕見在房中酒醉睡着了。〔末云〕既做神仙。怎生醉了。我試看者。〔做看科云〕似此不如做神仙。〔唱〕

【油葫蘆】不如我跨鳳乘鸞朝玉京。仙家日月永。你只待浩歌一曲酒千鍾。見如今春秋七國刀兵動。不如我柳陰中一枕南柯夢。俺昆侖頂上人。

比淩烟閣上臣。試看咸陽原上麒麟塚。都一般瀟洒月明中。

〔云〕自太極初分到今春秋時已經幾萬年了。日月好疾也。〔唱〕

【天下樂】轉首繁華掃地空。你看乾坤造化功。笑凡夫與吾心不同。我欲待說是西。他却來道做東。想塵埃誰識神仙種。空教我嘻笑不言中。

〔生醒科〕〔末自云〕好儀表也。看他眉如秋月。目若朗星。真神仙也。我且躲在西房檐下。〔做躲科〕〔生云〕賣酒的老者。〔蓬壺云〕有。〔生云〕我教你前後門都閉了。俺五箇人喫的盡醉方歸。你如何放進人來。〔蓬壺云〕此人原是杭州城裏富戶。十年前家貲鉅富。我多受他恩來。如今艱難了。來問我要酒喫。先生休怪。

〔生云〕你說十年前富貴。今日艱難了。我想富貴貧窮。流轉不息。好傷感人也。老者請他過來。這裏有酒。教他吃些。〔蓬壺請科〕〔末變艱難相貌見科〕〔生云〕老人家飲一盃酒者。〔四女跪下科〕〔生云〕請起。〔四旦云〕這老人家是我杭州在城恩府。怎敢不跪。〔末向生云〕莊先生。看你趁這等標致身軀。眉眼動蕩。修行去罷。〔生云〕老人家。你若富貴。無這話說。如今窮了。有這異端之心。你自修行去。〔末云〕若先生功夫到了。便是神仙。似這等貪戀花酒。有甚麼好處。〔唱〕

【那吒令】你戀酒呵。多敗少成。你戀色呵。色即是空。你戀財呵。那財中隱凶。都只因氣送了人。到底成何用。誰知你有眼無瞳。

〔生云〕你道門中有甚麼好處。我甚麼有眼無瞳。〔末唱〕

【鵲踏枝】說起俺道門中。不與你世俗同。你愛的是雪月風花。我愛是惰懶傴慵。四件事無毛大蟲。再休與酒色財氣相逢。

〔生云〕你這老人家。我與你酒。全不會喫。都澆奠在地下。我與你不相識。你出去外邊立去。〔末出外科〕

〔生云〕你四箇女子唱一箇曲兒。我喫一盃。〔末云〕他不認的我。教我出外邊來。他若認的時頭也得他的。似此作歡能得幾時受用也。〔唱〕

【寄生草】他只待兩行排着紅袖。一人捧着玉鍾。數朝不離香醪甕。我着你半霎搶入迷魂洞。猶兀自一盃未盡笙歌送。全不想無常迅速頃刻休。休倚仗三寸氣在千般用。

（生云）我又醉了。（睡科）（胡蝶仙子上）（舞一折下）（生醒科云）適夢中見胡蝶變化。好一箇大胡蝶也。（末云）十分胡蝶大。我有箇大胡蝶詞。（生云）你唱。（末唱）

【醉中天】撑破莊周夢。兩翅駕東風。五百處名園一掃一箇空。難道風流種。諕殺尋芳蜜蜂。輕輕飛動。把一箇賣花人扇過橋東。

（生云）誰想村莊上遇此知音老者。城中不知有多少賢士大夫老者請坐請坐。（末云）我小人有一件物。還是比先收下的。因無人買的起。出不上銀子。小人就不曾賣。（生云）值多少銀子。（末云）值銀一萬兩。（生云）甚麼物件值這些。（末云）小人有一花盆。能種花。頃刻結果。食用可充飢渴。（生云）情願看一看。（末種花科）（結果科）（末云）先生食果。（莊食果科云）好奇果也。甜如甘露。（末云）我再種一果。先生食用。（六次科）（末收盆科）（末垂泪悲科）（生云）老者爲何煩惱。（末云）我悲這花開六遭。如流年相似。（唱）

【金盞兒】恰春到百花紅。早夏至綠陰濃。秋來不落園林空。呀早霜寒十月過。春夏與秋冬。今日是一箇青春年少子。明日做了白髮老仙翁。豈不聞百年隨手過。萬事轉頭空。

（生云）當的煩惱。光陰瞬息。不覺的老了也。（末唱）

【後庭花】想人生百歲翁。似花飛一陣風。人無有千日好。花無有百日紅。（生云）神仙有生死無有。（末唱）何必你論窮通。你如何如癡如諍。戀酒的有甚功。愛色的有甚寵。貪財的只是凶。使氣的不善終。若將我仙境通。豁開你心上蒙。飛身到太華峯。看白蓮開玉井。看白蓮開玉井。

【青哥兒】呀學取那乘鸞跨鳳。傳與你伏虎降龍。呼吸風雲在掌中。俺那裏靈芝常種。蟠桃初紅。雲鶴翔空。白雲迎送。玉女金童。紫簫調弄。香靄澄澄。紫霧濛濛。瑞氣騰騰。罩着這五雲樓觀日華東。俺那裏有神仙洞。

〔生云〕一會困上來我再睡些。〔睡科〕〔末云〕我欲留下這四箇女子誠恐泄露天機是我之過。你四人每人與我幹一件事我在空中等你。〔唱〕

【賺煞】你與我只一片燕鶯心。做半世胡蝶夢。扇粉翅殷勤建功。一指迷人大道中。不要你燕懶鶯慵。不留停歲月匆匆。都戀着柳綠花紅春意濃。玳筵開一終。把布袍扇動。駕白雲飛上建章宮。〔下〕〔四仙女推莊生下澗科下〕

楔子

〔生上醒科云〕怎生我在這裏兩日茶飯不得。如何是好。〔末扮道士閉眼上云〕貧道在這山修行多年。今日無事閑游一回。〔唱〕

【仙呂賞花時】剩水殘雲四五塌。野杏夭桃無數花。淡隱隱臥殘霞。疎林直下。掩映着茅舍兩三家。

〔生向前云〕先生作揖。〔末云〕有鬼。〔生云〕小生是人。〔末云〕我在這山中數十年。無人至此。因此我無忌憚胡唱閑耍。你既是人。你在那裏住。〔生云〕我住處遠哩。〔末云〕遠不在天上地下到天上也只三萬餘程。能有多遠。〔生云〕小生四川成都府人氏。姓莊。名周。字子休。老先生睜眼看者。〔末開眼科云〕莊先生作揖了。我幾番在各府州縣見先生與士大夫相處。我不敢近前。今日在此山中相逢。也是我窮先生萬幸也。請問莊先生那裏去。〔生云〕小生迷在此山中。不知地界。煩你指引與我道路。異日相謝。〔末云〕你出去做甚麼。你若捨身往萬丈山澗裏一跳下去。我尋着你。咱兩箇一處閑耍了罷。〔生云〕我學生出不的家。〔末云〕我着這朱頂鶴舞一會你看。〔唱〕

【端正好】你做神仙。不能勾。出家人無慮無憂。跨黃鶴逕上虛空走。我把那世事都參透。

【滾繡毬】閑來時山背後。喂箇水牛。閑來時把師父道德求。待做神仙。怎生能殼似。這般無慮無憂。山中有火常沽酒。常言道一日無常萬事休。我自在優游。

（云）我去也。（末騎鶴上升科）（生云）那裏走這箇術士來哄人。我尋路出去。（做行科）（下）

第二折

（生上云）呀。這前面一座大宅舍。一座牌樓。上寫敕建李府尹宅。我素不認的李府尹。今在窮途。試叫門者。開門開門。（旦上云）是誰叫門。（生云）大姐作揖。（旦云）這漢子好無禮。見俺女人。又不迴避。俺老爹在家倦出。好揪進去打這廝。（生云）一箇女人這等不賢。他家男子。又不知怎麼模樣哩。（向旦云）小生乃四川成都府人。姓莊名周。迷路至此。望大姐可憐見。開門放小生進去。（旦慌出門跪下科云）不知是莊子叔叔。俺老爺在家常念叔叔。請叔叔進門來。我報去。（旦下）（末扮李府尹上云）塵夢覺榮辱升沈。堪笑蝸角虛名何足道。不須閑計較。莫戀五花官誥。莫愛七賢朝帽。攬禍憂讒。何日了幾人能到老。小官李府尹是也。近新來故了妻室。我在房裏睡着。只見使女來報說。四川莊子在門首。我想來莊周是箇白衣人。楚威王將重表裏取他為官。他不肯出仕。他遊徧天下。不知認的多少士大夫。我認的他。他不認的我。須索接見者。（做見科）（末云）莊先生請請。（生云）學生不敢。（做入科）（見科）（末云）將酒來。（生云）賜飯足矣。小人酒上不明。（末云）不喫酒不是斯文。豈不聞白日莫閑過。青春不再來。今人不飲酒。古人安在哉。（唱）

【南呂一枝花】且盡生前有限盃。莫思身外無窮事。窗外日光彈指過。席前花影坐間移。廣設尊席。休惜千金醉。倒玉山非自頹。儘君心走斝飛觥。快我意追歡共喜。

【梁州】我這裏小才思施强弄會。老精神燕約鶯期。（末哭科）（生云）大人這等大家當緣何發悲煩惱。（末云）買不的生死。（唱）我哭這光陰急急如流水。青春纔至。白髮相催。百年身命。六道輪迴。疾箭般兔走烏飛。轉回頭虎倦龍疲。起初時闘垓垓蝶急蜂忙。濃鬧裏笑欣欣鶯甜燕美。下場頭冷清清財散人離。怎知。就裏。本是箇神仙老子非凡體。待得來玉不琢不成器。保養心猿意馬肥。有甚驅馳。

〔生云〕老大人根前。小生不敢說。小生在杭州曾見一人。他會開頃刻花。小生曾喫花上果子。〔末笑云〕你不知。那花盆在我這山裏出。〔生云〕大人哄我哩。〔末云〕那女子。你開了那書房門。把那花盆都搬出來。與你莊叔叔看。〔生云〕若結一箇果子。我喫一鍾酒。〔末云〕莊先生。咱往書房中看去。〔做行到見科〕〔生云〕那裏討這些花果來。〔末云〕你若在我家住些時。我與你十數盆。到家送朋友。〔生云〕不敢不敢。〔末云〕你把家中女子都叫出來。見你叔叔一見。明日好行走。〔女子應下〕〔生云〕我不會將人事來。每位大姐贈一首詩。〔一旦攜琴上云〕一寸光陰一寸金。持將此物寄知音。先生識破浮生夢。渾似南風一操琴。〔生云〕大姐如何不操琴。〔旦云〕先生戒一件物。方去操琴。〔生云〕戒甚麼。〔旦云〕戒酒。傷人點水傍邊酉。玉液瓊漿不堅久。陷人風波萬丈坑。人人送死皆因酒。〔生云〕敢問大姐甚麼名字。〔旦云〕畫樓西畔雨初晴。度柳穿花過一生。既是叔叔問名姓。妾身小字是鶯鶯。〔末云〕你說一箇女子。送四句詩。〔生云〕將筆來。〔寫科〕〔念云〕擲柳遷喬太有情。交交時作弄機聲。洛陽三月春如錦。多少工夫織得成。〔末云〕這詩是舊的。〔生云〕再來做新的。〔末唱〕

【牧羊關】住在這深山內。如今遷在喬木裏。送行人幾度別離。出入在柳影花陰。宿臥在枝頭葉底。半生富在鳴珂巷。一聲巧在畫樓西。他也曾驚回玉鎖窗前夢。渾似綠楊枝上啼。

〔又一旦將棋子上云〕滿眼韶光似箭催。轉頭白髮故人稀。榮枯枕上三更夢。成敗尊前一局棋。〔生云〕又教我戒甚麼。〔旦云〕戒色。敗國亡家破吳越。蛾眉淡掃君王側。快人迷戀翠紅鄉。箇箇身亡皆爲色。〔生云〕敢問大姐甚麼名字。〔旦云〕穿簾入戶居宮殿。飛入烏衣尋不見。先生既問妾身名。舊時王謝堂前燕。〔末云〕先生作詩。〔生云〕有了。曾向烏衣看落花。春風吹影傍天涯。茅簷亦有安巢地。何必王家與謝家。〔末

唱〕
〔么篇〕住畫樓。居蘭室。穿朱簾。入繡幃。聽花言巧語偏疾。家住在王謝堂前。祖居在烏衣巷裏。鶯鷰能二春至。秋社後一雙歸。休猜做沙煖鴛鴦睡。本是箇泥融燕子飛。
〔又一女子捧書上云〕浮利浮名總是虛。潑天富貴待何如。若能參透詩中意。盡在玄元一卷書。〔生云〕又着我學生戒甚麼。〔旦云〕戒財。白玉黃金是禍胎。錢多害己必爲災。勸君跳出風波險。丢了飄飄浮世財。〔生云〕敢問大姐甚麼名字。〔旦云〕殷勤釀蜜苦於農。深有於人濟世功。采蕋尋芳平日事。花間葉底小游蜂。〔末云〕先生作詩。〔生云〕蜜口暗春好信通。爲花評品嫁東風。香鬚惹得飛英去。疑是纏頭利市紅。〔末唱〕
〔么篇〕妙體態人多美。細腰肢舞更宜。多少人趨赴嬌姿。他蜜又調成花又得濟。有禮數知王法。甜口兒不虛脾。因爲我來於此。爲誰人忙甚的。
〔又一女子把畫上〕〔云〕秦晉交歡皆爲詐。榮華一筆都勾罷。龍爭虎鬬是非場。圖成四幅丹青畫。〔生云〕又教我戒甚麼。〔旦云〕戒氣。德重施仁唐虞治。誰強誰弱不都濟。要入長生不死鄉。休爭三寸元陽氣。〔生云〕敢問大姐甚麼名字。〔旦云〕牡丹盈檻花開徹。兩翅濃香慣風月。飛入君家夢裏來。妾身本是花間蝶。〔末云〕先生作白胡蝶詩。〔生云〕銀爲鬚翅玉爲衣。任意春風不解肥。桃李上林無分到。可憐只傍菜花飛。
〔末唱〕
〔么篇〕肌柔膩如粉施。體輕盈稱素衣。曲彎彎兩道蛾眉。一生好採蕊尋芳半世。愛偎紅倚翠名雖擔着風月。心上戀着芳菲。繞定這尋芳客身上舞。不若在賣花人頭上飛。
〔云〕莊先生。你記的這四箇女子不記的。〔生云〕記的。他四箇是鶯燕蜂蝶。各人拿的是琴棋書畫。戒我學生的酒色財氣。〔末云〕這四件事戒的那幾件。〔生云〕學生戒不的酒色。戒不的財氣。〔末云〕將酒來吾觀莊先生言論。如長江大河。一瀉千里。〔生云〕老大人談吐如劈竹相似。數節之後。迎刃而解。〔末起身云〕我今上洛陽做官。家中無人。兄弟怎生當一年半載家事。〔生云〕等我到家與哥哥說知。願來與大人當家。〔末云〕等你到家再來。悞了我的欽限。把這四箇女子。留住在此服事你。有一箇不用心的。休等我來就打無論。〔生云〕這等小生在此看家罷。〔末謝云〕既如此。我就赴任去罷。〔下〕〔生云〕您四箇女子用心服事我。將酒來。〔做飲科〕〔生醉睡科〕〔末上云〕某那裏是李府尹。是太白金星。一化特來度脫大羅仙。這等醉生夢死。幾時得正果朝元也。〔唱〕

【罵玉郎】東君不管人憔悴。那裏也酒病賴花醫。頑涎尚有何時退。不帶酒。撒膩滯。佯推醉。

【感皇恩】你只管情蕩心迷。廢寢忘食。你只待弄輕盈。相嬉笑。放迷稀。貪戀着燕約鶯期。蝶使蜂媒。只待要與顛狂。花簇繞。酒淋漓。

〔四日虛下〕〔生醒科〕〔哭云〕女子每都那裏去了。〔末自云〕他花情忒重也。〔唱〕

【採茶歌】他怎麼痛傷悲。怨別離。那裏也有情何怕隔年期。海誓山盟君莫喜。你明日花殘月缺悔時遲。

〔生復醉倒科〕〔末至前科云〕看這貪花戀酒的模樣。我欲將四箇女子留下。誠恐有別事情。就是我之過。莊子你做神仙做人。隨你。〔唱〕

【煞尾】罷名韁收利鎖。觀兩輪日月搬與廢。我與你拴意馬。繫心猿。看一捐乾坤定是非。與還濃睡正美。猜呆禪打啞謎。能參透其中意。不貪財。不圖利。作三生。過一世。惜花酒。戀財氣。似殘春花亂飛。狂風飄。急雨催。塵中多枝□稀。蜂倦游。蝶不戲。那時節悔不及。直待的花殘鶯老春歸。這的一枕胡蝶家萬里。〔下〕

〔生醒云〕四女子那裏去了。我且後房歇息去者。〔下〕〔末扮太白金星上云〕金風未動蟬先覺。暗送無常死不知。某太白金星是也。奉上帝命度脫大羅仙。因他花酒情重。不得正果。奏知玉帝。又令金母殿前再差四箇仙女點化他去。教他酒中會得道。花裏遇神仙。〔下〕〔生上云〕某莊周是也。在這李府尹宅上。住了許久。有四箇女子。逐日相陪。近來不知那裏去了。無處找尋。今日在此閑坐。看有甚麼人來。〔四仙女扮旦上云〕妾乃金母殿前春夏秋冬四仙女。作爲桃柳竹石。着俺去下方。迷大羅神仙。可早來到他住所。咱過去見者。〔做見科云〕莊先生萬福。〔生云〕好東西也。是那裏來的。又不數那鶯燕蜂蝶了。敢問列位因何至此。〔一旦云〕奉師父傳法旨。差往西南山採藥。煉九轉仙丹。做不死之人。〔生云〕說這等大話。你是誰。〔旦云〕去年今日此門中。人面桃花相映紅。人面不知何處去。桃花依舊笑春風。〔生云〕你實說你姓甚名誰。〔旦云〕武陵溪畔是吾家。妖豔春深綻錦霞。既是先生問名姓。妾身小字是桃花。〔生云〕將桃花來插在頭上。我飲酒三杯賞桃花。〔飲科〕〔又一旦上云〕試看柳色黃金嫩。勝似梨花白雪香。不向玉樓巢翡翠。故來金殿鏁鴛鴦。〔生云〕你是甚麼名字。〔旦云〕壓盡櫻桃樊素口。纖腰偏稱春葱手。先生既問妾身名。奴是一枝臨路柳。〔生云〕將柳來插在頭上。滿飲三盃賞柳。〔飲科〕〔又一旦上云〕千里好風清戛玉。一輪明月冷篩金。堅剛不屈中臣節。骨鯁還同列女心。〔生云〕老實說你名字。〔旦云〕湘江長就娥皇綠。洒泪成斑枝勝玉。歲寒三友有奴名。妾身是箇梅間竹。〔生云〕將竹插在身上。酌酒三盃賞竹。〔飲科〕〔又一旦上云〕清奇古怪世間稀。說與君家知不知。倚翠偎紅花竹畔。亭亭曾見雨雲期。〔生云〕你甚麼名字。〔旦云〕萬竅千穴花木主。玲瓏剔透人皆許。風流可喜太湖石。曾伴投江浣沙女。〔生云〕你是太湖石。放在頭上。敢使不的。我也喫三盃。〔飲科〕〔生云〕你四人聽我說。你師父有甚真訣妙語。你說來共修仙道。〔一旦唱〕

【南曲柳搖金】聽吾所告。仙丹匪遙。八卦布周遭。保守的嬰兒壯。相憐姹女嬌。請一箇黃婆。媒合離坎換中交。向西南採取初生藥。苗須調火候。火候須調。火候須調。溫養汞鉛丹竈。

〔又一旦唱〕

【前腔】汞鉛丹竈。能平善消。火候最難調。便誘的心猿順。怎防着意馬驕。奴不如金丹修煉。差悞在分毫。把離又換坎。乾坤怎交。須教採煉。採煉須教。採煉須教。說與洞房玄妙。

〔又一旦唱〕

【前腔】陰汞能飛走。陽鉛會伏調。緊收拾頑猿劣馬。休放半分毫。心如止水。情通九霄。堅牢温養。温養堅牢。温養堅牢。管取寶珠光耀。

〔生跪下科云〕你是神仙。地下無這等人。〔旦唱〕

【前腔】委的是神仙來到。修真的至高。千歲宴蟠桃。金漏須金補。泥神用土包。參的透這些消息。總是話虛囂。便存神運氣。身心枉勞。金銷石爛。石爛金銷。石爛金銷。惹得衆仙譏笑。

〔生云〕你四人既是仙侶。又明大丹之道。可能傳授。〔四旦云〕若按子午。煉成還丹。自能了悟冲舉也。〔生云〕咱後宅煉丹去來。〔同下〕

## 第三折

〔末扮太白金星上云〕某令桃柳竹石四仙女。與大羅仙煉丹已成。當正果朝元。奏知玉帝。先差三曹官把四箇女子捉將來。問他漏泄天機罪犯。然後引大羅仙朝元玉京去。〔下〕〔末扮三曹官上云〕小聖三曹官是也。奉玉帝勑旨。太白金星差委下方捉拿四仙女去。不覺早到下方也。〔唱〕

【正宮端正好】直向這採霞身。臨凡世來追究。展雙眸按落雲頭。到人間恰正黄昏後。大踏步衝鴛甃。

〔生引四仙女上云〕大丹已成。你四人慢慢的遞幾盃酒我喫。〔飲科〕〔生醉科〕〔末云〕早到他宅中也。〔唱〕

【滾繡毬】親蒙上帝差。疾將妖魅勾。對清風月華如晝。〔做看科〕〔唱〕把花園做了謝館秦樓。只聽的品龍笛吹鳳笙。斟雲醪飲玉甌。列金釵不離了左右。天生就皓齒明眸。三重幔幙高燒燭。十二簾櫳不上鈎。受用也莊周。

【倘秀才】對寶砌磨拳擦手。挨綠窗將身退抽。怎禁他狐魅精靈潑鬼頭。挨亮槅。靠毬樓。少走。

（末云）疾。（風起科）（四旦云）好大風也。正然天色明朗。就昏暗了。諕殺人也。空中有神鬼之聲。咱且迴避者。（生醉睡科）（四旦下）（末云）小鬼頭那裏去。（唱）

【滾繡毬】銀臺上吹滅了燈。金杯中漾撒了酒。都藏在綉幃之後。我奉玉帝勑旨親勾。你大膽休。喫劍頭。都是你不君子的喬竹。太湖石那些兒玲瓏剔透温柔。顛狂柳絮隨風舞。輕薄桃花逐水流。自攬這一場閑愁。

（末拿住四女科）（四旦告云）上聖可憐見。俺初犯這遭。（末云）說甚麼初犯。你這桃柳竹石罪犯多哩。你知也不知。桃精過來聽我說。（唱）

【倘秀才】第一徧天台山與劉晨配偶。第二徧謁漿處把崔護等候。如今和莊子惜玉憐香又不知甚日休。逐朝期會約。每日效綢繆。今日來强口。

（云）喚柳精過來。（唱）

【滾繡毬】灞陵橋任行人取次攀。章臺街弄腰肢狂蕩遊。楚王宮餓的些些美人纖瘦。汴河傍斜纜龍舟。你頑涎不肯收。舊病實是有。把一雙訴離情翠眉顰皺。休只待絮沾泥燕侶鶯儔。春花秋月何時了。夜去明來早晚休。直等的葉落歸秋。

（竹旦云）上聖。我可是初犯。（末云）全是你的不是。（唱）

【呆骨朵】你虛心冷氣空僝僽。這罪犯怎肯干休。辱沒殺竹林七賢。怎見的歲寒三友。娥皇泪君空洒。孟宗筍誰能勾。你無有化龍棲鳳的心。今日要生枝上接頭。

〔云〕石精過來志誠的是石頭。今日也不好了。〔唱〕
【倘秀才】老石頭人難措手。喬孔竅玲瓏剔透。跟着他倚翠偎紅不識羞。三斧砍不就。一向去搊瘦。難容你陋醜。
〔生醒科〕〔跪云〕上聖小生在此不過修真。萬望可憐。〔末云〕你是讀書人。這等負心。〔生云〕那裏負心來。
〔末唱〕
【滚繡毬】你把鶯鶯並不題。燕燕更不瞅。蜜蜂兒置之腦後。却不道戀胡蝶一夢莊周。你有了桃共柳。更和這石與竹。做得箇迎新忘舊。〔生云〕他四箇不知那裏去了。干小生甚事。〔末唱〕他每躲是非及早歸休。是非只爲多開口。煩惱皆因強出頭。悔又何尤。
【煞尾】飽諳世事慵開口。會盡人情只點頭。陰隲綿綿若肯修。福祿重重無了休。四箇妖精盡皆有。莊子先生胞胎後。遙指白雲天際頭。望着那十二瑤臺路兒上走。〔下〕
〔生云〕不知甚麼神道。把四箇仙女捉將去了。我在這裏好悶人也。李府尹不知幾時回來。怎生是好。只索寧奈則箇。〔下〕

## 第四折

〔末上云〕小聖太白金星是也。今有大羅仙丹鼎已成。朝元有日。我今還爲李府尹。問他索要家下人口房屋看他說甚麼。早來到也。試叫門者。〔叫云〕開門來開門來。〔生上云〕誰叫。〔做相見科末云〕莊先生。還我家私房屋人口來。〔生云〕你做了幾年官了。〔末云〕我做官干你甚事。早知道做了三年官。你弄了我百年家當。我做甚麼官。〔唱〕
【雙調新水令】這是我爲虛名一去整三年。嘆光陰甚如疾箭。更做道酒腸寬似海。常言道色膽大如天。鬧起座宅院庭軒。把俺這佳人每廝撻賤。

【駐馬聽】美滿團圓。幾度通宵置酒筵。不見了蜂蝶鶯燕。一春常費買花錢。十年未了悟真篇。半生好看羲皇傳。不必言。將人門外疾推轉。

（末云）不必逼勒你。莊子休。你省悟了不曾。（生跪下云）我省悟了也。（末云）你認的我是誰。（生云）你是太白金星。（末云）你雖認的我。你不知你是誰。（生云）我是大羅神仙。後升玉京上清南華至德真君。因我笑執寶蓋幢旛仙女。貶在下方。（末云）你怎生再得到天上。（生云）告星君可憐。奏准玉帝。領我玉京上清牌來。我自然就到天上。（末向空中云）衆仙不來等甚。（金童玉女擔蓋賫玉京牌上）（生跪受科）（東華仙上云）大羅仙。你今日正果朝元。再有凡心。罰往下方。永失仙道。你回宮依舊管事。（生謝太白金星云）多謝上仙。（末唱）

【鴈兒落】那裏取笙歌夜月筵。那裏取桃李春風面。這的是浮生夢一場。世態雲千變。

【得勝令】柳外絕人烟。花裏遇神仙。今日箇跨鳳游三島。乘鸞上九天。駕箇雲軒。參拜在金闕遼陽殿。益壽千年。受東華玉帝宣。

（衆仙云）都來與大羅仙慶喜者。大羅仙再不可思凡了。（末云）大羅仙做仙好。下方爲人好。（生云）凡人怎比神仙。（末云）你也曉的。（唱）

【川撥棹】你與那太湖石結姻緣。他身上望心堅石也穿。趁着這小桃胡扇。翠柳枝邊。月暗星全。鞸袖垂肩。送了你凝呆的少年。今日箇怨甚麼天。

（生云）我在下方住了五六十年。上方幾年了。（末云）上方三五箇時辰。（生云）正是洞中方七日。世上幾千年。四箇女子與我在一處煉丹。被三曹官捉去。如今不知在那裏。（末云）你既無思凡的心。尋那四箇女子做甚麼。若上帝聞知。怎了。（唱）

【梅花酒】剗的你牽纏顧戀鬼狐涎。却不道春風桃李聞鶯燕。秦樓謝館酒家眠。齊聲唱徹陽關怨。

【七弟兄】今日箇列管絃。向席上尊前。柳影花邊。做了無事的神仙。宿緣人未圓。桃柳喪黃泉。石竹却還元。鶯燕怎留連。生拆散錦毛鴛。活分開並頭蓮。

【收江南】呀。今日是花裏遇神仙。快牢拴意馬與心猿。豈知道洞中別有一重天。風如介犬。這的是莊周一夢六十年。

〔云〕你本是大羅神仙。爲思凡謫下人間。今日箇功成行滿。衆神仙正果朝元。

題目　太白星三度燕鶯忙

正名　老莊周一枕胡蝶夢

# 晉文公火燒介子推雜劇

狄君厚撰

## 第一折

〔淨旦一折〕〔駕上開住〕〔太子奏住〕〔旦譖奏了〕〔貶太子了〕〔貶正夫人入冷宮住〕〔正末扮介子推披秉上開〕自家介子推。晉朝職當諫議。晉獻公爲君。朝治里信皇妃驪姬國舅呂用公所譖。貶東君太子申生重耳於甕地爲民。更黜正宮皇后齊姜下入冷宮。信驪姬與他兩個太子。大者奚齊。次者卓子。大者爲雲。次者愛月。奏官里蓋千尺雲月臺。臺上太極宮百二十間。動天下民夫幾日成功。朝中宰輔。緘口無言。沒一個敢諫。官里似此這般。怎生柰何呵。

【仙呂點絳唇】我想今日人才。各居朝代。爲臣宰。怕不都立在舜殿堯階。一個個將古聖風俗敗。

【混江龍】當日個高辛氏。舉八元八愷。慎徽五典五惇哉。今日父子無義慈情分兄弟喪恭友心壞。則爲五教不明生仇恨。致令得四時失序降民災。今日父子無高低悅順。兄弟無上下和諧。臣宰與君王主事。君王信驪后支□。大太子申生軟弱。小太子重耳囊揣。毒性子奚齊如蛇蝎。很心腸卓子似狠豺。愛的是爲雲長子。寵的是愛月嬰孩。却正是農忙耕種。百忙里官急科差。剗捨了我當中忠諫。取奏天裁。我這里整朝章秉象簡端居於相位中。我與你出班部上瑤階。赴丹墀直望着君□□皆因朝中肱股。托賴着□勝□□元首明哉。

〔做起末禮了〕〔駕云了〕〔云〕臣該萬死。口奏天顏。臣見貶正宮皇后。東宮太子。西府儲君。不知有何罪犯。

〔駕云了〕陛下信讒臣之奏。待蓋雲月臺。不可興工。〔淨旦云了〕〔駕云了〕言者錯矣。

【油葫蘆】三二太子□□上□□。將雲月梢上青霄可無大才。娘娘啊便怎能夠挽蟾宮攀折得桂枝來。〔云〕晉朝宮室蓋不得。〔駕云了〕〔云〕陛下不呵□□乘舡用車把磚石載。柱了梁山選木將園林採石。包成千尺□。磚砌就五丈街。為甚咱晉朝中宮殿難修蓋。□□□□□□□棟梁材。

【天下樂】今日待動土興工計利開。但用的民夫將百姓差。題起來痛傷情老臣心內駭。不爭宮殿上太極宮。不爭臺修成雲月臺。臣則怕引得禍從天上來。

〔駕云了〕〔云〕臣敢說麼。〔駕云了〕〔云〕當日紂王無道。因寵妲己。蓋摘星樓。不明殿。長夜宮。敲陽人脛腿驗髓。剖婦人腹氣驗胎。如此不仁。有諫臣三人。微子箕子比干。此三人者。乃是紂之庶民。為諫不從。微子去之。箕子為奴。比干諫而死。自古至今。百姓諸侯史官皆毀紂王無道。〔駕云了〕

【那吒令】百姓每怒嫉能妬色。損臣僚重宰力。□三市諸侯恨荒淫好色。布八方四海。史官每罵輕賢重色。傳千年萬載。那其間正值着飢歲時凶年代。普天下併役當差。

【鵲踏枝】比及壘起基堦。立起樑材。百姓每凍餓死的尸骸。成山握蓋。那座摘星樓興工了數載。不曾動分毫府庫資財。

〔云了〕

【寄生草】百姓每如何敢賣。官司也不敢買。〔駕云了〕揀人家高樑大廈渾成壞。問甚末聖壇佛堂從頭兒折。將他那皇宮內苑從新蓋。告大王恁時節龍樓鳳閣已成功。待怎麼到如今雕欄玉砌今何在。

〔云了〕

【六幺序】每日將生靈害。每日把筵宴開。微子箕子比干這三人諫在金階。諫不從也微子便走去西伯。箕子在宮苑塵埃。把那比干腹教刀刃分開。磣可可活把心肝摘。血濯濯的苦痛傷懷。驗二毛七孔真如在。妲己早懽娛滿面紂王早喜笑盈腮。

(駕云了)

【幺篇】爲那嬌態。有些顏色。選入宮來。把那魚盆深埋。銅柱牢裁。酒池鋪開。肉林安排。損害人材。食啖嬰孩。引的四海兵來。戈戟無該。想着紂王興衰。我王裁劃。則爲摘星樓把山河敗壞。陛下修臺廢望月臺。(駕云了)戊午日兵來。甲子日成。史皆因那姜太公妙策奇材。臨時間血浸朝歌壞。把座摘星樓變做塵埃。武王伐紂功勞大。一來是神天佑護。一來是天地裁排。

(淨旦云)(駕云了)(謝駕云)萬歲萬歲。(出朝科)(云)聖人道篤信好學。守死善道。危邦不入。亂邦不居。天下有道則見。無道則隱。今日退朝。是吾全身之樂哉。

【尾】跳出那與廢利名場。做一個用捨行藏客。孔子道。危行言遜免害。不得中行而與之。必也狂狷進退乎哉。(淨旦云了)見如今您晉朝中禍已成胎。少不得惹起場干戈橫禍災。(云了)我想這千尺月臺。恁時節撇在九霄雲外。(淨云了)我道來去了這晉朝臣您可索隄備着楚兵來。(下)

第二折

(駕一行下了)(淨旦說計了)(駕上云)(奏住)(駕云了)(申生重耳哭住)(駕一行上了)旦與申生祭食。藥死神獒了。重耳走下。(回奏了)(駕云了)(扮奄官托砌末上云)自家大官大使王安。奉官里皇后。賫三般朝典將東宮太子賜死。想人生冤枉。何處伸訴。

【南呂一枝花】致令得申生遭罪囚。逼臨得重耳私奔走。雖然驪皇后生嫉妬。呰你個晉天子也合問緣由。您肯分解個恩仇。賜朝典他甘心受。料東宮一命休。則是刎頸交傷身難不了這短劍白練藥酒。

【梁州】前家兒功番成罪壘。後堯婆恩變爲仇。從古至今前家後繼從來有似這驪后定計國舅鋪謀。暗存着燕侶鶯儔。可待請佃他鳳閣龍樓。送的個前家兒惹罪遭殃。搬得個親夫主出乖弄醜。都是後堯婆私事公仇。國舅太后君王行兩三遍題名兒奏着自家自等候。教武士金瓜列在我這腦背后。我如何不敢承頭。

〔天臣云了〕〔聽了〕〔太子云了〕

【牧羊關】將太子待放來如何放。教太子待走來如何走。臣若壞了太子呵教這潑宮奴萬載名留。若不教太子短劍下身亡。微臣便索金瓜下命休。太子今日青天上遭罪死。若到黃泉下不可結寃仇。〔太子云了〕那壁是○○難推怨。微臣這壁官差不自由。

〔做待着尋思了云〕自至宮中誰會害人性命。

【四塊玉】我從來是個奉善人那里有殺人的手。竹節也似聖旨催怎敢遲留。至如東宮合死呵也不合教這明晃晃短劍下亡。〔砌末云〕若要個完全的尸首則合教這長挽挽白練休。〔覷砌末云〕太子呵你能可眼睜睜服藥酒。

〔使臣上云〕〔云〕臣不知太子有何罪犯。宮里與皇后有這般寃恨。〔說關子了〕〔聽住〕

【罵玉郎】聽太子從頭兒說開無虛謬。元來是爭社稷結寃仇。則是這三人定的計策臣也都參透。是君王傳的聖旨驪后定的見識。是賊子施的機彀。

〔淨云了〕〔荒聽了〕

【感皇恩】呀諕的我魂魄悠悠。不隄防有人隨後。嗨太子命難逃。微臣也身難趓。那賊漢怒難收。〔太子云了〕都是賊子奏。奏得您繼母焦。焦得您父王愁。

〔太子云了〕

【採茶歌】你道他下埸頭。怎干休。太子呵則除你一心分破帝王憂。古往今來雖是有寃寃相報何時休。

〔使臣上云〕天臣言者差矣。

【牧羊關】他父親牽腸肚。咱兩個哥廢口。他子父每更互殺呵痛關着骨肉。待將他摘膽剜心。怎做的不傷懷袖。觸突着皇后合依平論。免突着天子合問緣由。傷毒着宮婢非爲罪。藥煞神獒直甚狗。

【尾】你今日道屠殺他這太子不怕難合口。〔帶云〕上天生我。上天死我。君王何不可。我怕甚伏侍君王不到頭。哎衆公卿。衆宰侯。別人有家私。不能勾。有妻男。不能守。有功名。不能就。宰輔臣僚冒支請受。臣道君昏。怎生不奏驪后心毒。獻公出醜。殺的是玉葉金枝。有好榆柳。將鳳子龍孫。不如猪狗。你等蒼生。真乃禽獸。我已過三十。不爲夭壽。爲主忠心。死而甘受。我博一個萬載青名煞强如教萬民呪。〔帶云〕我如今棄了身。棄了命。便死身亡問甚您剛刀下爛朽。〔帶云〕劊搶了訛言課語。抗勑違宣。怕甚末金瓜下碎首。〔帶云〕既爲臣子。怎敢將主所殺。我將這行仁慈有道禮忒忠孝的申生我委實下不得手。

〔外云住〕〔申生自刎了〕〔駕一行上〕〔淨奏住下〕

第三折

〔末素扮引外背劍上開〕自當日出朝。載老母歸於莊宅上。半載之間。倒大來悠哉。

【中呂粉蝶兒】活計生涯。遣僕男一犂兩欛。落得個任逍遥散誕行達。背一張琴。攜一壺酒。訪友在山間林下。今日還家。想着我出朝時那場驚怕。
孔子云。邦有道則知。邦無道則愚。其知可及也。其愚不可及也。信有之也。
【醉春風】我如今耳淨勝如聾。眼明渾似瞎。我便有那論邦辯國的巧舌頭。則不如粧做個啞啞啞啞啞。將書劍收拾。素琴擡起。劍匣高掛。
〔見卜兒了〕〔介林拜了〕〔云〕介林於府學中攻書。已經半年之間。不知你做甚功課里。〔介林云了〕孩兒。你習文武科也學得是也。我想來則不如不會倒好。〔介林云了〕聽我說。
【喜春來】你今日修文治國平天下。你如今待演武安邦定殺伐。兒呵你如今修文演武未通達。〔帶云〕罷罷。至如你便不成呵。〔唱〕似我也退朝。誰肯將你貨與帝王家。
〔林云了〕〔云〕孩兒。你說的言語有擊王保駕之意。安邦定國之心。豈不知孔子擊磬於衞者曰。有心哉。擊磬乎。子貢曰。有美玉於斯。韞匵而藏諸。求善價而沽諸。子曰。沽之哉。沽之哉。我待價者也。你今來入於至焉之就里。然後之輕重長短。我受過的辛苦。緣何不知。便憑才藝奪國家大柄。貴者只除是出朝將入朝相矣。
〔林云了〕
【普天樂】出爲將便是鎮華夷。入爲相居朝鑾駕。鎮華夷呵便似挾太山以超北海。朝鑾駕呵便索待漏院久立東華。假若封加你官位高。至如昇遷得你功勞大。刻地索招罪招殃添驚怕。兒呵則不如無是無非且做莊家。〔外云了〕這的是送的你榮華富貴。〔外云〕兀的是還你魂的高車駟馬。〔云了〕那的是取你命的大纛高牙。
〔重耳上叫了〕〔做驚問了〕
【迎仙客】他道認得咱。不知是誰那。〔做見科了〕臣道是誰家個客人兀來却是殿下。〔做講〕小太子若是但躬身。微臣便該萬剮。〔做起了〕東宮安在。〔云了〕

〔打悲了〕〔唱〕東宮元來自刎昇遐。晉天子呵全不怕萬載人民罵。

〔淨上〕〔驚住〕〔淨背云了〕〔聽問〕〔做見卜兒旦太子了〕〔介林〕太子是泄非干微臣之過。皆因呂用公奉官里聖旨所逼。國舅仗着寶劍道。你家中有小太子重耳。好生將得項上頭來便休。若不將出頭來教您全家兒賜死。老漢以此說太子在於宅內。太子勿慮。臣替太子死去。母親將您孩兒項上首級腐爛。交與國舅言稱是太子之首。我雖然盡其忠。不能盡其孝。爭柰有七十歲老母。如百年之後。無臨喪祭之子。休休休。既爲忠臣。何思孝以哉。〔歌曰〕別恨山妻淚滿腮。含悲孝母痛傷懷。忠心替代儲君死。孺子疾忙取劍來。〔介林自刎了〕〔做荒放〕

【上小樓】我則見扯劍出匣。他便揪住頭髮。吃察刀過處。頭落地。苦痛天那。你好是下得呵兒呵。好兒今日個不尋思。就就死擎王保駕。〔太子云〕顯得臣也忠心伏你晉朝天下。

【幺篇】你後兒待怎生。我絕嗣待怎麼。孩兒今日救了儲君。替了親爺。他須是爲國於家。〔旦哭做住〕不爭你學哀聲。敢把咱。全家誅殺。君王小可題起那驪姬怕那不怕。

〔怕做了〕〔淨云了下〕〔太子做望云了〕〔扮風雪上〕〔太子云了〕〔悲住〕

【醉高歌】行路途劫劫巴巴。兙悽楚消消洒洒。頭直上風雪紛紛下。咱兩個凍不煞多應餓殺。

【紅繡鞋】受了他五七日心驚膽怕。不似這兩三程行得人力盡身乏。〔云了〕望見兀那野烟起處有人家。〔帶云〕太子共我絕糧三日。我每日割着身上肉。推做山林內拾得野物肉。與太子覓餓。他有一日爲君呵。至如我心虧負我。我須是割股勤着他。〔太子云了〕〔到山中了〕深山裏絕餓殺。

〔眼花意了太子背靠坐定〕〔太子燒肉與末吃〕

【快活三】想我着十才來㵎底下。割得來與他家。燒得來半熟。荒用手來拿。早是我饑奈無收煞。

（太子云了）

【朝天子】百忙裏讓咱。猛然的見他。不由我吃忒忒心頭怕。（太子云了）太子問臣聲喚做甚那。有幾處熱癤瘰瘡發。（云了）微臣里忍痛難禁。聲疼不罷。（太子云住）太子呵臣這疼痛如刀刃扎。（太子云了）你又待損剮損剮些兒肉咱。（云了）你直待咽咬煞微臣罷。

（楚使上云住）（打認住）（太子云）（關子了）（云）既然楚大夫肯將太子去楚。老夫家中有老母無人侍養。老夫還家。等太子雪冤時分臣迎太子來。（打悲了）

【耍孩兒】哭啼啼訴不盡別離話。（太子云了）你與我疾忙上馬。你一程程乘騎去他邦。我則索慢慢的步䟕還家。他那裏傷心去路何時盡。我這裏含恨歸程知他幾日是家。（太子云了）赤緊的您父子無投機話。可知道風雲氣少。那裏問兒女情多。

【三煞】今世里父賢子不孝。子孝父不達。這的是父不父子不子。傷了風化。我如今有兒無兒皆如此。（太子云了）你今日有爺無爺爭甚那。謝楚大夫相提拔。太子為晉唐枝葉。皆是你齊楚根芽。

【二】太子呵想必那春申君擡舉你。（云了）你見那孟嘗君隨順他。若是君權向那客舍里權安插。俺便似山川困虎生剛巨。（太子云）你便似淺水蛟龍奮爪牙。（太子云了）怎肯教驪姬賊子請了天下。太子呵直等的先皇晏駕。那其間便起征伐。

【尾】太子呵你若是報不得母雪不得兒你便空破了國。若是借不得母埋不得兒我便是自喪了家。你若是雪不得冤報不得恨則任他空干罷。太子呵你便是治不得國我便是齊不得家吡枉教人唾罵殺。〔一行下〕

楔子

〔淨旦開了〕〔駕上開了〕〔叔向奏了〕〔卜兒開了〕〔末上見卜云〕您孩兒去晉城。知得重耳爲君。號文公。即位將羣臣都封贈了。惟忘了您兒。兒作了一篇龍蛇歌。懸於晉朝宮門。晉文公若見。必宣您兒來。〔卜兒云〕〔不省了〕〔云〕上問母親。怎生是一世之榮不如萬載之名。〔卜兒云了〕〔做省得了〕母親言者善也。家中無妨礙。

【仙呂賞花時】母親道奉帝臨朝一世榮。背母歸山掇個萬代名。家中萬事無牽掛。則今日便登程。〔卜云了〕遙望着翠巍巍綿山峻嶺。〔卜兒云〕您孩兒鴉背着母親行。

第四折

〔駕上開〕〔駕提燒山了〕〔扮樵夫上〕〔荒放

【越調鬭鵪鶉】熖騰騰火起紅霞。黑洞洞煙飛墨雲。鬧垓垓火塊縱橫。急穰穰烟煤亂滾。悄蹙蹙火巷外潛藏。古爽爽烟峽內側隱。我則見煩煩的烟氣燻紛紛的火熖噴。急煎煎地火燎心焦。密匝匝烟屯合峪門。

【紫花兒序】紅紅的星飛迸散。騰騰的熖接林梢。烘烘的火閉了山門。烔驚了七魄。火諕了三魂。不付能這性命得安存。多謝了烟火神靈搭救了人。慚愧呵險些兒有家難奔。盡都是火嶺煙嵐。望不見水館山村。

〔駕云了〕有個老宰相共個老婆婆火燒了也。那個老宰相不肯躲那火。抱着黃蘆樹。現今燒死了也。〔駕云了〕

【小桃紅】小人向虎狼叢裏過了二旬。每日負力擔柴薪。教□稚子山妻得安適。〔駕云了〕我不知你笑那深山裏玉堂臣。他□那濃烟烈焰裏成灰燼。〔云了〕爲甚俺這樵夫得脱身。無事他□天有信。從來不負俺這苦辛人。

〔云〕那個老官人和我每日攀話。〔云了〕

【金蕉葉】小人怕不待信着口傾心告君。則恐怕□突着當今至尊。〔云了〕小人雖是個莊家漢。也省的些個小勾當。止不過玉帛玄纁奉品。不似你晉國裏招賢廢人。

〔駕云〕

【調笑令】柴林下那個宰臣。教火燒了身。兀的不辛苦殺凌烟閣上人。〔云了〕我道來呵道他親孩兒替死向鋼刀下刎。他血瀝瀝割股焚身。封官時宰相每若議論。則封個完體將軍。

〔駕云〕

【寨兒令】道他曾巴巴劫劫背着主公。破破碌碌踐紅塵。行到半路里絶粮也。剛割濕肉烹。道大王當日從臣。道大王今日爲君。每日重裀而卧列鼎而食。那其間路上有飢人。〔駕云了〕您向當心里水瓮防身。您却四面火把燒焚。一投於水於水浪滚。一投放火把火光焚。〔云〕做皇帝一投放水一投放火。

〔唱〕那的是您天子重賢臣。

【鬼三台】颼颼的的狂風撤。將密匝匝山圍盡。猛一陣煤撲撲人生烟搶人。風捲泄蕩起灰塵。火焰紅如絳雲。泛泛烟熏的兩輪日月昏。剗剗的火煉的一合天地地分。補氤氳兎走被烟迷。忒楞楞撲飛禽被那火淋。

〔駕云〕

【禿廝兒】您這火林外前後有軍。深山裏進退無門。他道是向火坑中自喪身。更休想臥高塚麒麟。

〔云了〕

【聖藥王】那老兒過六旬。近七旬。他道是老而不死是何人。你道他性子很。意氣嗔。見如今抱黃蘆肢體做灰塵。可知知有甚吃火不燒身。

【收尾】不爭你個晉文公烈火把功臣盡。枉惹得萬萬載朝廷議論。常想趙盾捧車輪。也不似你個當今帝主狠。

〔駕云了〕〔祭出〕〔散場〕

# 地藏王證東窗事犯雜劇

孔文卿撰

楔子

〔正末扮引二將上〕〔坐定開〕某姓岳名飛。字鵬舉。幼習武藝。隨高宗南渡於金陵。不經旬日。有大金國四太子追襲。到於浙西錢塘鎮。立名行在。即其帝位。某統軍在朱仙鎮拒敵。四太子閉門不出。某平生願待復奪東京。近新交上表。欲起軍去。不見聖旨到來。這幾日神思不安。呵。不知有甚事。□□□不知朝治里有甚事。張憲岳雲。在意看守邊塞。則今日便索上馬去。

【仙呂端正好】見一日帝王宣十二次。多應擋迴俺百萬雄師。莫不朝廷中別有甚機關事。既不沙却怎竹節也似差天使。

【幺篇】多敢是聖明君犒賞特宣賜。怎肯信讒言節外生枝。只不過休兵罷戰還朝呵是我暗暗地自尋思。莫不是封□□聖恩慈。明宣賜賞金貲。添軍校。復還時將□□展六韜□□□府。取京師。殺猛將。血横尸。奪了四京□□須要稱了俺平生志。〔下〕

## 第一折

〔正末帶枷上開〕自宣某到於闕下。不引見官里。有秦檜將某送下大理寺問罪。陛下信奸臣賊子。將俺功臣虧損。太平不用舊將軍。信有之。

【仙呂點絳唇】立國安邦。列着虎賁狠將。沙場上。臥雪眠霜。爭了與您百二山河掌。

【混江龍】想挾人捉將。相持厮殺數千場。則落得披枷帶鎖。枉了俺展土開疆。信着個挾天子令諸侯紫綬臣。待損俺守邊塞破敵軍鐵衣郎。俺與你掃除妖氣。洗蕩妖氛。不能夠名標簿上。刻地屈問廳前。想兒曹歹謀帝王前。不由英雄泪滴枷梢上。想着俺掌帥府將軍一令。到不出的坐都堂約法三章。

〔云〕非是岳飛造反。皇天可表。

【油葫蘆】想十三人舞袖登城臨汴梁。向青城虜了上皇。〔云〕誆得禁軍八百萬丢盔卸甲。〔唱〕那其間無一個匣中寶劍掣秋霜。楊戩是個幫閑攢懶元戎將。蔡京是個傳書獻簡頭廳相。一個治家亡了家。一個安邦的喪了邦。虜得些金枝玉葉離了鄉黨。若不是泥馬走康王。

【天下樂】到如今宋室江山都屬四國王。生併的國破城荒。那一場我與你重安日月定了四方。戰沙場幾個死。破敵軍幾處傷。兀的是功名紙半張。

〔云〕既是我謀反。那裏積草屯糧。誰見來。

【那吒令】恁尋思試想。向殺場戰場。恁尋思試想。俺安邦定邦。恁尋思試想立朝綱紀綱。我不合扶持的帝業興。我不合保護的山河壯。我不合整頓的地老天荒。

【鵲踏枝】我不合定存亡。列刀鎗。恁剋的定計鋪謀。損害賢良。試打入天羅地網。待教俺九族遭殃。

【寄生草】仰面將高天問。英雄氣怨上蒼。問天公不曾天垂象。治居民不曾教居民蕩。統三軍不曾教三軍喪。只落的滿身枷鎖跪廳前。却甚一輪皂蓋飛頭上。

【村里迓鼓】我不合扶立一人爲帝。教萬民失望。我不合於家爲國。無明夜將烟塵掃蕩。我不合仗手策。憑英勇占得山河雄壯。鎮得四海寧。帝業昌民心艮則兀的是我請官受賞。

【元和令】消不得上馬金下馬銀。也合教出朝將入朝相。我與恁奪旗扯鼓統兒郎。不能夠列金釵十二行。教這個牧童村叟蠢芒郎。到能夠驀登天子堂。

【上馬嬌】不索你狠。更怕我荒。你道是先打後商量。做了個耕牛爲主遭鞭杖。見外則荒內則相隔着漢陽江。陛下常久屋鎮蘇杭。

【遊四門】只怕不知禍起在蕭牆。你待與心亂朝綱。詐傳宣賺離我邊庭上。原來恁沒世界有官方。暗暗將刀斧列在堦傍。

【勝葫蘆】却甚爛醉佳人錦瑟傍。今日和天也順時光。則那逆天的天不教命亡。順天的禍從天降。逆天的神靈不報。順天的受災殃。

【寄生草】你道我把朝廷亂。不合將社稷匡。我不合降戚方揭寨施心亮。我不合捉李成賊到中軍帳。我不合破金國扶立的高宗旺。待將我簽頭號令市曹中。却甚功勞寫在凌煙上。

〔云〕皇天可表。岳飛忠孝。

【賺煞】下我在十惡死囚牢。再不坐九鼎蓮花帳。則我這謀反事如何肯當。我死呵做個負屈啣冤忠孝鬼。見有侵境界小國偏邦。秦檜結勾起刀槍。陛下則怕你坐不久龍床。俺死呵落得個蓋世界居民衆衆講。岳飛子父每不合捨性命生併的南服北降。出氣力西除東蕩。〔云〕殺了岳飛岳雲張憲三人。〔唱〕陛下你便似砍折條擎天駕海紫金樑。〔下〕

第二折

〔正末扮呆行者拿火筒上念〕吾乃地藏神。化爲呆行者。在靈隱寺中。泄漏秦太師東窗事犯。〔詩曰〕損人自損自身已。我風我癡我便宜。人我場中恁試。想到底難逃死限催。

【中呂粉蝶兒】休笑我垢面風癡。恁參不透我本心主意。則與世人愚不解禪機。鬅鬆鬢着短頭髮。胯着個破執袋。就裏敢包羅天地。我將這吹火筒却離了香積。我泄天機。故臨凡世。

【醉春風】又不會禮經懺法堂中。俺則是打勤勞山寺裏。則爲你上瞞天子下欺臣。〔帶云〕你道我癡。我道你奸。縛虎則易。縱虎則難。〔唱〕太師這言語單道着你。你休笑我穢。我干淨如你。你問我緣由。我對你說破。看怎生支對。有甚不知你來意。

【迎仙客】你來意我理會得。你未說我先知。知你個怕心也。你那夢境惡。故來動俺山寺裏。祝神祇。禮懺會。休只管央及俺菩提。道不得念彼觀音力。

〔等太師云了〕

【石榴花】太師一一問真實。你聽我說因依。當時不信大賢妻。他曾苦苦地勸你。你豈不自知。東窗下不解西來意。我葫蘆提你無支持。則爲您奸滑狡佞將心昧。你但舉意我早先知。

【鬬鵪鶉】知你結勾他邦。可甚於家爲國。咱人事要尋思。免勞後悔。豈不聞湛湛青天不可欺。據着你這所爲。來這里謊鬼瞞神。做的個藏頭露尾。

〔云〕太師你休笑這火筒。

【紅繡鞋】他本是個君子人。則待挾權倚勢。吹一吹登時教人烟滅灰飛。則爲他節外生枝。教人落便宜。爲甚不廚中放。常向我手中攜。〔帶云〕這其間不是我掌握着呵。〔唱〕敢起烟塵傾了社稷。

【十二月】笑你個朝中宰職。只管里懊惱闍梨。我這里明明取出。他那里暗暗掂提。不是瘋和尚直恁為嘴。也強如干喫了堂食。

【堯民歌】你好坐兒不覺立兒飢。這的是兩頭白麵做來的。我重吃了兩個莫驚疑。你屈壞了三人待推誰。普天下明知明知其中造化機。百姓每恰似酸餡一般都一肚皮銜包着氣。

【滿庭芳】你則待士家敗國。你幾曾奪旗扯鼓。廝殺相持。將別人邊塞功番成罪。你只會改是為非。有神方難除你病疾。無妙藥將我難醫。你將那英雄輩都向鋼刀下做鬼。雲陽內血沾衣。

【快活三】則為你非來我這風越起。風過處日光輝。則為你拿了雲握住雨不淋漓。便下雨呵則是替岳飛天垂泪。

【鮑老兒】替頭兒看看攛到你那里。怕犯法沒頭罪。我不念經強如人咒罵你。你仔細參詳八句詩中意。你心我知。一言既出。駟馬難追。

〔詩曰〕久聞丞相理乾坤。占斷官中第一人。都領羣臣朝帝闕。堂中欽伏老勳臣。有謀解使蠻夷退。塞閉好邪禁衛寧。賢相一心忠報國。路上行人說太平。〔云〕俺這裏景致好。

【耍孩兒】這寺嵯峨秀麗山疊翠。這湖瀑布嵐光水碧。這山千層萬疊□□□這玉湖清浩蕩盡蘇堤。青山只會磨今古。綠水何曾洗是非。枉了你修福利。送的教人士家破瓦解星飛。

【三煞】岳飛定家邦功已休。秦檜反朝廷事已知。你兩家冤讎有似簷間水。則為奸讒宰相千般狠。送了慷慨將軍八面威。你所事違天理。休言神明不報。只爭來早來遲。

【二煞】你看看業貫滿。潄潄死限催。那三人等候在陰司內。這話是金風未動蟬先覺。暗送無常死不知。那時你歸泉世。索受他十惡罪犯。休想打的出六道輪迴。

【收尾】便似啞謎般說與你猜。你索似悶事兒心上疑。有一日東窗事犯知我來意。只怕你手搠着胸脯恁時節悔。〔下〕

楔子

〔正末扮虞候上云〕自家姓何。何宗立的便是。秦太師鈞命。教西山靈隱寺勾捉呆行者去。誰想不見。惟留紙一張。上有八句詩。須索交太師看。〔做見太師等太師看詩科〕〔詩曰〕棄了袈裟別了參。不來塵世住心庵。二時齋粥無心戀。薄利虛名不意貪。性似白雲離嶺岫。心如孤月下寒潭。丞相問我歸何處。家住東南第一山。〔云〕秦太師鈞旨教往東南第一山勾捉呆行者葉守一。須索走一遭去。〔閃下〕〔等賣卦先生上云住〕〔末便上云〕遠遠地見一個賣卦先生。第一問東南山去路。第二買一卦則個。〔等賣卦先生云了下〕〔做望了拜〕

【仙呂賞花時】這六爻內特將禍福看。指引迷人八卦間。〔等牧童吹笛科〕〔做聽住〕只聽的笛聲韻悠殘。這其間天昏日晚。直引鬼門關。〔閃下〕

〔等地藏王上云〕〔做見了科云〕我那裏不尋你。却在這裏。秦太師鈞旨有勾。

【幺】兀底明寫東南第一山。〔等押秦太師帶枷上云了〕則見鬼吏牛頭慘霧間。見太師閣着淚訴艱難。教傳示夫人。只說道東窗事犯。大古是人馬報平安。〔下〕

第三折

〔等駕上云住睡了〕〔門神上了〕〔正末扮魂了引二將上開〕某三人自秦檜屈壞了俺。陽壽未終。奉天佛牒玉帝勅東岳聖帝教來高宗太上皇托夢去。

【越調鬭鵪鶉】但行處愁霧凄迷。悲風亂吼。恰離枉死城中。早轉到陰山背後。不能青史內標名。只落的鋼刀下斬首。每日泰不管。魏不收。送的俺酩子裏遭誅。更怕我葫蘆罷手。

【紫花兒序】三魂兒消消洒洒。七魄兒怨怨哀哀。一靈兒蕩蕩悠悠。俺不是降災邪祟。俺是出力公侯。你問緣由。我對聖主明言剛骨雠。俺說的並無虛謬。謝上聖將這屈死冤魂。放入這鳳閣龍樓。

【小桃紅】躬身叉手緊低頭。又不敢把龍床扣。拜舞山呼痛僝僽。見官里猛抬頭。驚回御寢把天顏奏。燈影下誠惶頓首。臣說着傷心感舊。尚古自眉鎖廟堂愁。

【鬼三臺】臣在生時多生受。馳甲冑。做先鋒帥首。向沙塞擁貔貅。臣說着呵自羞。想微臣挾人捉將一日休。只落的披枷帶鎖遭重囚。臣想統三軍永遠長春。不想半路里拔着短籌。

【紫花兒序】臣性命不若如花梢滴露。風里楊花。水上浮漚。臣統三軍捨命。與四國王做敵頭。將四京九府平收。不想臣扶侍君王不到頭。提起來雨淚交流。想微臣蓋世功名。到今日一筆都勾。

臣等三人每會與國家出氣力來。

【金蕉葉】臣捨性命沙場上戰鬭。臣出氣力軍前陣後。刻地撇俺在三鬧里不俅。臣意社稷江山宇宙。

【調笑令】陛下索趁逐。替微臣報冤雠。臣須是一日無常萬事休。不能勾懸牌掛印將君恩受。只落的絣扒吊拷百事有。早難道衆臣千秋。

【禿廝兒】臣望寫皇閣千年〇不朽。標青史萬代名留。臣做了個充飢畫餅。風內燭。這冤雠。這冤雠。怎肯干休。

【聖藥王】臣這万頭。又不曾寫犯由。也合三思然後再追求。臣海外收伏了四百州。將凌烟閣番作抱官囚。久以後再誰想分破帝王憂。

【絡絲娘】臣捨性命出氣力請纔粮將邊庭鎮守。秦檜沒功勞請俸干吃了堂食御酒。他待將咱宋室江山一筆勾。好金帛和大金家結勾。

【綿答絮】臣趁着悲風淅淅怨氣哀哀。天公不管。地府難收。相伴着野草閑花滿地愁。不能夠勅賜官封萬戶侯。想世事悠悠。嘆英雄逐水流。

【拙魯速】臣將抽頭不抽頭。向殺人處便攢頭。秦檜安排釣鈎。正着他機彀。怎生收救。臣當初只見食不見鈎。

【么】想微臣志未酬。除秦檜一命休。陛下逼逐記在心頭。將緣由苦苦遺留。明明說透。把那禽獸剮割肌肉。號令簽頭。豁不盡心上憂。

【收尾】忠臣難出賊臣彀。陛下宣的文武公卿講究。用刀斧將秦檜市曹中誅。喚俺這屈死冤魂奠盞酒。

第四折

〔正末扮何宗立上開〕自太師差自家東南第一山勾呆行者葉守一去。不想去惹多時節。

【正宮端正好】奉鈞命陷在酆都。別妻子離了鄉郡。則我便是個了事公人。鬼窟籠裏衣飯也能尋趁。一去二十載無音信。

【滾繡毬】去時節未四旬。回來經幾春。不覺染秋霜兩鬢。轉回頭高塚麒麟。改換的日月別。重安的社稷穩。每應舊功臣老盡。今日另巍巍別是個乾坤。果然道長江後浪催前浪。今日立起新君換舊君。歲月如奔。

【呆古朵】玉堦前聖主將臣來問。聽臣說太師原因。當日做好事回來。路逢着一人。施全心膽大將他壞。秦檜福氣大難侵近。本向靈隱寺祭福星。

不想到宅上惹禍根。
【倘秀才】太師頓然省將詩句議論。道這個呆行者好言而有准。道那八個字自包天地自殺身因此上差臣爲公吏。勾喚那僧人。因此上事緊。
【滾繡毬】想着秦太師情性狠。不由何宗立去心緊。正行里起撼天關大風一陣無片時間早刮的地慘天昏。那風出山捲怪塵。那風入山推敗雲。險刮的那太華山一時崩損。□□崙希力力難以影那風刮的六朝老樹和根倒。萬里長江□□□。進退無門。
【倘秀才】又無侵古道疎籬遠村見一個卦□□□□□隱。他和那野草閑花作近隣。要知山下路。須問往來人。□□□□。
微臣向前去問那先生。那先生道。你休問我。
【叨叨令】恰問罷早祥雲瑞靄乘着風信。□□□笛聲韻。我將那東南山去路將他問。他指一□□□□□□去了也麼哥。□去了也麼哥向前來扯住禪師問。
（云）□□□□□□太師鈞命有勾。那和尚道不索你勾。□□□□□□□這裏怕你不信。教你看咱。
【倘秀才】恰道罷見□□□□□在身並無那玉女金童接引。則有一簇牛頭鬼吏狠。交秦□□微臣普碌碌推出獄門。
【滾繡毬】太師道從見了呆□□□山里作下文。不想東窗下事犯緊。道他則與謾君王幹家□心規運。只爲他虛黎民好金帛前後絕倫。他不合倉敖中□□根府庫中偷了銀。狠毒心一千般不依本分。更霸軍權屈殺了閫外將軍。當初禍臨岳飛今日災臨己。抵多少遠在兒孫近在身。謊□謾神。

【倘秀才】夫人聽說了陰司下因。早不覺腮邊淚痕。古自想一夜夫妻百夜恩。說的夫人銜愁悶。爲太師受辛勤。要見太師呵則除是關山靠夢魂。

【滾繡毬】那陰司刑法別。比陽間官府狠。不想他苦懨懨痛遭危困。只因笑吟吟陷平人洗垢尋痕。參可可皮肉開。血力力骨肉分。痛殺殺怎捱那三推六問。監押都是惡鬼獰神。說太師千般凌雪若。則除你一上青山便化身。顯夫人九烈三貞。

【二煞】岳飛道秦檜不肯學漢蕭何追韓信。至潭溪賚發的交職掛三齊印。道陛下自離京兆泥馬走。似高祖滎陽一跳身。枉了他子父每捨死忘生。苦征惡戰。搶鼓奪旗。捉將挾人。漾人頭廝滾。噙熱血相噴。虧煞他枕盔腮印月。臥甲地生鱗。

【尾】投至奏的九重禁闕君王准。教燒與掌惡酆都地藏神。屈殺了岳飛岳雲張憲三人。已上昇三個全身。將身身秦檜賊臣不須論。想他誑上欺君苦虐黎民。近有東岳靈文。交替了陳壽千年無字碑古自證不的本。

【後庭花】見一日十三次金字牌。差天臣將宣命開。宣微臣火速臨京闕。以此上無明夜離了寨柵。馳驛馬踐塵埃度過長江一派。臣到朝中怎掙揣。想秦檜無百劃。送微臣大理寺問罪責。將反朝廷名□揣。屈英雄淚滿腮。臣爭戰了十數載。將功勞番做罪責。

【柳葉兒】今日都撇在九霄雲外。不能勾位三公日轉千堦。將秦檜三宗九族家族壞。每家□雠大。將秦檜剖棺槨剉尸骸。恁的呵恩和雠報的□白。

〔等地藏王隊子上〕〔斷出了〕

# 降桑椹蔡順奉母雜劇

劉唐卿撰

## 第一折

〔沖末扮殿頭官領張千上云〕淡淡濛濛映曉星。海潮捧現日東升。九重閶闔開宮殿。文武班齊賀聖明。小官殿頭官是也。方今大漢。聖人在位。節儉寬洪。施恩布德。過堯舜之治化。邁湯武之寬仁。禮樂脩明。彝倫敍正。感應的天下咸寧。八方肅靖。東夷西戎仰化。南蠻北狄歸降。貢麟鳳獻瑞呈祥。產禾苗豐年稔歲。自大漢以來。立社稷之堅固。保家邦之永昌。俺漢國乃建都之地。錦繡山河。到春來賞韶華霽景。步綠野紅塵。往來車馬爭馳。賞不盡花光柳色。到夏來翫江山明媚。宴水閣風亭。荷蓮香滿池塘。處處竹林松徑。到秋來涼生暑退。登雲嶺層樓。賞黃花四野鋪金。真乃是山明水秀。到冬來木凋松秀。賞雪尋梅。滌場圃講武操兵。享富貴紅爐煖閣。端的是四時花爛熳。八節景稀奇。乃魚龍變化之鄉。錦繡繁華之地。文臣善治安民。武將施謀定亂。方今聖人任賢使能。崇儒重道。好禮尙文。乃仁德之君也。小官忝掌朝綱之事。乃職所當爲。今日早朝。奉聖人的命。爲因朝中缺少文武英才。着小官訪能幹官員。去天下府州縣驛。山間林下。但有文高武勝之人。薦舉於朝。必當擢用。小官領了聖命。今差使臣天下採訪去了。小官不敢久停久住。回聖人的話。走一遭也。聖人寬洪治萬邦。紛紛四海隱賢良。懷才抱德須當用。保舉於朝作棟梁。〔下〕〔外扮蔡員外同卜兒領家童上〕〔蔡員外云〕富貴榮華祖輩傳。常行方便自然安。家生一子行忠孝。寶鼎香焚答謝天。老夫姓蔡。名寧。字以靜。本貫汝南人也。嫡親的四口兒家屬。婆婆延氏。所生一子。乃是蔡順。年二十歲也。孩兒幼習儒業。涉獵經史。講明聖人經書。飽諳古今事理。學成滿腹大才。爲因父母在堂。未肯求進。媳婦兒李氏潤蓮。他乃宦門之女。這孩兒三從四德爲先。貞烈賢達第一。針指女工。無不通曉。蔡順與潤蓮十分孝道。昏定晨省。問安視膳。侍奉雙親。無些須敢慢。老夫積祖以來。家中頗有貲財。老夫平素之間。多行善事。廣積陰功。發慈憫布德施恩。行仁義。寬洪海量。愛交善友良朋。並無邪僻之事。人皆員外呼之。時遇威冬天氣。朔風大凜。密布彤雲。紛紛揚揚。下着這國家祥瑞。老夫今日在映雪堂上。安排酒筵。請幾箇年高長者。賞雪飲酒。取一時

之樂。婆婆。酒餚之類。安排的停當了不會。〔卜兒云〕老員外。我早間分付下興兒。着他買些新鮮的按酒稀
奇菓品。不知停當了不會。下次小的每。與我喚的興兒來者。〔家童云〕理會的。〔淨扮興兒上云〕自幼乖覺
伶俐。不與兒童作戲。專以志誠爲本。所事合着人意。醉了時丟甎掠瓦。到晚來飛簷走壁。常着人摔翻踢打。
酒醒時後悔不及。氣的我滿腹疼痛。嗤嗤的則放大屁。猛可裏一聲響喨。恰似我員外出氣。〔外呈答云〕得
也麼。看這廝。〔興兒云〕小人是蔡員外家中興兒。便是時遇暮冬天氣。紛紛揚揚下着國家祥瑞。老員外不
惜資財。在映雪堂上安排酒餚。請他那一般富豪長者。賞雪飲酒。施展他那富貴奢華。早間夫人分付。着我
買些新鮮的按酒。與了俺十兩銀子。着我買辦。我倒落下他七兩九錢八分半。酒餚都預備停當了。員外在
映雪堂上呼喚。須索走一遭去。可早來到也。〔做見科云〕老員外喚興兒怎麼。〔員外云〕興兒。我今日要賞
雪飲酒。果卓都安排下了麼。〔興兒云〕員外。今日早間。妳妳分付了我一聲。我打了箇料帳。去那街市上。不
一時把那應用的按酒果品。都買將來。安排的水陸俱備。別的不打緊。我七錢銀子買了一隻肥鵝。您孩兒
是孝順的心腸。着我自家宰了。退的乾乾淨淨的。煮在鍋裏。煮了兩三箇時辰。不想家裏跟馬的小猪兒走
將來。把那鍋蓋一揭。揭開。那鵝忒楞楞就飛的去了。〔外呈答云〕謅弟子孩兒。〔興兒云〕我不敢說慌。我要
說慌。就是老鼠養的。〔外呈答云〕得也麼。潑說。〔蔡員外云〕這廝胡說。一壁廂預備果卓。家童門首覷者。若
衆長者來時。報復我知道。〔家童云〕理會的。〔劉普能同周景和上〕〔劉普能云〕瑞雪飛揚滿太空。黎民深
喜慶年豐。收成米麥盈倉廩。絃管笙歌樂盛冬。老夫姓劉。雙名普能。這一位長者是周景和。老夫幼習儒業。
頗看詩書。田園數處。家道豐盈。牛羊孳畜成羣。地方廣闊千頃。非干老夫之能。托賴祖宗之廕也。時遇楊風
攪雪。下着國家祥瑞。本處蔡員外。安排酒殽。請衆位長者。在映雪堂上賞雪飲酒。周景和。俺須索走一遭去。
〔周景和云〕長者。時値嚴凝天氣。朔風凜冽。瑞雪紛紛。這雪似梨花亂落長空。如柳絮飄揚霄漢。長者乃豪
富之家。正好賞雪飲酒。同席歡會。俺走一遭去。可早來到也。家童報復去。道有劉普能周景和來了也。〔家
童云〕　理會的。〔報科云〕報得員外得知。有劉普能周景和來了也。〔蔡員外云〕道有請。〔家童云〕理會的。
有請。〔做見科〕〔劉普能云〕呀呀呀。老員外。量俺二人有何德能。着員外置酒張筵。俺難以克當也。〔蔡員

外云〕不敢不敢。二位長者。少待片時。等衆位長者來全了時飲酒。這早晚敢待來也。〔夏德閏仇彥達上〕〔夏德閏云〕盛世豐年宇宙清。萬民安樂盡康寧。天公幸際垂祥瑞。酒泛羊羔享太平。老夫姓夏雙名德閏。這一位長者。是仇彥達。老夫幼習經典勤於學問。祖代留傳家私廣盛。一年收十載餘糧一倍增萬倍之利。方今聖人在位。治平天下。肅靖邊庭。感應的風調雨順。大收禾稼。此時歲稔年豐。老夫當享太平之世。時遇冬暮天道。紛紛揚揚。下着如此般大雪。有本處蔡員外。是吾故友。在映雪堂上。請衆位長者。賞雪飲酒。仇彥達。俺須索走一遭去。〔仇彥達云〕長者。這般大雪非常。方今太平盛世。此雪是國家之吉兆。單應來春天下青苗皆發。必然大收也。〔夏德閏云〕言者當也。俺一同賞去來。可早來到也。家童報復去。道有夏德閏仇彥達來了也。〔家童云〕理會的。〔報科云〕報的員外得知。有夏德閏仇彥達來了也。〔蔡員外云〕道有請。〔家童云〕理會的。有請。〔見科〕〔夏德閏云〕有勞長者設此華筵。俺二人不勝感戴也。〔蔡員外云〕不敢不敢。您二位長者。且待片時。等衆員外來全了時飲酒。這早晚敢待來也。〔二淨扮王伴哥白廝賴上〕〔王伴哥云〕小子一生不受苦。外貌端莊內有福。我吹的龍笛品的簫。打的筋斗擂的鼓。我兩箇一生皮臉無羞恥。油嘴之中俺爲祖。人家擺酒未邀賓。我仗着村濁性兒。會走到人家則管嚷。酒肉裝滿咱肚腹。我這箇兄弟。他把駱駝一口咬斷了筋。我在下把那癩象一口咽見了骨。這箇兄弟嘴饞起來似餓狼。我在下嘴饞起來如病虎。我遶門趄戶二十年。俺兩箇喫倒泰山不謝土。〔外呈答云〕饞弟子孩兒得也麼。〔王伴哥云〕自家姓王雙名是伴哥。這箇兄弟姓白。雙名是廝賴。又喚着白喫白嚼白嚷。〔外呈答云〕得也麼。〔王伴哥云〕他新娶了箇媳婦。就喚做白蘿蔔兒。〔外呈答云〕得也麼。〔王伴哥云〕俺兩箇是至交的好弟兄。絕倫的光棍。平日之間。別無甚麼買賣。全憑着舌劍唇槍。說嘴兒哄人的錢使。我這兩兄弟又比我能言快語。〔白廝賴云〕我說哥你少嘴舌罷。量你兄弟不是賢兄掛齒。哥的那喉舌。何人敢及。古者有隨何蒯通蘇秦。雖爲舌辯之士。若是見了哥也拱手回容。他豈敢開口。量您兄弟拙口鈍腮。真乃蛆皮而已。我若虛言。哥就是我的孫子。〔外呈答云〕這廝要便宜得也麼。〔王伴哥云〕兄弟閑話休題。今日下着這般大雪。俺身上都單寒。肚裏骨碌碌的響遶動了。我心上要喫些茶飯。手裏又無錢。可怎麼好。〔白廝賴云〕哥有了主兒了。我着你飽喫一頓。〔王伴哥云〕兄弟。你敢請我。〔白廝賴云〕哥。你也不知道。蔡員外家安排酒席。在映雪堂上。請他一般兒富貴長者賞雪飲酒哩。〔王伴哥云〕兄弟。這箇是天假其便。也是俺兩箇甚口食分。撞席兒去。可早來到。俺自過去。〔見科〕〔王伴哥云〕衆位長者支揖。恕俺兩箇來遲。休要見怪。若是見怪。先拿酒來。罰我幾碗酒罷。〔外呈答云〕得也麼。你看這廝。〔白廝賴云〕哥。我不要罰酒。着他搗蒜醮胖蹄。我們先喫一頓。〔蔡員外云〕你兩箇休要攪擾。家童擡過果卓來者。〔家童云〕理會的。〔擡果卓科〕〔蔡員外云〕將酒來。〔家童云〕理會的。〔蔡員外遞酒科云〕衆位長者想聖人治世。普施洪恩。大行王道。見如今四夷咸伏。天下平定。君聖臣賢。萬民歡樂。時遇嚴冬天氣。下着國家祥瑞。俺遇此豐稔之時。莫負眼前光景。老夫在此草舍。聊備小酌。敬請衆位長者。盤桓一會。共賞國家禎祥。方表交情。悉皆歡飲。勿勞推辭。這一杯酒。先從劉普能長者起。長者滿飲一杯。〔劉普能云〕老長者請。〔蔡員外云〕長者請。〔劉普能云〕不敢。老夫飲。〔做飲科〕〔蔡員外云〕再將酒來。這一杯酒。周長者滿飲此杯。〔周景和云〕不敢。老夫飲。〔做飲科〕〔蔡員外云〕再將酒來。夏長者滿飲一杯。〔夏德閏云〕不敢。老夫飲。〔做飲科〕〔蔡員外云〕再將酒來。仇長者滿飲一杯。〔仇彥達云〕不敢。老夫飲。〔做飲科〕〔王伴哥云〕我說老蔡。你我們兩箇也看不在眼裏。好酒好肉。則與別人喫。不睬我兩箇。你有手。我沒手。你不與我遞酒。我自家不會喫。〔王伴哥拿酒壺科云〕衆位長者請酒了。罷罷罷。我嘴對嘴喫罷。〔外呈答云〕不像樣得也麼。〔白廝賴云〕哥喫酒。我播菜兒。〔做拿下飯與王伴哥遞科〕〔王伴哥張口科〕〔白廝賴自喫科云〕香噴噴的米罕。〔外呈答云〕兩箇饞弟子孩兒得也麼。〔蔡員外云〕酒且慢行。家童與我喚蔡順兩口兒來。與衆長者行一杯酒者。〔家童云〕理會的。〔正末扮蔡順同旦兒上〕〔正末云〕小生姓蔡。名順。字君仲。本貫汝南人也。嫡親的四口兒家屬。渾家李氏。一雙父母年高。小生幼習文墨。苦志於寒窗之下。學成滿腹文章。爲因父母在堂。未曾進取功名。小生每行孝道。侍奉雙親。想人子立身。莫大於孝。孝乃百行之源。萬善之本也。時遇暮冬天氣。紛紛揚揚下着國家的祥瑞。有父親在映雪堂上。請衆長者賞雪飲酒。家童喚俺兩口兒。大嫂。須索走一遭去。當今聖人在位。是好豐稔之年也呵。〔唱〕

【仙呂點絳唇】見如今雨順風調。萬民安樂年光好。聖德過堯。則他這文共武行忠孝。

〔旦兒云〕蔡順。是好雪也。恰便是銀粧成世界。粉塡滿山川。這雪潤隴畝。滋禾稼。天下黎民皆喜也。〔正末唱〕

【混江龍】上合天道。常垂甘露潤田苗。這雪單注着多收五穀。廣贍倉廒。鄉下農民斟村酒。城中士戶飲香醪。好收成端的民歡樂。托賴着一人有慶。因此上萬國來朝。

〔云〕可早來到也。不必報復。我自過去。〔正末同旦兒見科〕〔正末云〕父親。您孩兒來了也。〔蔡員外云〕蔡順。你來了。今日下着國家祥瑞。我安排酒殽。請衆位長者賞雪飲酒。你同媳婦兒與衆位長者廝見者。〔正末云〕您孩兒理會的。〔正末同旦兒見衆長者科〕〔正末施禮科云〕衆位尊長支揖。〔旦兒云〕萬福。〔衆云〕不敢不敢。〔蔡員外云〕衆位長者在此。非我自誇。此子蔡順雖無大才。頗讀經典。孩兒行於孝道。不出仕於朝。那堪媳婦潤蓮。三從四德爲先。貞烈賢達第一。朝暮問安視寢。終始無移。老夫知之於心。感於肺腑。十分的見喜。因此上喚他兩口兒出來。與衆長者捧一盃酒。盡老夫之情也。〔劉普能云〕據長者仁純德厚。仗義疎財。富不傺其心。貴不驕其志。每行善事。多積陰功。爲子者盡孝。爲婦者大賢。皆是老長者脩積也。〔正末云〕衆位長者在上。凡人子侍其父母。當盡其孝敬之心。夫孝者。始於事親。終於事君。蓋事君則忠。事親則孝。想父母養育之恩。至重難報。今蔡順遵先王之道。讀孔聖之書。切思父母深恩。重若泰山。豈敢不行孝道也。〔衆云〕先生說的深有理。〔員外云〕孩兒。你與衆位長者遞一盃酒者。〔正末云〕理會的。大嫂執着壺。我與衆位長者遞一盃酒。大嫂將酒來。〔旦兒云〕理會的酒在此。〔正末云〕這杯酒。劉普能尊長滿飲一盃。〔劉普能云〕蔡秀才請。〔正末云〕不敢。老尊長請。〔劉普能云〕蔡秀才。是好大雪也。頃刻雲迷四野。須臾雪蔽山林。這雪蜂認梨花。採之無香。鵲迷日色。飛之無影。遇此勝時。正好圍爐歡飲也。〔做飲科〕〔正末唱〕

【油葫蘆】你看瑞雪紛紛滿目飄。將山川粉塡了。恰便似蜂蝶亂嚷舞虛囂。擣綿扯絮飛來到。恰便似楊花亂糝空中落。〔劉普能云〕蔡秀才。這場大雪。那田地上萬種草木。到來春都皆發生也。〔正末唱〕這場雪潤良田萬物生。壓瘴氣滋稼苗。端的是遍街衢蔽阻長安道。恰便似風內剪鵝毛。

〔三〕再將酒來。這盃酒可是周員外滿飲一盃。〔周景和云〕好波。將來老夫飲。蔡秀才。幸際太平時世。歲稔年豐。感謝天公。降宜時瑞雪。俺正好開筵飲酒也。〔正末云〕老員外道的是也。〔唱〕

【天下樂】正值着豐稔年光瑞雪飄。正好飲香也波醪。將珍羞擺列着。樂醄醄宴賞直到曉。寶鼎內香篆焚。煖爐中獸炭燒。俺可也儘開懷無處討。

〔云〕興兒。將熱酒來。〔興兒云〕小哥。遞些促掐酒兒。衆位老員外。都是凍了。嘴頭子熱酒湯腫了。着他怎麼喫下飯。〔外呈答云〕得也麼。潑說。〔正末云〕這杯酒。夏員外滿飲一杯。〔夏德閏云〕秀才請。〔正末云〕不敢。老員外請。〔夏德閏云〕秀才。這場大雪。非比尋常。恰便是空中糝玉。雲外飛瓊。冷颼颼行人迷徑。白茫茫歸爲失巢。似這等紅爐煖閣之中。理當賞雪飲酒也。〔正末云〕這雪越下的大了也。〔唱〕

【醉中天】這雪更塞擁藍關道。盡蔽了。九重霄。嶺畔寒梅恰便似舒玉梢。

〔云〕將酒來。仇員外滿飲一盃。〔仇彥達云〕老夫飲。這雪真乃國家祥瑞也。〔正末唱〕這雪普四海添吉兆。仰聖德黎民安樂。滿斟白醪。賀豐年萬姓歌謠。

〔王伴哥云〕白廝賴。恰纔老蔡不與俺兩箇遞酒。你看小蔡兒也輕慢俺兩箇。也不遞酒。他小覷俺兩箇。罷了。氣殺也。〔白廝賴云〕哥不要上氣。你若上氣。顯的就不是舊油嘴了。拿大碗來倒着酒則管喫灌的醉了。就打鋪在那家裏睡。哥。等他爺兒每若無禮。我把他鼻子都咬下他的來。〔外呈答云〕賊弟子孩兒得也麼。

〔蔡員外云〕酒且慢行。衆位長者。非老夫敢僭。則這般飲酒也不能取其樂。列位長者。都是通文達理的人。幸遇冬寒雪降。指雪爲題。每人吟一首詩。有詩者不飲酒。無詩者罰一杯。〔仇彥達云〕老長者。先從誰起。

〔蔡員外云〕先從劉普能長者起。〔白廝賴云〕我說老蔡遞酒也從他起。吟詩也從他起。他是那一箇。他無故則是劉普能。他就是普賢菩薩。我也不讓他。〔王伴哥云〕兄弟說的是。先從你起。你了是我。我了是你。兩箇油嘴胡說。到底喫的醉了。一齊調鬼。〔外呈答云〕潑說。〔劉普能云〕今蒙長者大設華筵。重意相待。老長者單指雪爲題。要俺俱各吟詩一首。無詩者罰酒一盃。衆位長者恕罪。老夫不才。強搜枯腸。作詩一首。衆位長者污目者。〔衆云〕不敢不敢。洗耳願聞。〔劉普能吟詩云〕碎剪瓊花滿太空。彤雲萬里布寒風。擁爐畫屋如春煖。詩酒高談樂歲冬。〔衆云〕高才高才。〔王伴哥云〕他便高才。喫了酒了。可不高才。〔外呈答云〕不高才。喫打。得也麼。〔周景和云〕該老夫吟詩也。我詩就了。衆位長者恕罪。〔衆云〕不敢不敢。洗耳願聞。〔周景和吟詩云〕蝶翅飛揚落地輕。風翻柳絮舞零零。滋禾潤稼呈祥瑞。萬姓謳歌樂太平。〔衆云〕高才高才。〔白廝賴云〕高裁做的好衣服。〔外呈答云〕怎的。〔白廝賴云〕我說是高裁。〔外呈答云〕那箇高才。得也麼。〔夏德閏云〕 該老夫吟詩。我詩就了也。衆長者恕罪。〔衆云〕不敢不敢。〔夏德閏吟詩云〕撲面穿簾拂粉牆。飛瓊糝玉六花揚。高堂暎雪宜歡飲。爛醉笙歌錦瑟傍。〔衆云〕高才高才。〔王伴哥云〕我可是他能飲的伯伯。〔外呈答云〕得也麼。這廝。〔仇彥達云〕該老夫吟詩。我詩就了也。衆位長者恕罪。〔衆云〕不敢不敢。〔仇彥達吟詩科云〕一色樓臺盡粉粧。隨風逐物弄輕狂。低垂簾幙陳佳宴。笑飲忘懷入醉鄉。〔衆云〕高才高才。〔白廝賴云〕我可其實的快噇。〔外呈答云〕得也麼。這廝。〔蔡員外云〕衆位長者高才大德。博學廣文。真乃古君子也。老夫疎於學問。草腹菜腸。對着衆位長者也吟詩一首。萬望勿哂者。〔衆云〕不敢不敢。願聞。〔蔡員外云〕 老夫吟詩也。〔做吟詩科云〕密布彤雲遍九霄。飛空四野剪鵝毛。羊羔酒泛歌金縷。共享豐年樂事饒。〔衆云〕高才高才。〔正末云〕衆位老尊長在上。小生無才。也吟詩一首。以盡人之歡也。詩中之意。倘有不週。望衆位長者教訓者。〔衆云〕不敢不敢。願聞。〔正末云〕小生吟詩也。〔做吟詩科云〕凜凜寒風透滿懷。遙空頃刻凍雲埋。紛紛祥瑞天街落。四海消除黎庶災。〔衆云〕高才高才。〔王伴哥云〕他甚麼高才。老蔡。我把你箇老猢猻。我兩箇是客人。倒不讓俺吟詩。你爺兒兩箇是東主。你倒先吟了詩。你意思道他兩箇是愚魯之人。不知文義。小量俺兩箇。不是俺騙你那驢嘴。我把那五言詩八韻賦。長篇短文。我作了勿知其數量這首雪詩。有何罕哉。拏酒來。我喫一椀。然後吟詩。若吟的不是。每人再罰我一椀。〔外呈答云〕得也麼。倒好了你也。〔王伴哥云〕我吟詩也。衆位長者勿罪。〔做吟詩科云〕紛紛瑞雪滿階基。有似楊花上下飛。一輪紅日當天照。管情化做一街泥。〔外呈答云〕可知是一街泥。得也麼。〔白廝賴云〕好哥也不枉了吟的好詩。真乃是文章的魁首。油嘴的班頭。〔外呈答云〕得也麽。這廝。〔白廝賴云〕古人說。凡會酒席吟詩。不可太多。我學生不吟詩。我如今指雪爲題。唱箇小小的曲兒。曲子名是清江引。衆位長者汚耳者。〔衆云〕你唱你唱。〔白廝賴云〕曲兒不打緊。聽我的歌聲宛轉。上古秦青善能歌唱。他若聽見我唱。他也拱手而伏。衆位長者。聽我唱賞雪的曲兒。〔唱〕

【清江引】這雪白來白似白廝賴。〔云〕這雪若還下在席子上。〔唱〕恰便似一床白綾被。鋪在熱炕上。蓋着和衣兒睡。醒來時化了一身水。

〔外呈答云〕謅弟子孩兒不甚好。得也麽。〔夏德閏云〕衆長者。似這等寒冬雪降。那富豪之家。暖閣內歛氈簾圍。爐中燒獸炭。銀瓶內斟美酒。輕裘煖帽。駿馬雕鞍。富貴任其所願。有那等貧寒之家。身無遮體之衣。口無應飢之食。戰戰兢兢。無顏落色。凍剝剝的袖手低頭。蔡秀才。你是讀書的人。想人生於世。有錢的可是怎生。無錢的可是何如。你試說。我試聽者。〔正末唱〕

【那吒令】有錢人最好。錦貂裘暖帽。無錢人困遭。穿補衣衲襖。遶人家乞討。忍饑寒凍倒。數九天怎過遣。大街上高聲叫。戰兢兢性命難逃。

〔夏德閏云〕人生在天地之間。貧富分其兩等。乃自然之理也。〔正末唱〕

【鵲踏枝】富家郎。是英豪。顯奢者驕。他每便語話言談。氣勢偏高。腆着脯向人前氣傲。他把這貧民每當作兒曹。

〔仇彥達云〕秀才言者當也。便好道衣是人之威。錢是人之膽。今時人享榮華。受富貴。穿錦繡。住蘭堂。乃前生分定也。〔正末云〕這貧寒富貴。非同小可。〔唱〕

【寄生草】有錢的高堂上。常奢侈。無錢的遭貧寒。居瓦窰。有錢的列金釵絃管可便心歡樂。無錢的受恓惶寂寞傷懷抱。有錢的是軒昂馬踐紅塵道。無錢的向人前縮手口難開。則他這貧窮富貴是天道。

〔蔡員外云〕衆位長者。慢慢的飲酒。看有甚麽人來。〔解子押延岑上〕〔延岑云〕猛烈剛強自古無。平生慷慨不塵俗。見義當爲真男子。則是我正直無私大丈夫。某姓延。名岑。字均義。我平生好漢。剛強性魯。膂力過人。我在那長街市上閑行。因見箇年少的後生。趕着箇年老的打。我路見不平。將那年少拉將過來。三拳兩脚。過打死了。我出首到官。饒我死罪。脊杖了六十。罰我去鄭州迭配牢城。時遇冬暮天氣。紛紛揚揚的下着這般大雪。身上單寒。肚裏無食。解子哥哥。你看這家兒人家。高房子。大門樓。門前車馬嚷鬧。必是箇豪富之家。俺去討些茶飯食用。〔解子云〕延岑。你可休走了。〔延岑云〕哥哥。小人身做身當。豈敢帶累你也。〔解子云〕你若這般。便好。〔延岑云〕來到門首也。我試叫一聲。大主人家。有那憐憫之心。用不了的茶飯。乞討些食用。〔正末云〕甚麼人在門首。大驚小怪的。我試看去者。〔蔡員外云〕孩兒也。你試看去。〔正末出門見科云〕一條好漢也。兀那壯士。你因何帶鎖披枷來。〔延岑云〕哥哥不知。小人平昔之間。剛強性勇。膂力過人。一日街上閑行。見一箇年少的後生。趕着箇年老的打。我路見不平。把那年少的拉將過來。三拳兩脚打死了。我出首到官。免我死罪。脊杖了六十。罰去鄭州迭配牢城。身上單寒。肚中饑餒。路打門首過。見車馬盈門。小人來乞討些茶飯食用。〔正末云〕壯士。你少待片時。〔正末進門科云〕俺這家私裏外。無人照管。若得這箇壯士與我做護臂。可也好也。我對父親母親說去。〔正末見蔡員外科〕〔蔡員外云〕孩兒也。甚麼人吵鬧。〔正末云〕父親。門首有箇壯士。迭配鄭州牢城去。身上單寒。肚中饑餒。來乞討些茶飯食用。父親。俺家私裏外。無人照覷。若得這箇壯士與我做了護臂。可也好也。〔蔡員外云〕孩兒也。與我喚過那壯士來。〔正末云〕理會的。〔正末見延岑云〕兀那壯士。俺父親喚你哩。〔延岑云〕理會的。〔見衆長者科云〕衆位老長者。小人施禮哩。〔蔡員外云〕兀那壯士。那裏人氏。姓甚名誰。因甚帶鎖披枷。你說一遍者。〔延岑云〕小人姓延。名岑。字均義。乃濟州歷陽人也。我平日之間。剛直性勇。膂力過人。忽朝一日街上閑行。見一箇年少的後生。趕着年老的打。我路見不平。將那年少的。三拳兩脚打死了。小人出首到官。免我死罪。脊杖了六十。罰去鄭州迭配牢城。下着如此般大雪。身上無衣。肚裏無食。路打長者門首過。見車馬盈門。特來乞討些茶飯食用。〔蔡員外云〕哦。原來是這般。與兒將熱酒來。着壯士飲幾杯。〔興兒云〕湯口的熱酒。〔蔡員外云〕來來來。壯士。你滿飲一杯。〔延岑云〕老長者。量小人有何德能。着長者這等錯愛。〔蔡員外云〕壯士。你在患難之中。不必多念。與兒將些茶飯來。着壯士食用。〔與兒云〕老的也。留着好酒肉待客人。與他喫怎麽。看他兩箇眼。剔留禿魯的。他是箇真賊。〔外呈答云〕得也麽。這廝。〔與兒拏茶飯科云〕來來來。一盤卷子。一盤羊肉。你喫你喫。〔延岑云〕解子哥哥。你喫一杯酒。喫些茶飯波。〔解子云〕我餓過了。喫不下也。〔卜兒見蔡員外云〕老的。我有句話。可敢說麽。〔蔡員外云〕婆婆有甚麽話說。〔卜兒云〕老身姓延。這箇壯士也姓延。我想來一般樹上。那得兩般花。俺五百年前是一家。我有心認義他做箇姪兒。未知老的意下如何。〔蔡員外云〕婆婆。你心與我皆同。不知這壯士心下如何。你試問他者。〔卜兒云〕兀那壯士。老身姓延。你也姓延。俺老兩口兒。止生了這箇孩兒是蔡順。我想來。一般樹上。那得兩般花。俺五百年前是一家。我有心認義你做箇姪兒。你意下如何。〔延岑云〕妳妳。你休逗小人耍。〔卜兒云〕我見你英雄。並無假意。〔延岑云〕是真箇。多謝了父親母親也。〔卜兒云〕蔡順。您兩箇拜你哥哥者。〔正末云〕哥哥。受俺兩口兒一拜。〔延岑云〕兄弟。多謝父親母親。一見如故。此恩重如泰山。異日崢嶸。此恩必當重報也。〔正末唱〕

【金盞兒】哥哥你是英豪。逞雄驍。〔延岑云〕兄弟。我路見不平。把那年少的三拳兩脚。就打死了也。〔正末唱〕致傷人命官司行告。鄭州迭配見些功勞。有一日身榮爲官爵。青史把名標。博一箇烏靴白象簡。金帶紫羅袍。

〔解子云〕這早晚雪下的大了。延岑。俺還要趲程途哩。辭了長者。俺去來。〔蔡員外云〕家童將來。〔家童拏砌末科云〕理會的。〔蔡員外云〕延岑。與你這一套暖衣。十兩銀子。做盤費。解子哥哥。與你這五兩銀子。路上看覷他者。〔解子云〕謝了長者。小人知道。〔延岑拜科云〕謝了父母。〔卜兒云〕延岑。你路上小心在意者。〔延岑云〕父親母親。您孩兒只今便索長行。久以後不得崢嶸發達便罷。但得一身顯耀。您孩兒口中銜鐵。背上搭鞍。報今日父母之恩。哥哥嫂嫂。善侍父母。衆位長者恕罪。我出的這門來。解子哥哥。我想來誰想今日。遇着這一家人家。將我認義做親。與我衣服錢鈔。此恩異日必當重報也。只因剛強性不容。致傷人命入牢城。異日風光身顯耀。必報今朝濟惠恩。〔同下〕〔劉普能云〕蔡長者。量俺有何德能。着長者重意相待。俺酒彀了也。長者夫人告辭。〔蔡員外云〕普能再飲一杯。〔劉普能云〕不必了。長者恕罪。我出的這門來。周景和。天色晚了也。俺一同回去來。瑞雪紛紛四野垂。圍爐開宴捧金杯。知心故友同酬與。滿頭風雪醉扶歸。〔同下〕〔夏德閏云〕劉普能周景和他二人去了。仇彥達俺也回去來。長者恕罪。出的這門來天色晚了也。深蒙良友大張筵。美酒盈罇喜笑喧。忘懷橫飲無拘繫。不負三冬瑞雪天。〔同下〕〔王伴哥云〕白廝賴。他四位長者都回去了。俺兩箇每人再喫兩椀回去罷。〔白廝賴云〕哥也。俺打刺孫多了。您兄弟莎搭八了。俺牙不約兒赤罷。〔外呈答云〕且打番語。得也麼。〔王伴哥云〕依着兄弟回去來。今日箇俺來油嘴。喫東西恰是餓鬼。我如今跑到家裏。再喫上五椀雪三盆涼水。〔二淨下〕〔蔡員外云〕衆位員外都回去了也。夫人媳婦兒。無甚事。俺回後堂中去來。〔正末云〕父親。俺回後堂中去來。〔唱〕

【尾聲】俺可便離了畫閣蘭堂。舉步登途道。賞瑞雪排筵罷却。〔蔡員外云〕孩兒也。爲人在世。得歡當作樂。莫負眼前光景也。〔正末唱〕咱人便休把時光虛度了。〔蔡員外云〕今日賞雪飲酒。都皆沉醉也。〔正末唱〕儘今生樂醄醄。飲香醪。滿捧羊羔。寶鼎龍涎香未消。則他這銀臺上蠟燒。他每都觥籌歡笑。〔旦兒云〕蔡順。今日父母十分歡喜也。〔正末云〕俺爲子者要孝當竭力也。〔唱〕則願的一雙父母壽年高。〔同下〕

## 第二折

〔卜兒抱病同蔡員外領淨與兒旦兒上〕〔卜兒云〕四肢老弱身無力。呵。吁。兩鬢斑皤病已深。老身延氏。爲因上廟燒香去。我趕頭香。起的早了些兒。感了些寒氣。一臥兒不起。飲食少進。睡臥不寧。爭奈老身年紀高大。肌體尫羸。我那裏眈的這般病證。這兩日身心恍惚。老的也。我的病越沉重了也。〔蔡員外云〕婆婆。便好道天有不測風雲。人有旦夕禍福。你這病是輕災淨難。不必憂心。婆婆將息病體。省可裏煩惱也。〔卜兒云〕媳婦兒。蔡順孩兒那裏去了也。〔旦兒云〕蔡順去街市上。與婆婆請醫士去了也。〔蔡員外云〕婆婆。想人皆養子。無過蔡順孝。俺幸遇此子。立身壯志。正好同堂歡樂。婆婆。你耐心守病也。〔卜兒云〕老的也。我這病有添無那減了也。媳婦兒。等孩兒來時。報復我知道。〔旦兒云〕理會的。我在門首望者。蔡順這早晚敢待來也。〔正末上云〕小生蔡順是也。爲因老母廟上燒香。感了些風寒。見今病枕着床。嗟乎。年紀高大。肌體尫羸。值此病證。俺爲子者何忍乎。小生對天禱告。願將己身之壽。減一半與母親。願母親壽活百歲有餘。方表人子之孝也。小生爲母不安。這些時衣不解帶。廢寢忘餐。憂悽不止。似此可怎了。小生恰纔去那周橋左側。請下箇醫士。調治母親的病證。太醫隨後便來也。小生見母親。走一遭去。蔡順也。切思老母養育之恩。何以報答也。〔唱〕

【商調集賢賓】則俺那老萱親在堂年邁高。小生我想恩養育痛悲號。俺母親偎乾濕三年乳哺。更懷躭十月劬勞。我母親擡舉的立志成名。生長的貌類清標。方信養生送死防備老。憶深恩我未報分毫。誰承望尊堂病已深。則俺這幼子淚如澆。

〔興兒云〕小哥少煩惱。妳妳年紀高大了也。妳妳睡倒身疲倦。起來不思饌。心恍神不寧。頭暈眼睛轉。臉上皺紋多。手上青筋亂。你若到家中。妳妳不死也氣斷。存的性命活。也是棺材楦。〔外呈答云〕賊弟子孩兒。得也麽。〔正末云〕阿。好是煩惱人也呵。〔唱〕

【逍遙樂】俺母親骨嵒嵒身軀老耄。〔帶云〕嘆母親這病。〔唱〕恰便似風裏楊花。水上幻泡。〔興兒云〕小哥不要心焦。到家裏把妳妳的病。我替他害了罷。〔正末唱〕好教我便展轉的添焦。俺母親眼睜睜病枕難熬。我可便心似油煎。身如火燎。仰穹蒼痛哭嚎咷。〔帶云〕蔡順一片孝心。惟天可表也。〔唱〕則願的母病安妥。父命延長。子壽願天。

〔云〕來到門首也。〔見旦兒科云〕大嫂。你在這裏做甚麽。〔旦兒云〕蔡順。母親這一會兒。覺沉重了也。恰纔喚你來。我說你請太醫去了。你過去見母親去。〔正末云〕似此可怎了也。我去見母親去。〔做見卜兒科云〕母親。您孩兒恰纔周橋左側。請下箇高手的醫者。便來調理母親的病證。母親。今日病體如何。〔卜兒云〕孩兒。我這一會兒不見你。不由我心中思想。我這病看看至死。不久身亡。眼見的無那活的人也。〔蔡員外云〕孩兒也。你母親壽年高大。值此風雪之寒。寢饌俱廢。朝暮不能動履。命在頃刻之間。豈能相保。孩兒。如此如之奈何。〔正末云〕父親。豈不聞聖人云。父母有疾。人子憂心。無所不用其情。怎敢時刻懈怠也。想母親止生您孩兒一箇。今立身成名。豈不知父母鞠養之恩。您孩兒爲母不安。這些時衣不解帶。寢食俱廢。憂慺不止。行坐之間。猶如失魂喪魄。您孩兒對天禱告。願將己身之壽減一半與母親。願母親壽享百歲有餘。方稱您孩兒之願也。〔卜兒云〕孩兒也。想人子之心。奉母莫大於孝。你的孝情。我盡知也。今老身命已將危。乃人之大限。你父子免勞憂慮。兒也。我眼見的無那活的人也。〔旦兒云〕蔡順。你請的太醫。這早晚不見來。〔正末云〕大嫂。預備下茶湯。太醫這早晚敢待來也。〔正淨扮太醫上云〕我做太醫最胎孩。深知方脈廣文才。人家請我去看病。着他准備棺材往外擡。自家宋太醫的便是。雙名是了人。若論我在下手段。比衆不同。我祖是醫科。會受琢磨。我彈的琵琶。善爲高歌。好飲美酒。快嚽肥鵝。那害病的人請我。我下藥就着他沉痾。活的較少。死者較多。〔外呈答云〕名不虛傳。得也麽。〔太醫云〕我這門中。有箇醫士。姓胡。雙名是突蟲。他老子就喚是胡蘿蔔。我和他兩箇的手段。也差不多。俺因此上結爲兄弟。有人家來請我看病。俺兩箇一同都去的。少一箇也不行。我看病。兄弟便下藥。兄弟看病。我便下藥。俺兩箇說下呪願。有一箇私去看病的。嘴上就生殭疙疸。今日有本處蔡秀才來請我。說他母親害病。請我去下藥。我使人約兄弟去了也。我在周橋上等着兄弟。這早晚敢待來也。〔淨扮糊突蟲上云〕我做太醫溫存。醫道中惟我獨尊。若論煎湯下藥。委的是效驗如神。古者有盧醫扁鵲。他則好做我重孫。害病的請我醫治。一貼藥着他發昏。〔外呈答云〕得也麽。這廝。〔糊突蟲云〕在下是箇太醫。姓胡。雙名是突蟲。小名兒是胡十八。祖傳三輩行醫。若論我學生的手段。我指上不明。醫經不通。人家看病。先打三鍾兩椀瓶酒。五箇燒餅。喫將下去。就要發風。看病不濟。我喫食倒有能。〔外呈答云〕兩箇一對兒。得也麽。〔糊突蟲云〕我這醫門中有箇醫士。姓宋。雙名是了人。俺兩箇的手段。都塌八四。因此上都結做弟兄。他爲兄。我爲弟。人家來請看病。俺兩箇都同去。少一箇也不行。宋無胡而不走。胡無宋而不行。胡宋一齊同行。此爲胡虎乎護也。〔外呈答云〕念等韻哩。得也麽。〔糊突蟲云〕早間宋先兒使人來請我。說蔡秀才的母親害病。請俺下藥。有哥在周橋上等着我哩。見咱哥走一遭去。可早來到也。〔做見科云〕哥也。你兄弟來遲。莫要見罪。若要見怪。哥就是蝦蟆養的。〔外呈答云〕得也麽。這廝。〔太醫云〕

你還說嘴哩。你平常派賴。冬寒天道。着我在這裏久等。險些兒凍的我腿轉筋。〔糊突蟲云〕哥也。休怪您兄弟來遲。我有些心氣疼的病。今日起的早了些兒。感了些寒氣。把你兄弟爭些兒不疼死了。你兄弟媳婦兒慌了。請了太醫來。與了我一服藥喫。我纔不疼了。〔外呈答云〕你是太醫。怎麼又喫別人的藥。〔糊突蟲云〕我的藥中喫。是我也喫了。〔外呈答云〕可怎麼不中喫。〔糊突蟲云〕我若喫了我自家的藥呵。我這早晚死了有兩箇時辰也。〔外呈答云〕你可是盧醫不自醫得也麼。〔太醫云〕兄弟自從俺打官司出來。一向無買賣。〔外呈答云〕爲甚麼打官司來。〔太醫云〕俺兩箇爲醫殺了人來。〔外呈答云〕兩箇一對兒油嘴。得也麼。〔太醫云〕兄弟。今日蔡長者家婆婆害病。請俺去下藥。他是財富之家。俺到那裏。他有一分病。俺說做十分病。有十分病。說做百分病。到那裏胡針亂灸。與他服藥喫。若是好了。俺兩箇多多的問他要東西錢鈔。猛可裏死了。背着藥包望外就跑。〔外呈答云〕得也麼。這廝。〔糊突蟲云〕哥也。言者當也。憑着俺兩箇一片好心。天也與半椀飯喫。〔外呈答云〕得也麼。〔太醫云〕兄弟。俺去。可早來到也。報復去。道有兩箇高手的醫士來了也。〔家童云〕您則在這裏。我報復去。〔做報科云〕報的長者得知。太醫來了也。〔蔡員外云〕道有請。〔家童云〕理會的。有請。〔糊突蟲云〕哥也看仔細些。莫要掉將下來。〔外呈答云〕怎的。〔糊突蟲云〕是。有請有請。〔外呈答云〕慌做甚麼得也麼。〔太醫云〕俺是箇官士大夫。上他門來看病。消不的他接待接待。就着俺過去。〔外呈答云〕你休要怪他。他家有病人。過去罷。〔太醫云〕好兒。看着你的面上。老子過去罷。〔外呈答云〕這廝做大。得也麼。〔太醫做讓科云〕兄弟請了。〔糊突蟲云〕不敢。兄長請。〔太醫云〕賢弟請。〔糊突蟲云〕兄長差矣。想在下雖不讀孔孟之書。頗知先王之禮。豈不聞聖人云。徐行後長者謂之弟。疾行先長者謂之不弟。耕者讓畔。行者讓路。長者爲兄。次者爲弟。兄乃我之長。我乃兄之弟。既有長幼。須分尊卑。先王之禮。亦不差矣。我若先行。我就是驢馬畜生。真油嘴也。〔外呈答云〕甚麼文談。得也麼。〔糊突蟲云〕不敢不敢。吾兄請。〔太醫云〕不敢。賢弟乃善良君子。我乃是愚魯之人。區區無寸草之能。賢弟有九江之德。據賢弟醫於病。神功效驗。治於病。多有良方。賢弟乃大成之人。我乃蛆皮而已。我若先行。我學生就是真狗骨頭之類也。〔外呈答云〕得也麼。潑說。過去了罷。〔做見卜兒科〕〔太醫云〕老母懨懨身不快。〔糊突蟲云〕太醫下藥

除患害。〔太醫做拏左手科〕〔糊突蟲做拏右手科〕〔太醫云〕看俺雙雙把脈。〔太醫拏卜兒左手科〕〔唱〕

【南青哥兒】入門來審了他這八脈。〔糊突蟲拏卜兒右手科〕〔唱〕瘦伶仃有如麻稭。〔太醫唱〕俺快把這藥包兒忙解開。〔糊突蟲云〕可憐也脈息不好了。〔唱〕快疾忙去買。〔太醫唱〕快疾忙去買。〔正末云〕太醫買甚麼。〔太醫唱〕去買一箇棺材。〔糊突蟲唱〕去買一箇棺材。

〔外呈答云〕幾時了得也麼。〔太醫拏藥包兒打倒卜兒科〕〔卜兒云〕打殺我也。〔外呈答云〕他是病人。怎麼打他。〔太醫云〕不防事不防事還好哩還知疼痛哩。〔外呈答云〕不知疼痛可不死哩。得也麼。〔太醫云〕胡先兒他這箇是甚麼病。〔糊突蟲云〕吾兒不是我誇嘴我恰纔覷了他面目審了他脈息你摸他這半身子如火相似。他害的是熱病。〔太醫云〕你又胡說了。他這箇脈息跳的有一寸高。你怎說是熱病。你看他這半邊身子。如冰一般涼。他害的是冷病。〔糊突蟲云〕吾兒也不難把老人家鼻子為界。用一條繩拴在他鼻頭上。把這繩兒扯下來。就地下釘箇橛兒拴住。你醫這左半邊冷病。我醫這右半邊熱病。吾兒弟意下何如。〔太醫云〕好好好。俺兩箇說的明白。假似你一服藥着老人家喫將下去。醫殺了這右半邊呵呢。〔糊突蟲云〕管不干你那左半邊的冷病事。〔太醫云〕說的有理。〔糊突蟲云〕假若你一服藥着這老人家喫將下去醫殺了你那左半邊呵呢。〔太醫云〕管不干你那右半邊的熱病事。〔糊突蟲云〕我說假似走了手。都醫殺了呵呢。〔太醫云〕管大家沒事。〔外呈答云〕謅弟子孩兒得也麼。〔蔡員外云〕太醫你如今下一服甚麼藥。〔太醫云〕我如今下一服是奪命丹。第二服促死丸。〔蔡員外云〕你為甚麼與他兩樣藥喫。〔太醫云〕你不知道。我有主意。兩樣藥喫下去。着這老人家死也死不的。活又活不的。〔外呈答云〕得也麼。這廝。〔糊突蟲云〕蔡老官兒。你要你這婆婆好麼。〔蔡員外云〕可知要好哩。〔糊突蟲云〕我有箇海上方兒。用一莊物件。你捨的麼。〔蔡員外云〕要我這婆婆好。不問要甚麼都捨的。〔糊突蟲云〕把你這兩隻眼拏尖刀子剜將下來。用一鍾熱酒吃將下去。你這婆婆就好了。〔蔡員外云〕他便好了。我可怎麼了。〔糊突蟲云〕你敢柱着明杖兒走。〔外呈答云〕得也麼。這廝胡說。〔蔡員外云〕住住住。你兩箇休要胡廝嚷。你二位端的那一位高

強。讓一箇醫了罷〔二淨拿着藥包一遞一箇打着念科〕〔太醫打糊突蟲云〕我能調理四時傷寒〔糊突
蟲打太醫云〕我善醫治諸般雜證。〔太醫云〕我療小兒吐瀉驚疳。〔糊突蟲云〕我治婦女胎前產後。〔太
醫云〕我會醫四肢八脈。〔糊突蟲云〕我會醫五勞七傷。〔太醫云〕我會醫左癱右瘓。〔糊突蟲云〕我會醫
緊痨慢痨。〔太醫云〕我會醫兩腿酸麻。〔糊突蟲云〕我會醫四肢沉困。〔太醫云〕我會醫口苦舌澀。〔糊突
蟲云〕我會醫胸膈膨悶。〔太醫云〕我會醫瘸臁跛臂。〔糊突蟲云〕我會醫喑啞癡聾。〔太醫云〕我會醫發
寒發熱。〔糊突蟲云〕我會醫發傻發風。〔太醫云〕我會醫水蠱氣蠱。〔糊突蟲云〕我會醫頭疼額疼。〔太醫
云〕我會醫胸膛上生着孤拐。〔糊突蟲云〕我會醫肩膀上害着脚疔。〔太醫云〕老長者着俺下藥。〔糊突
蟲云〕將這箇老人家耍了這殘生。〔太醫云〕用涼水滿滿的一椀。〔糊突蟲云〕用巴豆足足的半升。〔太
醫云〕着這一箇老人家吃將下去。〔糊突蟲云〕叫喚起滿肚裏生疼。〔太醫云〕登時間直腸直肚。〔糊突
蟲拿藥包打倒卜兒科云〕瀉殺這箇老媽媽也是場乾淨。〔外呈答云〕賊弟子的孩兒去了罷去了罷。〔打
二淨下〕〔正末云〕父親。今母親得病。積日之久。四肢無力。身體飄然。似此如之奈何。〔蔡員外云〕孩兒。我
試問婆婆者。婆婆。你這些時飲食不進。你心中可想甚麼食用。〔卜兒云〕老的也。我心中想一味東西食用。
奈是冬寒天氣。則怕無有此物。〔正末云〕母親想甚麼食用。對您孩兒說者。〔卜兒云〕孩兒也。我想那春暮
天桑椹子食用。但得三兩枝兒喫下去。則怕我這病減了也。〔正末云〕既然母親思想桑椹子食用。您孩兒
不問那裏。務要尋來奉侍母親。〔卜兒云〕孩兒也。我這會有些昏沉。媳婦兒扶我去後堂中去來。我冒風寒
着床垂命。為子者堂前孝敬。但得那美甘甘桑椹充腸。醫可了我懨懨疾病。〔同下〕〔蔡員外云〕孩兒也。你
母親思想桑椹食用。況值盛冬時節。萬木凋零。便有黃金也無處買也。你母之命。仰望神天加護。他病痛苦
淹纏。艮方治不痊。我暫把愁眉放。生死任從天。〔下〕〔正末云〕母親思想桑椹子食用。奈是寒冬天氣。可那
得此物來。與兒。與我後園中快設香案。安排祭祀禮物。我禱告神天去者。〔興兒云〕小哥說的是。前堂上人
雜。後園中靜悄悄的。問神天求的幾箇桑椹子。救妳妳的命。若無桑椹子。馬蓮子也罷。喫下去倒消食。〔外
呈答云〕得也麼。這廝。〔正末云〕來到這後園中也。興兒。擡過香案來者。〔興兒云〕理會的。〔做擡香案科

云〕放下這香案。擺下三牲。小哥都有了也。〔正末云〕與兒休要打攪。你且前後執料去者。〔與兒云〕我也寒冷了。小哥你便燒香。我灶窩裏向火去也。〔下〕〔正末燒香科云〕皇天后土。三界神祇。此一炷香不爲別。有母延氏。年七十五歲。見今病枕在床。積日之久。未能得愈。切思父母之恩。未嘗頃刻下懷。今母親有疾。爲子者豈可不盡其心。小生這些時衣不解帶。寢食皆廢。憂悽不止。今母親沉重。投藥不效。空勞無功。不期母親思想桑椹子食用。寒冬天氣。朔風遍起。萬木凋零。怎生得那桑椹子來。伏望神明可憐。怎生得天上降下幾箇桑椹子來。救濟俺母親病體痊可。願將蔡順己身之壽減一半與母親。願母親壽活百歲餘年。方表人子之道也。百行由來孝爲先。人心盡孝理當然。椹子若能天降下。救濟慈親病體痊。〔拜科〕〔唱〕

【梧葉兒】列香案。虔誠拜。設奠祀。專意禱。但能彀那樹上發柔條。結幾箇桑椹子。摘將來醫濟的好。我這裏望青霄。呀。神也保祐的母安樂呵。惟願的可便長生不老。

〔云〕小生對着神天將頭也磕破了。滴下來的淚珠兒。可都成冰了。這一會兒。覺有些昏沉。我搭伏着這香案暫且盹睡者。〔做睡科〕〔增福神領鬼力上云〕蕩蕩神威氣象寬。親傳勅令下瑤天。只因人子行純孝。吾神駕霧騰雲到世間。吾神乃上界增福神是也。我身居逍遙之境。自在之鄉。掌管人間貴賤壽夭。增福延壽之事。行善者增添福祿。作惡者減算除年。今因下方有一人。姓蔡。名順。字君仲。其妻乃李氏潤蓮。他兩人每行孝道。侍奉親闈。朝暮問安視寢。未嘗有懈心。他們母親延氏。見今染病在床。上藥餌不能調治。今冬寒時月。母思桑椹子食用。此人在後花園中設其香案祭物。對天祈禱。叩頭出血。滴淚成冰。又願將己身之壽減一半與他母親。願他母壽活百歲有餘。此人一念誠孝。通於天地。感動神靈。吾神親傳上帝勅令。將冬天變做春天。着大衆神將今夜晚間三更時分。降甘露瑞雪滿山遍峪。但有的桑樹都生桑椹子。着蔡順摘將去。獻與他母親食了呵。他那病體必然痊可。有此人在後園中焚罷香。搭伏着香案盹睡着了也。恐防蔡順不知。吾神駕起祥雲。直至此人宅上托夢。走一遭去。按落雲頭。可早來到他家前堂上也。鬼力與我喚將蔡氏門中家宅六神來者。〔鬼力云〕理會的。蔡氏門中家宅六神安在。〔門神戶尉上〕〔門神云〕積善門闌瑞靄生。手執斧鉞鎮宅庭。剛強正直無邪僻。以此人間爲正神。小聖乃蔡氏門中門神是也。此一位乃戶尉之神。今有蔡順的母親。病枕在床。俺家宅六神不安。因蔡順至孝。感動神明。通於天地。有增福神降臨在堂。呼喚六神。俺二神見上聖去。可早來到這前堂上也。鬼力報復去道有門神戶尉來了也。〔鬼力云〕理會的。報的上聖得知。有門神戶尉來了也。〔增福神云〕着他過來。〔鬼力云〕理會的。過去。〔做見科〕〔門神云〕呀呀呀。早知上聖來到。只合遠接。接待不着。勿令見罪。上聖呼喚小聖有何法旨。〔增福神云〕門神戶尉。您且一壁有者。〔外扮土地井神同竈神淨廁神上〕〔土地云〕吾乃土地神。秉性純和福自臻。常居正道永鎮家庭。晨昏香火悉把吾尊。招財進寶臻佳瑞。合家無慮保安存。〔井神云〕吾乃井泉神。節操堅剛民自稱。將流波積聚。徹底澄清。身無點汚。潔似寒氷。井中常喜禎祥現。兆應家宅百事亨。〔竈神云〕吾乃是竈神。一家之主我爲尊。終朝火燎。每日煙熏。炭頭般像貌。墨錠般法身。縱然葷素不離口。爭奈終日縮竈門。〔淨廁神云〕吾乃是廁神。我一生無始終。我坐的是淨桶。翫的是糞坑。尿長溺一臉。屎長汚一身。何曾得聞清香味。每日人來把屁熏。〔外呈答云〕兩箇一對。得也麽。〔土地云〕衆神都來了也。今有蔡順母親。病體不安。此子至孝。通於天地。感動上界。增福神在堂呼喚。不知爲何。俺見上聖去。來到這前堂上。鬼力報復去道有土地等神來了也。〔鬼力云〕理會得。〔報科云〕報的上聖得知。有土地等神來了也。〔增福神云〕着他過來。〔鬼力云〕理會的。過去。〔做見科〕〔土地云〕呀呀呀。早知上聖到來。只合遠接。接待不着。勿令見罪。〔井神云〕上聖小聖失於迎迓。勿以見責也。〔竈神云〕早知來到。快跑遠接。跑的緊了。一定喫跌。〔外呈答云〕甚麽文談得也麽。〔廁神云〕早知上聖來到。慌忙迎笑。若還不笑。鑿箇嫠暴。〔外呈答云〕兩箇一對。潑說得也麽。〔土地云〕上聖。呼喚俺家宅六神。有何事也。〔增福神云〕您六神聽者。爲蔡順母見今病枕不安。藥餌不能醫治。他母親想桑椹子食用。奈是寒冬天氣。無處求取。此子至孝。通於天地。感動上帝之心。今吾神傳上帝勑令。特降桑椹子救他母親之病。恐此人不知。吾神故來托一夢警。有蔡順在後園中。燒罷香昏沉而睡。您六神隨着我托夢去來。〔衆云〕有勞上聖下降。俺跟上聖去來。〔增福神同六神見正末科〕〔增福神云〕來到這後園中。此人真箇睡着了也。我試喚他者。蔡順。蔡順。蔡君仲。〔竈神云〕蔡炒肉。〔廁神云〕蔡裏蟲。〔外呈答云〕這廝。得也

麼。〔正末做驚醒科〕〔唱〕

【醋葫蘆】不由我戰兢兢的添怕怖。悠悠的魂魄消。我則見衆神祇簇擁一周遭。莫不是身邊犯下甚麼罪惡。〔增福神云〕蔡順休驚莫怕也。〔正末唱〕他可便單題着咱名號。我須索從頭至尾問箇根苗。

〔跪科云〕何方大聖。甚處靈神。通名顯姓者。〔廁神云〕上聖。這小蔡兒最促招。他前日望着我嘴頭子上放了箇屁。把我牙迸掉了。我正要攞㑀他哩。〔外呈答云〕這廝且打攛。〔增福神云〕蔡順。俺非外道邪魔。吾神乃上界增福神是也。這六位是您家宅六神。因你母親病體不安。寒冬天氣。想桑椹子食用。爲你虔誠懇禱。祈求此物。叩頭出血。滴淚成冰。願將己身之壽減一半與你母親。因你至孝感動天地。今吾神傳上帝勑令。將冬天變做春天。今夜三更時分。命大衆神祇降甘露瑞雪。滿山遍峪。但有桑樹。都生了椹子。任你摘來與你母親食用。自然病體安愈。你聽者。這孝乃萬善之本。百行之源。忠孝乃人之大節也。非忠不以爲臣。非孝不以爲子。凡人子事親之際。無所不用其誠。要居則致其敬。養則致其樂。病則致其憂。喪則致其哀。祭則致其嚴。此是人子之大孝也。你聽者。父母恩深比昊天。嗟乎病體實堪憐。子行大孝諸神祐。永播芳名萬古傳。

〔正末拜衆神科云〕感謝上聖也。〔唱〕

【後庭花】我怎消的衆神靈下紫霄。駕祥雲香霧遶。凜凜神威大。堂堂美像貌。赴天朝親傳勑詔。爲慈親病重倒。因愚男盡孝道。後園中誠意禱。感天神來護保。枯桑上長出嫩條。香甘甘子結的飽。我摘將來盤內托。母親行將孝意表。母親行將孝意表。

〔增福神云〕你那母親若食了這桑椹子。可自然病體安樂也。〔正末唱〕

【青哥兒】喫了呵但能得尊堂尊堂安樂。我做一壇水陸水陸大醮。〔增福神做推正末科云〕休推睡裏夢裏。〔衆神隨下〕〔正末醒科〕〔唱〕呀。原來是一枕南柯夢已覺。恰纔那空中神道。與小生夢裏相交。細說根苗。着我歡展眉梢。小生這些二時躭着憂懷着悶受煎熬。恰纔呵聽說罷喜孜孜開懷抱。

〔旦兒上云〕蔡順。你爲何大驚小怪的。〔正末云〕大嫂。你不知。我因母親思想桑椹子食用。奈是寒冬天氣。無處尋取。我恰纔禱告上天。覺一陣昏沉睡着了。夢見增福神同家宅六神來托夢。增福神言說因我孝心感動天地。把冬天變做春天。今夜三更時分着大衆神祇降甘露瑞雪滿山遍峪。但是桑樹都結桑椹子。着我摘來孝奉母親。他自然無病也。〔旦兒云〕蔡順。你的孝意真誠。因此上有這等感應也。〔正末云〕兀的不天色陰了也。〔旦兒云〕蔡順。這天色定然是雪也。〔正末云〕兀的不歡喜殺小生也。〔唱〕

【尾聲】可又早颼颼的風力峭。慘慘的凍雲罩。他道是三更時分雪花飄。小生我深山中摘桑我可也不憚勞。怎敢把神靈違拗。〔云〕小生摘將那桑椹子來。母親若喫下去呵。〔唱〕恰便是靈丹入腹可又早病兒消。〔同旦兒下〕

第三折

〔桑樹神上云〕園內開花我最奇。封爲綾錦樹神祇。蠶蟲食葉生絲廣。結果能充腹內饑。吾神乃桑樹神是也。我枝葉榮旺。生長青肥。桑條弄翠影。桑葉有陰濃。那山妻採葉。喜柔條續續連青。稚子攀枝。愛紫椹重重帶黑。吾神根蟠數丈。歲久年深。助蠶作繭。廣織紗羅。吾神在園林中顯耀。惟我獨魁也。奉上帝勅令。封吾神爲綾錦之神。今因凡間有一人。姓蔡名順。字君仲。此人平生本分。孝順雙親。因他母親病體不安。如今冬寒天氣。思想桑椹子食用。爲此人孝心感動天地。奉上帝勅令。今夜三更時分。着大衆神祇降甘露瑞雪。着吾神樹上生桑椹子出來。蔡順摘去。侍奉他母親食用。就着他母親病體安康。既有勅令。不敢有違。吾神往山林中知會衆神。走一遭去。蒙勅令親到山場。着那遍樹上枝葉榮芳。桑椹子今宵就結與蔡順孝奉萱堂。〔下〕〔風伯領鬼力上云〕巽位當權顯耀雄。揚塵簸土罩乾坤。喜時清氣人皆爽。怒後掀翻太華峯。吾神乃上界風伯神是也。專管一年四季和炎金朔。吾神隨雷電震動乾坤。助飛雹渾瀰宇宙。喜時塵土不動。怒時巨浪翻波。刮的那太嶽山頭嵐峯動。地軸天關上下搖。今爲下方爲人者。姓蔡名順。字君仲。此人堅心孝道。因他母親病體不安。思想桑椹子食用。況值冬寒時月。無處求取。此人至孝。感動天地。將冬天變做春天。着俺衆神祇。今夜三更時分。降甘露瑞雪。將山林下桑樹。都滋長椹子出來。着蔡順摘去。待奉他母親。病體自然痊可。吾神領了上帝勑令。待衆神來時。自有主意。鬼力望者。這早晚衆神敢待來也。〔雪神同雨師領鬼力上〕〔雪神云〕萬里冰花六出寒。滿空祥瑞蔽天關。頃刻變成銀世界。須臾粧作玉江山。吾神乃上界雪神是也。這一位是雨師。吾神居於瑠璃之宮。玉樹之洞。住西天佛國世界。按乾坤之道。而分陰陽。温則為雨露。寒則成霜雪。能滋五穀。盡喜萬民。今因下方有一人。姓蔡。名順。字君仲。他母親病體不安。孝心感動天地。上帝命俺衆神。將冬天變做春天。今夜裏三更時分。着吾神降雪。尊神降雨。將山中桑樹。都生椹子。着蔡順摘去。奉母病愈。方顯俺的順天感應也。有風神在空中等候。速駕雲端。走一遭去。遠遠的不是風神在此。〔做見科〕〔雪神云〕呀呀呀。吾神來遲。乞恕其罪也。〔風神云〕尊神。因蔡順一事。既蒙上帝勑令。不敢有違。等雷公電母來時。俺同降甘澤瑞雪。生出桑椹。救蔡順的母親病證。雲頭起處。敢是雷公電母來也。〔雷公電母領鬼力上〕〔雷公云〕隱隱聲聞萬里驚。電光雨勢遍山村。天下一聲雷震地。人間萬物已知春。吾神乃上界雷公是也。這一位是電母。吾神形容猛壯。性烈剛強。震塌乾坤。劈開山嶽。驚梏木而發生。震蟄蟲而出戶。怒轟雲漢。惡蕩百川。今因下方有一人。姓蔡。名順。字君仲。他母親染病。想桑椹子食用。有蔡順孝心感動天神。上帝命俺大衆神祇。今夜三更。降甘露瑞雪。滿山林中。但是桑樹。都生桑椹子。着蔡順摘去。奉母治病。方顯神靈鑒察也。俺衆神既奉勑令。不敢有違。今有風神在空中等候。電母。俺去來。那雲端裏。兀的不是衆位尊神在此。〔做見衆神科〕〔雷公云〕衆位尊神。吾神與電母來了也。〔風神云〕雪神。雨神。雷公。電母。都來了。您衆位尊神。為因下方蔡順奉母一事。您都知上帝勑令麼。〔衆神云〕俺都知上帝勑令也。〔風神云〕既知上帝勑令。俺神靈豈敢有違。天色已晚也。今夜至三更。吾神顯耀威力。起一陣寒風。着雪神微微的降一陣瑞雪。等雪住時。吾神再助一陣和風。將冬天變做春天。着雷公發一聲霹靂。震動山林。電母熒煌熌爍。光走金蛇。雨師下一陣甘雨。着遍山野桑樹上。舒青葉。長翠條。都生出桑椹子來。着蔡順摘奉母親。病體指日而安。方顯神靈感應也。鬼力是多早晚時候也。〔鬼力報科云〕報的尊神得知。夜至三更也。〔風神云〕夜至三更也。您衆神祇各顯神力。吾神刮起寒風來。兀的不寒風起了也。〔衆神云〕是好寒風也。〔風神云〕雪神可隨着這風。下一陣瑞雪。〔雪神云〕吾神降一陣瑞雪。兀的雪下了也。〔衆神云〕是好大雪也。〔風神云〕雪散了也。吾神將冬天變做春天。助起這和風來。兀的不和風起了也。〔雷公云〕吾神顯耀威力。震一聲霹靂。兀的不雷響了也。〔雷響科〕〔衆神云〕是好雷聲也。〔風神云〕電母可隨着雨師。行一陣甘雨者。〔電母云〕吾神掣起這電光來。〔雨師云〕吾神行一陣雨。兀的不雨下了也。〔衆神云〕是好甘雨也。〔風神云〕風雷雨雪都有了。吾神不敢久停久住。俺衆神祇回上帝話。走一遭去。一夜枯桑盡發榮。寒冰天氣轉東風。年高母疾重安樂。着他壽享人間百歲終。〔同下〕〔延岑領僂儸上云〕幾番擺陣靠山崖。闊劍長槍鴈翅排。半垓劣缺摑搜漢。俺這裏殺死敵軍替不埋。某乃五婁大王延岑是也。某幼習戰策。廣看兵書。英雄出衆。膽略過人。有拔刀相助之威。扶弱欺強之志。因我在前。路見不平。致傷人命。自己出首到官。謝勘官可憐。將我迭配鄭州牢城。行至半途。值着風雪。身上單寒。肚中飢餒。去蔡員外家乞討茶飯來。不料蔡員外的夫人。他也姓延。因與我同姓。認義我爲姪男。我拜他兩口兒做父母。老夫人跟前。止生了一子。名喚蔡順。此人十分孝順。多蒙老員外齎發了我煖衣一套。白銀十兩。又與了解子錢物。誰想那解子施惻隱之心。半途中開了枷鎖。放了我。某不敢回家。不得已我也聚集了五千人馬。在此山中落草爲寇。這山名爲五婁山。俺這裏高山嶮峻。闊澗灣環。山嶺崚嶒。道路崎嶇。樹林密稠。水波洶湧。某聲名傳四野。敵兵諕膽寒。俺這裏水欺東大海。山壓太行山。人見某英勇。就呼某爲五婁大王。某雖爲賊盜。仗義踈財。素性公平。不奪小客之錢。豈圖他人富貴。昨夜三更。下了一陣大雪。天氣如春之煖。忽然雷聲響亮。電掣金光。又下了一陣甘雨。未知主何凶吉。那山林中則怕有驚出來的狼蟲虎豹。某如今領着半垓小僂儸。巡山走一遭去。昨宵雨雪淨塵垓。今日英雄下峻崖。這一去軍收鑼皷登山寨。馬馱虎豹上山來。〔同下〕〔正末同興兒提籃兒上〕〔正末云〕小生是蔡順是也。昨日夢中見增福神。言說小生孝心感動神天。道三更時分。降甘澤瑞雪。那山林中。但是桑樹上。都生出桑椹子來。任小生摘來。侍奉母親。三更前後。果然降了一陣雪。下了一陣雨。小生今日。將着籃兒去山中摘桑椹子。走一遭去。俺母親似這等身體不安。幾時是好也。〔唱〕

【中呂粉蝶兒】每日家腹內思量。則我這孝心腸豈能敢忘。憂的是老尊堂臥枕眠床。我可便受驅馳。就辛苦。滿腹愁何曾展放。不由我心內恓惶。俺母親害的箇病容顏。全不是舊時模樣。

〔云〕則不小生行孝。想古者多有行孝之人也。〔興兒云〕小哥。想上古賢人。那幾箇行孝。區區愚魯。不知古往之事。小哥。試說一遍與兒聽者。〔正末唱〕

【醉春風】有一箇董永賣親身。黃香扇枕涼。郯子鹿乳奉萱堂。這二人萬代可便講。講。則願的老母安康。病體健。可便是俺子孫興旺。

〔興兒云〕小哥。昨夜三更。舒手不見掌。刮了陣風。下雪下雨。雷聲閃電。一夜無休。雷骨碌碌的響將來。趕着我打諕的我跪在竈窩裏。趓了。那雷骨碌碌響着尋我。他尋不着我也。他說罷罷我還響了去罷。〔外呈答云〕謅弟子孩兒。得也麼。〔正末云〕增福神說道。三更前後。降甘澤瑞雪。山中就有桑椹子。着我摘將來侍奉母親。果然降了一陣雪。下了一陣雨。這的是人有所願。天必從之。〔唱〕

【迎仙客】昨夜箇瑞雪飄。雨汪洋。仰天外黑黯黯。可便雲霧長。融融的便暖如春。轟轟的便雷震響。影影的便電走金光。感應的祥瑞舞甘澤降。

〔興兒云〕小哥。你看這山林中青山綠水。有如畫意。堪入丹青之手也。〔正末云〕不覺的來到這大山中。是一派好山色景致也。〔唱〕

【紅繡鞋】看山色晴嵐一樣。看山峯高徹空蒼。看山景疊翠蘂芬芳。看山林難描畫。看山澗水流長。端的是山中堪翫賞。

〔云〕我貪看這山中景致。可忘了去尋桑樹。我轉過這隅頭。下的這山坡來。兀的不是箇桑園。〔做驚科云〕呀呀呀。你看這園中桑樹上。都結下椹子。感謝神天保佑。小生放下這籃兒。我摘這桑椹子者。〔興兒云〕小哥。你便摘。我便嚷。撲殺我。往家擡。〔外呈答云〕得也麼。〔正末做摘桑椹子科〕〔唱〕

【上小樓】我這裏不索自忙。桑椹子園中開放。我可便舉手攀枝。摘將下來。侍奉萱堂。一半紅。一半黑。籃中各放。我這裏便謝天公可憐垂降。

〔云〕我將這椹子。摘滿這籃兒也。〔做提籃兒科云〕小生覺我這身子。有些困倦。我在這桑樹下。暫且停止者。〔興兒云〕小哥我跟着你張羅這一日。我也打箇盹。看有甚麼人來。〔延岑領僂儸冲上云〕巡山採獵。獨強霸。縱橫放蕩任非爲。某乃是延岑也。領小僂儸去那山前山後。巡綽了一遭。不知怎生這山中但是桑樹枝葉發生。都長出桑椹子來。好是奇怪也。小僂儸擺布的嚴整者。兀的不是箇桑園。你看這桑樹長的這等榮旺。〔做見正末科云〕兀那桑樹下。立着箇年紀小的後生。領着箇小廝。將着箇籃子採桑。這廝好大胆也。小僂儸與我拏將他過來者。〔僂儸云〕理會的。〔做拏正末科云〕過去跪者。〔正末做跪科云〕太保饒性命。〔興兒云〕太保留命喝湯罷。〔延岑云〕兀那廝。這是俺的境界。你怎敢在此採桑。侵犯我這山中。你這廝好大胆也。〔僂儸云〕大王。這小的倒將息的肥肥的。宰了罷。〔外呈答云〕得也麼。這廝。〔正末唱〕

【幺篇】看了惡相貌。不由我心下慌。〔延岑云〕小僂儸。把這廝拏到山寨上。我慢慢的問他。〔正末唱〕他可便口口聲聲。忙傳將令。拏去山崗。可惜了。這桑椹子。孝敬禮。萱堂想望。屈沉了那增福神夢中顯像。

〔延岑云〕來到這山寨上也。小僂儸。把那廝拏過來。〔僂儸云〕理會的。〔正末做跪科〕〔延岑云〕兀那廝。某在這五婁山落草爲寇。一任那強兵猛將。誰敢來侵犯我這境界。你怎敢私來採桑。可不擒住了他的征夫。捉住的敗將。某難以饒免。兀那廝。你是那裏人。姓甚名誰。說的是。我自有箇存活。若說的不是呵。小僂儸打下澗泉水。磨的刃鋒利。某親自下手也。〔興兒云〕我說你有手。我也有手。你殺了他。管替他償命。〔外呈答云〕得也麼。潑說。〔正末云〕太保饒性命。聽小生說一遍。小生乃汝南人也。姓蔡。名順。嫡親的四口兒家屬。父親蔡寧。母親延氏。妻乃李氏。告太保可憐見。〔延岑做沉吟科云〕母親延氏。你莫不是蔡員外的兒男麼。〔正末云〕小生是蔡員外的兒男。〔延岑做驚科云〕險些兒不傷害了兄弟性命。天也。正是雲影萬重高士夢。月明千里故人來。〔做扶正末科云〕兄弟請起請起。你認的我麼。〔正末云〕小生不認的太保。〔延岑云〕兄弟。你忘了我也。說兀的做甚。當日箇感父母救我恩臨。在山寨切切於心。今日箇巡山採獵。見兄弟獨立山林。聽說罷家鄉姓字。勝如得萬兩黃金。兄弟你是貴人多能忘事。則我是披枷鎖送配延岑。〔正末云〕原來是哥哥延岑。你怎生到這裏來。〔延岑云〕兄弟。感謝母親認義了我。與了我衣服盤纏。又與了我解子銀物。多蒙那解子至半途中。施惻隱之心放了我。某難回故鄉。就在這五裵山落草爲寇。不想今日偶然間遇着兄弟。某一時間言語衝撞。恕某之罪。兄弟。一雙父母安康麼。〔正末云〕哥哥不知。今有母親身體不安。想桑椹子食用。因小生孝心有感。神天保祐。冬月天氣。生出桑椹子來。您兄弟摘他在盤中。回家侍奉老母。不想遇着哥哥在此也。〔延岑云〕原來母親不安。兄弟有此孝敬。感動天地神靈。降生桑椹子。兄弟。你乃是賢哲君子也。小僂儸將那牛蹄粳米來者。〔僂儸拏砌末云〕理會的。〔延岑云〕兄弟。無物可奉。山林野物。牛蹄一隻。粳米三斗。你將去家中侍奉父母親。休嫌輕微也。〔正末云〕多謝哥哥厚禮也。〔延岑云〕兄弟。拜上母親。我曾對天發誓。逢賢必任。等你回去了時。我將衆兄弟小僂儸都散了。再不爲賊盜也。如今大漢聖人。差官各府州縣道。招安文武將士。量才擢用。某若到朝中。見了聖人。倘得任用了我呵。某定然保舉你爲官。報答父母之恩也。〔正末云〕謝了哥哥也。〔唱〕

【耍孩兒】願哥哥腰金衣紫爲卿相。穩做着皇家棟梁。二簷傘下氣昂昂。保中忠臣護國安邦。則願的功高位至王官一品。竭力芳名萬載揚。非誇獎。博一箇烏靴象簡。玉帶羅裳。

〔延岑云〕兄弟言者當也。我則今日星夜長行也。〔興兒做背砌末科云〕這箇東西。定是我背着。我說老延。你就不與我箇牛蹄兒喫。〔延岑云〕兄弟穩登前路。多多拜上父母也。〔正末云〕哥哥。您兄弟知道了也。〔唱〕

【尾聲】哥哥你說的是壯士言。到京師見帝王。則要你去邪歸正爲良將。治國安邦萬人講。〔同下〕

〔延岑云〕兄弟去了也。則今日將手下衆兄弟都散了。某星夜起程。往京師見聖人。走一遭去。則今日便索登程。促行裝親赴神京。若爲官舉薦蔡順。俺兩箇享富貴青史標名。〔同下〕

## 第四折

〔卜兒同蔡員外領家童上〕〔卜兒云〕藥餌難醫心上病。晨昏起坐要人扶。老身延氏。爲因身體不安。朝則忘餐。夜則廢寢。服藥不效。我忽然思想桑椹子食用。奈是冬寒時月。無處尋取。有孩蔡順。盡孝道之心。今日早間。去那深山中尋桑椹子去了。老的也。可怎生這早晚。還不見孩兒來。〔蔡員外云〕婆婆。如今是寒冬天氣。此物未知有無。婆婆。你少要憂心也。家童門首覷者。看有甚麼人來。〔家童云〕理會的。〔正末做盤中捧桑椹子同興兒背砌末上〕〔正末云〕小生蔡順。謝天地可憐。到於山中。摘了這滿滿的一籃桑椹子。又遇着哥哥延岑。他聽知的母親不安。奉牛蹄一隻。粳米三斗。着我將來。侍奉萱親。興兒。休誤了母親食用。將着這桑椹子。獻母親去來。〔興兒云〕小哥行動些。妳妳正想中間。若妳妳嚐下這桑椹子去。管情百病消除了也。〔正末云〕興兒。你說的是。想俺這孝道的人。天公可也不會虧負了俺也。〔唱〕

【正宮端正好】想懷躭。生身意。我可也報不的老母驅馳。則我這孝心腸感動天和地。俺可便行孝道無邪僞。

【滾繡毬】我焚香祭賽天。不覺的睡似癡。見一位增福神降臨凡世。他說道半夜間響一陣春雷。他道是紛紛雪亂飛。濈濈雨下的疾。兩般兒委實奇異。我醒來時心內猜疑。到天明我走到山間下。誰承望園內開花結果肥。椹子皆垂。

〔云〕俺可早來到也。家童報復去。道俺來了也。〔家童云〕理會的。報的妳妳得知。有小哥來了也。〔卜兒云〕着孩兒過來。〔家童云〕理會的。過去。〔正末見科云〕母親。孩兒來了也。〔卜兒云〕孩兒。你來了也。你尋的桑椹子可是有也無。〔正末云〕母親。有了也。這盤中托的是桑椹子。〔卜兒驚科云〕孩兒也。如今是寒冬時月。萬木凋零。你可那裏得這桑椹子來。〔正末云〕母親。桑椹子非同容易。母親。盡您孩兒孝道之心。你用幾箇者。〔卜兒云〕孩兒也。我正想他食用。將來我喫幾箇者。〔正末做捧桑椹子科云〕母親。請食用幾箇。〔卜兒做喫科云〕孩兒。這桑椹子好甜也。我喫下去如酥蜜一般。甚是甘美。滋味更佳也。〔興兒云〕我把你這箇饞嘴的老婆子。〔外呈答云〕得也麼。這廝罵的巧。〔正末唱〕

【倘秀才】這桑椹子猶如蜜水。〔卜兒云〕孩兒也。我喫了他呵。正是如渴思漿。如熱思涼也。〔正末云〕母親。這桑椹子。休看的他輕也。〔唱〕他可便蒙雨露開花蕊。〔卜兒云〕將來。我喫幾箇。〔興兒云〕你到會喫也。〔正末唱〕母親心內思想腹內飢。〔卜兒云〕孩兒也。我這病看看的好將來了也。〔正末唱〕好著我生歡悅。展愁眉請街坊慶喜。

〔卜兒云〕孩兒也。我喫的彀了。與我擡了者。〔正末云〕母親。這一會兒病體如何。〔卜兒云〕孩兒。我喫了這桑椹子。這一會身體。如舊時一般。覺我無了病也。〔正末唱〕

【叨叨令】母親也。你似那舊時節脈息通胸胃。恰纔無半霎就把你災除退。〔卜兒云〕孩兒也。多虧你行這等孝順之心也。〔正末唱〕則我這孝心腸感動天和地。則願的母親年高百歲身榮貴。兀的不喜歡殺也波哥。喜歡殺也波哥。俺一家兒辦誠心酬謝天和地。

〔卜兒云〕孩兒。我不問你別。這牛蹄粳米。是那裏來的。〔正末云〕母親。您孩兒大山之中。遇著延岑哥哥來。〔卜兒云〕延岑。他不去鄭州迭配牢城。他在山中做些甚麼那。〔正末唱〕

【脫布衫】他在那大山裏落草爲賊。領半垓人馬圍隨。槍刀擺旗旛颭颭。狼虎般顯耀威勢。

〔卜兒云〕他在山中落草爲寇。你可怎生撞見他來。〔正末唱〕

【小梁州】他把我拏到營中要整理。誰承望認的真實。從前已往說端的。他喜則喜今日會。他說道相見在山溪。

〔卜兒云〕孩兒。你在山中見了延岑。威嚴擺布。你驚慌之中。說些甚麼來。〔正末唱〕

【么篇】我說道母親病體實難退。俺哥哥聽說罷兩淚雙垂。他說道老母的恩。心中記。他將這牛蹄和粳米。奉老母病將息。

〔卜兒云〕此人他倒不忘俺舊日之恩也。〔正末云〕母親。延岑哥哥說道。逢賢必往。永不爲盜。散了手下僂儸。他去京師見大漢聖人去了。他若爲官時。要舉薦您孩兒爲官哩。〔卜兒云〕孩兒也。可難爲此人的心。俺慢慢的說話。看有甚麽人來。〔外扮使命上云〕雷霆驅號令。傳宣急急行。自離京師地。不覺至門庭。小官天朝使命是也。爲因延岑文武兼濟。刀馬過人。聖人見喜。官封太尉之職。延岑就舉保一人。乃是蔡順。說此人忠孝雙全。奉聖人的命。着小官將着玄纁丹詔。來取蔡順全家前赴京師。加官賜賞。我問人來。這一家兒便是。不索報復。我自過去。〔做見科云〕您一家兒都在此也。小官不是別人。乃天朝使命是也。〔正末云〕呀呀。天朝使命大人到此。小生有失迎接也。〔使命云〕誰是蔡順。〔正末云〕小生便是。〔使命云〕你是蔡順。如今朝中有一人。乃是延岑。在聖人跟前。舉保你爲官。着小官取您一家兒全赴京師。加官賜賞。〔正末云〕家童裝香來。〔家童云〕理會的。〔正末做焚香拜科云〕感謝聖恩。家童快安排果卓。管待使命大人。〔使命云〕小官不敢飲酒。賢士收拾行裝。便索登程。小官不敢久停久住。回聖人的話。走一遭去。則今日就盼途程。乘駿馬款款先行。到京師親臨丹陛。一一的奏說叮嚀。〔下〕〔正末云〕使命大人去了也。父親母親。俺則今日收拾行裝。赴京師走一遭去也。〔唱〕

【尾聲】傳宣降詔非容易。整辦行裝不可遲。俺可便盼程途去得疾。到朝中文武齊。見聖人習禮儀。受官爵加重職。俺博一箇衣紫腰金賀聲喜。〔同衆下〕

## 第五折

〔殿頭官領張千上云〕朝去穩登金勒馬。來時袍袖惹天香。小官殿頭官是也。爲因大將延岑。到於京師。因此人文武兼濟。刀馬過人。聖人見喜。官封太尉之職。有延岑就舉保他的認義兄弟。乃是蔡順。說此人忠孝兩全。聖人差使命。取蔡順一家兒。全赴京師。今日早朝。奉聖人的命。着小官在這相府中。聚衆大人。安排酒殽。與蔡順並他一雙父母慶喜。就與他加官賜賞。令人覷者。若衆大人來時。報復我知道。〔張千云〕理會的。〔延岑云〕舉善薦賢施政化。報恩答義顯忠良。某延岑是也。想某在五婁山落草爲寇。因見兄弟蔡順賢明至孝。我就將手下半垓僂儸都散了。來到京師。見了聖人。爲某文武兼濟。官封重職。我就舉保蔡順忠孝兼全。聖人就着使命將蔡順並他父母都取至京師。今日大人在相府中安排酒殽與蔡順全家慶賀。就要加官賜賞。某須索走一遭去。可早來到也。令人報復去道有某來了也。(張千云)理會的。報的大人得知。有延將軍來了也。(殿頭官云)道有請。(張千云)理會的。有請。(見科)(延岑云)大人。某來了也。(殿頭官云)將軍少待。等蔡順一家兒來全。俺慶賀飲酒。這早晚敢待來也。(劉普能同周景和上)(普能云)為因孝子身榮貴。遠遠登途賀喜來。老夫劉普能是也。這一位長者是周景和。為因蔡順於家行孝。於國盡忠。有延岑不忘他父母之恩。舉保他一家兒都取到京師。俺不避路途艱難。來到京師。說今日相府中安排筵宴與蔡順享祿。皇天豈負賢人也。可早來到也。令人報復去。有劉普能周景和來見大人。(張千云)理會的。報的大人得知。有劉普能周景和來見大人。(殿頭官云)着他過來。(張千云)理會的。過去。(見科)(劉普能云)大人。一者慶賀。二者加官。周景和俺須索走一遭去。(周景和云)員外。看了蔡順能文出衆。才智過人。理當為官俺村野之人。乍入京華。輦轂之下。幸遇大人尊顏。實乃老拙萬幸也。(殿頭官云)您兩箇員外且一壁有者。(夏德閏仇彥達同上夏德閏云)不因侍親行孝道。怎得加職表門閭。老夫夏德閏是也。這一位長者是仇彥達。今因蔡順至孝感天。冬月降生桑椹子。又蒙延將軍舉保。說此人忠孝雙全。將他一家兒都取至京師。賜宅居住。俺都至京師與蔡順特來慶賀。(仇彥達云)夏員外。似蔡順忠於君王。孝於父母。人間少有。堪受皇家官位。可早來到也。令人報復去道有夏德閏仇彥達來見大人。(張千云)理會的。報的大人得知。有夏德閏仇彥達來見大人。(殿頭官云)着他過來。(張千云)理會的。過去。(做見科)(夏德閏云)大人。鄉村老叟。無德無能。今日得覩大人尊顏。是老拙之萬幸也。(殿頭官云)您兩箇員外且一壁有者。(淨王伴哥同白廝賴上王伴哥云)俺二人登山涉水。與君仲特來慶美。又無甚羊酒花紅。真一對虛頭油嘴。自家王伴哥便是。這箇是兄弟白廝賴。與俺兩箇。是出名的舊油嘴。今有蔡順。取至京師。俺兩箇也來與他作賀。俺是精光棍。又無箇驢兒騎。一路上則是步行。我若走的困了。着兄弟背着我走。兄弟走的困了。我大棍子趕着他跑。(外呈答云)你可怎生不背他。(王伴哥云)我管他死麼。(外呈答云)得也麼。這廝沒天理。(王伴哥云)今日大人在相府中安排筵宴。與蔡順一家兒慶賀。又說加官賜賞。兄弟。俺偌遠的走這一遭。是要嚷要喫。〔白廝賴云〕今日我喫的醉了。哥。你若不背着我走。我把耳朵都咬掉了你的。〔外呈答云〕得也麼。〔白廝賴云〕可早來到相府門首也。兀那小張兒。報復去。道有白廝賴王伴哥來了也。〔張千云〕理會的。報的大人得知。有白廝賴王伴哥來見大人。〔殿頭官云〕着他過來。〔張千云〕理會的。過去。〔二淨做見科〕〔王伴哥云〕老大兒。小人來了也。有甚麼東西。拿來先喫着耍兒。〔殿頭官云〕且一壁有者。〔蔡員外同卜兒旦兒上蔡員外云〕幸能子孝爲良器。祖宗光顯感洪恩。老夫蔡寧是也。這箇是我夫人延氏。這箇是媳媳潤蓮。爲因延岑舉薦蔡順爲官。謝天恩可憐。將俺全家兒都取到京師。今日大人在相府中安排筵宴。與俺慶賀。就加官賜賞。可早來到也。令人報復去。道有蔡順家屬來了也。〔張千云〕理會的。報的大人得知。有蔡順家屬來了也。〔殿頭官云〕道有請。〔張千云〕理會的。有請。〔做見科〕〔蔡員外云〕老漢三口兒家屬。來見大人。〔殿頭官云〕蔡員外。您且一壁有者。令人門首覷者。若蔡順來時。報復我知道。〔張千云〕理會的。〔正末上云〕小生蔡順是也。有延岑哥哥到於朝中。因此人文武兼濟。弓馬熟閑。聖人見喜。重賞加官。哥哥就舉薦小生。謝聖恩可憐。將我一家兒都取到京師。今日大人在相府中安排筵宴。與小生全家兒慶賀。加官賜賞。須索走一遭去。誰想有今日也。〔唱〕

【雙調新水令】聖明天子重英賢。選儒流武士兩件。文官扶社稷。良將保山川。端的是萬載流傳。今日箇排筵會設佳宴。

〔云〕可早來到也。令人報復去。道有蔡順來了也。〔張千云〕理會的。報的大人得知。有蔡順來了也。〔殿頭官云〕道有請。〔張千云〕理會得。有請。〔做見科〕〔正末云〕大人。小生蔡順來了也。〔殿頭官云〕久聞賢士有顏回亞聖之學。會參養親之孝。仁宏德厚。至善光輝。忠盡於君。孝盡於親。忠孝兩美。馳名於朝野之中。未嘗得覩尊顏。今日一見。乃小官萬幸也。〔正末云〕不敢不敢。量小生一介寒儒。素無才德。何敢着大人掛念也。〔唱〕

【駐馬聽】幼小輕年。腹內孤窮學問淺。〔殿頭官云〕久聞賢士廣覽詩書。堪爲輔弼之臣也。〔正末唱〕你不勞掛念。我是箇白衣人怎到得玉堦前。〔殿頭官云〕說賢士文勝顏回。孝越會參也。〔正末云〕大人。小人怎敢比先賢古人也。〔唱〕鸞鳴勝似鵲聲喧。鳳飛比鴈先騰遠。我自言。小生腹空虛怎敢比高儒選。

〔殿頭官云〕蔡秀才。你與延岑廝見者。〔二人做見科〕〔正末云〕呀呀。哥哥。受您兄弟兩拜。〔做拜科云〕您兄弟多虧哥哥在聖人跟前舉薦。若不是哥哥。小生焉能得到此也。〔延岑云〕不敢。雖是某舉薦。況賢弟忠孝雙全。名播於朝。據賢弟胸懷錦繡。口吐珠璣。乃翰林之魁首。堪可國家任用。今日崢嶸。方稱賢弟之志也。〔正末云〕多謝了哥哥擡舉也。〔殿頭官云〕蔡秀才。當日你母親不安。冬寒天氣。思想桑椹子食用。你可怎生得桑椹子來。你說一遍。我試聽者。〔正末唱〕

【鴈兒落】想當日萱親疾病纏。他可便思綾錦當時見。小生我焚香禱上蒼。一夢裏神靈現。

〔殿頭官云〕你夢中見神靈。說甚麼來。〔正末唱〕

【得勝令】呀。他道是冬寒月變做春天。半夜裏雪花舞雨漣漣。枯桑上生椹子。我醒來時把夢圓。走到那山前。桑椹子都生遍。摘將來新鮮。俺母親吃了體自然。

〔殿頭官云〕誰想你至孝。通天地。感神靈。將冬天變做春天。枯桑榮旺。椹子發生。保養你母親病體安愈。孝名揚於四海。貫滿皇都。堪可排宴慶賀。令人擡上果卓來者。〔張千云〕理會的。〔做擡果卓科〕〔殿頭官云〕將酒來。這杯酒先從蔡員外來。老員外滿飲此盃。〔蔡員外云〕老夫不敢。大人先飲。〔殿頭官云〕今日與你一家兒慶賀。理當你先飲。不必過謙也。〔蔡員外飲科云〕老夫依命先飲。〔殿頭官云〕將酒來。這盃酒老夫人飲。〔卜兒云〕大人請。〔殿頭官云〕這箇孝道的兒男不枉了生於人世。你滿飲此杯。〔卜兒飲科云〕老身飲。〔殿頭官云〕再將酒來。這一杯酒賢士飲。〔正末云〕量小生有何德能。着大人如此用心。大人先請。〔殿頭官云〕賢士飲過者。〔正末飲科云〕不敢。小生飲。〔殿頭官云〕賢士。小官奉命大開筵宴。一者與你慶賀。二者加官賜賞。此一會非同小可也。〔正末唱〕

【沽美酒】感天恩重可憐。招傑士納英賢。端的是德似堯湯千古傳。萬萬載江山固堅好收成謝神天。

【太平令】四海內年年納獻。掌山河一統安然。萬國來偏邦朝見。文共武隨龍遷轉。呀謝聖恩可憐。就傳將俺來便宜。一一的拜舞金鑾寶殿。

（殿頭官云）您衆人望闕跪者。聽聖人的命。大漢朝一統疆封。萬萬載海晏河清。普天下軍民樂業。遍乾坤黎庶安寧。則爲這蔡君仲奉親至孝。播皇朝萬古留名。因老母身生疾病。告蒼天血流成冰。辦虔心至誠發願。夢寐中親見神靈。三更鼓甘澤雪降。綾錦樹椹果枝生。他去那山林中摘來奉母。救萱堂一命安存。感延岑臨朝舉薦。一家兒取至京城。蔡順封翰林學士。李氏贈賢德夫人。蔡員外治家有法。年高邁冠帶榮身。老夫人心慈性善。欽賞你十錠花銀。衆員外都賜表裏。封官能各自回程。聖人喜的是義夫節婦。愛的是孝子賢孫。今日箇加冠賜賞。朝帝闕拜謝皇恩。

題目　報恩義延岑舉薦

正名　降桑椹蔡順奉母

# 嚴子陵垂釣七里灘雜劇

宮大用撰

第一折

某姓嚴名光。字子陵。本貫會稽嚴州人也。自幼年好遊翫江湖。即今在南陽富春山畔七里灘。釣魚爲生。方今王新室在位爲君一十七年。滅漢宗一萬五千七百餘口。絕劉後患。天下把這姓劉的捉拿。有一人舂陵鄉白水村姓劉。名秀。字文叔。不敢呼爲劉文叔。改名爲金和秀才。他常從我爲兄相待。近日在下村李二公莊上閑攀話飲酒。想漢朝以來。

【仙呂點絳唇】開創高皇。上天責降。蕭丞相。韓信張良。自平帝生王莽。

【混江龍】自從夏桀將禹喪。獨夫殷紂滅成湯。丞顯立吊民伐罪。丞承立守緒成王。剛四十垂拱嚴郎朝彩鳳。第五輩巡狩湘流中淬殺昭王。自開基起運。立國安邦。坐籌幃幄。竭力疆場。百十萬陣。三五千場。滿身矢簇遍體金瘡。尸橫草野。鴉啄人腸。未曾立兩行墨蹟在史書中。却早臥一丘新土在芒山上。咱人這富貴如蝸牛角半痕涎沫。功名似飛螢尾一點光芒。

【油葫蘆】劉文叔相期何故爽。一會家自暗想。怎生來今日晚了時光。他則在魚洲攬住收罾網。酒旗搖處沽村釀。暢情時酌一壺。開懷時飲幾觴。知他是暮年間身死中年間喪。醉不到三萬六千場。

【天下樂】則願的王新室宮家壽命長。我這里掛量有个意況。體乾坤姓王的由他姓王。他奪了呵奪漢朝。篡了呵篡了漢邦。到與俺閑人每留下醉鄉。

【那吒令】則咱這醉眼覷世界。不悠悠蕩蕩。則咱這醉眼覷日月。不來來往往。則咱這醉眼覷富貴。不勞勞穰穰。咱醉眼寬似滄海中。咱醉眼竟高似青霄上。咱醉眼不識個宇宙洪荒。

【鵲踏枝】他笑咱唱的來不依腔。舞的。來煞顛狂。俺不比您名皺定眉兒別是天堂。富漢每喝菜湯穿麄衣樸裳。有一日潑家私似狗令羊腸。

【寄生草】我比他吃茶飯知個飢飽。我比他穿衣服知個暖涼。酒添的神氣能榮旺。飯裝的皮袋偏肥胖。衣穿的寒暑難侵傍。看誰人省悟是誰痴。怕不鳳凰飛在梧桐上。

【六幺序】您將他稱賞。把他讚獎。那廝則是火避苛虎當道豺狼。咱人但曉三章。但識斟量。忠孝賢良。但似敬光。怎肯受王新室紫綬金章。時史令鬼眼通身相。有多少馬壯人強。改年建號時間旺。奪了劉家朝典。奪了漢世封疆。

【幺篇】遍端詳。那廝模樣。休緊休忙。等那穹蒼。到那時光。漢室忠良。議論商量。引領刀槍。撞入門牆。拖下龍床。脫了衣裳。木驢牽將。鬧市雲陽。手脚舒長。六道長丁釘上。咱大家看一場。不爭你動起刀槍。天下荒荒。正應道龍鬥魚傷。盡乾坤一片青羅網。咱人逃出大等高張。您漢家枝葉合興旺。見放着不天摧地搭國破家亡。

【後庭花】你道我瓦盆兒醜看相。磁甌兒少意況。強如這惹禍患黃金盞。招災殃碧玉觴。玉□內飲瓊漿。耳邊傍音嘹亮。絳紗籠銀燭光。列金釵十二行。裙搖的瓊珮響。步金蓮羅襪香。嬌滴滴宮樣粧。玉纖纖手內將。黃金盞□面上。關埋伏鬧隱藏。

【青哥兒】那裏面暗隱着風波波波千丈。你說波使磁甌的有甚涂傷。我醉了呵東倒西歪儘不妨。我若爛醉在村鄉。着李二公扶將到茅舍茅堂。

靠甕牖蓬窗。新葦席清涼。舊木枕邊相。把脫下衣裳。放散誕心腸。任百事無妨。倒大來免慮忘憂。納被蒙頭。任急番身。强如您宰相侯王。遭斷沒屬官象牙床泥金坑。

【賺煞尾】平地上窩弓。水面上張羅。扯扭誰想村尋相訪。鴻鵠志飛騰天一方。揀深山曠野潛藏。漢行唐。驀嶺登崗。拽着個鈍木斧繫着條麄麻繩攜着條舊擔杖。我則待駕孤舟蕩漾。趁五湖烟浪。望七里灘頭輕舟短棹簑笠綸竿一鈎香餌釣斜陽。

## 第二折

【越調鬬鵪鶉】我把這簑笠做交遊。簑衣爲伴侶。這簑笠避了些些冷霧寒烟。簑衣遮了些些斜風細雨。看紅鴛戲波面千層。喜白鷺頂風絲一縷。白日坐一襟芳草裀。晚來宿半間茅苫屋。想從前錯怨天公。甚也有安排我處。

【紫花兒】您道我不達時務。我是個避世嚴陵。釣幾尾漏網的游魚。怎禁四蹄玉兎。三足金烏。細惆惆觀了些些成敗興亡。閱了些些今古。浪淘盡千古風流人物。昨日個虎踞在咸陽。今日早鹿走姑蘇。

【金蕉葉】七里灘從來是祖居。十輩兒不知禍福。常遶定灘頭景物。我若是不做官一世兒平生願足。

【調笑令】巴到日暮。看天隅。見隱隱殘霞三四縷。釣的這錦鱗來滿向籃中貯。正是收綸罷釣漁父。那的是江上晚來堪畫處。抖擻着綠蓑歸去。

【鬼三台】休停住。疾迴去。不去呵枉惹的我訛言漂語。回奏與您漢鑾輿。休着俺閑人受苦。皂朝靴緊行拘我二足。紗襆頭帶着掐我額顱。我手執的是斑竹綸竿。誰秉得你花紋象笏。

【禿厮兒】您那有榮辱襴袍靴笏。不如俺無拘束新酒活魚。青山綠水開畫圖。玉帶上掛金魚。都是虛囂。

【聖藥王】我在這水國居。樂有餘。你問我棄高官不做待閑居。重呵止不過請此二俸祿。輕呵但抹着滅了九族。不用一封天子詔賢書。迴去也不是護身符。

【麻郎兒】我盡說與你肺腹。我共您鑾輿。俺兩個常遶着南陽酒壚。醉酩酊不能家去。

【么篇】俺是酒徒。醉餘。睡處。又無甚花氈繡褥。我布袍袖將他蓋覆。常與我席頭兒奪樹。

【絡絲娘】倒兩個醉塵市同眠抵足。我怎去他手裏三叩頭揚塵拜舞。我說來的言詞你寄將去。休忘了我一句。

【尾】說與你劉文叔有分付處別處分付。我不做官呵有甚粱沒發付您那襴袍靴笏。我則知十年前共飲的舊知交。誰認的甚麼中興漢光武。

## 第三折

自從與劉文叔酌別之後。又經十年光景。他如今做了中興□。宣命我兩三次。我不肯做官。您不知國家興廢。漢家公卿笑子陵。子陵還笑漢公卿。一竿七里灘頭竹。釣出千秋萬古名。雲山蒼蒼。江水泱泱。貧道之風。山高水長。主人宣命我兩次三回。我不肯去。則做那布衣之交時。作一書來請命。我好一個聖聖的皇□。能昭千葉爲之光。克除禍亂爲之武。休說君臣相待。則做個朋友相看。也索禮當一賀。

【正宮端正好】高祖般性寬洪。文帝般心明聖。可知漢業中興。爲我不從丹詔修書請。更道違宣命。

【滾繡毬】嚴子陵。莫不忒煞逞。我是個道人家動不如靜。休休我今番索通個人情。便索登。遠路程。怎禁他禮節相敬。豈辭勞鞍馬前行。不免的手攀明月來天闕。我則索袖挽清風入帝京。怎得消停。

【倘秀才】來了我呵鷗鷺在灘頭失驚。不見我呵漁父在磯臺漫等。來了我呵釣臺上青苔卽漸生。這其間柴門靜悄悄。茅舍冷清清。料應。

【滾繡毬】柴門知他局也不局。人笑都是應也那不應。荒疎了俺那柳陰花徑。有賓朋來呵誰人出戶相迎。到初更酒半醒。猛想起故園景。忽然感懷詩興。對蓬窗斜月似挑燈。香馥馥暗香浮動梅搖影。疎刺刺翠色相交竹弄聲。感舊傷情。

【倘秀才】見旗幟上月華日精。誂的些居民從速風迸。呈百般的下路潛藏無掩映。不知您帝王情。是怎生。

【滾繡毬】折鑾駕却是應也不應。布民人却是驚也不驚。更做道一人有慶。漢君王真恁地將鑾駕別無處施呈。他出郭迎。俺舊伴等待剛夾我根前顯耀他帝王的權柄。和俺釣魚人莫不兩國相爭。齊臻臻戈書鐙捧當頭擺。明晃晃武士金瓜夾路行。我怎敢衝撞朝廷。

【倘秀才】他往常穿一領麁布袍被我常扯的扁襟日領。他如今穿着領柘黃袍我若是輕抹着該多大來罪名。我則似那草店上相逢時那個身命。便和您。敘交情。做咱那伴等。

【滾繡毬】投至得帝業與。家業成。四邊平靜。經了幾千場虎鬭龍爭。則爲我交契情。我費打聽。到處裏曾問遍庶民百姓。最顯的是暮秋黃巖凝。都說你須知復漢功臣力。不及泥田一片冰。端的是鬼怕神驚。

【脫布衫】則爲你般調人兩字功名。驅榮人半世浮生。一個楚霸王拔山舉鼎。烏江岸劍抹了咽頸。
【小梁州】都則爲恥向東吳再起兵。那其間也漢高祖功成。道賊王莽篡了龍廷。有真命文叔再中興。
【幺篇】貧道暗暗心內自思省。建武十三年八月期程。王新室有百萬兵。困你在昆陽陣。那其間醉魂也半輪明月覺來時依舊照茅亭。
【耍孩兒】自古興亡成敗皆前定。若是你不患難如何得太平。自從祖公公昔日焰彭城。真乃是死裏逃生。不農吟怎得真龍顯。不發黑如何得曉日明。雖然你心明聖。若不是雲臺上英雄併力。你獨自個孤掌難鳴。
【煞】爲民樂業在家內居。爲農的欣然在壟上耕。從你爲君社稷安盜賊息狼烟靜。九層春露都恩到。兩鬢秋霜何星星。百姓每家家慶。慶道是民安國泰。法正官清。
【三】休將閑事爭提。莫將席面冷。磁甌瓦鉢似南陽興。若相逢不飲空歸去。我怕聽陽關第四聲。你把這瓮內酒休教剩。我若不令十分酩酊。怎解咱數載離情。
【四】你也不是我的君。我也不是你的卿。咱兩個一樽酒罷先言定。若你萬聖主今夜還得去。我便七里灘途程來日登。又不曾更了名姓。你則是十年前沽酒劉秀。我則是七里灘垂釣的嚴陵。
【尾】您每朝聚九卿。你須當起五更。去得遲呵着則兩班文武在丹墀候等。俺出家東納被蒙頭黑甜一枕直睡到紅日三竿猶兀自喚不的我醒。
〔下〕

## 第四折

則想在昨却外相見之後。便指望便回俺那七里灘去來。不想今日又請我做拂塵筵席。

【雙調新水令】屈恙着野人心直宜的我入宮來。笑劉文叔我我根是何相待。待剛來則是矜誇些金殿宇。顯耀些玉樓臺。末過是玉殿金堦。我住的草舍茅齋。比您不曾差。夫役着萬民蓋。

【喬牌兒】葦浴傍塚綠苔。猛然間那驚怪。元來是七里灘朱頂仙鶴在碧雲間將雪翅開。他直飛到皇宮探我來。他爲甚□悶在闌干外。是不是我的仙鶴。若是我的呵。則不肯來。和他那獻菓木猿猱也到來。我山野的心常在。俺那里水似藍山如黛。不由我見景生情。覩物傷懷。

俺那七里灘好退好景致。麋鹿啣花。野猿獻菓。天燈自見。烏鵲報曉。禽有禽言。獸有獸語。

【滴滴金】俺那里猿猱會插手。仙鶴展翅。把人情都解。非濁骨與凡胎。我在綠柳堤邊。紅蓼灘頭。白蘋洲外。這其間鷗鷺疑猜。

【折桂令】疑猜我在釣魚灘醉倒來回來。俺出家兒散誕心腸。放浪形骸。我把您上下君臣。非是嚴光。把您花白。爲君的緊打並吞伏四海。爲臣的緊鋪勞日轉千堦。我說與您聽。我不人才。有那等不染塵埃。不識興衰。靠頰偎崖。撒網擔柴。尋覓將來。則那的便是人才。

敢也不敢。中也中。我問你咱。

【喬牌兒】脚緊擡脚慢擡。一層邁兩層邁上金堦。宮女將我忙扶策。把嚴陵來休怪責。

【殿前歡】扶策的我步瑤堦。心術七里灘的魚臺。醉醺醺跳出龍門外。似草店上般東倒西歪。把我腦攛的搶將下來。這殿閣初興蓋。您君臣鬭要誇胸大。大古里是茅茨不剪。三尺臺堦。

倘或間失手打破這盞兒呀。家裏有幾個七里灘賠得過。

【水仙子】我這里輕揞袍袖手舒開。滿飲瓊漿□落臺。飲罷時放的穩忙加額。比俺那使磁甌好不自在。怎如咱草店上倒開懷。不想鬧是禍患不知鬧是利害。暢好拘束人也玳瑁筵開。

【落梅風】我在江村裏住。肚皮里飢上來。俺則有油鹽和的半盞野菜。食魚羹稻飯幾曾把卓器擺。幾曾這般區區將將大驚小怪。

我則待回七里灘去。

【離亭宴煞】九經三史文書冊。壓着一千場國破山河改。富貴榮華草介塵埃。唱道祿重官高。鬧此禍害。鳳閣龍樓包着成敗。您那裏是舜殿堯階。嚴光則是跳出了十萬丈風波是非海。

正名　劉文叔醉隱三家店
　　　嚴子陵垂釣七里灘

# 輔成王周公攝政雜劇

鄭德輝撰

楔子

〔微子一折〕〔駕上宣住〕〔正末扮太師上開〕自家姬姓。周家的族。見爲太師。從先考文王時。參預國事。至今上武王。一同克商伐紂。官裏與諸侯會於鹿臺。宣喚某沙。不知有甚公事。〔見駕科〕〔駕云〕〔封公了〕〔駕云〕陛下當元本只是弔民伐罪。今來有罪的伐了。有功的賞了。也有紂子武庚。合維殷祀。若不封贈。恐失前言。〔駕云了〕叔鮮去呵。是爭奈兄弟性剛。教叔處叔度二人方可同去。將叔鮮進封管叔。叔度封蔡叔。叔處封霍叔。名爲三監。恁地呵怎生。〔一行下〕〔駕云〕〔告歸農科〕〔謝恩科〕

【仙呂賞花時】滅紂主殘殷故天。祀后稷南郊以配天。願陛下福齊天。九五數飛龍在天。昨日商今日周。別換了一重天。

〔叔一折〕〔太后云了〕〔駕云一行都云了〕

第一折

〔正末秉圭上開〕自今上踐祚。無爲而治。一十五年。王弗幸有疾弗瘳。今築高臺三層。齋戒七日。秉圭祝冊。告於太王王季文王。願以臣之身以代主上之命。未知天意若何。暗想周家帝嚳。順時積德。至今恰正統。皆順天意人心。却不會延其壽算。

【仙呂點絳唇】后稷躬耕。帝堯徵聘。封姬姓。農務興行。周業從茲盛。

【混江龍】太公修公劉德行。岐山下市井不年成。王季立丕成祖考。太伯賢遠入蠻荊。次及西伯文王善養老。直至當今天下至昇平。當此際紂君暴虐。廢天時殷道難行。寵妲己貪淫肆虐。信惡來濫法極刑。建鹿臺宮爲九市。奏淫歌夜至達明。酒爲池可行舟楫。肉爲林不問膻腥。裸形體去逐男女。剖心肝故殺公卿。天降災三年不雨。民失業四海逃生。聽衆口一詞可□。會諸侯八百來盟。戊午日孟津師度。甲子日牧野交兵。彼紂王火中燔死。妲己氏劍下尸。王秉金鉞弔民伐罪。偃旂鼓衆□□□。陰陽再判日月重明。萬邦入貢。五谷豐登。家無事國先寧。絶攙擾得安寧。順皇天洗淨日邊雲。與黎民去却心頭病。恰救得蒼生安息。便不能得龍體安寧。

〔上壇告天科〕

【油葫蘆】今日祝冊修成將壇墠登。心志誠。愿三天上享降威靈。官裏無貪淫貪慾貪能性。都則爲憂民憂國憂成病。配三才天地人。明三光日月星。百姓將及時甘雨把君恩並。却難主上望長生。

【天下樂】點點咸呼萬歲聲。今上神靈雖聖明。不如云予仁若考多藝能。愿三天神意察。把吾皇壽考增。寧可促微臣老性命。

〔做折著草科〕

【那吒令】定華夷九鼎。得乾坤正刑。恰簫韶九成。放關睢鄭聲。早春秋九令。入桑榆暮景。金聲鳴清廟鐘。玉振響明堂磬。血食列俎豆犧牲。

【鵲踏枝】爲君疾不能與。求龜卜可宜行。雖生死各盡天年。要陰陽不順人情。比及齊七政璇璣玉衡。先索推五行啓木櫃金縢。

【寄生草】演九五三一數。排乾元亨利貞。當元定太初一氣剖判初伏羲聖。自后立六十四卦錄二是先君定。如今折四十九莖著草卜當今命。果必有禍福顧先天無咎鬼神言。設若見吉祥是上人有福□惟勝。

〔云〕卜了三卦。未知卦象若何。〔到太廟科〕〔做開金縢看卜兆書科〕〔外上宣了〕。〔做將文冊同卜兆書一發放在金縢櫃中了〕〔出來科〕嗨。不想貪荒將先天祝冊錯放在金縢中。待取去。爭奈宣喚緊。日去再取也不妨。〔虛下〕〔駕上云住〕〔見駕科〕〔駕又云〕

【幺】陛下放心不足以爲天異。何勞的苦聖情。陛下夢身穿小色是周家正。陛下見天分乾象爲文章盛。陛下荒地開坤宙主烟塵淨太陰氏皆被日奪了東海月華明。帝星無爲雲遮了北斗杓兒柄。

〔駕云了〕

【六幺令】不爭俺棄却周天下。永別離老弟兄。教誰憂念四海生靈。鳳凰雛羽未全成。犁牛子角未能騂。然如此把後朝遣祝的分明耳邊聽口不住稱神聖。臣惟能喏喏連聲。臨大節怎敢違尊命。欽依聖教。死後愚誠。

【幺】臣雖無能。輔朝廷。寄命叮嚀。密旨親聽。社稷重興付能臣支撐。忠信難憑。天地爲盟。上有滄溟。倘或天不容。吾皇駕崩。陛下放心。這公事便索行。臨至日若是上下交征。內外差爭。老微臣怎地施行。〔駕與劍了〕這劍折不臣吏背逆。誅讒佞。聖旨道無鑾駕如朕親行。臣既能如此持威柄。真教不嚴而治。其政不肅而成。

〔辭駕科〕

【賺尾】恰把密旨暗中傳。不想大事須臾定。臣怎敢使赤子匍匐入井。臣該萬死怎敢當篡位奪權惡罪名。他小子小神武文明。此件事不爲輕。怎敢諂諛龍情。臣依着天道人心順處行。〔駕云了〕且休問人心怎生。見如今天心先應。〔臣夜觀乾象不見別〕見明滴溜照東宮一點紫微星。

〔駕云了〕〔下〕

第二折

〔衆哭上了〕〔打請住〕〔正末扮上了〕自商君無道。暴殄天物。害虐烝民。爲天下逋逃主萃淵藪。要厥士女。惟其士女匪厥玄黃。昭我周王。自伐紂之後。大賚於四海。而萬姓服悅。列爵惟五。分土惟三。建官惟賢。位士惟能重爲五教。諄信民義。崇德報功。垂拱而天下治。豈想有今日。

【中呂粉蝶兒】想衆口嗷嗷。苦殘殷紂王無道。昨日致師於牧野商郊。一戎衣天下定。宣明王教。怎生便鳳返丹霄。哭一聲痛連心血流七竅。

【醉春風】當初成大業建元疾。今日棄臣民歸去早。無爲而治數十年。陛下今日早了。俺幾時了。直等立新君呵了。恰葬罷山陵。索問平國政。定其尊號。

〔相見了〕〔云了〕

【迎仙客】今日冊東宮登寶位。代先帝拜南郊。〔云了〕聽言絕擗踊一聲險氣倒。然如此省艱難。怕俗俪的成病了。殿下這孝子心難學。將奈何周宗廟。

〔駕云了〕

【上小樓】誰不知商均得濤。都子爲丹朱不肖。殿下仁勝殷湯。賢效虞姚。德似唐堯。見如今獄訟彰盼。望着黎民歌樂。殿下踐皇基正是用天之道。

【幺】習先考能用賢學文王善養老。自然配却三才。應却三合。竄却三苗。但凡事謹守着父之道。別無得教。只這的是普天之下太平之兆。

〔小駕待接大禮讓科〕

【滿庭芳】臣合當金瓜碎腦。君再讓八般大禮。臣索跳九鼎油鑊。若論着安天治國非臣功效。是兩班文武大小臣僚。〔駕云了〕不干臣事。召公奭扶持的乾坤定。天清地濁。畢公高燮理的陰陽正。雨順風調。若論着順有道伐無道。戊午日兵臨孟水。甲子日血浸朝歌。虧負殺呂望六韜。〔小駕云了〕更是任了。他歸葚衣不換柘黃袍。

〔小駕云了帶劍做住了〕

【普天樂】龍椅上緊扶着。大小官員揚塵舞蹈。若有個敢喧呼的正犯新條。依班次休待慢分毫。百官每聽處分一齊的忙呼噪。扶持着有德的君王。誰敢違拗。不是請來的先君劍利水吹毛。他則索封侯拜爵稱臣上表。列土分茅。

〔小駕云了〕今日皇天眷佑。陛下合繼萬世無疆之祚。誰敢不從。若有不依命者。自有常典。〔等衆呼噪了〕

〔做住〕〔太后上〕雖然大事定。一喜一悲。

【耍孩兒】悲呵悲定寰區的聖主歸天早。喜呵喜繼萬世君王定了。休道人則這天無語垂象也報。斯民便陰陽二氣和調。先君崩愁雲冷霧迷坤宙。新君立和氣春風滿市朝。臣不敢奉先君詔。德不及夔龍禹稷。才不及伊尹皐陶。

【么】便教臣身居冢宰爲阿保。這一遍公徒也不小。知他蒙先君寄命托微臣。不知的道有心待窺伺皇朝。休將軍國咨臣下。能把文章教爾曹。〔太后云了〕〔做不穩科〕臣坐則坐把不定心頭跳。伴君王坐朝問道。把微臣立草爲標。

臣欽依先君遺命。有所不免忝當此位。有幾件合行的公事。最爲急務。這其間行呵。正是做一人而千萬人悅。〔太后云了〕

【三煞】不肖呵雖近族呵削了大權。賢仁的雖草澤呵加與重爵。正韶明周禮開學校。一壁教有司家削減的刑罰省。一壁教關市處徵收的稅斂薄。釋了故殺饒了强盜。濟貧困不敢侮於鰥寡。免差徭而冗取於逋逃。

【二煞】從今後剗地拖帶着一身疾病。從今後剗地便作的心碎了。從今後剗地學舜之徒孳孳爲善從頭鷄兒叫。從今後剗地爲宗廟呵春秋祭祀周三祖。從今後剗地憂天下呵日夜思量計萬條臣不得已非心樂剗地似臨深淵般兢兢戰戰。履薄氷般怯怯喬喬。

【尾】。宣化的臣僚內外服。將傍的君王壽數高等天子將攝行的國事親臨。却微臣報國忠心恁時了。〔下〕

第三折

〔管叔一折〕〔召公奭云〕〔駕云了〕〔正末上了開〕自先君在日。攝行天子事。這些時官裏坐於御榻。某待坐於天子之側。名曰抱孤攝政。官裏坐朝。索走一遭去。想攝政以來。天下皆爲奉行先君之業。

【越調鬬鵪鶉】從先帝升遐。當今嗣國。宗祀明堂。歌謠聖德。訟堯典微言。達洪範至理。寄命時托柱石。抱孤的慎鼎彝。化被蒿萊。仁沾動植。

【紫花兒序】奏武樂一人有慶。拜旒冕萬國咸臻。偃兵戈四海無敵。恐民亂攝行國事。爲君幼權典樞機。但將傍的他朝夕。歸政與君王就臣位。便是我孝當竭力。上不愧三廟威靈。下不欺九去黔黎。

〔見駕了云了〕

【小桃紅】微臣冠服衮冕執桓圭。坐休近半龍椅。他每北面而朝寧可南面立。臣恐失尊卑。將無能冢宰權休罪。第一來曾奉的先君聖勅。第二來見佐着當今皇帝。若不如此怎敢看穩拍拍文武兩班齊。

〔太公云了〕太公休胡說。國家別覷誰。

【雪裏梅】爲甚不教你皓首退朝歸。似你般白髮故人稀。寧可你贊拜休名。逸居免跪。凡事便宜。

【鬼三台】陛下道他當日。執輪竿爲活計。早忘了戊午日兵臨孟水。甲子日勝商紂一戎衣。奪與咱江山社稷。陛下道微臣戀他只甚的。咱家裏太公望子之久矣。他未常離先帝玉輅車中。他須曾到文王飛熊夢裏。

〔召奏有諫章了〕〔宣淨了〕〔做住〕

【金蕉葉】莫不誰把賢門閉塞。為甚把鸞輿咫尺。你快說離却淮夷的日期。〔淨云了〕既不到淮夷怎知這背反朝廷的信息。

〔淨云了〕

【調笑令】客旅每報知。這的是真實。可知道路上行人口勝碑。我只為君王幼小權監國。除此外別無他意。公將不利於孺子。慌向丹墀內俯伏呼萬歲。臣死無葬身之地。

【禿廝兒】臣只是為冢宰安邦治國。怎敢道欺幼主立位登基。願君臣表白臣所為。免令的小民每猜疑。

【聖藥王】君也頭不擡。文武每口難啓。恁地呵老微臣不死是為賊。臣委實無此心。到如今說甚的。盡忠心有口怎分析。惟有老天知。

〔太后云〕乞將臣分付於有司者。

【麻郎兒】事既該十惡大逆。罪合當萬剮凌遲。願把臣全家監籍。乞將臣九族誅夷。

【幺】恁地。却依。正理。壞了臣於法合宜。壞了臣於民有益。不壞臣於君不利。

【絡絲娘】若不壞呵三千里流言怎息。若不壞呵如今武庚助紂作業。管叔又背亂為非。蔡叔將軍儲供給。霍叔又戈甲相隨。踏踐東土。震動京畿。怎奈何四五處烟塵並起。謝太后和君王赦臣無罪。若謝恩了敢虛做了

真實

〔后云了〕

【東原樂】微臣當辭位。宜棄職。乞放殘骸歸田里。娘娘道不放微臣出宮闈。進退兩難爲。微臣叩頭出血免冠請罪。〔太后取水盆了〕爲甚把金盆約退。非敢把懿旨相違。微臣身洽着罪惡點污盡忠直。濯呵濯得了腮邊血污。滌呵滌得淨面上塵灰。

【綿搭絮】娘娘只這綠水。何曾洗是非。白首無堪問鼎。不見如今內外差池。事難行。當恁的。

〔召云三監了篤怒了〕

【幺】一人教太公擁旌旗。三監共武庚聽消息。這老子若到那裏。不分個等級。莫想問周室宗族紂苗裔。他恁大年紀。統領着軍騎。他老將會兵機。敢土平了三四國。

〔云〕怎生信別人言語。便教征伐去。果外會反呵。不枉了。若不會反呵。這老子那裏問。三監是俺弟兄。敢都來了。枉死了無罪生靈。只除這般。〔對篤云〕陛下。今日三監和武庚流言至此。只因微臣呵。反了。太后娘娘不放微臣出朝。乞付臣兵權。親身征伐去呵怎生。

【拙魯速】此一行眼見的老微臣。三不歸。怎施呈大將軍八面威。未曾了前罪。又持着兵衞。怕主公難意。大臣猜忌。願情的把家私封記。老妻留係。伯禽監繫。俺一家兒當內質。

【收尾】恁兩個柱石臣善事當今帝。咱盡衰老齊家治國。等齊了管叔鮮蔡叔度。見放着畢公皐召公奭。

第四折

〔正末上了〕

【雙調新水令】當初被流言千里地定了江淮。更怕為臣的坐觀成敗。今日却能勾見公侯伯子男呵。嘆自己年月日時胎。當初把福變為災。今日否極也却生泰。

【駐馬聽】當初離鳳闕瑤堦。管叔鮮誣我全無經濟才。自從啟金縢玉冊。姜太公從頭鈞出是非來。我想金縢鎖鑰未能開。知他我滿門良賤今何在。只為有神靈也顯得我無罪責我有別心呵這其間神不容地不載天不蓋。

【喬牌兒】士民每當攔斷十字街。見官裏步行出午門外。錦衣花帽權停待。官裏向前行您將我肩上擡。

〔放下了〕〔不肯科〕

【掛玉鈎】您真个不放也我捨了老性命就肩輿上跳下來。〔放了〕〔云了〕為甚懶向龍床前薦臣。又怕第二遍流言趕下來。庶幾廣民之愛。君托付臣披賴。元首良哉。股肱賢哉。

〔駕云了〕〔云〕

【川撥棹】我一脚地過江淮。怎生便禍從天上來。是怨氣沉埋。被元氣沖開。雷震瑤臺。風古□霾。您怎生變理陰陽調和鼎鼐。那風滅乾坤攪世界。走砂石昏日色。堰田禾傷稼穡。拔林木到殿堦。

【水仙子】您可甚春風來似不曾來。不知當日災因那個災。若不如此呵盡今生老死居朝外。老微臣甚風兒吹到來。天心與人意和諧。非是臣威風大。只因君前過改。禾復起枯樹上花開。

〔駕云了〕

【沽美酒】如今被論人當了罪責。不想那元吉人安然在。快將那陳言獻策的請過來。〔淨云了〕向口上疾忙便摑。非是臣不寬大。

【太平令】打打這廝凍妻子舌尖了。快打打這廝圖哺啜信口胡開。打打這廝大共小着讒言攪壞。打打這廝沒的有把平平展賴。將口來豁開至兩腮。不恁的呵這人說是非的除天可害。

〔一行下了〕陛下。這反背的都有。駕下問波。〔武庚云管叔了〕〔衆云了〕云來都是你。

【甜水令】今日個將汝擒獲。對證無差。弃贓拿敗。須是你福去一時來。他每個個稱詞。一一從實。老臣頻頻加額。折證的文狀明白。

【折桂令】見的臣胸中無半點塵埃。霍叔將他官削了玉下玄白。蔡叔將他遠流入千萬里瓊崖。把這兩個七事兒分開。轉送交普天之下。號令明白。爲甚把背歹心刑于四海。教知這吃離頭日轉千堦。便把你磣可可的血浸尸骸。不由我普漣漣的淚落雙腮。兄弟呵哭你的是痛殺殺昆仲情懷。懷你的是情耿耿國家各閑。

〔斷出〕〔一行下了〕〔駕上云住〕

【雁兒落】當初和一時有利害。今日歸政了無妨礙。見如今天年已六旬。聖德光三代。

【得勝令】陛下今日國政自能裁。〔云〕臣今日吳道口難開。生不負先君命。老還歸宰相堦。往常坐地的情懷。臣委實身無措。心無奈。今日拜舞雖囊揣。倒大來千自由百自在。

〔太后云了〕禮不可非。

【落梅風】伯禽備法駕非公道。微臣免朝請忒分外。君臣遇一朝一代。〔太后云了〕娘娘道臨大節不可奪當爲鑑戒。聽道罷痛連心性氣夯胸懷。臣不忠不孝。無德無才。想建年基業。留萬世恩人。會爲君。能使臣。託孤的主人安在。〔下〕

〔唐叔獻嘉禾上了〕〔祭出〕

題目　說武庚管叔流言

正名　輔成王周公攝政

# 虎牢關三戰呂布雜劇

鄭德輝撰

## 第一折

〔沖末袁紹領卒子上云〕駿馬雕鞍紫錦袍。臨軍能識陣雲高。等閑贏得食天祿。願竭丹心輔聖朝。某乃冀王袁紹是也。幼而能文。長而閱武。自爲官以來。累立戰功。今在此河北爲理。保一方寧靜無虞。今有呂布。領一標人馬。威鎮在虎牢關下。此人好生英勇。掤戟勒馬。有九牛之力。萬夫不當之勇。累次與他交戰。並不曾得他半根兒折箭。又下將戰書來。搦俺十八路諸侯相持。某今聚集十八路諸侯。領大勢雄兵。直至虎牢關。務要生擒了呂布。以雪前恥。今日是吉日良辰。與同衆將商議分派行兵。小校門首覷者。若衆將來時。報復某知道。〔卒子云〕理會的。〔外扮曹操上云〕少年錦帶掛吳鈎。鐵馬西風塞草秋。全憑匣中三尺劍。坐中往往覓封侯。某姓曹名操。字孟德。沛國譙郡人也。幼習先王典教。後看韜略遁甲之書。今官拜兗州太守之職。今有呂布在虎牢關下。搦俺十八路諸侯相持。冀王袁紹。調天下諸侯。聚集於河北。一同行兵往虎牢關與呂布交戰。須索走一遭去。可早來到也。小校報復去。道有曹操在於門首。〔卒子云〕理會的。〔做報科云〕喏。報的元帥得知。有曹參謀在於門首。〔袁紹云〕道有請。〔卒子云〕理會的。有請。〔曹操見科云〕元帥。小官曹操來了也。〔袁紹云〕參謀使來了也。今日會同天下諸侯。計議擒拏呂布。等衆諸侯來時。俺慢慢的商議也。〔淨扮孫堅上云〕我做將軍世稀有。無人與我做敵手。聽得臨陣肚裏疼。喫上幾鍾熱燒酒。某長沙太守孫堅是也。自幼而讀了本百家姓。長而念了幾句千字文。爲某能騎疥狗。善拽軟弓。射又不遠。則賴頂風對南牆。箭箭不空。雖然我爲大將。全無寸箭之功。今有呂布。威鎮於虎牢關。掤戟勒馬。可有一關之壯。搦俺天下諸侯。與他交戰。某正在本處與小廝每打髀殖。今有冀王袁紹。聚俺十八路諸侯。擒拏呂布。須索走一遭去。可早來到也。小校報復去。道有孫堅來了也。〔卒子云〕理會的。〔做報科云〕喏。報的元帥得知。有孫元帥在於門首。〔袁紹云〕道有請。〔卒子云〕理會的。有請。〔見科〕〔孫堅云〕元帥。小子在下老孫來了也。〔袁紹云〕一壁有者。等衆諸侯來全時。一同商議。衆諸侯這早晚敢待來也。〔外扮荊州太守劉表北海太守孔融益州太守韓昇上〕〔劉表云〕幼習兵書武藝精。龍韜虎略敢施呈。全憑匣中錕鋙劍。敢與皇家定太平。某乃荆州太守劉表是也。這二位是北海太守孔融。益州太守韓昇。因某披堅執銳。臥雪眠霜。累立戰功。各鎮一境。奉冀王將令。調俺十八路諸侯。各領本部下人馬。直至河北。孔將軍。俺行動些。這早晚天下諸侯已到了也。〔孔融云〕俺今一同見元帥。走一遭去。可早來到也。小校報復去。道有荆州太守劉表。北海太守孔融。益州太守韓昇在於門首。〔卒子云〕理會的。〔做報科云〕喏。報的元帥得知。有三路太守劉表韓昇孔融在於門首。〔袁紹云〕道有請。〔卒子云〕理會的。有請。〔見科〕〔劉表云〕元帥。俺三路諸侯來了也。〔袁紹云〕且一壁有者。等衆諸侯來時。一同計議。這早晚敢待來也。〔外扮濟州太守鮑信山陽太守喬梅河內太守王曠上〕〔鮑信云〕雄威赳赳志昂昂。各統雄兵鎮一邦。罄竭忠心扶漢業。英名贏得遠流芳。某乃濟州太守鮑信是也。這一位是山陽太守喬梅。這一位是河內太守王曠。某等遵奉漢命。各鎮一方。當今之世。各路諸侯。統率軍馬。保障無虞。今聞知呂布領兵前來。住紮於虎牢關下。搦俺十八路諸侯。相持厮殺。若論俺十八路諸侯。有雄兵百萬。量那呂布。便到的那裏也。〔喬梅云〕元帥。俺雖有百萬人馬。聞知的呂布好生英勇。今主將袁紹。聚俺衆諸侯。同破呂布也。〔王曠云〕俺衆諸侯會兵一處。必然成功。說話中間。可早來到也。令人報復去。道有三路太守鮑信喬梅王曠在於門首也。〔卒子云〕理會的。〔做報科云〕喏。報的元帥得知。有三路太守鮑信喬梅王曠在於門首。〔袁紹云〕道有請。〔卒子云〕理會的。有請。〔見科〕〔鮑信云〕元帥聚集俺衆將。那廂使用也。〔袁紹云〕一壁有者。衆將來全時。報復我知道。〔外扮潼關太守韓俞同滄州太守吳慎南陽太守張秀上〕〔韓俞云〕韜略兵書自幼攻。英名振世有威風。軍前累立功勞大。列土分茅受大封。某乃潼關太守韓俞是也。這一位是滄州太守吳慎。這一位是南陽太守張秀。某等累立功勳。奉命各領一路人馬。近因呂布統兵在於虎牢關下。侵奪俺漢國。如今主將袁紹。聚俺天下諸侯。拒戰呂布。二位太守。俺一同去來。〔吳慎云〕這呂布先奉丁建陽爲父。後與董卓爲子。聞知的呂布善能攻城野戰。以少擊衆。俺這一去。必然與他大戰一場。決要成功也。〔張秀云〕元帥。那呂布十八般武藝。無有不拈。無有不會。威震天下。俺如今見了元帥商量。務要與他決戰。說話中間。可早來到也。令人報復去。道有潼關太守韓俞。滄州太守吳慎。

南陽太守張秀在於門首。〔卒子云〕理會的。〔做報科云〕喏。報的元帥得知。有三路諸侯韓愈吳慎張秀在於門首。〔袁紹云〕道有請。〔卒子云〕理會的。有請。〔見科〕〔韓愈云〕元帥。俺三路太守來了也。〔袁紹云〕三位元帥。且一壁有者。等衆太守來全了時。一同商議。〔外扮徐州太守陶謙同壽春太守袁術陝州太守趙莊上〕〔陶謙云〕奉命迢迢千里來。要擒呂布聚英才。一心星火臨河北。專聽將軍袁紹差。某乃徐州太守陶謙是也。這一位是壽春太守袁術。這一位是陝州太守趙莊。俺各守其土數年。兵戈寧息。士馬消閑。今因呂布搦戰。今調俺來與他相持也。〔袁術云〕元帥。聞得人說。呂布十分驍勇也。〔趙莊云〕便是呂布驍勇。不過一人。俺十八路諸侯。舉大兵齊力攻之。愁他不破也。〔陶謙云〕俺同去見元帥。自有計策。可早來到也。小校報復去。道有俺三路太守陶謙袁術趙莊來了也。〔卒子云〕理會的。〔做報科云〕喏。報的元帥得知。有三路太守陶謙袁術趙莊來了也。〔袁紹云〕道有請。〔卒子云〕理會的。有請。〔見科〕〔陶謙云〕元帥。俺三路太守特來聽令。〔袁紹云〕一壁有者。待衆元帥來了時。有事商議。〔外扮幽州太守劉羽鎮陽太守公孫瓚青州太守田客上〕〔劉羽云〕無故興兵起殺機。將軍嚴命敢差遲。如今麾下聽差遣。試看軍前奮武威。某乃幽州太守劉羽是也。這一位乃是鎮陽太守公孫瓚。這一位乃是青州太守田客。今爲呂布搦戰。有河北冀王袁紹。奉命調取十八路諸侯。一同去攻戰呂布。量他到的那裏也。〔公孫瓚云〕元帥。俺同心共意。併力相攻也。〔田客云〕太守。俺這十八路諸侯。豈無英傑在其中也。〔劉羽云〕說的是。俺見冀王袁紹去來。可早來到也。小校報復去。道有劉羽公孫瓚田客三路太守來了也。〔卒子云〕理會的。〔做報科云〕喏。報的元帥得知。有劉羽公孫瓚田客三路太守在於門首。〔袁紹云〕道有請。〔卒子云〕理會的。有請。〔見科〕〔劉羽云〕元帥。俺三路太守來了也。〔袁紹云〕曹參謀。您衆太守都來了也。常言道。文官不愛財。武將不怕死。乃世之寶也。今董卓手下。有一大將乃是呂布。小覷俺漢國。着呂布爲帥。統領大勢雄兵。在於虎牢關下。單使搦俺漢家十八路諸侯。與他交鋒。您天下諸侯。有何計策也。〔曹操云〕元帥。量他一夯鐵之夫。何足道哉。元帥若運計鋪謀。差遣衆將。統兵將呂布圍住。任他英勇。也出不的俺十八路諸侯之手也。〔鮑信云〕元帥。俺衆諸侯願同心出力。擒拏呂布也。〔袁紹云〕既然如此。軍分五路。您衆將聽令。荊州太守劉表。北海太守孔融。益州

太守韓昇。你三將各領本部下人馬爲前哨。與呂布交戰。小心在意。得勝回營者。〔劉表云〕得令。某領本部
下人馬爲前哨。與呂布交戰走一遭去。大將英雄非等閑。旌旗招颭似雲翻。馬如猛獸纔離水。人似犇彪初
下山。跨下雕鞍金蹀躞。匣中寶劍玉連環。軍馬未曾離寨柵。殺聲先到虎牢關。〔下〕〔孔融云〕某同荆州太
守劉表。統領本部下人馬。與呂布交戰。走一遭去。颭颭旌旗耀日光。紛紛塵土蔽天黃。征雲繚繞千山遠。殺
氣氤氳萬里長。密密魚鱗排劍戟。層層鴈翅列刀鎗。古來雖有相爭戰。試看今番這一場。〔下〕〔韓昇云〕某
領本部下人馬。與同荆州太守劉表北海太守孔融爲前哨。與呂布相持。走一遭去。戰鼓鼕鼕有若雷。遮天
映日列旌旗。馬如猛獸離大海。人似神兵下北極。靄靄征塵迷日色。紛紛殺氣接天齊。虎牢關上施英勇。不
捉家奴誓不回。〔下〕〔袁紹云〕濟州太守鮑信。山陽太守喬梅。河內太守王曠。你三將各領本部下人馬爲
左哨。與呂布相持。走一遭去。則要您小心在意。得勝而回者。〔鮑信云〕得令。某領本部下人馬爲左哨。與呂
布交戰。走一遭去。統領雄兵上虎牢。人如猛虎馬如蛟。弓懸秋月彎龍角。箭射流星插鳳毛。殺氣瀰漫遮日
月。喊聲嘹喨震青霄。休言呂布千般勇。怎比諸侯志氣高。〔下〕〔喬梅云〕某同濟州太守鮑信。領本部下人
馬爲左哨。與呂布相持。走一遭去。各路諸侯領大兵。甲光流水晃天明。遮雲蕩漾旗旛影。震地悠揚鑼鼓聲。
戰馬如龍出大海。征人似虎離山峯。來朝兩陣相持處。我殺的呂布回身走似風。〔下〕〔王曠云〕得令。某領
本部下人馬。同濟州太守鮑信山陽太守喬梅爲左哨。與呂布交戰。走一遭去。戰馬奔馳似水流。陣前英勇
統貔貅。能征戰將犇如虎。善鬭兒郎猛似彪。鐵馬金戈光燦燦。銅鑼畫角韻悠悠。虎牢關上相持處。不捉溫
侯誓不休。〔下〕〔袁紹云〕潼關太守韓俞。滄州太守吳愼。南陽太守張秀。你三將各領本部人馬爲右哨。征
伐呂布。則要您小心在意。得勝而回者。〔韓俞云〕得令。某領本部人馬爲右哨。與呂布交戰。走一遭去。戈戟
鮮明映日紅。施謀運智顯英雄。能征猛將三千隊。慣戰雄兵十萬重。人如越嶺爬山獸。馬賽翻江混海龍。全
憑忠烈威風大。一陣須教立大功。〔下〕〔吳愼云〕得令。則今日統領本部人馬。與潼關太守韓俞爲右哨。與
呂布相持。走一遭去。劍戟橫空密似麻。戰袍五彩繡團花。震天鑼鼓冲銀漢。映日旗旛蕩碧霞。靄靄征塵籠
宇宙。騰騰殺氣滿天涯。任他英勇能征戰。到頭都屬帝王家。〔下〕〔張秀云〕某領本部人馬。與潼關太守韓

俞滄州太守吳慎爲右哨。與呂布交戰。走一遭去。各顯威風統大軍。相持廝殺立功勳。鼓聲震動三江水。戰馬衝開萬里塵。斬將寶刀腰間掛。開山鉞斧手中輪。陣前平定誅賊子。竭力攄忠報聖君。〔下〕〔袁紹云〕徐州太守陶謙。壽春太守袁術。陝州太守趙莊。您三將統領各部下人馬爲合後。前去虎牢關下。與呂布交戰。小心在意。得勝回營者。〔陶謙云〕得令。出的這轅門來。某領本部人馬爲合後。與呂布交戰走一遭去。大小三軍。聽我將令。到來日統領雄兵出虎牢。人人奮勇顯英豪。兵行似虎離山嶽。馬驟如龍出海潮。燦燦滲黃金甲晃。飄飄雜彩繡旗搖。明朝一戰安天下。奏凱同將寶鐙敲。〔下〕〔袁術云〕某領本部下人馬。同徐州太守陶謙爲合後。與呂布交戰。走一遭去。人如天降馬如龍。冲破軍圍一萬重。殺氣騰騰迷四野。征雲冉冉罩長空。甲掛秋霜明曉日。軍排列宿顯威風。虎牢關上相持處。一陣須教立大功。〔下〕〔趙莊云〕某奉元帥將令。與同太守陶謙袁術。各領本部人馬。與呂布交戰。走一遭去。統軍合後展雄謨。奮勇全忠保帝都。陣列九星排隊伍。兵行五路列軍卒。破陣弓開秋月滿。催軍鼓凱陣雲孤。明朝管取成功效。方顯人間大丈夫。〔下〕〔袁紹云〕幽州太守劉羽。鎮陽太守公孫瓚。青州太守田客。各領本部下人馬爲遊兵。前去虎牢關。往來接應各路諸侯人馬。則要您小心在意。成功而回者。〔劉羽云〕得令。某領本部人馬。與呂布交戰。走一遭去。殺氣瀰漫罩太虛。排兵布陣按兵書。槍橫銀蟒開前路。劍掛青蛇斬將軀。將士施威分勝敗。軍卒捨命定贏輸。縱饒呂布千般勇。一陣須教盡掃除。〔下〕〔公孫瓚云〕得令。某領本部下人馬。與同幽州太守劉羽爲遊騎。與呂布交戰。走一遭去。勇將雄兵密密排。槍刀人馬勝天來。鑼鳴四野千山震。刀砍三軍兩陣開。匝地征塵迷宇宙。冲天志氣捲江淮。來朝大戰驚天地。不說當年大會垓。〔田客云〕得令。某領本部下人馬。同幽州太守劉羽鎮陽太守公孫瓚爲遊騎。與呂布交戰。走一遭去。戰馬鑾鞯出大營。旌旗招颭統雄兵。錦袍爛爍渾金繡。銀甲光輝耀日明。袋內弓彎如皓月。壺中箭插似寒星。任他呂布千般勇。一陣須教定太平。〔下〕〔袁紹云〕衆將教各依陣勢攻取。虎牢關下。擒拏呂布。都去了也。長沙太守孫堅。兗州太守曹操。望闕跪者。加孫堅爲監軍之職。曹操爲隨軍參謀使之職。俺一同坐中軍。統領人馬。捉拏呂布。走一遭去。一心共把忠誠盡。憑吾執掌元戎印。前臨朱雀按離宮。後依玄武旗旛映。青龍白虎各東西。劍戟槍刀併力進。任教呂布逞英雄。難逃地網天羅陣。〔同衆下〕〔外扮呂布同八健將楊奉侯成高順李肅李儒何蒙陳廉韓先領卒子上〕〔呂布云〕畫戟金冠戰馬犇。征袍鎧甲帶獅蠻。天下萬夫難敵勇。端的是英雄獨占虎牢關。某姓呂名布。字奉先。乃九原人也。自從拜董卓爲父之後。俺父子每聚集下雄兵戰將。馬草軍糧。更兼某之英勇。覷漢國有如兒戲。威鎮於虎牢關下。今下將戰書去了。單搦漢家十八路諸侯。與俺相持廝殺。八健將楊奉那裏。〔楊奉云〕俺八健將有。〔呂布云〕卽今整搠下大勢人馬。頗柰袁紹無禮。帶領十八路諸侯。來攻俺虎牢關。量他何足道哉。您衆將人人奮勇。箇箇爭強。顯耀你那弓馬熟嫻。施展那威嚴勇烈。城上城下。密排着甲士層層。陣北陣南。齊列下槍刀滾滾。殺氣騰騰罩碧空。三軍精銳展英雄。營排白虎居金位。陣引青龍坐正東。前隊馬催如烈火。後營兵列按玄宮。元戎穩坐中軍帳。直把那漢陣旌旗血染紅。〔同八健將卒子下〕〔袁紹同曹操淨孫堅蹅馬兒領卒子上〕〔袁紹云〕陣前陣後列旌旗。戈甲層層望眼迷。擂鼓鳴金催出馬。殺聲直過虎牢西。某乃冀王袁紹是也。同曹參謀中軍壓陣。孫元帥奉命監軍。俺着劉表孔融韓昇爲前哨。鮑信喬梅王曠爲左哨。韓兪吳慎張秀爲右哨。陶謙袁術趙莊爲合後。劉羽公孫瓚田客爲遊兵。各按方位。率領大勢人馬。攻取虎牢關。活捉呂布。衆將各依將令。擺下陣勢者。〔劉表同孔融韓昇蹅馬兒領卒子上〕〔劉表云〕前哨軍行戰霧飄。紛紛殺氣喊聲高。三軍奮勇齊攻取。不放家奴出虎牢。某乃劉表是也。同孔融韓昇統本部下人馬爲前哨。排下陣勢。則等中軍裏號令。便往前攻戰也。〔孔融云〕元帥得令。〔韓昇云〕兀那塵土起處。是俺左哨人馬上來了也。〔鮑信同喬梅王曠蹅馬兒領卒子上〕〔鮑信云〕左哨雄兵次第行。位臨甲乙按天星。一心奮勇來攻戰。要與皇家定太平。某乃鮑信是也。同喬梅王曠軍行左哨。旗旛招颭。戈甲重排。列於左哨。兀的不右哨人馬上來了也。〔韓兪同吳慎張秀蹅馬兒領卒子上〕〔韓兪云〕右哨排兵十里長。重重猛士列刀槍。從來自有將軍戰。不似今番這一場。某乃韓兪是也。同吳慎張秀軍行右哨。征人奮勇。戰馬鑾犇。有似那飛雲流水。四下裏大兵滾滾的圍將上來了也。〔吳慎云〕俺可早排下陣也。〔張秀云〕則聽那中軍號令。一齊向前攻戰。兀的不合後的人馬來了也。〔陶謙袁術趙莊蹅馬兒領卒子上〕〔陶謙云〕冽冽喊聲催戰馬。鼕鼕帥鼓趲軍行。陣臨合後非輕小。玄武旗頭起黑雲。某乃陶謙是也。今同袁術趙莊。奉主將之命。軍行合後。這裏離中軍不遠。列下大營者。〔袁術云〕俺這合後人馬。委實精銳。你看那一望旌旗敝塞野。三軍壯氣罩長空。覷虎牢關有若翻掌也。〔趙莊云〕元帥。衆將齊排陣勢。呂布必落在轂中也。三軍紮住營者。〔劉羽公孫瓚田客躧馬兒領卒子上〕〔劉羽云〕殺氣愁雲結暮陰。征夫箇箇逞胸襟。忘生捨死攻城寨。方表英豪一片心。某乃劉羽是也。同公孫瓚田客。率領五千精兵。奉元帥將令。遊擊陣前。生擒呂布也。〔公孫瓚云〕俺領着本部人馬。往前攻殺一陣如何。〔田客云〕元帥。不殺他一陣。他也不怕俺。大軍跟將來。俺殺入去者。〔呂布領八健將卒子躧馬兒冲上〕〔呂布云〕某乃呂布是也。兀的不是漢將殺將入來了。八健將跟着我來。三軍與我一齊吶喊者。〔見科〕〔呂布云〕來者何人。〔劉羽云〕兀那三姓家奴。你聽者。某幽州太守劉羽是也。這一位是公孫瓚。這一位是田客。你敢和俺相持麼。〔呂布云〕這廝好無禮也。〔做戰科〕〔劉羽云〕二位元帥。俺敵不住他。須索逃命。撲入中軍去來。走走走。〔呂布云〕這廝輸了也。量他到的那裏。將士每跟着我。撲他左哨去來。〔鮑信云〕二位將軍。跟着我截殺呂布去來。〔見科〕〔呂布云〕無名小將。及早下馬受降。〔鮑信云〕這匹夫好無理也。怎敢開如此大言。操鼓來。〔做戰科〕〔鮑信云〕這廝甚驍勇。敵不住他。俺逃命走了罷。撲入中軍去來。走走走。〔呂布云〕左哨大敗了也。八健將跟我殺入右哨去來。〔韓兪云〕你看那呂布。又殺入俺右哨來了也。〔呂布云〕八健將。漢家軍馬將士也。只如此。跟着我殺入右哨去。〔韓兪見科云〕嗯。呂布。偏你是英雄好漢。你敢和我交戰麼。〔呂布云〕八健將和他說些甚麼。操鼓來。〔韓兪云〕這廝越發狠了也。敵不住他。走走走。〔陶謙云〕二位將軍。兀的俺各營人馬亂了也。俺出陣殺這家奴去來。〔做見科云〕嗯。呂布敢與某交戰麼。〔呂布云〕你來者何人。〔陶謙云〕某乃陶謙。袁術趙莊是也。〔呂布云〕老賊無禮。量你到的那裏。操鼓來。〔做戰科〕〔陶謙云〕這小賊是驍勇。敵不住他。俺撲入中軍裏去。走走走。〔呂布云〕漢家各營人馬大亂。十八路諸侯皆敗了。八健將跟着某直殺入中軍去來。〔袁紹云〕衆將您見麼。呂布領八健將往中軍撲入來了。您衆將四下裏拷栳圈簸箕掌圍住。看我殺這匹夫。三軍吶喊。呂布慢來。有吾久等多時也。〔呂布云〕你乃何人。〔袁紹云〕某乃冀王袁紹是也。家奴敢與我廝殺麼。〔呂布云〕好無禮也。操鼓來。〔衆做混戰科〕〔袁紹云〕這家奴十分英勇。漢家諸侯。難與他拒敵。撥回馬衆將逃命去來。〔同衆敗科〕〔呂布云〕八健將。我則道十八路諸侯。怎生英雄。原來也只如此。被某日不移影。殺十八路諸侯大敗虧輸。今日止不會見長沙太守孫堅。如今且收兵回營。操軍練士。積草屯糧。整搠人馬。慢慢的再與孫堅交戰。未為晚矣。勒馬橫槍力九牛。關前立戰衆諸侯。須知呂布英豪將。怎肯尋常折半籌。〔同八健將領卒子下〕〔淨扮孫堅領漾門卒子上〕〔孫堅云〕湛湛青天不可欺。八箇螃蟹往南飛。則有一箇飛不動。看了原來是尖臍。某長沙太守孫堅是也。某十八般武藝。無有不拈。無有不會。上的馬去。常川不濟。聽的廝殺。帳房裏推睡。元帥陞帳。威勢全別。不知天文。不曉地理。凡為元帥。須要機謀。批吭搗虛。為頭說謊。調皮無賽。俺這裏先排百員銜油嘴。密排千隊孏孏軍。轅門戰鼓掉了腔。助陣鑼敲全不響。帳前打兩面引軍旗。旗上描成哈叭狗。左先鋒手持兩面刀。右先鋒拏着精光棍。人人奮勇喫食。拚命當先。箇箇威風。奸狡賊滑無比。休言人敢帳前喧。便有那蝦蟆過時。他也吖吖的叫。今有呂布。威鎮於虎牢關。聚俺這十八路諸侯。與呂布交鋒。俺不會得他半根兒折箭。今有各處糧草已完了。止有青州糧草未完。小校。與我請將曹參謀來者。〔卒子云〕理會的。〔曹操上云〕綽綽胸中智有餘。等閑熟看五車書。恁時列鼎重裀日。方表堂堂大丈夫。某乃曹操是也。今有呂布搠戟勒馬。威鎮在虎牢關。搦天下十八路諸侯相持。不會得呂布半根兒折箭。此人英勇難敵。止有長沙太守孫堅。未會與呂布交鋒。今有孫堅元帥。着令人來請。須索走一遭去。小校。報復去。道有曹操在於門首。〔卒子云〕理會的。〔報科云〕元帥。有曹操在於門首。〔孫堅云〕道有請。〔卒子云〕理會的。有請。〔曹操見科云〕元帥。請小官來有何事商議也。〔孫堅云〕請你來別無甚事。今有各處糧草都來了。止有青州糧草未完。你不避驅馳。一來催趲糧草。二來怕有那山間林下。隱跡埋名的英雄好漢。就招安將他來。若破了呂布。自有加官賜賞也。〔曹操云〕小官催運糧草去。若有各處英雄好漢。舉到元帥跟前。若見了小官的薦章。元帥可以重用他也。〔孫堅云〕若有你的薦章來。我便收留他也。〔曹操云〕則今日辭別了元帥。便索長行。小校收拾行裝。至青州催運糧草。走一遭去。忙傳將令莫停留。輕弓短箭統戈矛。積草屯糧人馬壯。恁時方破呂溫侯。〔下〕〔孫堅云〕曹孟德去了也。我無甚事。小校。牽過馬來。鞍上騾子。跳上駱駝。廚房裏睡去也。〔同卒子下〕〔劉末領卒子上云〕桑蓋層層徹碧霞。織蓆編履作生涯。有人來問宗和祖。四百年前旺氣家。小官姓劉名備。字玄德。大樹樓桑人也。當年結義下兩箇兄弟。二兄弟姓關名羽。字雲長。蒲州解良人也。三兄弟姓張名飛。字翼德。涿州范陽人也。俺弟兄三人。在桃園結義。宰白馬祭天。殺爲牛祭地。不求同日生。只願當日死。要一在三在。一亡三亡。自破黃巾賊之後。加某爲德州平原縣縣令之職。兩箇兄弟。一箇是馬弓手。一箇是步弓手。今日兩箇兄弟巡綽邊境去了。令人門首覷者。若來時。報復我知道。〔卒子云〕理會的。〔曹操領卒子上云〕某乃曹操是也。自離了虎牢關。前往青州催運糧草去。到此德州平原縣。見此處桑麻映日。禾稼連天。問其故。原來是劉關張弟兄三人在此爲理。某想來。若得了他弟兄三人到於虎牢關。愁甚麼呂布不破。我如今相訪玄德公。走一遭去。我若見了此人。自有箇主意。來到也。左右接了馬者。令人報復去道曹參謀下馬也。〔卒子云〕理會的。〔報科云〕報的大人得知。有曹參謀下馬也。〔劉末云〕道有請。〔卒子云〕理會的。有請。〔曹操見劉末科〕〔劉末云〕參謀。數載不能相見。今日貴脚踏於賤地也。〔曹操云〕玄德公。自京華一別。忽經數載。光陰迅速。間別無恙也。〔劉末云〕參謀何往。〔曹操云〕小官前往青州催運糧草去。路打此德州平原縣經過。見此處桑麻映日。禾稼連天。說玄德公在此爲理。小官想來。今有呂布威鎮於虎牢關下。搦天下十八路諸侯相持。不會得呂布半根兒折箭。您兄弟三人。若到於虎牢關。戰退了呂布。自有加官賜賞。不強似在此處爲理也。〔劉末云〕參謀。爭柰俺手下兵微將寡。怎生破的呂布。並然去不的也。〔曹操云〕二位將軍安在。〔劉末云〕兩箇兄弟巡邊境去了也。〔曹操云〕等二位將軍來時。報復我知道。〔卒子云〕理會的。〔正末同關末上〕〔關末云〕家住蒲州是解良。面如掙棗美髯長。青龍寶刀吞獸口。姓關名羽字雲長。某姓關名羽。字雲長。蒲州解良人也。大哥姓劉名備。字玄德。大樹樓桑人也。三兄弟姓張名飛。字翼德。涿州范陽人也。俺弟兄三人。自桃園結義之後。宰白馬祭天。殺烏牛祭地。不求同日生。只願當日死。一在三在。一亡三亡。自破黃巾賊張角之後。謝聖人可憐。加俺大哥爲德州平原縣縣令。某爲馬弓手。三兄弟爲步弓手。俺二將巡綽邊境以回。無甚事。見大哥走一遭去。〔正末云〕哥也。似這般閑居幾時是了也呵。〔關末云〕兄弟。俺這等閑居的。倒大來好悠哉也呵。〔正末唱〕

【仙呂點絳唇】每日家赤閑白閑。虎軀慵懶。〔關末云〕兄弟。俺頗攻遁甲之書。久後必有大用也。〔正末唱〕攻書晚廝琅琅頓劍搖環。〔關末云〕兄弟。便好道奮發有時。休得心困也。
〔正末唱〕哥也兀的不屈沉殺俺英雄漢。
〔關末云〕大丈夫生於天地之間。必有崢嶸之日也。〔正末唱〕
【混江龍】每日家仰天長嘆看別人荔枝金帶紫羅襴。〔關末云〕俺這大哥哥。雖為縣令。頗得民心也。〔正末唱〕則俺大哥哥雖不稱這綠袍槐簡。生熬的他皓首蒼顏。無福受掛印懸牌金頂帳。則有分手投筆班超玉門關。〔關末云〕俺大哥心懷異志。必有拜相封侯之日也。〔正末唱〕我則待要將臺上受拜。您怕的是頓劍下遭誅。〔關末云〕兄弟也。便好道君子待時守分也。〔正末唱〕則俺這二哥哥能把俺這軍心憚。〔關末云〕想昔日韓信若不是蕭何三薦。豈有登壇之日也。〔正末云〕韓信。〔唱〕他可是莅官清吉。〔關末云〕俺閑居的倒大來是悠哉也。〔正末云〕哥也俺閑則閑。〔唱〕則落的箇人馬平安。
〔關末云〕三兄弟俺來到縣衙門首也。〔正末云〕這馬是誰的馬。〔卒子云〕是曹參謀的馬。〔正末云〕哥。俺見參謀去來。〔關末云〕三兄弟原來是隨軍參謀。他是箇足智多謀的人。他來俺這縣衙裏。必有箇主意。三兄弟。這曹參謀俺見了他呵。少要說話。你則依着您哥哥者。小校報復去。說俺兩箇兄弟。巡綽邊境回來了也。〔卒子云〕理會的。〔報科云〕有二位將軍下馬了也。〔劉末云〕你說去有曹參謀在此。着他把體面着過來。〔卒子云〕理會的。二位將軍。有曹參謀在此。着你每把體面過去。〔關末同正末見科〕〔劉末云〕兩箇兄弟。參謀在此。把體面。〔曹操云〕二位將軍恕罪。〔關末云〕呀呀呀。參謀自京華一別。忽經數載。光陰迅速。有勞參謀貴脚來踏賤地。實乃俺弟兄三人之萬幸也。〔正末云〕喏。參謀為何至此也。〔曹末云〕將軍不知。今有呂布威鎮於虎牢關。天下十八路諸侯。不會得呂布半根兒折箭。我想來。憑着您弟兄三人刀馬武藝。到於虎牢關。破了呂布。愁甚麼高官不做。不強似您在此為理。將軍意下若何。〔正末云〕左右那裏。與我鞁馬者。〔劉末云〕兄弟。鞁馬往那裏去。〔正末云〕我戰呂布去。〔曹操云〕不枉了好將軍也。〔劉末云〕住住住。三兄弟。你好懆暴也。十八路諸侯不會贏的呂布半根兒折箭。量俺弟兄三人。兵微將寡。怎敢與他相持。並然去不的。〔關末云〕住住住。參謀。想呂布是一員虎將。威鎮於虎牢關。掤戟勒馬。聚雄兵十萬。健將八員。天下十八路諸侯。與呂布交鋒。不會贏的他戟尖點地。馬啼兒倒那。想俺弟兄三人。兵微將寡。難以拒敵。俺斷然去不的也。〔正末云〕哥也。不趁着這箇機會兒去。呵久以後敢遲了也。〔唱〕

【油葫蘆】少不的一事無成兩鬢斑。任恁時節後悔晚。〔關末云〕我想這爲官的。不如閑居倒好也。〔正末唱〕做甚早算來名利不如閑。〔劉末云〕兄弟俺如何去的也。〔正末唱〕大哥哥你不肯將男子功名幹。〔關末云〕俺又不會兵書戰策。斷然不敢去也。〔正末唱〕二哥哥你枉將左傳春秋看。〔關末云〕依着兄弟主意如何。〔正末唱〕我則待惡戰在殺場軍陣中。您則待高臥在竹籬茅舍間。似恁的幾年間夢見周公日。您則待要睡徹日三竿。

〔劉末云〕天下諸侯。不會贏的呂布半根兒折箭。量俺到的那裏也。〔正末唱〕

【天下樂】哥也幾時能勾鐵甲將軍夜過關。若是今也波番。今番到那兩陣間。〔關末云〕呂布英雄。則怕兄弟難敵他麼。〔正末唱〕但贏的我這馬蹄兒倒褪可也難上難。〔關末云〕三兄弟。你堅意要去與呂布相持廝殺。兩陣之間。憑着您甚麼武藝。敢與他交鋒。〔正末唱〕孩心裏手搭着槍。殺場上硬睜着眼。哥也敢戰兀那三千合我也不倦憚。

〔劉末云〕兄弟。想呂布世之虎將。十八路諸侯不能取勝。量俺弟兄三人。也敵不住那呂布也。〔正末唱〕

【那吒令】不是這箇張翼德。我覷呂溫侯似等閑。〔關末云〕他使一枝方天畫桿戟。好生利害也。〔正末唱〕則我這條丈八矛將方天戟來小看。〔關末云〕騎一匹捲毛赤兔馬。好生犇劣也。〔正末唱〕跨下這匹豹月烏。不剌剌把赤兔馬來當翻。〔劉末云〕破呂布憑着你些甚麼那。〔正末唱〕憑着我這捉將手。挾人慣。兩條臂有似的這欄關。

〔劉末云〕兩陣對圓。旗鼓相望。則怕你贏不得他麼。〔正末唱〕

【鵲踏枝】上陣處磕搭的撍住獅蠻。交馬處滴溜撲摔下雕鞍。直殺的他敗將投降。戰馬空還。敗殘軍將追也那後趕。他每可都撇漾了些金鼓旗旛。

（曹操云）玄德公。您這裏有多少人馬。報箇總數來。（劉末云）量劉備官小職微。那裏得那人馬來。並然去不的也。（正末唱）

【寄生草】俺這裏衙門靜。活計艱。每月家俸錢剛把他這家私辦。除公田又無甚別積攢。都是些箇擎鞭執帽關西漢。（曹操云）破呂布可用多少人馬。（正末唱）戰呂布輕弓短箭俺三人。哥也何消的錦衣繡襖軍十萬。

（曹操云）那呂布十分英勇。你敢近不的他麼。（正末唱）

【河西後庭花】哥也我題起那廝。廝殺呵也不打慳。天生的忒奈煩。我則待渴飲刀頭血。困來在這馬上眠。要活的呵將那廝臂牢拴。要死的呵將那廝天靈來打爛。兩莊兒由元帥揀。

（劉末云）既然兄弟堅意的要去。參謀俺到那裏則怕不用俺麼。（曹操云）三位將軍既然要去呵。我修一封薦章。到於虎牢關下。見了孫堅元帥。他若見是我的書呈。必然重用也。（劉末云）多謝了參謀。則今日持着書呈。領本部下人馬。便往虎牢關去也。（正末云）則今日便索長行也。（唱）

【尾聲】十載武夫閑。九得兵書看。八卦陣如同等閑。七禁令將軍我小看。六丁神不許將我遮攔。者麼是五雲間。四壁銀山。三姓家姓任恁意兒反。（關末云）兄弟想呂布十分英勇。又有八健將。則怕你難敵麼。（正末唱）二哥哥你休將我小看。憑着我這一生得村漢。（關末云）兄弟也。兩陣之間。你可怎生交馬也。（正末唱）我可敢半空中滴溜撲番過那一座虎牢關。

（正末同劉末關末下）（曹操云）誰想今日舉薦劉關張弟兄三人。到於虎牢關下。必然破了呂布。某不敢久停久住。催運糧草。走一遭去。呂布雄威鎮虎牢。關張劉備顯英豪。三人竭力行忠孝。方顯忠良輔聖朝。
〔領卒子下〕

## 第二折

〔呂布領卒子上云〕跨下征騅名赤兎。手中寒戟號方天。天下英雄聞吾怕。則是我健勇神威呂奉先。某姓呂名布字奉先。乃九原人也。幼而習文長而演武。上陣使一枝方天戟。寸鐵在手。萬夫不當。片甲遮身。千人難敵。先拜丁建陽爲父。一日丁建陽令吾濯足。丁建陽左足上有一玄瘤。某問其故。足生一瘤者何也。丁建陽言曰。足生一瘤者。有五霸諸侯之分。某暗想你足生一瘤。尚有五霸諸侯之分。某足生雙瘤。我福分更小似你那。某綽金盆在手。一金盆打殺了丁建陽。就乘騎捲毛赤兎馬。後拜董卓爲父。董卓乃隴西人氏。姓董名卓。字仲英。生的肌肥肚大。臍威七李。臥高三尺。氣吹簾凹。坐綽飛燕。步走如飛。力能奔馬。俺父子二人。名壓天下英雄。某統領十萬雄兵。威鎮在虎牢關下。漢家聚十八路諸侯。不會得某半根兒折箭。別的諸侯都與我交鋒過。惟有長沙太守孫堅。不會與某交戰。下將戰書去。單搦長沙太守孫堅。與我交戰也。跨下忙騎赤兎奔。方天戟上定江山。殺的那血水有如東洋海。放心死屍骸填滿虎牢關。〔下〕〔淨扮孫堅領卒子上云〕朝中宰相五更冷。鐵甲將軍都跳井。則有一箇跳不過。跌在裏面撲鼕鼕。某乃孫堅是也。自從與呂布交戰之後。這裏也無人。我喫他諕出我一莊病來。但聽的呂布索戰。諕的我便肚裏頭疼。上瀉下吐。今有曹參謀青州催運糧草去了。不見回來。小校轅門首覷者。但有軍情事。報復我知道。〔卒子云〕理會的。〔劉末同關末正末上〕〔劉末云〕兄弟也。俺來到這元帥府也。這裏可不比俺那德州平原縣。使不得你那懆暴。〔關末云〕哥哥說的是。你則休懆暴。〔劉末云〕兄弟。你則依着我者。小校報復去。有桃園三士在於門首。〔卒子云〕你則這裏有者。〔做報科云〕喏。報的元帥得知。有桃園三士在於門首。〔孫堅云〕今年果子准貴。偌大箇桃園。則結了三箇柿子。〔卒子云〕不是了。他是三箇人。〔孫堅云〕問他是甚麼職役。〔卒子云〕理會的。你是甚麼職役。〔劉末云〕一箇是德州平原縣縣令。一箇是馬弓手。一箇是步弓手。〔孫堅云〕他不往兵馬司裏去。來我這裏。有甚麼勾當。〔卒子云〕不是。是他的官職。〔孫堅云〕你可說弓手。你問他是諸侯。便過去。不是諸侯。不要過去。〔卒子云〕理會的。〔問科云〕元帥將令。是諸侯。便過去。不是諸侯。不要過去。〔正末云〕哥哥。哥哥走了馬也。〔劉末云〕在那裏。〔正末打卒子科〕〔劉備攔科云〕兄弟休懆暴。〔正末云〕哥哥放手。〔唱〕

【雙調新水令】則俺這大哥哥雖不曾道做諸侯。他更歹歹歹殺者波。他須是中山靖王之後。你莫不是胎胞兒裏傳將令搖車兒上做諸侯。兀的不氣堵住我咽喉。哥也赤緊的君子落在您這小兒彀。

〔卒子云〕哎約。我兒也。你打了也罷。罵了也罷。你又罵俺元帥。我見俺元帥去。元帥的將令。說是諸侯的便過去。不是諸侯的休過去。一箇大眼漢。他說哥哥走了馬也。把我拏住打了一頓。他又罵元帥。他說君子落在小兒彀。他倒是君子。元帥你倒是小兒。〔孫堅云〕他倒是君子。我倒是小兒。傳着我的胎骨。〔卒子云〕是台旨。〔孫堅云〕啞。是台旨着他在轅門外。手揑鞋鼻打躬施禮。一日不得元帥將令。一日不要放起來。二日不得元帥將令。二日不要放起來。你說去關前誅董卓。不用綠衣郎。〔卒子云〕理會的。兀那三那三箇。您聽者。元帥的將令着您三箇在轅門外。手揑鞋鼻打躬施禮。一日不得元帥將令。一日不許起來。二日不得元帥將令。二日不許起來。三日不得元帥將令。三日不許起來。您聽者。關前誅董卓。不用綠衣郎。打躬打躬。〔劉末云〕兄弟。可怎了也。〔正末云〕哥也做甚麼。〔劉末云〕元帥將令。着俺打躬哩。〔正末云〕好波二位哥。你打躬。我則輪髑頭。〔劉末云〕那箇打躬。似那小頑童背不過書來。手揑鞋鼻打躬施禮。兄弟。喒打躬咱。〔正末云〕平身。〔劉末云〕誰說來。〔正末云〕我說來。〔劉末云〕好自在性兒也。〔正末云〕哥也。假使一日不得將令呵呢。〔劉末云〕一日不得起來。〔正末云〕假使二日不得將令呵呢。〔劉末云〕二日不得起來。〔三科了〕〔正末云〕假使一年不得他將令呵呢。〔劉末云〕那得箇一年的理來。兄弟也。元帥將令。俺打躬咱。

〔正末唱〕

【駐馬聽】我可甚麼高枕無憂。空抄定拽硬弓搠長槍阿呸。我這對捉將手。我可是麼低頭來切肉。怒睜開我這辨風雲別氣色這一對殺人眸。大哥哥羞慚替他羞。二哥哥受苦甘心受。我則怕掉下一箇樹葉兒來呵我則怕倒打破您那頭。〔云〕長沙太守孫堅。〔唱〕怎麼來早是非只爲多開口。

〔劉末云〕兄弟不可多言也。〔正末唱〕

【鴈兒落】往常我觀雲間烏兔走。今日箇看地下蚍蜉鬬。姜太公渭水河邊執着釣鈎。今日箇輪到俺轅門外打鼻鈕。

〔劉末云〕俺在人矮簷下也。〔正末唱〕

【得勝令】哥也更兀則這裏怎敢不低頭。似恁的幾時得到摘星樓。別人去省部裏標了名姓。哥也赤緊的俺縣衙裏無甚解憂。〔劉末云〕但得箇大小官職也罷。〔正末唱〕但得箇知州。也是我不待屈不能勾。〔劉末云〕哎約哎約。〔正末唱〕哎約屈的我冷汗便似澆流。〔云〕劉關張弟兄三人。破一百萬黃巾賊。臨了在轅門外與別人打躬。〔唱〕我可甚麼男兒得志秋。

〔卒子云〕平身。可不早說。喏。報的元帥得知。呂布索戰。〔孫堅云〕我肚裏疼了。〔正末云〕哥也。走了馬也。〔劉末云〕在那裏。〔正末見孫堅科云〕喏。我醫元帥肚裏疼也。〔孫堅云〕你要醫我的病。好箇醜太醫。你有甚麼名方妙藥。治我的病。你試說一遍。我試聽咱。〔正末唱〕

【夜行船】你可甚麼一心分破帝王憂。〔云〕聽的道呂布索戰。哎約。我好肚裏疼也。〔唱〕你嘴碌都恰便似跌了彈的斑鳩。似鬼綽了你眼光膠粘住你口。你暢好是懦臟氣十八路諸侯。你乾請了皇家俸。你可是羞也那是不羞。我則道你是箇鋼欄。呸。你原來是箇蠟槍頭。

〔孫堅云〕這廝好無禮也。他說道我是蠟槍頭。着軟的撲鑿就過去了。着硬的就捲回來了。小校。拏出去殺壞了者。〔卒子云〕理會的。〔做斬正末科〕〔劉末云〕似此呵怎了也。〔曹操上云〕某乃曹參謀是也。催運糧草已回。來到元帥府門首也。左右接了馬者。呀呀呀。玄德公。三將軍爲甚麼來。〔劉末云〕參謀。張飛不知爲何。衝撞着元帥。要斬張飛。參謀怎生救張飛一命。可也好也。〔曹操云〕刀斧手且留人者。小校報復去。道有曹參謀下馬了也。〔卒子云〕報的元帥得知。有曹參謀下馬也。〔孫堅云〕道有請。〔卒子云〕理會的。有請。〔做見科〕〔曹操云〕元帥。坐帥府不易也。〔孫堅云〕參謀。鞍馬上勞神也。〔曹操云〕元帥。曾有甚麼英雄好漢來麼。〔孫堅云〕沒有。〔曹操云〕曾有桃園三士。〔孫堅云〕甚麼桃園三士。〔曹操云〕是劉關張弟兄三人。〔孫堅云〕並無甚麼劉關張。〔曹操云〕爲何要殺壞張飛來。〔孫堅云〕呸。哦。是那大眼漢無禮。他說大話。君子落在小兒彀。他是君子。我是小兒。這箇也不打緊。我一陣肚裏疼。他來醫我的病。他罵我做蠟槍頭。我是箇元帥。他罵我。因此上要殺壞了他也。〔曹操云〕俺不曾與呂布交戰。先斬了一員上將。做的箇於軍不利。看小官之面。饒過張飛。可也好也。〔孫堅云〕看着參謀的面皮。我饒了他。〔曹操云〕謝了元帥。小官的薦章。元帥曾見來麼。〔孫堅云〕若有薦章來時。我可用度了他也。着他一箇箇過來。〔曹操云〕小校。喚過那姓劉的來。〔卒子云〕姓劉的將軍過來。〔劉末云〕喏。小官劉備。〔孫堅云〕大河裏淌下臥單來。可知流被哩。我認的你是大樹樓桑人也。你家裏孤窮。織席編履。你賣草鞋。我穿了你一雙草鞋。還不曾與你鈔哩。靠後。〔曹操云〕 喚過那姓張的來。〔卒子云〕張將軍過來。〔正末見科云〕喏。張飛。〔孫堅云〕你是張飛。開了吊窗着他飛。可又飛不的。我認的你。你是涿州范陽人氏。你賣肉爲生。爛頭巾廚子出身。我曾問你買了副血臟喫來。靠後。〔關末做搬科云〕踏了關某脚也。〔孫堅云〕神道許了三牲。還不曾賽哩。〔卒子報科云〕喏。報的元帥得知。有呂布索戰。〔曹操云〕元帥。呂布索戰。怎生帶張飛出去。可也好也。〔孫堅云〕我與呂布交鋒。着他弟兄三人跟我去。可那裏用他好。〔曹操云〕元帥。與他每一個執事。〔孫堅云〕看着參謀面皮。着他去。可則怕帶累我。姓劉的。你是糧草大使。姓關的。你是糧草副使。〔正末云〕元帥。我是甚麼職事。〔孫堅云〕你做箇打陣將官掠陣使。〔正末云〕元帥。張飛廝殺了一世。不知怎生是打陣將官掠陣使。〔孫堅云〕你可又不省的。我當先殺了活的。剩下死的。你割他那鼻子耳朵。來元帥府裏獻功來。我殺活的。你殺死的。〔正末云〕我殺活的。你殺死的。〔孫堅云〕我殺活的。你殺死的。〔正末云〕我殺活的。你殺死的。〔孫堅云〕你殺活的。我殺死的。呸。顛倒了我的也。〔曹操云〕張飛。此一去小心在意者。〔正末云〕參謀你放心也。〔劉末云〕兄弟小心

在意者。〔正末唱〕

【尾聲】你看我水磨鞭帶合頦打綻那賊臣口。我這點鋼槍抹挑皮㬉一會生人肉。直殺的他馬困人乏瑲的鑼響軍收。唱道道與那濯足家奴來來和爺兩箇單挑鬭。到來日不刺刺馬打過交頭。我着他綽見這箇張飛撲碌碌着那廝望風兒走。〔下〕

〔孫堅云〕張飛去了也。劉備。你爲糧草大使。就統領本部下人馬。與呂布交戰。走一遭去。小心在意者。〔劉末云〕得令。某統領本部下人馬。與呂布交戰。走一遭去。傳令三軍不憚勞。頂盔擐甲與披袍。兩口龍泉扶社稷。一腔鮮血報皇朝。〔下〕〔孫堅云〕關雲長。撥與你三千人馬。你爲糧草副使。則要你得勝而回者。〔關末云〕得令。則今日與呂布相持廝殺。走一遭去。驅軍校敢戰相爭。衆將士顯耀威風。統雄兵揚威耀武。傳將令盡按軍情。人人似爬山猛虎。箇箇如出海蛟龍。中軍帳三軍聽令。擒賊將先建頭功。〔下〕〔孫堅云〕參謀使緊守營寨。我領人馬。與呂布交戰。走一遭去。大小三軍。聽吾將令。到來日瘦馬不得馳驟。破鑼不得亂鳴。不許交頭說話。不得語笑喧呼。三通鼓罷。拔寨而起。若少一箇。都罰您去惜薪司裏擡炭擔。你知道了麼。到來日大小軍校逞搊搜。今朝一日統戈矛。若還兩家對敵住。一齊下馬打筋陡。交橫十字地下滾。由他刀砍血直流。今世裏隨他殺了俺。那世裏慢慢的報冤讐。〔同卒子下〕〔曹操云〕劉關張去了也。左右將馬來。我直至虎牢關下。看元帥與呂布交戰。走一遭去。虎將排兵到陣前。鑼鳴鼓響震天喧。孫堅元帥施英勇。必破奸臣呂奉先。〔下〕

## 楔子

〔淨孫堅領卒子上云〕某孫堅是也。大小三軍。擺開陣勢。依着我先擺箇衚衕陣。〔卒子云〕元帥。怎麽叫做衚衕陣。〔孫堅云〕把這馬軍擺在一邊。把步軍擺在一邊。中間裏留一條大路。我若輸了好跑。擺開陣勢。塵土起處。呂布敢待來也。〔呂布領卒子上云〕某乃呂布是也。領着本部下人馬。與孫堅相持廝殺。走一遭去。大小三軍。擺開陣勢。兀那塵土起處。敢是孫堅來了也。〔孫堅云〕你來者何人。〔呂布云〕你聽者。呂奉先是你的爹爹。〔孫堅應科云〕哦。風大。聽不見。〔呂布云〕我是你爹爹。〔孫堅云〕哦。風大。聽不見。〔呂布云〕呂布是你爹爹。〔孫堅云〕哦。你怎生是我爹爹。〔呂布云〕哏。你來者何人。〔卒子云〕元帥。他罵陣哩。你還他大着些。〔孫堅云〕某乃長沙大守孫堅。是你孫子哩。〔卒子云〕你怎麼不做大。怎麼與他做孫子。〔孫堅云〕你那裏知道。常贏了便好。若輸了呵。拏住要殺。他便饒了。道是我孫子哩。〔卒子云〕他也殺了。〔做調陣子科〕〔孫堅云〕我近不的他。走了罷。走走走。〔下〕〔呂布云〕孫堅走了也。這廝合死。不往本陣中去。他落荒的走了也。有你走處。有我趕處。走到天涯。趕到海角。不問那裏趕將去。〔下〕〔孫堅上云〕走走走。被呂布殺的我魂靈兒也無了。近不的他。兀的一所密林。我入的這密林來。一棵枯樹。我脫下這衣甲頭盔來。栓在這樹上。按孫武子兵書曰。是脫殼金蟬計。呂布趕將來。則道是我。搠上一戟。寸鐵入木。九牛難拔。投到他拔出戟來。我走過蘆溝橋去也。〔下〕〔呂布上云〕某乃呂布是也。孫堅與某交戰。近不的某。走了。某緊趕着。住這密林中去了。我入的這密林中來。兀的不是孫堅。着這廝喫我一戟。可怎生其屍不倒。哦。原來是脫殼金蟬計。他走了也。寸鐵入木。九牛難拔。我拔出這戟來。將着這衣袍鎧甲。去俺父親跟前獻功去。楊奉安在。〔淨楊奉上云〕則我是楊奉。廝殺全沒用。每日跟元帥。陣前聽將令。某乃楊奉是也。我正在帳房裏喫飯。有元帥呼喚。不知有甚事。可早來到也。我自過去。〔見科云〕元帥呼喚楊奉。那廂使用。〔呂布云〕楊奉。我殺敗了孫堅也。走入這密林中。他用脫殼金蟬計。脫下他的衣袍鎧甲走了也。你拏着他這衣袍鎧甲。先去父親跟前報功去。我將這敗殘軍校。殺了便來也。你小心在意者。〔楊奉云〕得令。〔呂布云〕軍器叢中分外別。拏住孫堅馬上挾。饒君更披三重鎧。寶劍剁做兩三截。〔下〕〔楊奉云〕我拏着孫堅太守的衣袍鎧甲。元帥府裏獻功。走一遭去。〔正末領卒子冲上云〕來者何人。〔楊奉云〕我是呂布手下八健將楊奉是也。〔正末云〕你將着的是甚麼東西。〔楊奉云〕我拏着的是孫堅的衣袍鎧甲。將着元帥府裏獻功去也。〔正末云〕將來與我。〔楊奉云〕好說。你倒省氣力也。你要我怎麼與你。〔正末云〕你真箇不與我。我則一槍。〔楊奉云〕老叔。你要時你拏了去罷。這衣袍鎧甲。你拏便拏了去罷。你則通箇名。顯箇姓。你是誰。我到元帥府裏好回話去也。〔正末云〕兀那廝。你聽者。〔唱〕

【仙呂賞花時】你那廝丁建陽身亡可也不駕車。去你那董卓跟前深唱喏。〔楊奉云〕老叔你去便去通名顯姓咱。〔正末唱〕我是您呂布的第三箇爺爺〔楊奉云〕可知道呂布利害哩他還有這麼一箇老子哩你姓甚名誰。〔正末唱〕張飛可便是也。到來日兒出馬可兀的搊您爹爹〔下〕

〔楊奉云〕你來你來。可怎麼好衣袍鎧甲被他拏的去了。我也不敢久停久住。元帥府裏回話那。走一遭去。

〔下〕

## 第三折

〔呂布領卒子上云〕紫金冠。分三叉。紅抹額。茜紅霞。絳袍似烈火。霧鎖繡團花。袋內弓彎如秋月。壺中箭插衡鋼鐵。跨下南海赤征驄。匣中寶劍常帶血聲名揚四海英勇戰三傑。相貌無人比。文高武又絕。畫戟橫擔定。威風氣象別。某乃呂布是也。昨日孫堅與某交戰。不到二十餘合。近不的我。撞入密林。脫殼金蟬計走了也。某得了衣袍鎧甲。着楊奉去俺父親跟前獻功去了。不見回話。小校關上看者。這其間敢待來也。〔淨楊奉上云〕見元帥回話去。可早來到也。不必報復。我自過去。〔見科〕〔楊奉云〕元帥禍事也。〔呂布云〕禍從何來。你將着衣袍鎧甲獻與俺父親。他說甚麼來。〔楊奉云〕我領着元帥將令。將着衣袍鎧甲。正走中間。可可的撞着箇大眼漢當住我。他說你拏的是甚麼東西。我說我是呂布手下八健將楊奉。我拏的是孫堅太守的衣甲頭盔。我去元帥府裏獻功去也。他說道。將來與我。我說不與你。他說你不與我。我則一槍。謊的我那戰。我說老叔。你要便拏了去罷。我就丟下。他拏了去也。〔呂布云〕是誰奪將去了。〔楊奉云〕我問他來。我說你通名顯姓。你可姓甚名誰。〔做意兒科云〕等我想哦想起來了。〔唱〕丁建陽身亡不駕車。〔呂布云〕嗯。你怎麼唱。〔楊奉云〕他是這等唱來。〔唱〕董卓跟前深唱喏。〔做怕科云〕可不好說的。是他說來。不干我事。〔呂布云〕他說甚麼來。〔楊奉唱〕他說我是呂布的第三箇爺爺〔呂布云〕他怎生是我的爺爺。〔楊奉云〕我還是第四箇老子哩。〔唱〕張飛可便是也。到來日兒出馬搊您爹爹。〔云〕我可想起來了也。元帥是張飛奪的去了也。〔呂布云〕頗柰張飛無禮。我和你往日無冤。近日無讎。你將衣袍鎧甲奪的去了。又在某跟前稱爺道字。更待干罷。下將戰書去。單搦張飛與某相持廝殺。走一遭去。與我喚將李肅來者。〔卒子云〕理會的。李肅安在。〔李肅上云〕胸中韜略運機籌。箭插寒星射斗牛。帷幄之中施巧計。坐間談笑覓封侯。某乃李肅是也。今佐於呂奉先麾下。爲八健將之職。十八般武藝。無有不拈。無有不會。寸鐵在手。有萬夫不當之勇。坐籌帷幄之中。決勝千里之外。每回臨陣。無不幹功。正在教場中操兵練士。元帥呼喚。不知有甚事。須索走一遭去。可早來到也。小校報復去。道有李肅來了也。〔卒子云〕理會的。〔報科云〕喏。報的元帥得知。有李肅來了也。〔呂布云〕着他過來。〔卒子云〕理會的。過去。〔李肅見科云〕元帥呼喚李肅。那廂使用。〔呂布云〕且一壁有者。小校。與我喚將侯成來者。〔卒子云〕理會的。侯成安在。〔侯成上云〕六韜三略顯威風。排兵布陣統三軍。驅兵領將施謀略。答報吾皇爵祿恩。某八健將侯成是也。佐於呂布手下爲將。正在教場中操兵練士。元帥呼喚。不知有甚事。須索走一遭去。可早來到也。小校報復去。道有侯成來了也。〔卒子云〕 理會的。〔報科云〕喏。報的元帥得知。有侯成來了也。〔呂布云〕着他過來。〔卒子云〕理會的。着過去。〔侯成見科云〕元帥呼喚侯成。那廂使用。〔呂布云〕且一壁有者。小校。喚將李儒來者。〔卒子云〕理會的。李儒安在。〔李儒上云〕 深通武藝顯英豪。出馬交鋒殺氣高。陣前敢與敵兵戰。忘生捨死見功勞。某八健將李儒是也。佐於呂奉先麾下爲將。某深通兵書。廣知戰策。每回臨陣。無不幹功。正在帳中演習韜略之書。元帥呼喚。不知有甚事。須索走一遭去。可早來到也。小校報復去。道有李儒來了也。〔卒子云〕理會的。〔報科云〕喏。報的元帥得知。有李儒來了也。〔呂布云〕着他過來。〔卒子云〕理會的。着過去。〔見科〕〔李儒云〕元帥呼喚俺八健將。有何將令。〔呂布云〕且一壁有者。小校與我喚將高順來者。〔卒子云〕理會的。高順安在。〔高順上云〕三十男兒鬢未斑。好將英勇展江山。馬前自有封侯劍。何用區區筆硯間。某乃高順是也。佐於呂布手下爲八健將之職。正在教場中操兵練士。今有元帥呼喚。不知有甚事。須索走一遭去。可早來到也。小校報復去。道有高順來了也。〔卒子云〕理會的。〔報科云〕喏。報的元帥得知。有高順來了也。〔呂布云〕着他過來。〔卒子云〕理會的。着過去。〔見科〕〔高順云〕元帥呼喚某那廂使用。〔呂布云〕且一壁有者。小校喚將何蒙來者。〔卒子云〕 理會的。何蒙安在。〔何蒙上云〕英雄大將有聲名。南征北討苦相爭。博得青史標名姓。圖像麒麟第一人。某乃何蒙是也。十八般武藝。無有不拈。無有不會。寸鐵在手。有萬夫不當之勇。佐於呂布麾下爲將。元帥呼喚。不知有甚事。須索見元帥去。可早來到也。小校報復去道有何蒙來了也。〔卒子云〕理會的。〔報科云〕喏。報的元帥得知。有何蒙來了也。〔呂布云〕着他過來。〔卒子云〕理會的着過去。〔見科〕〔何蒙云〕元帥呼喚何蒙。那廂使用。〔呂布云〕你且一壁有者。小校喚將陳廉來者。〔卒子云〕理會的。陳廉安在。〔陳廉上云〕武藝精熟智量能。排兵布陣顯威風。坐籌帷幄真壯士。決勝千里定輸贏。某乃大將陳廉是也。因某威風赳赳。狀貌堂堂。正在教場中操兵練士。元帥呼喚。不知有甚事。須索走一遭去。可早來到也。小校報復去。道有陳廉來了也。〔卒子云〕理會的。〔報科云〕喏。報的元帥得知。有陳廉來了也。〔呂布云〕着他過來。〔卒子云〕理會的。着過去。〔見科〕〔陳廉云〕元帥呼喚小將。那廂使用。〔呂布云〕且一壁有者。小校與我喚將韓先來者。〔卒子云〕理會的。韓先安在。〔韓先上云〕幼小會將武藝習。南征北討慣相持。臨軍望塵知敵數。對壘嗅土識兵機。某乃韓先是也。佐於呂布麾下。爲八健將。今有元帥呼喚。不知有甚事。須索走一遭去。可早來到也。小校報復去。道有韓先來了也。〔卒子云〕理會的。〔做報科云〕喏。報的元帥得知。有韓先來了也。〔呂布云〕着他過來。〔卒子云〕理會的。着過去。〔韓先見科云〕元帥呼喚韓先。有何將令也。〔呂布云〕喚您來別無甚事。只因昨日孫堅與某交戰。近不的某。脫殼金蟬計走了。某着楊奉將着孫堅的衣袍鎧甲去我父親跟前獻功去。不期被張飛奪的去了。又在某跟前稱爺道字。更待干罷。李肅侯成。撥與你三千人馬。你爲前哨。與張飛相持廝殺去。小心在意者。〔李肅云〕得令。奉元帥將令。領三千人馬。與劉關張相持廝殺。走一遭去。到來日蕩散征塵殺氣開。陣雲隊裏顯英才。鳴鑼擊鼓驚天地。征人戰馬踐塵埃。傍牌遮箭魚鱗砌。硬弩雕弓密密排。輕舒捉將挾人手。放心我生擒賊寇獻功來。〔下〕〔侯成云〕奉元帥將令。領三千人馬。與劉關張相持廝殺。走一遭去。砲響催軍起大營。人人奮勇顯英雄。人如越嶺爬山虎。馬似翻江出水龍。弓弩箭鏃如流水。槍刀劍戟若寒冰。拿住三軍親殺壞。方顯男兒建大功。〔下〕〔呂布云〕李儒高順。撥與你三千人馬。截殺劉關張去。小心在意者。〔李儒云〕得令。統領本部下人馬。與劉關張交戰。走一遭去。大小三軍。聽吾將令。到來日東西列左軍右軍。前後攏合後先鋒。鴉翎般蹬開硬弩。秋月般拽滿雕弓。斬上將湯澆瑞雪。殺敵兵風捲殘雲。托賴着真天子百靈咸助。大將軍八面威風。〔下〕〔高順云〕則今日領三千人馬。與劉關張弟兄三人相持廝殺。走一遭去。忙傳將令便長行。賞罰直正要公平。甲光燦燦如流水。槍刀閃爍若寒冰。人似南山白額虎。馬如北海赤鬚龍。兩陣交鋒分勝敗。班師得勝獻頭功。〔下〕〔呂布云〕何蒙陳廉撥與你三千人馬。與劉關張交戰。小心在意者。〔何蒙云〕得令。奉元帥將令。領三千人馬。與劉關張相持廝殺。走一遭去。大小三軍。聽吾將令。到來日出馬當先臨陣中。施逞武藝顯威風。掃蕩征塵干戈息。試看今番建大功。〔下〕〔陳廉云〕得令。領三千人馬。與劉關張相持廝殺。走一遭去。大小三軍。聽吾將令。到來日百萬雄兵出帝都。齊排隊伍列征夫。銀盔燦燦紅纓舞。金甲輝輝襯戰服。撞陣衝圍能取勝。安營下寨善埋伏。敵軍拍馬聞風走。永保皇圖顯智謀。〔下〕〔呂布云〕韓先楊奉。撥與你三千人馬。擒拏劉關張。小心在意者。〔韓先云〕得令。奉元帥將令。領兵擒拏劉關張。走一遭去。大小三軍。聽吾將令。鼓響鑼鳴軍將排。行雲靄靄繡旗開。散散金花衝陣角。騰騰殺氣罩賢才。馬如北海蛟出水。人似南山虎下崖。軍將未知多共少。捨死忘生戰敵來。〔下〕〔楊奉云〕得令。奉元帥將令。領着人馬。趁打哄耍耍子兒。走一遭去來。大小三軍。聽吾將令。到來日統領雄兵不可遲。營裏先揀好馬騎。若還野外安營寨。則偷人家肥草雞。〔下〕〔呂布云〕衆將都去了也。某親率三軍。擒拏張飛。走一遭去。大小三軍。聽吾將令。到來日頗柰你箇環眼張飛。怎將我小覷低微。你罵我是三姓家奴。你不是關張劉備。不答話來回便戰。垓心內比並箇高低。輕舒我這挾人手段。活拏你箇莽撞張飛。〔下〕〔曹操同劉末關末上云〕某乃曹參謀是也。孫堅元帥領三將軍張飛。與呂布相持去了。未知輸贏。小校轅門首覷者。元帥來時。報復我知道。〔淨孫堅上云〕夾着無鞦馬。兩脚走如飛。正是鞭敲金鐙響。我可甚人唱凱歌回。某乃孫堅是也。提起來惶恐。昨日着呂布殺的我魂不附體。早是我脫殼金蟬計走了。別人都不知道。則有張飛知道。我說我贏了。誰敢說甚麼。來到了也。〔見卒子科云〕小校報復去。說元帥得勝回營也。〔卒子云〕理會的。〔報科云〕喏。報的參謀知道。元帥得勝回營也。〔曹操云〕道有請。〔卒子云〕理會的。元帥有請。〔做見科〕〔曹操云〕元帥鞍馬上勞神也。〔孫堅云〕參謀劍甲在身。不能施禮了。〔曹操云〕呂布安在。〔孫堅云〕呂布那廝不合死。我本待要活拏過來。他繫着一條多年的舊帶鞓爛了。他挣斷皮條走了。〔曹操云〕張飛安在。〔孫堅云〕張飛這早晚敢着馬躧死了。〔劉末云〕嗨。可怎了也。〔曹操云〕玄德公放心。張飛回來了。小校轅門首看着。若來時。報復我知道。〔卒子云〕理會的。〔正末領卒子上云〕小校。將着衣袍鎧甲收的牢者。元帥府裏白那廝箇謊去。〔唱〕

【中呂粉蝶兒】又不敢東轉西移。守着那甲杖庫也不似這般費心勞力。將元帥那護身符在意收者。猛然間纔聽罷。三通鼓擂。猛可裏觀窺。我看那孫太守氣也那不氣。

【醉春風】惱的我惡向膽邊生。不由我怒從心上起。〔云〕我不惱他別。〔唱〕自從那早晨間打躬到日平西。孫堅呆那裏取這箇禮。禮道不的箇千戰千贏。百發百中。他則落的一人一騎。

〔云〕小校報復去道張飛來了也。〔卒子云〕理會的。〔報科云〕喏。張飛來了也。〔曹操云〕元帥。你聽的說麼。張飛回來了也。〔孫堅云〕你這廝你眼花。敢錯認了。他敢不是他。着他過來。〔卒子云〕過去。〔正末見淨科〕〔孫堅唱喏科云〕三叔恕罪。你昨日見我和呂布廝殺來麼。〔正末云〕元帥。好廝殺。好廝殺。〔孫堅云〕怎麼好廝殺。〔曹操云〕張飛。元帥與呂布好相持麼。〔正末云〕好廝殺不好廝殺。那軍前有兩句言語。是說的好。〔孫堅云〕人都說甚麼來。〔正末云〕他道人中呂布。馬中赤兎。一箇好呂布也。〔曹操云〕元帥。你聽的說麼。說道一箇好呂布哩。〔孫堅云〕參謀。呂布雖好也則是他一人。敢問我可如何。〔正末云〕元帥你也好。〔曹操云〕元帥怎生也好。〔孫堅云〕也好也者。呼為好也。好之極好。張飛。那呂布怎生好。穿甚麼衣袍。披甚麼鎧甲。戴甚麼頭盔。騎甚麼鞍馬。使甚麼兵器。怎生打扮。你說與參謀試聽者。〔正末云〕我先說了呂布。後敷演元帥也。〔唱〕

【迎仙客】呂布那三叉紫金冠上翎插着那雉雞。他那百花袍鎧是唐猊。那一匹衝陣馬遠觀恰便似火炭赤。〔孫堅云〕他怎麼與我廝殺。使甚麼兵器來。〔正末唱〕垓心裏馬馱着人。鞍心裏手掿定戟。〔孫堅云〕我看來。那廝力怯膽薄也。〔正末唱〕覷了他英勇神威。〔云〕那呂布似一員神將。〔孫堅云〕可是那一員神將。〔正末唱〕恰便似托塔李天王下兜率臨凡世。

〔孫堅云〕這箇是呂布了。我可怎生威嚴攞布。披袍擐甲。我戎裝擐帶。結束威風。騎甚麼鞍馬。使甚麼兵器。老三。你賣弄的好了。打酒請你。〔劉末云〕元帥與呂布怎生交戰來。你試說一遍咱。〔正末云〕元帥你也狠好。〔孫堅云〕廝殺哩。說箇狠。可不道無毒不丈夫。〔正末唱〕

【紅繡鞋】見元帥惡狠狠手執着兵器。〔孫堅云〕可也古怪。我剛披掛了。我那會兒惱。不知從那裏來。〔正末唱〕見元帥不鄧鄧氣吐虹蜺。〔云〕元帥。你也似一員神將。〔孫堅云〕我似那一員神將。〔正末唱〕恰便似護法諸天可便立在門旗。〔孫堅云〕護法諸天。立在門旗。我恰好不會動手也。〔正末云〕元帥昨日廝殺處。張飛眼花。不會見元帥甚麼披掛。〔唱〕元帥你那虎筋絛你勒來也那不曾勒。〔孫堅云〕我繫着來。〔正末唱〕龍鱗鎧你披來也那不曾披。〔孫堅云〕我披着來。〔正末唱〕則你那頂鳳翅盔戴來也那不曾戴者。

〔孫堅云〕張飛。你說俺兩家在虎牢關下。怎生排兵布陣。吶喊搖旗。三將軍。你說與參謀聽波。〔曹操云〕那壁廂呂布出馬。俺元帥臨陣。怎生與呂布相持來。〔正末云〕聽張飛慢慢的說一遍咱。〔唱〕

【石榴花】則聽的數聲寒角一似老龍悲。撲鼕鼕的征鼙鼓響似震天雷。〔孫堅云〕你可瞧見我那一會兒傳令。怎麼支撥人馬來。〔正末唱〕馬軍步軍鞭梢一點雁行齊。各排着陣勢。吶喊搖旗。〔孫堅云〕呂布出馬。教我就敵住他了。〔正末唱〕則見呂溫侯勒馬垓心內。來來來不怕死的與吾兩箇相持。見元帥你不刺刺縱馬到垓心內。您兩箇不答話便相持。

〔孫堅云〕那一會兒惱哩。答甚麼話。恨不的一刀抓了他首級哩。看來那廝也慌了。〔正末唱〕

【鬭鵪鶉】元帥閃霍霍刀晃動銀蓋朱纓。呂溫侯赤力力戟攞動那金錢豹尾。〔孫堅云〕早則還是我的刀哩。纔敵住他的戟。第二箇也輸在他手裏了。〔正末唱〕元帥將刀刃斜彪。〔云〕那呂布見刀來。出的趓過。〔唱〕他將那戟尖戟尖來便刺。〔孫堅云〕俺兩箇揪住袍。揝住帶。就交成一團。打做一塊。怎麼肯放了他。饒了他。饒蝎子的娘哩。〔正末唱〕你兩箇一來一往一上一下有似飛。見元帥打鬧哩。〔云〕一箇道。休來趕。休來趕。〔唱〕你可暗暗的私奔。〔云〕那呂布道住者。〔唱〕腦背後高聲可便叫起。

〔孫堅云〕參謀使。你可不會見那廝殺。兩匹馬滚在一處。我要下馬出恭。百忙裏拴了箇關門鐙絆住脚。急的我要不的。他叫我做甚麼來。〔正末唱〕

【上小樓】元帥將那脖驍桄者。呂温侯將龍駒不勒。我則見一一馬相交。嘴尾相啣。不曾相離。見元帥你打鬧裏。先撞入林中趓避。〔孫堅云〕是村裏。〔正末云〕是林裏。〔孫堅云〕是村裏。我覓涼漿喫去來。〔正末云〕是林裏。〔唱〕見放着孤椿上是你脱身之計。

〔孫堅云〕這廝怎麼瞧見來。你不知道。都是我那匹馬戀槽。把我就掉的走了。着我怎麼扯的住呢。你可在那裏來。〔正末唱〕

【幺篇】恰離了軍陣中。早來到林琅裏。可又早解開摜帶。鬆開戎裝。脱下征衣。呂温侯他縱玉勒。再趕到。十里田地。〔孫堅云〕這箇是我使的計來。〔正末云〕你那計。〔唱〕廝殺不到兩三合脱的赤條條的。

〔孫堅云〕這廝好無禮也。着言語譏諷我。你是一箇掠陣使。別人都報了功也。你這早晚纔來。你有甚麼功勞。〔正末云〕張飛有功勞來。〔孫堅云〕有甚麼功勞來。〔正末唱〕

【滿庭芳】昨宵晚夕。長空淡淡。涼月輝輝。張飛來往𨑳綽拏住箇奸細。手中將着幾件東西。〔孫堅云〕莫不是兩事家使的槍刀劍戟麼。〔正末唱〕也不是兩事家使的槍刀劍戟。〔孫堅云〕可是甚麼那。〔正末云〕左右將來。〔做將衣甲頭盔丟在當面科唱〕那一箇諸侯王的這衣甲頭盔。〔孫堅云〕哎喲。嗨。一箇好先生。買命算卦。說我不合破財。果然今日還送將來了。〔正末唱〕諕的他一箇呆癡的。〔云〕元帥你不道來。〔唱〕快將你那兒郎准備。〔云〕這衣袍鎧甲被別人奪將去了〔唱〕這的是你那人和着凱歌回。

〔孫堅云〕參謀使你不知道。這廝無禮我將這衣袍鎧甲脫在樹上。我是脫殼金蟬計來我這裏面安排着陷馬坑絆馬索要拏呂布這廝破了我的計。拏出去與我殺壞了者。〔曹操云〕住住住。元帥看小官之面饒過張飛者。〔孫堅云〕斷然饒不的。〔卒子云〕喏。報的元帥得知有呂布索戰。〔孫堅云〕我肚裏又疼起來了。〔曹操云〕他擱誰哩。〔卒子云〕住住住。元帥他不擱元帥單擱他第三箇爺爺哩。〔孫堅云〕我若是說一句話。我這嘴上就生椀來大箇疔瘡。〔正末云〕是張飛說來。〔孫堅云〕三叔你發付他去不干我事。〔正末云〕我敢去我敢去。〔唱〕

〔耍孩兒〕我道來我道來。不是我說強嘴說強嘴。則我這點鋼槍分付在那廝鼻凹裏。遮截架解難投奔。則我這刺搠簽劄槍法疾。我是箇好廝殺的天魔祟。從虎者應無善獸。好鬬者必遇強敵。

〔曹操云〕玄德公。您弟兄三人若破了呂布自有加官賜賞也。〔正末云〕參謀。你放心也。〔劉末云〕俺弟兄三人同破呂布走一遭去。〔正末唱〕

〔尾聲〕說與那交遼王呂奉先。正撞見英雄張翼德。跨下這匹豹月烏。不刺刺便蕩番赤兔追風騎。則我這丈八矛咭叮生扛折那廝方天畫桿戟。

〔同劉末關末下〕

〔曹操云〕劉關張去了也。他弟兄三人。必然破了呂布。元帥。俺與他壓着陣看他弟兄三人。與呂布交鋒。走一遭去。款縱烏騅豹月犇。長槍闊劍定江山。劉備關張施勇躍。三人喊殺虎牢關。〔同下〕

楔子

〔呂布領八健將上云〕某乃呂布是也。領着本部下人馬。與張飛相持廝殺。走一遭去。大小三軍。擺開陣勢者。塵土起處張飛敢待來也。〔正末上云〕某乃張飛是也。與呂布交戰。走一遭去。來者何人。〔呂布云〕某乃呂布是也。你來者何人。〔正末云〕某乃張飛是也。〔呂布云〕兀那張飛。你將我衣袍鎧甲奪的去了。又在我跟前稱爺道字。量你到的那裏。操鼓來。〔做戰科〕〔三科了〕〔呂布架住槍科云〕住者。張飛。我和你小歇一小歇。〔正末云〕兀那家奴。我放你小歇去。〔呂布在場正末回身科〕〔劉末關末在古門道關末舉刀喝科云〕張飛。你往那裏去也。〔正末云〕家奴告小歇哩。〔關末云〕兄弟。你不知他靴尖點地。有九牛二虎之力。休要放他小歇。〔正末喝科云〕喂。家奴住者。〔呂布云〕環眼漢。要戰便戰。不戰便罷。你叫怎的。〔正末云〕我喊叫三聲。有九牛二虎之力也。〔呂布云〕這環眼漢是強。操鼓來。〔做戰科〕〔正末唱〕

【仙呂賞花時】不是張飛誇大口。〔呂布云〕某仗方天戟。要奪取江山。量你到的那裏也。〔正末唱〕則你那方天戟難敵丈八矛。〔劉末躧馬兒上云〕三兄弟放心。看某與呂布交戰咱。〔正末唱〕大哥哥雙股劍冷颼颼。〔三人交戰一合科〕〔關末躧馬兒上云〕家奴少走。喫吾一刀。〔戰科〕〔正末唱〕二哥哥三停刀可便在手。〔呂布云〕他三人十分英勇。某近不的他。撥回馬逃命。走走走。〔同八健將下〕〔劉末云〕家奴走了也。〔正末云〕二位哥哥放心。〔唱〕我可直趕上呂溫侯。〔下〕

〔劉末云〕二兄弟。俺不問那裏。趕呂布去來。〔同關末下〕

## 第四折

〔冲末袁紹領卒子上云〕一統山河帝業昌。文臣武將盡忠良。八方拜表朝金闕。萬國來朝讚聖皇。某乃河北冀王袁紹是也。今有太守孫堅。與呂布交戰。大敗虧輸。因有曹操青州催運糧草去。路打德州平原縣經過。舉薦劉關張弟兄爲將。直至虎牢關下。與呂布相持廝殺去了。今有飛報前來。得勝班師。奉聖人的命。着某在此元帥府加官賜賞。令人門首覷者。曹參謀來時。報復我知道。〔卒子云〕理會的。〔曹操云〕將軍賀凱敲金鐙。得勝班師到許都。某曹孟德是也。今有劉關張弟兄三人。到於虎牢關下。戰退呂布。得勝回還。某已奏知聖人大喜。今在此元帥府加官賜賞。可早來到也。小校報復去。道有曹參謀在於門首。〔卒子云〕理會的。〔報科云〕報的元帥得知。有曹參謀在於門首。〔袁紹云〕道有請。〔卒子云〕有請。〔做見科〕〔曹操云〕元帥。誰想劉關張果然戰退了呂布也。〔袁紹云〕曹參謀。此一件大功。皆是聖人齊天洪福。二賴參謀舉薦之能。今日劉關張戰退呂布。真乃棟梁之才也。某奉聖人的命。在此元帥府加官賜賞。小校門首覷者。劉關張三箇將軍下馬呵。報復我知道。〔卒子云〕理會的。〔正末同劉末關末上〕〔劉末云〕兩箇兄弟。今日托聖皇洪福齊天。得勝回還也。〔關末云〕哥哥。想十八路諸侯。不會得呂布半根兒折箭。誰想被俺殺的他大敗虧輸也。〔正末云〕二位哥哥。此一番征戰。若不是俺弟兄三人戰退呂布。豈有今日也呵。〔唱〕

【正宮端正好】今日箇奉聖勅戰温侯。驅士馬擒賊將。俺弟兄每盡忠心志氣昂昂。〔劉末云〕三兄弟今日戰退呂布。肅靖邊關。俺保社稷之堅固。立家邦之永昌。方顯大將之能也。〔正末唱〕俺將這漢朝社稷重開創。顯耀處八面威風像。

〔關末云〕憑着兄弟戰陣有勇。拒敵當先。今擊破呂布。真乃世之虎將也。〔正末唱〕

【滾繡毬】則這箇張翼德性氣剛。〔劉末云〕俺二兄弟雲長勇烈剛強也。〔正末唱〕更和這關雲長武藝強。〔劉末云〕這一場征戰。皆托二兄弟之威也。〔正末唱〕若不是劉玄德一衝一撞。俺端的逞英雄惡戰在殺場。〔劉末云〕那呂布恃強獨霸。攪擾中原。威鎮於虎牢關下。仗八健將之勇猛。誰想今日大敗虧輸。力不能敵也。〔正末唱〕逼的箇呂温侯逃命荒。八健將已中傷。殺的那敗殘軍盡皆失喪。〔劉末云〕俺殺的那呂温侯倒戈卸甲。血染黃沙。這場大戰。非同小可也。〔正末唱〕恰便似臥麻般撇漾了此三劍戟刀槍殺的他冠斜獬豸將軍敗。血染征袍馬帶傷。四海名揚。

〔云〕可早來到轅門首也。左右接了馬者。小校報復去。道有劉關張弟兄三人。得勝而回也。〔卒子云〕報的元帥得知。有劉關張弟兄三人。得勝而回也。〔袁紹云〕道有請。〔卒子云〕理會的。有請。〔見科〕〔劉末云〕元帥。想劉備才德俱薄。兵微將寡。托賴聖人洪福。元帥之威。方得戰退呂布也。〔袁紹云〕據玄德公聲播寰區。名傳海宇。德勝英傑。才超俊士。況其二弟相扶。譬如猛虎。加之羽翼。因賊子反亂中原。四海之民。受其殘暴。殺敗十八路諸侯。拱手而伏。無能拒禦。誰想三位將軍。到於虎牢關。汗馬之勞。戰退了呂布。以解聖主之憂。

救蒼生塗炭之苦。今主上大喜。命某在此帥府。封官賜賞。這一場非同小可也。(曹操云)三位將軍。勇於一戰。温侯大敗。餘兵盡皆殘滅。一賴聖恩洪福。二托將軍之威也。(正末唱)

【倘秀才】托賴着聖明主寬洪大量。二來是十八路諸侯伎倆。因此上耀武揚威托上蒼。(袁紹云)此一場上答天心下合人意。以此上剿除賊衆也。(正末唱)這的是天心順國榮昌。平除了寇黨。

(袁紹云)您弟兄三人。在那虎牢關怎生角聲助戰。畫鼓添威。排兵布陣。調遣三軍。戰退温侯。剿除賊黨。有勞三將軍略說一遍咱。(正末云)試聽張飛說一遍咱。(唱)

【脫布衫】虎牢關排軍校。殺氣飄揚。鳴金鼓聲震穹蒼。(袁紹云)門旗開處。玄德公使的是那一般兵器。(正末唱)大哥哥雙股劍實難措手。(袁紹云)雲長公用那一般器械來。(正末唱)二哥哥三停刀怎生遮當。

(袁紹云)三將軍你那槍到處人人失命箇箇皆亡也。(正末唱)

【小梁州】張飛我躍馬橫擔丈八槍。舞梨花攪海翻江。(袁紹云)呂布可怎生對敵來。(正末唱)呂温侯方天畫戟怎隄防。殺的他無歸向。今日箇一陣定興亡。

(袁紹云)今日箇肅靜海宇。保祚山河。道泰歌謠。黎民樂業也。(正末唱)

【幺篇】今日箇中原清靜昇平像。保山河臣宰賢良。(袁紹云)您弟兄三人。有如此大功。正當食君之祿也。(正末唱)怎消的祿位遷。加俺爲邊庭將。(袁紹云)今日共享太平之福也。(正末唱)端的是太平之世。願聖壽永無疆。

(袁紹云)曹參謀並劉關張。望闕跪者。聽聖人的命。因董卓獨霸專權。仗呂布虎視中原。十萬兵揚威耀武。八健將勇敢當先。威鎮在虎牢關下。一心謀漢室山川。曹參謀催糧舉將。劉關張立國安邦。憑驍勇戰退呂布。奉君命極品陞遷。曹操加你爲左丞相之職。整朝綱執掌兵權。封劉備爲越殿襄王之位。享天恩每聽皇宣。關雲長加你爲蕩寇將軍之職。真義勇文武雙全。張飛加你爲車騎將軍之職。萬人稱四海名傳。賜御酒

# 鍾離春智勇定齊雜劇

鄭德輝撰

## 第一折

〔沖末扮齊公子領祗候上云〕紛紛戰國尚尊周。五霸爭強作列侯。率土之濱承治化。威名耿耿壯春秋。某乃齊公子是也。祖立國臨淄。自周初之時。封七十二國。後併一十八國。因吳越相爭以來。周平王以後。爲春秋之世。今各分十二國。乃魯國。衛國。晉國。鄭國。曹國。蔡國。燕國。陳國。宋國。楚國。秦國。俺齊國。惟俺東齊封疆寬闊。桑麻遍地。積粟如山。黎民樂業。雨順風調。某因昨夜晚間作一夢。見一輪皓月。出離海角。恰麗中天。忽被雲霧遮蔽。撒然驚覺。正當夜半子時。未知主何凶吉。可請中大夫合眼虎來與吾圓夢。早間已令人請去了。這其間敢待來也。〔淨扮合眼虎上云〕東齊東齊。生的蹺蹊。不是禿頭。便是瞎的。小官乃合眼虎是也。乃齊國中大夫之職。我平生好廝打。若打的過人。我睜着眼則管裏打。若打不過人。我合着眼着人則管裏打。有公子呼喚。不知有甚事。須索走一遭去。可早來到也。報復去道有合眼虎來了也。〔祗候云〕理會的。〔報科云〕喏。報的公子得知。有合眼虎來了也。〔齊公子云〕着他過來。〔祗候云〕理會的。着過去。〔做見科〕〔淨合眼虎云〕 公子呼喚小官有何事。〔齊公子云〕合眼虎。喚你來別無甚事。某昨夜作一夢。見一輪皓月。出離海角。恰麗中天。忽被雲遮。未知主何凶吉。請你來圓夢。〔淨合眼虎云〕我道爲甚麼。原來是夢境之事。打甚麼不緊。公子。你尋思波。月者是亮也。亮者是明也。雲者霧也。月裏頭雲。雲裏頭霧。月雲霧。好事吉祥之兆。今日若不得財。公子。必然有人請你嚼酒。〔齊公子云〕這廝胡云。令人。請上大夫晏嬰來者。〔祗候云〕理會的。〔做請科云〕晏大夫有請。〔外扮晏嬰上云〕綱常禮樂正彝倫。善與人交秉性淳。治國齊家爲國士。在明明德在新民。小官姓晏名嬰。字平仲。官拜齊國上大夫之職。今有公子呼喚。須索走一遭去。可早來到也。令人報復去道有小官晏嬰來了也。〔祗候云〕理會的。〔報科云〕喏。報的公子得知。有晏大夫來了也。〔齊公子云〕 道有請。〔祗候云〕理會的。有請。〔見科〕〔晏嬰云〕 公子呼喚晏嬰有何事。〔齊公子云〕大夫。請你來不爲別。某昨夜作一夢。見一輪皓月。出離海角。恰麗中天。忽被雲遮。特請大夫來圓此夢。未知主何凶吉。

〔晏嬰云〕公子。月者屬陰也。皓者明也。浮雲遮蔽者。乃此人時運未遇。公子未娶夫人。所有賢明淑女。隱於鄉村。或在林麓之間也。〔齊公子云〕大夫便怎生得見。〔晏嬰云〕公子要見不難。到來日出城打圍獵射。午時三刻。必遇淑女賢人。〔齊公子云〕此言有准麼。〔晏嬰云〕決然有准無差。〔淨合眼虎云〕晏矮子正是胡說。這夢人人都有。這兩日春困睡多夢多。我在前也曾抽籤擲珓。也會與人圓夢來。如今賣龜兒卦的多了。不靈了。可不道夢是心頭想。眼跳眉毛長。鵲噪為食忙。嚏噴鼻子癢。又說道。抽籤擲珓。一貫好鈔。全無正經。則是胡道。〔齊公子云〕誰聽你胡云。合眼虎。分付左右。收拾什物鞍馬鷹犬。到來日採獵。走一遭去。〔淨合眼虎云〕得令。我出的這門來。大小頭目。便收拾鞍馬。打點鷹犬。公子要打圍獵射去。可不干我事。都是晏矮子來。他說道明日打圍處。撞見賢人淑女。若見呵便罷。若不撞見呵。晏嬰我兒也。我替你愁哩。夢是心頭想。晏嬰胡打嚷。若不見淑女。慢慢白他謊。〔下〕〔齊公子云〕左右與我喚將田能來者。〔祗候云〕理會的。〔做喚科云〕田能安在。〔外扮田能上云〕四塞關河立帝基。巍巍泰嶽列峯奇。如山積粟民安業。赳赳威名號大齊。某乃田能是也。佐於齊公子麾下。為統軍上將軍之職。正在教場中操練士馬。公子呼喚。須索走一遭去。可早來到也。報復去道有田能來了也。〔祗候云〕理會的。〔報科云〕喏。報的公子得知。有田能來了也。〔齊公子云〕着他過來。〔祗候云〕理會的。過去。〔見科〕〔齊公子云〕田能來了也。〔田能云〕小官來了也。〔齊公子云〕且一壁有者。左右與我喚將徐弘吉等來者。〔祗候云〕理會的。徐弘吉等安在。〔外扮徐弘吉同徐弘義上〕〔徐弘吉云〕武藝精熟敢戰爭。相持厮殺慣交兵。扶持齊國為良將。威鎮邊關顯姓名。某乃徐弘吉。兄弟徐弘義。在齊公子麾下為左右禆將之職。恰纔點軍回還。公子呼喚。不知有甚事。須索走一遭去。可早來到也。報復去道有俺二人來了也。〔祗候云〕理會的。〔報科云〕喏。有禆將徐弘吉徐弘義來了也。〔齊公子云〕着他過來。〔祗候云〕理會的。過去。〔見科〕〔徐弘吉云〕公子呼喚俺二將那廂使用。〔齊公子云〕我如今要打圍獵射去。田能。〔田能云〕有。〔齊公子云〕你同他二將。卽便收拾鞍馬獵射去。不可遲延。〔田能云〕得令。徐弘吉。徐弘義。俺統領一丟人馬。收拾行裝等物。跟公子打圍去。你二人先布圍場。某保公子出城。〔徐弘吉云〕去來。〔田能云〕禆將先去布圍場。射獵春蒐出帝鄉。大張羅網收牲口。旋回齊唱凱歌脘。〔同裨將下〕〔齊公子云〕大夫陰陽有准。若應此夢。必然重賞封官也。率土臨淄掌大權。為無正室覓姻緣。春蒐採獵臨郊野。當遇佳人應夢賢。〔下〕〔晏嬰云〕公子回去了也。書云。先進於禮樂。野人也。蓋謂郊野之民。乃有質朴之風。今公子無有夫人。未治其內。豈治其外。得此夢境。到來日採獵於桑間。必遇賢哉淑女。可配君子。一輪皓月正當空。却被浮雲慘霧濛。深沉林麓知何處。只在來朝採獵中。〔下〕〔外扮孛老兒領卜兒淨茶旦上〕〔孛老兒云〕積祖蒼山是本家。深村鄉裏事桑麻。秋收春種田園樂。無是無非度歲華。老漢覆姓鍾離。名箇信字。積祖是這齊國無鹽邑人氏。嫡親的五口兒家屬。婆婆劉氏。兒孩兒是鍾大。媳婦兒鄒氏。女孩兒是鍾離春。家間頗有些田土。多收下些粗糧薄食。人都以我為鍾大戶稱之。女孩兒鍾離春。年長二十歲。心性明慧。胸襟磊落。則是有些兒顏陋。晝誦詩書。夜觀天象。十八般武藝皆通。九經三史盡曉。非因學而成就。實乃天賦其能。文武兼備。韜略精深。有安江山社稷之才。齊家治國之策。爭奈未曾許聘他人。如今時遇春間天道。正是農忙時節。鍾大孩兒使牛去了。媳婦兒。你家中好生看蠶者。〔茶旦云〕父親但開口。則賣弄他那女孩兒攻書寫字。舞劍輪槍。學的那裏用。俺是莊農人家出身。如今農忙時節。爲兒的耕田壩地去了。我獨自箇在家。又要績麻織紡。又要採桑喂蠶。又要侍奉公婆茶飯。他每日橫不拈。豎不擡。那得閑茶飯。養活着他怎地。〔卜兒云〕老的也。你休聽閑言剩語的。孩兒既攻書寫字呵。也是好處。有朝一日孩兒顯達呵。也是俺兩口兒好處。你叫他出來。我問他。〔孛老兒云〕傻弟子。他是我女孩兒。終不道不養活他。你與我喚出他來者。〔茶旦云〕父親使我喚他。可不干我事。又則道我攀他哩。我依着父親。叫他出來。〔喚科云〕無鹽姑姑。父親喚你哩。〔正旦扮鍾離春上云〕妾身覆姓鍾離。名春。無鹽女是也。年長二十歲。在此深村居住。先祖仕宦。今我父親專務爲農。妾身生來懶攻針指。好習詩書。頗諳武事。父親呼喚。不知有甚事。須索走一遭去。我想上古先王。治理天下。流傳到今。非同容易也呵。〔唱〕

【仙呂點絳唇】自從那克伐殷湯。立基開創。今歸向。周室諸王。治世爲尊上。

【混江龍】後來也春秋雄壯。各稱一國立家邦。界分列土。臨定封疆。却正是幸值繁華歌稔歲。喜逢美景樂風光。端的是人和美行謙讓。為人要心存義理。秉受綱常。

〔見科云〕嫂嫂萬福。〔茶旦云〕姑姑。父親喚你哩。喒見去來。〔見科〕〔茶旦云〕父親。姑姑來了也。〔孛老兒云〕孩兒來了也。〔正旦云〕父親。喚您孩兒有何事。〔孛老兒云〕孩兒也。你是莊戶人家女孩兒。不肯做針指農婦生活。每日則是習學武藝。寫字讀書。學他何用。〔正旦云〕哦。父親原來為此也。〔唱〕

【油葫蘆】你着我針指匆匆居草堂。又着我攀繡床。不如我撫瑤琴學舞劍誦文章。爭如我暗嗟吁豪氣沖天上。我則待施逞韜略驅兵將。〔孛老兒云〕孩兒。依着俺則做女工生活可不好。〔正旦唱〕我從來志意堅。心性剛。我這胸中素有江湖量。爭知我待時運且潛藏。

〔孛老兒云〕你是箇女孩兒家。便學成那武藝。量你到的那裏也。〔正旦唱〕

【天下樂】有一日出衆超羣獨占强。我則待昭彰。把名姓揚。憑着我機謀運籌才智廣。〔卜兒云〕孩兒也。你學成那兵書戰策。敢與誰人拒敵也。〔正旦唱〕任交鋒將陣勢排。會埋伏把兵藝揚。我與皇家定邊疆除惡黨。

〔孛老兒云〕孩兒也。俺這裏也有為官的。也有為吏的。也有為商賈的。算來都不如俺這莊農每快活。〔卜兒云〕孩兒也。那登仕路的。可是怎生。那為商賈的。可是如何。你說一遍。我試聽咱。〔茶旦云〕俺莊農每委實受用快活也。〔正旦唱〕

【寄生草】讀書的登高位。治財的為大商。登仕的官高二品彰名望。為商的貨行千里圖增長。莊家每田蠶萬倍多興旺。〔茶旦云〕姑姑。在家也是閑。俺採罷桑。去那牡丹亭上散心。到好耍子。〔正旦唱〕你待着翫清涼一座牡丹亭。我則待坐中軍九頂蓮花帳。

〔孛老兒云〕孩兒。你如今不小也。如今春將盡。夏將臨。正是蠶忙時候。跟着嫂嫂採些桑葉喂蠶。可不好。

〔正旦云〕父親命敢不應承。妾身去去去。〔孛老兒云〕媳婦兒。好生看孩兒。不要閑遊蕩。〔正旦云〕嫂嫂。咱採桑去來。〔唱〕

【尾聲】我如今甘苦用辛勤。怎敢閑遊蕩。相伴着村務女提籃兒採桑。打疊起風流美豔粧。入家園數盡桑行。爲蠶忙。急急春光。內外家私各自當。憑恁着我高才伎倆。威嚴形狀。有一日保全宗社定齊邦。〔同茶旦下〕

〔孛老兒云〕孩兒採桑去了也。老漢無甚事。莊東裏看田禾。走一遭去。春來耕種效慇懃。夏至揮鋤受苦辛。秋天五穀收成了。快活三冬老富民。〔下〕

第二折

〔田能同徐弘吉徐弘義領卒子架鷹引犬打旗上〕〔田能云〕某乃田能是也。同衆官來到此郊野外。大小三軍。布下圍場。公子這早晚敢待來也。將圍場擺開者。〔徐弘吉云〕將軍擺布嚴整了也。〔田能云〕公子敢待來也。〔齊公子同晏嬰祗候蹦馬兒上〕〔齊公子云〕某齊公子是也。來到郊外。兀的不是圍場。〔做蹦馬兒走科云〕可怎生獐狍麅兎。不見一箇。兀的不是一箇雪白兎子。衆人休放箭。等我射這玉兎。〔做射箭科云〕着箭射中玉兎也。左右與我拏來。〔卒子云〕報的公子得知。玉兎帶箭走了也。〔田能趕科云〕呀。兎子活哩。帶着箭走了也。〔齊公子云〕潑毛團帶着我一枝金鈚箭走了也。那裏去。更待干罷。衆人跟着。某務要趕上。〔做趕科云〕緊趕他緊走。慢趕他慢走。田能。您守定圍場。我務要趕上他。〔下〕〔田能云〕好是蹺蹊也。俺採獵半日。止有一箇白毛玉兎。公子射中。帶着金鈚箭走了。公子追將去了。衆將士。俺四下裏抓尋玉兎去來。〔同下〕〔茶旦提籃兒上唱〕

【撼動山】提着這箇採藥籃。我頭髮兒亂髲兒鬖。今年可便好收蠶。好收蠶也麼哥。雨潤條柔。露濕花梢。轉桑行行過家南。

〔云〕妾身鄒氏。父親母親言語。着我相伴姑姑採桑去。早來到郊園也。姑姑行動些。〔正旦提籃兒上云〕妾身無鹽女是也。時遇春末夏初之際。養蠶正忙。蒙父母言語。着跟着嫂嫂採桑喂蠶。無鹽幾時是你那發跡

的時節也。〔唱〕

【中呂粉蝶兒】這些時慵怠粧梳。正遇着務農忙養蠶時序。愛偷閑學劍攻書。隱深林。潛野外。世居農務。〔茶旦云〕你看這姑姑。採桑處還拏着一本書。便有甚麼好處。

〔正旦唱〕這書中會下工夫。我待要治家邦播揚名譽。

〔茶旦云〕姑姑。你會不會出來。你看這隣近的人家女孩兒。還不似你都來採桑喂蠶。你般出來。一來採桑。二來要一要。不強似閑坐也。〔正旦唱〕

【醉春風】你看那隣里俊嬌娃。更和這鄉間小幼女。家園萬卉葉蓁蓁。要把這成行兒數數。走不徹榆林。覷不盡棗棘。數不盡桑樹。

〔茶旦云〕喒慢慢的採桑。看有甚麼人來。〔齊公子蹦馬兒趕兎上云〕走走走。甫能趕上。帶着金鈚。走入桑園去了。〔做看科云〕可怎生不見了。兀那桑間有幾箇採桑女子。我試問他一聲。兀那採桑的女子。你曾見一箇兎子着一枝箭麼。〔茶旦云〕你在這裏尋問兎兒。我說與你。你去南海子尋問去。連獐子說與你。〔齊公子云〕兀那女人。那裏是往臨淄去的路也。〔正旦唱〕

【紅繡鞋】他問俺那箇是臨淄的道路。〔云〕你是甚麼人。〔齊公子云〕某乃齊公子是也。

〔正旦云〕既是齊公子。〔唱〕你可便怎來到俺這郊墟。哎。你箇公子齊侯有疎虞。

〔齊公子云〕這廝好無禮也。有甚麼疎虞處。〔正旦唱〕豈不知禾苗在地。也不念麥將熟。

〔云〕如今田苗在地。〔唱〕你道波你不合驟驊騮踐田畝。

〔齊公子云〕好是不祥也。爲這箇潑毛團。受這箇採桑婦的氣。我出的這桑林。可怎生不見晏嬰。〔晏嬰蹦馬兒慌上見科云〕公子。量那玉兎打甚麼不緊。直趕到這裏。〔齊公子云〕晏嬰。你圓的好夢。淑女也不得見。倒受了採桑婦一肚子氣。〔晏嬰云〕公子。在那裏。我試看咱。〔驚科云〕看了此女子。生的像貌非俗。日當卓午。這箇莫不是應夢的賢人淑女。休問是不是。我指着他題一首詩。看他說甚麼。兀那女子。我作首詩你聽着。看你曉的麼。詩曰。採桑忙來採桑忙。朝朝每日串桑行。織下綾羅和疋段。未知那箇着衣裳。〔正旦云〕

這箇敢是朝中宰相。我回他一首。你聽者。詩曰。將軍忙來將軍忙。朝朝每日鬭爭強。空有江山并社稷。無人敢與定封疆。〔茶旦云〕一箇道採桑忙也採桑忙。一箇道將軍忙也將軍忙。男女不可話衷腸。若是您不上緊走。俺老子撞見打您娘。〔晏嬰云〕呀呀呀。果然是賢人。兀那採桑女人。你那裏人氏。姓字名誰。你試說。我試聽咱。〔正旦唱〕

【石榴花】俺酬恩報國作農夫。這的是勤苦用耕鋤。〔晏嬰云〕農忙時候。索是勤苦也。〔正旦唱〕看承禾黍不輕疎。〔晏嬰云〕你那裏人氏。〔正旦唱〕住齊邦境隅。邑土鄉俗。〔晏嬰云〕你既是俺本國之民。當歸附於國君也。〔正旦唱〕差科徵稅當歸附。盛與隆民戶咸伏。君侯暫且容寬恕。試聽我談論待須臾。

〔晏嬰云〕俺本國人強馬壯。士民樂業。文武賢能。有何談論之事。〔正旦唱〕

【鬭鵪鶉】您如今便士不能文。您如今兵慵傲武。〔云〕殆哉殆哉。春秋之間。外不脩君臣之禮。內不肅齊家之治。一旦志弱。彼國侵爭。悔之晚矣。〔晏嬰云〕恰纔賢女所言本國之事。小官願聞。〔正旦唱〕那箇肯入水擒蛟。伏林刺虎。一箇箇智淺才疎。腹內虛。怎能勾志縱橫德不孤。〔晏嬰云〕方今春秋戰國。各據其境。豈無文武賢能。〔正旦唱〕豈不知西患衡秦。豈不知南讐大楚。

〔晏嬰云〕公子。小官觀此女子。出言非俗。正是賢人。此乃是應夢的賢人。若得此女子為夫人。齊國大治。〔公子云〕大夫。你問他。〔晏嬰云〕小官恰纔聞賢女所言。非桑間婦女。出言皆治國齊家之道。實女流中翹楚也。俺齊公子見今未有正室夫人。賢女若肯見許。與齊公子結親。小官親為大保。賢女意下如何。〔正旦云〕你是何人。〔晏嬰云〕小官乃齊國上大夫晏嬰是也。〔正旦云〕哦。晏丞相。久聞尊名。妾來採桑。非是結親之所。有父母在堂。焉敢輕許。〔晏嬰云〕賢女許箇肯字。接了公子把定。再與你父母議親。〔正旦云〕既然如此。願公子退詔佞。去雕琢。選兵馬。實府庫。用賢良。進直言。如此者願備後宮。大人不可相戲也。〔晏嬰云〕一言為主。主一無適。願以信物奉之如何。〔正旦云〕任大夫為之。〔晏嬰云〕公子。且喜賢女已許。奉信物為定。〔公子云〕途中無甚寶物。將這紫絲鞭權為信定。〔晏嬰云〕將來。賢女。俺公子將此紫絲鞭為信定。〔正旦云〕要結夫婦之禮。豈為執鞭之事。不可。〔茶旦云〕也罷也罷。將來趕牛。〔晏嬰云〕公子。那壁賢女說。既要結夫婦之禮。豈為執鞭之事。〔公子云〕將這口劍為信定。〔晏嬰云〕也罷也罷。賢女。公子這口寶劍為信定。〔正旦云〕兵器乃不祥之物。豈可為信物。〔茶旦云〕留着切桑葉喂蠶。〔晏嬰云〕公子。賢女說兵器者不祥物也。不可用為信物。〔公子云〕可怎生。〔晏嬰云〕公子將腰間玉帶與賢女。堪為信物。〔公子云〕言者當也。這玉帶與他權為信定。〔晏嬰云〕將來將來。賢女。俺公子將這玉帶奉為信定。賢女意下如何。〔正旦云〕妾身暫且將留。到家與父母計較。〔公子云〕晏大夫。就着賢女跟同回去。異日與他父母處行禮如何。〔晏嬰云〕小官與賢女說去。賢女。如今公子將賢女車車載着同回。異日與你父母行禮。擇吉日良辰。成親如何。〔正旦云〕此非禮也。既要結親。迎禮於鍾氏之門。擇吉日良時。親迎過門。此其禮也。若是同車車載回。是為奔女也。〔公子聽科云〕晏大夫。此言深有理也。〔晏嬰云〕賢女只收留玉帶者。〔正旦云〕妾身收了玉帶。〔唱〕

【耍孩兒】這玲瓏玉帶為憑據。立於朝偏能濟楚。綱常禮樂定規模。把人倫身體拘束。〔晏嬰云〕將玉帶權為定禮。兩下各不敢失信。〔正旦唱〕今日箇立信與織紡勤勞女。堪匹配你箇衣冠大丈夫。得之者貴顯家豪富。他聲聞鄉里。光耀門閭。

〔公子云〕大夫。問賢女要回奉禮物。〔晏嬰云〕理會的。賢女。小官奉公子之命。問賢女要回奉的禮物。〔正旦云〕有有有。這一箇桑木梳。權為回奉之禮。〔晏嬰接科云〕公子。賢女以此桑木梳一箇。權為回奉之禮。〔公子云〕大夫。我那玉帶價值百金。量這桑木梳有甚稀罕。你說去。〔晏嬰云〕小官說去。賢女。俺公子說玉帶價值百金。量這桑木梳有甚打緊。〔茶旦云〕有甚打緊。投至的等的一箇貨郎兒來。千難萬難的。〔正旦云〕大夫。休看這桑木梳小。可他能理萬法。〔晏嬰云〕好言語。公子。賢女說休看的他小。可能理萬法。〔公子云〕句句字字。皆合乎大道。女子。你姓甚名誰。何處人氏。某選吉日良時。下財行禮。娶為正室夫人。〔正旦

云〕你聽者。〔唱〕

【尾聲】我姓鍾離名字春。住蒼山原是祖。〔公子云〕我知也。你指與俺臨淄去的路兒咱。

〔正旦唱〕你如今出桑園便是臨淄路。我本是齊國無鹽邑之女。〔下〕

〔茶旦云〕賀萬千之喜。誰想俺姑姑與齊公子做了夫人。得了玉帶。我也家去報喜去來。晏嬰堪爲上大夫。文章才智又通書。再搽一斗胭脂粉。我是箇村疃多年老喝狐。〔下〕〔公子云〕大夫賀萬千之喜。果應此夢。便選吉日良辰。娶夫人至本國。自有加官賜賞。只因採獵入桑園。淑女相逢結美緣。奇哉智略無鹽女。治國齊家作大賢。〔同下〕

## 楔子

〔外扮秦姬輦領從人上云〕強秦雄霸占咸陽。闘寶臨潼拱上邦。壯士紛紛施勇烈。威名赳赳自昭彰。某乃秦姬輦是也。今在秦昭公手爲上將。方今春秋之世。秦爲上國。十一國都來進貢。惟有東齊三年不行進貢。聽知的倚仗鍾無鹽英雄智勇。某今將這對玉連環前往東齊。單奈無鹽若解開玉環。休兵罷戰。若解不開。統兵前去征伐不進貢之罪。未爲晚矣。令人。喚將虎白長來。〔從人云〕理會的。虎白長安在。〔淨扮虎白長上云〕某乃虎白長是也。正操練人馬。大人呼喚。不知有甚事。須索走一遭去。可早來到也。令人報復去。道白長來了也。〔從人云〕理會的。〔報科云〕喏。報的元帥得知。有虎白長來了也。〔秦姬輦云〕着他過來。〔從人云〕理會的。過去。〔見科〕〔淨虎白長云〕元帥喚小將那裏使用。〔秦姬輦云〕喚你來不爲別。差你爲使命。將着一對玉連環前往東齊國。奈他解開這玉連環。俺秦國免他進貢。他若解不開。俺便統兵征伐。小心在意。疾去早來。〔淨虎白長云〕老子也。與這麼一箇差使。則今日辭別了元帥。直至齊邦。走一遭去。差使不尋常。星夜到齊邦。解開玉連環。生死我都當。〔下〕〔秦姬輦云〕虎白長去了也。若回來時。自有主意。西秦姬輦世間無勇躍。寰中大丈夫。慢說晏嬰多巧計。休言賢女有機謀。玉環進往東齊去。解不開時激惱吾。兵至遼關則一陣。東齊一國屬秦都。〔下〕〔外扮孫操領從人上云〕先祖受封居范陽。兵強將勇立家邦。一任周初分疆土。修文演武用賢良。某乃大將孫操是也。乃孫武子之後。某習祖父之兵法。久居范陽。佐於燕公子麾下。保守無虞。頗柰東齊無禮。倚仗兵多將廣。自稱大國。某心中不忿。造蒲琴一張。此琴有金徽玉軫。鳳沼龍池。上面製蒲絃七條。今差使命。送至臨淄。若彈響蒲琴。齊爲上邦。若彈不響蒲琴。齊爲下邦。倘若不允。然後領兵征伐。未爲晚矣。令人。與我喚將孫做來者。〔從人云〕理會的。〔做喚科云〕孫做安在。〔淨扮孫做上云〕小人是孫做。一生則說謊。聽的父親叫。看他胡廝嚷。來也來也。恰纔拾馬糞來家。自家孫做是也。乃孫操次男。父親呼喚。不知有甚事。須索走一遭去。來到也。報復去道有三舍來了也。〔從人云〕理會的。〔報科云〕喏。報的將軍得知。有三舍來了也。〔孫操云〕着他過來。〔從人云〕理會的。着過去。〔淨孫做做見科云〕父親。喚您孩兒那廂使用。〔孫操云〕孫做。喚你來別無甚事。頗柰東齊無禮。累次侵擾鄰邦。你將這張蒲琴。直至東齊。單柰臨淄名將。若彈響蒲琴。齊爲上邦。彈不響蒲琴。齊爲下國。你小心在意。疾去早來。〔淨孫做云〕得令。則今日持着蒲琴。辭別了父親。直至東齊。走一遭去。這張蒲琴好。果然無處討。若還彈不響。看你怎麼了。〔下〕〔孫操云〕孫做去了也。若回來時。自有箇主意。蒲琴巧匠製工成。智量機關如用兵。彈出高山流水調。東齊尊大顯奇能。〔下〕〔齊公子同晏嬰田能合眼虎領祗候上〕〔齊公子云〕淑女貞良世罕稀。英才智略果爲奇。自從娶得夫人後。始覺融融家道齊。某齊公子是也。自採獵應夢。得見淑女。論齊家治國之道。憑晏嬰爲媒。娶爲夫人。依夫人所言。屏不急之事。招致賢良。納用直言。以此齊國大治。大夫一壁安排筵宴賀喜。令人門首覷者。看有甚麼人來。〔淨虎白長捧玉連環上云〕某乃虎白長是也。自離西秦。箇月期程。可早來到東齊也。這的是府門。令人報復去道有秦國使命到此。〔祗候云〕理會的。〔報科云〕喏。報的公子得知。有秦國使命在於門首。〔齊公子云〕着他過來。〔祗候云〕理會的。過去。〔淨虎白長做見科云〕某奉俺秦國元帥秦姬輦的將令。將這一對玉連環。進與公子。若解開玉環。西秦與東齊年年進貢。若解不開玉環。東齊可與俺西秦進奉。〔齊公子云〕將來。一壁有者。〔淨孫做捧琴上云〕某乃孫做是也。自離燕國。可早來到東齊也。令人報復去。道有大將孫操差使命在此。〔祗候云〕理會的。〔報科云〕喏。報的公子得知。有大將孫操差使命在於門首。〔齊公子云〕着過來。〔祗候云〕理會的。過去。〔見科〕〔齊公子云〕使命是那一國來的。〔淨孫做云〕某是燕國來的。奉大將孫操元帥的將令。將着這一張蒲琴。上面七條蒲絃。進與您東齊。若是有人操的響。俺本國與東齊進貢稱臣。操不響。領十萬雄兵。至蒼山交鋒。〔公子做看琴玉環科云〕將來。我試看咱。這一張琴。上面是七條蒲絃。可怎生操的響。這一對玉連環相連着。又無痕路。可怎生解的開。晏嬰。似此怎生計較。〔晏嬰云〕公子放心。請夫人出來。他自有妙法。商量此事。〔齊公子云〕大夫說的是。侍女。傳報後堂中。請出夫人來者。〔祗候云〕理會的。後面侍女。請夫人出來議事。〔外應科云〕理會的。〔正旦上云〕妾乃無鹽女是也。自昔日遇着齊公子。一席話間。公子納爲正室夫人。公子在前堂。令人相請。不知有甚事。須索走一遭去。〔做見科云〕公子喚妾身有何事。〔公子云〕夫人。請你來不爲別。今有燕國范陽孫操。差使命進一張蒲琴。秦姬輦進一對玉連環。特來柰俺東齊。若操響蒲琴。解開玉環。他兩國稱臣進貢。若操不響蒲琴。解不開玉環。着俺進貢。他爲上國。不然統兵前來征伐。無計可施。特請夫人商議。〔正旦云〕將琴來我看。〔做看科云〕他那裏是柰公子衆官。正意的則是柰妾身。有何難哉。可用丈二竹竿一條。將琴掛在高處。妾身自有主意。〔祗候做掛琴科〕〔正旦云〕晏嬰。你扶着。兀那使命。你近前來聽者。琴者禁也。以禁人之心。這琴上有三十大龍吟。二十大素聲。按宮商角徵羽。兀那廝。你聽者。玉軫金徽妙理深。良工特意造蒲琴。吾今聊展丹誠手。操出高山流水音。〔琴響科〕〔正旦云〕兀那廝。你聽的琴響麼。〔淨孫做云〕聽的聽的。委果琴響。既是響了。我回去罷。〔做走科〕〔正旦云〕左右拏下去。剝了那廝衣服。〔祗候做剝衣服科〕〔正旦做寫背科云〕用針刺了。與孫操看去。令人搶出去。〔祗候做搶科云〕出去。〔淨孫做云〕夫人忒造次。並不干我事。我又不做賊。怎麼身上刺了字。〔下〕〔正旦云〕將秦國玉環來我看。〔做看科云〕公子。夫玉者出自崑岡。難同珷玞。良工有智。造作連環。吾今用意。要解不難。兀那廝。你看者。巧匠琢磨非等閑。相聯一對最宜看。袖中舒出拏雲手。當面分明解玉環。〔正旦做解開玉環科〕〔淨虎白長云〕既然玉環開也。慢在小子告回。〔做走科〕〔正旦云〕令人將那廝拿下去。〔祗候做拿科〕〔淨虎白長做跪科云〕老子也。怎麼的。〔正旦云〕將筆來。〔做寫科云〕左右將針來。黥了面上字。你與秦姬輦看去。令人搶出去。〔淨虎白長出門科云〕臉上刺上字。我又不會做賊。可是苦也。戴上眼罩子。回本國。看秦將軍怎的說。臉上刺字也不妨。穿州經縣過村坊。鬧市叢中人看見。則是小的每嘈的我慌。〔下〕〔齊公子云〕夫人。既然操響蒲琴。解開玉環。皆

夫人之妙智也。則不合將來人黥面刺背而回。聽知的孫操秦姬輦好生英雄。倘惹起刀兵來怎了。〔正旦
云〕公子。不如是着他小量齊邦。不妨事。有妾身哩。〔唱〕
【仙呂賞花時】便休題孫操軒昂志勇驍。怕甚麼姬輦英才天下少。衞吳
起更手標。任他有通天智巧。〔云〕公子放心。〔唱〕我直着十一國敢可兀的盡
來朝。〔下〕
〔齊公子云〕夫人去了也。田能。便與我整搠人馬。鋒劍磨刀。你爲副將。合眼虎爲先鋒。若兩國兵至。與他拒
敵。〔田能云〕得令。則今日下教場。點就人馬。整備什物。單等兩國來交鋒。大小三軍。聽吾將令。奉命出師起
大營。闊劍長槍列萬層。方天畫戟懸豹尾。矛盾斧鉞掛紅纓。立國安邦忠良將。深知韜略有聲名。他時統領
齊兵去。馬踐偏邦如土平。〔下〕〔合眼虎云〕則今日點起人馬。以備秦兵。秦兵秦兵。箇箇英雄。准是我輸。必
定他贏。〔下〕〔齊公子云〕衆將去了也。便是他兩家領兵來。憑着夫人神機妙策。量他到的那裏。西秦姬輦
逞雄才。范陽孫操捲江淮。則說東齊無賢士。鳴琴又解玉環開。〔下〕〔晏嬰云〕公子去了也。小官且回私宅
去。賢母奇才治國均。誰如鍾氏世絕倫。安危定亂平天下。纔識桑間應夢人。〔下〕〔秦姬輦領從人上〕〔秦
姬輦云〕遣使臨齊國。不見信音回。某秦姬輦是也。自從使命將玉環桼東齊去。不見回來。令人門首覷者。
但有軍情事。報復某知道。〔從人云〕理會的。〔淨虎白長上云〕走走走。自家虎白長是也。進玉環去。惹了一
身禍來了。不住程回來到秦國。須索見秦將軍去。來到也。報復去。道虎白長來了也。〔從人云〕理會的。〔報
科云〕喏。報的元帥得知。有虎白長來了也。〔秦姬輦云〕方纔說罷。使命來了。着他過來。〔從人云〕理會的。
過去。〔做見科〕〔秦姬輦云〕虎白長。進玉環一事如何。〔淨虎白長云〕將軍。不好說。走到東齊。獻了玉環。大
小官員都解不的。惟有齊公子夫人解開了玉環。不敢說謊。〔秦姬輦云〕玉環安在。〔淨虎白長做與玉環
看科云〕這的便是。〔秦姬輦云〕無鹽女好無禮也。怎敢將玉環摔碎了。兀那廝。臉上黑的是甚麼。〔淨虎白
長云〕是甚麼。你看你看。〔秦姬輦看科云〕我試看咱。立國安邦齊有賢。英雄戰將萬千員。殿前解開秦國
寶。摔碎無價玉連環。吾身頗會驅兵將。休把東齊作等閑。說與兒曹秦姬輦。怕娘休要過潼關。〔淨虎白長

云〕呸。你還念哩。你近不的他。把我臉上刺了一臉字。洗又洗不的。可怎麼了。好箇秦姬輦。專一則弄事。着我進玉環。刺了一臉字。〔下〕〔秦姬輦云〕頗柰無鹽女無禮。將玉環摔碎。又將某看承爲兒曹。將使命刺了面字。此恨痛入骨髓。某如今奏知主公。親自爲帥。點就十萬雄兵。會同衛國吳起。征伐東齊。擒拏無鹽女。走一遭去。我聽言說罷怒生嗔。來朝疾便踐征塵。你殿前摔碎無價寶。黥面將咱惡語噴。衛國吳起爲前部。吾今親自統三軍。驅兵領將臨齊地。放心活捉桑間採葉人。〔下〕〔孫操領卒子上云〕寶帳周圍排虎將。中軍左右列雄兵。文韜武略機謀大。下寨安營神鬼驚。某乃孫操是也。奉燕國公子之命。遣使命進蒲琴。前往東齊。柰他去了。報馬來說。今日來到小校門首。覷者。若來時。報復我知道。〔卒子云〕理會的。〔淨孫做上云〕禍福無門。惟人自招。進與蒲琴。惹下心焦。某乃孫做是也。進蒲琴已回。飛星回程。來到本國也。回父親話。走一遭去。可早來到也。報復去。道有孫做來了也。〔卒子云〕理會的。喏。報的將軍得知。有孫做來了也。〔孫操云〕着他過來。〔卒子云〕理會的。過去。〔做見科〕〔孫操云〕孫做。進蒲琴一事如何。〔淨孫做做長吁氣跌脚搥胸科云〕您孩兒奉父親的言語。將着蒲琴到東齊。被無鹽女操響蒲琴。將孩兒毆了一頓。〔孫操云〕齊夫人操響蒲琴。這廝是能。他說甚麼來。〔淨孫做云〕他說甚麼來。你來你來。〔做脫衣服與孫操看科云〕不知這脊梁上。寫着甚麼。將針刺了字。疼殺我。你看你看。進的好蒲琴。惹下禍了。〔孫操做看念科云〕我試看咱。無鹽英名天下知。八方歸伏罷征旗。踏翻各國爲塵土。蕩散偏邦化作泥。孫操愚夫生巧計。蒲琴故作惹災危。書與小邦賊子看。怕娘及早順東齊。〔孫做嘆科云〕嘆。你還念哩。你不害羞。我去也。俺老子柰他弄機會。來往走了數十日。做了八句罵賊子。大字刺了一脊背。〔下〕〔孫操云〕頗柰採桑村婦無禮。怎敢將吾毀罵。更待干罷。則今日分付點人馬。親身爲帥。俺會同二國。征伐東齊。擒拏無鹽女。以雪此恨。大小三軍。聽吾將令。忠義興邦起大兵。刀槍濟濟甲層層。人如猛虎離山岳。馬似長蛟出水行。壓地兵山塵土暗。冲天殺氣密雲生。揚威耀武相攻戰。踏碎東齊如土平。〔下〕〔外扮吳起領卒子上云〕武略文韜體聖謨。深通兵法運神術。功名四十無成就。枉做堂堂大丈夫。某乃大將吳起是也。其先衛國人。曾於蓋公山學藝。今在魏文侯麾下爲大將之職。西戰於秦。拔其五城。某行兵有法。臥不設席。行不乘騎。與士卒同甘苦。嘗與魏武侯浮西河而下。武侯曰。美哉山河之固。某對曰。在德不在險。以此一言。人稱某爲文武元帥。今因齊國無禮。累次辱俺二國。俺如今點就雄兵十萬。與秦姬輦燕孫操會合一處。征伐東齊。則今日拔寨起營。大小三軍。聽吾將令。彩雲擁出萬山中。閃爍金光射碧空。馬似蛟龍離大海。人如虎豹出巔峯。征塵滾滾冲霄漢。殺氣騰騰戰曉風。全憑勇略將齊邦破。恁時方識我英雄。〔下〕

## 第三折

〔正旦同田能淨合眼虎蹁馬兒領卒子打旗號上〕〔正旦云〕妾身無鹽女是也。頗柰秦姬輦無禮。調各國名將。合兵一處。要與俺齊國交戰。憑着我神機妙策。量他到那裏也。〔唱〕

【越調鬬鵪鶉】則我這陣布奎星。旗分箕尾。暗置虛危。明排翼壁。勢若參房。形如斗室。作用稀。兵法奇。一會兒遯起天山。師乘地水。

【紫花兒序】憑着我五行斡運。八卦周流。萬象璇璣。用先天乾坤南北。坎離東西。週迴。艮兌風雷　一任疾。山澤通氣。霎時天地相交。水火相催。

〔淨合眼虎云〕娘待今日怎麼與他廝殺。量他到的那裏。等我一箇殺他這些秦兵。〔正旦云〕大小衆將。您軍排萬隊。將列陣前。擺一箇周天二十八宿。名曰九宮八卦陣。合眼虎。〔淨合眼虎云〕哎。娘叫怎的。〔正旦云〕與你一千軍馬。與我引戰。則要你輸。若秦兵不識此機。你詐敗。趕入垓心。必中吾計。〔淨合眼虎云〕知道了。料必我則是輸了。〔正旦云〕遠遠的敢是秦兵來了也。〔秦姬輦同孫操吳起蹁馬兒領卒子上〕〔秦姬輦云〕某乃秦姬輦是也。頗柰鍾無鹽無禮。將某玉環摔破。將使命文面而回。此恨痛入骨髓。某會合魏國吳起。燕國孫操。統大勢雄兵。征伐鍾無鹽。走一遭去。大小三軍。擺開陣勢者。〔孫操云〕將軍且稍待。等我與他比試三合。來者何人。〔淨合眼虎云〕某乃齊公子手下合眼虎是也。〔孫操云〕兀那廝。你那無鹽女在於何處。怎敢將吾毀謗。我不與你廝殺。你則着無鹽女出來。〔淨合眼虎云〕我道你不敢和我相持麼。〔孫操云〕小賊開大言。小校操鼓來。〔戰科〕〔淨合眼虎詐敗走科云〕近不的他。走走走。〔下〕〔孫操云〕那裏去。不問那裏趕將去。〔正旦云〕左右與我拏住者。〔衆做拏住孫操科〕〔卒子云〕拏住孫操也。〔正旦唱〕

【調笑令】這廝不識咱運機。將人來緊追襲。呀你如今船到江心補漏遲。抵多少臨崖勒馬纔收騎。尚兀自追趕着爭持。不覩事撞入咱陣裏。你正是有路無歸。

(云)與我拏向前來。(卒子云)理會的。(孫操跪科云)夫人可憐見。怎生饒過我這一遭。(正旦云)你原來怕死。既然怕死。且饒他這一遭。(田能云)夫人既拏住可放了。敢不中麼。(正旦云)不妨事。你那裏知道。釋了縛。小校搶出去。(卒子云)理會的。(搶科云)出去。(孫操出門科云)無鹽女委實壯哉。饒了我的性命。我回本營中去。(做見衆科云)兩陣之間。被齊兵把我拏將過去。無鹽女放回我來了也。(秦姬輦吳起跚馬兒走科云)呸。孫操。你羞麼。你壓着陣。吳起。咱兩箇與他交鋒去。(淨合眼虎跚馬兒上云)秦將出馬。我這遭必然贏了。(秦姬輦云)來者何人。(淨合眼虎云)我說與你。我是合眼虎。我兒也。你須聞我的名。(秦姬輦云)兀那廝。我不與你廝殺。你那無鹽女怎敢摔破俺玉連環。又將使命文面而回。此恨痛入骨髓。則着無鹽女出來。我不殺你這匹夫。(淨合眼虎云)這廝無禮。怎敢毀謗俺夫人。我和你比試三合。(秦姬輦云)小校操鼓來。(戰科)(淨合眼虎敗走科云)敵不住他。走走走。(下)(秦姬輦吳起趕科)(秦姬輦云)走的那裏去。(正旦云)與我拏住者。(衆拏住二將科)(唱)

【鬼三台】由你有瞞天智。拏雲計。出不的八卦陰陽道理。(秦姬輦云)被他智賺了。俺何足道哉。(正旦唱)你猶兀自說兵機。各自要於家爲國。你不合把軍兵來逞雄盡意追。豈不知伏兵暗藏使見識。您今日遭陷擒縛。方纔是臨危自悔。

(秦姬輦同吳起跪科云)你使這短見也不爲強。你如今放出俺去。與你相持。若兩陣之間拏住我。便是算您強。(正旦云)你也說的是。釋了縛。搶出去。(卒子云)理會的。(搶科云)出去。(秦姬輦吳起出門科)(秦姬輦云)這廝是能。吳將軍。俺二人結束威風。上的馬擺開陣勢。兀那無鹽女。你出馬來。(正旦云)小校將刀馬來。我與他交鋒。操鼓來。(調陣子科)(唱)

【禿厮兒】定齊刀青龍舉起。安邦將似大蟒爭馳。你看那交鋒則憑箇手段疾。端的也你爭馳。辨箇高低。

〔秦姬輦云〕及早下馬受降。〔戰科〕〔正旦唱〕

【聖藥王】那一箇槍舉的遲。這一箇馬驟的微。看看的馬乏人困怎支持。征塵起。殺氣迷。拋撇金鼓漾了征旗。〔秦姬輦吳起孫操敗走科〕〔秦姬輦云〕不中敵不住他我與你走走走。〔下〕〔正旦唱〕則見他沒揣的撞出兵圍。

〔正旦云〕小校與我鳴金。〔卒子云〕理會的。〔正旦唱〕

【尾聲】今日箇濉河邊戰退英雄輩。四海聲名貫知。待教那十一國盡來朝。我直着永鎮齊邦萬萬紀。〔同下〕

## 第四折

〔外扮秦國公子領祗候上〕〔秦公子云〕八水通流分上國。三川似錦樂烝民。春秋繼世尊嬴氏。赳赳威嚴號大秦。某乃秦哀公是也。建國於咸陽。方今春秋十二國。秦為上國。不期齊國有無鹽女。好生的智勇多能。因解玉連環一事。將使命文面而回。某差秦姬輦衆將。大敗而歸。又下將戰書來。如今會俺十一國公子至臨淄。尊齊為上國。某已約定十國公子。如期而至。某不敢久停。領本部人馬。收拾方物進貢走一遭去。白馬金鞍碧玉轎。無鹽端的是英豪。紅羅袍下盤鸞鳳。百萬軍中舞劍刀。文通禮樂三千字。武按陰陽出六韜。十一國中無敵手。謹當表賀盡來朝。〔同下〕〔齊公子同晏嬰田能合眼虎領祗候上〕〔齊公子云〕勇烈夫人天下奇。行兵布陣按神機。交鋒八卦排軍隊。凜凜威名說大齊。某齊公子是也。當日為因解玉環操蒲琴一事。秦姬輦會同燕衛二國。合兵一處。征伐東齊。被夫人同衆將領兵迎敵。將秦兵一鼓而下。得勝回還。名傳四海。威懾諸邦。今各國公子尊齊為上國。此夫人之功能也。說各國公子都來到也。今日安排筵會。論功行賞。慶賀齊邦夫人。請將夫人來者。〔晏嬰云〕理會的。簾內丫鬟請夫人出來。〔正旦整扮領侍女上云〕妾身無鹽女是也。公子令人來請。須索走一遭去。〔唱〕

【雙調新水令】今日箇大周威勢顯英豪。俺端的氣昂昂智籌雄略。見如今他邦皆納士。列國盡來朝。將勇兵驍。則俺這威名大似山嶽。

〔正旦云〕令人報復去道妾身來了也。〔祗候云〕理會的。喏報的公子得知有夫人來了也。〔齊公子云〕某接待夫人去。〔見科云〕夫人有請。〔正旦云〕公子萬福。〔齊公子云〕夫人今日各國歸伏皆賴夫人之功能。當日夜夢雲遮的月。今日雲散月明。皆因晏嬰大夫圓夢若不是大夫。豈有今日也。〔正旦唱〕

【沉醉東風】今日箇皓月瑩瑩皎皎。都則爲白雲冉冉飄飄。到中天分外明。照齊國生光耀。顯一輪晃徹青霄。蟾影輝輝澄大朝。把萬里浮雲淨掃。

〔齊公子云〕夫人不知某差人取夫人一雙父母到此。加官賜賞。不見來到。令人門首覷者。若來時。報復我知道。〔孛老兒同卜兒搽旦上云〕〔孛老兒云〕歡來不似今朝。喜來那逢今日。老漢鍾大戶是也。誰想女孩兒有如此般才能。平定了齊國。公子着人取俺老小。可早來到也。哥哥報復去。道有鍾大戶來了也。〔祗候云〕理會的。〔報科云〕喏。報的公子得知。有鍾大戶一家兒來了也。〔齊公子云〕有請。〔祗候云〕理會的。有請。〔見科〕〔孛老兒云〕公子呼喚老漢有何事。〔齊公子云〕鍾大戶你見你女孩兒咱。〔孛老兒同卜兒打認科云〕孩兒也。你怎生別是箇模樣了。我道你不是箇受苦的。〔正旦拜科云〕父親。母親。認的您孩兒麼。閒別無恙否。〔唱〕

【甜水令】想當日頻採桑園。躬收蠶繭。把家私補報。〔孛老兒云〕孩兒索是辛苦也。〔正旦唱〕端的是晝辛苦夜勤勞。不付能得進其身。成名得志。則怕鄉人恥笑。〔云〕採桑處若不遇着齊公子。〔唱〕這其間可便甘老在荒郊。

〔孛老兒云〕孩兒舊話休題。〔齊公子云〕見如今各國歸順。尊爲上邦。皆夫人汗馬之勞也。〔正旦唱〕

【折桂令】這春秋戰國爭豪。平定了臨淄。安妥了齊朝。不動征旗。不施戈甲。不動槍刀。險此兒作村婦桑間到老。想當日做農姬田畔徒勞。博得箇名姓清標。自在逍遙。〔齊公子云〕鍾大戶。因你女孩兒有大功勳。特請你加官賜賞。封你爲太師杜國之職。食邑三千戶。老夫人杜國太夫人。更褒封三代。(孛老兒云)深感厚恩。何以敢當也。(正旦唱)你今日受賞封官報答您那養育劬勞。(下)

(齊公子云)令人門首覷者。各國公子敢待來也。(秦公子領卒子上)(秦公子云)某乃秦公子是也。同各國公子來齊國慶賀。可早來到也。令人報復去。道秦公子來了也。(祗候云)理會的。(報科云)喏。報的公子得知。有各國公子來了也。(齊公子云)某親自接待去。(接見科云)公子有請。(秦公子云)公子先請。(齊公子云)不敢不敢。(秦公子云)俺各國公子來遲。恕罪也。(齊公子云)某有何德能。有勞公子屈降也。(秦公子云)公子。今俺各國皆同一心。休兵罷戰。永為唇齒之邦。想俺都是大周宗枝。故此特來慶賀也。(齊公子云)晏嬰。安排酒宴。謝各國公子遠臨。同飲慶喜筵宴。衆公子聽者。則為這賢夫人名揚天下。齊兵勝四海傳奇。操蒲琴七絃律呂。解玉環珍寶精微。穿九曲明珠剔透。秤白牙大象奪魁。曉六藝遍通書畫。善博弈極盡圍棋。文學廣善占天象。武略勇對壘相持。謝你箇晏平仲文才安國。多虧了鍾離春智勇定齊。

題目　晏平仲文才安國

正名　鍾離春智勇定齊

# 立成湯伊尹耕莘雜劇

鄭德輝　撰

## 楔子

〔冲末扮東華仙領仙童上云〕玉闕光輝滿太玄。瓊樓霞彩自幽然。崑崙照徹靈虛境。別是蓬壺一洞天。貧道乃東華帝君是也。貧道秉青華至真之氣化生。號曰木公。於瀛海之東。蒼靈之墟。主陽和發生之氣。理於東方。亦號東華木公。太極毓秀玄奧。東方溟涬之中。分大道純精之氣成形。與西池金母共理二氣。陶鈞萬物。養育羣生。大凡天上天下。三界十方男子。得道登仙。悉皆掌管。蓋凡昇天之時。先參貧道。授與仙訣。大徹大悟後。方得昇九天朝真而覲元始。貧道職居紫府。統三十五司命。遷去靈官校品真仙。今朝上帝。因見下方自大禹之後。孔甲無仁不道。帝癸之後。諸侯多叛。暴戾頑狠。殘忍傷生。至於禽鳥走獸不安。奉上帝着貧道遣文曲星下降。投胎於義水有莘趙家莊上。十月滿足。其母不肯收留。送於空桑之內。後伊員外收留養大成人。名爲伊尹。佐於成湯。建都於亳邑。仙童與我喚將文曲星來者。〔仙童云〕理會的。文曲星安在。上仙有請。〔正末扮文曲星上云〕吾神乃上界文曲星是也。上仙呼喚。不知有甚事。須索走一遭去。可早來到也。仙童報復去。道有文曲星來了也。〔仙童云〕理會的。報的上仙得知。有文曲星來了也。〔東華仙云〕着他過來。〔仙童云〕理會的。過去。〔正末做見科云〕上仙呼喚小聖。有何法旨。〔東華仙云〕文曲星。今請你來別無事。因爲下方自孔甲以來。後至履癸。不修德政。暴戾頑狠。諸侯多叛。至於禽鳥走獸不安。民生塗炭。上帝勅命。着你降於下方。投胎義水有莘。隱於空桑之內。有伊員外收留撫養。習成事業。名曰伊尹。輔佐成湯。伐桀救民。解除蒼生倒懸之苦。不必久停。卽便往下方走一遭去。〔正末云〕既有上帝勅命。不敢久停。則今日便往下方去也。〔唱〕

【仙呂賞花時】今日箇奉勅親蒙聖帝差。〔東華仙云〕降生人間。輔佐於清朝。爾爲仕途良相也。〔正末唱〕待教我謫降塵寰做將相才。〔東華仙云〕則今日離了紫府仙班。便索長行也。〔正末唱〕拜辭了玉闕共金堦。離了丫這仙壇世界。〔東華仙云〕上帝着你出離仙骨。托

化凡胎。爲世間輔弼之臣也。〔正末唱〕待教我出仙骨我今日去托凡胎。〔下〕

〔東華仙云〕文曲星去了也。貧道駕起祥雲回上帝話。走一遭去。當朝綱賢良出世。送空桑暫時隱匿。駕祥雲獨赴天庭。稟清詞親朝玉帝。〔同下〕

## 第一折

〔外扮旦兒抱倈兒上云〕紺髮荊釵一布衣。平心賢淑自能齊。村莊桑女無餘事。守定催功織女機。妾身是這義水村有莘里人氏。姓趙名淑女。父母在堂。今皆年老。家中頗有些錢穀。人將俺父親長者呼之。妾身年當二十歲。父母嚴教。不出閨門。不想我夜作一夢。夢見斗來大小一塊紅光。從天降下。落在妾身房門前。滾入房內。漸漸小了。被妾身攀在手中。不由的吞入腹中。撒然驚覺。可是南柯一夢。日久漸覺腹懷有孕。十月滿足。生了這箇滿抱的孩兒。俺父母言道。俺家是有名人家。富貴閨女。不曾出嫁匹配。生此小的。恐人議論。不宜存留。抱着這小的來到這西莊伊員外家莊後。東觀西望。無有一人。我將這小的放在這空桑裏面。妾身回家去。哥哥也。你活也自活。死也自死。因孩兒顏貌奇絕不可當。光飄滿室散清香。只爭室女難收養。送赴空桑天主張。〔下〕〔外扮王留同伴哥上〕〔王留云〕俺雖是莊農田叟閑遊北疃南莊。新撈的水飯鎮心涼。半截稍瓜蘸醬。哩哩哩。伴哥。老員外言語。着俺四下裏看田禾去來。〔伴哥云〕哩哩哩。喒往莊裏看一看去。那裏這般異香拂鼻。〔王留做聞科云〕好香也。好香也。〔伴哥云〕你看那枯桑底下滿地紅光。〔做見驚科云〕王留。可怎麼空桑樹裏一箇小孩兒啼哭。喒不可隱諱。報與老員外去來。〔同下〕〔正末扮伊員外同李老人上〕〔正末云〕老夫姓伊。雙名致祥。乃義水有莘人也。幼年頗看經書。隱居不仕。惟以務農爲活。積蓄多年。廣有錢穀。家業頗豐。又見老夫年高。人皆以老員外呼之。這箇是俺當村裏老弟兄李老人。早飯已罷。俺同看田禾去來。〔李老人云〕去來。喒在這槐陰直下少坐片時。好田禾也。老漢想來。自古三皇五帝開創乾坤。教民稼穡耕種。富國養民。其功德不小也。〔正末云〕老人。若說五帝之時。你可也是不知道。你聽我說與你也呵。〔唱〕

【仙呂點絳唇】混元始宇宙洪荒。二儀四象。天差降。五帝三皇。安排定百二山河壯。

【混江龍】把乾坤開創。教民耕種定綱常。疏河源功高大禹。行庠序重德堯王。尹其間堯用一夔與禮樂。公孫甲子論陰陽。端的便察地理占天象。留心於社稷。運用於穹蒼。

〔李老人云〕想五帝之時。堯帝怎生存心於天下。加志於治民也。〔正末云〕老人不知。自古聖君至德至聖。端的有感也。〔唱〕

【油葫蘆】想當日至德仁明掌萬邦。用賢良定四方。用天之道理之常。弘敷五典無偏黨。勞心盡思行溫讓。致令的四時和雨露均。八方寧士庶康。人心悅天意同和暢。因此上萬國盡來降。

〔李老人云〕老員外是讀書的君子。通達古今。若不說呵。老漢怎生知道。有如此大聖大德也。〔正末唱〕

【天下樂】那其間四野桑麻禾稼穰。百姓每謳歌將天祭享。軍無戰爭民戶昌。順民心減稅科。應天心絕逸荒。端的是普天下尊聖皇。

〔王留伴哥慌上科〕〔王留云〕走走走。來到也。兀的不是老員外。〔做見科云〕老員外。您孩兒同伴哥看田禾去。俺家莊後空桑之中。一箇小孩兒在裏頭啼哭。異香拂鼻。紅光滿地。您孩兒每不敢隱諱。特來報與老員外知道。〔正末唱〕

【醉中天】他每都急急言情狀。語句意慌張。〔伴哥云〕老員外。一箇小小嬰孩。在多年的空桑樹裏頭裏。〔正末唱〕他道是年小孩童。在古樹裏藏。〔王留云〕特來報與老員外知道。並不虛言。〔正末唱〕更說道並不言虛誑。我這裏心中暗想。今日箇事從天降。

〔伴哥云〕誰敢不報與老員外知道。〔正末唱〕一一的訴真情細說行藏。

〔云〕那空桑在那裏。〔王留云〕在俺莊後面。〔正末云〕來來來。您跟着老夫指與我那空桑。我試看咱。〔做走科〕〔王留云〕老員外。這裏便是也。〔正末做見倈兒科〕〔李老人云〕老員外。這空桑中便怎生得這箇

小孩兒來。此子生的非凡也。〔正末云〕果然如此。好是偞倖人也。〔唱〕

【金盞兒】你看他青滲滲秀眉長。高聳聳俊鼻梁。拳攣着手脚精神爽。潛形古樹在村莊。生的來清奇面似雪。膚體白如霜。却怎麼不教存畫閣。莫不他舉意隱空桑。

〔云〕下次小的每。與我抱起來。〔王留云〕理會的。〔做抱倈兒科云〕好箇小廝兒。不要哭。與員外做兒。你是有福的。員外我着他打箇能能。〔李老人看科云〕此子生的形容端正。骨格清奇。非等閑之人也。〔正末云〕好奇異的形相也。〔唱〕

【醉中天】他生的神彩非凡像。美貌更端詳。莫不是謫降天宮墜下方。不由我心歡暢。〔李老人云〕此子生的眉清目朗也。〔正末唱〕真乃是眉清目朗。可怎生流落在村莊深巷。他那裏叫吖吖兩淚成行。

〔云〕王留伴哥。好好的抱到家中。便尋覓妳母好生將養着。也是好的勾當。〔李老人云〕此子若長成。必然貴重也。〔正末唱〕

【尾聲】你與我誠心兒好温存。用意相將傍。看寒暑温涼作養。乳哺依時要忖量。另立所避風寒大廈高堂。莫張荒。等的他那氣血方剛。那其間着志求賢將師道訪。習練的才高智廣。文强武壯。恁時節扶持王業盡忠良。〔同老人下〕

〔王留云〕老員外去了也。抱着這孩兒。交與俺妳妳去來。休笑野莊家。地裏去漚麻。轉在莊後頭。拾了箇小娃娃。〔同下〕

第二折

〔淨扮陶去南領喬卒子上云〕我做元戎實是美。見陣交鋒敢對壘。昨日教場去點軍。吊下馬來跌了腿。某姓陶名去南。在於履癸部下。為元帥統軍之職。今有天乙。在履癸手下。為方伯之職。此人背了履癸之恩。自

領一枝人馬。與俺交鋒。量你湫洼之水。一捻微塵。量他到的那裏。左右與我喚將副帥趓入巢來者。〔卒子
云〕理會的。〔做喚科云〕副將軍。元帥有請。〔淨扮趓入巢上云〕我做將軍詭詐。臨敵上陣不怕。若還逢着
好漢。當時跪下回話。某乃副將趓入巢是也。我小子文武兼濟。酒肉中停。大人見我好漢。擡舉我做一箇副
帥。前日在教場裏射垛子。使的氣力大了些。垛子也射不中。把我仰不刺叉跌下馬來。在家正貼膏藥。元帥
呼喚。須索走一遭去。可早來到也。小校報復去。道有副帥老趓來了也。〔卒子云〕理會的。喏。報的元帥得知。
有老趓來了。〔陶去南云〕着他過來。〔卒子云〕理會的。過去。〔趓入巢云〕元帥呼喚小將那裏使用。〔陶去
南云〕副將。喚你來不為別。為因方伯天乙。背了履癸。聚起雄兵。要來與俺交鋒。我想來。喒這裏無甚麼人
馬。履癸的命。着你起九夷之師。來合兵一處。與他拒敵。則今日便索長行。〔趓入巢云〕老子也。着我老趓去。
我說我則起的九夷人馬來。等拒敵天乙。可免了我出去罷。今日箇領了將令。點本部下人馬。便去起九夷
之師。走一遭去。領將驅兵武藝高。機謀戰策我曾學。九夷兵至擒方伯。免我區區走一遭。〔下〕〔陶去南云〕
副帥去了也。等他起的九夷兵至。與方伯天乙交鋒。走一遭去。天乙與心起戰敵。英雄陶帥敢相持。全憑手
下能征將。砍破天乙臉上皮。〔下〕〔外扮方伯天乙領卒子上云〕積祖堅心立大唐。教民功德賜為商。自從
簡狄吞遺卵。契生累代至成湯。某天乙是也。先事履癸。官拜方伯。某祖是唐虞大司徒契。教民有功。封於商。
賜姓子氏。契生昭明。昭明生相土。相土生昌若。昌若生曹圉。曹圉生冥。冥生振。振生微。微生報丁。報丁生報
丙。報丙生主壬。主壬生主癸。主癸生小官。是名天乙。仕於履癸。是為方伯。因履癸不道。諸侯多叛。暴戾頑狠。
殘虐軍民。禽鳥走獸。為之不安。今無故興兵征伐。某背了他。自領一枝人馬。招安英傑。征伐不道。今聞莘水
有莘之野。有一人姓伊名尹。此人察風雲以辨天時。望氣色而觀地理。有經濟之才。安天下之手。某曾舉薦
與履癸。不能任用。此人復歸有莘。見今耕於有莘之野。欲待徵聘此人去。爭奈無人可當此事。早間使人請
仲虺去了。等他來時。一同商議。這早晚敢待來也。〔外扮仲虺上云〕健順依時佐國王。恤民定治豈非常。調
和鼎鼐遵仁德。燮理鹽梅式大綱。小官仲虺是也。官居右丞相之職。因履癸不仁無道。暴戾頑狠。殘虐生民。
諸侯多叛。今又興兵。與方伯相拒。小官正在私第。憂疑此事。方伯使人來請。須索走一遭去。可早來到也。小

校報復去。道有仲虺來了也。〔卒子云〕理會的。〔報科云〕喏。報的方伯得知。有右丞相在於門首。〔方伯云〕道有請。〔卒子云〕理會的。有請。〔仲虺見科云〕大人呼喚小官。有何事也。〔方伯云〕今請你來。爲因履癸不道。暴戾頑狠。殘虐生靈。今又興兵與某相拒。某欲興師。柰無軍師。今聞義水有莘之野。有一人姓伊名尹。此人有經濟之才。見今耕於有莘之野。某欲徵聘此人。可教誰人可去爲使。〔仲虺云〕別人也去不的。可差汝方持着宣命。徵聘此人。走一遭去。〔方伯云〕斯言良哉。左右門首望者。汝方來時。報復某知道。〔卒子云〕理會的。〔外扮汝方上云〕忠義懸懸皆隱袖。文雄浩浩以冲虛。民心安妥差科減。聖主施恩自有餘。小官汝方是也。佐於方伯天乙手下。官拜上大夫之職。正在公館理事。方伯呼喚。不知有甚事。須索走一遭去。可早來到也。左右報復去。道有汝方來了也。〔卒子云〕理會的。〔報科云〕喏。報的方伯得知。有汝方大夫來了也。〔方伯云〕道有請。〔卒子云〕理會的。有請。〔做見科〕〔汝方云〕大人呼喚小官。有何事也。〔方伯云〕汝大夫。今請你來。不爲別。因履癸失政。無故興兵。某欲率師征伐。以除民患。柰無軍師。今聞義水有莘。有一人姓伊名尹。此人有經濟之才。安邦之策。欲令你去徵聘此人。意下若何。〔汝方云〕公子之命。不敢有違。小官願往。〔方伯云〕既是你去。將着紫泥丹詔。玄纁玉帛。束帶朝章。你領着駟馬高車。傘蓋儀仗。直至彼地。請命賢士伊尹。以伐暴桀。速救蒼生之難也。〔汝方云〕謹遵君命。將玄纁丹詔。束帶朝章。駟馬高車等項。不敢久停久住。則今日直至有莘。請命伊尹。走一遭去。徵聘深謀去意堅。有莘之野力耕田。乾坤多感天乙德。四海皆聞伊尹賢。〔下〕〔仲虺云〕大人。汝方此一去。將着厚禮朝章玉帛。況汝方是能文大儒。到於有莘。見了伊尹。必然徵聘臨朝。共同輔佐。小官無甚事。回私宅去也。伊尹忠良有大才。耕鋤田野久沉埋。一朝入省爲卿相。四海消除黎庶災。〔下〕〔方伯云〕仲虺去了也。安排人馬。接待伊尹。無甚事。且回後堂中去。夏桀無仁動遠征。人心全失苦蒼生。只因天怒興戈甲。萬里山河一戰成。〔下〕〔正末扮伊尹同隱士余章上〕〔正末云〕小生姓伊名尹。乃義水有莘人也。前者方伯將小生舉薦於夏。夏不能用。小生復歸有莘。無志功名。習學務農。播種耕耘。倒大來好是悠哉也。〔余章云〕哥哥。想你學成經綸濟世之策。立國安邦之謀。若列朝綱。憑此大才。得受官爵顯揚於世。可不強如耕種爲活也。〔正末云〕隱士兄弟。你不知難於進用。想五帝之世。求賢用士。

立業安邦。你是不知也。〔余章云〕你兄弟實不知也。〔正末云〕兄弟。你聽我說一遍也。〔唱〕
【中呂粉蝶兒】想當日摯逝封堯。舜能行聖人之道。以全圖禹任皐陶。他
每都應天心。行正法。將黎民撫教。自履癸臨朝。運糟粕信從貪暴。
【醉春風】可憐見致塗炭庶和民。逢災危禽共鳥。見如今天乙修德有誰
如。端實是少。少。上應天心。外施仁義。內存純孝。
〔余章云〕哥哥若肯爲官。喫堂食飲御酒。門排畫戟。戶列簪纓。紫袍歛地。象簡當胸。不強似在這山間林下。
受此寂寞也。〔正末云〕兄弟。你不知我的心事也。〔唱〕
【迎仙客】我則待習農務。耕綠野。趁農時。效鋤鉋。〔余章云〕似這等不肯進身。哥哥
高見爲何。〔正末唱〕這的是老生涯養拙。一世了。〔余章云〕似此可是怎生也。〔正末唱〕一
任待臥烟霞眠綠草。醒來時濁酒相邀。〔余章云〕哥哥差矣。似此怎麼了得身事也。〔正末
唱〕這的是伊尹窮安樂。
〔汝方驪馬兒領卒子頭答捧勅書禮物上〕〔汝方云〕小官上大夫汝方是也。奉方伯之命。徵聘伊尹。左右
擺開頭答者。〔余章云〕哥哥。你見麽。遠遠塵土起處。一簇人馬飛星也似來。不知爲何也。〔正末唱〕
【石榴花】我則見揚塵蔽日罩荒郊。〔余章云〕哥哥。人馬來的近了也。〔正末唱〕更和
那人馬可便鬧渲鐸。〔余章云〕當前一匹馬走的至緊。〔正末唱〕當頭裏一匹駿馬甚
咆哮。〔汝方云〕左右擺開頭答齊整者。〔正末唱〕見從人列着暢好是英豪。〔汝方云〕可早來
到也。左右接了馬者。莫非是伊尹賢士麽。〔正末唱〕見一人下馬連聲叫。〔慌科云〕小生是。小生是。
〔汝方云〕賢士休驚莫怕。小官奉方伯之命。請賢士入朝爲官哩。〔正末唱〕諕的我魄散魂飛。〔汝方
云〕小官賫持紫泥丹詔。請賢士勿得怠慢也。〔正末唱〕他道是賫擎着一紙徵賢詔。〔汝方云〕
不必推辭。即便臨朝。〔正末唱〕你着我疾快便臨朝。
〔汝方云〕受了束帶朝章者。〔正末唱〕

【鬬鵪鶉】着我受束帶朝章。怎發付這儒冠布襖。〔汝方云〕更有駟馬高車。請陞車到朝中加陞官職也。〔正末唱〕擺列下駟馬高車。奉天建爵。又不曾燮理陰陽將鼎鼐調。退夷狄邊塞遙。拜辭了草舍茅菴。受用的蘭堂畫閣。

〔余章云〕應聘而起。國家用人之際。乃君臣慶會之時。哥哥去朝中安邦定國。展你那胸中才調。扶持主上。可不強似在此耕種也。〔汝方云〕聞知賢士。識風雲氣色。觀地理經綸。懷濟世之才。安天地之手。奉命徵聘賢士。輔安天下也。〔正末云〕量小生有何德能。不敢當。不敢當。〔唱〕

【上小樓】我無那擎天動作。又無那驚人才調。〔汝方云〕據賢士經濟之才。俊偉之器。堪爲將相也。〔正末唱〕我不會辨別星斗。嗅土聞風。雲霧低高。〔汝方云〕賢士疾忙而起。賢臣遇明主而出。正謂此也。〔正末唱〕止不過播種耕耘。力習農務。攻鋤田稻。〔汝方云〕見有丹詔勑文在此。〔正末唱〕怎消的紫泥宣一封丹詔。

〔云〕山野村夫。何以敢當。乞請大人收回成命。〔余章云〕哥哥。大人將着束帶朝章。哥哥是必換了衣冠。休違王命。走一遭去。〔正末唱〕

【幺篇】你着我忙除了儒士冠。疾脫了粗布袍。〔汝方云〕左右伺候。頭答擺的齊整者。賢士請登程途。〔正末唱〕他將水罐銀瓶。傘蓋頭答。擺列週遭。〔汝方云〕賢士。你穿用紫袍金帶。騎坐着那白馬紅纓。端的是顯威嚴也。〔正末唱〕你道是白馬紅纓。紫袍金帶。施威顯耀。〔汝方云〕賢士爲官。賢士的妻房。情受五花官誥。爲賢德夫人也。〔正末云〕荊布之婦。〔唱〕怎消受五花官誥。

〔余章云〕哥哥。既有宣命。不可固辭。〔汝方云〕賢士懷才抱德。方今用人之際。大丈夫生於天地之間。濟世安民。忠君報國。乃是男兒所爲。沉埋田野。可惜了你那蓋世英才。賢士不必苦辭。豈不聞君命召。不俟駕行。若堅持固辭。是故違君命。罪有所歸也。〔正末云〕罷罷罷。則今日跟大人去來。〔唱〕

【耍孩兒】看一番指磨日月與宗廟。揀士馬驅兵戰討。經綸天地定皇朝。

保持的社稷堅牢。調和那鹽梅燮理陰陽順。致令的天地和同風雨調。休想我汚婪矯權狡。托賴着一人有慶。穩情取萬姓歌謠。

〔云〕大人俺去來。〔唱〕

【尾聲】懾伏的四夷朝帝京。八蠻賀聖朝。遍乾坤豐稔黎民樂。獻上統當今太平表。〔同下〕

〔余章云〕哥哥去了也。這一去必然重用。無甚事。回我莊上去也。無分居官位。有志在桑麻。伊尹徵聘去。我却自還家。〔下〕

## 第三折

〔淨陶去南領喬卒子上云〕我做元帥世罕有。六韜三略不離口。近來口生都忘了。則記燒酒與黃酒。某乃履癸部下大元帥陶去南是也。如今方伯興兵征伐。難與他取勝。某令副將起九夷之兵去了。未知如何。小校。帥府門首望者。但有一應軍情事。報復某知道。〔卒子云〕理會的。〔淨趓入巢上云〕區區副將趓入巢。打差不避路迢遙。九夷兵馬不肯與。枉着我去走一遭。某乃趓入巢是也。去九夷借兵回來了也。見元帥走一遭去。可早來到也。小校報復去。道有趓叔來了。〔卒子云〕趓叔。我則叫你小趓兒。〔趓入巢打科云〕我則是副帥。叫我小趓兒。〔卒子做報科云〕休要打我。報復去。喏。小趓兒來了也。〔陶去南云〕道有請。〔卒子云〕趓叔。有請。〔趓入巢做見喬禮拜科〕〔陶去南云〕借兵如何。〔趓入巢云〕不要說。我到那裏。卑辭厚禮。央他那軍長。他堅意不肯借兵。着我使性子來了。元帥。我想起來。俺兩箇文武不濟。〔陶去南云〕是文武兼濟。〔趓入巢云〕哦。文武兼濟。要那九夷怎麼。則喒兩箇也擒了他。〔陶去南云〕你也說的是。則今日點就本部人馬。你爲先鋒。我爲合後。下將戰書去。單搦方伯出馬。你爲兵。先與方伯交鋒。某來接應。小心在意者。〔趓入巢云〕得令。大小三軍。聽吾將令。我是副將賽英傑。臨敵對陣莫乜斜。若是輸了下的馬。跪下叫他方大爺。〔下〕〔陶去南云〕某不必久停。奉履癸之命。統着人馬。接應副帥。走一遭去。我的機謀武藝深。英雄膽略強似人。若是方伯威勢大。跑到家裏關上門。〔下〕〔方伯同仲虺領卒子上〕〔方伯云〕士馬紛紛離亂間。黎民塗炭實難看。幾回奮志除殘暴。劍氣衝天牛斗寒。某乃方伯天乙是也。為因履癸無道。某與兵征伐他去。仲右丞。聞知履癸調九夷之兵。不肯從他。〔仲虺云〕便調了來。托公子洪福也。不懼他。〔方伯云〕今與他拒敵。必然要下毒手。大除殘暴。以平天下。以安生民。奈無人運智鋪謀。已差汝方去徵聘伊尹去了。未知如何。〔仲虺云〕公子。汝方必然徵聘伊尹來也。〔方伯云〕左右門首望者。但有軍情事。報復我知道。〔卒子云〕理會的。〔正末同汝方領卒子上〕〔正末云〕小生伊尹是也。奉方伯公子之命。令汝方大人持玄纁玉帛徵聘小生。須索走一遭去。〔汝方云〕賢士。小官想來。賢士居於有莘之野。耕種為活。受如此辛勤。今蒙徵聘為官。可不強似在山間林下也。〔正末云〕若論為官端的受用。在山林之下可也有一種快樂也。〔唱〕

【正宮端正好】再不見青靄靄柳陰濃。高聳聳山疊翠。樂耕鋤拽耙扶犂。我如今受皇宣着我居官位。端的也衣紫身榮貴。

〔汝方云〕賢士。想為官立一人之下。入則雕牆峻宇。出則大纛高牙。兀的不頭答兩行。銀盆水罐。傘蓋車馬。端的是威嚴也。〔正末唱〕

【滾繡毬】我則見頭答左右隨。公人前後圍。慢騰騰緩行着駿騎。喜孜孜列鼎而食。輔佐的中華社稷安。指磨的乾坤日月輝。展經綸補完天地。盡忠誠心若金石。〔汝方云〕聘賢士入朝。可也不輕也。〔正末唱〕憑着這兩隻手掌扶王業。穩情着百二山河壯帝基。四海傳檄。

〔汝方云〕賢士來到也。小官先過去報知。左右報復去道。有汝方徵聘的伊尹來了也。〔卒子云〕理會的。〔報科云〕喏。報的方伯得知。有汝大夫徵聘的伊尹來了也。〔方伯云〕着他過來。〔卒子云〕理會的。過去。〔做見科〕〔汝方云〕小官奉命。徵聘將伊尹來了。見在門首。〔方伯云〕道有請。〔汝方云〕理會的。賢士有請。〔正末見科〕〔方伯云〕遠勞賢士不棄降臨。適因履癸不道。暴戾頑狠。殘虐生靈。他又興兵。某欲剪伐。奈孤軍寡和。知賢士有經濟之才。知天時。諳地利。善人和。久屈於隴畝。特遣使以玄纁玉帛。卑辭厚禮。專為徵聘。望賢士運神機。施妙策。指顧三軍。保乾坤奠安。解生民塗炭。惟望賢士高鑒。實某之幸也。〔正末云〕量小生

田野村夫。豈知安邦之策也。〔唱〕

【倘秀才】我本是田野中愚濁村鄙。〔仲虺云〕特請賢士輔於公子。着賢士權臨八府。印掌三台。爲柱石之臣也。〔正末唱〕怎做的相府內賢良宰職。〔方伯云〕據賢士之才德。堪可爲國家柱石也。〔正末唱〕道我是立地擎天大柱石。〔汝方云〕因賢士超越今古。智識高明。特賜象簡紫衣。則是着賢士盡忠誠輔弼也。〔正末唱〕則這白象簡。紫羅衣。〔方伯云〕全憑你高才大手。安邦定國也。〔正末唱〕待教我安邦定國。

〔汝方云〕賢士。今欲興師未徹兵家用事。賢士展神鬼不測之機。與一旅之師。輔佐公子。以成大事。〔正末云〕小生是一扶犂叟。豈知兵家之事也。〔仲虺云〕論賢士之智能。覷夏桀有何難哉。〔正末唱〕

【滾繡毬】止不過樂山林景色奇。向桑麻禾稼畦。〔方伯云〕休謙辭。久已知賢士之能。胸懷妙用。腹隱神機也。〔正末唱〕你着我帥軍卒運謀施智。〔方伯云〕賢士用人之際。正當展布大才也。〔正末唱〕你着我定乾坤施展兵機。〔方伯云〕俺這裏有軍兵百萬。安下營寨。槍林劍洞。如鐵桶相似。則是少箇運謀的人。全憑賢士爲之也。〔正末唱〕你道是齊臻臻的擺開陣勢。明晃晃列着劍戟。鬧垓垓密排着軍隊。映穹蒼號帶旌旗。〔仲虺云〕賢士。他那裏兵勢可也不小。亦有定計鋪謀的將帥。〔正末唱〕者莫他坐中設下千條計。豈不聞閫外將軍八面威。智勇無及。

〔方伯云〕某孤陋寡聞。如今臨敵對陣。怎生排兵布陣。下寨安營。必然取勝。賢士略舉其一二。以釋愚蒙。

〔正末云〕行兵大略。爲將者智通萬物。勇冠三軍。坐於邊陲。守而必固。布於行陣。戰而必勝。此是爲將之大略也。〔唱〕

【呆骨朵】向垓心戰討驅征騎。喊聲高戈甲排齊。〔方伯云〕怎生下寨安營。排兵布陣。賢士必有奇正方略也。〔正末唱〕我與你兵列八方。軍分四壁。依地勢排軍隊。覷方位安形勢。這的是行兵立陣謀。先識那臨敵攻戰機。

(方伯云)賢士不說。某怎知也。到來日點就三軍。與他交鋒。走一遭去。(正末唱)

【脫布衫】統雄兵劈面相持。驅貔虎擂鼓奪旗。惡狠狠揚威顯武。氣昂昂奮揚威勢。

(方伯云)更有甚行兵妙略。賢士再說一遍咱。(正末唱)

【小梁州】陣列八門生最奇。爲將須知。軍卒未飯帥休食。以此能伏制。甘苦共同宜。

【幺篇】怒無加責歡無會。士無衣將與重衣。這的是恤士功。安心計。能明此義。萬衆總歸依。

(方伯云)到來日某同賢士親臨戰陣。與他交鋒。務要剪伐大夏也。(正末云)論公子如此大德。將士効力。小生少助微智。臨陣自有奇謀。量他到的那裏也。(汝方云)此一去必然成功。皆賴賢士之能也。(正末云)放心。(唱)

【尾聲】到來日安營下寨施才智。布陣排兵顯武威。骨剌剌列繡旗。鬧垓垓戰馬嘶。捨死忘生惡戰敵。定亂除危攻夏畿。輔佐堅心立帝基。肱股忠良四海知。龍虎風雲同際會。平定這一統乾坤萬萬里。(下)

(方伯云)賢士去了也。(汝方云)他此去小歇小歇。(方伯云)人馬已點就了也。左右與我喚將費昌來者。(卒子云)理會的。(做喚科云)費昌安在。(外扮費昌上云)膽氣沖沖智有餘。過人驍勇有誰知。文雄武壯能攻守。定亂除危大丈夫。某乃費昌是也。公子部下都護將軍。今因大夏失政與兵。與公子拒敵。公子令汝方將玉帛徵聘了伊尹來。正在帥府轅門聽令。公子呼喚。須索走一遭去。可早來到也。小校報復去。道有費昌來了也。(卒子云)理會的。(報科云)喏。報的方伯得知。有費將軍來了也。(方伯云)着他過來。(卒子云)理會的。過去。(費昌見科云)公子呼喚小將。那廂使用。(方伯云)費昌。如今夏國與兵。與某爭戰。你統大兵前去拒敵。某新聘了伊尹賢士來。聽他軍前支撥。剪大夏伐履癸。不可怠慢。小心奮勇。則要成功。不可怠忽。

〔費昌云〕得令。統領大勢人馬。與他拒敵走一遭去。袍染猩紅砌錦花。劍含秋水出寒匣。槍刀耀日金光起。旗影翩翩映彩霞。昂昂勇烈相爭鬪。凜凜威風共戰伐。來朝兩陣相交處。管教賊子喪黃沙。〔下〕〔方伯云〕費昌統大兵去了。某同軍師伊尹統領三軍接應他走一遭去。大德高才貫古今。施謀運智鬼神欽。剿除不道與殷室。撫定蒼生失望心。〔下〕〔仲虺云〕汝方纔觀伊尹果有大才。此一場必然得勝。平定暴亂。無甚事。咱且回私宅去來。〔汝方云〕右丞。咱同回去來。〔仲虺云〕只因履癸性暴強。荒淫無益動刀槍。天遣賢人誅無道。故教民庶得安康。〔同下〕

楔子

〔淨趓入巢驪馬兒領喬卒上云〕戴上椀子盔。穿上匙頭甲。他每爭閑氣。着我去厮殺。某乃副帥老趓是也。統人馬征戰方伯。先領五千遊兵引戰。沒奈何看事色。得手趫了為上計。大小三軍。擺開陣勢。如今兩陣對圓。大家用心。袖子裏袖上些石頭。到陣上丟了槍刀着石頭打。這其間敵兵敢待來也。〔費昌領卒子驪馬兒上云〕某乃大將費昌是也。奉公子之命。某領着人馬。列下大營。與敵兵交鋒。大小三軍跟我來。徑奔他營門去。〔趓入巢云〕來者何人。〔費昌云〕某乃大將費昌是你爹爹。〔趓入巢應科云〕哎。〔費昌云〕這廝無禮。爾乃何人。〔趓入巢云〕某乃履癸手下副將趓入巢是也。你棄了夏國。順了方伯。我正要拏你這匹夫哩。〔費昌云〕這廝開這等大言。操鼓來。〔做戰科〕〔淨陶去南驪馬兒領卒子上云〕大小衆將。一齊的圍上來。休着走了費昌也。〔正末同方伯驪馬兒領卒子打旗號上〕〔正末云〕公子。這箇是奇門陣。大小三軍。往前攻殺。休要走了此賊者。〔陶去南云〕怎麼又走將兩箇來哦。那箇便是伊尹。量你箇使牛的村夫。怎敢與某對敵。〔正末云〕這廝好無禮也。〔做調陣子科〕〔唱〕

【仙呂賞花時】俺這裏耀武揚威膽氣雄。勒馬橫槍豪氣冲。〔趓入巢云〕趕的慌怎麼了。〔費昌趕科云〕那裏去。〔陶去南云〕不好了。趕的我馬不停蹄。我死也。〔正末唱〕憑恁着我方略立奇功。使不着你軍雄將勇。

〔陶去南云〕副帥。不好了。倒干戈逃命。走走走。〔同下〕〔方伯云〕二賊子大敗虧輸。走了也。〔正末唱〕則

消的一陣定疆封。(同下)

## 第四折

(外扮殿頭官同仲虺汝方領卒子上)(殿頭官云)燮理陰陽讚聖威。經綸天地就中奇。身近丹墀傳勅命。調和鼎鼐理鹽梅。小官殿頭官是也。因爲履癸不道。暴虐生民。諸侯多叛。天下哀怨。起無名之師。拒有道之國。方今有方伯。原是契之世孫。商家苗裔。大起義兵。招安兵將。徵聘有莘伊尹爲軍師。大軍臨一鼓而下。將履癸放於鳴條。公子正位。國號大商。都於亳邑。立爲神都。治民以理。順民以寬。四方歸之。湯國大治。奉命着小官與衆官加官賜賞。列土分茅。一來是國家舍用忠良。二來獎勵臣宰勞勤之道。令人請伊尹衆公卿去了。左右門首覷者。若來時。報復我知道。(正末同費昌上)(正末云)小官伊尹是也。今日剋伏夏桀。公子正位。如今同費昌須索走一遭去。(費昌云)履癸不仁。殘害生靈。鳥獸不安。主人用玉帛卑辭厚禮。徵聘軍師到此。用討伐夏救民。其功不小也。(正末云)誰想有今日也呵。(唱)

【雙調新水令】脫白衣平步上雲衢。離塵途奮身獨步。羅襴白象簡。玉帶掛金魚。胸捲江湖。得志也叩鑾輿。

(云)可早來到也。左右報復去。道有伊尹費昌來了也。(卒子云)理會的。(報科云)喏。報的大人得知。有伊尹費昌來了也。(殿頭官云)道有請。(卒子云)理會的。有請。(做見科)(正末云)大人。小官每來了也。(殿頭官云)軍師鞍馬上勞神也。(正末云)既蒙聘取而來。今爲臣下。豈辭勞苦。正當竭力盡忠。少圖補報也。(殿頭官云)今日爾等籌策神謀。伐夏興湯。天下大定。軍民樂業。奉聖人命。與您衆公卿加官賜賞。列土分茅。(正末云)量伊尹有何德能。敢受賞封官。少罄螻蟻之心。偶爾剪夏安民。乃聖人洪福。非臣子之能也。(唱)

【沉醉東風】往常我着布衣深居白屋。(殿頭官云)如今身登八位。職列三台。名標青史。顯耀鄉閭也。(正末唱)今日落清名顯耀鄉閭。(殿頭官云)如今奉命。將你官上加官。祿上加祿也。(正末唱)高官又贈官。祿重又加祿。(殿頭官云)門排畫戟。戶列椒圖。索是榮顯也。(正末唱)

列門庭畫戟楸圖。往常時蓑草爲裀就地鋪。今日箇刻地住蘭堂畫屋。

（殿頭官云）似你這般立大功勳。剪除暴夏。復立大湯。重整江山。竭力盡心。真乃是肱股良臣也。（正末唱）

【鴈兒落】你道是立江山真肱股。（殿頭官云）論你之功。如擎天玉柱。架海金梁也。（正末唱）又道我扶社稷爲梁柱。（殿頭官云）爲臣者盡忠良於國。堪比良金美玉也。（正末唱）你道我盡忠心如美金。布德政如白玉。

（殿頭官云）久聞軍師行兵。察風雲。辨氣色。善用機謀也。（正末唱）

【得勝令】呀。你道我戰討善機謀。（殿頭官云）真箇是劍呼風雨降。筆走鬼神驚。識盡軍機樞要也。（正末唱）你道我筆下見贏輸。（殿頭官云）馬到處剪除暴夏。（正末唱）你道我剪除殘暴夏。（殿頭官云）一陣成功。輔天乙位。都於亳邑也。（正末唱）你道我平扶立帝都。（殿頭官云）論功行賞圖形麟閣。標入功勞簿。遺芳萬年。美哉伊尹也。（正末唱）這功績纔需要將我標入功勞簿。論謀略荒疎。怎消的凌煙閣上圖。

（殿頭官云）你衆官望闕跪者。聽聖人之命。都只爲夏履癸不道無仁。發頑狠暴虐黎民。是處處人心嗟怨。使鳥獸不得安存。方伯怒起兵征討。聘伊尹運智行軍。四下裏攻圍鏖戰。仗神機得勝全贏。收取了州城國邑。散倉糧府庫金銀。放履癸鳴條修德。明正典責罰奸人。今日箇論功行賞。賜官爵以勵忠臣。伊尹陞太師左相。仲虺陞太師右丞。汝方與進階二品。費昌爲天下總兵。賜重爵身登八位。列簪纓光顯門庭。論功次加官賜賞。一齊的拜謝天恩。

題目　修德政天乙誅夏

正名　立成湯伊尹耕莘

# 程咬金斧劈老君堂雜劇

鄭德輝撰

## 楔子

〔冲末扮劉文靜引卒子上云〕晝夜憂心輔國朝。開基創業建功勞。太平時序風光盛。腰掛金魚着錦袍。小
官劉文靜是也。自從隨侍大唐數載之間。三鎮晉陽得歸帝業。謝聖人可憐。加小官為大司馬之職。昨日行
文。須行天下。自俺大唐建國以來。各處都歸伏了。惟有洛陽王世充。殺了俺大唐使命。點聚雄兵。虎視咸陽。
要與俺征戰。今日早朝。御筆點差秦王唐元帥為掛印總兵。袁天罡李淳風為諫議大夫。馬三寶段志玄為
前部先鋒。擇日長行。左右門首覷者。等衆大人來時。報復我知道。〔卒子云〕理會的。〔袁天罡同李淳風上〕
〔袁天罡云〕幼小會將周易占。坎離坤兌匹乾天。雖無喚雨呼風法。永保華夷天下安。小官袁天罡是也。此
位是李淳風大人。自扶立唐帝。官封司天臺上大夫之職。正在私宅看書。劉文靜大人有請。不知有甚事。須
索走一遭去。可早來到也。令人報復去。道俺二人來了也。〔卒子云〕理會的。〔做報科云〕報的大人得知。有
袁天罡李淳風在於門首也。〔劉文靜云〕道有請。〔卒子云〕二位大人有請。〔袁天罡李淳風見科〕〔劉文
靜云〕您二位大人少待。等衆將來時。報復我知道。〔馬三寶段志玄上云〕匣中寶劍逼人寒。袋內雕弓每
上弦。不念自身披甲苦。驊騮何得離雕鞍。某馬三寶是也。此位將軍是段志玄。自扶立唐朝以來。官封俺二
人殿前金吾大將軍之職。今有劉文靜大人來請。須索走一遭去。可早來到也。令人報復去道有俺二人來
了也。〔卒子云〕理會的。〔做見科〕報的大人得知。道有馬三寶段志玄在於門首。〔劉文靜云〕道有請。〔卒
子云〕理會的。二位大人有請。〔做見科〕〔劉文靜云〕將軍略等片時。等唐元帥敢待來也。〔正末扮秦王
上云〕某乃秦王李世民是也。在府中正坐。令人來報。有劉文靜有請。須索走一遭去。可早來到也。令人報
復去。道有唐元帥來了也。〔卒子云〕理會的。報的大人得知。有唐元帥來了也。〔劉文靜云〕道有請。〔卒子
云〕理會的。有請。〔做見科〕〔正末云〕劉文靜。請某有何事也。〔劉文靜云〕元帥。小官奉聖人的命。因有洛
陽王世充。殺了俺使命。點就人馬。要來與俺交戰。某今奉聖人的命。教元帥為總兵官。袁天罡李淳風為諫

議大夫。隨軍伍勾當。着馬三寶段志玄爲前部先鋒。同領馬步禁軍十萬。勦殺敵兵。作急就行。見有勑命在此也。〔正末云〕謹尊上命。隨征將士。跟某點人馬去來。〔唱〕

【仙呂賞花時】准備着馬到成功定太平。統領雄兵遠去征。一箇箇顯才能。威名耿耿。穩情取得勝也。赴神京。〔同衆將下〕

〔劉文靜云〕衆將都去了也。小官回聖人的話走一遭去。兵動列征旗。將軍顯武威。與兵施戰討。共立錦華夷。〔下〕

## 第一折

〔外扮李密引卒子上云〕自小從來看武經。相持廝殺有聲名。只因擾攘刀兵起。獨占金墉一座城。某乃李密是也。祖居京兆府人氏。生而英勇。自小豪傑。如今隋帝失政。今六十四處煙塵。豪傑並起。某建立金墉城。我麾下有二十三賢五虎七熊八彪。兵有百萬。將有千員。自號魏王。誰想李淵三鎖晉陽。在咸陽爲君。說他調兵來征伐俺洛陽。惟恐侵犯俺金墉城地方。着人請軍師徐懋功去了。等他來時。報復某知道。〔卒子云〕理會的。〔外扮徐懋功上云〕頗觀三略六韜書。布陣排兵廣運謀。輔佐魏王爲宰相。安邦定國顯奇術。小官姓徐。雙名世勣。字懋功。本貫曹州離狐縣人也。輔佐金墉隨侍李密。封某爲軍師之職。正在私宅中閑坐。有魏公令人來請。須索走一遭去。可早來到也。令人報復去。道有徐懋功來了也。〔卒子云〕理會的。有懋功來了也。〔李密云〕道有請。〔卒子云〕理會的。有請。〔做見科〕〔李密云〕懋功。你來了也。請你來有一件軍情大事。你知麼。〔徐懋功云〕主公。既是這等。差程咬金領三千人馬。以巡綽邊境爲由。便是唐童來呵。有何難哉也。〔李密云〕小校喚將程咬金來者。〔卒子云〕理會的。程咬金安在。主公呼喚你哩。〔程咬金上云〕髮黑鬚黃眼似金。揭搜容貌賽天蓬。手中持定宣花斧。不怕英雄百萬兵。某姓程。雙名咬金。字知節。祖貫東阿縣人也。某幼習韜略之書。隨侍魏王。保守金墉。今大王呼喚。不知有甚事。須索走一遭去。可早來到也。不必報復。我自過去。〔做見科云〕主公呼喚程咬金。有何事商議。〔李密云〕如今有李淵。差唐童爲帥。調兵來攻洛陽。惟恐侵犯俺邊境。你聽軍師將令。你小心者。〔徐懋功云〕程咬金。你如今領三千人馬。往邊界上哨者。倘有別處來打細的人。與我拏將來者。〔程咬金云〕奉軍師將令。某今日整點人馬。巡綽邊境。走一遭去。雄兵點就出金墉。威風赳赳鎮邊庭。若遇敵兵來犯境。活捉歸來見懋功。〔李密云〕程咬金點人馬去了也。軍師。俺後堂中飲酒去來。二十三賢播四方。七熊五虎賽關張。何時掃蕩狼煙靜。方顯英雄大魏王。〔同下〕〔正末同衆將天罡上〕〔正末云〕某唐元帥是也。奉父王命。同衆將來取洛陽。可早來到。北邙山下安了大營。聞說此山歷代名賢葬于此處。天罡先生。果然不虛也呵。〔天罡云〕元帥。是好山勢也。〔正末唱〕

【仙呂點絳唇】蕩蕩邙山。望中嗟嘆。遶着這週圍看。盡都是坵塚摧殘。埋沒了多少英雄漢。

【混江龍】則見那園荒碑斷。漫漫松柏翠烟寒。倒塌了明堂瓦舍。崩損了石器封壇。辨不出君臣賢聖冢。看不盡碑碣蘚苔斑。我則見山花簇簇。山水潺潺。惟生荊棘。不見芝蘭。荒涼境界少人行。狐蹤兎跡縱橫亂。嘆世人百年歸土。爭名利到此一般。

〔云〕你衆軍校看守營寨。等我看一看北邙山去。〔天罡云〕元帥切不可出營去。面容上帶着有一百日大災。決休去也。〔正末云〕不可擋吾。決要看去。〔唱〕

【油葫蘆】忽聽先生發語間。說咱面帶着低運顏。你把那先天周易細循環。將我那五行四柱從頭算。年災月值依經按。陰陽不順情。若順情有禍難。吉凶之事從天限。若論那生死事有何難。

〔天罡云〕元帥不聽我之言。定遭縲絏之中也。那時悔之晚矣。〔正末云〕聖人道算甚麼命。問甚麼卜。欺人是禍。饒人是福。聽我告訴一遍者。〔唱〕

【天下樂】常言道禍福無門人自攀。休也波奸。天數關。論先生算吾非妙罕。把一心放正行。你不必再阻攔。我可便雖愚癡非懦懶。

〔天罡云〕元帥。怎不聽我的言語。〔正末云〕不妨事。各歸本帳。休管我也。〔衆將勸科〕〔天罡云〕既是元帥不依。俺衆將各回本帳去來。寶帳騰騰殺氣。威中軍元帥有神機。且回本帳營中去來。朝禍福見真實。〔正末云〕衆將去了也。左右擡馬來。輕弓短箭。善馬熟人。百騎往北邙走一遭去。〔唱〕

【那吒令】寶雕弓慢彎。駿龍駒備鞍。紫絲韁輕挽。白玉帶緊拴。急飛身上鞍。把鏌鋣款彈。挽紅絨縱駿騮。轉山麓臨溪岸。不覺的早到前山。

〔云〕兀那小校。每等衆將來議事。則說我睡哩。〔卒子云〕理會的。〔正末唱〕

【鵲踏枝】把門人謹牢擐。切莫要漏機關。我如今一探賊情。一去盤桓。不一時踐征塵便返。則要您在軍中。堅守營盤。

〔卒子云〕俺元帥去偷觀金墉城池去了。着俺牢守營寨。無甚事。俺回帳房中去也。〔下〕〔正末云〕來到山邊。並無一箇鳥獸。再往山後觀看去也。〔唱〕

【寄生草】呀。恰轉過山峯畔。又來到闊澗灘。只見那青松檜柏侵霄漢。怪石峻嶺難模範。週圍四下都觀看。只見枯墳野塚倒石碑。荒涼古道飛寒雁。

〔做看科〕〔外扮白鹿上跑科了〕〔正末云〕可是奇怪也。兀的不是隻白鹿。不免趕將去。我拈弓在手。着箭。〔唱〕

【么篇】忙縱馬臨邊塞。拽雕弓身慢翻。則俺那驊騮心急嫌蹄慢。將白鹿便往山後趕。放鵰翎的的相侵犯。轉山坡不見去如飛。霎時間風過休驚散。

〔見射箭科〕〔白鹿帶箭下〕〔正末云〕白鹿中了吾一箭。不見了。兀的不是座城池。好是蓋造的好也。〔唱〕

【金盞兒】我則見柳陰繁映河灘。遶城池一帶依平岸。則見那戍樓高聳接雲間。門排金甲士。橋竪赤旗旛。金牌書大字。墉府魏都關。

〔程咬金上云〕馬跨驊騮疾似風。宣花月斧手中輪。忽聽城外軍情事。急出城來探事情。某程咬金是也。奉魏王的命。着我巡綽邊境。遠遠的見一箇人走。不知是那裏來的。不免去拿將來問他。〔正末云〕兀的不城內一箇將軍來了也。可怎生是好。我縱馬逃難去也。〔唱〕

【幺篇】見一人急高呼驟征駹。慌的我兜戰馬疾回還。心忙意急將人盼。那將軍銀盔鳳翅逞威顏。他那裏縱心追吾緊。我這裏叉手告人難。見一座神堂高廟古。且閃在這其間。

〔云〕原來是老君堂。不免進去。這是老君聖像。尊神與某金鞭指路。聖手遮攔。我將門關上。神靈保護某者。〔程咬金趕到科云〕是一座老君堂廟。此人趕在這廟裏。他也逃不出命去。必然出這廟來。我在此樹邊掩映着。等他出來時。着他死於斧下。〔秦叔寶上云〕某乃秦叔寶是也。有程咬金趕着一人往這老君堂去了。我趕上看是何人也。〔做見科〕〔程咬金云〕叔寶將軍。我追趕着一人往這老君堂來。今在此務要生擒活拿。我用斧劈開這廟門。看是甚麼人。〔正末云〕將軍饒性命。〔程咬金做劈門科云〕我也不認的你是何人。你喫吾一斧。〔秦叔寶用鐗架住斧科云〕程將軍不可傷其性命。可斟酌行。〔程咬金云〕既然叔寶勸我。且饒他一斧。小校將此人執縛定。拿至金墉城。見俺魏王去來。〔秦叔寶做背科云〕兀那犯邊的將軍。你端的是何人也。〔正末唱〕

【尾聲】我便是唐國一藩臣。今日箇誤把金墉犯。便好道禍臨身悔之已晚。恨不聽天罡言語攔。鳳凰雛落在籠樊。惹愁煩。甚日將師班。把我那蓋世英雄一筆刪。也是我一時間性情上踈散。倒做了機謀中破綻。看何時逃難離邊關。〔同秦叔寶下〕

## 第二折

〔外扮劉文靜引卒子上云〕小官劉文靜是也。自從唐元帥與衆將征伐洛陽去。未見回來。左右門首看者。若來時。報復我知道。〔卒子云〕理會的。〔袁天罡同衆將上云〕某袁天罡是也。俺衆將星夜來到咸陽。火速臨朝。先見劉文靜去。可早來到也。令人報復去。道有俺衆將來了也。〔卒子報科〕〔劉文靜云〕着進來。〔卒

子云〕着進去。〔做見科〕〔劉文靜云〕衆大人。馬上索是辛苦也。怎生不見元帥來。〔天罡云〕兵到北邙山
下。我算元帥有一百日大災。元帥不聽私出去。被李密差程咬金拿將去了也。〔劉文靜云〕大人放心。我與
李密有親。我務要去金墉城。見了李密。親自取元帥。走一遭去。左右將馬來。急驟驊騮奔外邦。心忙不憚路
荒涼。若還到的金墉地。管教元帥赴咸陽。〔下〕〔袁天罡云〕大人不可去。我算他也有一百日大災。他也不
可去。〔下〕〔李密引卒子上云〕某乃李密是也。誰想唐秦王侵犯我國。被程咬金拿將來。如今下在南牢。令
人門首看者。看有甚麼人來。〔劉文靜上云〕小官劉文靜是也。自從離了咸陽。不覺到了金墉。不免進城見
魏王去。可早來到也。令人報復去。道有咸陽使命來到了也。〔卒子云〕喏。報的大王得知。有咸陽使命劉文
靜來了也。〔李密云〕着他過來。〔卒子云〕理會的。着你過去。〔劉文靜做見科〕〔李密云〕你不是劉文靜。
〔劉文靜云〕小官是也。有勑諭在此。〔劉文靜念云〕唐君勑諭魏王座前。今有秦王領兵。勦殺天下羣雄。不
想誤犯洛陽邊境被獲。今差使臣前去。將千金之資請罪。放還本國。惟王鑑之。〔李密聽念畢怒科云〕你這
廝。你因與我有關親。你歸唐王。各事一主。敵國之臣。怎敢大膽。左右與我拿着這廝。下在南牢中去。〔卒子
做拿科〕〔下〕〔李密云〕頗柰無知大不良。倚親來此惱吾腸。二人下在南牢內。管教永不到家鄉。〔下〕〔外
扮徐懋功上云〕鼎鼐調和理庶民。安邦定國立功勳。爲臣輔弼行忠孝。堪作凌煙閣上人。小官姓徐。雙名
世勣。字懋功是也。幼而習文。頗知韜略之書。因豪傑並起。某先隨翟讓起義於瓦岡。因除翟讓。後佐於魏王
李密手下。見今魏王手下。有雄兵百萬。戰將千員。其中有二十五虎七熊八彪。據於金墉城。此處糧多草廣。
奉魏王之命。大赦囚犯之人。差小官同魏徵秦叔寶。往牢中放罪人去。領勑到衙。等他二人來時。同共開詔。
小校門首覷者。等魏徵秦叔寶二位大人來時。報復我知道。〔卒子云〕理會的。〔外扮魏徵同秦叔寶上〕
〔魏徵云〕小官姓魏。名徵。字玄成。小官幼習儒業。頗看詩書。因天下羣雄並起。小官同徐懋功等。今佐於魏
王李密麾下。俺這金墉城魏王。多招將士。廣結英雄。積草屯糧。俺魏王領兵。與孟海公相持去了。教俺同徐
懋功秦叔寶二位大人。固守城池。不想殺了孟海公。得了滄州。今差使命來。教俺大赦金墉城的囚犯。着小
官同往牢中。釋放罪人去。今領勑書到衙門。同共開此詔書去。可早來到也。小校報復去。道某來了也。〔卒

子云〕理會的。〔報科云〕喏。報的大人得知。有魏徵秦叔寶來了也。〔徐懋功云〕道有請。〔卒子云〕理會的。有請。〔衆見科〕〔秦叔寶云〕看了詔書內。此一句單說着唐元帥劉文靜的事。我有一句話。敢說也不敢也。〔徐懋功云〕將軍有話。但說不妨。〔秦叔寶云〕我想唐家國坐咸陽。人心拱服。這唐元帥上應天命。下合人心。兵行得勝。馬到成功。被程咬金趕到老君堂。某見有異相。我想俺魏王所行之事。閉塞賢門。有功不賞。有罪不罰。暗誅賢士。天不降祥。乃義禮不辨。望大人每詳之。〔徐懋功云〕公言者當也。左右人。牢中取出唐元帥劉文靜來。〔正末云〕某唐元帥是也。自離了咸陽。悔不聽袁天罡之言。果遭他人之手。劉文靜。誰着你來也。〔劉文靜云〕爲元帥之苦。避死貪生。何爲忠臣也。恰纔叫俺每不免走一遭去。〔正末云〕有何人搭救俺也呵。〔唱〕

【中呂粉蝶兒】俺如今度日如年。遭縲絏心中嗟怨。悔不聽賢相之言。自爲我看金墉。尋白鹿。怎生敢相犯。他將我拿到廳前。下南牢不由人分辨。

〔劉文靜云〕元帥休要惱怒。權且柰心也。〔正末唱〕

【醉春風】不由咱心內惱。淚珠垂。也是咱時運蹇。不信那賢臣言語受恓惶。悔時節晚。晚。恨不的駕霧騰雲。臂生兩翅。飛出獄院。

〔做見科〕〔徐懋功云〕如今魏王大恩赦罪。內說南牢二子。不放還鄉。你二人休想還鄉也。〔正末唱〕

【上小樓】聽說罷愁眉淚眼。則是望恩官方便。我如今犯法違條。擾亂邊疆。罪可當然。忙跪下。三位官將詔書更變。〔徐懋功云〕俺若救了你。便來報讐也。〔正末唱〕咱非敢再興兵又來交戰。

〔魏徵云〕你不是等閑人。俺如今救了你。到後來有大望也。〔秦叔寶云〕良禽相木而棲。賢臣擇主而佐。聞說唐君德勝堯舜。欽文敬武。天下紛紛。以有德而伐無德。以有仁而伐不仁。如今望二位大人主意也。〔正末唱〕

【十二月】則是望恩官可憐。若道是放我回旋。到的那咸陽里。久後拜謝明賢。

〔徐懋功云〕快休動人馬也。〔正末唱〕

【堯民歌】呀咱每怎敢報喞寃。到來朝一一訴三賢。險些兒一命喪黃泉。多謝恩官救咱言。今也波年。今年得凱旋。異日見恩官面。

〔魏徵云〕此言決不可漏泄。不字出頭。改箇本字。〔徐懋功云〕大妙大妙。一字抵萬金之價。左右人開了枷鎖。您二人路上小心仔細。俺三人改詔書。放你還邦也。〔正末云〕謝了三位恩人。〔唱〕

【耍孩兒】今日箇多承賢士恩難斷。救得俺時間倒懸。回朝親奏玉堦前。不忘了施恩德改詔哀憐。我自想英魂喪在金墉地。豈知道今朝還帝輦。忙把行途踐。此恩此德。肺腑難言。

〔徐懋功云〕元帥記着俺三人也。〔正末云〕我切切在心。亦不敢忘也。〔唱〕

【尾聲】俺如今拜別了。即便還赴家鄉。朝御前。何朝見得恩官面。若要是歸到咸陽避甚麼路兒遠。〔下〕

〔秦叔寶云〕今日改詔救了秦王。乃魏徵大人之功也。若是魏王見責。俺三人一面承當。各歸本府去來也。公門之處好修行。三人改詔放英雄。俺如今欺公爲主施恩義。人生何處不相逢。〔同下〕

楔子

〔外扮蕭銑同蕭虎蕭彪領卒子上〕〔蕭銑云〕泰山頂上刀磨缺。北海波中馬飲枯。男子三十身不立。枉作堂堂大丈夫。某乃大將蕭銑是也。因隋失其政。天下豪傑併起。各佔封疆。某聚集軍馬數萬。獨占江南九郡之地。某麾下有兄弟二人。乃是蕭虎蕭彪是也。又有一員大將。乃是高熊。此人十分英勇。不期李密占了金墉城。又聞的李淵領着他子父兵獨占天下。在此咸陽。自稱大唐神堯高祖。他不忿天下豪傑之心。今要併吞天下。今着唐童爲帥。領大勢人馬。來征俺江南。某想來。有雄兵百萬。戰將千員。兄弟每量唐童何足道哉也。〔蕭虎云〕尊兄在上。既然唐元帥領兵征俺江南。必然運機對敵。俺隨後發兵拒敵大唐。有何不可。〔蕭

銑云〕兄弟。大唐將勇兵雄。可用意勦殺他也。〔蕭虎云〕大王。俺這裏百萬雄兵。都是好漢。量唐元帥到的
那裏也。〔蕭銑云〕二兄弟蕭彪。你可小心與唐將相持着志者。〔蕭彪云〕大王。俺二將緊跟着哥哥出馬。分
勝敗定在今朝也。〔蕭銑云〕兀那小校。與我喚將大將高態來者。〔卒子云〕理會的。高將軍安在。〔淨扮高
態上云〕我做將軍古怪。廝殺相持無賽。常川吊下馬來。至今跌破腦袋。某乃大將高態是也。十八般武藝。
無一件兒是會的。論文一口氣直念到蔣沈韓楊。論武調隊子歪纏到底。在教場裏暨蜻蜓耍子。巴都兒來
報大王呼喚。不知有何將令。小學生跑一遭去。可早來到也。小校報復去。道有大將高態來了也。〔卒子做
報科云〕理會的。喏。高將軍來了也。〔蕭銑云〕着他過來。〔卒子云〕理會的。着你過去哩。〔做見科云〕老元
帥。小人劍甲在身。不能打腿。喚小將有何事。〔蕭銑云〕高態。喚你來不爲別。今有大唐領大勢軍馬。與俺拒
敵。說他每十分英勇。你可與他拒敵。小心在意者。〔高態云〕得令。奉大王將令。統領十萬雄兵。親爲合後。殺
唐兵走一遭去。大小三軍。聽我放屁。未會上馬。先喫一醉。不穿鐵甲。披着錦被。撞見唐兵。和他對壘。射將箭
來。舒着大腿。丟了殘生。黃泉做鬼。十萬兵擺列刀鎗。一箇箇跨上綿羊。遇相持准備逃命。夾迴馬跑到艮鄉。
〔下〕〔蕭銑云〕高態與唐兵交戰去了也。兩箇兄弟。喒領大勢軍兵。整搠人馬去接應。與唐兵相持廝殺。走
一遭去。雄兵百萬列鎗刀。箇箇威風殺氣高。若還撞見唐兵將。決定斬首不相饒。〔同下〕〔劉文靜上云〕近
來脫離金墉難。復爲唐朝股肱臣。小官乃劉文靜是也。自從搭救主公。不期李密將某也因入南牢。多虧魏
徵改詔。放秦王並某還邦。今李密兵敗勢傾。奉大唐聖人的命。着秦王親自爲帥。統兵十萬。南征蕭銑。某爲
前哨。先在此清風嶺等候。塵土起處。唐元帥敢待來也。〔正末同秦叔寶段志玄上〕〔正末云〕某乃秦王李
世民是也。多虧魏徵改詔。放某還鄉。今李密亡家喪國。某奉父王聖命。着某南征蕭銑。掛印爲帥。某同此三
將。乃秦叔寶段志玄等。領兵到此金沙灘。某先差馬三寶在清風嶺截殺賊兵。二將軍看俺這唐兵。是好威
勢也。〔秦叔寶云〕元帥。俺這唐兵人強馬壯。耀武揚威。真箇是將勇兵驍也。〔段志玄云〕元帥。俺唐兵旌旗
千里。殺氣冲霄。量蕭銑何足道哉。〔正末云〕遠遠的不是劉文靜的旗號至近也。〔劉文靜見正末下馬科
云〕元帥。小官劉文靜前哨軍馬在此謹候也。〔正末云〕大小三軍。擺開陣勢。蕭銑敢待來也。〔蕭銑同蕭

虎蕭彪上〔蕭銑云〕大小三軍擺的嚴整着。〔蕭虎云〕元帥。小將每知道。蕭彪你合後着。〔蕭彪云〕我知
道了。〔正末云〕來者何人。〔蕭銑云〕某乃大將蕭銑是也。你來者何人。〔正末云〕某乃大唐元帥秦王是也。
兀那蕭銑。及早下馬受降。〔蕭銑云〕量你到的那裏。〔正末云〕操鼓來。〔衆將一齊戰科〕〔唱〕
【仙呂賞花時】我與你縱馬橫刀去戰敵。殺氣騰騰映日起。助陣鼓凱春
雷。〔秦叔寶鐧打倒蕭虎科云〕蕭虎喫吾一鐧着。〔蕭虎中鐧科〕〔下〕〔正末唱〕恰便似鞭伏了盜
跖。〔段志玄云〕蕭彪喫吾一劍。〔中劍科〕〔下〕〔正末唱〕龍泉下鮮血染錦征衣。
〔蕭銑云〕你殺了我兩箇兄弟。更待干罷。我和你決戰九千合。〔正末云〕二將靠後。某單戰蕭銑。〔蕭銑云〕
操鼓來。〔正末唱〕
【幺篇】再交馬刀迎畫桿戟。輕展猿猱斬逆賊。〔蕭銑云〕唐童是英勇。我近不的他。我
逃命走了罷。〔正末唱〕殺的他七魄散五魂飛。〔云〕蕭銑喫吾一刀。〔蕭銑中刀〕〔下〕〔卒子報科
云〕俺元帥刀劈了蕭銑。得了勝也。〔正末唱〕見小校登時間報喜。今日箇敲金鐙齊唱
着凱歌迴。〔同下〕
〔淨扮高熊上云〕某乃高熊是也。某領着十萬雄兵。與大唐家交戰。故意截住唐元帥迴路。大小巴都兒。擺
開陣勢。來者何人。〔馬三寶引卒子上云〕 某乃唐將馬三寶是也。奉唐元帥將令。差某領三萬精兵。在此
清風嶺接應。聞知元帥得勝還營。有蕭銑手下餘黨未退。截俺唐兵迴路。遠遠的塵土起處。不是賊兵至也。
〔淨高熊云〕某乃江南大將高熊是也。故來截你迴路。你見我手中的鉞斧麼。我和你決戰九千七百六十
四合半。纔顯我老高的手段也。你來者何人。〔馬三寶云〕某乃唐將馬三寶是也。〔二將做戰科〕〔高熊云〕
花腔邊鼓擂。雜彩繡旗搖。衆將齊吶喊。二騎馬相交。〔高熊云〕這馬將軍十分英勇。我敵不住他。我虛劈一
斧逃命。走了罷。〔馬三寶做鎗刺科〕〔高熊倒科云〕我死也。〔下〕〔馬三寶云〕誰想高熊截俺唐兵迴路。被
某鎗刺高熊。勦殺了賊兵敗將。班師迴還。回元帥話去來。頗柰高熊覓戰爭。故來截路當唐兵。被吾鎗刺賊
兵死。得勝回朝奏聖君。〔下〕

第三折

〔外扮李靖上云〕得勝班師報捷回。秦王立國展兵機。陣前一戰誅蕭銑。青史書名萬古題。某乃軍師李靖是也。聞知唐元帥南征蕭銑。一鼓而下得勝班師回國。我使的一箇報喜的探子去了也。這早晚敢待來也。

〔正末云〕一場好廝殺也呵。〔唱〕

【黃鍾醉花陰】百萬天兵喊聲炒。自古無今番戰討。憑虎略顯龍韜。奉命興師有道伐無道。則一陣定唐朝。聽小校從頭〔做見科云〕報報報。喏。〔唱〕說這遭。

〔李靖云〕好探子也。從那陣面上來。看他那喜色旺氣。錦襖偏宜錦戰裙。金環雙襯滲青巾。陣前察探軍情事。專聽來人仔細陳。俺唐兵與蕭銑兩家對住陣。怎生相持廝殺來。你喘息定。慢慢的說一遍。〔正末唱〕

【喜遷鶯】我則見密密排軍校。明晃晃劍戟鎗刀。英豪征塵籠罩骨剌剌的旌旗雜彩搖。殺氣飄。如虎豹征人勇烈。似蛟龍戰馬咆哮。

〔李靖云〕好廝殺也。那壁廂蕭銑蕭虎蕭彪出馬。俺這廂唐元帥秦叔寶段志玄三將臨陣。好相持也。六員將頓劍搖環。六匹馬踴跳鑾鞍。六軍勇衝圍破陣。六人戰膽戰心寒。六般兒滲人兵器。似那六天兵降下天關。六沉鎗闊劍巨斧。六丁神混戰人間。六員大將怎交馬耀武揚威。兀那探子。你慢慢的再說一遍。〔正末唱〕

【出隊子】六員將雄如虎豹。這英雄秦叔寶。皮楞鐵鐧將難逃。蕭虎登時該命夭。〔云〕俺段志玄。〔唱〕劍斬蕭彪陣上倒。

〔李靖云〕俺秦叔寶仗着唐元帥的威風。鐧打死蕭虎。段志玄顯大將的英雄。劍斬了蕭彪。好相持也。叔寶英雄不可當。全憑鐵鐧保封疆。打翻蕭虎難逃命。更有將軍段志玄。劍斬蕭彪魂魄散。陣前蕭銑大開言。單搦秦王雙戰鬥。今朝目下定江山。俺秦叔寶段志玄殺翻了蕭虎蕭彪。那蕭銑在陣前厲聲高叫。索俺元帥怎生相持。探子你慢慢的再說一遍者。〔正末唱〕

【刮地風】惡狠狠蕭銑軍前施懆暴。搊元帥比並低高。俺秦王聽罷呷呷笑。縱馬輪刀垓心內顯耀英豪。陣面上並不相饒。見畫戟來鋼刀去怒氣相交有百十合不定交。要辨箇清濁。俺元帥刀起人頭落。呀敢血淋漓錦戰袍。

（李靖云）俺元帥與蕭銑戰到百十合上。見蕭銑筋弛力盡馬困人乏。望元帥虛刺一方天畫桿戟來。俺元帥舉起雁翎刀。立誅了蕭銑。則見金盔倒偃兩脚登空倒於馬下。元帥英雄播四方能文善武世無雙。南征蕭銑功勞大刀劈賊徒定萬邦。天下豪傑皆上表威鎮乾坤罷刀鎗。真爲白玉擎天柱堪作黃金架海梁。唐元帥立誅了蕭銑。怎生殺敗殘兵將。你慢慢的再說一遍。（正末唱）

【四門子】俺元帥斬將驅軍校。殺殘兵無路逃。把城郭收將軍士又招。下江南遠征真一掃。府庫又封臣子又朝。一處處歸降順了。

（李靖云）俺唐元帥誅了蕭銑。有賊將手下餘黨圍住秦王。俺元帥託賴聖人洪福。勦殺敗殘兵將。好英雄也。文武雙全將相才。氣衝牛斗捲江淮。江南地面屬唐國。天下諸侯上表來。後有高熊截住俺元帥歸路。不期馬三寶敵住。鎗刺死高熊。平收一國。見今四海咸寧。萬民樂業。真乃太平之世。探子你再說一遍。（正末唱）

【古水仙子】呀呀呀萬方寧仰聖朝。納士稱臣皆上表。美美美風雨調和軍民安樂。見見見四夷人來進寶。太平年五穀豐饒。將將將十八處擅改皆盡勦。俺秦王謹奉尊君詔。是是是平蕭銑定唐朝。

（李靖云）俺唐元帥平定了江南。探子無甚事。自回本營中去。（正末唱）

【尾聲】四海稱臣萬民樂。建立下蓋世功勞。萬萬載願吾皇登大寶。（下）

（李靖云）探子去了也。俺聖朝軍馬得了勝也。這的是真天子百靈咸助。方顯大將軍八面威風。（下）

## 第四折

〔冲末扮殿頭官引卒子上云〕五夜漏聲催曉箭。九重春色醉仙桃。旌旗日暖龍蛇動。宮殿風微燕雀高。小官乃殿頭官是也。今日早朝。飛報軍情來。奏說俺唐元帥為觀看北邙山。教魏王李密所獲。聖人差劉文靜為使。齎勑與李密講和去。不想李密將此二人。都下在南牢。今聞的李密收了滄州。殺了孟海公。赦此一城罪犯之人。不想詔書內一應囚犯俱放了。則不放俺唐元帥等二人。有劉文靜所央魏徵等改了詔書。將俺唐元帥等二人釋放了。今又奉命征伐江南。勦殺了蕭銑等。又得了人馬糧草無數。今全功得勝。奉聖人的命。着小官傳與該衙門安排筵宴。犒勞大小衆將。就差一使命前去加官賜賞。小官在此帥府等候。小校門首覷着。若唐元帥等來時。報復我知道。〔卒子云〕理會的。〔正末同秦叔寶段志玄上〕〔正末云〕某乃唐元帥是也。平定江南已回。今日班師。秦將軍。俺入朝見聖人去來。〔秦叔寶云〕遙望京師不遠。今已得勝還朝。大小軍將。是好威風也呵。〔正末唱〕

【雙調新水令】立誅蕭銑靖邊庭。託賴着一人有慶。班師回帝輦。領將到神京。報捷連聲。臨帥府聽宣命。

〔云〕可早來到帥府門首也。小校報復去。有秦王等下馬也。〔卒子云〕理會的。喏。報的大人得知。有唐元帥等下馬。見在府門首也。〔殿頭官云〕道有請。〔卒子云〕理會的。大人有請。〔做見科〕〔殿頭官云〕唐元帥於國有功。與衆將甚是辛苦也。〔正末云〕老宰輔治朝綱不易也。〔殿頭官云〕元帥。似此智勇妙算。名揚天下。實乃國家磐石之固。〔正末云〕大人。非某之能。託賴尊君洪福。並二位將軍之能也。〔秦叔寶云〕老宰輔。此一場非俺二將之能。仰賴元帥虎威。〔段志玄云〕老大人。俺二將殺了蕭虎蕭彪。總不如元帥戰敵賊首。立誅蕭銑。今日定了太平也。〔殿頭官云〕元帥。一來尊君洪福。二來元帥謀略過人。今日得了勝也。〔正末唱〕

【沉醉東風】奉勑旨征南遠行。奸邪蕭銑排兵。無徒蕭虎強。怎比秦瓊勝。則一鐧喪了殘生。傾殺蕭彪尋戰爭。〔云〕被俺段志玄。〔唱〕寶劍斬安邊定境。

〔殿頭官云〕元帥之能。不在諸葛武侯之下。量蕭銑到的那裏也。〔正末唱〕

【掛玉鉤】蕭銑英雄武藝能。方天戟橫持定。出馬開旗吶喊聲。我刀過處無回頭。有似那斬蔡陽。霎時誅讒佞。將他那百萬貔貅。一掃皆平。
〔殿頭官云〕元帥少待。小校就請李靖軍師。將那收復了李密手下衆將官都與我拿將來者。〔卒子云〕理會的。李靖軍師。大人有請。〔李靖同卒子拏程咬金上云〕小官李靖是也。今有魏王李密手下大小衆將。盡皆歸降俺大唐。內有一人。乃是程咬金。此人當日將俺秦王主公拿至金墉城。多虧魏徵改詔。放俺元帥還邦。今日程咬金投降。未知秦王尊意怎生決斷。小官將程咬金執縛定。拿見秦王去。可早來到帥府門首也。小校報復去。有李靖軍師來了也。〔卒子云〕理會的。報的大人得知。有李靖軍師等來了也。〔殿頭官云〕道有請。〔做見科〕〔李靖云〕大人。俺元帥平定了江南。深有汗馬之功勞也。〔正末云〕軍師真乃扶持社稷股肱之臣也。〔李靖云〕不敢不敢。小官此一來有一事。啓知元帥。〔正末云〕軍師有何事。〔李靖云〕如今李密手下大小衆將。盡皆降俺大唐。內有一將。乃是程咬金。某想此人手持宣花斧。追趕元帥。拿至金墉城。誰想今日程咬金投降。將此人執縛定了。拿來見元帥。見在帥府門首也。〔做拿見科〕〔正末云〕着他過來。〔卒子云〕理會的。左右人拿將過去。〔李靖云〕元帥。則他便是程咬金。〔程咬金云〕大王。小將乃亡家之臣。前者不可追襲大王。小將有彌天之罪。今日投降小將情願納頭受死於大王斧鉞之下也。〔正末云〕軍師衆大人聽者。爲人臣者。當以盡忠報國。程咬金追某至老君堂。此人當時盡忠於魏王。未識某矣。今來投唐。某肯念其前讎。豈不聞桀犬吠堯。非堯不仁。皆各認其主。某今將程咬金將軍舉入朝中。必當重用。我親釋其縛也。〔正末解程咬金繩科〕〔程咬金云〕感蒙大王赦臣萬死。大王若納微臣爲將。我捨一腔熱血盡忠竭力報大王不殺之恩。〔正末云〕程將軍但放心。某奏過尊君。必有重用。封官賜賞也。〔程咬金做拜謝科〕〔殿頭官云〕左右人擡上果桌來者。〔做遞酒科〕〔殿頭官云〕元帥滿飲此盃。〔正末云〕某也飲酒。老宰輔同軍師與衆將。今日與某正當龍虎風雲會。〔殿頭官云〕欽賜筵宴慶功飲酒。正當其禮也。〔正末唱〕
【川撥棹】開玳筵慶功成。勸金盃飲醁醽。文武公卿。笑語歡聲。樂醄醄方歸畫庭。獻烹炰佳饌馨。
〔殿頭官云〕勦殺天下羣雄。天下太平。方今四海晏然也。〔正末唱〕

【梅花酒】見如今太平。戰爭盡皆寧。千邦萬國來朝正。金枝玉葉永延齡。風調雨順年豐盛。

〔李靖云〕皆託文武之能也。〔正末唱〕

【七弟兄】呀文臣每盡調鼎。武將每操兵。是處咸亨。法正官清。願吾皇聖壽安萬萬歲祝遐齡。三邊靜四海清。靈芝現醴泉生。慶雲燦景星明。

〔殿頭官云〕皆因是聖天子洪福齊天文武每保安社稷皆豐稔之世也。〔正末唱〕

【收江南】呀託賴着聖朝天子重羣英。賢臣良將輔朝廷。中原清宴賀昇平。幸倉廒滿盈。保皇圖一統萬年興。

〔外扮使命沖上云〕雷霆驅號令。星斗煥文章。小官乃天朝使命是也。奉聖人的命。着某直至元帥府。加官賜賞走一遭去。可早來到也。唐元帥裝香來。並大小衆將。望闕跪者。聽聖人的命。加官賜賞也。〔正末同衆將跪科云〕大小衆將。謹聽勅旨。〔使命云〕您聽者。因李密侮慢朝綱。金墉城積草屯糧。唐元帥偷覷入境。程咬金各佐主追趕秦王。斧劈在老君堂內。秦叔寶鐧架住真表忠良。袁天罡算百日之難。虧魏徵改詔書釋放還鄉。王世充兵敗李密。有蕭銑不順大唐。聖勅封秦王爲帥。統雄師征討南方。仗洪福立誅蕭銑。破奸邪展土開疆。奉聖命加官賜賞。排御宴犒勞非常。加秦王繼承後位。秦瓊等位至都堂。扶社稷萬年一統。保皇圖帝道遐昌。

題目　唐秦王悞看金墉府

正名　程咬金斧劈老君堂

# 蕭何月夜追韓信雜劇

金仁傑撰

## 第一折

〔等漂母提一折下〕〔惡少年云了〕〔旦并外上〕〔末抱監背劍冒雪上開〕自家韓信的便是。目今秦失其鹿。天下逐之。不知久後鹿死誰手。想自家空學的滿腹兵書戰策。奈滿眼兒曹。誰識英雄之輩。好傷感人呵。

【仙呂點絳唇】相着我獨步才超。性與天道。凌雲浩。世事皆濁。則我這美玉誰彫琢。

【混江龍】消磨了聖人之教。幾時的經綸天地整皇朝。時遇着山梁雌雉。急切釣不的滄海鯨鰲。淚洒就長江千尺浪。氣衝開雲漢九重霄。胸次包羅天地。肺腑捲□江河。筆尖能搖山岳。劍鋒可摘星辰。嘆英雄何日朝聞道。盼殺我也玉堂金馬。困殺我也陋巷簞瓢。

【油葫蘆】尋思我枉把孫吳韜略學。天不我不發跡直等到老。一回家怨天公直恁困英豪。嘆良金美玉何人曉。恨高山流水知音少。禮不通忘了管轄。道不行無了木鐸。枉着那兵書戰策習的玄妙。爭奈俺命不濟謾圖勞。

【天下樂】空教我日夜思量計萬條。一回家心焦。何日了。越把我磨劍的志節懶墮。却空將文業攻。武藝學。至如學將來有甚好。

〔做冒雪的科〕〔云〕嗨。好大雪呵。

【那吒令】似這般大雪呵。街上黎民也懊惱。似這般大雪呵。山上樵夫也怎熬。似這般大雪呵。江上漁翁也凍倒。便有個姜子牙也難應非熊兆。子索把綠蓑衣披着。

【鵲踏枝】昔零零洒瓊瑤。亂紛紛翦鵝毛。越映的江闊天低。水遠山遙。氷雪堂蘇秦凍倒。漏星堂顏子難熬。

【寄生草】凜凜寒風刮。揚揚大雪飄。如銀河滾下飛虹□。似玉龍噴出梨花落。比白雲滿地無人掃。我則見敗殘鱗甲滿天飛。抵多少西風落葉長安道。

（做見旦外弁旦施禮科）（旦云了）

【幺】你道我秋夏間由誰過。冬月天怎地熬。可不春來依舊生芳草。你道我白身無靠何時了。可不說青霄有路終須到。則我這男兒未濟婦人嫌。真乃是龍居淺水蝦蟆笑。

【村里迓鼓】憑着我五陵豪氣。不信道一生窮暴。（云）夫子抱麒麟而哭生不遇時。我若生在春秋那時。英雄志登時宣召。憑着滿腹才調。非咱心傲。論勇呵那裏說卞莊强。論武呵也不數廉頗。會論文呵怎肯讓子產高。論智呵我敢和伍子胥臨潼鬭寶。

（等外弁旦又住）

【元和令】晉靈輒得飯了。請趙盾且休鬧。聖人言謀道不謀食。居無安食無飽。餓了田文門下女妖嬈。（做煩惱出門唱）我寧可首陽山自餓倒。

（等淨上打撞怒云）

【上馬嬌】□□庚運歹也□□□惡。但行處撞着兒曹。（等淨做住行着唱）他把我丕丕的趕過長安道。惡難怎逃。時下怎歸着。忿氣不消。趕到我一十遭。

（等淨做劍限住）

【游四門】呀。早劍橫秋水手中提。〔等淨云了〕我可甚由自想來朝。〔等淨云了〕
你道拜爲兄長相結好。爲朋友便𨈆䦆。呵。咱兩個做知交。
【勝葫蘆】可知大古是人伴賢良智轉高。〔淨怒云了〕呀。怎想舌是斬身刀。
則見他惡歆歆伏着龍泉尋左錯。他把我踢收禿刷𥈠𧡤則覺我驚驚戰
戰心怕。不由我的羞剔癢腿脡搖。
〔等淨云了〕昔日宋桓魋欲害孔子。孔子不能逃難。亦畏服微面避過。我想一代聖賢尚然如此。何況韓信。
【後庭花】歸冥鴻惜羽毛。休想先生懶折腰。〔做鑽一遭〕赤緊在他心投下。
子索伏低且做小。〔做又鑽一遭〕向胯下扒步到兩三遭。避不□鄉人每恥笑
恨難消。伏軟弱痛難熬。兒曹每行霸道。〔等外唱淨下了〕是誰人把劍客趕去
了。細身軀猛回頭𥈠𧡤着。
【柳葉兒】却元來是孟嘗君來到。〔等旦云〕見桑新婦亂下風雹。哥哥咱正
是揚鞭學棹休相笑。却才那齊管仲行無道。又見魯義姑逞𤜾豪。咱呵可
甚晏平仲善與人交。
〔等卜兒云了〕〔云〕婆婆這恩念久後須要報了。〔卜兒云了〕
【尾】〔卜兒砌末〕真乃是孟母斷機心。〔等外與砌末了〕怎忘的鮑叔般相結好。〔旦
云了〕我早則離了你賢達嫂嫂。〔等旦云了〕大丈夫何愁刎頸交。〔旦云了〕割雞
焉用牛刀。打聽波女妖嬈。有一日平步青霄。不信鴻鵠同燕雀。〔等旦云了〕
嚥聲。憑着我整乾坤六韜。展江山三略。笑談間束帶立於朝。〔下〕

第二折

〔等霸王上開一折下〕〔等駕提一折〕〔等蕭何云了〕〔正末背劍騎竹馬兒上開〕想自家離了淮陰。投於
楚國不用。今投沛公。亦不能用。人悶悶而不已。而成短歌之曰。背楚投漢。氣吞山河。知音未遇。彈琴空歌。棄

執戟離霸主。謀大將投蕭何。治粟以嘆何補。乘駿騎而知他。〔詩曰〕淚洒西風怨恨多。淮陰壯士被窮磨。魯麟周鳳皆爲瑞。時與不時爭奈何。

【雙調新水令】恨天涯流落客孤寒。嘆英雄半世虛幻。坐下馬空踏遍山水雄。背上劍枉射得斗牛寒。恨塞於天地之間。雲遮斷玉砌雕欄。按不住浩然氣透霄漢。

【駐馬聽】回首青山。拍拍離愁滿戰鞍。舉頭新鴈。呀呀哀怨伴天寒。止望學龍投大海駕天關。剗地似軍騎羸馬連雲棧。且相逢覷英雄如匹似閑。堪恨無端四海蒼生眼。

【沉醉東風】幹功名千難萬難。求身仕兩次三番。前番離了楚國。今次又別炎漢。不覺的皓首蒼顏。就月明回頭把劍看。忽然傷感默上心來。百忙裏揾不乾我英雄淚眼。

〔詩曰〕身似青山氣似雲。也會富貴也會貧。時運未來君休笑。太公也作釣魚人。

【水仙子】想當日子牙守定釣魚灘。遇文王親詣磻溪登將臺。如今一等盜糠殺狗爲官宦。天那偏我幹功名的難上難。想岩前傅說貧寒。平糞土把生涯幹。遇高宗一夢間。他須不會板築在長安。

〔蕭何踏竹馬兒上了〕

【鴈兒落】丞相道將咱來不住的趕。韓信則索把程途盼。〔蕭何云了〕爲甚却相逢便噤聲。非是我不言語相輕慢。

【得勝令】我又怕又手告人難。因此上懶下寶雕鞍。〔蕭何云了〕說着漢天子由心困。量着楚重瞳怎掛眼。〔蕭何云了〕棄駿馬雕鞍。向落日夕陽岸。辦蓑笠綸竿。釣西風渭水寒。

〔蕭何云了〕

【夜行船】看承的自家如等閑。我早則沒福見劉亭長龍顏。〔蕭何云了〕誰受你那小覷我的官職。〔蕭何云了〕誰吃你那淹留咱的茶飯。〔蕭何云了〕刻地說功名半年期限。

【掛玉鈎】我怎肯一事無成兩鬢斑。〔蕭何云了〕既然你不用我這英雄漢。因此上鐵甲將軍夜度關。你端的爲馬來將人盼。既不爲馬共人。却有甚別公幹。我漢室江山。可知可知保奏得我甚掛印登壇。

〔蕭何云了〕〔漁公上云了〕〔蕭何幷末上船科〕丞相道漁公記得是。官人每不在家裏快活也。這般戴月披星生受了。末將謂韓信功名如此艱辛。元來這打魚的覓衣飯吃。更是生受。

【川撥棹】半夜裏恰回還。抵多少夕陽歸去晚。烟烟灣灣。珂珮珊珊。冷清清夜靜水寒。可正是漁人江上晚。

【七弟兄】脚踏着跳板。手執定竹竿。不住的把船攀。兀良我則見沙鷗驚起蘆花岸。忒楞楞飛過蓼花灘。可便似禹門浪急桃花泛。

【梅花酒】雖然是暮景殘。恰夜靜更闌。對綠水青山。正天淡雲閑。明滴溜銀蟾似海山。光燦爛玉兎照天關。撑開船掛起帆。俺紅塵中受塗炭。恁綠波中覓衣飯。俺乘駿騎懼登山。你駕孤舟怕逢灘。俺錦征袍怯衣單。你綠蓑衣不曾乾。俺乾熬得鬢斑斑。你枉守定水潺潺。俺不能勾紫羅襴。你空執着釣魚竿。咱都不到這其間。

【收江南】怎知烟波名利大家難。〔做上岸科〕〔漁父先下〕抵多少五更朝人馬嘶寒。對一天星斗跨雕鞍。不由我倦憚。也是算來名利不如閑。

【尾】我想這男兒受困遭磨難。恰便似蛟龍未濟逢乾旱。怎蒙了戰策兵書。消磨了盾劍搖環。唱道惆悵功名。因何太山。似這般涉水登山。休休休空長嘆。〔蕭何帶住〕謝丞相執手相看。不由我半挽着絲韁意去的懶。〔下〕

第三折

〔駕上云了〕〔蕭何云了〕〔樊噲上云了〕〔正末上開〕不想今日得見官裏面皮。

【中呂粉蝶兒】手摘星辰。脚平踏禹門潮信。吐虹蜺千丈絲綸。釣五國。平天下。怎教魚龍一混。早則得志羽扇綸巾。再不踐長途客身難進。

【醉春風】昨日看青山綠水劍光昏。今朝見白馬紅纓彩色新。便做一宵宮裏夢賢人。也似這般准准。三省吾身。五陵年少。端的一言難盡。

〔做探蕭何禮了〕今日得見官裏。謝丞相一人而已。

【石榴花】昨日恰正動羈懷千里踐紅塵。單騎欲私奔。若不是朝中宰相自勞神。把飄零客身引入賢門。若不是丞相追回沙這其間趁西風人遠天涯近。則見衆公卿步履慇懃。把列着半張鑾駕迎韓信。這的是天子重賢臣。

〔做見駕駕發下科〕

【鬭鵪鶉】臣迭不得舞蹈揚塵。〔駕云了〕嗨好豁達波開至尊。這一遍不若如文王自臨臨渭濱。〔駕云了〕量這個夯錢之夫小可人。怎做這社稷臣。爲我王納諫如流。因此上丞相奏准。〔做回駕科〕

【剔銀燈】臣昨日做了個夜度昭關伍員。不若如有國難投孫臏。今日又不曾驅兵領將排着軍陣。不剌怎消得我王這般棒鼓推輪。量這個提煙將。執戟人。耍時間官封一品。

【蔓菁菜】陛下我親掛了元戎印。久已後我王掌十萬里錦乾坤。恁時節須正本你春。我盡節存忠立功勳。單注着楚霸王大軍盡。
〔樊噲云了〕衆軍拿下者。既爲元帥。軍有長刑。推轉者。〔駕上云了〕且留下者。〔云〕我王萬歲萬歲萬萬歲。
想古往今來。多少功臣名將。誰不出於貧寒碌碌之中。聽微臣說咱。
【十二月】伊尹曾耕於有莘。子牙曾守定絲綸。傅說在岩前板大。夫子在陳蔡清貧。〔等淨云了〕你休笑這做元帥的原是庶人。道丞相也是個黎民。
【堯民歌】我從來將相出寒門。〔駕云了〕咱王是一朝天子一朝臣。〔駕云了〕息怒波豁達大度聖明君。〔淨云了〕噤聲波低頭切肉大將軍。〔淨云了〕休賣弄花唇。你不曾把鎗刀劍戟掄。我只見你殺狗處抨刀刃。
〔淨云了〕〔駕上云了〕霸王酒不飲三。色不侵二。有喑嗚叱咤之威。舉鼎拔山之力。人有疾病之苦。泣涕衣食而飲。陛下不知霸王却有幾莊兒不及我王處。〔等駕云了〕
【上小樓】他不合燒阿房三十六宮。殺降兵二十萬人。先到咸陽。不依前言。自號爲君。趕故主。殺子嬰。誅絕斬盡。更殺義帝江心中。有家難奔。
【么】把長安封爲佞臣。將彭城改作內門。這的是他不得天時。失了地利。惡了秦民。更擄掠民才。弑君殺父。言而無信。及至他封官時。惜爵刓印。
〔駕上云了〕我王錯矣。豁達大度。納諫如流。爲恂宗而罷刑。肉滅強秦而罷城。德有功雖仇必賞。有過雖親必誅。霸王爲名征。我主施仁義呵。
【耍孩兒】這楚重瞳能有十年運。〔駕云了〕去十分消磨了六分。臣一觀乾象甚分明。〔駕云了〕我王帝星明明超羣。〔駕云了〕他時來力舉千斤鼎。直熬得運去無功自殺身。〔駕云了〕陛下問安邦策何時定。臣算着五年滅楚。小可如三載亡秦。
【么】恁般一個秦家基業人。客盡東愁甚末。劉項不分。登時間一統做漢乾坤。笑談間席捲三秦。敗齊破趙無虛謬。滅楚與劉有定准。〔駕云了〕請我王休心困。薦微臣的是朝中宰相。拿霸王的全在閫外將軍。

臣已早定議了。

【三煞】臣教子房散了楚軍。周勃領着漢兵。臣教酈商引鐵騎八方四面相隨趁。臣教王陵作先鋒九里山前明排着陣。臣教灌嬰爲合後十面埋伏暗擺着軍。臣教樊噲去山尖頂上磨旗作軍中眼目看陣勢調遣軍人。

【二煞】得勝也臣教大梁王在後面趕。詐敗也臣教九江王在前面引。把楚重瞳賺入長蛇陣。恁時節喑嗚叱咤難開口。便舉鼎拔山怎脫身。臣教呂馬童緊緊地相廝趁。〔等駕云了〕不妨事。他那裏知心故友。子是個取命的凶神。

〔駕云了〕相持處用着一人。孤舟短棹直臨江岸。扮作漁公。楚重瞳殺的怕撞陣衝軍。走的慌ゝ心忙意緊。行至烏江。無處投奔。來叫漁公。

【尾】只說道渡人不渡馬。〔駕云了〕他待渡馬時便不說渡人。〔駕云了〕這的是一朝馬死黃金盡。那時節有家難奔有國難投。急不得已羞扯龍泉自去刎。〔下〕

第四折

〔竹馬兒調陣子上〕〔漁翁霸王一折了〕〔駕一行上〕〔末扮呂馬童上云〕怎想今日烏江岸上。九里山前。送了你呵。好傷感人呵。

【正宮端正好】再休誇桀紂起刀兵。謾說吳越相吞併。也不似這一場虎鬬龍爭。方信圖王霸業從天命。成敗皆前定。

【滾繡毬】哎。霸王呵全不見鴻門會那氣性。今日向烏江岸滅盡形。那裏也拔山舉鼎。怎想你臨死也通點人情。自別處叫一聲。鄉人呂馬童梟首級分付的明。這兩莊兒送得楚重瞳百事無成。待回向垓心裏別了虞姬。悶悶悶懶歸西楚親無救。待去來吳楚八千子弟散得無一人。羞答答恥向東吳再起兵。另巍巍孤掌難鳴。

（駕云了）

【收尾】只爲那八千子弟無蹤影。因此上送得他十二瑤堦獨自行。道寡稱君事不成。創業開基命不存。失却龍駒怎戰爭。別了虞姬那痛增。前後軍兵緊相併。左右鎗刀廝圍定。掠袖揎拳挺魁頂。破步撩衣扯劍迎。響斷獅蠻心不寧。伏着龍泉身略橫。猿背彎環。醉眼朦朦。腰項斜稱。呀他可早鮮血淋漓了戰袍領。（下）

（扮韓信上）（駕上云）

題目　霸王垓下別虞姬
　　　高皇親掛元戎印
　　　漂母風雪嘆王孫
　　　蕭何月夜追韓信

# 鴈門關存孝打虎雜劇

陳以仁撰

楔子

〔殿頭官上云〕只將忠義報皇朝。要竭身心不憚勞。但得舉賢勤政事。同扶社稷輔神堯。小官乃殿頭官是也。奉聖人的命。今因黃巢作亂。縱橫天下。遣差陳敬思直至沙陀國取李克用去。左右喚陳敬思來者。〔卒子云〕得令。陳敬思安在。〔正末上云〕小官陳敬思是也。今有殿頭官呼喚。不知有甚事。須索走一遭去。說話中間。可早來到門首也。令人報復去道有陳敬思來了也。〔卒子報云〕陳敬思在於門首。〔殿頭官云〕道有請。〔做見科〕〔正末云〕大人呼喚小官那廂使用。〔殿頭官云〕陳敬思。喚你來不爲別。今因黃巢作亂。無人可敵。有沙陀李克用。他手下有五百義兒家將。十萬鴉兵。戰將千員。奉聖人的命。將他打傷國舅段文楚的罪過。盡行赦免。就與他五百面金字牌。五百道空頭宣敕。加他爲天下兵馬大元帥。你去宣取來破黃巢。疾去早來。〔正末云〕得令。則今日便索長行也。〔唱〕

【仙呂賞花時】止不過漠漠平沙際碧天。又不比夕貶潮陽路八千。我忙傳着一紙聖人宣。〔殿頭官云〕則是路途較遠。難行。須要小心在意者。〔正末唱〕避不的山遙路遠。〔云〕大人放心。〔唱〕我可也無明夜到居延。〔下〕

〔殿頭官云〕陳敬思去了也。無有甚事。回聖人話。走一遭去。〔下〕

第一折

〔沖末李克用上云〕萬里平如掌。古大獨爲尊。地寒氈帳煖。殺氣陣雲昏。江岸連三島。黃河占八分。華夷圖上看。別有一乾坤。番番番地。惡人懽。騎劣馬。坐雕鞍。飛鷹走犬。野水秋山。渴飲羊羔酒。飢飡鹿脯乾。響箭手中慣捻。雕弓臂上常彎。宴罷歸來。胡旋舞。丹青寫入畫圖看。某乃沙陀李克用是也。先父複姓朱邪。名赤心。因討龐勛有功。唐天子賜姓名李國昌。五十七歲身亡。某襲幽州刺史。因某帶酒打傷國舅段文楚。聖人大怒。貶某在沙陀。歇馬三年。今中原黃巢反亂。唐僖宗信任田令孜等。貪財好賄。人民失散。四野飢荒。盜賊並起。黃巢縱橫天下。朝中文武並不以社稷爲重。今日雖有各藩節度使二十四鎭。在于華嚴川。不曾得黃巢半根兒折箭。某夜來睡中得一夢。夢見一輪紅日。在帳房裏滾。又問陰陽人圓此夢。他說道。日乃人君之相。此夢必主朝中有宣敕來。某想來車駕見今幸西川。怎生得宣敕來。今日無甚事。在此閑坐一會。看有甚麼人來。〔正末上云〕小官陳敬思的便是。奉聖人命。宣召李克用去。望北塞而行。是好感愴人也。〔唱〕

【仙呂點絳脣】滿面塵埃。一鞭行色。青山外。碧樹雲埋。遙望見沙陀界。

【混江龍】遙望見鴈門紫塞。黃沙漠漠接天涯。看了這山遙路遠。更和那日炙風篩。一騎馬直臨蘇武坂。半天雲遮盡李陵臺。一川烟草。數點寒鴉半竿紅日。幾縷殘霞。悠悠羌笛在這晚風前。呀呀歸鴈遙天外。增添旅況。蕭索情懷。

〔云〕可早來到也。左右報復去。道天朝使命在此。〔卒子報云〕報的阿媽得知。今有天朝使命。在於門首。〔李克用云〕道有請。等我親身接待使命。〔卒子云〕道有請。〔做見科〕〔李克用云〕早知天使前來。只合遠接。接待不着。勿令見罪。〔正末云〕李克用將香桌來。望闕跪者。聽聖人的命。將你打傷國舅段文楚的罪過盡皆饒免。今因黃巢作亂。取你破黃巢。就加你爲天下兵馬大元帥。賜與你五百面金字牌。五百道空頭宣敕。賊平之日。論功陞賞。〔李克用云〕感謝聖恩。〔正末云〕關山多阻隔。信息最難通。〔李克用云〕昨日得好夢。今日喜相逢。〔正末唱〕

【油葫蘆】烟水雲山兩間隔。數年間音信乖。我可便把仁兄常記在心懷。

〔李克用云〕自幽州相別。今日恰得相逢也。〔正末唱〕想當日在幽州略得瞻風采。今日箇到沙陀不想重參拜。聖人三紙宣。將小官一徑差。請你箇與劉滅楚的韓元帥。聖人着早早的獻功來。

〔李克用云〕大唐家手下的文武全才。英雄濟濟。狀貌堂堂。那等好漢無限。量小官到的那裏。〔正末唱〕

【天下樂】准備下高築黃金拜將臺。請你箇英材。休左猜。恰便似虹霓般盼望你到來。與唐家輔一人。仗威風振四海。穩情取播清風千萬載。

〔李克用云〕左右將酒來。〔做把盞科云〕天使滿飲此盃。〔正末回酒科〕〔李克用云〕聞說黃巢反叛。忽聚餓夫百萬。手下有葛從周。孟截海。鄧天王。張歸霸張歸厚等五將。那些英雄好漢。量小官到的那裏。〔正末云〕休這般道。將軍有經綸濟世之才。補完天地之手。是必走一遭去。〔李克用云〕黃巢這廝利害。去不的。〔正末唱〕

【那吒令】雖賊徒利害。你覷他小哉。破黃巢的計策。則除是你該。扶唐朝世界。若非公大才。且休說漢三傑。更和這唐十宰。他每都日轉千堦。

〔李克用云〕破黃巢也要鋪謀定計的人。〔正末唱〕

【鵲踏枝】上陣似歇魂臺。臨軍如捨身崖。若說俺朝野公卿。無一箇將相之才。因此上萬乘君向西蜀避乖。誰曾見這一場興衰。

【幺篇】上陣處把軍排。賞罰處要明白。則你那千戰千贏。你是箇決勝之才。你可便用智謀計策。與唐家百姓除災。

〔李克用云〕兀那敬思排兵布陣統領雄兵。鋪謀定計。小官到的那裏。〔正末云〕你休這般道。〔唱〕

【寄生草】降災殃從天至。起干戈動地來。驚的那一朝帝王無精彩。諕的那兩班文武失魂魄。慌的那六宮粉黛無顏色。見如今龍車鳳輦尚遷移。知他那雕梁玉砌今何在。

〔云〕大人休違了聖旨。你早早破黃巢去來。〔李克用云〕敬思請坐。等我喚出義兒家將來。你試看者。小校起鼓。〔卒擂鼓科〕〔李亞子李存信李從珂康君利周德威五將上云〕某乃李亞子是也。這四位將軍。乃是李存信李從珂康君利周德威。正在帳中。則聽聚將鼓響。想是父親呼喚。須索走一遭去。〔做見科云〕阿媽。喚你孩兒那廂使用。〔李克用云〕天使在此。你相見者。〔衆云〕理會的。〔衆將跪拜科〕〔正末云〕呀呀。將軍請起請起。〔李克用云〕敬思。我這義兒家將。破黃巢去。却是何如。〔正末云〕看了將軍手下的人人驍勇箇箇威風。量黃巢到的那裏。〔李從珂康君利云〕父親不可去。〔李克用云〕怎生不可去。〔李從珂康君利云〕想父親在幽州帶酒打傷了國舅段文楚。聖人大怒。貶在沙陀歇馬。今日黃巢反亂。可來宣咱。父親不可去。〔李克用云〕吾兒說的是。不去則今日殺牛宰馬。做箇大大筵席。管待天使大人起身。〔李亞子李存信云〕父親既有朝命在此。不可違悖聖旨。畏刀避箭。壞了聲名也。〔李克用云〕吾兒李亞子說的是。則今日整搠人馬破黃巢去。〔康君利云〕父親不可去。〔李克用仗劍擊案云〕再有阻當軍情。說不去破黃巢的。此劍為令。〔正末云〕將軍是必走一遭去。〔唱〕

【寄生草】你八面威風大。端的是將相才。則你那龍韜虎略人難賽。握雲拿霧施兵策。排兵布陣添精彩。決勝千里辨輸贏。單註着黃巢今日何當敗。

〔李克用云〕敬思先行。我隨後拔寨而起。破黃巢走一遭去。〔正末云〕將軍是必早來者。〔唱〕

【後庭花】則要你領雄兵將隊伍排。今日箇請明公自見解。單註着李鴈門威風大。今日箇黃巨天旺氣衰。一句既明白。除將軍英雄慷慨。休俄延莫等待。將金牌懷內揣。

【柳葉兒】將軍授破黃巢的元帥。見皇家重用良材。敢把你鞠躬躬展脚舒腰拜。他每都忙挾策上壇臺。將軍你穩情掛勢劍金牌。

〔李克用云〕罷罷罷。便好道用之則行。舍之則藏。義兒家將。則今日拔寨起營。破黃巢走一遭去。〔正末云〕將軍快來。某先回聖人話去也。〔唱〕

【賺煞】則要你起軍卒。今日便離沙塞。說下的言詞莫改。我索先報與君王且放懷。則說道李沙陀隨後軍來。莫躭捱。准備着犒賞金帛。顯你那捉將挾人那手策。呀。你箇將軍休左猜。俺可便專心兒等待。等待你箇擎天架海棟梁材。〔下〕

〔李克用云〕陳敬思去了也。則今日破黃巢。走一遭去。咭呵哩哪闌嗎那哈兒嵮嵮言。不實我克熙兒哦八遲哈兒布姪兒何狗不狠也。這也屋而鈇哩古雷都腦刻實可不巡。〔下〕

## 第二折

〔李克用上云〕歡來不似今朝。喜來那逢今日。某乃李克用是也。自從來這沙陀。三年光景。蒙聖恩取回破黃巢。加某爲天下兵馬大元帥。統領五百義兒家將。三萬鴉兵。軍過鴈門關。夜來得了一夢。夢見一個大蟲。趕着我咬。撒然驚覺。乃是南柯一夢。未知主何吉凶。左右與我喚將周德威來者。〔卒子云〕得令。周德威安在。元帥喚你哩。〔周德威上云〕小官周德威是也。今日元帥呼喚。不知有甚事。須索走一遭去。早來到也。令人報復去。周德威來了也。〔卒子報科云〕報的元帥得知。有周德威在於門首。〔李克用云〕道有請。〔卒子云〕有請。〔見科〕〔周德威云〕元帥喚小官來有甚事。〔李克用云〕某今夜做了一夢。不知主何吉凶。請你來圓夢。〔周德威云〕元帥。夢有三不圓。記的頭。忘了尾。一不圓。記的尾。忘了頭。二不圓。記的中間。忘了頭尾。三不圓。元帥說來。〔李克用云〕昨夜三更時分。夢見一箇大蟲。搧着兩箇肉翅。望着某咬一口。撒然驚覺。乃是南柯一夢。不知主何吉凶。〔周德威云〕此夢單主吉不主凶。〔李克用云〕此夢怎生單主吉不主凶。〔周德威云〕單主今日日當卓午。得一箇應夢的將軍。〔李克用云〕應夢的將軍在於何處。〔周德威云〕不在飛虎。必在陵丘。〔李克用云〕怎生得見。〔周德威云〕元帥。除非是打圍射獵得見。〔李克用云〕既是這等。義兒家將。您聽咱。快布圍場出塞沙。雕弓硬弩隨身掛。短劍長鎗手內拿。皂雕起處麋鹿死。放起黃鷹捉水鴨。山獐野獸能着箭。虎豹豺狼又中叉。馬馱烏獸鷄和兔。驢背獐麅麋鹿狍。飛鷹走馬圍場罷。應夢將軍尋見他。〔同下〕〔正末上云〕自家安敬思的便是。在這鴈門關居住。與這鄧大戶家牧羊度日。我想來學成十八般武藝。幾時是崢嶸發達的時節也呵。〔唱〕

【南呂一枝花】屈沉殺大丈夫。埋沒了英雄漢。有分受辛勤。捱日月。幾時得施謀略。展江山。天數輪還。想太公在磻溪岸。他雖然成事晚。也曾釣西風蓑笠綸竿。到換做朝北闕烏靴象簡。

【梁州】比似我守辛勤放羊北海。幾時得逞英雄射虎南山。眼前光景成虛幻。怕的是鴈門月冷。紫塞風寒。黃沙漠漠。衰草班班。幾般兒生熬的人皓首蒼顏。消磨盡義膽忠肝。用功勞如韓信周勃。施妙策如張良謝安。呀呀呀逞英雄似樂毅田單。枉將人等閑。小看。便有那吐虹霓志氣沖霄漢。命不濟枉長嘆。每日價相伴着沙陀老契丹。受了些摧殘。

〔云〕我把這羊趕在山坡崖下。有水有草去處。着他吃些。我在這盤陀石上。盹睡盹睡。看有甚麼人來。〔正末盹睡科〕〔李克用領衆將上〕〔布圍場科〕〔李克用云〕周德威擺開人馬。快布圍場。不要走了麞麅野鹿虎豹豺狼。〔卒子云〕理會的。〔扮虎上冲科〕〔李克用云〕圍場中趕過甚麼去了。〔周德威云〕趕過牛來大一箇大蟲。跳過山澗去了。〔李克用云〕呀。那盤陀石上睡着一箇年紀小的後生。則怕那毒蟲傷害了那小的性命。叫他起來。〔卒子叫云〕兀那放羊的後生。虎咬了羊也。〔正末做醒科云〕今日不見了羊。明日也不見了羊。俺主人家鄧大戶家。則說我賣了羊。原來是你這潑毛團吃了這羊。好無理也。〔唱〕

【隔尾】我則見八面威的猛獸偎深澗。他可早一跳身番飛過淺山。把我這貪水食的羣羊盡哄散。這廝將咱惱犯。我這裏將皮裘緊拴。大踏步望前捨死的趕。

〔李克用云〕周德威。我從見日月交食。不曾見這個好爭鬬的後生。見了那大蟲。無些兒害怕。你和他說。他敢打這虎。我與他篩鑼擂鼓。吶喊搖旗。助着威風。你可打這毒蟲。〔周德威云〕兀那放羊的後生。俺元帥說來。你敢打那大蟲。俺與你篩鑼擂鼓。吶喊搖旗。助着威風。你打那大蟲。〔正末云〕你與我助着威風。看我打這大蟲。〔唱〕

【牧羊關】血鼻凹撲碌碌連打十餘下。死尸骸骨魯魯滾到四五番。恨不的莽拳頭打挫牙關。八面威氣象全無。十石力身軀軟癱。泥污了數尺金椽尾。血模糊幾道剪刀斑。舒不出鋼鈎似十八爪。閃不開金鈴也一對眼。

〔正末打死虎科〕〔李克用云〕周德威。你看那放羊的後生。將那大蟲三拳兩脚。打死了也。這虎乃獸中之王。有十石之力。百步之威。人見虎骨肉皆癱。此人真乃壯士也。你對壯士說。這毒蟲原是我圍場中趕出去的。教他還我來。〔周德威云〕兀那打虎的壯士。俺元帥說來。那虎原是俺這圍場中趕出去的。你還俺來。〔正末云〕你靠後。我丟與你。〔正末丟虎科〕〔李克用做驚科云〕隔着許來大山澗。丟將過來着他尋一條蚰蜒小路過來。我與他說話。〔周德威云〕兀那壯士。俺元帥教你尋條蚰蜒小路過來與你說話。〔正末云〕我那裏尋那蚰蜒小路着的呵。〔做跳澗科〕〔李克用云〕兀那壯士。你是那裏人氏。姓甚名誰。你說一徧我聽。〔正末云〕大人不嫌絮煩。聽小人說一徧者。〔唱〕

【賀新郎】小人本家住在鴈門關。〔李克用云〕你做甚買賣營生。〔正末唱〕與人家牧牛羊。〔李克用云〕你和他同財合本。〔正末唱〕則是苟圖些衣飯。〔李克用云〕你有甚麼親眷。〔正末唱〕沒親眷獨自箇單身漢。〔李克用云〕你姓甚名誰。〔正末唱〕名敬思小人姓安。〔李克用云〕你十八般武藝。那一般精熟。〔正末唱〕我學的十八般武藝熟閑。〔李克用云〕你既然學成十八般武藝。見如今黃巢作亂。縱橫天下。你肯去破黃巢去麼。〔正末唱〕不是這習兵書的好漢少。赤緊的養劍客的主人難。〔李克用云〕看了你威風凜凜。狀貌堂堂。何不進取功名。〔正末唱〕覷了這窮身潑命難把功名幹。〔李克用云〕你既有打虎之威。取功名有何難哉。〔正末唱〕端的是入山擒虎易。叉手告人難。

〔李克用云〕兀那壯士。既學成十八般武藝。何不進取功名。在此受這等艱難。〔正末唱〕

【哭皇天】只爲俺衣飯難迭辦。不得已在他人眉睫間。〔李克用云〕你在那裏居住。〔正末唱〕則這安敬思在飛虎峪。〔李克用云〕你爲何在此受苦。〔正末云〕大人。不爭小人一箇受苦。上輩古人。多有受窘的哩。〔李克用云〕可是那幾箇古人受窘。〔正末唱〕便似班定遠在玉門關。空學的兵書戰策。爭奈運拙時艱。淹留在此去住無門。便似蘇武般陷番。打虎的壯士。牧羊的家奴。似梁園採木把我做凡花凡花一例看。你覷的黃巢利害。我看似等閑。

〔李克用云〕兀那壯士。你若肯去破黃巢。我助你十萬鴉兵。你意下如何。〔正末云〕不要不要。〔唱〕

【烏夜啼】也不要錦衣綉襖軍十萬。我手裏要恢復你大唐江山。可憐見荒荒百姓遭塗炭。見如今地亂天番。我直教國泰民安。不能勾開疆展土笑談間。算甚麼頂天立地男兒漢。枉了你廝聽使。相調慢。花根本豔。虎體元斑。

〔李克用云〕兀那壯士。你肯跟我去破黃巢。作箇義兒。作箇家將。〔正末云〕怎生喚做義兒。怎生喚做家將。〔李克用云〕你作家將。是我手下散軍頭目一般。要作義兒。便與親兒李亞子一般。〔正末云〕小人情願做箇義兒。不作家將。〔李克用云〕既然與我作義兒。改名喚做李存孝。你用甚麼衣袍鎧甲。我關與你。〔正末云〕父親。您孩兒不用衣袍鎧甲。就用這死虎皮。做一箇虎皮磕腦。虎皮袍。虎筋縧。孩兒自有兩般兵器。渾鐵鎗。鐵飛撾。〔李克用云〕我得了此人。正是應夢的將軍。周德威。你說今日日當卓午。得一箇應夢將軍。果然得了應夢的將軍。則你那陰陽有準。禍福無差。將一錠金來。與周德威做壓卦錢。〔與金科〕〔周德威云〕多謝元帥厚意。〔李克用云〕左右將過空頭宣敕來。李存孝望闕跪者。自今日加你為十三太保飛虎將軍。存孝望闕謝了恩者。〔正末云〕感謝聖恩。〔李克用云〕孩兒。則今日便索長行。〔正末云〕父親。孩兒去辭了鄧大戶。便索長行。〔李克用云〕既是這等。左右與我喚將鄧大戶來。〔卒子云〕得令。鄧大戶安在。〔外扮鄧大戶上云〕 老漢鄧大戶是也。正在莊田裏。只聽的元帥呼喚。須索走一遭去。說話中間。可早來到。令人報復去。說老漢來見元帥。〔卒子報科〕〔李克用云〕着他過來。〔做見科〕〔鄧大戶云〕元帥喚老漢那廂使用。〔李克用云〕鄧大戶。這安敬思多虧了你恩養。他如今與我做了義兒。是朝廷的人了。將十錠金十錠銀與你。作恩養錢。〔鄧大戶云〕老漢不敢受這金銀。家中有一小女。喚做金定小姐。年長一十八歲。就與存孝為妻。不知元帥意下如何。〔李克用云〕好好。你的女兒。配與我孩兒為妻。我孩兒若作了官。你女兒便是夫人哩。〔鄧大戶云〕既然如此。多謝了元帥恩意。老漢告辭回去也。〔下〕〔李克用云〕吾兒存孝。我與你三千人馬先去破黃巢。你敢去麼。〔正末云〕父親放心。不是你孩兒誇大言。〔唱〕

【二煞】憑着我忠心掃蕩烟塵散。捉將手扶持社稷安。華嶽大戰那其間。上的那駿馬雕鞍。恁般兒雖不似跨海征遼那漢。黃金鎧不須擐。憑着背上雕弓月樣彎。我則要定了天山。

〔李克用云〕李存孝。你既然這等英雄。你敢與黃巢交戰麼。〔正末云〕父親放心。〔唱〕

【尾聲】不是勤王存孝相輕慢。我覷的叛國黃巢一似等閑。休俄延。莫怠慢。我將它特小看。好還咱兩陣間看存孝這一番。不許當不許攔。一颩軍沒揣的撞入長安。忙離寶鐙。跳下征鞍。直臨內苑。撞入皇宮。一隻手可答地拖離寶殿。滴溜撲摔下瑤堦。比及挑筋剔骨。摘膽剜心。大拳頭揾住嘴縫。闊脚板踏住胸脯。我只問你因何將大唐天下反。〔下〕

〔李克用云〕存孝去了也。〔卒子云〕去了也。〔李克用云〕衆義兒家將。自今日聽吾將令。前排甲馬。後列軍卒。耳聞金鼓震天雷。眼望繡旗遮日月。道與俺那能爭好鬭的番官。捨死忘生的家將。一箇箇齊懸着虎爪狼牙棍。沙魚鞘插三環寶劍。鴈翎刀攙明晃晃耀日爭光。繡旗下列光油油檀子棒。手彈着樂器。有弩杜花遲。准備着相持得勝也。安排着筵會。金盞子滿斟着賽銀打剌蘇。膽瓶中插一枝萬金千柳。帳房內攙幾箇描不成畫不就嬌滴滴酥胸胡女。帳房外三二百員鬢黃髮亂番官。賽銀齊將鶿蘇門也舍吃。都帶着隱□。攙着鶯盤錦。行軍使打幾對雲月皂雕旗。列拐子馬數千。鐵鷂子俺這裏馬如龍。人似虎。趕上將鋼刀剁。銅斧砍。鐵鞭忙丟。來着馬皮。放回拿住。將他殺盡方休。〔下〕

## 第二折

〔黃巢上云〕馬鞴征鞍將掛袍。將軍呵手撚弓鞘。休言十載燈窗苦。怎比征夫半日勞。某乃黃巢是也。因大唐開其選場。某乃上朝應舉。唐天子嫌某貌醜。退出不用。某在太行山落草爲寇。某手下有御弟黃圭。鄧天王。張歸霸。張歸厚。雄兵有百萬。戰將有千員。要奪大唐家江山社稷。今有北塞沙陀。取將李克用來。他手下有箇牧羊子。喚做李存孝。統領雄兵。與俺交戰。我如今喚張歸霸張歸厚來。與他雄兵百萬。着他交戰去。左右喚他二人出來。〔卒子云〕張歸霸。張歸厚。大王喚你哩。〔二淨上云〕湛湛青天不可欺。八箇螃蟹往南飛。只有一箇飛不動。原來是箇尖臍的。某乃張歸霸。張歸厚是也。今有大王呼喚。不知有甚事。須索走一遭去。說話中間。可早來到。左右報復去。道俺二將來見。〔卒子報云〕喏。報的大王得知。有張歸霸張歸厚來了也。〔黃巢云〕着他過來。〔卒子云〕着你過去哩。〔二淨見科云〕大王。喚俺那廂使用。〔黃巢云〕喚你二人來。今因大唐家取將沙陀李克用來。他手下有箇牧羊子。喚做李存孝。統領十萬雄兵。千員猛將。來與俺交戰。我如今也與你百萬雄兵。到來日與他相持廝殺去。〔二淨云〕得令。我出的這門來。大小三軍。聽吾將令。甲馬不許馳驟。金鼓不許亂鳴。人披人甲。馬披馬甲。若還沒甲。披上兩葉板闥。兩頭繩子紮殺。我若殺的過。則管殺。我若殺不過。我便走了。看你怎生刺巴巴。〔下〕〔黃巢云〕他二人去了也。大小三軍。聽吾將令。統戈甲便是巡捕。狹路處低言輕語。不許大叫高呼。犯着令斬首級。決不輕恕。〔下〕〔正末上云〕某乃十三太保李存孝是也。頗柰黃巢無禮。他差、歸霸張歸厚統雄兵百萬。戰將千員。來與俺這裏交戰。想這廝好生無禮也呵。〔唱〕

【越調鬭鵪鶉】你看我對壘交鋒。相持廝殺。則聽的吶喊搖旗。天摧地塌。則我這耀武揚威。披袍擐甲。非小可。不是耍。則這八水三川。屯着千軍萬馬。

【紫花兒序】人蕩散征塵殺氣。旗招颭落日殘霞。馬踏偏野草閑花。你看我施逞武藝。則待將賊將活拿。這場征伐。你看我虎略龍韜隄備下。不是我自獎自誇。憑着我志節軒昂。武藝熟滑。

〔云〕大小三軍。擺開陣勢。看有甚麼人來。〔二淨上云〕某乃黃巢手下大將張歸霸張歸厚是也。你是何人。敢和我相持廝殺麼。〔正末云〕這廝好無理也。操鼓來。〔唱〕

【金蕉葉】我則見黑黯黯雲遮日華。昏鄧鄧風吹塞沙。見一人雄糾糾披袍擐甲。嗔忿忿橫槍躍馬。

（二淨云）來將何人。（正末唱）

【調笑令】不索你搊咱。更怕你會征伐。（二淨云）來者何人。通名道姓。（正末唱）你存孝爹爹出陣咱。（云）你是何人。（二淨云）吾乃黃巢手下大將張歸霸張歸厚。你那牧羊子早早下馬來受死。（正末唱）原來是黃巢手下張歸霸。嗔道這般氣高膽大。向前來二人挑戰咱。不索你鼕鼕戰鼓頻撾。

（二淨云）頗奈牧羊子無理。你敢與我決戰三合麼。（正末云）交馬來。（唱）

【禿廝兒】鞍上將威風轉加。坐下馬筋力堪誇。我則見紗燈兒般轉到十數匝。我看你怎生收煞。

（二淨云）我兒李存孝早早下馬罷。（正末云）這廝好無理也。（唱）

【聖藥王】叵耐他。小覷咱。匣中寶劍定中華。憑着我坐下馬。手中撾。李存孝非是自矜誇。我扶立起大唐家。

（二淨云）殺不過他。往長安走了罷。（下）（正末云）這廝可早走了也。往那裏去了。（卒子云）往長安城去了。（正末云）大小三軍。一齊殺進長安城去。（唱）

【雪裏梅】猛然間入京華。誰敢道當闌咱。則這京城中可是俺大唐天下。不刺刺忙催戰馬。

（云）進的這城來。大小三軍。擺開陣勢。看有甚麼人來。（黃圭上云）某乃御弟黃圭是也。叵耐大唐家去沙陀取將李克用來。他手下新收的一箇牧羊子。叫做存孝。來殺俺二三十陣。今殺到長安城裏。無人敢當。某親身與他交戰一遭去。兀那牧羊子。來與某交手咱。（正末云）這廝好無禮也。走將來交馬便戰。不要看這廝披掛。到騎着一匹好馬。大小三軍。看我拿那廝來。（唱）

【古竹馬】也不索征鞍輕壓。征靴微抹。征騎緊跨。不刺刺直趕到海角天涯。生熬的兩事家。心驚膽戰。力困神乏。見他。見他戰戰兢兢。怯怯喬喬。黃甘甘容顏如蠟渣。全不見武藝熟滑。
〔黃圭敗科云〕我殺不過他。走了罷。〔下〕〔正末云〕這廝走了也。須索趕上去。〔唱〕
【么】我從來劣性難拿。正惱犯如何收煞。見咱。趕他。撞陣沖軍。倒戈棄甲。縱轡加鞭催戰馬。恨不的剪斷紫稍。踏斜寶鐙。頓寬玉勒。擺損金劊。
【尾聲】把那倉廒府庫隨風化。不落根椽片瓦。這勤王存孝得功回。教這反國黃巢沒亂殺。〔下〕

第四折

〔李克用上云〕帥鼓銅鑼一兩敲。轅門裏外列英豪。三軍唱罷平安喏。緊捲旗旛不動搖。某乃李克用是也。今有李存孝孩兒與黃巢交戰去了。未知輸贏勝敗。差了一箇能行快走的探子去了。這早晚敢待來也。
〔正末扮探子上云〕一場好廝殺也呵。〔唱〕
【黃鍾醉花陰】一托氣直奔數十里。偏體汗渾如水洗。非是我說兵機。若論相持。大會垓應難比。
【喜遷鶯】火速的上堦基。一徑的攙先隊。〔云〕報報報。喏。〔唱〕來報喜。〔李克用云〕好探子也。從那陣面上來。喜色旺氣。一張弓彎秋月。兩枝箭插寒星。三尺劍掛小貂裘。四方報喜問探子。五花營中來往有如攛梭。六隊軍中上下有如蛟龍。七尺軀肩擔令字旗。八角紅纓桶子帽。久久等待許多時。實實數說軍情事。〔探子唱〕當日箇華嶽川內。衆諸侯聚會雲集。端的阿誰不會。盡是此二使爭好鬬顯氣勢。一箇箇挾人捉將。一箇箇撾鼓奪旗。
〔李克用云〕俺存孝與黃巢賊將兩陣對圓。怎生相持廝殺。你喘息定。慢慢說一遍者。〔探子唱〕
【出隊子】齊臻臻軍卒擺列。韻悠悠畫角吹。撲鼕鼕振地凱征鼙。赤力力遮天磨綉旗。不刺刺追風戰馬嘶。

〔李克用云〕那賊將怎生冲陣。憑陵大叫。俺存孝怎生一勇冲殺。你喘息定。試再說一徧。〔探子唱〕

【刮地風】則見張歸霸軍前猛叫起。咱兩箇比試高低。李存孝怒從心上起。呀可早變了容儀。倒豎神眉。踏寶鐙滴溜撲跳上烏騅。吼風雷吐虹蜺。一怒千斤力。拚性命廝對敵。手拿定兩柄撾槌。

〔李克用云〕俺存孝與賊將交馬十數合。那家贏。那家輸。你喘息定。再說上一徧。〔探子唱〕

【四門子】惡歆歆撞入垓心內。張歸霸走似飛。料應他武藝敵不的。打征騅。捻玉勒。暢好是慌。好是急。飛虎將早來望後追。暢好是慌。好是急。悞撞入長安市裏。

〔李克用云〕那賊將敵不過存孝。敗陣望長安逃命而走。俺存孝乘勝追趕。撞入長安城內。又與賊將怎生巷戰。你再說一徧。〔探子唱〕

【古水仙子】趕來到灞河裏。見一隻舡來有似飛。搖櫓的水手又心忙。把柁的梢公膽碎。恨不的兩下裏納降旗。一齊的馬前忙跪膝告爹爹委實敵不的。來來來似小鬼見鍾馗。

【寨兒令】端的端的。全無半點疎失。又不見敵軍武藝低。雖存孝會兵機。也托賴着當今帝。

〔李克用云〕好探子也。與你兩隻羊。兩瓶酒。十箇免帖。回本營去。〔探子唱〕

【尾】到不得底。千尋浪頭裏看時節顯出此二頭盔。我則見尸堰斷灞陵橋下水。

題目　張歸霸布陣排兵
　　　李克用揚威耀武

# 晉陶母剪髮待賓雜劇

秦簡夫撰

## 第一折

〔冲末孤上云〕滿腹文章七步才。綺羅衫袖拂香埃。今生坐享清平福。不是讀書那得來。小官姓范名逵。官拜學士之職。方今聖人在位。拔擢英才。因爲山間林下。多有懷材抱德之人。不肯進取功名。今着小官五路採訪。但有才德文學孝廉仁義之士。有所長。着小官保奏到朝中。聖人自有加官賜賞。小官不敢久停久住。乘驛馬便索登程。小官離帝闕親赴他邦。多有那居山林隱跡埋藏。奉朝命四方採訪。這一去舉名儒要見忠良。〔下〕〔生扮陶侃上云〕黄卷青燈苦業儒。九經三史腹中居。寸陰當惜休輕放。治國齊家在此書。小生姓陶名侃。字士行。祖居丹陽人氏。年方二十歲。父親辭世。有母湛氏。擡舉小生成人長大。訓課讀書。爭奈家貧。母親與人家縫聯補綻。洗衣刮裳。覓來錢物。與小生做學課錢。雖則學成滿腹文章。何日是崢嶸發達之時。今日太學中有一老先生。姓范名逵。來到府學。箇月期程。別的書生都請了他。止有小生不曾相請。便請可也無錢。小生也無計所柰。寫了箇錢字信字。有箇韓夫人。他是箇巨富的財主。開着座解典庫。小生將着這兩箇字。直至韓夫人家。折當三五貫長錢來。請那范先生。也是小生出於無柰。我想陶侃空學成滿腹文章。幾時得遂大志也呵。正是魯麟周鳳皆爲瑞。出不逢時柰若何。〔下〕〔韓夫人上云〕守志韓門媿丈夫。世傳清白事非無。治家嚴肅閨門整。文業堪同曹大姑。妾身姓韓。丹陽縣人氏。家中頗有資財。油磨房解典庫。鴉飛不過的田土。嫡親的兩口兒家屬。有箇女孩兒。年方一十八歲。不曾許聘他人。今日在解典庫中閑坐。看有甚麽人來。〔陶侃上云〕小生陶侃是也。說話中間來到韓夫人門首。無人報復。我自家過去。〔做見科云〕 夫人拜揖。〔夫人云〕好一箇秀才也。敢問秀才姓甚名誰。此來却是爲何。〔陶侃云〕小生本處人氏。姓陶名侃。字士行。嫡親的子母二人。小生幼習儒業。頗讀詩書。爭柰家貧如洗。如今天下多事。母親恐小生安逸。不堪任事。着小生朝運百甓於齋外。暮運百甓於齋內。慣習勤苦。奪取功名。今有太學中一老先生。來此經久。小生欲要相請。爭柰無錢。今寫了一箇錢字。一箇信字。當在夫人這裏。怎生當與小生五貫長錢使用。小生若兌付的錢來。可來贖取這兩箇字。〔夫人云〕量這箇信字。打甚麼不緊。〔陶侃云〕夫人。這箇信字不輕。俺這信行爲准。秀才每既爲孔子門徒。豈敢失信於人。可不道人無信不立。〔夫人云〕我見這箇秀才。發言吐語。論議四出。久後必然崢嶸顯達。秀才。你既有事。將五貫錢去。〔陶侃云〕多謝夫人不阻。〔夫人云〕秀才且休回家去。下次小的每將酒來。秀才滿飲一盃。〔陶云〕母親嚴教。並不敢喫酒。〔夫人云〕秀才。這酒是老身服湯藥的酒。秀才略飲三盃。若到家你母親問你時。便道我着你喫酒來。你母親也不怪你。〔陶云〕既是這等。小生逆不過夫人面皮。只得勉飲三盃。〔做飲科云〕夫人。小生得了酒也。夫人休怪。小生將着這五貫錢。還家中去也。〔下〕〔夫人云〕秀才去了也。我恰纔覷了陶秀才相貌。雖則時間受窘。久後必然發跡。我有心待將女孩兒許與這生爲妻。爭奈不認的他那母親。我且記在心懷。待後圖之。今日無事。且回後堂去也。〔下〕〔正旦扮陶母上云〕老身丹陽縣人氏。自身姓湛。夫主姓陶。名丹。早年亡過。所生一子。喚名陶侃。學成滿腹文章。爭奈風雲未遂。今日往太學中講書去了。安排下茶飯。孩兒這早晚敢待來也。〔唱〕

【仙呂點絳唇】夫主歸天。老身發願。將豚犬嚴教了十年。下苦志習經典。

【混江龍】我將此衣服頭面。都做了文房四寶束修錢。他學的賦課成八韻。詩吟就全篇。十載寒窗黃卷客。博一紙九重天上紫泥宣。〔云〕念老身治家教子。我孩兒事奉萱親。着他受半生辛苦。指望待一舉成名。我與人縫聯補綻。洗衣刮裳。〔唱〕那箇不說兒文章虧殺了娘針線。學成了詩云子曰。久以後忠孝雙全。

〔云〕安排下茶飯。陶侃這早晚敢待來也。〔陶侃帶酒上云〕小生陶侃。恰纔在韓夫人家。當了這五貫長錢。喫了三盃兒酒。面皮紅了。則怕母親問。來到家中。我不言語。自過去。母親。您孩兒下學來了也。〔旦云〕你莫不喫酒來。〔陶云〕你兒不會喫酒。〔旦云〕你未學讀書。先學喫酒。你喫酒敢還早哩麼。〔唱〕

【油葫蘆】你不肯刺骨懸頭作狀元。金榜上將名姓顯。你則待長安市上酒家眠。則他這匡衡牆緊靠着編修院。則他那杜康宅隔壁是悲田院。你學仲宣空倚樓。似祖生嬾着鞭。你則待醉鄉中早稱了平生願。常留着一體在頭邊。

【天下樂】哎兒也你幾時能勾兩行朱衣列馬前。〔云〕孩兒。你須知道的。〔唱〕則俺這家緣。可也無甚錢。則怕典不了賣不了。喒金谷園你則待醉華筵學五侯。往竹林訪七賢。幾曾見凌烟閣上畫醉仙。

〔云〕孩兒想你這般攻書呵。你娘那裏得那錢物來。〔陶云〕孩兒知道。則是多虧了母親。〔旦唱〕

【那吒令】則他這今年。非同似往年。恰還了紙錢。又少欠下筆錢。常着我左肩。那在這右肩。與人家做生活打些些活。閑停止粧宅眷。端的使碎我這意馬心猿。

【鵲踏枝】你則待要赴佳筵。倒金缸。喒如今少米無柴。赤手空拳。你不學漢賈誼獻長策萬言。你則待學劉伶般爛醉十年。

〔陶云〕您孩兒不會飲酒。〔旦唱〕

【寄生草】你則待扶頭酒尋半碗。謁人詩贈幾篇。請着你不離隨着他轉。逢着你的唱偌迎着他舍。後來便說着你的體面難消遣。則你這拖狗皮纏定這謝家樓。幾時得布衣人走上黃金殿。

〔云〕陶侃。你實說在那裏飲酒來。〔陶跪云〕不瞞母親說。孩兒在韓夫人家飲酒來。〔旦云〕你爲甚麼到韓夫人家。〔陶云〕母親不知。容您孩兒慢慢說一遍。近日太學中來了一箇老先生。姓范名逵。別箇書生都相請了。則有您孩兒不會請。爭柰家寒無有錢鈔。您孩兒寫了一箇信字。一箇錢字。在韓夫人家當了五貫長錢。夫人道偌大一箇解典庫。怎教你空口出門。他服湯藥的酒。着你孩兒喫了三鍾。您孩兒不肯喫來。夫人說道。你母親怪你。就說我教你喫來。今母親致怒。我不怨別人。只怨韓夫人。〔旦云〕小孩兒家。你喫了他酒。又當下一箇信字。到還怨他。陶侃。你寫一箇信字。一箇錢字來我看。〔陶云〕理會的。〔做寫科云〕寫就了也。母親。這箇是錢字信字。〔旦云〕陶侃。這兩箇字。那一箇好。〔陶云〕母親不問。你孩兒也不敢說。還是錢字好。

（旦云）怎生這錢字好。（陶云）母親。便好道錢字是人之膽。財是富之苗。如何有錢的出則人敬。坐則人讓。口食香美之食。身穿錦綉之衣。無錢的口食糲食。身穿破衣。有鈔方能成事業。無錢眼下受奔波。這箇信字。打甚麼不緊。（旦云）你那裏知道。我說與你。（唱）

【金盞兒】錢字是大金傍戔。信字是立人邊言。信近於義。錢招怨。這一箇有錢可更有信。兩件事古來傳。這一箇有錢的石崇般富。這一箇有信的范丹賢。你常存着立身夫子信。（云）擡了者。（唱）休戀這轉世鄧通錢。

（云）陶侃。你又飲酒。又失信。過來。躺着。須當痛責。（陶云）母親打的是。這一場都是韓夫人。（旦唱）

【醉扶歸】你可便休把他人怨。你可便不聽你這母親言。（陶云）母親閃了手也。（旦云）陶侃。你多大年紀也。（陶云）母親。孩兒二十歲了。（旦唱）你如今二十歲也不索可便虛受了一歲者波你可也央及了我十九年。（云）不打這廝慣了他。陶侃。你再敢喫酒麼。（陶云）你孩兒再不敢了也。（旦唱）我這裏自解嘆無人將我來勸。我這裏欲待要打也索好着我心兒裏可憐。（云）陶侃起來。我不打你。饒了你者。（陶云）我謝了母親。為甚麼不打你孩兒。（旦云）你問我為甚麼不打你。（唱）我看着未及第的書生面。

（陶云）謝了母親。（旦云）從今後見酒一點也不要吃。你那五貫長錢。使了未曾。（陶云）還不曾使動。（旦云）與他一箇月利息。與我贖將那箇信字來。我與你待客。（陶云）母親索是用心也。（旦唱）

【賺煞】不為一紙傲書遲二一怕你交朋怨。則我這老益壯貧而益堅。我甘分饑寒守自然。那冷時節熬熬的舊顏。歛這饑時節是我忍過的心閑。哎兒也你曾看這魯論篇。（陶云）孩兒也曾讀來。不知是那一篇。（旦云）齊景公有馬千駟。（唱）民無德而稱焉。都是此二有德行顏淵閔子騫。你與我書讀那萬卷。愁甚麼戶封八縣。（云）咱要發跡呵。也至容易。（唱）你再去那六經中苦志二一二年。（旦下）

（陶云）母親言語。不敢不依。將着這五貫錢。去那韓夫人家。贖那信字。走一遭去。（下）

第二折

〔韓夫人同小哥上〕〔夫人云〕妾身韓夫人。自從陶侃當下這箇信字。拿錢到家中。被他母親痛決了一場。今日早間。陶侃將信字贖將去了。老身看中那秀才。有心待招他做女婿。爭柰不會見他母親。今日無事。且在解典庫中坐着。看有甚麼人來。〔正旦扮陶母上云〕老身陶侃的母親便是。爲家貧無錢待客。將自己頂心裏頭髮剪了兩剪。纔做一綹兒頭髮。上長街市上。賣些錢物。管待范學士。我一會家想來。子母孤窮。常躭饑凍。幾時是俺那發跡的日子也呵。〔唱〕

【正宮端正好】甘守分半生貧。則爲我有孟母三遷志。我當了一二十年無倚靠的家私。我幾曾買賣臨街市。我如今顧不的人輕視。

【滾繡毬】我這裏自三思。俺那兒做伴的。都是些善人君子。孔子云與朋友切切偲偲。有朋自遠方至。如此怕不我重管待。理當如是。則爲這一頓飯。剪了一縷青絲。做兒的攻書十載。可便學成儒業。做娘的請客三番。敢剪做戒師。我甘分無辭。

〔韓夫人云〕兀那街市上一箇婆婆。手裏拿着一綹兒頭髮。不知是賣的。不知是買的。下次小的每。與我喚將過來。〔小二哥云〕理會的。兀那婆婆。這頭髮是賣的是買的。〔旦云〕是賣的。〔小二哥云〕解典庫中有俺夫人要買你的哩。〔做見科〕〔韓夫人云〕兀那婆婆。這頭髮是賣是買酌。〔旦云〕是賣的。〔韓夫人云〕是活髮麼。〔旦云〕是活髮。〔韓夫人云〕要多少錢。〔旦云〕不添不減。則要五貫錢。〔韓夫人云〕敢多了些兒麼。〔旦云〕我則要五貫錢。〔韓夫人云〕清早晨我不發這鈔出去。你轉一轉來取。〔旦云〕你不買。我別處賣去。〔韓夫人云〕你只這般用的錢緊。〔旦唱〕

【倘秀才】我家裏請下客非同造次。等着錢家中要使。誰家自己髮與人做頭髮兒。〔韓夫人云〕恁的呵。我不買。〔旦云〕你不買罷。〔唱〕常存的青絲在。須有變錢時。他比不的秋後的扇兒。

〔韓夫人背云〕這婆子聲音模樣。與陶侃秀才一般。莫不是他母親。是不是我問他一聲。〔云〕婆婆。你莫不是陶侃的母親麼〔旦云〕然也。那壁敢是韓夫人麼〔韓夫人云〕然也〔相見拜科〕〔韓夫人云〕婆婆請家裏來。我問你。咱你孩兒拿的箇信字來。我當與他五貫長錢。你怎生將他痛決了一場。你差了也。量箇信字打甚麼不緊。一點墨半張紙。又不中吃。又不中使。做甚麼打他〔旦唱〕

【滾繡毬】你道是一點墨半張紙。不中吃不中使。〔云〕俺典了信字。管待秀才〔唱〕又則道俺咬文嚼字〔韓夫人云〕量這箇信字打甚麼不緊。〔旦唱〕都是那十數畫兒有這信字。爲臣的作箇重臣。爲子的作箇孝子。爲吏的情取箇素身行止。借人錢財主。每休想道推辭〔云〕姐姐。咱這婦道人家有這箇信字呵〔唱〕則被這親男兒敬重做賢達婦〔云〕男子漢有這箇信字呵〔唱〕交朋友皆呼信有之。你可休看覷因而。

〔韓夫人云〕婆婆。我有心看上你那秀才。肯與我家做箇女婿。我陪奩房斷送。我女孩兒與他爲妻。你意下如何。〔旦云〕我這裏賣頭髮來說親來。下次使不的箇媒人說不的。〔韓夫人云〕我許這親事早哩。〔旦唱〕

【倘秀才】俺孩兒善與人交。久而敬之。〔云〕姐姐。你待要題親呵〔唱〕你可便見賢思齊。默而識之。你分明是般調人家小樣兒。俺孩兒常存着讀書志。怎肯教不記下樓詩。見俺那讀書的小廝。

〔韓夫人云〕你今日先許了這親着〔旦云〕夫人且等着。〔韓夫人云〕等着甚麼〔旦唱〕

【呆骨朵】俺那孩兒遙受着玉堂金馬三學士。你便闕的俺那棟梁材節外生枝。〔韓夫人云〕小秀才只恁怕你〔旦唱〕你道是兒怕娘嚴。〔云〕着姐姐道也〔唱〕大古里子孝父慈。不爭着秀才每無忠信。便使美玉生瑕疵。你待要閨中養豔姝。姐姐也我則理會的棒頭出孝子。

〔韓夫人云〕我是一箇巨富的財主。倒陪奩房。將我箇描不成畫不就的女孩兒。與你兒子做媳婦。你倒不

肯。〔旦云〕姐姐。休這般說。〔唱〕

【脫布衫】你可便休賣弄花朵兒般嬌姿。休倚仗你銅斗兒家私。好前程萬中怎選。你待題親事一家無二。

【醉太平】你待賣心兒外侍。也索轉意兒尋思。〔云〕要成親早哩。〔唱〕直等的俺孩兒金榜掛名時。那其間新婚燕爾。俺孩兒守寒窗遂了十年志。戰羣儒一掃三千字。上天梯賦就五言詩。任憑時封妻廕子。

〔韓夫人云〕你許了我這親事者。〔旦云〕你還我頭髮錢來。〔韓夫人云〕誰偷了你的也。〔旦云〕聖人道先功名而後妻室。等俺孩兒得了官呵。那其間成這親事未爲遲哩。〔唱〕

【尾聲】等俺孩兒若受了千鍾祿二品職。成就了高堂大廈英傑子。你兒那時節五花誥駟馬車。做一箇大院深宅媳婦兒。更有鄉鄰不輕視。車馬迎門不造次。百味珍羞揀口兒。喝婢呼奴換套兒。富貴榮華有人使兒女團圓做了親事。任憑時節永遠姻親方顯的我慎終始。〔下〕

〔韓夫人云〕好箇古憋的婆婆。今日見他一面。果然得治家之道。我將女兒與這等婆婆。不強似許與別人。等秀才應過舉時務要成此親事。我不爭拘束着閉月羞花女。那其間分付與你箇銀鞍白面郎。今日無事。且回後堂中去來。〔下〕

## 第二折

〔陶侃上云〕小生陶侃。多虧母親指頭上討了些針線錢。今日着我請范老先生。已着人請去了。這早晚怎生不見來。〔末扮范先生上云〕滿腹文章七步才。綺羅衫袖拂香埃。今生坐享清平福。不是讀書那裏來。小官范逵是也。五南路採訪賢良。來到此丹陽縣太學中。箇月期程。秀才叢中有一人姓陶名侃。字士行。嫡親的子母二人。此人依母指教。苦志攻書。我觀陶侃有經濟大才。我有心待保舉此人。若到京師見了聖人必然重用。今日他家中請小官飲酒。他則知道我是箇學士。不知小官所幹事務。如今見了他母子。我自有箇主意。說話中間閒人來。這箇門兒。便是他家。試叫一聲。陶秀才在家麼。〔陶侃上云〕在家。呀呀。學士大人有請。〔范云〕陶秀才。量某有何德能。動勞生受。〔陶云〕不敢。起動大人先生。貴脚來踏賤地。請坐。待小生請家母與老先生相見。母親。范老先生來了也。〔旦上云〕陶侃。老先生來了也。〔陶云〕來了也。母親相見咱。〔做見科〕〔旦云〕學士大人。貴脚踏於賤地。蓬蓽生光。〔范云〕久聞老母教子有方。今日登堂瞻拜。實乃小官萬幸也。〔旦云〕老身不敢。將酒來。我與學士遞一盃。〔行酒科〕〔旦云〕蔬食薄味。簞食壺漿。不堪管待。聊表芹意。望學士休笑咱。〔唱〕

【中呂粉蝶兒】則俺這茅舍疏籬。又無甚廳堂客位。則見此〻蓬窗土炕蘆席。雖然是飯蔬食薄酒味。大剛來是俺主人家情意。秀才每淡飯黃虀。與你箇嚥珍羞大人厭飫。

【醉春風】俺家裏甑有范丹塵。廚無原憲米。量這此〻藜羹黍飯不成席。則是箇理〻。都是此〻棟梁之材。鳳麟之瑞。廟堂之器。

〔二淨鬭上云〕幫閑鑽懶爲活計。脫空說謊作營生。小人名喚杜裏饑。兄弟叫做世不飽。俺兩箇不會營生買賣。全憑嘴抹兒過其日月。如今陶侃家中請客喫酒。俺兩箇到那裏與他遞酒搬湯擡桌兒。臨了喒兩箇務要吃箇醉。還要包此〻桌面東西。到家與俺老婆吃。來到門首。自家過去。〔做見科云〕陶侃。你怎生不請俺兩箇。我與你執壺把盞。老母休怪。〔陶云〕似這般怎了。〔旦云〕學士請坐。老身前後執料去。孩兒。你遞酒去波。〔陶云〕母親。我則請的一位。如今又走將兩箇這廝來。可着甚麼與他吃。酒將近無也。那得錢來買。〔旦唱〕

【迎仙客】我與你准備下酒食。我着你便待相識。〔云〕你道我那裏得錢物來買。〔唱〕這的是人頭上錢。若還容易得。請客呵。豈不聞打迭起酸寒。不是我便誇富貴。問甚麼請來那是誰。豈不聞四海皆兄弟。

〔陶云〕母親安排下一箇人的茶飯。如今又走將兩箇人來。可怎了。〔旦唱〕

【石榴花】則俺這主人家情重客都齊。問的他無一話皺雙眉。他坐而不覺立而饑。陶侃也你與我便快疾把盞安席。喒可便將沒作有把這賓朋來會他可便甚是賢愚良賤高低。我不要你揀好擇弱尋相識。常言道白髮故人稀。

【鬭鵪鶉】則願得我牙落重生。則願的我白頭再黑。〔二淨云〕陶侃將酒來。我遞一鍾。〔陶云〕這兩箇好無禮也。〔旦唱〕這的是您娘的私房。且與你做面皮。這頓飯如法要整齊。着他每放心的喫。將我這霧髮雲鬟。博換做龍肝鳳髓。

〔二淨云〕陶侃。你有錢好請客。無錢便罷。如何逼併的你娘剪頭髮賣錢請人。我把你箇生忿忤逆弟子孩兒。〔陶云〕母親。他二人對着學士跟前。說我生忿忤逆。爲請人剪了娘的頭髮。賣成錢鈔買物。兀的不要我做甚麼。〔氣倒科〕〔二淨云〕陶侃氣死了。不干我事。收拾了桌上的東西。喒回家去來。〔下〕〔旦云〕兒也。干你甚麼事。〔唱〕

【上小樓】他走將來便嚇天喝地。道孩兒生忿忤逆。俺孩兒便舌則不嘿。見他必顧。孝當竭力。他道是逼併的。娘剪髮。安排筵席。則俺這箇賽曾參氣也不氣。

〔陶醒科云〕母親。他兩箇說。您孩兒怎生知道。〔旦唱〕

【么篇】着人道娘教子。我爲你後人說。陵母伏劍。陶母邀賓。孟母三移。則爲這一箇字。五貫錢。別尋生意。我則怕人無信而不立。

〔范云〕陶秀才你來。今日是箇好日辰。收拾琴劍書箱。隨我上京應舉去來。〔陶云〕大人先生說的是。待小生稟命母親去。〔做問科云〕母親。今學士大人要領您孩兒上京應舉去。爭奈母親年高。孩兒盡忠不能盡孝。孩兒去好不去好。〔旦云〕學士這等說來。我問學士去。〔做問科云〕學士。量陶侃有甚文學。着學士如此用心也。〔范云〕老母。你放心。我領秀才到的京師。必然爲官。則今日便索長行。〔旦云〕我謝了學士者。陶侃。

你來聽分付。此一去。則要你着志者。得官不得官。早些兒回來。休着我憂心。〔唱〕

【耍孩兒】這的是爲頭兒兩眼恓惶泪。第一聲長吁嘆息。起初時今夜魂夢驚。破題兒不展愁眉。比及你奪皇家富貴他人聚。今日箇白屋貧寒親子離。常記着禮之用和爲貴。到那裏則要你折腰叉手。休學那苫眼鋪眉。

〔陶云〕母親休煩惱。〔旦唱〕

【二煞】我如今近五旬。你方纔整二十。兒行千里母也行千里。鳳凰池不到你娘心先到。龍虎榜文齊只怕你福不齊。問甚麽及第不及第。及第呵你休昂昂而已。不及第呵你可休怏怏而歸。

〔陶云〕母親。您孩兒今日就行。我與母親遞一盞酒。母親滿飲此一盞。〔旦云〕孩兒。對着學士在這裏。老身二十年不曾飲酒。孩兒今日臨行。我飲過此盞。我且不喫哩。〔陶云〕母親。爲何又不飲。〔旦唱〕

【尾聲】或是你受一道宣。或是你受一道敕。你若是還家呵把一盞慶喜酒在你這娘跟前跪。〔云〕孩兒。你若得了官呵回到家中。想你那父親亡過。若不是老身。豈有今日也呵。〔唱〕兀的是我二十載孤孀落得的。〔下〕

〔范云〕陶秀才。則今日收拾起程。隨我上京去來。老慈母訓子殷勤。陶士行今日成名。乘傳去朝廷保奏。一家兒列鼎重裀。〔下〕〔陶云〕則今日跟着范學士應舉走一遭去。便好道三寸舌爲安國劍。五言詩作上天梯。青霄有路終須到。金榜無名誓不歸。〔下〕

## 第四折

〔范學士上云〕高鳥相良木而棲。賢臣擇明主而佐。小官范逵。離了丹陽縣。領着陶侃來到京師。小官見了聖人。說陶侃母親教子有法。甘守孤貧。母爲賢母。子爲孝子。將剪髮事奏知聖人。就加陶侃爲頭名狀元。就着小官直至丹陽。將陶侃母親賜賞加封去。小官不敢久停。須索長行。方信道舉善薦賢。今日箇果有安身之法。〔下〕〔韓夫人上云〕歡來不似今朝。喜來那逢今日。妾身韓夫人是也。我打聽得陶侃秀才應過舉得了頭名狀元。當初曾將我女孩兒許與他爲妻。他母親道等他孩兒得了官。方纔成此親事。今日果然得了官也。我到來日牽羊擔酒到他家中。一來慶喜。二來成就這頭親事。正是淑女可配君子也。須索走一遭去。〔下〕〔正旦引陶侃上〕〔陶云〕母親賀萬千之喜。若不是母親嚴教。豈有今日爲官。〔旦云〕誰想有今日也呵。〔唱〕

【雙調新水令】兒做了狀元郎娘做了太夫人。娘和兒一齊發運。母三宣朝鳳闕兒一舉跳龍門。俺孩兒寒窗下爲人。今日箇成家計會秦晉。

〔云〕看有甚麽人來。〔范達上云〕小官范達。奉聖人命與陶侃加官賜賞。可早來到也。左右接了馬者。陶侃粧香來。您母子跪者。〔陶云〕母親聽聖人之命。〔范云〕陶侃母親。則爲你甘貧守法。教子讀書。貞烈雙全。聖人賜賞加封。你本是賢德之門。堪可爲朝廷宰臣。則爲你教子有法。則爲你剪髮待賓。陶侃爲頭名狀元。奉老母翰苑修文。湛氏賜黃金千兩。封你爲蓋國義烈夫人。國家喜的是義夫節婦。重的是孝子順孫。今日箇加官賜賞。一齊的望闕謝恩。老母你可認的我麽。則我便是將領陶侃去的范學士。是我保舉你子母來。〔旦云〕陶侃過來。喒謝了大人者。〔范云〕老母請將你教子之法。略說一徧咱。〔旦云〕學士不嫌絮煩。聽老身慢慢說一徧。〔唱〕

【喬牌兒】俺當初覓一文俺喫一頓。覓一頓待時分。我教他習文學禮捱貧困。我着他苦攻勤温故新。

【甜水令】老身做了些針線生活。擔饑受冷。把家私營運。端的是用盡老精神。我着他刺骨腰間。懸頭梁上。望改家門。今日可便得遇恩人。

〔范云〕聖人云。公卿生於白屋。將相出於寒門。信不虛矣。〔旦唱〕

【折桂令】豈不聞求忠臣於孝子之門。我教訓他攻書。將傍的成人。〔范云〕據老母三從四德俱全。〔旦唱〕老身雖無那九烈三貞。受了那十年五載。萬苦千辛。我做箇窮漢婦甘貧受窘。孩兒把聖人書温故知新。俺孩兒志氣凌雲。演武習文。〔范云〕當初爲甚麽來。〔旦唱〕則爲他戀酒三三盃。這肯教他爛醉十分。

〔范云〕當初請小官的錢物。是那裏措辦來的。〔旦唱〕

【川撥棹】我當初住在寒門。我着他拜嚴師居善鄰。是半世白身。漏面黃塵。爲請下箇官人。錢又沒分文。老身因此上剪髮待賓。怕孩兒他不孝順。

【七弟兄】我可便怕人。議論。索殷勤。那寒窗十載都休問。俺孩兒布衣及第作朝臣。說與那賢門公子都不信。

【梅花酒】呀。怕不我便去請人。我如今做生活怕混沌。洗衣裳覺身困。怕不待請恩人。怕不待要列金尊。

【收江南】呀。爭柰我病惶惶難做那孟嘗君。〔范云〕豈有今日那。〔旦唱〕笑吟吟迎出驛門。俺孩兒讀書十載博換紫朝臣。待着人叫母親。寒窗下逼殺看書人。

〔韓夫人引小旦上云〕下次小的每。把那羊酒。且遠着些。我先過去者。〔做見科云〕親家母。賀萬千之喜。

〔旦云〕夫人。這親事如何。〔夫人云〕你這養兒的。有志氣也。〔旦唱〕

【鴈兒落】你道我養兒的有氣分。赤緊的養女的先隨順。陪奩房成斷送。則今日成秦晉。

【得勝令】方信道天子重賢臣。〔范云〕小官就主張成此親事。〔旦唱〕這的是賤媳婦貴媒人。俺孩兒得志在長朝殿。不強如守田家老瓦盆。成就了婚姻。兒共女心先順。改換了家門。這的是文章可立身。

〔范云〕今日是吉日良辰。小官作媒。將韓夫人女兒就今日過門。成此百年姻眷。也顯的陶士行志苦心堅。韓夫人不失前言。一家兒榮華富貴。新狀元夫婦團圓。〔旦唱〕

【尾聲】則金冠霞帔親朝覲。丹陽縣母子承天運。謝吾皇聖德重如山。願

# 承明殿霍光鬼諫雜劇

楊梓撰

## 第一折

〔昌邑王上開了〕〔外云了〕〔外上諫不從了〕〔等外出了〕〔正末重扮霍光帶劍上開〕老夫霍光。官拜大司馬。昭帝駕崩。昌邑王卽位。文官尚書楊敞。武官老夫。俺二人扶立着他。老夫因病數日不朝。聽的道昌邑王爲君未及一月。造下一千一百一十七樁大罪。朝治官人每道。當初扶立他不干別人事。都是霍光。那老子悔。教老夫怎主呵。暗想高祖創立起惹大漢朝天下。也非同小可呵。

〔云〕來到朝門外。只怕撞着楊敞。不如只從後宰門入去。〔楊敞撞見了〕〔云了〕尚書諫不從。放心。老夫進諫去。

【仙呂點絳唇】策立懷王。遣差劉項。驅兵將。西楚秦邦。都有豪氣三千丈。

【混江龍】得其民望。沛公戈戟入咸陽。子嬰受降於軹道。霸王自刎在烏江。滅楚亡秦。劉社稷。虧殺創業開基漢高皇。後□□□□□□□□□□日慣簫韶隊裏。絃管聲中。歌喉宛轉。□□□□□□□□龍袍。尚古自醉薰薰。終日如泥樣。只聽的調絃品竹。甚的是論道經邦。

【油葫蘆】終日酗酗入醉鄉。這其間敢歸洞房。呀。可早高燒銀燭照紅粧。只聽的鬧垓垓歌舞人來往。韻悠悠羌管聲嘹亮。此日憂太康。我待諫昌邑王。可敢闌珊了竹葉樽前唱。回心待修國政理朝綱。

【天下樂】剗地爛醉佳人錦瑟傍。我過得蕭牆。我待朝帝王。不聽的古刺刺淨鞭三下響。不見文官每列在左壁。武官每列在右廂。尚古自列金釵十二行。

〔見昌邑王了〕〔云了〕殿下知罪麼。〔邑王云了〕〔云〕爲君未及一月。造下罪一千一百一十七樁。殿下猶不知。
【那吒令】陛下道你污濫如寵西施越王。好色如。妒無祥楚王。亂宮如。寵妲己紂王。對着衆宰臣。諸卿相。咱則是好好商量。
【鵲踏枝】似這般壞家邦。損忠良。疾忙分付江山。遞納龍床。到如今四方軍民都讚揚。他德過如禹舜堯湯。
【寄生草】他聽得仁風盛。帝業昌。孝昭帝先向山陵葬。昌邑王不識朝相。見如今新天子守取蟠龍亢。這的是前人田土後人收。可正是長江後浪催前浪。
（等昌邑王云了）
【六幺序】倒把我迎頭阻。劈面搶。到咱行數黑論黃。賣弄他血氣方剛。武藝高強。我覷的小可尋常。不由人豪氣三千丈。登時教你禍起蕭牆。不間五步間敢血濺金堦上。休那裏俄延歲月。打捱時光。
【幺】應昂行唐。走奔龍床。扯住衣裳。則就這金鑾殿上。咱兩個□一場。我見他言語慌忙。手脚張狂。事急也却索着忙。俺英雄□□□遮當。豈不聞專諸能刺吳王。今日咱君臣義分無承望。你待仿驪姬亂晉。俺難學伊尹扶湯。
（云）尚書昌邑王無道。咱兩個別文武百官。擺整仗鑾駕。請新君去來。（做迎駕上了）（云）昌邑王無道。不堪爲宗廟之主。今日別立新君。咱文武兩班。一齊呼□者。（一行云了）（云）昌邑王新居□□。免你死罪。封爲。疾出朝去者。（昌邑云了）（駕封官了）（云）老臣情願致仕閑居。（駕上宣二淨了封官了）（云）陛下。這兩個逆子。封許大官職。據一人頂門胎髮猶存。
【後庭花】怎消得把千鍾祿位享。將萬民財物匡。把一品皇宣受。將三臺銀印掌。他那理會理朝綱。據這廝每村沙莽撞。念不的書兩行。開不的弓一張。便朝爲田舍郎。暮登天子堂。

【青哥兒】他怎做的朝中朝中宰相。枉了失其失其民望。諒這廝生長在細米乾柴不漏房。便賜與紫綬金章。羽旌旄幢。教端坐部堂。輔佐吾皇。判斷朝綱。整治家邦。我則怕差錯陰陽。激惱穹蒼。天降災殃。六月飛霜。旱殺了農桑。水渰了田莊。四境飢荒。萬姓逃亡。覷着他狠似豺狼。蠢似猪羊。眼欺縮腮模樣。面黃肌瘦形相。爺飯娘羹嬌養。夫貴妻榮休望。教骨奸折倍挑。是無梢船沒底筐。我王待遠法商湯。臣伏戎羌。郊拱平章。採納賢良。選用忠良。行止端方。才智非常。論道經邦。展土開疆。教萬國伏降。萬民安康。萬壽無疆。萬世稱揚。似這等油煤猢猻般性輕狂。猖他怎圖畫作麒麟像。

〔駕云了〕〔云〕條臣就今日辭了我主。向南採訪走一遭去。

【賺煞尾】帝登基天垂像。則今日天晴日朗。舜日堯年應上蒼。頭直上罩紫霧紅光。齊下五雲鄉。他寂寞索向秋江。年聽的撼宇宙春雷應天響。一箇登基在建章。一箇潛身在海上。這的是真龍出世假龍藏。〔下〕

第二折

〔駕云了下〕〔二淨上開住〕〔卜兒云了〕〔二淨見了下〕〔駕一行上開住〕〔二淨上□小旦了〕〔卜兒上再云下〕〔正末騎竹馬上開〕奉官裏聖旨。差老夫五南採訪巡行一遭。又早是半年光景。今日到家。多大來喜悅。

【中呂粉蝶兒】贏馬長鞭。路迢遞豈辭勞倦。行殺人也客況淒然。與皇家出氣力。使殺我也死而無怨。這一場開解民冤。喜還家稱心滿願。

【醉春風】行到二十程。路途三四千。向五南行到半年來。不似這途遠遠。

想着倚門山妻。夢中兒子眼前活現。

〔到家科〕左右接了馬者。〔卜兒接住了〕〔云了〕

【紅繡鞋】拂掉了塵埃滿面。喜的咱夫婦團圓。在家時孩兒每行受了些熬煎。雖然咱有些俸祿。有些公田。想着這窮家私難過遣。

〔云〕我沿路上想着兩個。怎生不來見我。〔卜兒云了〕〔云〕成君女孩兒。也不出繡房來見我。〔卜云了〕

〔氣倒科〕

【剔銀燈】幹身事別無甚麼拜見。將一箇親子妹向君王行托獻。大古里是布衣走上黃金殿。則俺那漢官家可甚納士招賢。想當日岩牆下。渭水邊。和那乞食的淮陰少年。

【蔓菁菜】偏不曾一跳身都榮顯。不曾獻妹妹准財錢。轉換些俸錢。一口氣不□來抵住咱喉。氣的我手兒脚兒滴羞篤速戰。

〔云〕我則今日朝見天子。就納諫去。〔等駕上開住〕〔外上諫了〕〔正末便上〕〔做與楊敞相見科〕〔云了〕

尚書與老夫喚那二賊出來咱。〔二淨出來云了下〕

【石榴花】我想與皇家出氣力一二十年。我也曾居帥府掌軍權。今日向都堂出納着帝王宣。不付能的□遷。做箇官員。我也曾士生捨死沙場上戰。我也曾眠霜臥雪陣後軍前。想着我水磨鞭方楞簡雕翎箭。卸金甲博得箇紫袍穿。

【鬬鵪鶉】打這廝油鬏髻上封官。粉鼻凹裏受宣。您是裙帶頭衣食。我是劍甲上俸錢。不打死今番豁不了寃。就這裏盼到半年。問甚末子父情腸。險失了君臣體面。

〔做見駕了〕〔駕云了〕

【上小樓】打這廝才低智淺。怎消的隨朝遷轉。他那裏會展土開疆。治國安邦。獻策呈言。量這廝。有甚末高識遠見。怎消的就都堂戶封八縣。

〔駕云了〕

【么】倘或取受了百姓錢。違負了帝王宣。敢大膽欺壓良民。冒突天顏。惹罪招愆。久以後。市曹中。遭着刑憲。我只怕又連累咱滿門良賤。

〔云〕乞陛下將此二賊。打爲庶民。成君下於冷宮。聖鑒不錯。〔駕云了〕〔一行下〕〔楊敞云了〕〔云〕官裏不從諫也。罷罷罷。

【耍孩兒帶四煞】慨君王聖怒難分辨。便是老性命滴溜在眼前。這場羞辱怎禁當。好教我低首無言。天言聖怒難分解。惱犯着登時斬在目前。人皆倦。輕呵杖該一百。重可流地三千。

【三煞】可知道摘星樓剖了比干。汨羅江渰殺屈原。姑蘇臺范蠡辭了勾踐。從來亂國皆無道。自古昏君不重賢。不把清濁辨。則怕吃人心盜跖。那裏敬有德行顏淵。

【二煞】我爲甚倦做官。我爲何不愛錢。只圖久後清名顯。我不求金玉重重貴。可甚兒孫箇箇賢。稱不了平生願。你速離我眼底。休到我根前。

【收尾煞】便加做一品官。剩受取幾道宣。〔楊敞云了〕誰待倚唐文有勢威風顯。〔外云了〕我則怕養閨女爲官分福淺。〔下〕

## 第三折

〔二淨云了〕〔駕一折〕〔外開一折〕〔正末做暴病扶主開〕自從打了二賊。一臥二旬而不起。好是煩惱人。自從前許多功勞。今日一筆都勾。〔做長吁氣科〕

【正宮端正好】於家謾劬勞。爲國空生受。自從立漢室扶監炎劉。愁懷不遂空低首。常則是泪濕征衣袖。

【滾繡毬】我來的那日頭。染證候。都子爲辱家門禽獸。子我這潑殘生千則千休。將霍山纏住拘。將霍禹匹面毆。暗着氣感得幾聲咳嗽。對夫人仔細遺留。都則爲辱家門豁不盡心頭氣。勸妹妹遮不了臉上羞。性命似水上浮漚。

（等二淨上做探病了）（云）孩兒。我年紀子是兩脚疼痛。（二淨拘腿了）

【倘秀才】匹配下鸞膠鳳友。博換得堂食御酒。您則是男兒得志秋。我早則歸地府。葬荒丘。是一箇了收。

（小旦云了）（云）孩兒我上天遠入地近也。有幾句遺留。聽我說與你。（等小旦云了）

【呆古朵】怕你老尊君早晚身亡後。教你箇女孩兒聽我遺留。教官裏納士招賢。休教他迷花戀酒。恐怕賊子將忠臣譖。你索款慢去君王行奏。你只學立齊邦無鹽女。休學那亂劉朝呂太后。

（等駕上）（云住）（正末云）呀臣該萬死。

【倘秀才】臣披不的金章紫綬。剛道的箇誠惶頓首。臣講不的舞蹈揚塵三叩頭。感陛下特憐念舊公侯。親自來問候。（駕問了）（云）有幾椿事。陛下索從微臣奏咱。陛下開赦書撒放罪囚。薄稅斂存恤戶口。隨路州城把廟宇修。誅不擇骨肉。賞不避仇讎。恩從上流。

【滾繡毬】陛下教軍衣襖旋旋闘。軍粮食日日有。便使使殺他也不辭生受。敢捨性命在劍戟戈矛。不爭咱粮又催稅又催。那其間敢不收麥不熟。枉併的他一家又逃走。豈不怕笞杖徒流。陛下開倉賑濟窮百姓。敢不自然樂業安家不趁求。則這的是治國元由。

〔一行上告駕住〕〔云〕陛下。這兩個賊子。久後必然造反。告一紙獨角赦書。赦了老臣之罪咱。〔駕云了〕

【倘秀才】臣則怕連累了霍光老幼。這廝每必反喒。劉朝宇宙。這的是未來事微臣早參透。幾句話。記在心頭。休教落後。

【滾繡球】這兩箇吃劍頭。久以後死得來不如猪狗。臣則怕連累着三尺荒坵。不爭您剖棺槨戮尸首。這一紙獨角赦把老臣搭救。我便一似護身符懷內牢收。不爭剖開亡父新坵塚。不教人唾罵微臣業骨頭。勳業都休。

〔外云了〕

【三煞】飽諳世事慵開口。可怎伏侍君王不到頭。則要你治國安邦。去邪歸正。納士招賢。立漢興劉。學取祖公公豁達大度。海量寬洪。納諫如流。托賴上天眷祐。則要陛下知文武重公侯。

【二煞】天呵謾心昧己的增與陽壽。論到我爲國於家拔着短籌。也是我前世前緣。自遺自受。染病躭疾。千則千休。只落的三魂杳杳。四體烘烘。七魄悠悠。好教我無言低首。淚不做淚珠流。

【收尾煞】雙手脈沉細難收救。一口氣不回來便是休。自料殘生決不久。日暮微臣死之後。不望高原葬土丘。何必追齋枉生受。看誦經文念破口。休想亡靈免得憂。果必君王賜恩厚。思念微臣國政修。出殯威儀迎過路口。登五門君王望影樓。陛下若可憐微臣。遙望着靈車奠一盞酒。〔下〕

## 第四折

〔駕上開住做睡意了〕〔正末扮魂子上開〕霍山霍禹造反。須索奏知天子去咱。陰司景界好與人世不同呵。〔外一折了下〕〔等駕上再開住〕〔二淨說計一折下〕

【雙調新水令】冷颼颼風擺動引魂旛。也是我爲國家呵一靈兒不散。高挑起紗照道。輕擺着馬鑣環。我待學畢卯攀欄。將我那有仁德帝王諫。

【駐馬聽】夜靜更闌。驀嶺登山尋故關。雲收霧散。披星帶月入長安。生前出力保江山。命終盡節扶炎漢。你看我這一番。擎王保駕無辭憚。

（做入宮科）（做燈後立住等駕打慘科）（云了）（云）駕說了我主。微臣不是邪祟。（等駕云了）

【鴈兒落】微臣共朝臣難擺班。魂魄隨風散。邊關事明日提。早朝把君王諫。

（等駕云了）

【得勝令】來日箇宰相五更寒。正三鼓未更殘。（駕云了）便待貶怕我離宮闕。可甚留連你老泰山。了當間待我似伊尹周公旦。今日把我做邪魔鬼祟看。

（正末云）陛下。有人造反也。（駕云）

【鴈兒落】陛下道東連函谷關。西接連雲棧。誰人廝覷着。誰人相輕犯。

【掛玉鉤】陛下隄備着鐵甲將軍夜渦關。倒把臣相輕慢。則怕船到江心補漏難。見百姓遭塗炭。臣武不及伍子胥。文不及周公旦。可惜了六合乾坤萬里江山。

陛下。霍山霍禹造反。明日請我主赴私宅。以擊金鐘爲號。待亂天下。微臣一往來奏知我主。（下）

（駕提天明了）（拿二淨上了）（駕斷了）（安排祭土了）

【落梅風】滅九族誅戮了。髻齔斬全家抄估了事產。可憐見二十年公幹。墓頂上灑灑土未乾。這的是承明殿霍光鬼諫。

（散場）

題目　長安城霍山造反

# 忠義士豫讓吞炭雜劇

楊梓撰

## 第一折

〔智伯引絺疵上詩云〕周室中衰起戰爭。鴟張七國各屯兵。一從唐叔分桐後。政事分來在六卿。某乃智宣子之子荀瑤是也。國人號爲智襄子。因某居長。稱爲智伯。這個是某家臣絺疵。某與范氏中行氏韓氏魏氏趙氏。世執晉國之政。職任六卿。惟某最強盛。前年滅了范氏中行氏二家。彼土地人庶盡爲己有。今某心中還要將韓魏趙三家。一發併吞。廢了晉侯。西晉土宇。皆歸於某。那其間方爲願足。如今定了一計。於蘭臺設一筵席。請韓魏趙三子會飲。酒席之間。以禮問他求地。若與則已。不與就起兵征伐。若去了三家。唐叔山河。不久入吾手也。謀計已定。絺疵。你去請三子來赴宴。疾去早來。〔絺疵云〕某奉主人令。着我去請三家主君。來赴蘭臺之宴。不敢久停久住。須索走一遭去。〔下〕〔趙襄子上詩云〕世職爲卿佐晉邦。先人生我弟兄雙。智瑤強橫相侵壓。謹守身家死不降。某姓趙名無恤。世備晉國六卿之職。我先君趙簡子存日。曾使尹鐸治晉陽。尹鐸請曰。以爲繭絲乎。以爲保障乎。先君曰。保障哉。尹鐸損其戶數。先君曾謂某曰。晉國有難。無以尹鐸爲少。無以晉陽爲遠。以是爲歸。某佩服先君之言。諄諄在耳。自先君棄世之後。智襄子荀瑤爲晉正卿。欺俺寡弱。有移晉祚之心。前年將范氏中行氏二家絕滅。大肆強暴。不久禍及於俺三家。今日又在蘭臺設宴。請某與魏桓子韓康子會飲。不知有何事。其中必有奸計。不去又不好。等韓魏二子來。須索走一遭。〔韓康子上詩云〕 昔自先王戲削桐。世爲卿職在河東。柰何荀氏強梁甚。要使三家入彀中。某韓康子是也。姓韓名虎。國人稱爲韓康子。世爲晉卿。我晉國卿六人。獨某與趙魏相厚。今正卿荀瑤不道。欲併諸卿大夫。已將范中行滅了。又欲侵及俺三家。今在蘭臺設宴。請俺三人。不知有何事。須索去。咱等趙魏二子同行則個。〔魏桓子上詩云〕邦國分茅建六卿。自慚繼職守持盈。誰知衰世強凌弱。荀氏跳梁擁重兵。某姓魏名駒。國人稱爲魏桓子。職任晉卿。叵耐正卿荀瑤。常有吞併俺韓魏趙之心。今日設宴蘭臺。來請俺三人。須索赴會則個。〔行科云〕前面不是二位公子。呀呀。趙韓二君拜揖。〔二子還禮云〕荀氏招飲。不知其旨。咱須早赴則個。〔做到科門役報科智伯上相見科三子云〕某等有何德能。敢勞上卿置酒相待。〔智云〕今喜邦家無事。謹請三位公子閑飲一番。〔把盞科智云〕某自先世流傳。支庶衆多。土地窄隘。三公子采邑與某相鄰者。敢借一二區。以供樵採。不拒幸多。〔韓背云〕某覷智伯好利而愎。今索地於我。不與將伐我。不如與之。彼狃於得地。必請於他人。他人不與。必向之以兵。然後我得免於患而待事之變矣。〔轉云〕某有萬家之邑願獻左右。〔智云〕多謝多謝。魏公子允否。〔魏背云〕無故索地。大夫必懼。吾與之地。智伯必驕。彼驕而輕敵。此懼而相親。以相親之兵。待輕敵之人。智伯之命。必不長矣。〔轉云〕某亦有萬家之邑。敢獻左右。〔智云〕多謝多謝。趙公。蔡皋狼之地。與某食邑接境。欲求借爲采邑。未知允否。〔趙云〕念無恤承先人基業。兢兢業業。惟恐失墜。土地人庶。皆先人遺祚。我公無故見侵。決不敢奉命。必不見容。有死而已。〔智云〕趙公好不見機。你不見六卿之家。大半歸我。韓魏各已獻地。你就強梁。到得那裏。豈不見范氏中行氏之例乎。〔趙不答起身去科智云〕 趙子好是無理也。地又不與。又不辭而去。怎肯干休。韓魏二公。咱三家點起甲兵。將趙氏不分老弱。一鼓擒滅。將他土地人庶。咱三人平分了。豈不好也。〔韓魏云〕謹奉教令。〔正末豫讓上云〕某姓豫名讓。是智伯家 一個家臣。今日我主人蘭臺設宴。會韓魏趙三君。適間我主人倚兵馬強盛。問三家索地。韓魏各獻萬家之邑。獨趙君不與。我主人當筵毀辱。逼的趙君逃席而去。我主人以爲得志。還要伐他。我想來。主不備難。難必至矣。蜂蟻尚能螫人。況人君乎。我須索進勸一遭。〔做到科見科云〕主人。讓聞我主索地。趙君避席。主人反欲見伐。且高而不危。滿而不溢。先王謂志不可滿。欲不可縱。趙君逃走。必有防備。若苦苦相侵。恐非善道。不可不可。〔唱〕

【仙呂點絳唇】便待將韓魏平吞。逼的箇趙王逃遁。偏咱呵安穩。則待要獨霸乾坤。全不怕後代人評論。

〔智云〕我好意請他飲酒。地又不與。又不告而去。元的不氣殺我也。〔正末唱〕

【混江龍】休爲一朝之忿。不思量旋踵喪其身。上不尊周朝皇帝。下不聞閫外將軍。獨自興心獨自立。却不道半由天子半由臣。待驅兵領將。積草屯糧。平白地要把鄰邦困。可不道己所不欲。勿施於人。

〔智云〕豫讓。你言差矣。想晉國卿相。惟我居首。兵多人盛。又得韓魏二子。協心助翊。今合兵攻伐。他若拒敵。一鼓成擒。他若拒守。決水圍灌。無有不成功者。你倒來替他回護。觸惱我心。〔正末云〕臣聞忠臣不懷情於君。孝子不畏死於父。存忠盡節。受斧鉞而無怨。主公今上有周朝天子。不尊王命。無故索地。與咱是人情不與是正理。今日無故稱兵。大不祥也。〔智云〕如今天王法令不行。周祚衰微。天下諸侯。互相吞併。強者霸。弱者亡。我不乘時。非爲智也。〔正末唱〕

【油葫蘆】今日周室雖微禮尚尊。〔智云〕某爲晉國陪臣。位列正卿。不爲小也。〔正末唱〕咱則是臣下臣。怎敢侵奪他境界起烟塵。便待要開堤灌水把軍圍困。攻城掠野把民蒿混。却不道德不孤必有鄰。〔智云〕我削除趙氏。誰不服我。〔正末唱〕便待要除根剪草絕了髫齔。做的箇安自己損他人。〔智云〕我立下些基業。貽厥孫謀也。〔正末唱〕

【天下樂】我則怕遠在兒孫近在身。〔智云〕我兵車較多三倍於趙。又合韓魏之兵甲。屠滅趙氏亦何難哉。〔正末唱〕自古爲君先愛民。聖人道不患寡而患不均。若是近大臣遠佞人。則這的是經綸天下本。

〔智云〕韓魏二君。我一開口就與萬家之邑。如何趙氏全不敬我。地與不與猶小可。如何壞我席面。逃走去了。羞我這一場。怎肯干罷也。〔正末云〕主人與咱的不是怕我。不與的也不是慢我。主人聽臣說來。〔唱〕

【那吒令】爲甚麼桓子。但言的便允。爲甚韓康子。但索的便肯。爲甚趙襄子不辭而便奔。見他外面而服。非咱中心臣順。都是此假熱伴親。

【鵲踏枝】主公是智超羣也。不合勢威人。全不肯去暴除邪。發政施仁。好勇興兵起軍。全不肯偃武修文。

〔智云〕我初意飲宴。元非惡意。偶然請地。觸我怒發。決不輕恕也。〔正末唱〕

【寄生草】平白地恩翻成怨。喜變做嗔。不尋思治國安邦論。常懷着篡位同謀釁。偶與起敗國亡家忿。主公弔民伐罪做成湯。推位讓國學堯舜。

（智云）昔日商紂無道。武王伐之立下這等久遠基業。我今剿除趙氏。是亦弔民伐罪。（正末云）昔者紂王無道。以酒爲池。以肉爲林。使男女裸體相淫。殺賢拒諫。驕侈無度。今日趙襄子有何罪。（唱）

【醉扶歸】則爲他好奢侈行讒佞。剔孕婦剖賢心。因此上呂望與師過孟津。血浸朝歌郡。爲甚把武王扶持做了至尊。這的是法正天心順。

（智云）豫讓。你不替我展江山奪社稷。到來比張比李的說我。我心决意吞併趙氏。再有苦諫的。定行斬首。又出豫讓去。（正末出外云）古者天子有諍臣七人。雖無道不失其天下。諸侯有諍臣五人。雖無道不失其國。大夫有諍臣三人。雖無道不失其家。父有諍子。則身不陷於不義。今我主人陷於不義。豈可自取安逸。當力諫則個。（做復回科唱）

【金盞兒】扭回身。上堦跟。（智云）豫讓。你又來了。再若阻當我。一劍揮之兩段。（正末唱）見他惡哏哏面色十分慍。劍橫秋水氣凌雲。折末尸骸橫百段。熱血污黃塵。忠臣不怕死。怕死不忠臣。

（智云）左右與我拿下豫讓。斬訖報來。（衆拿科）（韓魏勸云）主公不可。今欲弔伐。先斬家臣。於軍不利。待平了趙氏。斬之未遲。（智云）看二君之面。教豫讓權寄下這一顆頭。待除了趙氏。不道肯輕饒了你哩。（正末云）謝我主不殺之恩。主公不聽豫讓之言。後悔之晚也。

【賺煞】少不的有國不能投。有家應難奔。無根草先逃了庶民。血瀝瀝尸橫刀自刎。少不的事君能致其身。把我這志常存。須有用着我的時辰。主公呵咫尺征袍漬血痕。直等到外無救軍。內遭危困。那時節一腔鮮血報君恩。（下）

（智云）豫讓去了也。韓魏二君。咱急整人馬。攻伐趙氏去來。（並下）

## 第二折

〔智伯上云〕某智伯是也。昨日會宴蘭臺。求地於趙氏。叵耐趙子無理。不肯與地也罷。又心懷忿怒。不辭而去。晉人那個不知我智氏強盛。我怎肯干罷。已約定韓魏二子。合兵攻伐。須索親督一遭。〔下〕〔趙襄子上云〕某乃趙襄子是也。昨日智伯會酒蘭臺。倚他威勢。平空索地。韓魏二子。恐嬰禍首。各與萬家之邑。某一時不合當面拒他。他就有怪恨之意。某逃席而出。他說我羞阻他。今率韓魏甲士攻我。我力寡兵微。怎生抵敵。如何是好。我待出奔長子。柰民力罷敝。無人死守。待走邯鄲。柰民膏竣盡。誰與守之。我想那晉陽城池完厚。倉廩充實。尹鐸之所寬也。先君之所屬也。民必和矣。我須走晉陽去也。〔下〕〔智伯引韓魏二子上云〕某智伯是也。這個是韓康子。這個是魏桓子。因趙襄子不肯臣服。某等合兵攻伐趙氏。不料趙襄子懼怕。出走晉陽。堅閉城門不出。我今令軍士每在城外築起大堤。引水圍灌城裏。不日之間。一城生靈。盡爲魚鱉。滅了趙氏。分了他土地人民。那時方得趁心也。韓魏二君。與我謹守堤岸。不可滲洩。指日成功。共享其利。咱且行水一遭去。〔下〕〔趙襄子引正末張孟談上云〕却怎了也。智伯攻圍甚急。某避走晉陽。今又引水圍灌城。不浸者三版。沈竈產蛙。看看渰倒城牆。但賴晉陽百姓。感先君之恩。尹鐸之澤。雖如此顛沛。民無叛意。又況韓魏二子。與我唇齒。今反助逆。合兵相攻。我想來也是不得已。張孟談。你暗暗的出去。見韓魏二君。說三家俱被智氏凌轢。若趙氏朝亡。夕必及於韓魏。二公肯念同官之好。返戈智氏。一日遂志。三家之富貴。寧有既耶。晉國政令。豈出三家之手。張孟談。你小心在意。疾去早來。〔並下〕〔韓魏上韓云〕魏公子。你知智氏之志麼。今日早間行水之時。他說。吾自今知水之可以亡人之國也。他的意思。要將咱三家盡除。獨霸晉國。將如之何也。〔魏云〕今早智氏對咱說。絺疵對他說。韓魏有反意。以人事知之。今合二家之兵以攻趙。趙亡難必及之。今約勝趙三分其地。水圍晉陽城。不沒者三版。人馬相食。城陷有日。二子無喜色而有憂容。此非反而何。方纔又見絺疵。咱十分謹慎。只恐他看出真情。後日必中他計。且須別做個計較。〔正末張孟談引稍公駕舡上云〕某張孟談是也。在於趙襄子家爲臣。前者智伯無故索地。俺主公不與。智氏合韓魏之兵。攻圍晉陽。引水渰灌。看看水入城中。但人心素德趙氏。不忍叛離。俺主公使我去見韓魏二君求救。須索冒險履危。

去走一遭。〔唱〕

【正宮端正好】雨初晴。風纔定。風雨過正是三更。一輪皓月如懸鏡。萬里長天靜。

【滾繡毬】稍公呵你與我慢慢行。悄悄的聽。好教我把心不定。駕着箇小船兒如履薄冰。外面是軍護着堤。裏面是水浸着城。教我那裏尋捷徑急煎煎無計逃生。我想那晉陽城下千尋水。便是智伯胸中百萬兵。虎鬬龍爭。〔下〕

〔韓云〕魏公子。我想來若智氏平了趙子。禍必及咱二家。莫若先下手爲強。〔魏云〕咱今將計就計。決開堤口。引汾水灌安邑。絳水灌平陽。使智氏軍不戰自亂。一壁廂整搠人馬掩擊。無不成事。〔韓云〕誠恐謀泄敗事。咱須對天歃血盟誓。方敢行事。〔正末上云〕某來到韓魏二君營門外。聽了這一會。不想他二人也怨智氏。我今見他不說襄子之臣。只說是智伯使命。看他怎麼說。兀那小校。報與二位公子得知。說智伯使命到來。〔小校云〕報的主帥得知。今有智伯使命到來。〔韓魏云〕請相見。〔見科正末云〕俺智伯主人差小人來巡探軍情。傳與二位用心防守。勿致疎虞。〔韓云〕俺這裏催趲積水。刻日破城成功。〔正末云〕您二位恰才商量。我都聽見來。〔魏云〕俺才講些兵法。明日破城。好與趙氏對敵。〔正末唱〕

【倘秀才】你待順襄子談兵說兵。你背智伯是無情有情。〔韓魏云〕某豈敢背主事讐。〔正末唱〕您恰才對天因何歃血盟。〔韓魏云〕俺才說分了趙氏。當誓死以報智伯。〔正末唱〕你如何要整隊伍出軍營做的箇弊倖。

〔韓魏云〕某等荷智伯之德。得分趙地。大家受用。豈有攜貳。〔正末唱〕

【笑和尚】恁恁恁忒言清行不清。恁恁恁拚死命敵活命。恁恁恁自行病自醫病。恁恁恁莫打掙。恁恁恁休折證。恁恁恁別了。俺閫外將軍令。

〔韓魏云〕俺二人既遵約束。焉敢背違。〔正末云〕俺智伯號令嚴明。您可怕麼。〔韓魏云〕他既爲主帥。某等

裨副。誰不戒懼。〔正末云〕你依的我言語。管教你不怕。〔韓魏云〕凡有指揮。無不聽從。〔正末唱〕

【倘秀才】俺不是智伯家差來的使命。〔韓魏云〕不是智伯差來。却是那裏來的。〔正末唱〕俺是趙襄子使將來察探事情。特地向君侯行借此二救兵。〔韓魏云〕如今水勢浩大城廓不保。不時陷沒。生民魚鱉。就有救兵如何救的。〔正末唱〕且休說淹城邑損生靈。豈不聞脣寒齒冷。

〔韓魏云〕智氏怪你主人會間不辭而去。好生欺慢。因此稱兵見伐。〔正末唱〕

【滾繡毬】俺襄子便有罪名。便合該正刑。也合可憐見虛飄飄滿城百姓。渾一似綴露飛螢。家家竈產蛙。處處水刷做坑。衆軍民往來奔競。咫尺間海角飄零。投至得鬧炒炒陣面上逃了生性。便是番滾滾波心撈月明。感嘆傷情。

〔魏云〕你如今待怎麼說。〔正末云〕臣聞脣亡則齒寒。今智伯帥韓魏以攻趙。趙亡則韓魏爲之次矣。況智氏有才而無德。人苦其虐。莫若倒戈于彼。無不成功。〔韓云〕我等心知其然也。恐事未遂而謀泄。則禍立至矣。〔正末云〕謀出二主之口。入臣之耳。何傷也。臣有一計。二君察之。〔唱〕

【倘秀才】臣不才雖然無能。二主公寧心試聽。濟不濟君侯再察情。說着呵無憑驗。做着呵有實誠。非是自矜。

〔韓魏云〕你有何長策。說來我聽。〔正末唱〕

【滾繡毬】休和他覓鬭爭。廝奚競。殺了守堤吏。教他自窩裏廝併。您把中軍掩映處潛形。您外面將堤堰來撅。俺城中把金鼓鳴。正是外合裏應。教智伯纔知水火無情。教那帳前旌節門前戟。都做了風裏楊花水上萍。直教他一事無成。

〔韓云〕俺二人適間正如此商量。要決汾絳二水。灌智伯軍營。將守堤吏卒殺了。係主人內往外殺。俺二人領兵夾擊。則智伯之頭。可致麾下矣。〔正末云〕謀計已定。二主在心者。臣復俺主命去也。〔並下〕〔內鼓譟吶喊科智伯荒上云〕 却怎了也。不想趙氏夜殺守堤之吏。決水來灌俺寨營。壘皆沒。三軍逃竄。左右急急救護則個。〔荒下〕〔趙引張孟談上云〕今日托天地庇佑。多虧韓魏二君協謀。將智氏一鼓而滅。方趁我平生之願也。左右與我請韓魏二君來者。〔韓魏上云〕今日誅夷智族。趙君相招。須索見咱。〔做見科韓魏云〕今日大敵破滅。可賀可賀。〔趙云〕深蒙二君相濟。得平大對。彼土地人庶。三家共之。左右。推過智瑤來者。〔衆擁智伯上趙云〕智瑤。你虐焰薰天。神人共怒。無故索地而弄兵。恣情攻城而決水。今日擒來有何話說。〔智云〕我悔不聽豫讓絺疵之言。致有今日。且亡國賤俘。只求早死。〔正末張孟談云〕智伯。〔唱〕

【倘秀才】往常你統着兵車百乘。如今却落不的折箭半莖。却甚不動刀鎗自太平。你也忒跋扈。忒猙獰。你便噤聲。

【滾繡毬】當日箇宴蘭臺酒二觥。要平陽一座城。與不與便教水圍軍併。平白地虎鬭龍爭。開汾絳兩道河。平韓魏萬竈兵。築高堤有如山嶺。四周圍抵多少萬丈深坑。當時待把人推入。今日你被人推更不輕。罪合當刑。

〔趙云〕想智瑤無道。吞謀衆卿。妄窺晉室。罪在不宥。左右即便斬訖報來。還將他首骨漆作飲器。方趁我心也。〔末〕

【尾聲】早則去除了桓子心頭病。斬砍了韓康眼內丁。掃蕩浮塵日月明。剪滅妖氛宇宙清。道寡稱孤事不成。霸業圖王令不行。智伯從來好戰爭。更做你能行離不了影。〔下〕

〔趙云〕二位公子。咱從今高枕無憂也。明日將智伯原取的范中行二家地土及他本家的。三分分了。豈不韙哉。〔並下〕

## 第三折

〔外扮絺疵上云〕某智氏家臣絺疵是也。我主人攻屠趙氏。我見韓魏有反意。我勸諫主公。不惟不信。又將我言語對二子說。返被韓魏同謀。裏應外合。決水渰我軍。甲士潰亂。死者山積。將智氏族滅。閃的我無處投奔。又不能爲主報讎。且須逃避他國。待時而動。則個〔下〕〔趙上云〕自從平了智氏。心願滿足。我聞得智氏還有二臣。絺疵豫讓。各懷忠義。不知逃避何處。待我尋來。慢慢用他。則個〔下〕〔正末扮豫讓上云〕某豫讓是也。想我主人智伯。不從吾諫。今日家破身亡。某既爲人臣。受人之祿。敢私其身。況我主人以國士遇我。非羣流比。某當以死報。今淬礪得一匕首。暗暗藏在身邊。走入趙氏宮中。將襄子刺死。也是替主人報復寃讎。今晚月色明朗。來到趙府後園邊。恐有巡邏不便。須索跳入去。方好下手也〔唱〕

【越調鬭鵪鶉】涼月輝輝。寒風颯颯。就着這月朗風清。索自天摧地塌。將匕首斜藏。把衣服拽扎。靠着柳陰。映着月華。將地面牢踏。把牆頭緊把。

〔云〕上的這牆來。四顧無人。我索跳過去等待則個〔唱〕

【紫花兒序】滴溜溜攛身飛過。赤力力鎮動花梢。撲簌簌驚起棲鴉。悄蹙蹙的潛踪躡足。七林林的約柳分花。誰敢停時霎。轉過牡丹檻。荼蘼洞。木香架。早來到沉香亭直下。銀漢初斜。譙鼓才罷。

〔云〕進的這園西隅。是一所廁房。門窗半掩。我且入內藏伏。再作計較〔唱〕

【小桃紅】兩隻脚輕將地皮踏。把臺榭闌干抹。見箇矮閣閣堦基。將板門兒亞。靠着檐壓。撮身飛入無驚怕。靜悄悄廁樓內等他。黑洞洞土牆匡直下。又沒甚斜月照窗紗。

〔趙引外擡燈上云〕我今晚無事。月明直下。閑行一會。不覺行至花園門首。兀的不是廁房。我登廁一遭。

〔正末唱〕

【東原樂】鞵履鳴穿花徑。銀燭焚燒絳蠟。我舉目擡頭覷瞻罷。向燈影裏凹着狠鼻凹。楖嗽自矜誇。可知道氣昂昂的敢輕俺臣下。

〔趙云〕我到這廁門前。好生驚恐。只怕有歹人。左右搜一搜。〔正末荒科唱〕

【雪裏梅】則聽的人語鬧交雜。呼左右快搜咱。他道乞丕丕心驚。我惡狠狠跳出。〔外等捉拿正末上正末唱〕鬭將我嗔忿忿捉拿。

【紫花兒序】將我撲魯魯的橫拖倒拽。鬧炒炒的後擁前推。我急煎煎獨力難加。我不能勾剜心摘膽。只辦箇咬齒嚼牙。〔趙云〕你是甚人。黑夜入我園中。非奸即盜。如何不跪。〔正末唱〕教我跪膝着他。折末斬便斬敲便敲剮便剮。我其實不怕。〔趙云〕這廝不直說。左右取刑具來。打着問他。〔正末唱〕由你由你。既待捨死忘生。怕甚麽弔拷掤扒。

〔趙云〕你是甚人。來我宮中何幹。若不實說。目下身亡。〔正末云〕我是智伯家臣豫讓。俺主人遭你毒手。身亡族滅。我欲爲之報讐。〔趙云〕你要怎生報讐。〔正末唱〕

【絡絲娘】只爲你亂軍中壞了智伯。更將他家小滅伐。我將你趙襄子就宮禁中待把你親身刺殺。更將玉殿珠樓片瓦根椽直教火焚了罷。這憋豫讓更別無甚別話。

〔趙云〕想智伯無道。損人利己。索地弄兵。有傷風俗也。〔正末唱〕

【酒旗兒】俺主公貪疆土。自是傷風化。你不合將他天靈蓋飲流霞。我說與你衆人試鑒察。咱襄子這的是你毒害那他獨霸。既你箇趙襄子與心問咱。你將俺主人凌遲處死。漆骨爲樽。因此上結的似上海來讐大。

〔趙云〕吾雖不才。見爲一國正卿。兵馬錢穀。皆出吾手。你如何刺得我。〔正末唱〕

【調笑令】這答兒和咱。話不投機一句差。他雖不是萬乘主千乘君王駕。你可甚有德行的趙主宮家。哎。蒺藜也開沙上花。眞乃是井底之蛙。

〔趙怒云〕這個亡國之臣。死有餘辜。怎敢大肆兇悖。毀罵好無禮也。〔正末唱〕

【鬼三台】休則管高聲罵。相驚詫。看的咱似木楂。你有福我無緣。你穩坐龍床鳳榻。若不是廁房中衆人拿住咱。我報寃讎志酬非是假。若是我有分成功咱這無明火發。

〔趙云〕據你說要報仇。量你一人怎生近的我。〔正末唱〕

【聖藥王】一隻手將嗓子招。一隻手將脚腕來拿。滴溜撲摔箇仰刺叉。將匕首拔。覷着你軟肋上扎。教古魯魯鮮血浸寒沙。看你今夜宿誰家。

〔趙云〕我有一件事教你歡喜不盡。〔正末云〕我志未遂。有何歡喜。你早早殺了我罷。〔趙云〕我饒你不死。你與我爲家臣。情取你高車駟馬受用不盡。〔正末唱〕

【眉兒彎】誰戀你官二品。車駟馬。待古有德行的富貴榮華。想着俺那有恩義的主人公放不下。我故來報答。報答的沒合煞。到惹一場傍人笑話。

【耍三台】我這一片爲主膽似秋霜烈日。覷那做官心似野草閑花。〔趙云〕豫讓爲主報仇。真義士也。左右放了他。隨他那裏去罷。〔正末唱〕和你是剜心摘膽兩事家。怎肯有喜悅和洽。我活呵謹防着斷頭分尸。我死後你放心稱孤道寡。

〔趙云〕我已認的你模樣。再來拿住你時。決不饒你了。〔正末唱〕

【尾聲】則爲你誅夷了俺主公。奪了天下。鋸的他死尸骸做飛觥走斝。不爭你箇趙襄子等閑休。枉教普天下英雄將咱唾罵殺。〔下〕

〔趙云〕豫讓去了也。他口口聲聲還要報仇。今已放了他。倘或遇見。必不干休。我須謹避之而已。〔下〕

## 第四折

〔絺疵上〕某絺疵是也。自從投齊回來。聞的豫讓持刀入襄子廁房。要刺襄子。又被拿住。襄子念他忠義。放了他。他說還要報仇。我想趙氏人衆。今番不得出他手也。我須尋着他勸一勸則個。〔下〕〔正末豫讓漆身呑炭粧癩啞上云〕某豫讓是也。今欲刺趙襄子。又恐認的我形容。是以漆身爲癩。呑炭爲啞。且粧風魔行乞於市則個。〔做急走科淨扮衆小兒隨上戲科正末唱〕

【中呂粉蝶兒】本待向趙王宮裏斬虎誅龍。空惹的市曹中小兒每侮弄。那裏也大將軍八面威風。呑炭呵掐了咽喉。漆身呵傷了皮肉。主人呵更怕我聲揚我這疼痛。奔走西東。行言語便推啞中。

〔衆小兒推搶科正末唱〕

【醉春風】把我搶了臉向前推。攧破頭往後擁。這伙刁天厥地小敲才。只管把我來哄哄哄。哄不辨賢愚。不分高下。不知輕重。

〔做打悲科云〕主公呵。你死的好苦也。想往古來今。多少賢聖之主。到今日都在何處也。量趙襄子你値甚的。〔唱〕

【迎仙客】當初是堯社稷。讓了舜封疆。舜又命禹王將天下一統。伊尹有相湯的賢。武王有伐紂的功。想當初風虎雲龍。做了一枕南柯夢。

〔絺疵上〕我尋了豫讓一日。人說街上有一個風魔乞兒。漆身爲癩。呑炭爲啞。必然是他。我須索勸他一勸。

〔做向前認正末科正末打悲科絺云〕老兄。咱主人已沒。你改變形容。通不認得了。何乃自苦如此。〔正末唱〕

【石榴花】此時人物也是箇英雄。豪氣貫長虹。往常時談天說地語如鐘。我只爲咱主公。做啞粧聾。遍身瘡癬難行動。磣可可的答血流盥。剜心剮骨寃讎重。我今日盡在不言中。

【鬭鵪鶉】我將趙襄子的玉殿金門。都變做折碑斷塚。〔絺云〕你又無堅甲利兵。量你一人怎生近的他。〔正末唱〕也不索劍伏着霜鋒。甲披着數重。却不道將在謀而不在勇。〔絺云〕咱主人身亡族滅。你欲報仇。誰其知之。〔正末唱〕我圖甚的。則索爲主亡忘身。便是俺爲臣盡忠。

〔絺云〕我聞趙人把主人首骨漆爲飲器。果是實麼。〔正末唱〕

【上小樓】說着呵心頭怒攛。無處發送。恨塞長空。氣結秋雲。泪洒西風。將俺主公頭作器皿。筵前使用。則你道波俺這爲臣的痛也不痛。

（絺云）以子之才臣事趙孟。必得近幸。子乃爲所欲爲。顧不易耶。今求以報仇。不亦難乎。（正末云）你言之差矣。既委質爲臣。又從而殺之。是二心也。凡吾所爲者極難。然且所以爲此者。將以媿天下後世之爲人臣懷二心者。（絺云）豈不聞順天者昌。逆天者亡。趙氏既昌。合當順人應天。不宜苦苦直要報仇。（正末唱）

【么】你道順德者吉。逆天者凶。我怎肯一意二心。背義忘恩。有始無終。（絺云）前番不曾報的。今日再不濟事。反罹鈇鉞。到那時悔將何及。（正末唱）者麽教鼎鑊烹。鈇鉞誅。凌遲苦痛。休想俺這鐵心腸半星兒改動。

（趙上云）某趙襄子是也。今日早朝晉侯回還。從這州橋上過去。左右與我前面打開閑人。（絺云）兀那來的是趙襄子。須索暫且迴避則個。（先下）（正末急入橋下潛伏科）（趙云）好怪哉也。馬至橋邊。三策三却。想必橋下有歹人。左右搜一搜。（衆搜科）（正末跳出衆扯住科）（正末唱）

【十二月】把這萴鐶放憁。我早則見你也那英雄。（趙云）左右與我拿過來者。（正末唱）則教我急難措手。好教我忿氣填胸。鬧炒炒地一行部從。圍住我在狠虎叢中。

【堯民歌】嗨。不想乞答的頓開金鎖走蛟龍。我若得手呵敢教你渾身血染戰袍紅。你和俺主人公敢一般消洒月明中。七魄三魂杳無踪。如同。瀟瀟落葉風。量你成何用。

（趙云）這人形體好似豫讓。（正末云）我就是豫讓。當日宮中刺你不着。因此向山中漆身爲癩。吞炭爲啞。變了形容。務要刺殺了你。爲我主人報仇。（趙云）你曾事范氏中行氏。智伯滅了他二家。你不報仇。今日如何却爲智伯報仇。（正末云）范氏中行氏以常人待我。我故以常人待之。智伯以國士待我。我故以國士報之。（趙云）你說你務要報仇。兩次三番只要殺我。都被我拿住也。不算你能也。（正末唱）

【耍孩兒】今日箇會兵機的襄子誇英勇。顯的沒下梢的將軍落空。你將他磣可可斬在亂軍中。把一箇死尸骸暴露霜風。刻地漆頭爲器斟瓊液。可甚翠袖殷勤捧玉鍾。未出語心先痛。殺人可恕。情理難容。

〔趙云〕你前來刺我。我饒了你。今日又來刺我。却饒不得你也。〔正末云〕明主不棄仁義之臣。願得脫下的衣服與主報怨。死亦無憾。〔趙云〕既如此。將這一件衣服與他看他何用。〔正末唱〕

【三煞】豁不了我這滿腹冤。干休了半世功。急煎煎獨力難敵衆。〔拔劍將襄子衣服砕剁科云〕罷罷。我今日劍剉了你這衣服。就和殺了你一般。死亦無恨。〔唱〕雖不能勾碎分肢體誅了襄子。爛剉了這件衣服。便是報了俺主公。至如把殘生送。下埋黃土。仰問蒼空。

〔趙云〕豫讓。你也是個義士。你今既剉了我衣服。報了主仇。你今替我爲臣。富貴共之。〔正末唱〕

【二煞】士爲知己死。女爲悅己容。〔云〕豫讓蒙俺主君知愛。超出流輩。今日安忍背主事仇。〔唱〕我怎肯做諸侯烈士每相識諷。我怎肯躬身叉手降麾下。我寧可睜眼舒頭伏劍鋒。枉了你閑啣噥。折末官高一品。祿享千鍾。

【尾聲】我不想聲聞在人世間。名標在史記中。你把我主人公葬在麒麟塚。誰受你徼買人情趙王寵。〔自刎下〕

〔趙云〕可惜豫讓死了。左右將尸首擡出。以禮葬埋。我明日奏過晉侯。追封官爵。旌表忠義。勸化風俗。多少是好。須索還與韓魏二子商量則個。

題目　趙襄子避兵逃難
　　　張孟談與心反間

正名　貪地土智伯滅身
　　　忠義士豫讓吞炭

# 功臣宴敬德不伏老雜劇

楊梓撰

## 第一折

〔房玄齡上〕一片丹心扶社稷。兩條眉鎖廟堂憂。堅心主意施公正。報答皇王爵祿恩。下官房玄齡是也。方今唐天子卽位。八方寧靜。四海晏然。黎民樂業。五谷豐登。喜遇太平時世。爲因唐家十路總管。開疆展土。立國安邦。人人饒勇。個個忠良。今日聖天子設一宴。乃是功臣筵宴。有功者上首而坐。簪花飲酒。功少者下位而次之。只飲酒。不簪花。聖上著下官爲主宴官。著軍師徐茂公爲壓宴官。勑賜寶劍金牌。如有攪鬧功臣筵宴者。著下官先斬後奏。小校。唐家十路總管來時。卽來通報。〔小校〕得令。〔徐上〕兩朵金花擎日月。一雙袍袖拂乾坤。天下盡服聖上管。半由天子半由臣。下官徐茂公是也。自立大唐以來。廣用章句。倚功名而取富貴。蒙聖天子可憐。加老夫軍師之職。今日聖天子設一宴。乃是功臣筵宴。有功考上首而坐。簪花飲酒。功少者下位而次之。只飲酒。不簪花。聖上著房玄齡大人爲主宴官。著下官爲壓宴官。敕賜寶劍金牌。如有攪鬧功臣筵宴者。先斬後奏。赴宴走一遭去也。〔報介〕〔相見介〕〔殷程上〕馬背征鞍將掛袍。將軍可手燃弓稍。休言十載寒窗苦。怎比征夫半日勞。下官殷開山是也。自家程咬金是也。今日咱兩人赴功臣宴走一遭去也。〔報介〕〔相見介〕〔杜高上〕幼小曾將武藝習。南征北討慣相持。臨敵望塵知地勢。對壘塡土識兵機。吾乃杜如晦是也。吾乃高士廉是也。赴功臣宴走一遭去也。〔報介〕〔相見介〕〔房〕小校。唐家十路總管來齊了麼。〔小校〕還有兩位老將軍未到。〔房〕來時報俺知道。〔小校〕得令。〔尉遲秦叔上〕老夫複姓尉遲。名恭。字敬德。乃朔州善陽人也。這一位老將軍。姓秦字叔寶。自降唐以來。與國家東蕩西除。南征北討。多有功勳。甚有汗馬。今日聖天子設一宴。乃是功臣筵宴。功多者上首而坐。簪花飲酒。功少者下位而存。只飲酒。不簪花。叔寶老將軍。你我吃這一宴非容易也。〔秦〕想着老將軍與唐家開疆展土。立國安邦。多有功來也。〔尉〕俺與唐家建立大功。只除是你知我也呵。

【仙呂點絳唇】想當日煬帝東土。那其間主公未定。中原困。盜起紛紛。帝星照河東郡。
【混江龍】想着咱初降唐時分。事君竭力致其身。憑着俺十八般武藝。定下了六十四處征塵。都是神烏馬踏成了這唐社稷。只這個水磨鞭打就了李乾坤。記當日呵扶持主上。今日呵宴賞公卿。雖然是功分大小。也須索位列卑尊。有功者上首而坐。功少者下位而存。若不將咱爲頭而賜坐。這下位裏難以安身。老將軍非爲誇己。也不是我驕人。老將軍爲頭。次之是尉遲。除此外誰敢與咱相爭競。〔秦〕老將軍有擎天手段。〔尉〕你道俺有擎天手段。老將軍俺道你可有蓋世的功勳。

〔報介〕〔相見介〕〔房〕衆將軍都來齊了麽。〔小校〕都來齊了。〔房〕軍師請功勞簿來查看。論功行賞。〔徐〕論功行賞。此酒正該叔寶老將軍飲。這尉遲老將軍御科園刴馬單鞭。這一功論起來。此酒還該尉遲老將請。不可多遜了。〔尉〕此酒還是老將軍飲過。次之纔到老夫吃。〔房〕論功行賞酒請了。

【油葫蘆】〔尉〕見軍師數次殷勤。量尉遲何足論。怎消的當今天子重賢臣。

〔李上〕吾乃李道宗是也。赴功臣宴走一遭去來。〔相見介〕〔李道宗云〕這酒該我飲。該我簪花。〔尉唱〕

這廝們走將來上首頭坐。全無些謙遜。惱得咱便不登登按不住心頭忿。

〔李〕一杯酒吃了便罷。甚麽上首頭下首頭。我怕你上首頭那勢凶。下首頭怎坐存。我本待要推更衣又不敢先逃遁。我待不言語呵著這廝欺負俺老功臣。

老將軍請息怒者。

【天下樂】叔寶老將軍你便是活佛也教咱怎生忍。老將軍你便休也不嗔。非是我情性狠。量這個潑無徒怎敢來小覷人。我割捨得發一會兒村。使一會兒狠。道宗你有何功勞敢坐上首。簪我的花。飲我的酒。〔李〕尉遲恭你有甚麽來要打我。〔尉〕我不打你這潑無徒教咱怎的忍。

〔打介〕打得好。打得好。把我打下兩個門牙。我問你有甚麼功來。〔尉〕我有功無功瞞不過三等人。〔李〕那三等人。

【那吒令】那廝。你聽我說。知尉遲。轅門外的衆軍。講尉遲。普天下的萬民。譖尉遲的。是你這樣小人。我將這鏖戰冊件件與你觀。功勞簿樁樁與你論。那其間便見得元勳。

〔李〕你有甚麼功勞在那裏。〔尉〕我有功來。

【鵲踏枝】我也曾在沙場上領着敵軍。捨着殘生。我也曾撾鼓奪旗。抓將挾人。我也曾殺得敗殘兵骨碌碌人頭亂滾。滲滲呵熱血相噴。

〔李〕不要閑說。我與你主宴大人案前告去。主案大人。尉遲恭爭口。打下我兩個門牙。〔尉〕主宴大人。量這廝有甚麼功來。〔房〕尉遲。誰不知你有功。你有功無功。瞞不過兩班文武。爲何打落道宗二齒。是何道理。可不道有功雖仇必賞。有過雖厚難饒。拿去斬訖報來。〔李〕敬德如今太平時世不用你了。〔尉遲〕

【寄生草】太平時文勝似武。事急也武勝似文。我也曾苦相持惡戰討遭危困。扶持的國家安天下。定今日狼烟淨。生熬的劍鋒缺鞭節曲鎗尖鈍。我只待要一心兒分破帝王憂。軍師。只我這兩條眉鎖江山恨。

〔徐〕老將軍。這纔是你不該了。我與衆大人前去哀告。勸得從休歡喜。勸不從休煩惱。主宴大人息怒。那尉遲舍死忘生。展土開疆。困來馬上眠。渴飲刀頭血。滅六十四處征塵。一十八處擅改年號。多有功勞。甚有汗馬。怎生將功折了罪過。小官一一道其實。大人心下自裁處。且唐家十宰是他爲頭將。饒了這忠孝雙全老尉遲。〔房〕軍師列位大人請起。放過尉遲來。尉遲。若不看軍師衆將之面。不能勾饒了你。暫且記頭在項。你且聽我說。你本是個著鐵之夫。豈知俺文臣之禮。只今日納了你袍笏入朝的紫羅襴。出朝的黃金印。貶你去職田莊做個庶民百姓。苦耕三頃地。持着一張犂。你聽我說。你本是開國元勳。論汗馬位列三公。今日赴宴不遵令。却用拳毆打道宗。如執法即當取斬。今原情暫且姑容。黃金闕休官辭爵。謫職田莊淺種深耕。李道宗去官罷職。尉遲恭休逞英雄。小官不敢久停。回聖上話去也。(下)〔尉〕列位大人。
【前腔】想爲官的如騎着虎。他用人似積薪。教後來人在上居尊。李道宗這廝呵他非武非文。他曾立甚麼功勳。怎敢欺侮俺開國的功臣。他走將來上首頭無些二謙遜。論功處誰敢欺人。若不是軍師救了咱危困。他須是一枝一葉。俺須是四海他人。
〔徐〕老將軍請息怒。〔尉〕
【前腔】也不索胡二云。休論我性不容人。拳打了讒臣。恁般生嗔。若不是軍師可便勸准。我沒來由獻甚麼勤。知他是君負欺臣負欺君。若留得個惡楚秦。若留得西楚霸王在呵。怎生便敢誅了韓信。古人言語不虛二云。想淮陰與鄂國咱兩個同時運。一任那漁樵閑話。少不得青史標名。
既是聖上貶了老夫。今日就辭了列位。收拾了行李。便往職田莊去罷。
【尾聲】脫了我入朝相的紫羅襴。摘了我出朝將的那黃金印。狠吃豹頭心兒裏暗忍覷了。□往日功勞到今日沒半分。常言道好事沒下稍。只我□出氣力的功臣。〔秦〕老將軍。想你降唐多有功勞。今日也罷了。〔尉〕想我初離賓武州。乍到唐君。想着初降唐時呵。端的掃蕩了此二征塵。我便打了那非著己的人。列位大人。明日聖上問道。那個敢打王叔李道宗。列位大人就說是我尉遲。 聖上也只索把心兒忍。不忿氣吐三千丈怨雲。 想我主在御科園有難之時。我在澄清澗瓜馬。有軍士來報。某即剗馬單鞭。直趕至御科園。只見那單雄信將俺主公看看趕上。我就厲聲高叫。咄。那單雄信休得傷了我主。其時那單雄信撇了我主。望某家刺一狠牙棗槊來。被我側身躲過。左手搭住棗槊。右手舉起水磨鋼鞭。只一下。打得那單雄信吐血而走。到如今端的是一言難盡。他只一言說得不好。〔衆〕那一句說得不好。他說道太平年不用俺這老將軍。

〔徐〕老將軍去了。列位大人。明日可到十里長亭。與尉遲敬德餞行。走一遭也。

〔詩曰〕尉遲恭犯罪難逃。一時間定奪功勞。見聖上親自保奏。着尉遲星夜回朝。

## 第二折

〔徐茂公上〕老夫徐茂公是也。爲尉遲公攬了功臣筵宴。如今貶去職田莊閑居。今日衆公卿每在十里長亭與他餞行。須索走一遭去也。〔尉遲上〕家童。你把嬭嬭的車兒先行著。我和你且慢慢的行。〔童〕理會得。爹爹。孩兒想來。爹爹也曾受苦來。那房老爺一時間惱着爹爹。倘心回意轉。來取回去。未可知也。且自慢慢的行。

【中呂粉蝶兒】〔尉〕爲甚麽忙出皇州。我將這脫空禪近來參透。再不向殺人場鬧裏鑽頭。向職田莊。居止處。將我□□生涯窮究。

【醉春風】牢記住戰爭心。緊抄定抓將手。□□□□雲陽市上血染了衣。出那娘的醜。這一個須索□□□□□言將我來罪責。若沒有軍師呵。可不道有誰人將我來搭救。

〔童〕爹爹。那十里長亭有許多人在那裏等着你。

【迎仙客】〔尉〕怪的這長亭□驛馬多。〔衆〕老將軍請住馬。〔尉〕家童。與我帶住馬者。〔童〕理會得。〔尉〕我忙下得紫驊騮。唐十宰衆公卿可都這裏。有我可便向前來。忙問候。〔尉〕衆大人爲何到此。〔衆〕爲老將軍遠行。俺衆公卿等特來與老將軍餞行。〔尉〕俺這裏聽說罷緣由。怎消得偌大遠勞台候。

〔徐〕左右將酒過來。老將軍滿飲幾杯。〔尉〕有勞衆大人。

【紅繡鞋】不索你個軍師生受。〔衆跪介〕〔尉〕請起來。唐十宰文武公侯。恁只待要這搭兒折殺了尉遲休。衆公卿休將我來耻笑。怎麽將恩義變爲仇。那日若無軍師與列位大人呵。可著我險些兒難措手。

〔徐〕將酒來。老將軍再飲一杯。〔尉〕軍師大人。怎麼不見叔寶老將軍。〔衆〕叔寶將軍染病在家。

【滿庭芳】〔尉〕可惜老了一個先鋒哀帥首。他曾殺得人有家難奔。有國難逃。只他那十八般武藝都學就。六韜書看得來哀滑熟。只他那廝殺處全無一個對手。只他那持處誰敢與他做敵頭。上陣處擒爭鬭。不剌剌門旗開處。兩陣對員。那壁廂問道。大唐家那員名將出馬。俺這裏回言道。胡國公秦叔寶出馬。那壁廂乃便回言說道。不好了也。〔尉〕不喇喇聞風兒便走。〔衆〕好一位老將軍。〔尉〕軍師。他端的要一心兒分破了帝王憂。

軍師。衆大人。今日相別。不知幾時再得相會。〔徐〕老將軍。你且耐心者。不過一年半載。□衆公卿保奏你回朝也。

【尾聲】餞一道咸陽陌上塵。折一枝霸陵橋上柳。衆公卿相見知何有。

〔徐〕老將軍再飲一杯。〔尉〕飲過這一杯西出陽關。這餞行的酒。

〔徐〕老將軍去了。列位大人。老夫明日作本頭。就保他還朝也。

〔詩曰〕丹心扶社稷。捨命保還朝。

## 第三折

〔高國王上〕英雄久鎮高麗王。善曉黃公三略書。吾乃高麗國大將是也。文通三略。武解六韜。運籌帷幄之中。決勝千里之外。休言人在帳前喧。便有鴉鵲過時不敢噪。俺這海東有十六國。辛羅國。卯日國。分定國。文直國。落難國。門神國。大漢國。小漢國。蛤麻國。三漢國。日本國。扶桑國。矮人國。百席國。丁香國。了奠國。高麗國。惟有俺這一國。不服大唐。聞知唐朝病了秦瓊。貶了尉遲。將老兵驕。我手下有一大將。名喚鐵肋金牙。此人有萬夫不當之勇。著他領兵十萬。前去綠鴨江邊。白鶴坡前。單奈尉遲出馬。小校與我喚鐵金牙出來。〔丑〕陣鼓銅鑼一兩敲。轅門裏外列英雄。三軍報道平安否。買賣歸來汗未消。吾乃大將鐵肋金牙是也。元帥呼喚。須索去走一遭也。盔甲在身。不能施禮。〔高國王〕喚你出來。別無他事。有大唐家病了秦瓊。貶了敬德。與你雄兵十萬前去綠鴨江邊。白鶴坡前。單奈尉遲出馬。小心在意。〔丑〕理會得。今日領軍馬與尉遲交持去了。〔詩〕自小英雄志氣高。身披耀日錦征袍。飛臨陣地沙場上。戰敗千軍血染刀。〔生上〕只有天在上。更無山與齊。舉頭紅日近。回首白雲低。吾乃房玄齡是也。自從將尉遲貶去職田莊閑居。可又三年光景了。如今高麗國知俺這裏病了秦瓊。貶了敬德。着鐵肋金牙在綠鴨江邊。白鶴坡前。如今下戰書來。單奈尉遲出馬相持。今尉遲又有風病舉發。動止不得。未知虛實。下官奉聖上的命。著軍師徐茂公親往探病。小校與我請軍師徐茂公出來。〔小校〕得令。軍師有請。〔徐上相見介〕軍師。奉聖上命。今有高麗國下戰書。單奈尉遲相持。尉遲若果風病。再作道理。即去回報。〔並下〕〔旦同尉遲上〕老爺。想着你有蓋世的功勞。今日不用了。你那病從何起。〔尉〕只爲在那功臣宴上打了李道宗。將我貶在此職田莊閑居。又早三年光景了也。奶奶。你去開門看者。有人無人回我。〔旦〕理會得。開得這門來。呀。無人。不免掩上着。老爺。前後無人。〔尉〕奶奶。真個無人。你道我這病是真的假的。〔旦〕老爺的病。怎麼是假的。〔尉〕呀。我那得甚麼風病來。昨日莊東頭王伴哥請我赴牛兒會。有那伴哥來遲。我道。伴哥你爲何來遲。他道。往城中沽酒去來。我道。你到城中去。可有甚麼新聞麼。他說新聞到沒有。聞得高麗國差鐵肋金牙下戰書來。單奈尉遲出馬。我聽他說罷。卒然倒地。衆人扶我起來。我就是這等左癱右瘓起來。〔旦〕老爺。你如今假粧有風疾。我那裏知道。〔尉〕奶奶。我一自降唐出界丘。苦征惡戰數千秋。兩條眉鎖江山恨。一片心懷帝王憂。簪老尙嫌弓力軟。眼昏猶識陣雲愁。水磨剛鞭不喇喇一騎馬。我也曾扶立唐家四百秋。

【越調鬭鵪鶉】我也曾展土開疆。相持對壘。不能勾富貴榮華。剗地裏把我來罷官卸職。他欺負俺是大老元勳。我不合打了那無端的逆賊。今日貶了尉遲。閑了敬德。救了我殘生。都虧了軍師世勣。

【紫花兒序】若不是老相公傾心兒鬧恰。便似韓元帥伏劍而亡。我便是子房公拂袖而歸。奶奶。我如今與伴哥每肥草雞兒。沖糯酒兒。在這職田莊受用。可不強似爲官。每日閑伴漁樵。每閑話。到豁達似文武班齊。落魄忘機。誰待要為是非。我向這急流中湧退。我如今罷職閑居。若是那鐵肋金牙索戰。我看他怎生和他相持。

奶奶。我分付你來。只怕朝中有人來問。你只說。老爺有病哩。〔旦〕老爺你放心。我知道了。〔徐〕老夫徐茂公是也。奉聖旨的命。着老夫往職田莊上探尉遲老將軍病。可早來到也。小校。那裏是職田莊。〔小校〕這裏便是。〔徐〕小校你且回避着。喚你便來。不喚你不要來。〔小校〕理會得。〔徐〕開國勳臣有人在此麼。〔尉〕奶奶。是甚麼人敲門。你去看來。〔旦〕理會得。開了這門。來是誰。〔徐〕老夫人拜揖。老將軍有麼。〔旦〕軍師。俺老爺染病哩。〔徐〕請通報。說徐勣在此拜見老將軍。〔旦〕理會得。軍師少坐。老將軍。軍師在門首要拜見你哩。〔尉〕呀。妳妳。不好了。那將軍徐勣。是足智多謀之人。他如今來。若不見他。他又疑我沒病。若出去見他。倘或挑起那往年間相持廝殺的事情。忘了那風疾怎麼好也。罷。妳妳。倘或挑起那相持廝殺的事。我若忘了風疾。你就旁邊說。老爺。你的拐兒。我就這等風疾起來。妳妳□了這門。待我去迎接軍師。〔徐〕老將軍請了。〔尉〕軍師少禮也。

【小桃紅】不如今日甚風吹。〔徐〕久別尊顏。我這裏有一拜。〔尉〕軍師。我老夫回禮不得了。我如今講講不得。這裏可便權休罪。〔徐〕老將軍我和你自別之後。不覺又是三年光景了。〔尉〕軍師一自離朝到今日。〔徐〕老將軍染甚病證。〔尉〕天有不測風雲。人有旦夕禍福。誰想我臨老也帶着殘疾。軍師。唐家十路總管都好麼。〔徐〕也都沒了。〔尉〕消磨了往日英雄輩。高士廉。杜如晦如何。〔徐〕都閑了。〔尉〕他可都閑身就國。殷開山。程咬金他兩個如何。〔徐〕都已亡了。〔尉〕他兩個都歸泉世。劉文靜。秦叔寶他兩個如何。〔徐〕都病了。〔尉〕軍師。唐家十路總管閑的閑。病的病。死的死。如今止有軍師和老漢。俺一班兒白髮故人稀。

軍師。你到小莊貴幹。〔徐〕奉聖上的命。今有高麗國下戰書。不奈別的。單奈尉遲出馬。聖上命著你星夜領兵前去。復還鄂國公之職。有功回來。另行陞賞。謝恩。〔尉〕妳妳。不要謝恩。我去不得。〔徐〕老將軍不去。呵便是違宣抗勅。〔尉〕

【金蕉葉】我我我便有幾顆頭敢違宣抗勑。一句話惱得從頭便至尾。怎着我這髯老子安邦定國。你何不去教李道宗相持來對壘。

〔徐〕老將軍便有風疾也請下高麗走一遭。〔尉〕軍師我這等模樣。若到陣面前爭先鐵扇子團花遮箭牌。兩陣對員擂鼓搖旗。吶喊一聲。那邊問道大唐家甚麼人出馬。俺這裏無人回答。他那裏又問大唐家甚麼人出馬。俺這裏叫兩個小卒。這每一扶上俺到陣前。對那邊說道。我便是尉遲敬德。可不羞死了人也。

【調笑令】他覷了俺這般模樣。臨老也帶着殘疾。軍師你覷甚麼閫外將軍八面威。但開口只說我是唐家苗裔。只好去高衙行衙官挾勢。若不是軍師勸諫赦了罪累。險此二個死無葬身之地。

〔徐〕老將軍請走一遭扶持社稷。

【禿廝兒】〔尉〕我怎扶持江山社稷。難論着鞭簡共楂槌。你可待强扶持尉遲在軍陣裏。高麗家捺相持。可教誰敵。

【聖藥王】軍師你莫疑惑。其實的去不得。到朝中說與聖人知。到朝中說與衆□□□。如今年紀近了七十。染□病疾。提起那排軍布□□□凝。

〔徐〕常言道。老將會兵機。〔尉〕休休休便提起老將會兵機。

〔旦〕□□你那□□。〔尉〕妳妳。老夫風疾舉發。去不得。〔徐〕老將軍去不得。□□告回。〔尉〕妳妳。送了軍師出去。閉了門。〔徐〕出的這門□。我觀此人容貌。不是那有病的。方才拜下去。那兩條□□尤如鐵柱一般。那老夫人又在旁邊說道。老爺。你□拐兒眉頭一展。計上心來。衆軍校那裏。〔卒〕有分付。〔徐〕□衆人到這人家去安下。要他男子漢鬪草喂馬。女人家補衲襖鞝鞋。你說。我是高麗的小軍。他家是有錢的。□問他要白米飯。炒嫩雞兒。冲糯酒兒吃。那一個老子□禮打將去。〔卒〕列位。方才老爺分付。着俺揀這房子打進去。開門。開門。〔尉〕妳妳。又是甚麼人在外頭叫。不要放他進來。〔旦〕理會得。〔卒〕我每是下高麗的小軍。行到這裏。天色已晚。借你房子歇息一歇息。男子漢鬪草喂馬。女人家補衲襖鞝鞋。又要白米飯。炒嫩雞兒。冲糯酒兒吃。夜晚間又要洗洗澡。槌槌腰。刺刺屁股兒。〔旦〕村弟子孩兒。你是甚麼人。這等無禮。待我哄他一哄。你在這裏歇息。我閉了門者。〔卒作叫嚷介〕〔尉〕妳妳。外面又是甚麼人喧嚷。〔旦云〕〔尉〕這廝好無禮。待我自去回他。衆長官。我這房屋窄小。養不得馬。你到別家去罷。〔卒〕放屁。你不肯。打你老子。〔尉〕

【麻郎兒】這廝他便惡狠狠的叫起。雄糾糾的欺誰。你毁傷我唐家宰職。〔打介〕著這廝吃我一會兒脚踢拳槌。

【幺篇】你便惱番了尉遲。性起。一隻手揝住他頭髩。縱虎軀輕舒猿臂。我便革支支掙得你分碎。一會兒教你死。

〔徐輕輕至尉背後班介〕

【絡絲娘】是誰人班住了尉遲敬德。〔徐〕老將軍。你風疾好了麼。〔尉〕只被你敗破了我謊也軍師的世勣。正是船到江心補漏遲。我不解其中尊意。

〔旦〕老爺。你的拐兒哩。〔尉〕遲了也。〔徐〕小校。這就是總兵老爺。〔卒〕老爺。小的有罪也。〔徐〕老將軍。只今日復還鄂國公之職。就領兵下高麗去。有功重加陞賞。此去只是老將軍年老也。〔尉〕

【耍三台】你須知咱名諱。盡忠心天知地知。這一場小可。如美良川交兵的手段。御科園單鞭奪槊的雄威。小可如牛口谷鞭伏了竇建德。小可如下河東與劉黑闥相持。你看我再施逞生擒王世充的英雄。你看我重施展活捉□世猛當時的氣力。

〔徐〕老將軍。你那時年紀小。跨下神烏馬。腰懸著水磨鞭。弓開得勝。馬到成功。今日年紀高大了。便好道老不以筋骨爲能。只怕你也近他不得了。〔尉〕

【幺篇】我老只老呵老了。咱些年紀。老只老呵老不了我腦中武藝。老只老呵老不了我龍韜虎略。老只老呵老不了我妙策神機。老只老呵老不了我一片忠心貫日。老只老呵尚兀自萬夫難敵。〔徐〕老將軍。你便索要去。只怕你老了。去不得。〔尉〕俺老只老止不過添了些三雪鬢霜髭。老只老又不曾駝腰曲背。

【尾聲】老只老呵只我這水磨鞭不曾長出些三白髭鬚。量這廝何須咱費力。你看這廝。明日在垓心裏。綽見我那鐵襆頭紅抹額。烏油甲皂羅袍。他便跳下馬受繩縛。着這廝捲了旗卸了甲收了軍拱手兒降俺這大唐國。〔下〕

〔徐〕想着那老將軍果然無病。老夫略施小計。使他登時激發就領兵交戰去了。下官即去回聖天子命也。〔下〕

## 第四折

〔鐵肋金牙上〕自家高麗國大將鐵肋金牙的便是。來日與大唐交戰。大小三軍。聽吾號令。先擺七層回子手。第一層金盔金甲金裹頭將軍。第二層銀盔銀甲銀裹頭將軍。第三層鐵盔鐵甲鐵裹頭將軍。第四層銅盔銅甲銅裹頭將軍。第五層布盔布甲布裹頭將軍。第六層紙盔紙甲紙裹頭將軍。第七層皮盔皮甲皮裹頭將軍。衆小校到來日馬軍擺在一邊。□兵擺在一邊。中間留一條走路。待我輸了好走。〔衆〕走往那裏去。〔丑〕走到你娘床上去。〔衆〕塵頭起處。大唐軍馬來了。〔丑〕擺開陣勢與他交兵。〔尉上〕老夫尉遲敬德是也。奉朝廷的命。着我下高麗收鐵肋金牙。須索走一遭去也。

【雙調新水令】只俺這水磨鞭准准的閑放了一年。不知是那一個合死的與我交戰。重磨了新日月。再整頓那舊山川。只被我剗除了六十四處狼烟。更有一千陣惡征戰。

大小三軍。擺開陣勢者。〔丑〕來將何人。〔尉〕尉遲公是你的爹爹。〔丑〕尉遲。你敢來與俺交戰。〔尉〕大小三軍。擂起鼓來。

【雁兒落】〔尉〕驟驊騮走似烟。驟驊騮走似烟。戰馬兒疾如箭。莫道是平地上走不出。便走到那鬼窟洞裏也直尋見。

【得勝令】呀。這的是難比美良川。折麽尼走上焰魔天。今日是你合休日。今年是你該死年。當先。不喇喇一騎馬疾如箭。心堅。□□□□□懶贈鞭。

小校。把這廝與我綁了。去見聖上去。□。〔徐〕下官徐茂公是也。今聞得尉遲敬德活拿了鐵肋金牙。這早晚敢待來也。小校。尉遲老將軍到來。報覆□□知道。〔尉〕老夫尉遲是也。擒了鐵肋金牙。將軍府裏報功去也。〔卒〕□□。〔相見介〕〔徐〕老將軍鞍馬勞神。怎生擒了這廝。慢慢的說一遍。

【甜水令】我閑居時老弱。任憑贏廝殺處。身輕體健。相持在綠鴨大江邊。撲咚咚戰鼓聲催。二馬相交。在垓心鏖戰。把鐵肋金牙活捉下駿馬雕鞍。

〔徐〕老將軍。想昔日在御科園剗馬單鞭。今日裏掃蕩征塵。永息狼煙。把功勞試說一遍。就請掛了黃金印也。〔尉〕

【折桂令】想昔日在御科園剗馬單鞭。今日裏掃蕩了征塵。永息狼烟。托賴著聖主仁慈。千秋萬歲。洪福齊天。〔徐〕老將軍請掛了印。〔尉〕臣不斗大的黃金印懸。〔徐〕老將軍只願甚麽來。臣只願洛陽城二一頃薄田。不願陞遷。只願身安。若不是文武雙全。怎能勾將相之權。

〔徐〕老將軍望闕跪者。聽聖上的命。加官賜賞。〔聖旨〕只爲你多有功勳。盡忠心輔報朝廷。擒拿了鐵肋金牙。復還你鄂國功臣。手下將論功行賞。都着他列補重陞。聖明主加官賜爵。朝帝闕拜謝皇恩。〔尉〕萬歲萬歲。萬萬歲。

【沽美酒】感皇恩賜我官。感皇恩賜我官。重又得列朝班。我只願罷職歸農樂殘年。向這職田莊耕鋤爲伴。我只爲鐵肋金牙逞戰權。因此做風顛。誰知道軍師探病原。施機變將吾賺。參破了尉遲愚見。不伏老向江邊惡戰。我呵幸遇得聖王明文修武偃。呀。願皇圖河清海宴。

【尾聲】只因我南征北討能爭戰。乞刺德心無怨。竹節剛鞭打鐵肋金牙。

# 宋太祖龍虎風雲會雜劇

羅貫中撰

楔子

〔石守信引王全斌潘美及二小卒俱戎裝上詩云〕親統貔貅百萬兵。兜鍪日日侍承明。朝梁暮晉何時了。定許將軍見太平。下官姓石。雙名守信。大梁人氏。方今周世宗登基。四方擾攘。干戈不息。爲我累建大功。陞受馬步親軍都指揮使。統領着八十萬禁軍。得專征伐。近奉聖旨。招募智勇之士。量才授職。這一人乃王全斌。這一人乃潘美。見充帳前統制官。與我八拜兄弟。一同調遣。兄弟但有知識。當爲國引進咱。〔王全斌云〕哥哥。今有馬軍副指揮使趙弘殷長男趙匡胤。文武全才。智勇過人。少年遊歷關東關西。獨行千里。若得此人統領軍馬。盪除草寇。何愁天下不太平也。〔石云〕兄弟。既有如此賢才。何不早說。可備禮帛鞍馬。差人敬徵聘者。〔王云〕差誰去請。〔石云〕可就差統制官潘美走一遭去。左右將禮幣鞍馬過來。〔二卒捧段幣盔甲上隨定潘美〕〔石云〕疾去早來者。〔潘云〕得令。〔下〕〔石唱〕

【仙呂賞花時】兩隻手指磨日月新。一片心扶持天地穩。向千萬里展經綸。把狠烟掃盡。直教龍虎會風雲。

〔云〕潘美去了也。咱也去來。〔下〕

第一折

〔正末趙匡胤引趙普鄭恩曹彬楚昭輔常服上詩云〕平生蹤跡徧天涯。四海元來是一家。塗炭生民誰拯救。何時正統立中華。某姓趙名匡胤。乃指揮弘殷之子。自幼好使鎗棒。攻習韜略。遊歷關陝。結識天下知名之士。這個是幽州趙普。曾參隨我父四方征伐。充帳前判官。這一人乃曹彬。靈壽人氏。這一人乃鄭恩。大梁人氏。這一人乃楚昭輔。宋州人氏。皆與我相交至密。結爲弟兄。雖古之關張。不過如此。今日無事。在此閑行了一會。衆兄弟權此告別。明日再會。〔齊下〕〔苗光裔道服上詩云〕先天成數久精通。八卦循環掌握中。歲在庚申天下定。乾元九五見真龍。某姓苗名訓。字光裔。大梁人氏。自幼習周易先天之數。兼通星緯之學。如今周朝世宗登基。國步多艱。某因此隱于草澤。以賣卜爲生。我見王氣正兆大梁。必然有眞命帝主出世。我今在汴梁橋下。開張卦肆。打掃乾淨。看有甚麼人來。〔做鋪卦小桌上科正末引鄭恩常服上云〕兄弟。咱別了衆兄弟。行來不覺將至城中也。〔鄭云〕哥哥如此武藝雙全。何不求試。爲國家出力也。得圖形麟閣下。〔正末云〕兄弟。你怎生知我也呵。〔唱〕

【仙呂點絳唇】四海爲家。寸心不把。名牽掛。待時運通達。我一笑安天下。

【混江龍】見如今奸雄爭霸。漫漫四海起黃沙。遞相呑併。各舉征伐。後漢殘唐分正統。朝梁暮晉亂中華。豺狼掉尾。虎豹磨牙。尸骸徧野。餓殍如麻。田疇荒廢。荊棘交加。軍情緊急。民力疲乏。這其間生靈引領盼王師。何時得蠻夷拱手遵王化。我只待縱橫海內。游覽天涯。〔鄭云〕哥哥不覺行至汴梁橋下。前面是一卦鋪。咱教那先生算一卦如何。〔正末云〕也使得。〔見苗科云〕先生拜揖。〔苗做慌跪科云〕早知我主到來。只合遠接。接待不着。勿令見罪。〔正末喝云〕先生休胡說。〔苗云〕臣相人多矣。主公乃九朝八帝班頭。四百年開基帝主。〔正末云〕先生莫不吃酒來。〔唱〕

【油葫蘆】莫不你酒力禁持眼界花。請先生再覷咱。我須不是金枝玉葉那根芽。〔苗云〕主公堯眉舜目。禹背湯肩。眞乃帝王之相也。〔正末唱〕你道我堯眉舜目堪圖畫。湯肩禹背實稀詫。〔苗云〕主公正應九五飛龍在天之數。〔正末唱〕頭直上又沒一片雲。渾身上又沒萬縷霞。你道我乾元九五飛龍卦。多管是相法內有爭差。

【天下樂】我本是粗魯尋常百姓家。休誇。則管裏廝廝殺。這言詞早合該萬剮。市廛中人物稠。牆壁間耳目雜。但聽的不是耍。〔正末指鄭云〕你相我這個兄弟咱。〔苗云〕這個醜人是一個兇神太歲。不過是一路諸侯。〔鄭云〕這先生好無禮。如何說我是兇神太歲。兀的不氣殺我也。〔正末唱〕

【醉中天】平白地相驚詫。到大來廝踏踏。早則麽話不投機一句差。〔鄭云〕

氣殺我也。他怎敢說我。殺了這個牛鼻子。〔正末唱〕把心上火權時納。到晚來把天文看咱。明朗朗衆星高曜。不如你孤月光華。

〔潘美引二卒將禮幣戎衣上云〕奉元帥將令。聘禮賢士趙匡胤。尋了這一日。到卦鋪中兀的不是。我索過去。〔做見科云〕趙公子拜揖。先生拜揖。適蒙石元帥鈞旨因統制官王全斌舉薦閣下有文武全才。逕差潘美賫禮幣鞍馬前來聘請赴京授職。閣下只索就行。〔苗云〕這位君子也是上界星象。一路諸侯之命。〔正末云〕將軍一貌非俗。但不知年甲幾何。〔潘云〕念潘美年二十二歲。〔正末云〕某長兩歲就此拜為兄弟。有何不可。〔潘云〕既蒙兄長錯愛。敢不盡心報答。〔正末拜唱〕

【那吒令】知心的最多誰。如叔牙。知音的最多誰。如伯牙。知兵的最多誰如子牙。龍蛇混甚日分。豺虎亂何時罷。爭名利使盡奸猾。

【鵲踏枝】這個待把雲拏。那個早被天罰。氣昂昂刱業開基。眼睜睜敗國亡家。一任教縱橫奮發。都是些井底鳴蛙。

【寄生草】傳正道無夫子。補蒼天少女媧。因此上黎民餓死閭閻下。賢能埋沒林泉下。忠良枉死刀鎗下。亂紛紛國政若摶沙。虛飄飄世事如嚼蠟。

〔潘云〕元帥將令緊急須索走一遭。〔正末云〕先生拜別。〔做行到科潘云〕哥哥稍待兄弟先通報去。〔潘見石跪云〕早蒙元帥鈞旨禮聘賢士趙匡胤已到軍前聽令。〔石云〕着進來。〔潘喚正末進見科石云〕賢士姓甚名誰。家鄉何處。曾習武藝不曾。〔正末云〕念在下姓趙名匡胤。副指揮弘毅之子。自幼習成武藝一十八般。韜略兵法無所不通。〔石云〕你細說我聽。〔正末唱〕

【醉扶歸】敢把征鞍跨。兵器慣曾拏。甲馬營中是俺家。〔石云〕既如此就留在轅門聽用咱。〔正末拜唱〕謝元帥相留納。〔石驚起科末又拜唱〕請穩坐安然受咱。容參拜堦墀下。

〔石又驚起云〕賢士乃有福之人。小官不覺驚慌。不敢受禮賢士試將武藝說一偏我聽。〔正末唱〕

【金盞兒】論弓箭不曾差。使劍戟煩熟滑。提一條桿棒行天下。十八般武藝非敢道自矜誇。折末鎗刀併劍戟。鞭簡共推撾。往常學成文武藝。今日貨與帝王家。

〔石云〕既如此。今日將引賢士赴闕。見帝封官去咱。〔正末云〕今日拜識元帥。又蒙引進。當盡心報國。〔石云〕左右。門首看有甚麼人來。〔趙普上云〕自家趙普是也。自從在趙都指揮帳下。結義大公子爲弟兄。想昔日大公子游隨州時。客於董宗本家。其子董遵誨常夢黑蛇十數丈。變龍飛去。既而羣虎乘風隨之。人見紫雲如蓋。凝結城上。今日有人傳說元帥石守信聘大公子授官面帝。風雲之夢。信有徵也。只索奉餞一遭。來到這軍門前。左右通報。說判官趙普見。〔卒子報科石云〕着他進來。〔普云〕元帥拜揖。大哥拜揖。呀呀。哥哥可喜也。小弟特來奉餞。此行功名不小也。〔正末唱〕

【賺煞】向邊塞建功勛。赴京闕朝鑾駕。直叩君王御榻。長朝殿太平筵宴罷。出宮庭擁大纛高牙。天街上擺頭答。醉醺醺把金蹬斜踏。穩坐逍遙玉驄馬。馬頭前對挑着絳紗。紗籠內齊燒着銀蠟。那其間任香風吹落帽簷花。〔同下〕

## 第二折

〔苗光裔儒扮上楚昭輔戎裝隨上苗云〕某苗光裔是也。自從前者相得趙大公子有天子之分。不想被朝廷禮聘。見授都點檢之職。某一向就在軍門聽用。近日聞得北漢兵入寇。朝廷命點檢出師北伐。某等亦須收拾軍裝則個。呀呀。好怪也。你看日下復有一日。黑光相盪。此天命也。咱弟兄每急急回家。准備出征則個。〔下〕〔太后宮粧法服引幼主黃袍及石守信戎裝陶穀文扮上云〕我乃周家太后是也。自從先帝世宗晏駕。立此幼子宗訓爲君。四方擾攘不寧。近聞漢遼兵自土門東下入寇。我朝有殿前都點檢趙匡胤文武全才。乃先帝簡用之臣。又兼他手下將校精強。可着他去征伐一遭。石守信便傳旨着趙匡胤掛印總兵官。率領本部人馬。北征遼漢。早建大功者。〔石云〕領聖旨。〔並下〕〔正末戎裝引趙普曹彬苗訓楚昭輔李處耘鄭恩上云〕某趙匡胤是也。自從元帥石守信舉薦。蒙世宗皇帝委任。直做到殿前都點檢之職。多虧衆兄弟扶持。今日蒙幼主聖旨。着我統兵北伐。我引本部下人馬及衆將校趙普。曹彬。苗訓。李處耘。楚昭輔。鄭恩。一同征進。這一去犬羊巢穴一時平。錦綉江山三箭定。〔唱〕

【南呂一枝花】漫漫殺氣飛。滾滾征塵罩。懨懨紅日慘。隱隱陣雲高。軍布滿荒郊。我命將憑三略。行兵按六韜。右白虎左按青龍。後玄武前依朱雀。

【梁州第七】護中軍七層劍戟。守先鋒萬隊鎗刀。五方旗四面相圍遶。朱旛皂蓋。黃鉞白旄。箭攢鵰羽。弓掛龍梢。滴溜溜號帶齊飄。威凜凜掛甲披袍。撲鼕鼕鼓擂春雷。雄糾糾人披綉襖。不剌剌馬頓絨縧。咆哮戰討。馬和人飛上紅塵道。金鐙穩玉鞭裊。催動龍駒把轡搖。轉過山腰。〔云〕行不幾里。又早天晚也。〔唱〕

【牧羊關】見幾點寒星現。一鈎新月皎。看看的兵至陳橋。教前隊休行。催後軍趲著。屯車仗離官道。就館驛度今宵。疾忙教各部下關粮米。對名兒支料草。

〔正末云〕左右。軍行到何處了。〔衆云〕前到陳橋驛了。〔正末云〕接了馬者。鄭恩那裏。〔鄭云〕有。〔正末云〕傳下將令去者。大小三軍諸名將校各依隊伍安歇。勿得諠譁。違令者斬。〔唱〕

【賀新郎】諸軍衆將一週遭。小心的下寨安營。在意的提鈴喝號。七禁令五十四斬從公道。丁寧休犯法違條。捲旌旗停斧鉞。臥鞭鍊竪鎗刀。悄悄的各依隊伍休喧鬧。解鞍鬆戰馬。卸甲脫征袍。

【隔尾】五更籌更聽金雞報。一部從休辭永夜勞。畫角齊吹玉梅調。人休貪睡着。馬須要喂飽。我且半倚幃屏盼天曉。〔衆下〕

〔正末睡科〕〔鄭同李處耘上云〕某都押衙李處耘是也。今同鄭將軍等跟隨趙點檢征進。軍次陳橋驛。某等想來。主上幼弱。我輩出死力破賊。誰則知之。今太尉掌軍政六年。士卒服其恩威。數從征伐。建立大功。人望已歸。不如先立點檢爲天子。然後北征未晚也。〔鄭云〕李將軍說的是。〔李云〕咱與趙書紀計議則個。〔鄭云〕趙大人有請。〔趙普上云〕某趙普是也。見充點檢帳下掌書記官。今日從征。軍次陳橋。這早晚只聽有人呼喚。未免出見咱。〔做見科李云〕諸將無主。願冊太尉爲天子。〔普云〕太尉忠心。必不汝從。〔李云〕軍中偶語則族。今已議定。太尉若不從。則我輩安敢退而受禍。〔普叱云〕策立大事。固宜審圖。爾等何得便肆狂悖。諸將各宜嚴束部伍聽命。〔鄭云〕若依你等議論。何時是了。〔擡黃旗蓋末身衆呼噪科〕〔正末驚醒科唱〕

【哭皇天】把好夢來驚覺。聽軍中不定交。那裏也兵嚴刑法重。則末早人怨語聲高。〔衆軍一擁向前齊呼萬歲〕〔正末唱〕險將咱諕倒。廟廊召會臺省所關。君王振怒。太后生嗔。不剌則俺這歹名兒怎地了。驚急列心如刀鋸。顫篤速身如火燎。

〔苗云〕主公上應天心。下合人望。乃真命帝主也。〔正末云〕噤聲。〔唱〕

【烏夜啼】都是你謊陰陽惹得諸軍鬧。一個個該剮該敲。〔鄭云〕哥哥。你先身上穿了黃袍。如何倒說俺不是。〔正末唱〕呀。原來這犯由牌先把我渾身罩。〔普云〕天命已定。天數難逃。主公亦當應天順人。〔正末唱〕你道是天數難逃。可甚麼情理難饒。不爭這杏黃旗權當滾龍袍。可將這出師表扭作交天詔。我想受禪臺爭似凌烟閣。汝貪富貴。吾豈英豪。

〔正末云〕此事決不可行。〔衆將喧呼科正末云〕汝等自貪富貴。立我爲主。能從我命則可。不從我命。決不可行。〔衆皆跪云〕唯命是聽。〔正末云〕太后幼主。我北面事之。公卿大臣。皆我比肩。汝等勿得凌暴及動擾黎民。刼掠府庫。違令者滿門皆斬。〔衆云〕一聽禁令。〔太后幼主石守信陶穀上云〕昨因北漢入寇。遣趙點檢出征。今早聞衆軍士立趙點檢爲帝。我想來四方不寧。必得真主撫馭。今趙點檢威望素著。人心推戴久矣。何不就同往陳橋。效堯舜故事。禪位一遭。有何不可。〔做行科到科云〕來到這軍門前。石守信入報去。

〔石云〕報總兵得知。太后到來。〔末下迎見科太后云〕五代亂離。人民塗炭。將軍功蓋天下。堪居大寶。老身母子情願禪位則個。〔正末云〕臣名微德薄。豈堪居此大位。〔太后云〕幼子孤弱。不能撫馭四方。將軍德過堯禹。正宜受禪。〔正末唱〕

【紅芍藥】娘娘德行勝唐堯。微臣比虞舜難學。不爭讓位在荒郊。枉惹得百姓每評談。〔幼主云〕將軍聽太后旨者。我願受藩服足矣。〔正末唱〕臣怎敢等閑將天下交。您君臣再索量度。〔鄭恩仗劍作怒科〕〔正末唱〕你磨拳擦掌枉心焦。休得要亂下風雹。

【菩薩梁州】你可也暢好是乾喬。休施兇暴。休胡為亂作。〔鄭云〕哥哥。我一發都殺了。恰不伶俐。〔正末唱〕則一句諕得我顫欽欽魄散魂消。不爭這老鴉占了鳳凰巢。却不道君子不奪人之好。把柴家今日都屬趙。惹萬代史官笑。笑俺欺負他寡婦孤兒老共小。強要了他周朝。

〔石云〕今日就此受禪。必須有策詔方可行禮。〔陶云〕有有。〔自袖中出詔科石云〕既有了詔書。衆官跪者。

〔陶念科云〕大周皇帝詔旨。天生蒸民。樹之司牧。二帝推公而受禪。三王乘時而革命。其極一也。予末小子。遭家不造。人心已去。天命有歸。咨爾歸德軍節度使殿前都點檢趙匡胤。稟上聖之資。有神武之略。佐我高祖。格于皇天。逮事世宗。功存納麓。東征西怨。厥功懋焉。天地鬼神。享于有德。謳歌獄訟。歸于至仁。應天順人。法堯舜如釋重負。予其作賓。嗚乎欽哉。祗畏天命。顯德七年正月初五日。〔衆將呼萬歲起科正末云〕衆將校聽我戒飭。〔唱〕

【二煞】尊太后如母呵您百官頓首聽教道。待幼主如弟呵教經典留心謹向學。朝廷內外舊官僚。勿得欺凌。盡皆榮耀。則今日軍馬回莫驚擾。把龍袖嬌民休諕着。勿犯秋毫。

【尾】〔指趙〕你坐都堂朝廷政事休差錯。〔指石〕你掌樞密天下兵機勿憚勞。
〔指苗〕你掌司天筭星曜。〔指李楚〕你做元戎司斬斫。〔指曹潘〕你統雄兵做招
討。〔指鄭〕你管親軍守城廓。〔指王〕你統貔貅驅將校。〔指幼主〕兄弟誦詩書習
禮樂。〔指太后〕娘娘居龍樓住鳳閣。不是我倚勢奪權使強欺弱。既然立草
爲標。必須坐朝問道。賞不間親疎。罰須分善惡。有罪的加刑。有功的贈爵。
不是我挾天子令諸侯篡宗廟。恐民心變了。把山河棄却。因此上權受取
這一顆交天傳國寶。〔衆並下〕
〔吳越王引相國吳程冠服上詩云〕百萬精兵聽指呼。衣冠四世守全吳。我生直欲全忠節。不媿人間大丈
夫。某姓錢名俶。字文德。本貫杭州人氏。自祖公公錢鏐在唐昭宗時平黃巢有功。封有吳越。更五朝世守此
邦。今聞中原趙點檢登基。治同堯舜。聲教萬里。比五代之君。判然不同。正四方混一之時。倘或出師。自當入
貢咱。〔吳云〕等王師出來。決一死戰。納土未爲遲也。〔共下〕〔南唐李主引丞相徐鉉上詩云〕雄據江東二
百州。六朝基業喜兼收。中原將士休窺伺。百萬精兵在石頭。某姓李名煜。字重光。江東人也。自我祖父建國
江東。傳國三世。近聞中原大宋皇帝卽位。操練兵馬。有下江南之志。况我貢獻不缺。必欲見伐。如何是好也。
不免練兵防守則個。〔下〕〔蜀主孟昶引相國王昭遠上詩云〕幾年辛苦下西川。東視中原各一天。秣馬練
兵常預備。先人世業肯輕捐。某蜀王孟昶是也。自先君王於全蜀。某承其基業。衆官僚立我爲大蜀皇帝。中
原連歲多故。不暇外攘。今周朝革命。宋皇踐祚。志在吞併。難同五代之君。誠恐兵臨劍閣。將如之何。須索守
備咱。〔下〕〔南漢主劉鋹引相國龔澄樞上詩云〕久鎮潮陽衆日強。幅員千里盡炎方。外夷多少皆朝貢。南
國人稱廣漢王。某姓劉名鋹。南漢王是也。自先祖領節旄于潮廣。奄有南海。後值五代擾亂。遂獨霸一方。今
中原有宋皇帝登基。四方混一。唐吳已稱朝貢。某偏居瓊海。王師一出。將如之何。須扼把險要以禦之。斯爲
得策。〔下〕

## 第二折

（趙普衣冠引張千捧香桌書燭上云）某趙普是也。自從做掌書記時。扶佐當今皇帝。定有天下之號曰宋。四方承平。以某有推戴之功。官拜中書大丞相。進封韓王。今夜雪下甚緊。料無人來。張千。你拿過香桌來。點上燭。我讀一會論語咱。（張千云）我燒上些香。剔的燈亮亮的。老爹你慢慢的看者。（正末紗帽常服上云）某自從陳橋兵變。衆兄弟立我爲大宋皇帝。曉夜無眠。恐萬民失望。諸國未平。今夜風雪滿天。路無行客。寡人扮作白衣秀士。私行徑投丞相府裏。商量下江南收川廣之策。出的這禁城來。是好大雪也呵。（唱）

【正宮端正好】光射水晶宮。冷透鮫綃帳。夜深沉睡不穩龍床。離金門私出天街上。正瑞雪空中降。

【滾繡毬】似紛紛蝶翅飛。如漫漫柳絮狂。剪冰花旋風兒飄蕩。踐瓊瑤脚步兒匆忙。用白襴兩袖遮。將烏紗小帽盪。猛回頭把鳳樓凝望。全不見碧琉璃瓦鴛鴦。一霎兒九重宮闕如銀砌。半合兒萬里乾坤似玉粧。粉填滿封疆。

（正末云）行了這一會。面前是丞相府了。呀。關了門了。（唱）

【倘秀才】則見他鐵桶般重門掩上。我將這銅獸面雙環扣響。（做敲門科。張千問云）甚麼人敲門。（正末唱）敲門的是萬歲山前趙大郎。（張云）這早晚夜又深。雪又大。來作甚麼。（正末唱）堂中無客伴。（張云）俺老爹看書哩。（正末唱）燈下看文章。（張云）你來有甚事。（正末唱）特來聽講。

（張云）你要聽講。當往法堂中尋和尚去。你錯走了門了。（正末唱）

【呆骨朵】衝寒風冒瑞雪來相訪。（張云）有甚麼緊急事。你說。（正末唱）有機密事緊待商量。（張報云）老爹。門外有人叫門。（普云）你問他是誰。（張云）他說是趙大官人。有機密事來商議。（普做慌科云）快開門。快開門。（普見駕跪云）不知主上幸臨。有失遠接。（張千慌走科）（正末唱）忙怎麼。了事公人。（普又拜云）恕微臣之罪。（正末唱）免禮波招賢宰相。（正末問張云）這是那裏。

〔張云〕這就是俺丞相廳房。〔正末云〕怎麼使你這般樣人。〔唱〕正是調鼎鼐三公府。那箇是剃頭髮楊和尚。〔普云〕陛下尊坐。〔正末唱〕我向坐席間聽講書。〔張云〕老爹酒食已備捧上來罷。〔正末唱〕你休來耳邊廂叫點湯。

〔正末云〕夜深人靜。張千好生看着相府門者。〔普云〕主公。今夜天氣甚寒。不求安逸。冒雪而來。却是爲何。

〔正末唱〕

【倘秀才】朕不學漢高皇深居未央。朕不學唐天子停眠晉陽。常則是翠被寒生金鳳凰。有心思傅說。無夢到高唐。〔普云〕主公貴爲天子。富有四海。尚不肯逸豫。

〔正末唱〕這是俺爲君的勾當。

〔背云〕寡人頗通文墨。試問丞相一問。〔問云〕寡人問卿。卿試聽者。〔唱〕

【滾繡毬】既然主四海。爲一人。必須正三綱謹五常。寡人呵幼年間廣習鎗棒。恨未曾登孔子門牆。尚書是幾篇。〔普云〕尚書者上古三墳五典。洪荒莫考。夫子斷自唐虞。以典謨訓誥誓命六體。皆堯舜禹湯文武授受之心法。孔安國斷爲五十八篇。帝王治世之書也。〔正末唱〕毛詩共幾章。〔普云〕夫詩者古人吟咏性情之大節。有風雅頌三經。賦比興三緯。詩有三千。刪爲三百十一篇。善以爲勸。惡以爲戒。〔正末云〕禮記主意如何。〔普云〕夫禮記乃漢儒所撰述。雜錄古禮之義。蓋六經之用。禮實爲先。治人事神。無非以禮。日用之間。不可斯須少者。〔正末唱〕講禮記始知謙讓。春秋主意如何。〔普云〕春秋以褒貶爲辭。敦典庸禮。命德討罪。世道之興亡可鑒。〔正末唱〕論春秋可鑒興亡。〔普云〕陛下法宗堯舜禹湯文武。方爲聖主。〔正末唱〕朕待學禹湯文武宗堯舜。

〔普云〕臣有愧于古之賢相也。〔正末唱〕卿可繼房杜蕭曹立漢唐。燮理陰陽。

〔正末指桌上書問云〕卿看的是甚麼書。〔普云〕是論語。〔正末笑云〕寡人聞童子入學。先讀論語。卿何故也看他。〔普云〕論語乃孔門弟子記聖人的切要言語。皆治國平天下之要道。臣用半部。佐我主平治天下。

〔正末唱〕

【倘秀才】卿道是用論語治朝廷有方。却原來只半部運山河在掌。聖道如天不可量。似恁的談經臨絳帳。不强似開宴出紅粧。聽說後神清氣爽。

〔普云〕天寒雪大。臣有一盃酒進獻。未敢擅專。〔正末云〕將酒來何妨。〔普叫云〕老妻將酒來。〔旦捧酒上〕〔呼嗓科〕〔正末唱〕

【滾繡毬】銀臺上畫燭明。金爐內寶篆香。〔普執壺斟酒科〕〔正末唱〕不當煩老兄自斟佳釀。〔旦進酒科正末唱〕何須教嫂嫂親捧霞觴。〔普云〕陛下臣妻與臣乃糟糠之妻也。〔正末唱〕卿道是糟糠妻不下堂。朕須想貧賤交不可忘。常言道表壯不如裏壯。妻若賢夫免災殃。〔云〕朕得卿。卿得嫂嫂。可比四個古人。〔唱〕朕得卿呵正如太甲逢伊尹。卿得嫂嫂呵却似梁鴻配孟光。則愿的福壽綿長。

〔正末云〕寡人要與商量軍國重事。教嫂嫂自便。〔旦下普云〕陛下深居九重。當此寒夜。正宜安寢。又何勞神過慮。〔正末云〕寡人睡不着。〔唱〕

【倘秀才】但歇息想前王後王。纔合眼慮興邦喪邦。因此上曉夜無眠想萬方。須不是歡娛嫌夜短。早難道寂寞恨更長。憂愁事幾樁。

〔普云〕陛下不知所憂者何事。說向臣聽。〔正末云〕寒風似箭。凍雪如刀。寡人深居九重。不勝其寒。何況小民乎。〔唱〕

【滾繡毬】憂則憂當軍的身無掛體衣。憂則憂走站的家無隔宿粮。憂則憂行舡的一江風浪。憂則憂駕車的萬里經商。憂則憂號寒的妻怨夫。憂則憂啼飢的子喚娘。憂則憂甘貧的晝眠深巷。憂則憂讀書的夜守寒窗。憂則憂布衣賢士無活計。憂則憂鐵甲將軍守戰場。怎生不感嘆悲傷。

〔普云〕陛下念及貧窮。誠四海蒼生之福。〔正末唱〕

【倘秀才】憂的是百姓苦向御榻心勞意攘。〔普云〕百姓困苦。只因四方多事。今天下太平。民力漸蘇矣。〔正末云〕一榻之外。皆他人之家也。〔唱〕憂的是天下小。教寡人眠思夢想。〔普云〕天下雖未混一。南征北伐。今其時也。願聞成算所向。〔末背云〕寡人欲先下江南。且反說試丞相一試。〔唱〕想太原府劉崇據北方。朕待暫離丹鳳闕。親擁碧油幢。先取河東上黨。

〔普云〕若先伐太原。非臣之所知也。〔正末云〕卿怎生說。〔普云〕太原當西北二邊。使一舉而下。則二邊之患。我獨當之。何不姑留以俟削平諸國。則彈丸黑子之地。將無所逃。〔末云〕吾意正如此。姑試卿耳。〔普云〕西川孟昶。金陵李煜。南漢劉鋹。吳越錢俶。彼各仁政不施。百姓怨望。今當選將練兵。分道南伐。無不成功者。

〔正末唱〕

【滾繡球】卿道是錢王共李王。劉鋹與孟昶。他每都無仁政。萬民失望。行霸道百姓遭殃。差何人收四川。令誰人定兩廣。取吳越必須名將。下江南宜用忠良。要定奪展江山白玉擎天柱。索問你匡宇宙黃金駕海梁。卿索仔細參詳。

〔正末云〕兵者凶器。國家不得已而用之。如今收平四國。又須衆將中選忠良有紀律者。方可安民。卿是定奪如何。〔普云〕石守信。曹彬。潘美。王全斌。此四人皆宿有名望。可差他四人去。萬無一失。〔正末云〕既如此。張千。你傳旨去元帥府。速宣石守信等四人來者。〔張千下。四將上。云〕某石守信等是也。見居樞密統軍之職。今晚主上幸趙中令宅。差人來宣呼。不免進見。咱來到這相府門。令人奏入。〔報科。見科。正末云〕寡人與丞相商議天下未一。欲差爾等統軍前去收伏四國。速奏凱旋者。〔唱〕

【脫布衫】〔指曹〕取金陵飛渡長江。〔指石〕到錢塘平定他邦。〔指王〕西川路休辭棧閣。〔指潘〕南蠻地莫愁烟瘴。

【醉太平】陣衝開虎狼。身冒着風霜。用六韜三略定邊疆。把元戎印掌。人披鐵甲偏雄壯。馬搖玉勒難遮當。鞭敲金鐙響丁當。早班師汴梁。

〔四將云〕臣等托聖主洪福。馬到處成功。仰聽神策廟算。指示一二。〔正末唱〕

【二煞】有那等順天時達天理去邪歸正皆疎放。有那等霸王業抗王師耀武揚威盡滅亡休擄掠民財。休傷殘民命。休淫汚民妻。休燒毀民房。恤軍馬施仁發政廣錢粮定賞行罰。保城池討逆招降沿路上安民掛榜。從賑濟任開倉。

〔鄭恩提棒私行上云〕我聞知主公私幸趙丞相府。一徑尋來。陛下召見衆將軍做甚麼則個。〔正末云〕前事了。〔唱〕

【收尾】朕專待正衣冠尊相貌就凌烟圖畫功臣像。卿莫負勤金石銘鍾鼎向青史標題姓字香。能用兵善爲將。有心機有膽量。仰看天文算星象。俯察山川辨形狀。作戰先將九地量。決戰須將五間防。晝戰多將旗幟張。夜戰頻將火鼓揚。步戰屯雲護軍仗。水戰隨風使帆槳。奇正相生兵最强。仁智兼行勇怎當。專聽將軍定四方。坐擬元戎取亂亡。飛奏邊功進表章。齊和昇平回帝鄉。比及列土分茅拜卿相。先將這各部下軍卒重重的賞。

〔衆並下〕

第四折

〔錢王上云〕某吳越王錢俶是也。今早邊方來報。宋朝大將石守信領兵來伐。某三世效忠。豈可抗之。只索等候納款者。〔石上云〕某石守信是也。奉聖人命。收平吳越。直抵臨安。那陣上早早報與吳越王投降則個。〔錢跪云〕某納土之心久矣。今聖明在上。情願奉款者。〔石云〕咱同去來也。〔下〕〔李王上云〕某南唐王李煜是也。今聞大宋皇帝。遣曹彬收平江南。旬日之間。沿江諸城。盡皆破陷。今早聞兵壓石頭城。怎生是好。須索與徐相國計議。〔丞相上云〕主公。祖宗之位不可失。背城決一死戰。降他未遲。〔李云〕說的是。〔曹上云〕某曹彬是也。奉聖旨領十萬大軍。來下江南。一路郡縣。望風迎降。今日兵臨石頭城下。與唐兵相接。諸軍用命者。〔做戰科李敗科李云〕情願投降。〔共下〕〔劉王上云〕某南漢王劉鋹是也。今大宋國遣大將潘美領兵來伐。不免練兵等候則個。〔潘上云〕某潘美是也。奉命南征。勢如破竹。今兵臨廣漢。兩陣相當。須拚死戰咱。〔戰科劉敗科降科〕〔同下〕〔蜀王上云〕某蜀王孟昶是也。嗣守全蜀。食足兵強。近聞宋朝皇帝。遣王全斌西來收伏。咱怎肯容易投降他。軍馬操演精熟。安排迎敵咱。〔王上云〕某王全斌是也。奉聖人命。領十萬大兵。西取蜀孟。一路盡平。今兵到成都。剋日城陷。大小三軍。須索用命決戰。三軍操鼓來。〔戰科孟敗科降科〕〔同下〕〔趙普引鄭恩苗光裔上云〕自從前日奉聖人命。差石守信等四將收平四國。聞知俱已平定。不久奏捷獻俘。今當早朝。須索伺候者。我想五代亂離。人心洶湧。今聖人一出。羣妖頓息。不圖從此得見太平也。〔唱〕

【雙調新水令】九重天上五雲飛。月朦朧曉光初霽。鞭鳴金珮響。簾捲玉鈎垂。仙樂初齊。和氣滿殿庭內。

【駐馬聽】黃道烟迷。瑞靄盤旋飛鳳椅。紫垣風細。御香繚繞袞龍衣。近宮牆楊柳拂旌旗。傍雕欄花萼迎環珮。行大禮。這的是太平天子朝元日。

〔鄭〕今有石守信平吳回旋。朝門等宣。〔普云〕教他過來。〔石上跪〕〔普唱〕

【落梅風】此一戰功名重。這一場勛業稀。論英雄古今無對。笑談間掃清吳越國。端的有三千丈五陵豪氣。

〔石起科鄭云〕潘美平南漢回師。朝外等宣。〔普云〕教他過來。〔潘跪〕〔普唱〕

【沉醉東風】他那裏桃花落蠻烟正起。荔枝熟瘴雨斜飛。茫茫水接天。隱隱山圍地。路迢遙人馬驅馳。斬將降兵何太疾。堪寫入麒麟畫裏。

〔潘起去科鄭云〕曹彬下江南凱還。朝外等旨。〔普云〕教他過來。〔曹上跪〕〔普唱〕

【慶東原】金陵府銷王氣。石頭城踐馬蹄。南唐已照東吳例。收伏盡六朝帝基。托賴着一人聖德。振揚起八面軍威。比王濬更豪傑。過楊素全忠義。

〔曹起科鄭云〕王全斌平蜀回見。在朝門等宣。〔普云〕教他過來。〔王上跪〕〔普唱〕

【水仙子】亂石灘衝浪戰舡內。連雲棧思鄉駿馬嘶。凱歌聲直透青雲內。這功勞爲第一。笑蜀王孟昶呆癡。他也合思先主三分業。想武侯八陣機。辱莫殺關羽張飛。

〔石云〕臣等托朝廷之洪福。兵不血刃。收平四國。郡邑版圖。盡歸王化。所有四國相臣見在朝外等宣。〔普云〕宣四相國來者。〔四相上普云〕望闕跪者。〔唱〕

【雁兒落】任恁則合山林中躲是非。誰教你朝省內圖名利。都做了亡家敗國臣。真乃是怕死貪生輩。

〔南唐相徐鉉云〕臣國主以小事大。猶子事父也。〔普云〕豈有父子爲兩家耶。〔唱〕

【得勝令】你則想花壓帽簷低。不隄防平地一聲雷。送了你川廣真梁棟。羞殺人江南兩柱石。想前日相持。驚謊殺齊管仲燕樂毅。〔相云〕臣等亡國臣乞放骨骸於林下。〔普唱〕到今日休提。起來波漢張良越范蠡。

〔石守信等云〕四國王俱在朝外理合獻俘。〔普云〕宣來。〔四國王上普唱〕

【甜水令】據着你外作禽荒。內貪淫慾。滔天之罪。理合法更凌遲。今日個不忍加誅。仍封官位。您君臣每休得猜疑。

〔蜀王上云〕臣等荷蒙聖恩待以不死。臣願執梃爲諸降王長。永守臣節。〔衆王拜科普唱〕

【折桂令】則見他曲躬躬拜舞丹墀。似這等納土稱臣。實指望蔭子封妻。

〔四王云〕臣等愚昧。不能守土安民。今荷洪恩。實同再造。願聞其說。〔普唱〕你道是願聽綸音。願聞聖諭。有甚難知。您等爲驕奢破國。吾皇以勤儉開基。這的是天數輪迴。造物盈虧。真龍出蛟蜃潛藏。大風起雲霧齊飛。

〔普云〕奉聖旨排筵宴燕樂各國君臣。〔筵科普唱〕

【川撥棹】長朝殿列尊席。享諸王臣萬國。今日箇寰海歸依。民物雍熙。春滿宮闈。樂奏塤篪。仙音院簫韶韻美。麟獻瑞鳳來儀。

【七弟兄】文官每這壁。武將每那壁。斟玉液進金杯。則這白額虎原與龍相配。紫金龍自有虎相隨。這的是慶清朝龍虎風雲會。

〔普云〕奉聖旨教四國君臣演習禮儀。隨長朝官拜舞者。〔唱〕

【梅花酒】快疾忙遵聖勅。教國主休違。將拜舞溫習。把天子班依。隨星辰朝紫微。順日月轉皇極。轉皇極拱社稷。紫羅襴替龍衣。白象簡當玄圭。皂幞頭護天威。黃金帶束腰圍。吳越王莫稽遲。金陵王莫徘徊。廣漢王莫傷悲。孟蜀王莫疑惑。

【收江南】更壓着朝中文武兩班齊。抵多少十年身到鳳凰池。見如今金枝玉葉盡光輝。鎮天南地北。萬萬年同共掌華夷。

〔云〕奉聖旨當初起義之時。與臣普等曾夢龍虎風雲會。今日果然也。〔唱〕

【尾】龍吟天上生雲氣。虎嘯清風四起。龍虎夢君臣。風雲慶家國。

題目　伏降四國各謀議
　　　雪夜親臨趙普第

正名　君相當時一夢中
　　　今朝龍虎風雲會

# 西游記雜劇

楊景賢撰

## 第一本

湛露堯蓂一葉新　寶筵祥靄麗仙宸
三元同降天王節　萬國均瞻化日春

### 第一齣　之官逢盜

〔觀世音上云〕旃檀紫竹隔凡塵。七寶浮屠五色新。佛號自稱觀自在。尋聲普救世間人。老僧南海普陀洛伽山七珍八寶寺紫竹旃檀林居住。西天我佛如來座下上足徒弟得真如正偏知覺自佛入涅槃後。我等皆成正果涅槃者乃無生無死之地。見今西天竺有大藏金經五千四十八卷。欲傳東土。爭奈無箇肉身幻軀的真人闡揚。如今諸佛議論着西天毗盧伽尊者托化於中國海州弘農縣陳光蕊家爲子。長大出家爲僧。往西天取經闡教。爭奈陳光蕊有十八年水災。老僧已傳法旨於沿海龍王隨所守護。自有箇保他的道理。不因三藏西天去。那得金經東土來。〔陳光蕊引夫人上云〕幾年積學老明經。一舉高標上甲名。金牒兩朝分鐵券。玉壺千尺倚冰清。下官姓陳名蕚。字光蕊。淮陰海州弘農人也。妻殷氏。乃大將殷開山之女。下官自幼以儒業進身。一舉成名。得授洪州知府。欲待攜家之任。爭奈夫人有八箇月身孕。知會已去了。不敢遲留。來到江口百花店上。暫停一二日。尋箇穩當船兒。却往洪州去。〔做對夫人云〕夫人。夜來我買得一尾金色鯉魚。欲要安排他。其魚忽然眨眼。我聞魚眨眼必龍也。隨即縱之於江去了。〔夫人云〕相公說的是。也喒着王安去覓船。明日早行。〔唱〕

【仙呂賞花時】放魚的都言子產良。射虎的皆稱周處强。你之任到他鄉。買得活魚。尚不忍壞。今恩足以及禽獸矣。百姓行必有箇主張。喒兩箇攜手上河梁。〔下〕

〔水手劉洪上云〕自家姓劉名洪。專在江上打劫爲活。我雖然如此。不曾做歹勾當。不敢大街走。則向小巷闖。小心怕官府。不做歹勾當。門外賣私鹽。院後合私醬。做些小經營。不做歹勾當。撐船載商賈。江水正浩蕩。

見財便生心。命向江中喪。只是這幾般。不做歹勾當。算命買卦。合有一拳財分。有箇好媳婦。分不知這姻緣在那裏。打當下船看有甚人來。〔王安上云〕相公夫人着我覓一箇船。我是第一箇仔細的。這江邊有一隻船。梢公在那裏。〔劉做應科〕〔王云〕俺相公除洪州知府。帶夫人上任去。我看你也是本分人。你肯去麽。〔劉背云〕天那。這拳財在這裏了。〔對王云〕小人正是洪州人。在這裏專載客商官長郎中。你作成小人。小人到那裏。有好公事。我來投奔你。〔王云〕喒一同去來。〔下〕〔陳光蕊同夫人上云〕俺在這酒務兒裏等着。王安覓船去。怎生不見來。〔夫人云〕此一行奈妾有八箇月身孕。惟恐路上艱難。〔陳云〕夫人放心。吉人自有天相。〔夫人云〕到這裏也沒奈何了。〔唱〕

【仙呂點絳唇】從離鄉閭。到於此處。千餘路。水湧山鋪。掩映着白蘋渡。

【混江龍】這裏有船無路。玉驄不慣識西湖。鄉關何處。煙景模糊。一片錦帆雲外落。千重繡嶺望中舒。江聲洶湧風力喧呼。猶懷着千古英雄怨。這山見幾番白髮。這水換幾遍皇都。

〔陳云〕打酒來。〔夫人云〕路途上少飲。〔陳云〕世間萬事。惟酒消除。〔夫人唱〕

【油葫蘆】你道是萬事無過酒破除。你不曾讀大禹謨。禹惡旨酒而好善言。進來的美酒禁入皇都。你今日白衣應舉思高步。恰便似黃鸝出谷遷喬木。今日受三品職。全憑你滿腹書。布衣中跳到洪州路。倒不如借住在步兵廚。

【天下樂】你恨不得解珮留琴當劍沽。全不學三閭。楚大夫。嘆獨醒滿朝都是酒徒。習池邊頹了季倫。竹林中迷了夷甫。這兩箇好飲的君子 到如今播清風一萬古。

〔王安引劉洪見科〕〔王云〕這梢公是洪州人。至本分。俺僱他船去。〔陳云〕好箇梢子。〔夫人云〕這人敢不中。〔王云〕小人眼裏識人。夫人放心。〔夫人唱〕

【村里迓鼓】聽了他語言無味。覷了他面色可惡。〔陳云〕夫人。你多事。你是漢時許負。〔夫人唱〕我雖不是漢時許負。端詳了是箇不良人物。你看他脇肩諂笑。趨前退後。張皇失錯。〔王云〕夫人。我認得人。〔夫人唱〕聰明的王伯當。〔陳云〕不妨事。〔夫人唱〕糊突了裴聞喜。休送了孤寒魯義姑。任志隄防着船到江心漏苦。

【元和令】料心腸似蝎毒。看眼腦似狼顧。〔陳云〕娘子。灰頭草面不打扮。儻或江上遇着相知朋友。怎生廝見。〔夫人唱〕路途中何須用巧粧梳。金鳳翹珠絡索。却不道周亡殷破越傾吳。都則因美艷姝。

【上馬嬌】想當日妲己又俗。褒姒又愚。西子有妖術。累朝把家邦來誤。可正是美女累其夫。

【幺】他每送了百二山河壯帝居。願及早到洪都。俺二口別無眷屬。無金無玉。有官有祿。受天子御前除。

【遊四門】除俺做洪州知府教風俗。〔劉云〕小人正是本處人。〔夫人唱〕你正是本鄉居。着殷懃相公親擡舉。免稅脫丁夫。喈兩口都不會謊蒿虛。

〔劉云〕多謝夫人。稟老爺。好順風。請早些下船罷。〔陳同夫人下船分付開船科〕〔劉云〕不免扯起篷來。〔夫人唱〕

【勝葫蘆】則見他風順帆開船去速。更疾似馬和車。〔劉做推搶科〕〔夫人唱〕俺歹煞是洪州民父母。你怎敢推前搶後。你來我去。〔陳云〕夫人。纔下船要利市。饒他初犯罷。〔夫人云〕相公說那裏話。常言道。君子斷其初。

〔劉做住船抛石科〕〔推王安下水科〕〔夫人叫云〕王安那裏。〔王云〕我眼裏認得人。夫人。〔劉云〕來到大姑山脚下。相公。你前生少欠我的。你的家緣過活妻子。都是我受用。明年這早晚是你的死忌。你死了呵。我與你追薦。累七念經□□□箇慈悲的好人。〔陳云〕那梢子。我與你有甚冤讎。害我性命。〔劉云〕這裏呵。放

你不過了。〔陳做抱夫人哭科〕〔夫人唱〕

【後庭花】這廝去綠楊堤停了棹櫓。黃蘆岸持着刀斧。紅蓼灘人蹤少。白蘋渡船艦疎。閣不住淚如珠。〔劉做揪陳科〕〔夫人唱〕他把他頭梢揪住。風悄悄水聲幽。蒲葦枯。雲漭漭碧天遙。鴈影孤。冷清清露華濃。月色浮。明朗朗銀河現星斗鋪。

〔劉推陳下水科〕〔夫人做倒科〕〔唱〕

【青哥兒】呀急煎煎無一箇親人相護。〔劉做扯科〕緊邦邦扯住了衣服。哎。你箇糞土之牆不可杇。又無甚錢物。殺壞他身軀。傾陷了俺兒夫。強要他媳婦。天意何如。人命何辜。哎。你箇柳盜蹠哥哥忒心毒。怎下得浪淘淘流將他去。

〔夫人做跳水劉扯住科〕〔劉云〕我單爲你壞了你丈夫。你肯與我爲妻。我將你丈夫宣命。依舊做洪州府尹。你依舊做夫人。儻若不從。一刀兩段。〔夫人背云〕我死不爭爭奈有八箇月身孕。未知是男是女。久以後丈夫冤讐着誰人報。得罷罷罷。我且暫時隨順了他。待分娩之後。再作區處。〔對劉云〕兀那劉洪。我隨順你。則要你依我兩件事。等我分娩了身孕。男兒三年孝滿。恰好孩兒三歲。我便和你做夫妻。〔劉云〕好好。且到晚夕商量。劉洪生平願足也。〔夫人做放聲哭科〕

【尾聲】拆散了美滿並頭蓮。接上這熱莽連枝樹。你願足咱心未足。鴟梟難和鸞燕侶。廁坑裏蛆怎和你似水如魚。若是到洪都。僉押文書。甚的是六案須知。和籤目這一箇屈死的風流丈夫。偷生的愚痴拙婦。誰想俺死和生的夫婦到頭疎。

第二齣　逼母棄兒

〔龍王上云〕誤入塵寰醉碧桃。涇陽宮殿冷鮫綃。不因子產行仁政。難免公廚銀鏤刀。小聖南海小龍。爲赴分龍宴飲酒醉了。化作一尾金色鯉魚。臥于沙上。被漁人獲之。賣于百花店。有陳光蕊者。買而放之于江。此恩未嘗報得。不想此人被水賊劉洪推在水中。又有觀音法旨令某等水神隨所守護。被小聖救入水晶宮殿。待十八年後復着他夫妻父子團圓。漁翁市上賣金鱗。放我全身入海津。其子劍誅無義漢。我將金贈有恩人。(下)(劉洪上云)垂垂金帶挂銀魚。那識前朝史共書。公事問明如徹底。一生只怕問穿窬。自從劫殺陳光蕊。我將他官誥之任。本婦生得箇孩兒。我想要這賊種怎麼。我在這江邊住坐。若有些蹺蹊。不是好事。必須斬草除根。春到萌芽不發。(下)(龍王上云)夜來觀音法旨云。毘盧伽尊者今日有難。分付巡海夜叉。沿江水神。緊緊的防護者。(下)(夫人抱孩兒上云)自從被賊徒壞了男兒。我得了箇孩兒。今朝滿月。賊漢逼臨我拋在江裏。待不依來。和我也要殺壞。我死了呵。誰與我男兒報仇。則索依着他。兒呵。也是我出于無奈。(唱)

【中呂粉蝶兒】滿腹離愁。訴蒼天不能答救。俺一家兒和你有甚冤讎。渰殺我兒夫。奸淫他媳婦。又待廢他親生的骨肉。那賊漢劣心腸火上澆油。不依從恐遭毒手。

【醉春風】燒一陌斷腸錢。酹三盃離恨酒。滔滔雪浪大江中。陳光蕊呵你魂靈兒敢有有。我有一個大梳匣。將孩兒安在裏面。將兩三根木頭兒。將篾子縛着。可以浮將去。匣子裏安藏。水波邊拋棄。陳光蕊呵你在那浪花中等候。

【迎仙客】心肝渾似摘。我淚點卒難收。將這乳食兒再三滴入口。若流過蓼花灘。蘆葉洲。休着當住。石頭天那。則願得漁父每爭相救。

我將金釵兩股。約重四兩。縛在孩兒身上。長江大海龍神聖衆可憐孤子咱。

【石榴花】願龍神保祐莫遲留。休着魚鱉等閒瞅。黿鼉蛟蜃莫追逐。到瓜州渡口。有人親救。對天禱告還生受。保護得他速見東流。金釵兩股牢拴就。抵多少騎鶴上揚州。

【鬬鵪鶉】恁娘那裏望眼將穿。俺兒夫靈魂兒尚有。兒呵　則願得性命完全。精神抖擻。恰便似紅葉兒飄香出御溝。淹淹地伴野鷗。俺孩兒身向低行。誰肯道恩從上流。

我將衫兒攎下一塊來。咬破我小拇指尖寫着孩兒生月年紀。仁者憐而救之。

【上小樓】咬破我這纖纖指頭。一任淋淋血溜。攎一縷白練。寫兩行紅字。赴萬頃清流。將匣縫兒塞。匣蓋兒縛。包袱兒緊扣。我須關防得來水屑不漏。

【幺】雖然是木漆匣。看承做竹葉舟。則要穩穩當當。渺渺茫茫。蕩蕩悠悠。天地祚。祖宗扶。神明相祐。但活得幾歲也罷。誰敢望賽錢鏗般百千長壽。

（劉內云）不撇下則管在那裏怎麼（夫人唱）

【十二月】他那裏呱呱叫吼。我這裏急急抽頭。將匣子輕擡手。近着這沙岸汀洲。哭聲哀猨聞腸斷。匣影孤魚見應愁。

【堯民歌】兒呵　趁着這一江春水向東流。離了上源頭則願你有下場頭。蒹葭寒水泛輕鷗。恰便似楊柳西風送行舟。（內做催科）休則管逼逐。別離幾樣憂。如摘下心肝上肉。（做放科）

【般涉調耍孩兒】淹淹直向江心溜。搵淚血凝眸早去久。普天下似我的有幾人愁。望孩兒恨不的也化做石頭。心如快鶴拖着線。身似游魚吞了鉤。淚滴滿江妃袖。兒呵飄飄蕩蕩。娘呵切切憂憂。

【幺】嚥不下心內苦。遮不了臉上羞。懷躭十月乾生受。一箇赤子入井誰人救。一箇紅粉迸波那箇瞅。今日肉落在猫兒口。做兒的花飄泛水。做娘的幾時得葉落歸秋。

【尾聲】跛弓鞋恰轉身。回胭領再瞬眸。這一箇鎖離愁的匣子兒索是勞台候。望着那流水斜陽路兒上走。

第二齣　江流認親

〔龍王引卒上云〕聖僧羅漢落水。水卒。你與我騰雲駕霧。扛擡到金山寺前去者。〔下〕〔漁人上云〕新婦磯頭眉黛愁。女兒浦口眼波秋。青箬笠前無限事。綠蓑衣底一時休。天明也。俺打魚去來。呀。兀那沙灘上火起。向前去看咱。元來是一箇匣兒。裏面不知甚麼東西。且待我打開來看。呀。是一個小孤兒。不知是何妖怪。將去見長老去來。〔下〕〔丹霞禪師上云〕一住金山十數春。眼前景物逐時新。長江後浪催前浪。一替新人換舊人。老僧丹霞禪師。乃廬山五祖之弟子。在於金山一住數年。昨日伽藍相報。有西天毘盧伽尊者。今日早至。分付知客侍者。撞鐘焚香迎接者。〔漁人持匣上做相見科〕今早小人打魚。見沙灘焰起。去看時。却是箇漆匣兒。內有一個小孩兒。與長老看。莫不是妖精怪物麼。〔丹霞云〕將來看。好箇孩兒。寒光閃爍。異香馥人。內有金釵二股。血書一封。上寫道。殷氏血書。此子之父。乃海州弘農人也。姓陳名萼。字光蕊。官拜洪州知府。攜家之任。買舟得江上劉洪者。將夫推墮水中。冒名作洪州知府。有夫遺腹之子。就任所生。得滿月。賊人逼迫。投之于江。金釵二股。血書一封。仁者憐而救之。此子貞觀三年十月十五日子時建生。別無名字。喚作江流。呀。十一月十五日投之于江。今日是十六日。況值寒冬天道。一夜至此。豈非異人乎。必伽藍所報者是也。漁翁。這金釵與你。將去買酒吃。寺外山前人家。新沒了孩兒的娘母有乳者。我將盤纏去。與老僧擡舉者。〔漁人謝了下〕〔丹霞云〕老僧將此血書藏下。待此子成人。着他尋親報仇雪恨者。〔下〕〔劉洪上云〕念佛修行去誦經。誰知處處有神明。平生不作虧心事。半夜敲門不吃驚。自從害了陳光蕊。冒任一年。便動了殘疾致仕。本在江邊住坐。放債爲活。那人心已死了。他又無些枝葉。這件事穩穩當當了。他常勸我看經作善事。我也依着他。他也敬重我。我本不會在他行做歹勾當。城內尋幾箇相知飲酒去也。〔下〕〔丹霞禪師上云〕白髮蕭蕭兩鬢邊。青山綠水卽依然。人生何異南柯夢。撚指光陰十八年。老僧丹霞是也。自幼收得江流兒。七歲能文。十五歲無經不通。本宗性命。了然洞徹。老僧與他法名玄奘。玄者妙也。奘者大也。大得玄妙之機。是以名曰玄奘。今年十八歲。提調滿寺大衆夜來伽藍報云。此子時節到也。當報仇雪恨去。喚玄奘來。（唐僧上云）小僧玄奘是也。師父呼喚。須索走一遭。（做見科丹霞云）玄奘。你今年幾歲也。（唐僧云）小僧那裏得知。今年說道十八歲也。（丹霞云）你姓甚麼。（唐僧云）小僧自幼師父擡舉。知他姓甚麼。（丹霞云）今年時節到了。我對你說。你父親姓陳名蕚。字光蕊。海州弘農人也。應舉及第。得洪州太守之職。母殷氏懷妊你八箇月。攜家之任。江上遇賊劉洪。將你父親推墮水中。將你母親爲其妻子。冒任洪州知府。就任所生你方及滿月。賊漢逼迫。將你投之于江。汝母咬破指尖。修血書一封。上寫着你年月。打魚的江上抬得箇匣兒。匣兒內藏着你。我收留長成十八歲也。合報父母之仇。去從頭一一記者。你可去先報了生身的慈親。却來報養身的師父。（唐僧做氣倒科）（救醒科）（丹霞云）孩兒呵。我從頭細說根由。你須當用意追求。不爭你一時氣死。誰報你父母的寃讎。則就今日與你收拾盤纏。便索登程。只是一件。那廝在彼處十八年。廣有手足。尋見你母親。星夜回來。老僧和你去。（唐僧拜云）若非吾師擡舉。玄奘焉有今日。此恩生死難忘。則就今日脚跟高繫鷺鷥腿。紙被牢拴蜘蛛腰。望揷竿吃飯。聽鐘鼓打眠。便往洪州走一遭。（下）（丹霞云）玄奘去了。老僧從今後伏枕朝朝生去夢。倚欄日日盼歸舟。（下）（夫人上云）自從抛棄了孩兒。屈指早十八年也。這賊漢也吃我降伏那性下來。每日入城飲酒。今日又去也。我這幾日耳熱眼跳。神思不安。不知爲何。則因思想丈夫與孩兒。懨懨成病。幾時是我不煩惱的日子也。痛殺我也。兒呵。（唱）

【商調集賢賓】你趁着那碧澄澄大江東去得緊。如失却寶和珍。白日裏魚行蝦隊。到晚來鷺友鷗羣。黑濛濛翠霧連山。白漭漭雪浪堆銀。則俺那跳龍門的丈夫轉世穩。便重生十八歲爲人。目窮明月渡腸斷碧天雲。

【逍遙樂】倚危樓高峻。瞑眩藥難痊。志誠心較謹。（唐僧扮行脚僧上云）來到洪州問人來。舊太守陳光蕊家在江邊黑樓子內。便是。慚愧。有他呵。便有我的母親。來到也。這箇便是。我叫一聲阿彌陀佛。（夫人唱）見一箇小沙彌來往趕開門。叫一聲阿彌陀佛。心意全真。策杖移蹤似有因。恰便是塑來的諸佛世尊。師父。俺家裏齋來。（唐僧云）有布施麼。（夫人唱〕有做袈裟的紬絹。供佛像的齋糧。禦嚴寒的衲裙。

〔唐僧云〕娘子難消。〔夫人云〕師父從那裏來。〔唐僧云〕我從金山寺來。〔夫人云〕金山寺至此。幾日可到。〔唐僧云〕風順二十日可到。風不順一月可到。那金山寺是大剎萬衆可容。〔夫人云〕自來說金山寺是箇大剎所在。

【金菊香】金山來此二三旬。寶殿能容千萬人。問訊向前禮數勤。覷了他清氣逼人。恰便是一溪流水徹雲根。這和尚好似我陳光蕊男兒也呵。

【梧葉兒】眉眼全相似。身材忒煞真。霞臉絳丹唇。莫不是石上三生夢。天台一化身。我心下自如親。師父你法算多少了。〔唐僧云〕小僧年一十八歲也。〔夫人云〕俺孩兒在時。也一十八歲兒呵。你隨着十八年。波翻浪滾。

師父你幾年上出家來。俗姓甚有親也無親。

【醋葫蘆】我問你何處是家。那箇是親。幾年上落髮做僧人。〔唐僧云〕出母胞胎便做僧人。〔夫人唱〕出胞胎便怎生離世塵。也是你前生有分。便是離母腹中出家也須索有你爺娘。與我從頭一一說緣因。

〔唐僧云〕我父姓陳。母姓殷。〔夫人唱〕

【幺】他道是父姓陳。母姓殷。爲官爲吏是當軍。〔唐僧云〕我父親任洪州太守。〔夫人唱〕幾年上此間來治民。〔唐僧云〕貞觀三年八月間。被賊人劫殺在江中了也。〔夫人唱〕則一句道的我心迷眼暈。他道是江上遇着強人。

〔夫人云〕你怎生得活來。〔唐僧云〕小僧其時在母腹中八箇月。〔夫人云〕你如何知道來。〔唐僧云〕小僧那裏知道。俺師父丹霞禪師說。金山下打魚的拾得一漆匣。內有金釵二股。血書一封。長老收留擡舉。七歲讀書。十五歲通經。今年十八歲。着我來洪州尋母親。〔夫人唱〕

【幺】聽說絕口內詞。掃除了心上塵。幽幽的頂門上去了三魂。元來是江流兒遠鄉來認親。〔唐僧云〕娘子。好要便宜也。我怎生是恁孩兒。〔夫人唱〕是小的每言多語峻。告吾師心下莫生嗔。

師父。你休怒。你那血書。會將來麼。〔唐僧云〕我偌多田地來。指甚麼爲題。〔夫人云〕你有血書。我有抄的墨書。你聽我念。此子之父。乃海州弘農人也。姓陳名萼。字光蕊。官拜洪州知府。攜家之任。買舟得江上劉洪者。將夫推墮水中。冒名作洪州知府。有夫遺腹之子。就任所生。得滿月。賊人逼迫。投之于江。金釵二股。血書一封。仁者憐而救之。此子貞觀三年十月十五日子時建生。別無名字。喚作江流。〔唐僧夫人做抱哭科〕〔夫人唱〕

【么】塵昏了老絹帛。金黃了舊血痕。這的是一番提起一番新。與我那十八年的淚珠都徵了本。善和惡在乎方寸。恰便似花開枯樹再逢春。

孩兒。這賊手足較多。休中他的機關。我收拾盤纏就下船。星夜回金山寺去。請師父引你來。報仇雪恨。

【仙呂後庭花】我這裏收拾下金共銀。則要你早分一箇冤與恩。俺孩兒經卷能成事。陳光蕊呵。你說甚文章可立身。莫因循。疾忙前進。下水船風力穩。報讎心如箭緊。士程忙似火焚。

【柳葉兒】我又想當年時分。哭啼啼送你到江濱。今日箇蒲帆百尺西風順。休辭困。暫勞神。天那誰承望血修書弄假成真。

〔唐僧云〕則就今日拜辭母親。便回金山寺去也。〔下〕〔夫人云〕孩兒去了。恐賊漢回來。我且入內去。

【商調浪裏來】纔得見掌上珍。又提起心頭悶。今宵何處去安身。明日裏風波可又無定准。眼睜睜看的他有家難奔。空着我斷腸人送斷腸人。

## 第四齣　擒賊雪讎

〔虞世南上云〕堯舜遺風此日回。民逢貞觀樂悠哉。半生功入千年史。五馬官因七步才。小官虞世南。方今唐太宗皇帝卽位。貞觀二十一年。小官官拜翰林應奉。爲江上鼠賊傷人。御筆點差我爲洪州太守。今日升堂坐衙。看有甚麽人來。〔丹霞引唐僧上云〕老僧離了金山寺。和玄奘來至洪州。洪州太守虞世南和老僧有一面之交。引着玄奘告狀去。〔做見科〕〔虞云〕久不見尊師顏範。今日從何而至。〔丹霞云〕老僧自金山來。有事干瀆相公。〔虞云〕有甚事。〔丹霞云〕此僧是老僧的弟子。其先海州弘農人也。父姓陳名蕚字光蕊。母殷氏。貞觀三年除本處太守。彼時此子在母腹中八箇月。江上被水賊劉洪將父推之于江。將其母收之冒名之任。此子在此間生得滿月。賊令投于江內。一夜流至金山。老僧夜得異夢。明早漁者獲而獻于寺中。匣內有殷氏血書一封。記其子之年月日時。老僧哀憐。令山下人家擡舉。七歲入寺讀書。十五歲通經懺。今年十八歲。老僧對他說破前因。行脚至此。尋着他母親。此賊尚在。特來告相公。與這孩兒做主咱。〔虞云〕某爲水賊與發御筆點差本處爲太守。城邊有賊不知。要我怎麽。老僧一一言罷。下官細細詳聽。疾忙喚當廳祇候。快去點門外弓兵。不用鎗刀顯露。則將暗器潛行。拏將賊漢到官。按律法明正典刑。〔並下〕〔劉洪引夫人上云〕夜來酒多了幾盃。今日身子困倦。起不來。娘子。你熬些粥湯兒與我吃。〔夫人做出外科〕孩兒去經兩月。音信不聞。這賊漢害酒在家。若來時正好。誰想有今日也呵。〔唱〕

【雙調新水令】則俺那困龍兒須有上天時。成了我報冤仇丈夫之志。寸心渾似火。兩鬢漸成絲。往常時我貌比花枝。體若凝脂。今日箇裙掩過兩三褶。

夜來燈花爆。今日靈鵲噪。孩兒敢待來也。

【駐馬聽】鵲噪花枝。報仇恨的孩兒敢來到此。龍蟠泥滓。受辛勤娘母困於斯。這賊漢孽罐兒滿了。想天公不受半分私。則怕閻王注定三更死。這廝怎能勾亡正寢全四肢。少不得一刀兩段誅在都市。

〔唐僧引公人做拏住科〕〔劉云〕娘子我也無歹處。你救我咱。〔夫人唱〕

【雁兒落】神道般官吏使。虎狼般公人至。〔劉云〕到官休說你的事出來。我也是有情分的人。〔夫人唱〕我不申口內言。你自想心間事。

〔虛下〕〔虞世南同丹霞上云〕長老放心。拏將此賊來。〔唐僧引公人拏劉洪同夫人上〕〔夫人云〕妾身殷開山之女。被此賊所害。相公已知了也。〔唱〕

【得勝令】長老便是正名師。〔劉云〕那得小和尚來告狀。他是誰。〔夫人云〕天網恢恢。疏而不漏。這箇是江流的小孩兒。今日箇死草重交翠。殘花再發枝。當時。已趁英雄志。你不索尋思。則要你填還俺夫婿死。

〔劉洪供狀科〕大人問劉洪端的。小人專在江邊做賊。見財物便去傷人。那管他東西南北。陳光蕊運蹇時乖。着王安僱咱船隻。一見他媳婦丰姿。又愛他錢財段匹。將主僕命喪江心。把媳婦與咱配匹。冒宣命竟到洪州。做太守全無人識。三個月生下江流。逼他向江中棄擲。不期死裏逃生。今日與咱對敵。江流兒你爲親爺害晚爺。這供狀椿椿是實。〔虞云〕孤郎引此賊。直至大江水。尖刀剖其腹。俘獻陳光蕊。〔做引賊至江科〕

〔設香燈讀祭文科〕維貞觀二十一年春三月朔日。男玄奘謹以清酌庶羞。致祭于亡考洪州知府府君之靈曰。人之父母。皆得供養。嗟我亡考。一無所向。孤子爲僧。復仇江上。母氏歸寧。父魂飄蕩。斬賊獻俘。不勝悲愴。江風蕭蕭。江水蕩漾。滌牲在俎。置酒于盎。府君有靈。來兹昭降。哀哉尚饗。〔夫人唱〕

【川撥棹】江上設靈祠。用三牲作祭祀。浪捲風嘶。風裊楊枝。〔龍王夜叉背陳光蕊上〕〔夫人驚云〕啞。孩兒遠遠望見江面上。是你父親的靈魂來了。〔唐僧云〕這就是我父親。〔夫人唱〕鬼吏參差。簇捧着屈死的孤窮秀士。十八年霜雪姿。我蒼顏他似舊時。

〔虞云〕啞。異哉。這是陳光蕊。有鬼有鬼。〔陳云〕我不是鬼。我不是鬼。〔虞云〕既不是鬼。請上涯來。〔做見科〕〔做抱哭科〕〔夫人云〕相公。你被劉洪推在水中。怎生得活來。〔陳云〕我曾買魚貶眼。放之于江。因此龍王養我在水晶宮內十八年。觀音佛旨。着我回于陽世。這小和尚是誰。〔夫人云〕就是你孩兒。今日來報仇雪恨。〔做哭科〕〔做謝虞科〕〔夫人唱〕

【七兄弟】他說罷口內詞。官人每三思。一箇箇痛嗟咨。〔觀音佛上高垛云〕衆官見老僧麼。〔衆做拜科〕〔觀音云〕長安城中。今夏大旱。可着玄奘赴京師。祈雨救民。我佛有五千四十八卷大

藏金經要來東土。單等玄奘來。虞太守聽我叮嚀。依老僧國祚安寧。陳光蕊全家封贈。唐三藏西天取經。〔下〕
〔夫人唱〕雲頭上顯出白衣士。市廛間誅了綠林兒。賊巢中趁了紅裙志。
【梅花酒】都賴着佛旨。水府內爲師。旱地上當時。塵世上官司。那海龍王報救命恩。小和尚說因緣事。十八年離城市。離城市到龍祠。到龍祠任偕時任偕時再回之。
【收江南】呀今日箇大官司輸與小孩兒。小孩兒虧殺老禪師。老禪師慧眼識天時。觀音佛法旨着取西天經卷到京師。

正名 賊劉洪殺秀士
老和尚救江流
觀音佛說因果
陳玄奘大報仇

## 第二本

絳壇寶日麗璇霄 淑景當空午篆高
三殿盡如靈寶界 諸天齊降紫宸朝

### 第五齣 詔餞西行

〔虞世南上云〕物估人烟萬里通。皇風清穆九州同。未能奏上甘棠賦。先獻商霖第一功。小官虞世南。奉觀音佛法旨。薦陳玄奘於朝。小官引見天子。京師大旱。結壇場祈雨。玄奘打坐片時。大雨三日。天子賜金襴袈裟。九環錫杖。封經一藏。法一藏。輪一藏。號曰三藏法師。奉聖旨馳驛馬赴西天。取經歸東土。以保國祚安康。萬民樂業。將陳光蕊十八年。都准了月日。授了中書門下平章事。特進楚國公。殷氏封楚國夫人。賜公田四十頃。歸老爲農。今日奉聖旨着百官有司。都至霸橋。設祖帳排筵會。諸般社火。送三藏西行。〔秦叔寶上云〕龍戰河山二十秋。腰懸雙鐧覓封侯。老君堂上逢真主。四海風塵一鼓收。某秦叔寶是也。〔房玄齡上云〕卸却征衣換紫袍。萬年勛業半生勞。今朝已入瀛洲選。怡向邊廷見斗刀。某房玄齡是也。〔相見科〕〔樂器鼓板衆父老隨唐僧上〕〔唐僧云〕奉勑西行別九天。袈裟猶帶御爐烟。祇園請得金經至。方報皇恩萬萬千。小僧自父母報仇之后。父母顯榮還鄉。師父回金山圓寂。小僧斷送了。持心喪三年。未果所願。至京祈雨。感天神相助。大雨三日。天子大喜。賜金襴袈裟。九環錫杖。封三藏法師。着往西天取經。我想來小僧性命也是佛天相保。今日報了父仇。榮顯了父母。報答了祖師。我捨了性命。務要西天取得經來。平生願足。今日辭了天子。便索登程去也。〔衆相見科〕〔唐僧云〕小僧有何德能。敢勞百官耆老親送。〔虞云〕奉聖旨着小官等霸橋祖帳。請師父下馬。受了筵席便行。尉遲總管也待來送。這早晚怎生不見來。〔尉遲恭上云〕虎眼鞭麾動紫烟。龍鱗劍出倚青天。曾騎滑馬誅雄信。穩奠唐基一萬年。某乃十六大總管尉遲恭是也。俺聞得三藏法師往西天去取經。合當早去送。爭奈金瘡舉發。不能行動。今日奉聖旨率領百官前往。須索要走一遭。你看僧尼道俗百官父老諸雜社火都到。又值着春間天氣。郊外好景物也呵。〔唱〕

【仙呂點絳唇】梅綻南枝。已經春事。三之二。桃杏參差。拂嗅香風至。

【混江龍】今日箇早朝班次。公侯宰相會同時。親傳聖旨。總命諸司。赤羽詔傳青彩鳳。御爐香噴紫金獅。親王駙馬國戚皇族。更和那商賈農工士。馬停玉勒。酒泛金卮。

唐國江山若非俺焉得太平。今日落得一身症候。爲官待作何用。

【油葫蘆】想俺那興唐出戰時。一日知他幾箇死。如今老來也憔悴鬢如絲。都將定國安邦志。改爲養性修身事。往常時領大軍。今日箇拜國師。英雄將生扭得稱居士。怎禁那天子自相辭。

【天下樂】這和尚伏虎降龍信有之。京師諸弟子。焚香點燭齊叩齒。社火每鬼鬧着神。樂器中竹間着絲。鬧起一座霸陵橋上市。

左右。接了馬者。

【醉中天】幢幡上泥金字。寫着道三藏是大唐師。鐘鼓鐃鈸夾道施。求法語的挨着咨次。都是駿馬雕鞍的健兒。讀那孔夫子文字。着他們拜如來節外生枝。

（見科）（唐僧云）兀那年老的軍官是誰。（尉遲云）弟子乃尉遲敬德。見居十六大總管之職。今奉聖旨來送法師。因金瘡舉發。不能乘騎。所以來遲。口占送行詩一章。望老師斤削。十萬里程多少難。沙中彈舌授降龍。五天到日頭應白。月落長安半夜鐘。（唐僧云）好詩。好詩。小僧勉和咱。禪心善伏山中虎。慧性能降海內龍。直下頓然成一悟。渾如夢覺五更鐘。（尉遲唱）

【金盞兒】纔吟罷送行詩。似歌徹斷腸詞。生離別便與死相似。死呵 三十氣斷更無思。生呵 一心懷遠恨。千丈繫遊絲。死呵 如夢幻泡影。那有再來時。

（唐僧云）多聞老將軍英雄。願對小僧說一遍者。（尉遲唱）

【賞花時】只是俺立國安邦志廣施。殺將驅兵心不慈。若兩陣對圓時。提着尉遲恭的名字。他每早魂不附其尸。

門旗開處。兩陣對圓。

【么】不剌剌却是戰馬拖韁敵將死。今日似困虎藏牙守洞時。因老病不能辭。奉聖旨勉强行之。問師父求取法名兒。

（唐僧云）軍官如此言語。却便是諸佛種子。久後我之法律。仗你闡揚。真乃是禪林中大寶也。可名曰寶林。與你摩頂受記者。（尉遲云）多謝師父。

【尾聲】從今後演佛法領三宗。掌戒律與諸寺。但依着吾師教旨。此去西行十萬里。急回來兩鬢如絲。本是一箇五陵兒。他道我有佛子容姿。（唐僧云）從今後滅火性消豪氣。發善心脫名利。（尉遲唱）師父着我將豪氣消磨。將善心來使。

（唐僧云）衆官軍民人等聽着。小僧折一枝松。插在此道傍。要他活。我去後。此松朝西。如朝東。小僧回也。（虞云〕師父。無根如何得活。〔唐僧云〕小僧無根要有根。有相若無相。我若取經回。松枝往東向。朝西呵是去時。朝東呵回至。〔尉遲云〕師父沿路保重了。俺衆人年年來此看松枝。〔下〕

〔虞云〕求了法語的便先回去。我輩爲臣子者。問師父求法語儆戒。〔唐僧云〕衆官。聽小僧一句言語。爲臣盡忠。爲子盡孝。忠孝兩全。餘無所報。〔雜云〕師父。小人是箇做斛斗的。求師父說咱。〔唐僧云〕唉。十合一升。十升一斗。量盡大倉粟。人心猶未朽。萬事休將一槪看。自然壽算能長久。〔雜云〕小人是箇釘秤的。求說法咱。〔唐僧云〕二八春秋分。一斤十六兩。星星要見利。物物喜騰長。一權到手便均平。自然天地長培養。〔婦云〕小人是箇開洞的。求法語咱。〔唐僧云〕怎生喚做開洞。〔發科〕〔唐僧云〕陰無陽不生。陽無陰不長。陰陽配合。不分霄壤。豆有豆畦。麥有麥壠。豆麥齊栽。號曰雜種。唉。能將夫婦人倫合。免使傍人下眼看。〔衆云〕拜謝了師父。〔並下〕〔唐僧云〕驛子那裏。打起馱垛馬。趁早行一程。一點虔心從此發。五千妙法必須來。

〔下〕

第十六齣　村姑演說

〔老張上云〕縣令廉明決斷良。吏胥不詐下村鄉。連年麻麥收成足。一炷清香拜上蒼。老張祖在長安城外住。生是箇老實的傍城莊家。今日聽得城裏送國師唐三藏西天取經去。我莊上胖王二胖姑兒都看去了。我也待和他們去。老人家趕他不上。回來了。說道好社火。等他們來家。教他數演與我聽。我請他吃分合落兒。〔村廝兒先上〕〔胖姑兒上云〕王留胖哥。等我等兒。〔唱〕

【雙調】【豆葉黃】胖哥王留。走得來偏疾。王大張三。去得便宜。胖姑兒天生得我忒認得中表相隨。壯王二一離了官廳。直到家裏。

〔做見科〕〔張云〕恁來家了。看甚麼社火。對我細說一遍。〔姑云〕王留。你說與爺爺聽。〔張云〕胖姑兒。則有你心精細。你說者。〔姑唱〕

【一綹兒麻】不是胖姑兒偏精細。官人每簇捧着箇大檑椎。檑椎上天生得有眼共眉。我則道瓠子頭葫蘆對。這箇人也索是蹺蹊。甚麼唐僧唐僧。早是不和爺爺去看哩。枉了這遭。恰便似不敢道的東西。枉惹得傍人笑恥。
〔張云〕官人每怎麼打扮送他〔姑云〕好笑官人每不知甚麼打扮。
【喬牌兒】一箇箇手執白木植。身穿着紫搭背。白石頭黃銅片去腰間繫。
一對脚似踏在黑甕裏。
〔張云〕那是箇皂靴〔姑唱〕
【新水令】官人每腰屈共頭低。吃得醉醺醺腦門着地。〔張云〕拜他哩。〔姑唱〕咿
咿嗚嗚吹竹管。撲撲通通打牛皮。見幾箇無知。叫一會鬧一會。
【雁兒落】見一箇粉搽白面皮。紅絟着油鬏髻。笑一聲打一棒椎。跳一跳
高似田地。
〔張云〕這是做院本的。〔姑唱〕
【川撥棹】更好笑哩。好着我笑微微。一箇漢木雕成兩箇腿。見幾箇回回。舞
着面旌旗。阿刺刺口裏不知道甚的。粧着鬼。人多我看不仔細。
【七弟兄】我鑽在這壁。那壁。沒安我這死身已。滚將一箇碌碡在根底。脚
踏着纔得見真實。百般打扮千般戲。
爺爺好笑哩。一箇人兒將幾扇門兒。做一箇小小的人家兒。一片紬帛兒。粧着一箇人。線兒提着木頭彫的
小人兒。
【梅花酒】那的他喚做甚傀儡。黑墨線兒提着紅白粉兒。粧着人樣的東
西。颼颼胡哨起。鼕鼕地鼓聲催。一箇摩着大旗。他坐着吃堂食。我立着看
筵席。兩隻腿板僵直。肚皮裏似春雷。
【收江南】呀正是坐而不覺立而饑。去時乘興轉時遲。說了半日。我肚皮裏饑也。
糗子面合落兒帶葱韲。耍時間日平西。可正是席間花影坐間移。

看了一日。誤了我生活也。

【隨煞】兩餘匀羅能芝麻地。啗去那漚麻池裏澡洗。唐三藏此日起身。他胖姑兒從頭告訴了你。

第七齣　木叉售馬

〔神將引龍君上云〕〔龍云〕偃甲錢塘萬萬春。祝融齊駕紫金輪。只因誤發燒空火。險化驪山頂上塵。小聖南海火龍。爲行雨差遲。玉帝要去斬龍臺上施行。小聖誰人救我咱。〔觀音上云〕來者是誰。〔龍叫云〕我佛慈悲救弟子咱。〔觀音云〕你爲甚來。〔龍云〕小聖南海沙劫駝老龍第三子。爲行雨差遲。法當斬。我佛怎生救弟子咱。〔觀音云〕神將且留人。老僧與你同見玉帝。救此龍君去來。〔下〕〔觀音上云〕恰纔路邊逢火龍三太子。爲行雨差遲。法當斬罪。老僧直上九天。朝奏玉帝。救得此神。着他化爲白馬一疋。隨唐僧西天馱經。歸於東土。然後復歸南海爲龍。傳吾法旨着木叉行者化作一箇賣馬的客商。送了龍君與唐僧護經。火龍護法西天去。白馬馱經東土來。〔下〕〔唐僧引驛夫上云〕善哉善哉。離了長安。行經半載。于路有站。如今無了馬站。只有牛站。近日這牛站也少。到化外邊境。向前去不知甚麽站。〔驛夫云〕師父再行一月。前面是驢站。驢站再行一月。西番佂鈸地面是狗站。狗站再行一月。是砲站。〔唐僧云〕如何喚做砲站。〔驛夫云〕六根木杠做一箇架子。一根長木做砲梢。梢上一箇大皮兜。長木根上墜鐵錘一萬斤。使臣到一交捽番把繩子綁了入砲兜。一榔椎打動關捩子。一砲送十里遠。師父與你那禿頭做主咱。〔唐僧云〕說得怕起來。怎得一匹長行馬。不揀幾錢。罄其衣鉢。買來馱載。省得打砲送了小僧。〔驛夫云〕這裏那得賣馬的來。〔木叉行者上云〕我乃是觀音弟子木叉行者的便是。奉我佛法旨。將火龍化作白馬。送與唐僧去好馬呵。〔唱〕

【南呂一枝花】大宛國天產才。渥洼水龍媒種。帶輕雲一塊雪。走落日四蹄風。玉尾銀騌。馱雙將無嫌重。出羣驁立大功。勝普賢白象身高。賽獅利青獅性勇。

【梁州第七】非伯樂誰知良馬。有劉累方豢真龍。奉天佛牒玉帝勑將君送。又不比秦宮指鹿。晉代成功。與高僧代步。又不換美妓將從。且休言九逸還宮。更休論八駿騰空。這馬跳青溪曾救蜀王。到紫陌還歸塞翁。至烏江曾棄重瞳。離了普陀寺中。雲行千里乘飛鞚。聽一派樂音聲動。遙望塵寰人一叢。元來是三藏師兄。

賣馬。賣馬。〔唐僧云〕客人從那裏來。〔木叉云〕從長安來。要回去沒盤纏。賣這疋馬。〔唐僧云〕這馬中麽。

〔木叉唱〕

【牧羊關】這馬你看一丈長頭至尾。八尺高蹄至鬃。但一嘶凡馬皆空。比豹月烏別樣精神。比忽雷駁爭些徒勇。又不是五色毛斑點。渾則是一片玉玲瓏。影見在白雲底。聲傳在明月中。

〔唐僧云〕不知性子如何。〔木叉云〕我說與你聽者。

【隔尾】白日莫摘青絲鞚。黑夜何須水草籠。料糟節刷不須用。他要行呵緊促。要歇時放鬆。又不比十二天閑耍簇捧。

〔唐僧云〕這馬有長力遠行麽。〔木叉唱〕

【牧羊關】他曾到三足金烏窟。四蹄玉兔宮。他有吃天河水草神通。晉支遁性命也似看承。周姬滿心肝一般敬重。〔唐僧云〕請箇價錢要幾多。〔木叉唱〕聯城璧休言買。千金價豈相容。〔唐僧云〕恁的小僧買不成。那得許多錢來。〔木叉云〕我賒與你如何。載你權離此。馱經却向東。

〔唐僧云〕素來不曾相識。如何賒與我。〔木叉云〕你認的我麽。〔唐僧云〕不認得。〔木叉云〕我非凡人。乃觀音佛上足徒弟木叉的便是。這馬亦非凡馬。乃南海火龍三太子。爲行雨差遲。法當斬罪。我佛奏知玉帝。着他化爲白馬。與你代步馱經來。〔唐僧云〕焉有是理。〔木叉云〕你若不信。着你見本來面目者。〔馬下〕〔扮龍王上云〕我佛見弟子麽。〔木叉唱〕

【鬬蝦蟆】金甲白袍燦。銀裝寶劍横。顯惡姹的儀容。沖天入地勢雄。撼嶺拔山威重。離岩出洞霧濛。攪海翻江風送。變大塞破太空。變小藏入山縫。雲氣籠雨氣從。溪源潭洞。江河淮孟顯耀神通。常言道最惡者無過於龍。哎吾兄從今後不必把眉頭縱。騎着龍馬引着部從。摩蘢松枝向東來此相逢。

上告師兄。小心去。俺師父預先與你尋着一個徒弟。在花果山等哩。

【尾】你西行似入遊仙夢。我南往重歸滄海中。到前途。莫驚恐。有山精。有大蟲。有猿猴。有馬熊。見放着龍君將老師奉。到花果山亂峯。相遇着悟空。取經卷回來受恩寵。

## 第八齣　華光署保

〔觀音引揭帝上云〕老僧爲唐僧西游。奏過玉帝。差十方保官。都聚於海外蓬萊三島。第一箇保官是老僧。第二箇保官李天王。第三箇保官那吒三太子。第四箇保官灌口二郎。第五箇保官九曜星辰。第六箇保官華光天王。第七箇保官木叉行者。第八箇保官韋馱天尊。第九箇保官火龍太子。第十箇保官迴來大權修利。都保唐僧沿路無事。寫了文書。要諸天畫字。都畫字了。則有華光未至。此時想必來也。〔華光上云〕釋道流中立正神。降魔護法獨爲尊。驅馳火部三千萬。正按南方位丙丁。某乃佛中上善。天下正神。觀音佛相請。須索走一遭。〔唱〕

【正宮端正好】差十大保官來。同九曜星君降。把唐僧於路隄防。天佛牒玉帝勑都交往。西天路收魔障。

【滾繡毬】宣靈王將火部驅。胡總管將火律掌。火鴉鳴振驚天上。火瓢傾卒律律四遠光茫。火丹袖五百。火輪踏一雙。火葫蘆緊縛師曠。使離婁拖定金鎗。神中號作華光藏。佛會稱爲妙吉祥。正受天王。

【倘秀才】玉皇殿金磚是我藏。后土祠瓊花是我賞。炒鬧起天宮這一場。鎗撞番四揭帝磚打倒八金剛。衆神祇索納降。

【滾繡毬】上天宮鬧玉皇。下人間保帝王。保得他國無災庶民無恙。因此上感威靈歲歲燒香。我將那五嶽欺五氣掌五瘟神遣之於霄壤。五音中徵爲偏長。五星中讓我在南天上坐。五方內將咱離位藏。誰不知五顯高强。

（做見科）（觀音云）天王。老僧今日爲頭。會十大保官。保唐僧西游去。恁諸仙聖衆。如何主意。（華光唱）

【呆古朵】觀音佛作保書名字。會諸天一處商量。則爲寶藏在靈山。着這真僧離大唐。山水廣多妖怪。途路遠多魔障。因此上着衆仙離閬苑。諸神往下方。

【笑和尚】二郎神神通廣。五顯聖驅兵將。頓劍搖環顯出那英雄相。一路上保護唐三藏。轟雷掣電從天降。壓伏定魔王。

【伴讀書】我我我使金鎗。法力强。恁恁恁持寶杵威風壯。衆神祇齊保護他無恙。恁恁離了上方。他他往了西方。俺程程保護他消災障。

【尾】諸佛衆神多謙讓。全在吾師做主張。保金經福無量。向花果山中再相訪。

正名

唐三藏登途路
村姑兒逞嚚頑
木叉送火龍馬
華光下寶德關

## 第三本

羲馭流光泰宇清　寶筵初啓百花明
雲中縹緲黃金相　日下瞻依白玉京

## 第九齣　神佛降孫

〔孫行者上云〕一自開天闢地。兩儀便有吾身。會教三界費精神。四方神道怕。五嶽鬼兵嗔。六合乾坤混擾。七冥北斗難分。八方世界有誰尊。九天難捕我。十萬總魔君。小聖弟兄姊妹五人。大姊驪山老母。二妹巫枝祇聖母。大兄齊天大聖。小聖通天大聖。三弟耍耍三郎。喜時攀藤攬葛。怒時攪海翻江。金鼎國女子我爲妻。玉皇殿瓊漿咱得飲。我盜了太上老君煉就金丹。九轉煉得銅筋鐵骨。火眼金睛。鍮石屁眼。擺錫雞巴。我偷得王母仙桃百顆。仙衣一套。與夫人穿着。今日作慶仙衣會也。〔下〕〔李天王上云〕天兵百萬總歸降。金塔高擎鎮北方。四海盡知名與姓。毘沙門下李天王。小聖乃李天王是也。奉玉帝勑令。西池王母失去仙衣一套。銀絲長春帽一頂。仙桃一百顆。不知被何妖怪盜去。着令某追尋跟捕。點起天兵往下方。大小三軍。聽吾號令。濃靉靆陰雲隊裏。黑模糊翠霧叢中。五方將吏執刀鎗。四大神州皆拱服。點八百萬天兵。領數千員神將。往紫雲羅洞裏。直臨花果山中。角木蛟。斗木獬。奎木狼。井木犴。遮斷東方。軫水蚓。箕水豹。參水猿。壁水貐。攔合北塞。室火猪。翼火蛇。觜火猴。尾火虎。截住南方。鬼金羊。牛金牛。亢金龍。婁金狗。隔絕西域。柳土獐。女土蝠。氐土貉。胃土雉。扎塞中央。畢月烏。危月燕。張月鹿。心月狐。上下隄防。昴日鷄。房日兎。高低點照。星日馬。虛日鼠。遠近追奔。叫大小神將。與我馳報與吾兒那吒。下方着意關防。四下用心圍定。看那護國天王。必捉通天大聖。〔下〕〔那吒領卒子上云〕一自乾坤生我。二親教誨多能。三鬔髻上盡滴真珠。四粧帶上金箱瑪瑙。五方神聽咱節制。六合內唯我高強。七寶杵嵌玉粧金。八瓣球攢花刺繡。九重天闕總元戎。十萬魔王都領袖。某乃毘沙天王第三子那吒是也。見做八百億萬統鬼兵都元帥。奉玉帝勑父王命。追捕盜仙衣仙酒妖魔。有神報來。是花果山紫雲羅洞主通天大聖。則就今日往下方走一遭。〔下〕〔金鼎國王女上云〕妾身火輪金鼎國王之女。被通天大聖攝在花果山中紫雲羅洞裏。怕不有受用。爭奈不得見父母之面。好生煩惱人也呵。〔唱〕

【仙呂八聲甘州】雲山縹緲。下隱黃泉。上接青霄。曉來登眺。眼前景物週遭。石洞起雲清露冷。金縷生寒秋氣高。故國路迢遙。恨壓眉梢。

【混江龍】也是我爲人不肖。和這等朝三暮四的便成交。安排着山果。准備着香醪。一派笙歌嘗御酒。抵多少九重春色醉仙桃。山光明媚。柳色妖嬈。鶯歌巧韻。燕舞纖腰。狐變成美麗。虎變作多嬌。着我忍不住一塲好笑。執壺的是木客。把酒的是山魈。

〔孫行者上云〕我天宮內盜得仙衣仙帽仙桃仙酒。夫人快活受用。〔金女唱〕

【油葫蘆】王母仙衣無分着。金燦爛光閃爍。多管是天孫巧織紫霞綃。〔行者云〕銀絲帽子。醜的帶了便可喜。〔金女云〕大聖。你且先戴一戴。你去玉皇宮偷得銀絲帽。抵多少瓊林宴須賜金花誥。〔行者云〕左右的與我照管前後洞門。休放閑神上來。〔金女唱〕他耍性兒乖劣性兒喬。則恐怕筵間引得天兵到。因此上擺布一週遭。

【天下樂】抵多少日夜思量計萬條。每日箇逍遙在山曳腳。受用些些春花夏果梨杏棗。看了他眼中火覷了他臉上毛。抱着箇繡毬兒懶去抛。

〔李天王調卒上做圍洞科〕〔行者做慌科〕〔金女唱〕

【村里迓鼓】則聽得數聲鼙鼓。又不比九重天樂。神兵振恐。滿山谷旌旗籠罩。走龍飛轎。天王來到。諕得衆啣花鹿將頭角藏。獻果猿將身軀聳。嘯風虎將牙爪跑。諕得衆妖精望風盡倒。

【元和令】惡山林天火燒。深潭洞黑雲罩。李天王托着塔皺着眉梢。顯他那挾泰山的惡燥暴。我便是玉天仙聘不得妖嬈。衆妖魔四散逃。

〔行者做走科〕〔天王搜山科〕〔見金女科〕〔天王云〕你是人。是妖魔。〔金女云〕小的每是人。〔天王云〕你是那裏人。〔金女唱〕

【上馬嬌】小的每是金鼎國人被妖怪擾。當日箇秋夜月輪高。酒闌人靜三更到。園內恣遊遨。小逕裏抄風過。處遇着山魈。

【勝葫蘆】俺什麽女貌郎才廝撞着。將父母遠鄉相抛。鴈杳魚沉沒下落。翠蛾淺淡。玉肌消瘦。終日倚樓高。

【幺】空着我望斷雲山恨不消。愁隨着江水夜滔滔。一日錯番為一世錯。今日得聖賢接引。天王相救。恩義比太山高。

告天王着小的每回鄉得見雙親。實感天王之大恩。(天王云)你自回去。不干我事。(金女云)妾身回不去。(天王云)你怎生回不去。(金女唱)

【後庭花】小的每顫巍巍楊柳腰。曲彎彎的蓮瓣脚。怎生向溪流曲律坡前去。吉颼古突山上逃。要性命也難熬。天王你聽咱哀告。妾身有這幾般方可去得。將葛仙翁竹杖來討。費長房縮地來學。乘蛟龍在海上漂。駕鯤鵬雲外高。

【青哥兒】若如此呵　然後那家鄉家鄉得到。到家呵細說根苗。將天王衆多神將來雕。擺列着香案。供養着容貌。每日逐朝。記在心苗。辦着一片虔心把香燒。將恁那恩來報。

(天王云)着風雲雷雨四員神將。送此女子還於本國者。(金女云)謝天王。

【尾】一念霎時生。萬里須臾到。四員將神通不小。抵多少萬里西風鶴背高。離深山直上雲霄。自量度。則聽得鬼哭神號。休猜做三唱陽關出霸橋。(天王云)你離了通天大聖。怎不煩惱。倒歡喜為何。(金女唱)上聖道為甚不蹙青山懊惱顛倒。破朱顏含笑。大古裏拾得這碧桃花下鳳鸞交。(下)

(天王云)走了這胡孫。怎肯干罷。道與那吒好生跟尋者。(下)(孫行者上云)小聖一筋斗。去十萬八千里路程。那裏拿我。我上樹化作箇焦螟蟲。看他鳥鬧。把我媳婦還于本國。我依舊入洞。頂上洞門。任君門外叫。只是不開門。〔那吒上云〕這胡孫走那裏去。眼見得只在洞裏。〔做叫科〕〔行者云〕也是悔氣。這小孩兒也來欺負我。我且出去看他怎的。兀那小廝。莫不是你嬭嬭着你來喚我麼。〔那吒云〕胡孫。恁爺爺等你多時也。〔行者云〕量你却到得那裏。〔那吒云〕你欺負我。我乃八百萬天兵都元帥。我着你見我那三頭六臂的本事。〔做鬬科行者做走科〕〔天王上云〕兀那那吒。那胡孫又走了。你與眉山七聖大搜此山。必要拿此胡孫。滅其形像者。〔觀音上云〕天王見老僧麼、〔天王云〕我佛何來。〔觀音云〕老僧特來抄化這胡孫。與唐僧爲弟子。西天取經去。休要殺他。〔天王云〕這廝神通廣大。如何降伏得他。〔觀音云〕將這孽畜壓在花果山下。待唐僧來着他隨去取經便了。〔衆綁行者上了〕〔觀音云〕將他壓住。老僧畫一字。你那廝且頂住這山者。

〔做壓科〕〔行者云〕佛囉。好重山也呵。我有小曲兒唱着哩。

【得勝令】金鼎國、女嬌姿。放還鄉。到家時。他想我須臾害。我因他廝勾死。他寄得言詞。抵多少草草三行字。我害相思。好重山呵 擔不起沉沉一擔兒。

〔觀音云〕道與山神。看得這廝緊者。〔下〕

## 第十齣　收孫演咒

〔山神上云〕鎧甲唐猊噴日光。龍泉三尺耀清霜。堂堂花果山中將。木客山魈總納降。小聖花果山神。奉觀音法旨看着這通天大聖。我想自盤古至今。輕清者爲天。重濁者便有俺山水之神。俺見了多少與亡也呵。

〔唱〕

【南呂一枝花】包藏造化靈。稟受陰陽氣。採將河漢秀。算盡晦明期。兔走烏飛。看古今興廢。茫茫闢兩儀。有軒轅製造衣裳。有蒼頡流傳書史。

【梁州第七】唐虞禪天垂雍穆。湯武聖民脫災危。周公制作非容易。春秋無道。振起宣尼。獲麟絕筆。輙也聞知。笑六王競角雌雄。嘆呂政任了高斯。困重瞳馬上英風。更有那三分鼎峙。臥龍把炎精扶起。晉移魏。如兒戲。紛紛五代自誅夷。怎勝得俺山水幽微。

聽知唐僧到西天五印度取經。這是第一遭西天去的。

【隔尾】漢明帝佛始來中國。唐太宗僧初入外夷。全仗着觀音大慈力。則爲他將蟠桃會鬧起。今日將花果山鎭伊。〔行者云〕山神救我咱。〔山神云〕我如何救得。你師父今日必到也。專等他來。他便救得你。

〔唐僧引龍馬上云〕龍君我和你行經數月。前面一座大山。一箇金甲將軍在彼。我去問他。將軍此是何處。小僧大唐三藏法師是也。〔山神云〕小聖非凡人。乃花果山之神。是好一箇僧也呵。

【牧羊關】圓頂金花燦。方袍紫焰飛。塑來的羅漢容儀。此一行半爲於民。半爲報國。十萬里程難到。百千樣苦難及。則怕你鬧市裏多辛苦。來俺深山中躲是非。

〔唐僧云〕此山名何山。〔山神云〕花果山。〔唐僧云〕此間有施主可以蓋寺麼。〔山神唱〕

【罵玉郎】俺這裏山高險阻無存濟。雲慘淡雨霏微。毒蛇異獸難迴避。〔唐僧云〕有齋僧的麼。〔山神唱〕俺這裏難爲卓錫居。怎做得香積廚。不是你那祇園地。

【感皇恩】呀遮莫你竹杖龍飛。華表鶴歸。戀榮辱有災危。遠是非無掛念。嘆生死有遲疾。你若要西天取經。先去這東土忘機。參菩薩拜聖賢禮摩尼。

【採茶歌】花果山有山祇。雲羅洞有幽微。則聽得春風桃李杜鵑啼。〔唐僧云〕俺辭了尊神。趁早行。怕晚了。〔山神唱〕師父眼慧休愁紅日晚。心明何怕黑雲迷。

〔行者云〕兀那裏和山神說話的。敢是唐僧師父。我叫一聲師父救弟子咱。〔唐僧云〕善哉善哉。這是誰。〔山神唱〕

【哭皇天】師父聽得叫罷詢詳細。弟子見言絕說箇就裏。師父。你不知。這座山是花果山。山下有一洞。是紫雲羅洞。洞中有一魔君號曰通天大聖。惱得三界聖賢不得安寧。李天王那吒太子眉山大聖收得。待殺壞他來觀音佛抄化他壓在山下。等師父來着與師父護法。他凡心不退不可用他。〔唐僧云〕小僧弘誓如深海。如何不救他。〔山神唱〕你道你弘誓如海深。那胡孫氣力與天齊。這廝瞞神謊鬼銅筋鐵骨火眼金睛。偷玉皇仙酒。盜老子金丹他去那衆魔君中占第一。他是驪山老母兄弟巫支祇是姊妹。

【烏夜啼】一筋斗千里勢如飛。論神通誰敢和他做勍敵。隨師父西赴靈山會。沿路驅馳。可以支持。

〔唐僧云〕小僧全仗佛世尊釋伽之威力。〔山神唱〕

【幺】休言道仗你釋迦威。則尋思念彼觀音力。他有渾世的慾。迷天罪。取經回後。正果圓寂。

〔唐僧云〕小僧救他。〔做上山科〕〔行者云〕愛弟子麼。〔唐僧云〕愛者乃仁之根本。如何不愛物命。〔行者云〕愛我是沉香亭上的纖腰。〔唐僧云〕我如何救你。〔行者云〕師父則揭了這花字。弟子自出來。〔唐僧做揭字科〕〔行者做筋斗下來拜謝科〕〔背云〕好箇胖和尚。到前面吃得我一頓飽。依舊回花果山。那裏來尋我。〔觀音上云〕玄奘。見老僧麼。我特地尋這箇徒弟。與你沿途護法去。〔看行者科〕通天大聖。你本是毀形滅性的。老僧救了你。今次休起凡心。我與你一箇法名。是孫悟空。與你箇鐵戒箍。皂直裰。戒刀。鐵戒箍戒你凡性。皂直裰遮你獸身。戒刀豁你之恩愛。好生跟師父去。便喚作孫行者。疾便取經。着你也求正果。玄奘。你近前來。這畜生凡心不退。但欲傷你。你念緊箍兒咒。他頭上便緊。若不告饒。須臾之間。便刺死這廝。你記者。〔做耳邊教咒科〕〔唐僧拜謝科云〕謝我佛慈悲。〔山神唱〕

【紅芍藥】觀音救苦大慈悲。賜與你戒箍僧衣。花果山巉壓損你脊梁皮。得師父放你相隨。休更出你那鎖空房賸見識。振着矢不得伶俐。琉璃腦蓋戒箍圍。比着你那小帽敢牢實。

〔唐僧云〕我且演一演這咒者。〔行者做跌倒科云〕師父饒恁徒弟咱。〔做救起科〕〔行者云〕我撞下來。丟去咱。〔做撞不下科〕〔山神唱〕

【菩薩梁州】恰便似釘釘入頭皮。膠粘在鬍髭。你那凡心若再起。敢着你魄散魂飛。為足下常有殺人機。因此上與師父留下這防身計。劣心腸再不可生姦意。如夢幻出塵世。至誠心謹護持。早去疾回。

小聖對師父說。前面有一河。名曰流沙河。河內有怪。能傷人。行者你小心護持師父者。師父。好生加持者。

【尾】着胡孫將心猿緊緊牢拴繫。龍君跟着師父。呵把意馬頻頻急控馳。一個走如風疾。一個脚似雲飛。到西天取經回來。到大唐方是你。〔下〕

〔行者云〕山神所言。流沙河妖怪能傷人。龍君你和師父慢來。我先去流沙河尋那妖怪去。說道他要吃人。我着他先吃我一吃。弟子先去也。你隨後便來者。〔下〕〔唐僧云〕龍君我和你也去來。〔下〕

## 第十一齣　行者除妖

〔和尚掛骷髏上云〕恆河沙上不通船。獨霸篙師八萬年。血人為飲肝人食。不怕神明不怕天。小聖生為水怪。長作河神。不奉玉皇詔旨。不依釋老禪規。怒則風生。愁則雨到。喜則駕霧騰雲。閑則搬沙弄水。人骨若高山。人血如河水。人命若流沙。人魂若餓鬼。有一僧人。發願要去西天取經。你怎麼能勾過得我這沙河去。那廝九世為僧。被我吃他九遭。九箇骷髏尚在我的脖項上。我的願心只求得道的人。我吃一百箇。諸神不能及。恰吃得九箇。少我的多哩。看甚人來者。〔行者上云〕渡船。渡船。〔沙和尚云〕又是箇合死的來者。〔行者云〕你姓甚麼。〔沙和尚云〕我姓沙。〔行者云〕我認得你。你是回回人河裏沙。〔沙和尚云〕你怎麼知道。〔行者云〕你嘴臉有些相似。〔沙拿行者咬科〕〔行者云〕諸人怕你吃。恁爺不怕你吃。銅筋鐵骨。火眼金睛。鍮石屁眼。擺錫臟頭。你有銅牙鐵齒。你便來尋我。〔行者做拿沙和尚科〕〔行者云〕我不是別人。大唐國師三藏弟子。你放心。隨我師父西天取經回來。都得正果朝元。却不好來。若不從呵。我耳朵裏取出生金棍來。打的你稀爛。〔沙和尚云〕也罷。降了罷。〔唐僧上〕〔行者云〕師父。弟子降了這洞魔君。〔唐僧云〕善哉善哉。你元是何等妖怪。〔沙和尚云〕小聖非是妖怪。乃玉皇殿前捲簾大將軍。帶酒思凡。罰在此河。推沙受罪。今日見師父。度脫弟子咱。〔行者云〕喒今夜師弟四人。憑甚妖怪不怕。咱早行。〔下〕〔銀額將軍上云〕銀額金睛錦毛遮。黑霧黃雲罩澗斜。爲我英雄多勇猛。太山深洞號三絕。某乃銀額將軍。這座山號曰黃風山。山高洞深。路嶮。號曰三絕。山前山後。山左山右。無一人敢近我者。此山東里。有箇人家劉太公。莊上有一女子劉大姐。生得十分好顏色。被我攝在洞中。到大快活。且安排下酒。與娘子飲數杯。〔下〕〔劉太公上云〕老漢姓劉。夫妻兩口。止生得箇女孩兒。婆婆下世。女孩兒不曾有親事。不想被三絕洞裏妖魔攝將去了。老漢偌大年紀。靠的是誰也呵。〔唱〕

【大石調六國朝】白頭蹀躞。似紅日西斜。煩惱甚時休。離愁何日徹。擡舉偌來大。出退得全別。俺孩兒現世的觀音樣。羞花也閉月。曉日夭桃霧鎖。東風弱柳雲遮。着我何處苦哀求。誰行閑訴說。

【喜秋風】珠淚垂。柔腸結。兩眉攢寸心裂。好兒女似花開謝。早相離半月。

〔唐僧一行人上云〕一箇好莊院兒。喒在這裏歇一宵。明日早行。〔見劉老哭科云〕這裏歇不得。〔行者云〕兀那老漢子。俺師是大唐三藏法師。借歇一夜。明日早行。〔劉哭云〕俺這裏歇不得。〔行者云〕定害得你多少哭天哭地。〔劉云〕行者哥哥。你不知道。老漢的苦。我那裏訴來。一箇女孩兒。被妖魔攝將去。兀的不痛殺我也呵。

【歸塞北】聽老漢說。行者你大喞嗻。有女一枚年十八。有妖一洞號三絕。將我孩兒攝將去了。撇下年老志誠的爺。

〔行者云〕是甚妖怪。直如此利害。〔劉云〕行者哥哥。你不知道。那妖怪自說來。

【六國朝】那妖魔神通廣。變化多別。將滄海一時番。把泰山平半攧。喚霧呼風。雨天地間難絕。師父發慈念。咒三箇高徒俊傑。〔行者云〕他如今在那裏安身。

〔劉唱〕白草坡岩前出沒。黑風山洞裏藏遮。惱三界百十番。歷塵寰三四劫。

〔行者云〕你女生得好麼。〔劉唱〕

〔雁過南樓〕老漢鰥寡孤獨運拙。俺孩兒風流美麗奇絕。他生得楊柳腰。桃花臉。是一塊生香玉。卞和也歡悅。〔行者云〕你引我去尋來。〔劉唱〕老漢腿脚酸腰肢屈。恰便似投天明的曉燈明滅。

〔行者云〕師父只在莊上歇息。老兒你管待着俺師父。俺弟兄三箇。拿那妖怪奪的孩兒還你。何如。〔劉唱〕

〔擂鼓休〕哥哥三位用心的別。老夫宰一箇耕牛兒親自接。師父跟前都休說。苦告你個孫行者。〔行者云〕你女孩兒喚做甚麼。我去尋他。〔劉唱〕你記着俺孩兒喚做劉大姐。

〔唐僧云〕行者。我在此等候。你疾去早來者。〔並下〕〔銀額將軍同劉女上云〕大姐。自我取你在洞。好生快活。今日如何耳熱眼跳。不知爲何。〔行者引一行人上做圍住科〕〔鬭科〕〔殺科〕〔行者云〕兀那婦人。你爺着我來取你來也。你同我回家裏去。〔下〕〔唐僧劉太公上〕〔劉云〕師父。怎麼不見回來。

〔歸塞北〕去久也。勝負未分些。則見靉靉濃雲連屋角。霏霏細雨灑溪斜。人語馬嘶得別。

〔行者一行人引劉女上做見科〕〔行者云〕老的。這便是你的孩兒。〔女抱劉做哭科〕〔劉唱〕

〔好觀音〕一去迢迢經半月。要相見水遠山疊。今日相逢莫怨嗟。是吾師的功業。恰渾似枯樹生花葉。

謝三位師父之恩。將何以報。師父今日早行。沿路上小心在意。待師父回來。再得相見。

〔觀音煞〕感謝吾師收了妖孽。着老漢死有墳穴。你若西行仔細者。無限的艱難未斷絕。我這裏專望回來重酬謝。〔下〕

〔唐僧云〕我們趁早行一程。〔下〕

## 第十二齣　鬼母皈依

〔唐僧一行人上云〕行者。我每與你行了幾日。身子困倦。早些尋箇宿頭。安排些齋吃。却行。〔紅孩兒上哭科〕〔唐僧云〕善哉善哉。深山中誰家箇小孩兒。迷蹤失路。少刻晚來。豺狼毒蟲。不壞了這孩兒性命。出家人見死不救。當破戒行。行者與我馱着。前面有人家。教根問。送還他家。請賞也是好事。〔行者云〕師父。山林中妖怪極多。不要多管。〔唐僧云〕你這箇胡孫。又不聽我說。定要你背他。〔行者云〕師父先行。〔做背不起科〕〔云〕我曾壓在花果山。聳身一跳。尚出來了。棒槌大的小的。背他不起。這必是妖怪。教你嘗我一戒刀。就砍下澗裏去。〔做丟下澗科沙和尚慌上云〕師兄禍事。吃那小孩兒拏將師父去了。知他是何妖怪。〔行者云〕火龍。俺三人見觀音佛去來。〔下〕〔觀音上云〕老僧目中見唐僧有難。孫悟空來也。這一洞妖魔是何怪物。老僧正不見本來面目。待孫悟空來同往問世尊佛去。〔下〕〔佛引文殊普賢上云〕毘盧伽有難。觀音引孫悟空來。已差四揭帝去拿那畜生了。〔觀音引行者上見佛科云〕我佛。唐僧不知是甚妖怪拿去。〔佛云〕不知此非妖怪。這婦人我收在座下。作諸天的。緣法未到。謂之鬼子母。他的小孩兒。喚做愛奴兒。我已差揭帝去拿他。在箇幽岩大澤之中。卽日便到。恐揭帝降不下他。將老僧鉢盂去蓋將來。〔四揭帝扛鉢盂上佛云〕孫悟空。你回原處去。你師父已出在那裏了也。〔行者云〕謝佛天可憐弟子。尋師父去也。〔下〕〔佛云〕將這小廝。蓋在法座下。七日。化爲黃水。鬼子母必救他。因而收之。〔鬼子母上云〕頗耐瞿曇老子無禮。將我孩兒蓋在法座下。更待干罷。鬼兵那裏。隨我去揭鉢盂去來。〔唱〕

【越調鬬鵪鶉】駕一片妖雲。引半垓厲鬼。則爲子母情腸。惡了那神佛面皮。則着你鉢盂中抄化檀那。誰教你法座下傷人家小的。我和你是誰非。拏住呵恰便似二鬼爭環。休想有九龍噴水。

【紫花兒序】出家兒却不慈悲爲本。方便爲門。使不着仁者無敵。黃顏老子。禿髮沙彌。直恁蹺蹊。你是孔夫子遭逢着柳盜蹠。我今日做着不避。你認得鬼子母娘娘。休猜做善知識姨姨。

【小桃紅】鼕鼕地小鬼擂征鼙。不怕你會使拖刀計。待俺將不強不弱的鐵胎弓。一撚千轉的狠牙箭去射這廝。饒他有千般變幻身軀。怎當我百步穿楊手段。（做射科）（佛做蓮花遮科）（鬼母唱）蹬弩開弓那威勢。一箭箭往前射。則見他金蓮朵朵遮胸臆。早難道射不主皮。他元來溫而不厲。嶮惱殺這箇搽胭粉的養由基。

你放我孩兒來。便饒了恁滿寺裏和尚。（佛云）賤人。你若皈依佛道。我便饒了你孩兒。（鬼母唱）

【調笑令】覷了我這豔質。一捻兒瘦腰圍。可甚閫外將軍八面威。文殊普賢擎拳立。諸菩薩見賢思齊。將我那愛奴兒蓋在法座底。恁却甚好生心廣大慈悲。

（喚鬼兵去做揭鉢盂科）

【鬼三台】千里眼離婁疾。順風耳師曠休遲。鳩盤叉大力一切鬼。施勇猛展雄威勍敵。

【禿廝兒】將鐵鎗持。寶劍攜。（鬼兵做砍科）掘不開砍不破甚東西。裏面人。外面鬼。影光芒一塊碧琉璃。峭硬似太湖石。

【麻郎兒】驚得阿難皺眉。諕得伽葉傷悲。四天王擎拳頂禮。八菩薩用心支持。

【么】我的。手裏。掿底。霜鋒劍巨闕神威。二十位諸天聽啟。但迎着腦門着地。

（佛云）那吒那裏。拏住這賤人者。（那吒上云）那賤人見我麼。（鬼母云）誰家一個黃口孺子。焉敢罵我。

【絡絲娘】小哥哥休誇強嘴。則恁這老娘娘當間立地。怕不怕須當鬬神力手指定五方真氣。

（做鬬科）

【拙魯速】他將八瓣。繡毬提。我將兩刀。太阿攜。千軍對壘。萬人受敵。垓垓壤壤。各用心機。不弱似九里山困項籍。雲濛濛蔽四夷。雨昏昏罩太極。也罷。我只將這鉢盂拏起。放我孩兒去罷。〔做拏不動科〕鉢于盂輕細。不能擡起。却似太山般難動移。

〔做鬪科〕〔做渾戰拏住科〕〔做放唐僧上科〕〔唐僧做謝佛科〕〔唐僧云〕兀那妖魔。你若肯皈依我佛天三寶。小僧拜告祖師。收爲座下。着你子母團圓。不從呵。發你在酆都地府。永不輪迴。〔鬼母云〕皈依者

【尾】告世尊肯發慈悲力。我着唐三藏西游便回。那唐僧火孩兒妖怪放生了。他到前面須得二聖郎救了你。

正名：

李天王捉妖怪

孫行者會師徒

沙和尚拜三藏

鬼子母救愛奴

## 第四本

玉宇澄空捲絳綃　紫雲聲裏奏咸韶

認將北斗迴金柄　魔利天中走一遭

### 第十三齣　妖猪幻惑

〔猪八戒上云〕自離天門到下方。隻身惟恨少糟糠。神通若使些兒箇。三界神祇惱得忙。某乃摩利支天部下御車將軍。生於亥地。長自乾宮。搭琅地盜了金鈴。支楞地頓開金鏁。潛藏在黑風洞裏。隱顯在白霧坡前。生得喙長項闊。蹄硬鬣剛。得天地之精華。秉山川之秀麗。在此積年矣。自號黑風大王。左右前後。無敢爭者。近日山西南五十里裴家莊。有一女子。許配北山朱太公之子爲妻。其子家貧。裴公欲悔親事。此女夜夜焚香禱告。願與朱郎相見。那小廝膽小不敢去。我今夜化做朱郎。去赴期約。就取在洞中爲妻子。豈不美乎。只

爲巫山有雲雨。故將幽夢惱襄王。〔下〕〔裴女引梅香上云〕妾身裴太公之女。小字海棠。自幼許配朱太公之子爲妻。他家貧了。俺家父親。待悔了親事。因此俺兩情未巳。梅香。你與我將這一封書去。對那生言道。我爲他夜夜燒香花園裏。等着他來廝見。說一句話咱。〔梅香云〕怕太公知道。連累我。〔裴女云〕不妨事。〔梅香下〕〔裴女唱〕

【仙呂賞花時】一紙書緘萬種愁。數日憂成兩鬢秋。疾忙去莫遲留。休誤了鸞交鳳友。且跳過短牆頭。

【么】揀着這竹徑花溪陰處走。則着他柳影松斜深處有。休煩惱莫慚羞。黄昏時候。休着我和月倚南樓。〔下〕

〔梅香上云〕小姐着我寄書與朱郎。朱郎今夜來赴期也。我已回過小姐了。安排下香桌兒。月兒上時。請小姐燒夜香。〔裴女上云〕朱生回話來。今夜必來也。燒夜香待和他說一句話。深秋天氣。好一輪月色也呵。

【仙呂點絳唇】露滴疎杉。霧迷衰柳。星光淡。秋色將三。皓月如懸鑑。

【么】薄倖不來。獨倚雕花檻。閑瞻覽。烏鵲投南。驚破偷香膽。

【混江龍】竹梢輕撼。蕭蕭風力透羅衫。多愁少喜。有苦無甘。蛩帶秋聲鳴屋角。鴈拖雲影過江南。行樂處停時暫。怕的是梅香撒試。虧殺俺嬷姆包含。

【油葫蘆】則俺這成就夫妻兩下裏躭閣了。俺女共男。每夜家燒香告斗拜瞿曇。北辰君爭忍相坑陷。西方佛不見靈威感。覷着俺四堵牆恰似跳萬丈潭。則俺那俊多才。怕不道思量俺。爭奈他身命兒太跛藍。

【天下樂】幾時能勾駟馬安車左右驂。戴着朝簪。穿着錦繡衫。那時間不因親的也來前後攙。爺不將閑話兒提。娘不將冷語兒攢。准備畫堂春宴酣。

梅香。將香桌兒。近太湖石畔放着。〔做放科〕

【穿窗月】行來到太湖石壘就的山巖。菊花風劈面攙。丹楓葉老塗朱黯。遮着楊柳。映着香楠。一輪月色雲籠罩的暗。

〔猪八戒上云〕今日赴佳期去。對着月色。照着水影。是一表好人物。那姐姐也有眼色。〔裴女唱〕

【寄生草】見一人光紗帽。黑布衫。鷹頭雀腦將身探。狠心狗行潛蹤闞。鵝行鴨步懷愚濫。〔猪云〕小姐拜揖。〔裴女唱〕我見你須臾下禮有蹺蹊。我這裏囫圇吞箇棗不知酸淡。

足下是誰。〔猪云〕小生朱太公之子。往常時白白淨淨一箇人。爲煩惱娘子呵。黑乾消瘦了。想當日漢司馬。唐崔護。都會害這般的症候。通鑑書史都收。〔裴女唱〕

【金盞兒】吃得醉薰酣。語喃喃。秀才呵不要你前唐後漢言通鑑。俺家尊方睡夢初酣。你不將經卷覽。惟把色情貪。全不想王陽曾結綬貢禹不勝簪。

〔猪云〕小姐。就在四望亭。我着家人般將酒果來。和小姐敍見許之情。〔做般酒果上科〕〔猪云〕小姐。花轎都將在此。我和娘子去咱。〔裴女唱〕

【三犯後庭花】將擡着花轎籃。粧裏着酒食擔。就小亭開宴。破橙柑。玉山摧不用攙。相期相約兩相耽。是和非一任談。儘傍人將冷句攙。對上了菱花菱花鸞鑑。非是我故貪淫濫。夫婦之情仔細參。見你富時節承覽。貧時節虛賺。不得和咸。君居地北我天南。我怎肯將郎君陷。

〔猪云〕梅香爹娘問時。便說我和小娘子去來。〔裴女唱〕

【賺煞尾】填滿起悶懷坑。擔幹起相思擔。我按不住風流俏膽。連理枝頭誰下砍。對菱花接上瑤簪。過得南山。則少箇包髻團衫。俺爹便知道呵。也不妨。元

定下的夫妻怎斷。喒茶濃酒酣。趁着風輕雲淡。省得着我倚門終日盼停驂。〔下〕

〔唐僧一行人上云〕善哉。善哉。自從離了紅孩兒之難。行經月餘。前面又是一座高山。侵雲接漢。不知是甚麼山。〔行者云〕師父。這是火輪金鼎國界。正是徒弟丈人家裏。此間妖怪極多。師父並不要閑管。兀那山下一座大林。林下黑沉沉一所莊院。我們到那裏歇去。〔下〕

第十四齣　海棠傳耗

〔裴女上云〕自從那日着簡書去約朱生。誰想被這妖魔化作朱生模樣。將我攝在這裏。千山萬壑。不知是那裏。這廝五更出去。直至夜方回。每日有隣家女子相陪。想必也是妖精。我也怕不得偌多。但不知幾時見俺父母丈夫。又不知俺父母丈夫。這其間若何也呵。〔唱〕

【中呂粉蝶兒】良夜沉沉。亂山深又無鐘禁。我又不曾聽司馬瑤琴。莽相如。腌才料。配得來忒甚。映着這樹影山陰。冷清清似一池水浸。

【正宮六幺遍】不戀任。怎身穿着細綾錦。好佳配甚不思尋。更何須白壁間黃金。才郎又喒女貌寢。我如今憂愁自舉誰替任。怎俊兒夫似海內尋針。姻緣事在天數臨。無緣分怎的消任。直耽閣到如今。

安排下酒果。不見朱郎回來。〔猪上云〕自從攝將這女子來。他兩家打官司。打不打不干我事。每夜快活受用。今日回得晚了。怕小娘子怪。姐姐。小人回了也。〔裴女云〕今日夜深也。着我等你多時也呵。

【中呂上小樓】你可也和誰宴飲。着我獨懷跌窨。醉眼橫秋。笑臉生春。酒滲衣襟。滿捧香醪。輕焚寶篆。閑空鴛枕。我叫你箇吃敲才恁般福廕。

〔猪云〕小妮子們爲甚不服事娘子。〔裴女云〕他們也等你多時也。

【幺】他每點下絳蠟。鋪着繡衾。等到咱來。斟將酒至。盼得君臨。〔猪云〕此間小洞中索是定害娘子。〔裴女云〕我不曾志意縫聯。殷懃粧洗。存心織紉。〔猪云〕人對我說。

他們不服事你。待我責罰這廝們。〔裴女唱〕你可也休聽人任恁般謊譜。
〔猪云〕將酒來。我和姐姐飲數杯。你丈夫姓朱。我也姓朱。你是好花一朵。伴我槁木兩株。〔笑科〕你思量父母麼。〔裴女云〕爺娘如何不想。

【喬捉蛇】展眼略爲歡。開懷且自飲。一家一計自相尋。〔猪云〕我如今置着衣服首飾。辦着禮物。着你家去走一遭。〔裴女唱〕纏頭錦。買笑金。全不要。任恁。但能勾見爺娘一面也。叨你福蔭。
〔行者上云〕師父。在這莊上歇了。我心中悶倦。這座山不知有多少高。待我去量一量。〔上山科〕好高山。好明月。我且阿一堆尿。兀那黑漢子。在山半腰裏。伴着箇人。又是妖物。我且聽他說甚麽。〔猪云〕姐姐。你唱一箇。我吃酒。〔行者云〕這廝到受用。似我。〔裴女云〕尊神。着我唱甚麽。〔猪云〕唱箇念奴嬌。〔行者云〕念奴嬌。我着你吃我一箇大石頭。〔做打猪跌下科〕〔裴女唱〕

【十二月】這聲響似春雷降臨。火炮相侵。驚得冰肌凜凜。冷汗浸浸。不見了宋玉多才的翰林。撇下這巫娥美貌難禁。

【堯民歌】露華涼羅襪濕浸浸。諕得我霞臉赤渾身上下顫兢兢。〔行者做下山科云〕小娘子。見我麽。〔裴女唱〕走了那黑容儀。換上這臉黃金。抵多少死却鍾期遇知音。難盡。任恁風流兩箇心。不似俺鰥寡孤獨甚。
〔行者云〕小娘子。你那丈夫好醜臉。〔裴女背云〕則你也不可覷者。〔行者云〕你也是妖怪。〔裴女云〕妾身是黑風山西裴太公的女孩兒。小字海棠。許配與山南邨朱太公家爲兒婦。爲俺公婆家貧。俺父親欲待悔親。妾身每夜燒香告天。願朱郎早得相見。不想被這妖魔化作朱生模樣。將妾攝在此洞。不得見父母顏面。告尊神可憐。〔行者云〕我非神。我乃是大唐三藏國師上足徒弟。孫悟空是也。這廝是甚妖魔。〔裴女云〕他常自稱魔利支天御車將軍。又號黑風大王。諸佛不怕。只怕二郎細犬。〔行者云〕我今日經恁家過。我與你寄一箇信。何如。〔裴女云〕如此。是師兄慈悲。咱小的每待寫書。紙筆又沒。師兄則恁的寄口信。又恐無憑。小的有手帕。是俺父親與我的。他若見這手帕呵。便信是實。〔行者云〕將來揣在懷裏。〔裴女云〕記心咱。

【般涉調耍孩兒】把衷情一一都說與恁。全在仗義師兄用心。家音是必莫埋沉。〔行者云〕你家在那裏。〔裴女唱〕在黑風山西北跟尋。俺門前兩行槐楊影。院後一叢桑柘陰。〔行者云〕你父親如何。〔裴女唱〕俺家尊四海性無拘禁。有待傳書之酒。有贈路費之金。

如今不見了妾身。梅香說道。是朱生和妾身走了也。兩親家正鬧哩。

【煞】不知俺家告着他。他家告着俺。哥哥回去除了鐵窨。〔行者云〕你父母好善麼。〔裴女唱〕俺爺平生好善常存性。俺娘從小看經不出音。擡舉得我如花錦。今日猪生狗活。免擾狐侵。

師父是必志誠者。〔行者云〕放心。明日便着你家知道你消息。〔裴女唱〕

【尾聲】志誠呵泰山也勻做了田。鐵鎗也磨做了針。俺夫妻不會咱圖他箇甚。久以後子母團圞盡在恁。

第十五齣　導女還裴

〔裴太公上云〕白髮雙雙絶子孫。只圖有女嫁比隣。可憐已作桑間婦。落日深山哭倚門。老漢裴太公是也。俺兩口兒。止生一箇女孩兒。年方一十八歲。小名喚做海棠。自小許配朱太公的孩兒。爲他家貧乏了。我兩口不肯與他。梅香報道。他孩兒拐了俺女孩兒去了。趕他們去。那小廝又在他家。看他家動靜。又不見那廝。是拐了俺孩兒的模樣。我說道。女孩兒吃你家孩兒拐了。朱家那老子和婆子鬧起來道。俺家嫁了他兒媳婦也。衆親眷勸散了。着去尋覓。他這幾日必然要告官。今日敢待來也。〔朱太公引小兒上云〕萬貫家財一旦休。有兒儘可慰窮愁。誰知世態炎涼甚。夙世姻緣變作仇。老漢朱太公是也。我已先有錢來。天火燒了家緣家計。如今窮了。這裏大戶裴太公家。一箇女孩兒。年一十八歲。生得十分有顏色。自小裏割衫襟爲定。家裏做媳婦。這老子見俺家貧。便來買休。悔這一樁親事。我兩口兒不肯。他前日走來道。俺孩兒拐了他女兒。

那老子必定將我媳婦兒。嫁與別人了。怎肯干罷。他這幾日跟尋不着。今日好共歹。我和他見官去者。〔做見科〕你還我兒媳婦來。〔裴云〕你還我女孩兒來。〔做揪科〕我和你告官去咱。〔做行科〕〔唐僧一行人上云〕今日來至黑風山。見一簇人鬧。爲甚麼來。〔朱太公云〕師父。老漢姓朱。止生這箇孩兒。自小與裴太公女兒。割衫襟爲定。誰知運蹇。天火燒了家緣家計。窮了。這老子便生悔心。我兩口兒堅執不肯。他前日走將來道我孩兒拐了他女兒。那老兒必定將我兒媳婦。嫁與別人了。我今日和他去見官哩。〔唐僧云〕善哉。善哉。有如此事。〔行者云〕兀那老兒。你姓裴。〔裴云〕我姓裴。〔行者云〕你休鬧。你休鬧。要你的女兒。當來問我。你的女兒。不長不短。生得大有顏色。小名喚作海棠。是麼。〔唐僧云〕你這胡孫。又惹事了。你怎麼知道。〔行者云〕休問我知道不知道。有一箇小曲兒。喚做朝天子。

【中呂朝天子】老裴聽。啓我一一言詳細。朱家兒子。是他的女壻。未能勾成佳配。一箇爲有家財。一箇因無家計。被妖魔攝在洞裏。〔裴太公云〕哥哥。你怎得知道。你問我怎知。就裏且莫要左右打駿。則這一箇手帕兒是何人的。

〔裴老做哭科云〕正是俺孩兒的。哥哥。你那裏見他來。〔唐僧云〕行者。你如何得知來。〔行者云〕聽弟子細說一遍。老裴。俺師父是大唐三藏國師。欲往西天取經。夜來至一莊院借宿。師父睡了。我睡不着。山上去閑看。則見半山腰。有一人光紗帽子。黑面皮。抱着箇女子飲酒。着那女子唱念奴嬌。我看了。班起一塊大石。謿打下去。一聲響亮。不見了那廝。則見一箇女子。言稱我是裴太公的女兒。小字海棠。許朱太公家爲兒婦。我爺娘不肯。我每夜燒香禱告。忽見朱郎來。言道我家貧。特來取你來。却被此妖魔化作朱生模樣。將我攝在此間。你與我寄箇家信去者。我道將甚麼爲信。他便與了我這箇手帕。從頭一一都道。恁孩兒便知着落。他吃妖魔殘破城池。你兩箇是家刷鬧。〔裴老云〕請師父到俺家裏商議。〔做到家科〕哥哥。不知是甚麼妖魔。〔行者云〕山神土地安在。〔土地上云〕師父稽首。〔唐僧云〕土地。兀那裴太公的女兒。是何妖怪攝去。〔土地云〕小聖亦然不知。當年八月十五夜。則見在黑松林內。現出本像。蹄高八尺。身長一丈。仔細看來。是箇大猪模樣。〔行者云〕想是箇猪精。我去料持他。〔土地云〕行者。索用機謀。休要膽大心粗。耐何得親自下手。

耐何不得呵。索尋後巷王屠。〔唐僧云〕行者。你須要小心在意者。〔下〕〔裴女上云〕昨夜吃了那一驚。今日身子不快活。那行者說與我寄書知他何如。朱郎出去。從早至今未回。幾箇女伴相陪。安排下果桌等朱郎來。好一派山景也呵。〔唱〕

【正宮端正好】雨初收。雲纔散。山風惡羅袂生寒。澄澄月色如銀爛。倚闌凝眸看。

【蠻姑兒】看間。興闌。颼颼風色。颯颯秋聲。一陣愁煩痛心肝。想家何在。見應難。望雲樹沉沉在眼。

【滾繡毬】這些時懶將玉粒餐。偷將珠淚彈。端的是不茶不飯。思昏昏恰便似一枕槐安。身邊有數的人。眼前無數的山。聽了些水流深澗。野猿聲啼破高寒。碧梧露冷冰肌瘦。紅葉秋深血淚乾。改盡朱顏。

【叨叨令】有時俯視溪流看。更崄似單騎贏馬連雲棧。一聲鶴唳青松澗。更慘似琵琶聲裏君恩斷。兀的不悶殺人也麼哥。兀的不悶殺人也麼哥。幾時能勾一盃未盡笙歌散。

〔行者上云〕閑話之間早來到洞裏了也。兀那娘子在那裏。我已報信你家太公了。你與我去來。〔裴女云〕多謝神聖。〔做行下山科〕〔裴女唱〕

【伴書生】往常時綠窗下拈針也懶。繡幃裏那身也慢。今日箇一朵行雲滿空裏散。比乘風的列子皆虛幻。攜雲帶雨誰曾慣。問何處是巫山。

【笑和尚】雲昏昏迷望眼。霧隱隱遮蒼漢。氣吁吁地流香汗。似似似雞鳴度函谷關。如如如馬跳過吳艮灘。別無甚與你餞行。別無討鎖你雕鞍。來來來我親自禮拜你三千萬。

〔行者云〕拜多少得飽。〔下〕〔唐僧裴朱一行人上云〕孫悟空久不見來。此時想必到也。〔行者引裴女上

云 小娘子。來到𠈎家裏了。〔做見哭科〕〔裴女唱〕

【倘秀才】山洞裏消磨了粉顏。草堂上流乾了淚眼。謝師父與我鞭梢一指間。好着我鬆寶釧。淡眉山。裙腰兒旋剗。

〔唐僧云〕親家都來相見者。〔行者云〕兀那女子。不知攝你者是何妖怪。〔裴女云〕妾也不知。但醉後則說。他怕二郎細犬。〔行者云〕我問土地。他說是猪精。龍君沙和尚同師父在莊上住我去拏那妖怪。但不知他法力如何。我降得便自降。他降不得。直至普陀告觀世音。差二郎來收他。絕了你兩家後患。〔裴朱二老云〕重生父母。再長爹娘。〔唐僧云〕吾弟用心慈悲。大展方成道。嗜欲休貪是出家。小心在意。疾去早回。〔行者下〕〔唐僧云〕你兩箇老的。擇箇好日子。着兒女合配了者。〔裴朱云〕謹依法旨。〔裴女唱〕

【滾繡毬】我今日得救還。草舍間。免了些短吁長嘆。使爺娘兒女心安。託賴着師父的恩。行者偎。救得我百餘無難。急回來春事闌珊。殘花落盡胭脂色。綠葉陰成翡翠班。枉在塵寰。

【尾】早則不喬林鶯去歌聲慢。寶鑑鸞孤舞影單。子父團圓喜無限。夫妻逑合各爲難。感謝吾師端的是世間罕。〔下〕

〔裴老云〕且留師父歇一宵。明日早行。〔下〕〔猪上云〕叵耐裴老無禮。將我渾家取歸家去了。他分付着我來他家做女壻。我尋思來也好。強如洞裏茶飯不便當。只就今日我到他家去走一遭。〔下〕〔裴老上云〕昨日孫悟空去拿猪精。尚未回來。我且在此等候者。〔行者上云〕我去拏那箇猪誰想他不在洞裏。今日且在裴公莊上等他。定箇計策。他敢自來也。〔做見說科〕〔行者云〕將你女孩兒別處安頓了。我卻穿了他的衣裳。在他房裏坐。那魔軍來時。你着他入房來。我料持他。〔做入房科〕〔裴老云〕遠遠望見一箇黑漢子。敢是那猪來也。〔猪上做見科〕〔裴云〕你是誰。〔猪云〕我是你女壻。怎不認得我。〔裴云〕少吃你會親茶飯。故不認得你。〔猪云〕丈人。我的娘子臥房在那裏。〔裴云〕這是小姐臥房。你請入去。〔裴下〕〔猪做入見酒果燈燭科云〕姐姐。你等我同來家。便先來了。〔做摸科〕呀。好粗腿也。〔行者云〕我唱一箇與你聽。

【雙調雁兒落】你想像賦高唐。我雲雨夢襄王。喒正是細棍逢麤棍。長鎗對短鎗。

【么】你休任恁輕狂。我和你一合相。喒是箇引不動嬌娘。却便是孫猪范霸王。

（做打猪走科）（孫趕科）（火龍慌上云）報報。師父吃那魔軍攝去了也。（行者云）不知這妖魔何等樣物。小娘子說道。他則怕二郎細犬俺同見觀音佛着二郎來救俺師父去來（下）

第十六齣　細犬禽猪

（灌口二郎同行者上云）不周山破戮天吳。曾把共工試太阿。誰數有窮能射日。某高擔五嶽逐金烏。小聖灌口二郎神是也。奉觀世音法旨救唐僧走一遭。（唱）

【越調鬭鵪鶉】看了此日月盈虧。山河變遷。灌口把威施。天涯將姓顯。郭壓直把皂鷹擎。金頭奴將細狗牽。背着弓弩。挾着彈丸。濯錦江頭。連雲棧邊。

【紫花兒序】伏得此山神恐懼。木客潛藏。木獸拳攣。悶來時擔山趕日。閑來時接草量天。安然。寒暑相催不記年。物隨時變。脆似松枝。海變做桑田。

【金蕉葉】正待要搊箏擘阮。忽受取觀音差遣。西天路妖魔萬千。保護着唐僧庶免。

叫神將你與我緊把住洞口。看那妖怪甚麼面目。

【調笑令】來到這洞邊。叫聲喧。休猜做落日山空啼杜鵑。天兵希得山川遍。（行者云）上聖這廝神通廣大神力周全。（二郎唱）孫行者說言在馴馬之前。你道他神通廣大自專。則好深山裏諕地瞞天。

（猪內做驚科）

【禿廝兒】雲氣重天兵頓顯。霧風狂天地相連。黃風從地捲。休遲滯。莫俄延。相纏。

〔猪跳出做見科云〕二郎神。我與你有甚冤仇。你來拏我。〔二郎云〕兀那魔軍。我奉觀音法旨。特來拏你。你若真心皈依我佛。與你拜告觀世音。着你也成正果。若不皈依。着你死於細犬口中。〔猪云〕別人怕你。偏我不怕你。〔二郎唱〕

【聖藥王】嘴臉似黑炭團。部從似火肉然。休猜做玉簪珠履客三千。一壁廂畫角鳴。一壁廂鑼鼓喧。休猜做笙歌引至畫堂前。一片怪膽大如天。

〔行者云〕那猪精。你敢與我相持麼。〔猪云〕怕甚麼賭鬭。〔做鬭科〕〔二郎唱〕

【麻郎兒】郭壓直威風不展。孫行者筋力俱焉。鬭到三千合精神越顯。潑妖物小聖也難辨。

左右神將。快將細犬咬那魔軍。〔做鬭科〕

【幺】便遣。快牽。細犬。見本相直奔跟前。黑面郎心驚膽顫。逃命走洞門難戀。

〔做猪逃犬趕科〕

【拙魯速】這犬展草力應全。護家志當虔。禦賊的性堅。吠形的意專。顧兔逐狐那輕健。忒伶俐不容他寬轉。〔犬做咬住科〕則一口咬番在坡岸前。

〔左右綁科〕〔放唐僧上做謝科〕〔唐僧云〕上告二郎大聖。出家人以慈悲為念。救物為心。望神聖看佛天三寶之面。饒這魔軍。與弟子護法者。〔二郎唱〕

【幺】潑妖魔世不然。告吾師煞可憐。你若是肯放心愿。跟後趨前。莫生狂顛。一性參禪。將你那害生靈的冤孽免。

〔猪云〕謹依法旨。〔二郎云〕唐僧。沿路小心。俺自保障你者。

【尾】去心緊似離弦箭。到前去如何動轉。魔女國孽冤深。火焰山禍難遣。

正名　朱太公告官司
裴海棠遇妖怪
三藏託孫悟空
二郎收猪八戒

## 第五本

萬里詔光應節來　三天寶籙徹明開
分明龍女擎珠出　疑是仙人帶月回

### 第十七齣　女王逼配

（唐僧引孫猪沙馬上云）自離了黑風山。來到女人國。孫行者。女人國裏何好。（行者云）師父。弟子銅筋鐵骨。火眼金睛。鍮石屁眼。擺錫雞巴。師父若怕拚我做弟子不着。（唐僧云）既到此間。怕得許多。只得向前通關。先打去了俺入城去來。（下）（女人國王上云）子童女人國王。俺一國無男子。每月滿時。照井而生。俺先國王命使漢光武皇帝時入中國。拜曹大家為師。授經書一車。來國中。至今國中婦人知書知史。立成一國。非同容易也呵。（唱）

【仙呂點絳唇】寶殿生香。美人扶向。瑤堦上。列七寶旌幢。端坐泥金亢。

【混江龍】我怕不似嫦娥模樣。將一座廣寒宮移下五雲鄉。兩般比論。一樣淒涼。嫦娥夜夜孤眠居月窟。我朝朝獨自守家邦。雖無那强文壯武。宰相朝郎。列兩行脂粉。無四野刀鎗。千年只照井泉生。平生不識男兒像。見一幅畫來的也情動。見一箇泥塑的也心傷。

昨日有通關打來說道。大唐國師。去西天取經。從俺地面過。俺索接他去。

【油葫蘆】說他幾載其間離了大唐。來到俺地方。安排香案快疾忙。今日取經直過俺金階上。抵多少醉鞭誤入平康巷。我是一箇聰明女。他是一箇少年郎。誰着他不明白搶入我花羅綱。准備着金殿鎖鴛鴦。

【天下樂】穩情取和氣春風滿畫堂。宰下肥羊。安排的五味香。與俺那菜饅頭的老兄騰了肚腸。陪妝奩留他做丈夫。捨身軀與他做正房。可知道男兒當自強。

（唐僧引一行人上云）貧僧來至女國。夢寐間有韋馱尊天來報。有一場魔障來也。龍天未知是何魔障。來到國內。報覆去。大唐國師求見。（女王做接科云）早知師父到來。自合遠接。接待不及。勿令見罪。（唐僧云）難消。歸依佛。歸依法。歸依僧。（女王云）是好一箇和尚也呵。

【那吒令】身才兒俊長。加持得鬼王。容貌兒善良。修持得梵王。胸襟兒紀綱。扶持得帝王。頭如藍靛青。語似春雷壯。這和尚端的非常。

將酒來與師父接風。（唐僧云）小僧不飲酒。不茹葷。（女王唱）

【鵲踏枝】執方尊瀉瓊漿。露春葱捧瑤觴。（唐僧云）娘娘及早修業。無常有限者。（女王唱）但能勾兩意多情。儘教他一日無常。天魔女邪施伎倆。敢是你箇釋迦佛也按不住心腸。

（女王做抱住唐僧科）（行者云）娘娘。我師父是童男子。吃不得大湯水。要便我替。（唐僧云）善哉。善哉。我是出家人。（女王唱）

【寄生草】直綴上胭脂污。袈裟上膩粉香。似魔騰伽把阿難攝在淫山上。若鬼子母將如來圍定在靈山上。巫枝祇把張僧拏住在龜山上。不是我魔王苦苦害真僧。如今佳人箇箇要尋和尚。

（行者云）小行與娘娘驅兵將作朝臣。你饒了俺師父者。（女王唱）

【幺】徒弟每諸般勸。師父獨自慌。俺女兵不用猴爲將。女王豈用猪爲相。

如今女娘都愛唐三藏。你休癡迷修行今世有來生。我則待長江後浪催前浪。

（女王做扯唐僧科）這正殿上不是說話的去處。俺兩箇後殿裏去來。（唐僧云）孫悟空救我。（下）（行者云）我自也顧不得。（諸女做捉番孫猪沙發科）（下）（女王扯唐僧上云）唐僧。我和你成其夫婦。你則今日就做國王。如何。（唐僧云）善哉。我要取經哩。（發科）（女王唱）

【六么序】香馥郁鎖金帳。光燦爛白象牀。俺兩箇破題兒待弄玉偷香。聽得說天地陰陽。自有綱常。人倫上下。不可孤孀。俺這裏天生陰地無陽長。你何辜不近好婆娘。浮屠盡把三綱喪。（唐僧云）佛教自是一家。（女王云）說你那佛怎麽。孔夫子文章貫世天下傳揚。

（唐僧云）你如何知有箇孔夫子。（女王云）俺先國王曾使人去授得曹大家五經三史。都知人倫故事。

【么】你雖奉唐王。不看文章。舜娶娥皇不告爺娘。後代度量。孟子參詳。他父母非良。兄弟參商。告廢了人倫大綱。因此上自主張。你非比俗輩兒郎。沒來由獨鎖空房。不從咱除是飛在天上。箭射下來也待成雙。你若不肯呵鎖你在冷房子裏。枉熬煎得你鏡中白髮三千丈。成就了一宵恩愛。索强似百世流芳。

（女王捉番唐僧科）（唐僧云）誰救貧僧也。（韋馱尊天上云）某韋馱尊天是也。奉觀音法旨去救唐僧走一遭。潑賤人怎敢毀吾師法體。（女王云）你是何人。直走到臥房裏來。

【金盞兒】披金甲。貌堂堂。持寶杵氣昂昂。莫不是渰藍橋燒祅廟的腌神將。比唐僧模樣更非常。（韋云）吾神三十老。完爲童子身。特來護法來。（女王云）又是箇柳下惠顏叔子。焦則麽那村柳舍。叫則麽那啞顏郎。你整村了三十載。他干過了二十霜。

〔韋云〕若不送師父出來。一杵打你做泥塵。〔女王做放手科〕

【尾】我無緣。係的他無恙。鬧炒起花燭洞房。怕甚麽深院沉沉秋夜長。決撒了帽兒光光。恨韋郎不做周方。我不道的惱亂蘇州刺史腸。你如今去。我這裏收拾下畫堂。埋伏下兵將等回來拏住再商量。〔下〕

〔韋云〕唵。孫行者安在。〔行者上云〕唵。乃佛勅諸神拱聽。〔見科〕〔唐僧云〕行者。貧僧若非尊神護持。幾毀法體。〔韋云〕行者好生護持師父去者。孫行者聽我叮嚀。和師父疾便登程。見花酒休生凡性。莫誤了西天取經。〔下〕〔唐僧云〕行者。我們十分虧神天護持。脫了此一難。我且問你。我吃女王拏住。你每三箇怎的脫身。〔行者云〕師父聽行者告訴一遍。小行被一箇婆娘按倒。凡心却待起。不想頭上金箍兒緊將起來。渾身上下骨節疼痛。疼出幾般兒蔬菜名來。頭疼得髮蓬如韮菜。面色青似蓼芽。汗珠一似醬透的茄子。鷄巴一似醃軟的黃瓜。他見我恰似燒葱。恰甫能忍住了胡麻。他放了我。我上了火龍馬脊梁。直走粉牆左側。聽我有箇曲兒。喚做寄生草。

【寄生草】猪八戒吁吁喘。沙和尚悄悄聲。上面的緊緊往前挣。下面的款款將腰肢應。我端詳了半晌空僥倖。他兩箇忙將黑物入火爐。我則索閉騎白馬敲金鐙。

師父趁着人健馬餉。趲行去來。

第十八齣　迷路問仙

〔唐僧一行人上云〕自離了女人國。行經一箇月期。不知前至那裏。得箇地方人。問他問路兒也好。遠遠地漁鼓簡子響。俺緊脚步趕將去。問他一聲。〔下〕〔採藥仙人持漁鼓簡子上云〕山兮山兮高。水兮水兮深。山高摩世界。水深流古今。百年惟有山水在。英雄豪士何所尋。道可道。人莫毀。名可名。就裏難言。若離得酒色財氣。便堪爲塵世神仙。〔唱〕

【南呂玉交枝】貪杯無厭。每日價沉流霞瀲灩。子雲嘲誰防微漸。託鴟夷彩筆拈。季鷹好飲豪興添。憶蓴鱸只爲葡萄醲。倒玉山恁般瑕玷。又不是周晏相霑糟醃着葛仙翁。麴埋那張孝廉。恣狂情誰與砭。英雄儘你誇富貴饒他占則這黃壚畔有禍殃。玉缸邊多危嶮。酒呵播聲名天下嫌。

【幺】待誰來挂念。早則是桃腮杏臉。巫山洛浦皆虛艷。把西子比無鹽。那裏有佳人將四德兼。爲龍漦衾枕是干戈漸。錦片似江山着敵斂。可曾悔戀了穠纖。碎鸞釵。問寶奩。這風情怎强譫。眼見墜樓人。猶把臨春占。笑男兒自着鞭。嘆青娥藏刀劍。色呵播聲名天下嫌。

【幺】富豪的偏儉。奢華的無過是聚斂。王戎郭况心無厭。擁金穴握牙籤。可知道分金鮑叔廉。緫强如牢把銅山占。晉和嶠也多褒貶。恰便是朱方聚殲。有齒的焚身。多財的要謙。斗量珠。樹繫縑。刑傷爲美姝。殺伐因求劍。空有那萬貫錢。到底來亡溝塹。財呵播聲名天下嫌。

【幺】英雄氣燄。貔虎般不能收斂。夷門燕市皆爲僭。空僝僽枉威嚴。探丸厲刃掀紫髯。笑談落得填坑塹。儘淋漓一腔丹慊。惹傍人血淚橫霑。冷覷王侯。慢守兵鈐。髮衝冠。雄猛添。驚皇博浪椎。寂寞烏江劍。恁忘了泡影與河山。算相爭都無饜。氣呵播聲名天下嫌。

〔唐僧引一行人上云〕行至深山曠野之中。不知是那裏遠遠的樹林之間。有箇採藥仙人。問路咱。〔行者云〕前面採藥仙人。指路咱。〔仙唱〕

【醉鄉春】打漁鼓高歌興添。採靈芝快樂無厭。大叫高呼。前遮後掩。遠量度。近觀瞻。謹廉禮謙。休猜我做避世陶潛。

〔唐僧云〕俺是大唐三藏國師。欲往西天取經。過此迷了路途。故此問你咱。〔仙云〕恁非凡人也。誰能得到這裏。

【雙調小將軍】過女人國甚巇嶮。有無限惡威嚴。若要到西天峻峯尖。一路上苦偏多無甚甜。

〔唐僧云〕指我去路咱。〔仙云〕俺此間不五百里。有一山名曰火熖山。山東邊有一女子。名曰鐵扇公主。他住的山名曰鐵鎈峯。使一柄鐵扇子。重一千餘斤。上有二十四骨。按一年二十四氣。一扇起風。二扇下雨。三扇火即滅。方可以過。

【清江引】火熖山委實形勢險。〔行者云〕我一胞尿溺也溺死了他。〔唐僧云〕行者。休要胡說。〔仙唱〕使不着你粧風漢。全憑鐵扇風。常言道。水火無情。不用吹毛劍。〔行者云〕我問他借扇子肯便肯。不肯呵。我與他勢不兩立。〔仙云〕他的法寶。你人力怎鬬得。他敢着你滴溜溜的半空似秋葉般颭。

雖然於路艱難。却有無限之景。

【碧玉霄】瀑布簇寒澗落水簾。木繞山尖。猨嘯虎張髯。仗法力則可行。無神通休强參。將山色來瞻。似碧玉無瑕玷。苦辛不厭。大發慈悲念。

師父趲行者。

【隨尾】玉鞭緊緊催金鞊。火熖山千難萬險。早求法力到西天。莫把殘軀葬山崦。〔下〕

〔唐僧云〕來至火熖山。如何得過去。行者。怎生是好。〔行者云〕師父。山這邊有人家。你且歇下。着弟子直到鐵鎈峯尋鐵扇公主借扇子來。着師父過去。〔唐僧云〕你疾去早來。休着我記挂你。〔下〕〔行者云〕來到鐵鎈峯。人說鐵扇公主知他有丈夫沒丈夫。好模樣也不好。我且問山神土地便知明白。唵。山神土地安在。〔山神上云〕小聖本處山神是也。唵乃法勑萬神咸聽。不知那位尊神呼召。小聖上前參見尊神。稽首。〔行者云〕我乃大唐三藏國師弟子通天大聖孫行者。我問鐵扇公主在那裏住。〔山神云〕在正尖峯下住。〔行者云〕他有丈夫沒丈夫。〔山神云〕沒丈夫。〔行者云〕他肯招我做女壻麼。〔山神云〕肯。〔行者云〕怎知便肯。〔山神云〕人物好歹選中。〔行者云〕我問他借扇子去。〔山神云〕小聖不敢說。行者自詳論。着他一扇子。搧做風胡孫。〔下〕〔行者云〕我不信輸與一箇婆娘。我且到他洞門前走一遭。〔下〕

## 第十九齣　鐵扇兇威

〔鐵扇公主上云〕妾身鐵扇公主是也。乃風部下祖師。但是風神皆屬我掌管。為帶酒與王母相爭。反却天宮。在此鐵鎈山居住。到大來是快活也呵。〔唱〕

【正宮端正好】我在巽宮裏居。離宮裏過。我直滾沙石撼動娑婆。天長地久誰煞得我。把世界都參破。

【滾繡毬】孟婆是我教成。風神是我正果。我和驪山老母是姊妹兩箇。我通風他通火。角木蛟井木犴是叔伯親。斗木獬奎木狼是舅姑哥。當日宴蟠桃惹起這場災禍。西王母道他金能欺風木催槎。當日箇酒逢知己千鍾少。話不投機一句多。死也待如何。

俺這裏鐵鎈峯好景致也呵。

【倘秀才】明月照疎林花果。寒露滴空山薜蘿。四面青山緊圍裏。松梢聞鶴唳洞口看猨過。與凡塵間闊。

我一柄扇子重一千餘斤。上有二十四骨。按二十四氣。此般兵器。三界聖賢不可量度。單鎮南方火焰山。若無此扇。諸人不可過去。好扇子呵。

【滾繡毬】這扇子六丁神巧鑄成。五道神細打磨。閻浮間並無二箇。上秤稱一千斤猶有餘多。管二十四氣風。吹滅八十一洞火。火焰山神見咱也膽破。惱着我呵登時間便起干戈。我且着扇搧翻地獄門前樹。捲起天河水上波。我是第一洞妖魔。

〔行者上叫科〕〔洞裏小鬼做出科〕〔行者云〕小鬼。對您公主說。大唐三藏國師摩合羅俊徒弟孫悟空來求見借法寶過火焰山咱。〔小鬼進稟科〕〔公主云〕我知道。這胡孫是通天大聖孫行者。着他過來。〔行者做入見混科云〕弟子不淺。娘子不深。我與你大家各出一件。湊成一對。妖精小行特來借法寶過火焰山。

〔公主云〕這胡孫無禮。我不借與你。

【叨叨令】我這片殺人心膽天來大。救人命志少些兒箇。〔行者云〕師父過不得火焰山。特來相投。〔公主唱〕你道是火焰山師父實難過。則這箇鐵鋌峯的魔女能行禍。休得要閑中尋鬧也波哥。休得要閑中尋鬧也波哥。則你那禿髑髏敢禁不得剛刀剁。

〔行者云〕這賊賤人好無禮。我是紫雲羅洞主。通天大聖。我盜了老子金丹。煉得銅筋鐵骨。火眼金睛。鍮石屁眼。擺錫鷄巴。我怕甚剛刀剁下我為來。〔公主云〕這胡孫好生無禮。我也不是你惹的。

【白鶴子】你道是花果山是祖居。鐵鋌峯是我的行窩。在彼處難比强。來此處索伏些儒。

〔行者云〕潑婆娘。我若拏住你。也不打你。也不罵你。你則猜。〔公主唱〕

【中呂快活三】惱的我無明火怎收撮。潑毛團怎敢張羅。賣弄他銅筋鐵骨自開合。我一扇子敢着你翻筋斗三千箇。

〔行者做出科云〕那婆娘出來出來。我和你并箇輸贏。〔公主唱〕

【鮑老兒】他大叫高呼勒着我。更怕我楊柳腰肢婀娜。耀武揚威越逞過。更怕我桃臉風吹得破。彎弓蹬弩。拈鎗使棒。擂鼓篩鑼。

鬼兵那裏。〔卒子擺上〕〔公主云〕將兵器來。

【古鮑老】手提着太阿。碧澄澄恰如三尺波。額攢着翠娥。惡狠狠怒如千丈火。狂旗磨。戰鼓敲。妖兵和。你便吃了靈丹數顆。爭似我風聲偏大。半合兒敢着你難撈摸。

〔做戰科〕〔公主做敗走科云〕這胡孫神通廣大。我贏他不得。將法寶來。
【道和】這扇子柄長面闊。鎖鐵貫嵌金磨骨把握薄。妖氣罩冷風多。雲端
頂上覷見我。鐵棒來抽身便躲。戒刀着怎地存活。我着戒刀折鐵棒損力
消磨。
【柳青娘】休麽。從來不識這妖魔。忒輕薄也待如何。那廝有神通難摸。藝
高强名揚播。偷靈丹老子怎近他。盜蟠桃玉皇難奈何。那廝上天宮將神
威挫。下人間與禍多。看着身軀大。頃刻成微末。看着東方過。頃刻向西方
落。一任他鐵骨銅筋火眼睛。不索交兵。敢着他隨風一扇扇了渡江河。
〔做扇科〕〔行者做一斤斗下〕〔公主云〕量你箇胡孫。到得那裏。這一柄扇着呵。
【尾】或是墮在遠岡。落在淺波。滴溜溜有似梧飄落。便是天着他有命。今
生必定害風魔。〔下〕
〔行者上云〕吃這婆娘一扇子。搧得我滴溜溜半空中。休說甚的小孫。草腹屎腸。做了四句口號。罵這弟子。
婆娘忒恁高強。法寶世上無雙。不借我呵也罷。當着你熱我涼。待干罷。去投奔觀音佛去。好歹有甚見識過
去。〔下〕

第二十一齣　水部滅火

〔觀音上云〕老僧觀世音是也。唐僧過不得火焰山。孫悟空來告。我差雷公。電母。風伯。雨師。箕水豹。壁水㺄。
參水猨等水部通神。水能滅火。就除此火山之害。免使後人受苦。傳吾法旨。着神將跟孫悟空去。便要同唐
僧過山。風雨雷電神。即時下中界。我着他火焰不能燒。刀侵斷斷壞。〔下〕〔電母引風伯雨師雷公上〕〔風
云〕走石颺沙日月昏。〔雷云〕慣將斧劈巨靈神。〔雨云〕銀瓶瀉盡天河水。〔電云〕時掣金蛇送火輪。〔風
云〕吾世守東南巽二之神。箕水豹。飛簾大將軍是也。〔雷云〕吾太乙真人部下謝仙火伴。霹靂將軍五雷
使者是也。〔雨云〕吾乃畢星屏翳之神。玄冥先生赤松子的是也。〔電云〕吾乃南方離火之神。鞭策雷車使

者列缺仙姑是也。今日西天毘盧伽尊者。前往五印度取大藏金經。被火焰山妖魔當路。我四人奉着觀音法旨。前往護持他去。須索走一遭。(唱)

【黃鍾醉花陰】驟雨滂沱電光滿。古剌剌雷聲如車轉。雲靉靆霧迷漫。天地水三官勅令着咱將唐僧管。惡途路怎盤桓。火焰山難同春晝暖。

【喜遷鶯】又不必樵蘇炙爨。通紅一帶峯巒。遙觀。碧天將半。這山便有美玉也難栖着鳳鸞。又無甚溝澗湍。鏑箭的風威相助。淋琅般雨勢相攢。

【出隊子】把天瓢來澆灌。潺潺的水勢滿。猶勝似上元驛夜半火威寬。博望坡秋深火焰攛。赤壁山冬初火力完。

【四門子】箕水豹斑斕隱霧端。壁水㺄緊把眉攢。參水猨左右聽呼喚。水勢溶寬。山高下不分丘段。路迢遙不見林巒。水部雄火焰消迷路平安。十萬里程受苦酸。師父力多般。餐風宿露忙投竄。宵衣旰食無攛斷。受驅馳百萬端。

(唐僧上做見科云)多謝神聖。救了弟子一難。(電唱)

【寨兒令】請師父上馬休遲緩。衆神人緊護攢。龍馬又犇徒弟每歡。到前途更無妖怪斷。天地知佛法寬。敢着你同居涅槃。

【神仗兒】風神王冷氣酸。雨師雷伯雨意歡。電母施威。水神沒亂。這功勞都一般。往西天取得經完。再重來此處難顧管。奏天庭仍把諸佛喚着火再休攛。

【尾】此去西天路過半。月不消十數遍團圓。那壁是靈鷲兩山交界管。

正名　女人國遭嶮難
　　　採藥仙說艱難

## 孫行者借扇子
## 唐僧過火燄山

# 第六本

萬里香風下九天　仙真鶴馭盡翩翩
一誠上達祇園地　永保皇圖億萬年

## 第二十一齣　貧婆心印

〔唐僧一行人上云〕脫離了紅孩兒過了火焰山。于路虧殺龍天三寶。今日到得中天竺國。皆是諸佛羅漢之地。孫悟空。我與龍君沙豬慢行。你先去尋箇打火做宿處。吃了飯到靈鷲山參佛世尊。你到前面。不要妄開口說話。此處是佛國了參禪問道的極多。不要輸了。不比你相殺到容易。禪機却怕人。〔行者云〕小行知道。我先行。師父慢來。〔下〕〔唐僧云〕孫行者去了。我們慢慢行。待他齋熟。我們却到吃了。便入寺去。未臨佛土身偏穢。方到西天骨也輕。〔下〕〔貧婆上云〕老身中印土人。賣胡餅為業。但來佛會下的不參得。老身不敢入佛國去。自童時親受摩訶伽葉所教。傳得真如正覺之性。能回三毒為三淨界。回六賊為六神通。回煩惱作菩提。回無明作大智。此非外道所及也。〔唱〕

【仙呂點絳唇】我是箇物外閑身。箇中方寸。傳心印。與佛子為隣。但過往的來參問。

【混江龍】把禪機來評論。羅裙不染世間塵。對一溪春水。臥半畝閑雲。僻性懶侵浮世事。雙眸罕識市塵人。聽雷音鐘磬。坐靈鷲山門。常開妙法。深種良根。不須文字。豈念經文。要時見性。直下當承。脚根牢。跳出陷人坑。手稍長。指破迷魂陣。則為這老婆多口。致令得俗子生嗔。

【油葫蘆】休笑貧婆一世貧。穿着百衲裙。衲頭巾有一箇寶珠新。粧嚴的未必能評論。儱侗的倒敢能勤慎。〔行者上云〕小行蒙師父法旨先行。這是那裏。〔貧婆唱〕

見一人言語高。行步緊。鐵戒箍皂直裰望前行。〔行者叫〕老母。老母。〔貧婆唱〕不住的老母口中頻。

【天下樂】我卻甚富住深山有遠親。〔行者云〕老母。過路客人。〔貧婆唱〕我問你是何人。〔行者云〕我是唐三藏上足徒弟。〔貧婆唱〕唐僧他本姓陳。〔行者云〕我隨師父偌多時尚不知他姓。你相去十萬里。怎生便知道來。〔貧婆唱〕我不出門知天下事因。你雖然守着戒律。你雖然受了苦辛。則一卷金剛經講未真。

〔行者云〕你道我不省得金剛經。我也常聽師父念過去心不可得。未來心不可得。見在心不可得。怎的我不省得。你且賣一百文胡餅來。我點了心呵。慢慢和你說經。〔貧婆云〕這胡孫。在我家行賣弄他釘嘴鐵舌。你說道要點心。卻是點你那過去心也。見在心也。未來心也。〔行者云〕這婆子倒利害。〔貧婆云〕心乃性之體。性乃心之用。或有亦或無。只看動不動。你答來我問你有心也無。〔行者云〕我原有心來。屁眼寬阿掉了也。〔貧婆云〕這胡孫無理。

【那吒令】你既是有心呵。不可得放存。你既是有心呵。不可得見聞。你既是有心呵。不可得定準。過去的倘未知。未來的如何信。去也和師父仔細評論。

〔行者云〕我十萬里路至此。倒吃一箇婆子問倒了。〔貧婆唱〕

【鵲踏枝】你奔波趲紅塵。我清淨守空門。你心動神疲。我表正形真。十萬里西來的意謹。我則道唐僧怎生一箇上足徒弟。元來是箇打駝垛受苦的天尊

〔行者做行科云〕我奈何這婆子不得。接將師父來。和他問一場。〔唐僧上云〕善哉善哉。不想到中天竺國佛地。我玄奘便死也罷。〔行者做接見科云〕師父。恁徒弟吃一箇婆子問倒了。〔唐僧云〕問甚麼。〔行者云〕他問我金剛經。我說。我常聽師父念過去心不可得。未來心不可得。見在心不可得。我又問他買點心。他就說。不知點你那一箇心。我就沒得說。被他盤倒了。〔唐僧云〕我教不要胡說。西天有三箇婆子。佛法甚高。

這傳七語。非是你答得的。我和你見他。〔做見科〕〔貧婆云〕是好箇佛像。

【醉中天】挺挺身才俊。朗朗語超羣。他原來是摩訶般若身。可知道有取經人分。我問師兄。心可點乎。〔唐僧云〕心無所住。將何以點。〔貧婆云〕人無心何主。心乃人之根本。〔唐僧云〕未得時。在他非在我。既得時。在我非在他。如筏喻者。筏尚應捨。何況非法。〔貧婆云〕兀的不是也。你若是能傳心印。休說是心。則你那幻軀也猶是微塵。師父沿途索是驅馳來。〔唐僧云〕身自在。心常在。〔貧婆唱〕

【金盞兒】躡履破苔痕。飛錫落雲根。可知道曇花亂墜如瓊粉。袈裟錫杖燦然新。清虛成法性。解脫出凡塵。是一箇維那金種子。佛座下玉麒麟。〔唐僧云〕敢問善知識。會見諸佛聖賢否。〔貧婆云〕半月小參。一月大參。常得聽講。〔唐僧云〕文殊師利如何。普賢如何。〔貧婆唱〕

【醉中天】文殊智慧施檀信。普賢行法濟凡人。〔唐僧云〕伽葉阿難如何。〔貧婆唱〕伽葉阿難守着世尊。向佛會上高參論。〔唐僧云〕此間到雷音寺多少路程。〔貧婆唱〕你聽那磬韻鐘聲遠聞。兀的鹿野苑雷音近。〔唐僧云〕小僧常聞維摩多病。阿佛也如何此心不定。〔貧婆云〕師兄不知。

【金盞兒】維摩方丈不沾塵。獅子座可容身。一箇病身軀終日懨懨悶。〔唐僧云〕他因甚如此。〔貧婆唱〕一憂佛法。二憂民。〔行者云〕我偷得老子靈丹在腹。可醫他。〔貧婆云〕你怎醫得他。　他不能求扁鵲。安肯問胡孫。你正是明醫了三十載。暗換了一城人。

師兄齋罷便行。今日正是小參。可見諸佛大聖衆。

【煞尾】渾金塔接青雲。七寶殿生紅暈。盡都是金祇園的善根。入得如來不二門。須與間改變了精神。要經文。准備的貝葉全新。着東土開發羣迷度萬民。不枉了孫行者驅馳受窘。猪八戒奔波逃遁。恁旣來佛會下則恁這一班兒都是有緣人。

第二十二齣　參佛取經

〔靈鷲山神上云〕我佛法旨爲唐僧東來。着摩侯羅緊魔羅伽人非人等。皆至中竺十里之外迎接。着給孤長者引度于諸天帝君着取金經回東土去。〔下〕〔給孤長者上云〕貧道給孤長者是也。西天竺國大富之家。爲要建道場。我將祇園布施。以黃金鋪地。然後方成。今日唐僧至中天竺國中。奉我佛法旨相引見諸天聖賢。須索走一遭也呵。〔唱〕

【商調集賢賓】奉天佛使恰離了祇樹園。金罏內裊沉烟。當日棄卻黃金鋪地。今日倒騎着白鹿朝天。雖然是眼下工夫。也要箇夙世良緣。比着他十萬里取經的不甚遠。今日箇伴諸佛普會齋筵。聲鐘齊聽講。揮麈共談禪。

〔衆人做接住見科〕

【逍遙樂】與諸天相見。有獅座鸞輿。鳳車象輦。金燦爛五色霞鮮。薝蔔幽花落滿前。擁幢幡雲霧相連。有啣花的斑鹿。立樹的玄鶴。獻果的白猿。

【梧葉兒】錫杖金環重。袈裟玉璧偏。兩耳似垂肩。有佛祖心間印。少如來足下蓮。心一似鐵石堅。全不避山遙路遠。

我乃給孤長者。奉世尊法旨看承接引見諸佛聖賢。一一參拜去來。〔唐僧云〕善哉善哉。東土但知名西方纔識面。佛子與諸天一如親夢見。未知先去見那位諸佛。願我師開明爲幸。〔給孤唱〕

【醋葫蘆】先是摩侯羅太子身。便見緊魔羅諸聖賢。及至伽人非人等衆神。皈依禮拜須向前。雖然是受了些驅馳作踐。今日箇惡姻緣番作了好姻緣。

【么】伽葉與阿難。文殊共普賢。釋天帝釋梵王天。都在這西竺國親會面。料想凡人怎能見。則爲你功成八百行三千。

（唐僧云）世尊在于何處。（給孤云）佛無定主。隨念即見。若到方丈。我佛必賜茶。但得飲此。必成正果。

【么】你若能嘗佛子茶。勝參趙老禪。休猜做金尊美酒斗十千。但得那世尊肯見。恰敢着你即時回轉。不須妙法再三言。我佛來也。

【么】金身丈六長。清光七尺圓。芒鞋竹杖打着行纏。逍遙一身得自然。快疾忙把如來參見。向前合掌併擎拳。

（寒山拾得扮出山佛像上云）玄奘。你來也。（唐僧云）我佛。弟子來也。（佛云）玄奘。你往日是西天羅漢。今爲東土國師。心堅念重。至公無私。磨而不磷。涅而不緇。今日歸來。萬物有時。給孤引見大權。將經文法寶交付與玄奘。孫猪沙弟子三箇。乃非人類。不可再回東土。先着三箇正果。我佛座下弟子四人。一名成基。一名惠光。一名恩昉。一名敬測。基光昉測四人。送你到于東土。開闡戒壇。大興妙法。後回西天。始成正果。給孤長者。引將他去。着他領取經寶。疾忙便行。（下）（給孤云）玄奘和你去來。（下）（迴來大權上云）小聖大權修利菩薩。奉我佛法旨。看守金剛大藏。爲金光燦眼。常手掌護之。凡人稱我爲招提。今日佛法要東行。着毘盧伽尊者。托化爲陳玄奘。自東來西取經。今日敢待來也。（給孤引唐僧上）（做見科）（給孤唱）

【么】脫離了世尊。參大權。經文一藏莫俄延。迢迢路程不厭遠。稱了他平生願。早傳佛法到中原。

（大權云）教弟子每般經。裝在龍馬身上。（行者云）領法旨。我遞猪八戒沙和尚接。金剛經。心經。蓮花經。楞伽經。饅頭粉湯經。（給孤唱）

【仙呂後庭花】異香生七寶蓮。彩雲迷雙鳳輦。教闡僧知法。宗分律禪。意虔虔疾般經卷。韻幽幽猿聲在老樹顛。響璫璫鈴聲在古殿前。喜孜孜師徒得變遷。鬧垓垓神天每想顧戀。

【青哥兒】急煎煎喜得俺師徒師徒每康健。大慈悲無量無邊。佛法東行自有緣。五色雲纏。十萬餘言。白馬親牽。裝載東遷。晝夜兼行駕雲軒。着俺唐皇見。

孫悟空。猪八戒。沙和尚。佛勅俺在此成正果。着基光昉㴬四人。送唐僧回中國。至長安闡教。

【商調浪來里煞】經文要闡揚。佛法要通變。四天王八菩薩盡週全。到長安七日功行圓。天隨人願。早來至龍華會上飽參禪。〔下〕

〔大權云〕玄奘。我佛法旨經文到處。着我隨所守護。沿路上我當保障你直到中原。諸寺但有經藏處。即有小聖。經藏吾神有大權。守經護法到中原。有經藏處休無我。永受香煙萬萬年。〔下〕〔沙和尚云〕徒弟從師父數年。今日我正果。玉皇閣下寄前身。罪貶流沙要食人。今日東來聞妙法。水光山色一般新。〔下〕〔行者云〕弟子功行也到。今日辭了師父圓寂。花果山中千萬春。西天路上受艱辛。今朝收拾平生事。來作龍華會上人。〔下〕〔猪八戒云〕弟子也辭師父朝天去也。猪八戒自幼決斷。一路將師相伴。圓寂時砍下頭來。連尾巴則賣五貫。〔下〕〔唐僧云〕三箇徒弟都圓寂了。貧僧與他作把火。四箇西行一箇歸。三箇解脫是和非。老僧獨往中原去。急急回來採紫薇。咦。絕憐孫悟空。神通真箇有。東土中脫卻輪回。西天路番箇斤斗。念沙和尚。有像作無像。喉中三寸元陽。胸中一點靈光。好箇猪八戒。神通世間大。已得除新害。既有成必有敗。陰陽剝始消除快。有心我你不能安。無念大家得自在。咄。是非場上迷將去。人我池中跳出來。且喜三人俱得正果了。不免隨着基光昉㴬便往中原去來。此間薝蔔花方盛。中土松枝已向東。

## 第二十三齣　送歸東土

〔成基上云〕俺四人奉佛法旨。送唐僧迴長安去。須索走一遭。〔唱〕

【越調鬭鵪鶉】靈鷲山春色雍融。雷音寺東風淡蕩。鹿野苑楊柳繞青。祇樹園薝蔔正芳。擁百萬神天。列三千鬼王。打着彩旌。擎着繡幢。白馬馱經。金獅噴香。

【紫花序】西天西如來親送。中國中和尚纔行。南海南菩薩來將。雖然一番受苦也。能勾百世流芳斟量。方信道人香千里香。端的是道尊德無上。今日箇送路在山門。抵多少攜手上河梁。

【小桃紅】雖不道河頭傾倒玉瓶雙。滿捧着香茶讓。吾有那宰官婆羅小王像。雖不是按着宮商。一班佛樂何清亮。會諸天聽講。送唐僧三藏。你今日箇名已入選佛場。

師父閉眼者。

【金蕉葉】耳邊廂微風乍響。脚底下輕雲漸長。白馬上經生火光。碧天外人迎太陽。

（唐僧云）我來時孫悟空猪八戒如此神通。尤兀自吃了許多魔障。今日四箇善知識。如何送我回去。（成基云）沿途來的魔障。皆我世尊所化。因師父心堅。是以得至此間。今非昔比。

【調笑令】師父。休妄想。恁那的是俺世尊强化出魔王。將你心意降。杜子春煉丹成虛誑。則爲心不誠也有許多模樣。將一箇小孩兒提起來石上撞。則一驚那金丹忒楞化粉蝶兒飛揚。

【聖藥王】鞍馬上。精神長。心念中法力高强。任遙天萬里長。咫尺到秦邦。可便是家鄉。

【鬼三台】則說那費長房。法律强。化龍杖每翱翔。昏澄澄。白茫茫。桑田變海海爲桑。休恐懼。莫驚慌。

（衆父老上云）三藏國師去西天十七年也。松枝今日向東也。俺報與官府。都在城外接去來。（下）（父老引衆官上）（衆云）異哉異哉。今日松枝已向東也。國師必定歸也。你看前面祥雲靉靉。瑞氣騰騰。想是國師法駕將近。稍待尉遲總管到來。一同上前參見。（唐僧成基上）（做見科成基唱）

【拙魯速】你覷那衆官每。具着公裳。百姓每。爇名香。羅列在道傍。俯伏在路上。道俗僧尼一齊來訪。挨挨擠擠。旛旆飄揚。瑞靄祥光。都接到天花甘露漿。

〔尉遲總管上云〕我師今日東歸也。小官尉遲敬德。親自相接。〔成基唱〕

【幺】鐵幞頭耀日光。水磨鞭映雪霜。馬壯人强。志節昂昂。護法金剛。黑煞天王。沙場之上。展土開疆。保護家邦。恰便似趙公明往下方。

〔尉遲云〕今日到我府中宿一宵。明日早朝天子去。〔成基唱〕

【尾】來日箇景陽鐘罷雞人唱。一合兒同朝帝王。將戒壇與萬民開。把經文與衆臣講。

## 第二十四齣　三藏朝元

〔佛高桀四金剛上云〕老僧賢劫第四尊。釋迦牟尼是也。今日唐僧東土開壇闡教。今當西來正果朝元。教飛仙引入靈山會上來者。〔旌旛樂器飛仙引唐僧上〕〔飛仙云〕唐僧今日功成行滿。正果朝元。佛祖着我引入靈山會。須索同去走一遭也呵。〔唱〕

【雙調新水令】梵王宮闕勝蓬瀛。鬧垓垓撞鐘擊磬。安排朝世尊。准備接唐僧。十萬餘程。來取金經。一點虔誠。今日箇正果性和命。

【駐馬聽】大衆虔誠。法鼓金鐃出寺迎。諸天相敬。銅鐘玉磬暎山鳴。眼前羅着樂師燈。心中懸掛着軒轅鏡。但能勾靈光一點明。登時間跳出琉璃井。

【雁兒落】紫袈裟金縷輕。白錫杖銀光淨。四天王執寶幢。八菩薩敲金磬。

【南呂金字經】衆飛仙齊打手。合着金字經。迎引着箇員頂方袍得道僧。三更道已其身正。心如秋月明。

【幺】爲鼠常留飯。憐蛾不點燈。救度衆生發願明。曾傾心演大乘。如來命。
還元功行成。

（唐僧見佛科）告佛祖。唐僧稽首。（佛云）唐僧聽我明言。數年得到西天。今日功成行滿。方纔正果朝元。大藏金經已得圓。唐僧勅賜與僧傳。至今東土皆更寺。願祝吾皇萬萬年。

【雙調沽美酒】祝皇圖永固寧。拜如來願長生。保護得萬里江山常太平。普天下田疇倍增。民樂業息刀兵。

【太平令】四海內三軍安靜。八荒中五穀豐登。西天外諸神顯聖。兆民賴一人有慶。則爲老僧取經。忠心來至誠。呀傳此話人間爲證。

正名　胡麻婆問心字
孫行者答空禪
靈鷲山廣聚會
唐三藏大朝元

## 西遊記小引

曲之盛於胡元固矣。自西廂而外。長套者絶少。後得是本。乃與之頡頏。嗟乎。多錢善賈。長袖善舞。非元人大手筆。曷克臻此耶。特加珍秘。時以自娱。嘗攜之遊金臺。偶爲友人持去。未幾而友人物故。索之。竟成烏有。劍去張華。鏡辭王度。惋惜者久之。迨歸而懷念不置。忽一日復得之故家敝簏中。捧玩之下。喜可知也。然帙既散亂。字多漫滅。苦心讎校。積有歲時。遂於宮商鐘呂之間。摘陰陶帝虎之繆矣。但天庭異藻。不當終祕之枕中。迺謀而授諸梓。庶幾飛毬舞盞時。稍爲絲肉一助云爾。若曰顧曲之周郎。辦撾之王應。則吾豈敢。

萬曆甲寅歲孟秋望日彌伽弟子書於紫芝室

# 呂洞賓桃柳昇仙夢雜劇

賈仲名撰

## 第一折

〔沖末扮南極星引羣仙青衣童子上云〕太極之初不記年。瑤池紫府會羣仙。陰陽造化乾坤大。靜中別有一壺天。吾乃南極老人長眉仙是也。居南極之位。東華之上。西靈之境。北真之府。共壽算於無窮。掌管一切羣仙道德真人。今朝玉帝因見兩道青氣。下照汴京梁園館聚香亭畔。有桃柳二株。已經年久。有道骨仙風。恐其迷却仙道。可以差神仙點化。青衣童子。與我喚將洞賓來者。〔青衣云〕理會的。洞賓師父安在。〔扮呂洞賓上云〕髮短鬚長本自然。半爲羅漢半爲仙。胸中自有吾夫子。到底三家總一天。貧道姓呂。名岩。字洞賓。道號純陽子。乃唐朝進士出身。上國觀光。到於中條山王化店。遇着鍾離師父。傳金丹大道。遂得長生不死之方。想俺神仙吞霞服日。投至到此也非同容易。今日上仙呼喚。須索走一遭去。早來到也。青衣童子報復去。道呂岩來了也。〔做報科〕〔南極云〕着他過來。〔見科〕〔呂云〕上仙稽首。呼喚貧道有何事。〔南極云〕洞賓。喚你來別無甚事。今下方汴京梁園館聚香亭畔。有桃柳二株。已經年久。有道骨仙風。恐迷却仙道。你不避驅馳。可往下方走一遭去。〔呂云〕上仙法旨。不敢有違。則今日辭別了上仙。下方走一遭去。因桃柳年深成器。差純陽降臨凡世。先將他點化爲人。後指引來入仙隊。斷絕了利鎖名韁。逼綽了酒色財氣。有一日得道成仙。直引到瑤池之會。〔下〕〔南極云〕呂洞賓下方點化。度脫那桃柳二株。必然先教他爲人。後方能教他成仙。若見了酒色財氣。那其間返本真方入仙籍。俺仙家道德爲先。桃柳有宿世之緣。有一日功成行滿。都引入大羅青天。〔同下〕〔酒保上云〕酒店門前三尺布。人來人往尋主顧。黃酒做了一百缸。九十九缸似頭醋。小可是梁園館一箇賣酒的。我這裏有一亭。名曰聚香亭。有四時不謝之花。八節長春之景。左有多年翠柳。右有四季嬌桃。南來北往客人。都來此處。飲酒賞玩。今日開了這門面。燒的湯熱。看有甚麽人來。〔洞賓上云〕朝游北海暮蒼梧。袖裏青蛇膽氣粗。三醉岳陽人不識。朗吟飛過洞庭湖。貧道呂岩是也。奉上仙法旨。來到下方。直至梁園館聚香亭。飲幾杯酒者。〔見酒保科云〕酒保有酒麽。〔酒保云〕師父請進來。有酒有酒。不問你要甚麼酒。〔呂云〕與我打二百常錢酒來。〔酒保云〕這仙長獨自一箇要二百錢的酒。師父你敢吃不了。〔呂云〕量這些二打甚麼緊。你聽齋食一斛米。酒飲數百鍾。尚然不醉飽。何況此杯中。〔酒保云〕有有。這箇好酒好菜蔬。師父你慢慢的飲。〔呂飲科云〕好飲杯中物。離却蓬萊路。三醉岳陽樓。點石爲金玉。朝向酒家眠。夜宿牡丹處。桃柳豈難哉。我覷兒曹數。兀那酒保。再將酒來。兀的不天色晚了也。〔做睡科〕〔酒保云〕這先生怎麼睡了。〔做叫科云〕仙長。不中。這亭中有妖精鬼魅。醒來去了罷。恐害了性命。我身上也不便。喚不醒他。天色晚了。收拾了家火。我還家去。等天明了。我來看他。這箇先生沒道理。喫的醉了。喚不起。晚夕妖精傷害人。神樂觀裏少住持。〔下〕〔正末上云〕我乃梁園館前一株翠柳。已經年久。四時不衰。八節長青。枝榮葉茂。遂得成形。我與嬌桃。約在湖山側相會去。我雖心靈性慧。爭柰是土木之軀。何日是了也呵。〔唱〕

【北仙呂點絳唇】則爲我根脚培埋。長青可愛。枝梢大。雖然是土木形骸。茂盛多精彩。

【混江龍】綠陰翠蓋。依稀裊娜映樓臺。一任教霜凌雪壓。日炙風篩。近水柔條多雅趣。臨風對月助吟懷。我可便更軟善無毒害。雖不成神仙之道。也是箇梁棟之材。

〔云〕我在這湖山下。等候嬌桃。這早晚敢待來也。〔正旦上云〕妾身乃梁園館前一株嬌桃。我這花四季開放。已經年久。遂得成形。我與翠柳爲其伴侶。今夜風清月朗。約翠柳在湖山畔相會。想我這桃花。〔唱〕

【南東甌令】多嬌態。甚奇哉。嫩蕊嬌香霞映色。風流可喜堪人愛。家住在天台側。劉郎去後瘦如柴。嬾插短金釵。

〔做見科〕〔末云〕兀的不是嬌桃姐姐。〔旦云〕翠柳哥哥萬福。〔末云〕姐姐恕罪。你看今夕銀河耿耿。明月橫空。好月色也呵。〔旦云〕是好月色也呵。〔末唱〕

【北那吒令】燦銀河世界。正當天月色。繡雲破靉靆。轉花陰弄色。遇良宵好景。會多嬌嬌色。〔旦云〕我與翠柳豈偶然也。〔末唱〕也是俺宿世緣。合該載。只落得箇夜去明來。

〔旦云〕量妾身有何德能。着哥哥如此錯愛。深有垂顧也。〔末云〕不敢。〔旦唱〕

【南桂枝香】多承錯愛。深蒙款待。則喒這愛戀如山。則喒這恩情似海。〔末云〕因姐姐容貌非常。〔旦唱〕我丰姿豔色。我丰姿豔色。你形端無賽。正是桃紅柳綠。則願的四時不改。今夜同相會。只怕青春不再來。

〔末云〕嬌桃姐姐遇此良宵爭忍孤負。〔唱〕

【北鵲踏枝】趁良宵靜幽哉。願和諧。柳絲長結就同心。桃腮嫩引惹情懷。謝芳卿又不會見責。怎能彀跨蒼鸞同赴瑤臺。

〔旦唱〕

【南玉包肚】今宵爽快。趁一天風清月白。〔末云〕我和姐姐飲幾杯酒。〔旦唱〕飲金杯暫且寧耐乘時遣興開懷。了這春從天上。九重來。好向亭心酒漫篩。

〔末云〕既如此。喒向亭子上飲酒去。〔做見呂科〕〔末云〕嬌桃不中。喒回去來。〔呂醒科云〕小鬼頭那裏去。

〔末唱〕

【北寄生草】見師父威嚴大。神氣藹。諕的我兢兢戰戰磕頭拜。〔呂云〕你是山妖木怪地鬼麼。〔末唱〕不是山妖地鬼人間怪。〔呂云〕你可是甚麼妖精。〔末唱〕俺則是多年枯木英靈在。〔呂云〕貧道答救度脫你如何。〔末唱〕若是吾師答救俺蒼生。早得超凡入聖登仙界。

〔呂云〕兀那桃柳。你跟我出家去。我教你先爲人身。後教你成仙。意下如何。〔旦唱〕

【南樂安神】但卻離的紫陌。可憐桃柳潑形骸。只因俺四季不凋衰。不逐流水東風外。超凡。天地也蓋載。還了寃家債。

〔呂云〕翠柳。你往長安柳氏門中。托化爲男身。嬌桃。你去長安陶氏門中。托化爲女身。二人成其配偶。先教你爲人。後教你成仙。三十年之後。再來點化。桃柳今番已出叢。滿天風雨盡包籠。柳也你再休舞低楊柳樓心月。桃也你再不歌盡桃花扇底風。疾便下方去〔末云〕謝了師父〔旦云〕翠柳。喒去來〔末唱〕

【北賺煞】今日箇得遇大羅仙。道德如天大。桃也再不去向陽弄色。我可便送盡行人纔放解。也是我命運合該。謝師父說明白。今日箇苦盡甘來。直至長安名姓改。你休要沒顏落色。休等那霜欺雪蓋。願師父早些兒引度俺到蓬萊。〔下〕

〔呂云〕誰想今日度脫了桃柳二株。先教他成人。後教他成仙。奉上仙道德言。開雖桃柳土木形骸。度脫他成仙了道。拜真人同赴蓬萊。〔下〕

第二折

〔陳員外李大戶同街坊上云〕爲商作賈數年間。江湖來往泛舟舡。家門贏得財源盛。燒香願得子孫賢。小生長安人氏。姓陳名仲澤。此位是李大戶。這三位是俺街坊。有一人姓柳名春字景陽。其妻陶氏。是這長安城中點一點二的財主家。私有萬倍之利的人家。時遇秋天九月重陽節令。請俺衆街坊去郊外秀野園安排酒果。登高賞玩。〔李云〕員外。既然柳景陽相請。喒再安排茶飯果盒酒肴回敬與他。〔陳云〕說的是。喒不避驅馳。郊外登高走一遭去。柳景陽請俺登高。衆街坊不避塵勞。太平年乘時宴賞。拚歸來鼓腹醄醄。〔同下〕〔正末同旦引興兒上云〕小生姓柳名春字景陽。長安人氏。渾家陶氏。自祖父已來。頗積家財萬貫有餘。人皆以員外呼之。大嫂。我想爲人在世。不如受用了是便宜。時遇重陽節令。分付興兒在這秀野園登高賞玩。請下衆位街坊。俺先到此間。興兒安排酒果完備了麼。〔興兒云〕都完備了也。〔末云〕大嫂。重陽節令。好秋景也呵。〔旦云〕真箇好秋景也。〔末唱〕

【北中呂粉蝶兒】昨日箇秋雨淋漓。舞丹楓蕭蕭葉墜。聽砧聲別院凄凄。蕩金風。冷玉露。池荷減翠。節令相催。今日箇賞重陽登高樂意。

【醉春風】你看那北苑柳添黃。東籬菊放蕊。橙黃橘綠蟹初肥。端的美。美。
我如今家道興隆。門安戶泰。夫榮妻貴。
〔旦云〕員外。你看那秋色秋光美景良辰。正好賞玩也呵。〔唱〕
【南好事近】佳節景相宜。玩賞登高遊戲。園林處處。翻蜀錦落葉紛飛。昇
平盛世。設華筵慶賞重陽會。好光陰莫得輕拋。想人生百年有幾。
〔末云〕真箇好景也。興兒看衆街坊敢待來也。〔興兒云〕理會的。〔陳員外李大戶上云〕衆街坊喒來到秀
野園前也。興兒報復去道俺衆街坊都來了也。〔做報科〕〔末云〕道有請。〔做見科〕〔陳云〕柳員外。量俺有
何德能。請俺街坊登高。深感厚意。〔末云〕衆高親。想人生白駒過隙。遇此節令。休要孤負。只是有勞衆位驅
馳到此。〔陳云〕不敢。〔末唱〕
【北上小樓】衆街坊齊來到已。賞重陽秋光佳致。我安排果桌杯盤品物
希奇。水陸俱備。今日笑吟吟。暢開懷。都教沉醉。樂人間洞天福地。
〔陳云〕多蒙款待。〔做飲酒科〕〔旦唱〕
【南千秋歲】捧金杯摘取黃花香。散朵朵節令相宜。笑語聲喧。笑語聲喧。
見這仕女佳人相攜登高處。郊原內。我則見管絃聲裏。勝似春光明媚。端
的是三秋美景。還家再整筵席。
〔末云〕喒慢慢的飲酒者。〔淨扮劉社長上云〕我做社長實無比。年紀高大更有德。一生不肯出人情。則去
人家抹油嘴。老漢是長安城中一箇社長。姓劉。名得中。俺這街上有箇財主。是柳景陽。今日是重陽節。他把
街坊都請去秀野園登高去了。偏不請我。如今撞將去。喫些酒肉。也是便宜。早來到了。〔做見科云〕你們躲
的我好。〔末云〕我忘請了。老的你休怪。〔淨云〕怪你怎的。將酒來我喫。〔末云〕將酒來。你喫你喫。〔淨飲科
云〕我便喫了。俺老婆在家清坐。〔陳云〕你好不達時務。你喫了便罷。怎麼說這等的話。〔淨云〕我不管你。
〔做搶桌面科〕〔衆推出科〕〔淨云〕這廝每狐朋狗黨。把我又出來。推在溝裏。我搶了這一包東西。都污了。

我看者。(做笑科云)不由老劉笑微微。衆人喫酒賞東籬。被我恰纔撞將來。將着酒肉搶如飛。螃蟹約有三十箇。又有一隻大公雞。饅頭上面都是糞。羊肉高處沾上泥。今日我也喫飽了。拿到家裏與我老婆喫。(下)

(陳云)被這廝打攪了一日。柳員外。天色將晚也。俺衆人告回。(末云)衆街坊先行。俺也便來。(陳云)多擾了。俺回去也。(同下)(末云)衆街坊去了也。看有甚麼人來。(呂上云)撥轉頂門關捩子。伊誰不是大羅仙。貧道呂純陽。離却仙苑。直至下方度脫柳春陶氏。他二人可是誰。可是那三十年前梁園館裏。一箇是翠柳。一箇是嬌桃。我教他先爲人後成仙。想登仙道。非同容易。他二人今在秀野園登高飲酒。就此度脫成仙。柳春陶氏。你好有緣也。可早來到也。我自過去。(做見科云)稽首。(末云)恕罪。一箇出家的先生。好道貌也。敢問先生那裏來。(呂云)我從天上來。(興兒云)天上來。掉下來跌破頭。(呂云)兀那柳員外。我特來化一齋。

(末云)好箇仙長也。(唱)

【北上小樓】見仙長容貌偉。神清秀有氣質。(呂云)特來度脫你修行。要你棄了家緣。除免災危。(末唱)你可便度我修行。棄了家緣。免了災危。(旦云)這先生甚麼言語。(末唱)大嫂由他說。俺如今更富貴。年未已。是豪傑之輩。我怎肯棄家緣入山隱退。

(呂云)你若跟我出家去。着你尋真採藥。訪道參玄。遨遊閬苑。直到蓬萊。不強如居於塵世。你兀的不死也。

(旦唱)

【南越恁好】這先生大叫高呼。你勸修行省氣力。訪蓬萊閬苑。尋真採藥。容易擾人間是非。成仙了道壽命期。(呂云)你休要呆癡。(旦唱)他道俺兩口兒休要癡。俺三十歲夫共妻。雙雙全美。休要管他。俺今日且向花前沉醉。

(末云)大嫂。由他鬧去。我困倦了。暫且歇息。(旦云)我也困了。歇息一會。(末旦睡科)(興兒云)您都睡了。我閑耍去也。(下)(呂云)他兩口兒都睡着了也。疾。我着他大睡一覺。見箇境界。爲桃柳原有仙風。呂純陽降赴樊籠。有一日功成行滿。親引到紫府天宮。(下)(使命上云)雷霆驅號令。星斗煥文章。小官天朝使命。

我非凡人。乃上八洞神仙張四郎是也。奉純陽師父法旨。教我夢境中引度柳春與陶氏。走一遭去。早來到也。柳春接聖旨。(末云)大嫂裝香來。(使命云)聖人的命。着小官賫誥命勅劄。着你爲江西南昌府通判。不可悞期。便索長行。(末云)感謝聖恩。(使命云)小官回聖人的話去也。(末云)喫了筵席去。(使命云)不必筵席。我回聖人的話去也。我出的這門來。他那裏知道俺神仙的道理也呵。就夢中引度桃柳做神仙。天長地久。呂純陽用盡心機。向瑤池參星禮斗。(下)(末云)誰想有今日。大嫂快收拾行李。便索長行也。(旦云)收拾停當了。(末唱)

【北快活三】今日箇受誥勅。做通判到江西。不怠慢莫延遲。咱索早離城內。

(旦唱)

【南紅繡鞋】將行李。便收拾。踐程途。遠路奔馳。整綱常。免差役。調四季用鹽梅。仗才智。撫黔黎。仗才智。撫黔黎。

(末云)大嫂。咱上任去來。(唱)

【北尾聲】荷方今聖主恩。俺夫妻受誥勅。則願得一朝任滿還鄉內。燕樂親朋齊賀喜。(同下)

第三折

(鍾離扮邦老領嘍羅上云)天道幽微日月明。名山洞府氣長清。三千功行朝元去。金丹結就道方成。貧道上八洞神仙漢鍾離是也。今有呂純陽奉上仙法旨。點化桃柳。先教他爲人。後教他成仙。今已度脫。恐迷却正道。貧道就夢中於半山等候。這早晚敢待來也。(正末同正旦踹馬上云)小官柳景陽。奉聖人的命。往江西南昌府爲通判。夫人。喒離家數日。一路上好辛苦也。(旦云)真箇是驅馳人也呵。(末唱)

【北越調鬭鵪鶉】經了些水遠山遙。暢好是天寬地狹。野店生莓。山城噪鴉。崎嶇長途。奔馳瘦馬。昏鄧鄧塵土似篩。撲唐唐泥又滑。綠水堤邊。青山那答。

【北紫花兒序】夕陽古道。客旅人稀。老樹槎枒。一林紅葉。三徑黃花。看了那。高低禾黍紛紛桑共麻。俺則爲功名牽掛。今日箇背井離鄉。幾時得任滿還家。

（旦云）相公。偌近遠。我也受不得這等辛苦。（末云）夫人。你如何說這等言語。噌爲功名到此也。（旦唱）

【南訴衷腸】你道是功名牽掛。早過了夕陽下。一帶雲山似圖畫。眼巴巴幾時得到京華。過山遙路遠怎去。他教我心驚膽顫怕。如今容顏瘦倒不如受辛勤還家罷。我如今力困筋乏。

（末云）夫人。你休要那般說。（唱）

【北耍三台】我對你丁寧話。你不必心驚怕。你須受了那官誥勑劄。（旦云）我則要還家去。（末唱）你不去敢有刑法。請夫人鑒察。我爲官理民莫漫誇。你做夫人富貴受用者。你穿上霞帔金冠。你見人呵那其間敢裝麼做大。

（云）夫人。來到這山崦中。兀的胡哨響。有強人來了。可怎了也。（邦云）留下買路錢。（旦云）可怎了也。（唱）

【南山馬客】胡哨颼幾聲那答見強人一簇。炒鬧山下。我心驚腿酸麻。（末云）夫人。你休要怕。按下心膽。（旦唱）諕得我如癡似評眼花。（邦云）那裏去。（旦唱）幾乎諕殺。料他不肯放咱。相公你依我者。俺則索停驂下馬告他。

（做跪科）（邦云）便好道擒來的敗將。捉住的寃夫。刀劍難存。你有何理說。（末云）太保。聽說一偏者。（邦云）你說。（末唱）

【北調笑令】太保你鑒察。問根芽。（邦云）你那裏人氏。（末唱）俺是那長安富貴家。（邦云）你因何到我這山中。（末唱）我受皇恩理民明教化。爲通判俸祿遷加。（邦云）這婦人是誰。（末唱）與妻兒遠行勞困殺。太保也可憐見俺背井離家。

〔邦云〕留下金珠財寶。放你過去。若不與我呵。就殺壞了你。〔旦唱〕

【南憶多嬌】太保你謀害咱。則待殺。金銀寶貝盡納下。且將性命都擔饒罷。〔邦云〕有就放你回去。〔旦唱〕俺便行程。你是我重生父母報答。

〔邦云〕我便不放却是如何。〔末唱〕

【北要廝兒】你不要非真當假。大丈夫言出無差。輕言寡信休要耍俺性命在天涯。泪似懸麻。

〔邦云〕我務要殺你。〔旦唱〕

【南江神子】不由人心亂殺。眼睜睜夫妻分離下。遠了家鄉誰牽掛。誰想今朝命掩沙。

〔邦云〕磨的刀快。我親自下手。〔末唱〕

【北聖藥王】則見他越怒發。難按納。圖財致命怎干罷。也是俺死限催。命運差。前生遇着這寃家。〔邦云〕殺殺。〔末唱〕可憐我一命似飛花。

〔邦做殺科云〕休推睡裏夢裏。疾〔下〕〔末云〕有殺人賊。〔做醒科〕〔呂上云〕柳春陶氏。你二人省了麼。

〔末同旦云〕師父弟子省了也。〔呂云〕你二人見了境頭也。〔末云〕弟子見了也。〔呂云〕你二人跟我出家修行去。待一年半載。引你成仙了道。要你着意者。〔末云〕謝了師父。〔唱〕

【北尾聲】從今後跟師父直至林泉下。拴住心猿意馬。謝指教願長生。紫府瑤池受用煞。〔下〕

〔呂云〕此二人見了些境頭。跟我修行去。待一年半載。着他成仙了道。未爲晚矣。桃柳人間三十年。今將大道爲他傳。功成行滿朝真去。一同參拜大羅仙。〔下〕

## 第四折

〔呂上云〕貧道呂純陽。自從度脫柳春陶氏。心回性悟。知其前生。爭奈不了塵緣。在山中修行。今日是他昇仙之期。再與他箇境頭。方能成道。下紫府兩次三番。成正果似易實難。頓悟了長生大道。參真人引入仙班。

〔下〕〔正末正旦道扮上云〕自從純陽師父度脫修行。夢中覺悟。知其前生之事。未曾得參上真。在此山中。好幽哉也。〔末唱〕

【北雙調新水令】三十年人事若癡愚。謝師父度脫俺省悟。登山採藥苗。近水結茅廬。則爲那一夢華胥。跟師父赴仙路。

〔旦云〕我則怕爲仙爲道。非同容易也。〔唱〕

【南畫錦堂】自古道德非俗。修真養性。燒丹煉藥工夫。利鎖名韁。人我是非皆除。無慮將寶貝金珠棄如土。若是有緣終到青霄路。〔合〕尋真侶。今日向彩雲深處。願登仙府。

〔末云〕咱兩箇兀那山坡下遊玩去來。〔旦云〕咱去來波。〔末唱〕

【北甜水令】咱可便轉過山岡。纔離峻嶺。崎嶇徑路。〔旦云〕你看這裏那桃柳。開的好豔冶也呵。〔末唱〕則見花柳錦模糊。你可便待向前來折取一枝。休得辜負。〔云〕可怎生這裏有此桃柳。〔唱〕我可便參不透仙謀。

〔旦云〕好花柳也。〔唱〕

【南四塊金】桃紅柳綠。則今日朱顏故。朝風暮雨。曉日迎烟霧。桃腮點嫩朱。柳眉愁未足。萬緒千頭。一點情舒。記得當初。也曾經惡雪霜風受過無數苦。

〔末云〕咱折了一枝。回菴中去來。〔旦云〕咱去來。〔末云〕來到菴中也。兀的不天色晚了。暫且盹睡者。〔做驚科〕〔桃柳二神同上〕〔神云〕俺乃桃柳二神。乃是柳春陶氏前身。今日二人將以成道。奉上仙法旨。着俺二人磨障他去。可早來到也。〔做喚門科云〕柳春開門來。〔末云〕甚麼人大呼小叫。好是奇怪也。〔唱〕

【北川撥棹】是誰人鬧喧呼。號的我魂魄無。我即便走出門戶。〔神云〕那柳春。

你見俺二人麼。〔末唱〕見兩箇無徒。〔神云〕將金銀寶貝來。〔末唱〕俺出家人有甚寶物。好教我便怒。

〔旦唱〕

【南川撥棹】因何故。有甚麼寶貝金珠。你那裏仗劍提刀。則是仙家伴侶。

〔神云〕你好無禮也。〔旦唱〕我不曾敢冒瀆。〔神云〕我就殺了你。〔旦唱〕休要將我性命圖。

〔神云〕你二人敢這等無禮。我好共歹殺了你。〔末唱〕

【北七弟兄】這廝他惡語。暢好是狠毒。他一心待要圖謀。〔云〕要金銀。你將的去。

〔神云〕將來波。〔末唱〕將金銀盡都收拾去。這一場全不用工夫。我和你兩箇前生注。

〔神云〕我不要金銀。只待要殺了你。〔旦唱〕

【南錦衣香】他待要將俺誅。俺可也無門路。死難推。合相遇。我可甚道門功行。禍福消除。眼睜睜死限在須臾。〔神云〕你二人受死。〔旦唱〕怎生得人來救我身軀。俺歸泉世命已夫。磕頭禮拜不放住。可憐見可憐見。休教問阻。空望斷。空望斷。俺師父。

〔神云〕我不饒你。務要殺了你。〔末唱〕

【北喜江南】師父也這其間朗吟飛過洞庭湖。〔神做殺科云〕休推睡裏夢裏。〔末喊云〕有殺人賊。〔呂沖上云〕你二人省了麼。〔末唱〕原來是呂純陽又使這權術。見師父威嚴□□□尋俗。與俺便做主。願師父明白指破這迷途。

〔呂云〕兀那柳春陶氏。你不知這段姻緣。聽貧道從頭說與你二人汴京梁園館前兩株桃柳。柳春便是翠柳。陶氏便是嬌桃。已經年久。有宿緣仙分。我奉上仙法旨。特來點化。先教你爲人。後教你成仙。着你托化在長安富豪之家。一夢中見了境頭。就跟貧道出家。爭奈俗緣未退。故着你元神磨障。今日纔得行滿也。則爲